STEPHEN KING

tot.

ROMAN

WILHELM HEYNE VERLAG
MÜNCHEN

Band-Nr. 41/37

Titel der Originalausgabe
THE DARK TOWER III: THE WASTE LANDS
Aus dem Amerikanischen übersetzt von Joachim Körber

DEUTSCHE ERSTAUSGABE

Redaktion: Rainer Michael Rahn

Printed in Germany 1992
Umschlaggestaltung: Atelier Ingrid Schütz, München
Gesamtherstellung: Ebner Ulm

ISBN 3-453-05339-7

Dieser dritte Band der Geschichte
ist in Dankbarkeit meinem Sohn gewidmet,
OWEN PHILIP KING:

Khef, Ka und *Ka-tet.*

Inhalt

Vorrede

Tot ist der dritte Band einer langen Geschichte, die von Robert Brownings langem erzählendem Gedicht ›Childe Roland to the Dark Tower Came‹ beeinflußt und in gewissem Maße auch davon abhängig ist.

Der erste Band, *Schwarz*, schildert, wie Roland, der letzte Revolvermann in einer Welt, die sich ›weitergedreht‹ hat, den Mann in Schwarz verfolgt und letztlich stellt, einen Zauberer namens Walter, der sich zu der Zeit, als die Einheit von Mittwelt noch erhalten war, arglistig der Freundschaft mit Rolands Vater rühmte. Diesen halb menschlichen Hexer zu fangen, ist nicht Rolands endgültiges Ziel, sondern lediglich ein Meilenstein auf dem Weg zum mächtigen und geheimnisvollen Dunklen Turm, der im Brennpunkt der Zeit steht.

Wer genau ist Roland? Wie hat seine Welt ausgesehen, bevor sie sich ›weitergedreht‹ hat? Was ist der Turm, und weshalb sucht Roland ihn? Darauf wissen wir nur bruchstückhafte Antworten. Roland ist eindeutig eine Art Ritter, einer von denen, die die Aufgabe hatten, eine ›Welt voll Liebe und Licht‹, wie Roland sich erinnert, zu erhalten (oder möglicherweise zu erlösen). Ob sich Rolands Erinnerung freilich damit deckt, wie diese Welt tatsächlich ausgesehen hat, steht sehr in Frage.

Wir *wissen*: Er wurde zu einer allzu frühen Mannbarkeitsprüfung gezwungen, nachdem er herausgefunden hatte, daß seine Mutter die Geliebte von Marten geworden war, einem viel größeren Zauberer als Walter; wir wissen, Marten hat es eingefädelt, daß Roland von der Affäre seiner Mutter erfährt, weil er damit rechnete, Roland würde die Mannbarkeitsprüfung nicht bestehen und ›nach Westen‹ geschickt werden, ins wüste Land; wir wissen auch, daß Roland Martens Pläne vereitelt, indem er die Prüfung bestand.

Darüber hinaus wissen wir, daß die Welt des Revolvermanns auf eine seltsame, aber entscheidende Weise mit unserer verbunden und der Durchgang zwischen den Welten manchmal möglich ist.

In einem Rasthaus an einer längst aufgegebenen Kutschenstraße durch die Wüste trifft Roland einen Jungen namens Jake, der in unserer Welt gestorben ist, einen Jungen, der tatsächlich an einer Straßenecke in Manhattan vor ein heranfahrendes Auto gestoßen wurde. Jake Chambers starb, während der Mann in Schwarz – Walter – auf ihn herabsah, und erwachte in Rolands Welt.

Bevor sie den Mann in Schwarz einholen, stirbt Jake wieder ... diesmal weil der Revolvermann, vor die zweitschwierigste Entscheidung seines Lebens gestellt, sich dafür entscheidet, diesen symbolischen Sohn zu opfern. Vor die Wahl zwischen dem Turm und dem Kind gestellt, wählt Roland den Turm. Jakes letzte Worte an den Revolvermann, bevor er in den Abgrund stürzt, sind: »Dann geh – es gibt andere Welten als diese.«

Die letzte Konfrontation zwischen Roland und Walter findet in einem staubigen Golgatha verfallender Gebeine statt. Der Mann in Schwarz liest Roland die Zukunft aus einem Blatt Tarotkarten. Drei *sehr* seltsame Karten – *Der Gefangene, Die Herrin der Schatten* und *Der Tod* (›aber nicht für dich, Revolvermann‹) werden Rolands Aufmerksamkeit besonders nahegebracht.

Der zweite Band, *Drei,* beginnt am Ufer des Westlichen Meeres nicht lange nach dem Ende von Rolands Konfrontation mit Walter. Ein erschöpfter Revolvermann wacht mitten in der Nacht auf und stellt fest, daß die Flut einen Schwarm kriechender, fleischfressender Kreaturen gebracht hat – ›Monstrositäten‹. Ehe er ihrer begrenzten Reichweite entkommen kann, wird Roland von diesen Kreaturen ernsthaft verwundet und verliert zwei Finger der rechten Hand an sie. Darüber hinaus vergiftet ihn das Sekret der Monstrositäten, und als der Revolvermann seine Reise am Ufer des Westlichen Meeres entlang nach Norden fortsetzt, ist er krank ... möglicherweise todkrank.

Er kommt zu drei Türen, die frei am Ufer stehen. Jede Tür öffnet sich – für Roland und nur für Roland – in unsere Welt; genauer: in die Stadt, wo Jake lebte. Roland besucht New York an drei Punkten unseres Zeitkontinuums, um sein eigenes Leben zu retten und die *Drei* auszuwählen, die ihn auf dem Weg zum Turm begleiten müssen.

Eddie Dean ist *Der Gefangene,* ein Heroinsüchtiger aus dem New York Ende der achtziger Jahre. Roland tritt durch die Tür auf dem Strand seiner Welt in Eddie Deans Kopf, als Eddie, der für einen Mann namens Enrico Balazar als Kokainschmuggler arbeitet, gerade auf dem JFK-Flughafen landet. Im Verlauf ihrer gemeinsamen qualvollen Abenteuer gelingt es Roland, eine begrenzte Menge Penizillin zu bekommen und Eddie Dean in seine Welt zu holen. Eddie, ein Junkie, der feststellen muß, daß er in eine Welt entführt wurde, wo es keinen Stoff gibt (ebensowenig wie Popeye's Fried Chicken, was das betrifft), ist alles andere als erfreut, dort zu sein.

Die zweite Tür führt Roland zur *Herrin der Schatten* – eigentlich *zwei* Frauen in einem Körper. Diesmal findet sich Roland im New York der frühen sechziger Jahre in einer jungen, an den Rollstuhl gefesselten Bürgerrechtlerin namens Odetta Holmes wieder. Die Frau, die sich in Odetta verbirgt, ist die verschlagene und haßerfüllte Detta Walker. Als diese gespaltene Frau in Rolands Welt gezogen wird, sind die Folgen für Eddie und den Revolvermann, dessen Gesundheitszustand sich rapide verschlechtert, äußerst lebhaft. Odetta glaubt sich in einem Traum oder einer Halluzination gefangen; Detta, ein brutalerer und direkterer Intellekt, stellt sich einfach die Aufgabe, Roland und Eddie zu töten, die sie als weiße Teufel und Peiniger betrachtet.

Jack Mort, ein Serienmörder, der sich hinter der dritten Tür versteckt (im New York Mitte der siebziger Jahre) ist *Der Tod.* Mort hat zweimal große Veränderungen im Leben von Odetta Holmes/Detta Walker bewirkt, auch wenn es keinem bewußt ist. Mort, dessen *Modus operandi* es ist, seine Opfer entweder zu stoßen oder ihnen etwas von oben auf den Kopf fallen zu lassen, hat Odetta im Verlauf seiner irren (aber ach so vorsichtigen) Karriere beides angetan. Als Odetta ein Kind war, hat er ihr einen Backstein auf den Kopf fallen lassen, worauf das kleine Mädchen ins Koma fiel; dies war gleichzeitig die Geburtsstunde von Detta Walker, Odettas heimlicher Schwester. Jahre später, 1959, trifft Mort Odetta wieder und stößt sie in Greenwich Village vor eine einfahrende U-Bahn. Odetta überlebt Morts Anschlag wieder, doch zu einem hohen Preis: Die U-Bahn trennt ihr beide Beine an den Knien ab. Lediglich die Anwesenheit eines jungen Arztes (und möglicherweise die häßliche, aber unbezähmbare Seele von Detta Walker) rettet ihr das Leben ... so scheint es jedenfalls. Für Roland deuten diese Verbindungen auf eine größere Macht als den reinen Zufall hin; er glaubt, die titanischen Kräfte, welche den Dunklen Turm umgeben, sind erneut dabei, sich zu sammeln.

Roland findet heraus, daß Mort sich ebenfalls im Herzen eines weiteren Geheimnisses befinden könnte, bei dem es sich gleichermaßen um ein den Verstand vernichtendes Paradoxon handelt. Denn das Opfer, das Mort zu dem Zeitpunkt verfolgt, als der Revolvermann in sein Leben tritt, ist kein anderer als Jake, der Junge, den Roland im Rasthaus kennengelernt und unter den Bergen verloren hat. Roland hatte keinen Grund gehabt, an Jakes Geschichte, wie er in unserer Welt gestorben ist, zu zweifeln, ebensowenig die Identität von Jakes Mörder zu hinterfragen – Walter natürlich. Jake sah ihn als Priester verkleidet, als sich eine Menge um die Stelle versammelt hatte, wo er im Sterben lag, und Roland hat nie an der Beschreibung gezweifelt.

Auch jetzt zweifelt er nicht daran; Walter war dort, o ja, kein Zweifel. *Aber angenommen, es war Jack Mort, nicht Walter, der Jake vor den heranfahrenden Cadillac gestoßen hat?* Wäre so etwas überhaupt möglich? Roland kann es nicht mit Sicherheit sagen, aber *wenn* das der Fall ist, wo ist dann Jake jetzt? Tot? Am Leben? Irgendwo in der Zeit gefangen? Und wenn Jake Chambers in seiner Welt in Manhattan Mitte der siebziger Jahre noch am Leben ist, *wie kommt es dann, daß sich Roland immer noch an ihn erinnert?*

Trotz dieser verwirrenden und möglicherweise gefährlichen Entwicklung endet die Prüfung der Türen – und das Erwählen der *Drei* – erfolgreich für Roland. Eddie Dean akzeptiert seinen Platz in Rolands Welt, weil er sich in die Herrin der Schatten verliebt hat. Detta Walker und Odetta Holmes, die beiden anderen von Rolands *Drei*, verschmelzen zu einer neuen Persönlichkeit mit Elementen von Detta und Odetta, als der Revolvermann schließlich imstande ist, beide Persönlichkeiten dazu zu bringen, einander anzuerkennen. Diese Hybride kann Eddies Leben akzeptieren und erwidern. Odetta Susannah Holmes und Detta Susannah Walker werden so zu einer neuen Frau, einer *dritten* Frau: Susannah Dean.

Jack Mort stirbt unter den Rädern derselben U-Bahn – des legendären Zuges A –, der fünfzehn oder sechzehn Jahre zuvor Odettas Beine abgetrennt hat. Kein großer Verlust.

Und zum erstenmal seit ungezählten Jahren ist Roland von Gilead nicht mehr allein auf seiner Suche nach dem Dunklen Turm. Cuthbert und Alain, seine verlorenen Gefährten von einst, sind durch Eddie und Susannah ersetzt worden . . . aber der Revolvermann ist schlechte Medizin für seine Freunde. Wahrlich sehr schlechte Medizin.

Tot erzählt die Geschichte dieser drei Pilger auf dem Antlitz von Mittwelt einige Monate nach der Konfrontation bei der letzten Tür am Strand. Sie sind ein gutes Stück ins Landesinnere gereist. Die Zeit der Ruhe ist zu Ende, eine Zeit des Lernens hat begonnen. Susannah lernt schießen . . . Eddie lernt schnitzen . . . und der Revolvermann lernt, wie es ist, wenn man Stück für Stück den Verstand verliert.

(Eine letzte Anmerkung: Meine Leser in New York werden feststellen, daß ich mir gewisse geographische Freiheiten bei der Beschreibung der Stadt herausgenommen habe. Ich hoffe, sie werden mir diese verzeihen.)

Gehäuf zerbrochner Bilder unter Sonnenbrand,
Der tote Baum gibt Obdach nicht, die Grille Trost nicht,
Der trockne Stein kein Wasserrauschen. Aber
Es schattet unter dem roten Stein
(Komm unter den Schatten des roten Steins),
Und ich will dir weisen ein Ding, das weder
Dein Schatten am Morgen ist, der dir nachfolgt,
Noch dein Schatten am Abend, der dir begegnet;
Ich zeige dir die Angst in einer Handvoll Staub.

– T. S. Eliot
›Das wüste Land‹

Hob sich ein Distelstengel aus den Reih'n
Der Brüder war der Kopf ihm abgerissen;
Des Ampfers rauhe Blätter schau! zerschlissen,
Durchlöchert, daß der letzte grüne Schein
Verschwunden war. Drang wohl ein Tier hier ein,
Das fühllos sie zertreten und zersplissen?

– Robert Browning
›Herr Roland kam zum finstern Turm‹

»Was ist das für ein Fluß?« fragte Millicent ohne viel Interesse.

»Eigentlich nur ein Bach. Na ja, vielleicht ein kleines bißchen größer. Er heißt Öde.«

»Tatsächlich?«

»Ja, tatsächlich.«

– Robert Aickman
›Hand im Handschuh‹

Erstes Buch

JAKE

Angst in einer Handvoll Staub

I.
Bär und Knochen

1

Es war ihr drittes Mal mit echter Munition . . . und das erste Mal, daß sie die Waffe aus dem Halfter zog, das Roland für sie zurechtgemacht hatte.

Sie hatten ausreichend echte Munition; Roland hatte mehr als dreihundert Schuß aus der Welt mitgebracht, wo Eddie und Susannah Dean ihr Leben verbracht hatten, bis er sie auserwählt hatte. Aber Munition im Übermaß zu haben, bedeutete nicht, daß man sie verschwenden konnte; ganz im Gegenteil. Die Götter zürnten Verschwendern. Roland war zuerst von seinem Vater und dann von Cort, seinem größten Lehrmeister, in diesem Glauben erzogen worden, und er glaubte es immer noch. Die Götter straften vielleicht nicht auf der Stelle, aber früher oder später mußte die Strafe bezahlt werden . . . und je länger die Wartezeit, desto strenger das Urteil.

Zuerst hatte sowieso keine Veranlassung bestanden, mit echter Munition zu üben. Roland ging schon länger mit Waffen um, als dies die wunderschöne braunhäutige Frau im Rollstuhl für möglich gehalten hätte. Anfangs hatte er sie verbessert, indem er ihr nur zusah, wie sie auf die Ziele anlegte, die er aufgestellt hatte, und trocken feuerte. Sie lernte schnell. Sie und Eddie lernten beide schnell.

Wie er vermutet hatte, waren beide geborene Revolvermänner.

Heute übten Roland und Susannah auf einer Lichtung, keine Meile von dem Lager im Wald entfernt, das seit fast zwei Monaten ihr Zuhause war. Die Tage waren mit ihrer ureigenen süßen Einförmigkeit verstrichen. Der Körper des Revolvermanns heilte, während Eddie und Susannah lernten, was der Revolvermann ihnen beibringen mußte: wie man schoß, jagte, ausweidete und saubermachte, was man erlegt hatte; wie man die Häute dieser Tiere erst streckte, dann spannte und gerbte; wie man Norden am *Alten Stern* und Osten an der *Alten Mutter* erkannte; wie man auf den Wald hörte, in dem sie sich jetzt befanden, sechzig Meilen oder mehr östlich des Westlichen Meeres. Heute war Eddie daheim geblieben, was den Revolvermann nicht betrübte. Die Lektionen, die man am besten behalten konnte, wußte Roland, waren stets diejenigen, die man sich selbst beibrachte.

Doch die wichtigste Lektion – in der Vergangenheit und in der Gegenwart – war: wie man schoß und wie man das traf, worauf man schoß. Wie man tötete.

Dunkle, wohlriechende Fichten bildeten einen ungefährlichen Halbkreis am Rand dieser Lichtung. Im Süden fiel der Boden in Form einer Reihe verkarsteter Simse und bröckelnder Klippen rund hundert Meter tief ab wie eine gigantische Treppe. Ein klarer Bach führte aus dem Wald und durch das Zentrum der Lichtung, wo er zuerst durch einen tiefen Kanal in der feuchten Erde und dem bröckelnden Stein floß und dann über den zerklüfteten Felsrand fiel, der schräg bis zu der Stelle verlief, wo der Abgrund anfing.

Das Wasser stürzte in einer Folge von Wasserfällen abwärts und bildete eine Anzahl hübscher, wabernder Regenbogen. Hinter dem Rand lag ein atemberaubendes tiefes Tal, in dem dicht an dicht weitere Fichten und eine Handvoll alter Ulmen wuchsen, die sich nicht vertreiben lassen wollten. Letztere ragten grün und üppig empor – Bäume, die schon alt gewesen sein konnten, als das Land, aus dem Roland stammte, noch jung war; er konnte keine Anzeichen erkennen, daß es in dem Tal jemals gebrannt hatte, vermutete aber, daß hie und da einmal Blitze eingeschlagen haben mußten. Und Blitze waren keinesfalls die einzige Gefahr. In längst vergangener Zeit hatten Menschen in diesem Tal gelebt; im Lauf der vergangenen Wochen war Roland mehrmals auf ihre Spuren gestoßen. Weitgehend handelte es sich um primitive Kunstgegenstände, doch fanden sich darunter auch Scherben von Töpferarbeiten, die in Feuer gebrannt waren. Und Feuer war etwas Böses, dem es Vergnügen bereitete, den Händen zu entkommen, die es geschaffen hatten.

Über dieser Bilderbuchszenerie erstreckte sich ein makellos blauer Himmel, an dem einige Meilen entfernt ein paar Krähen kreisten und mit ihren alten, rostigen Stimmen schrien. Sie wirkten unruhig, als würde sich ein Sturm zusammenbrauen, aber Roland hatte in der Luft geschnuppert, und diese brachte überhaupt keinen Regen mit sich.

Links vom Bach ragte ein Findling empor. Darauf hatte Roland sechs Gesteinstrümmer gelegt. Jedes war von Flechten überzogen; sie glänzten im warmen Nachmittagslicht wie Linsen.

»Letzte Chance«, sagte der Revolvermann. »Wenn das Halfter unbequem ist, und sei es nur eine Winzigkeit, dann sag es mir jetzt. Wir sind nicht hierhergekommen, um Munition zu verschwenden.«

Sie maß ihn mit einem sardonischen Blick, und einen Moment konnte er Detta Walker in ihr sehen: ein Blick wie dunstiges Sonnenlicht, welches von einem Stahlträger reflektiert wurde. »Was würdest du machen, *wenn* es unbequem wäre und ich würde es dir nicht sagen? Wenn ich alle sechs von diesen Itzibitzidingern verfehlen würde? Mir eins auf den Kopf hauen, wie es dein alter Lehrmeister gemacht hat?«

Der Revolvermann lächelte. In den vergangenen fünf Wochen hatte er öfter gelächelt als in den fünf Jahren davor. »Das kann ich nicht, wie du sehr wohl weißt. Zunächst einmal waren wir Kinder – Kinder, die den Mannbarkeitsritus noch nicht hinter sich hatten. Man kann ein Kind schlagen, wenn man es verbessern will, aber . . .«

»In meiner Welt betrachtet die bessere Schicht es als unschicklich, die Bälger zu hauen«, bemerkte Susannah trocken.

Roland zuckte die Achseln. Es fiel ihm schwer, sich diese Welt vorzustellen – hieß es nicht im Großen Buch: »Spare nicht mit der Rute, auf daß du das Kind nicht verdirbst?« –, aber er glaubte nicht, daß Susannah log. »Deine Welt hat sich nicht weitergedreht«, sagte er. »Hier ist vieles anders. Habe ich nicht selbst gesehen, daß es so ist?«

»Das hast du wohl.«

»Wie auch immer, du und Eddie – ihr seid keine Kinder. Es wäre falsch, würde ich euch als solche behandeln. Und falls Prüfungen erforderlich wären, so habt ihr sie beide bestanden.«

Auch wenn er es nicht sagte, mußte er daran denken, wie es am Strand geendet hatte, als sie drei der riesigen Monsterhummer zur Hölle gepustet hatte, bevor sie ihn und Eddie bis auf die Knochen abnagen konnten. Er sah ihr Lächeln wie eine Antwort und dachte, daß sie sich möglicherweise an dasselbe erinnerte.

»Also, was willst'n machen, wenn ich'n Scheiß zusammenschieße?«

»Ich werde dich ansehen. Ich glaube, mehr ist nicht erforderlich.«

Sie dachte darüber nach, dann nickte sie. »Könnte sein.«

Sie überprüfte noch einmal den Revolvergurt. Dieser war fast wie ein Schulterhalfter über ihren Busen geschlungen (eine Anordnung, die Roland als Matrosenkreuz betrachtete) und sah schlicht und einfach aus, aber es hatte viele Wochen des Probierens gekostet – und jede Menge Kürschnerarbeit –, bis er richtig saß. Gürtel und der Revolver, dessen abgegriffener Sandelholzkolben aus dem alten geölten Halfter ragte, hatten einmal dem Revolvermann gehört; das Halfter hatte an seiner rechten Hüfte gehangen. In den vergangenen fünf Wochen hatte er genügend Zeit mit der Erkenntnis verbracht, daß es nie wieder dort hängen würde. Dank der Monsterhummer war er jetzt ein ausschließlich linkshändiger Schütze.

»Und, wie ist es?« fragte er wieder.

Diesmal lachte sie zu ihm hoch. »Roland, dieser olle Revolvergurt ist so bequem, wie er nur sein kann. Möchtest du jetzt, daß ich schieße – oder einfach hier sitze und mir die Krähenmusik von da drüben anhöre?«

Jetzt spürte er, daß die Spannung sich wie spitze kleine Finger unter seine Haut bohrte, und vermutete, Cort mußte sich zuzeiten unter seinem griesgrämigen, vorgeschützten Gebaren ganz ähnlich gefühlt haben. Er wollte, daß sie gut war . . . sie *mußte* gut sein. Aber wenn er ihr zeigte, wie sehr er das wollte und brauchte, konnte es zu einer Katastrophe führen.

»Wiederhole deine Lektion, Susannah.«

Sie seufzte in gespielter Verzweiflung, doch beim Sprechen verschwand das Lächeln, und ihr dunkles, hübsches Gesicht wurde ernst. Und er vernahm von ihren Lippen erneut den alten Katechismus, der in ihrem Mund so neu klang. Er hätte nie damit gerechnet, diese Worte von einer Frau zu hören. Wie natürlich sie sich anhörten ... und doch wie seltsam und gefährlich obendrein.

»›Ich ziele nicht mit der Hand; wer mit der Hand zielt, hat das Gesicht seines Vaters vergessen.

Ich ziele mit dem Auge.

Ich schieße nicht mit der Hand; wer mit der Hand schießt, hat das Gesicht seines Vaters vergessen.

Ich schieße mit dem Verstand.

Ich töte nicht mit meiner Waffe ...‹«

Sie verstummte und deutete auf die flechtenschimmernden Steine auf dem Findling.

»Ich werde sowieso nichts töten – sind ja nur Itzibitzi*steine*.«

Ihr Gesichtsausdruck – ein bißchen garstig, ein bißchen verdrossen – deutete darauf hin, daß sie davon ausging, Roland würde resigniert sein, vielleicht sogar ein bißchen wütend auf sie. Aber Roland hatte schon hinter sich, was sie gerade durchmachte; er hatte nicht vergessen, daß angehende Revolvermänner manchmal schnippisch und übermütig waren, nervös und geneigt, genau im falschen Augenblick zuzubeißen ... und er hatte eine unerwartete Fähigkeit in sich entdeckt. Er konnte unterrichten. Mehr noch, es machte ihm *Spaß* zu unterrichten, und er fragte sich von Zeit zu Zeit, ob es Cort ebenso ergangen war. Er vermutete, daß es so gewesen war.

Jetzt fingen noch mehr Krähen rauh zu krächzen an – diesmal im Wald hinter ihnen. Ein Teil von Rolands Verstand registrierte die Tatsache, daß diese Schreie aufgeregt waren, nicht nur zänkisch; diese Vögel hörten sich an, als wären sie von dem Aas weggescheucht worden, das sie gerade gefressen hatten. Aber er mußte über wichtigere Dinge nachdenken als den Grund, der ein paar Vögel aufgescheucht hatte, daher speicherte er die Information einfach ab und konzentrierte seine Aufmerksamkeit wieder auf Susannah. Mit einem Schüler anders zu verfahren, hieße, einen zweiten, nicht mehr so verspielten Biß zu riskieren. Und wer würde dafür die Verantwortung tragen? Wer, wenn nicht der Lehrmeister? Aber bildete er sie denn nicht aus, um zu beißen? Bildete sie *beide* aus, um zu beißen? War ein Revolvermann nicht genau das, wenn man ihn der wenigen strengen Maßregeln des Rituals und der wenigen eisernen Vorschriften des Kodex entblätterte? War er (oder sie) nicht ein menschlicher Falke, der darauf trainiert war, auf Befehl zu beißen?

»Nein«, sagte er. »Es sind keine Steine.«

Sie zog die Brauen ein wenig in die Höhe und fing wieder an zu lächeln. Als sie sah, daß er nicht explodieren würde – wie manchmal, wenn sie langsam oder schnippisch war – (jedenfalls *noch* nicht), nahmen ihre Augen wieder das spöttische Funkeln wie von Sonne auf Stahl an, das er mit Detta Walker assoziierte. »Nicht?« Das Spötteln in ihrer Stimme war immer noch humorvoll, aber er dachte sich, es würde gemein werden, wenn er es zuließ. Sie war nervös, aufgekratzt und hatte die Krallen schon halb ausgefahren.

»*Nein*«, sagte er und erwiderte ihren Spott. Auch sein Lächeln stellte sich wieder ein, aber es war hart und humorlos. »Susannah, erinnerst du dich noch an die *blassn Wichsah?*«

Ihr Lächeln verblaßte langsam.

»Die *blassn Wichsah* aus Oxford Town?«

Ihr Lächeln war dahin.

»Weißt du noch, was die *blassn Wichsah* dir und deinen Freunden angetan haben?«

»Das war nicht *ich*«, sagte sie. »Das war die andere Frau.« Ihre Augen hatten einen stumpfen, mürrischen Ausdruck angenommen. Er haßte diesen Ausdruck, aber er gefiel ihm auch ganz gut. Es war der *richtige* Ausdruck, der sagte, daß die Zweige brannten und die größeren Scheite bald Feuer fangen würden.

»Doch. Das warst du. Ob es dir gefällt oder nicht, es war Odetta Susannah Holmes, Tochter von Sarah Walker Holmes. Nicht du, wie du *bist*, sondern du, wie du *warst*. Erinnerst du dich noch an die Feuerwehrschläuche, Susannah? Erinnerst du dich an die Goldzähne, die du gesehen hast, als sie mit den Feuerwehrschläuchen gegen dich und deine Freunde in Oxford vorgegangen sind? Wie du sie funkeln gesehen hast, als sie lachten?«

Diese Geschichten – und viele andere – hatten sie ihm in zahlreichen langen Nächten erzählt, während das Lagerfeuer niederbrannte. Der Revolvermann hatte nicht alles verstanden, aber er hatte trotzdem aufmerksam zugehört. Und nichts vergessen. Schließlich war Schmerz ein Werkzeug. Manchmal war er das beste Werkzeug.

»Was stimmt mit dir nicht, Roland? Warum mußt du mich an diesen Dreck erinnern?«

Jetzt funkelten die verdrossenen Augen ihn gefährlich an; sie erinnerten ihn an Alains Augen, wenn der gutmütige Alain doch einmal erzürnt war.

»Jene Steine sind diese Männer«, sagte Roland leise. »Die Männer, die dich in eine Zelle eingesperrt haben, wo du dich selbst besudeln mußtest. Die Männer mit den Stöcken und Hunden. Die Männer, die dich eine Niggerfotze genannt haben.«

Er deutete auf sie und bewegte den Finger von rechts nach links.

»Da ist derjenige, der dich in die Brust gekniffen und gelacht hat. Das ist derjenige, der dir gesagt hat, du sollst dich lieber vergewissern, ob du etwas in den Arsch gesteckt hättest. Da ist derjenige, der dich eine Schimpansin in einem Kleid für fünfhundert Dollar genannt hat. Das ist derjenige, der mit seinem Schlagstock über die Speichen deines Rollstuhls gestrichen ist, bis du gedacht hast, daß das Geräusch dich verrückt macht. Da ist derjenige, der deinen Freund Leo *Fummeltunte* genannt hat. Und der am Ende, Susannah, das ist Jack Mort.

Dort. Diese Steine. *Diese Männer.*«

Sie atmete jetzt heftig, ihr Busen hob und senkte sich schnell und ruckartig unter dem Patronengurt mit seiner schweren Ladung an Patronen. Sie hatte den Blick von ihm abgewendet und sah zu den flechtenbewachsenen Steinen. Hinter ihnen splitterte in einiger Entfernung ein Baum und stürzte um. Noch mehr Krähen krächzten am Himmel. Die beiden waren tief in das Spiel vertieft, das kein Spiel mehr war, und bemerkten es nicht.

»Ach ja?« schnaufte sie. »Ist das so?«

»Es ist so. Und nun sag deine Lektion, Susannah Dean, und sei aufrichtig.«

Diesmal kamen ihr die Worte wie winzige Eiskristalle über die Lippen. Ihre rechte Hand zitterte ein wenig auf der Handstütze des Rollstuhls wie ein Motor im Leerlauf.

»›Ich ziele nicht mit der Hand; wer mit der Hand zielt, hat das Gesicht seines Vaters vergessen.

Ich ziele mit dem Auge.‹«

»Gut.«

»›Ich schieße nicht mit der Hand; wer mit der Hand schießt, hat das Gesicht seines Vaters vergessen.

Ich schieße mit dem Verstand.‹«

»So ist es immer gewesen, Susannah Dean.«

»›Ich töte nicht mit meiner Waffe; wer mit seiner Waffe tötet, hat das Gesicht seines Vaters vergessen.

Ich töte mit dem Herzen.‹«

»Dann TÖTE sie, bei deinem Vater!« brüllte Roland. *»TÖTE SIE ALLE!«*

Ihre rechte Hand war ein Flirren zwischen der Lehne des Rollstuhls und dem Griff von Rolands Sechsschüsser. Diesen hatte sie binnen einer Sekunde herausgeholt, senkte die linke Hand und spannte den Hahn mit Bewegungen, die fast so geschwind und zierlich wie der Flügelschlag eines Kolibris waren. Sechs Schüsse hallten über das Tal, und fünf der sechs Steine auf dem Findling verschwanden von der Bildfläche.

Einen Augenblick sagte keiner etwas – sie atmeten nicht einmal, schien es –, während die Echos ersterbend hin und her hallten. Selbst die Krähen waren verstummt, zumindest vorübergehend.

Der Revolvermann unterbrach das Schweigen mit drei tonlosen und dennoch seltsam bewegten Worten: »Das war ausgezeichnet.«

Susannah betrachtete die Waffe in ihrer Hand, als hätte sie sie vorher noch nie gesehen. Ein Rauchfähnchen stieg in der windstillen Luft vollkommen senkrecht vom Lauf empor. Dann steckte sie sie langsam wieder in das Halfter unter dem Busen.

»Gut, aber nicht perfekt«, sagte sie schließlich. »Ich habe einen verfehlt.«

»Wirklich?« Er ging zu dem Findling und hob das verbliebene Stück Stein hoch. Er betrachtete es, dann warf er es ihr zu.

Sie fing den Stein mit der Linken; die Rechte behielt sie am Halfter der Waffe, wie er mit Wohlgefallen sah. Sie schoß besser und natürlicher als Eddie, hatte diese spezielle Lektion aber nicht so schnell gelernt wie Eddie. Wäre sie während der Schießerei in Balazars Nachtklub bei ihnen gewesen, hätte sie es vielleicht. Jetzt, stellte Roland fest, lernte sie auch das. Sie betrachtete den Stein und sah die kaum zwei Millimeter tiefe Kerbe an der oberen Ecke.

»Du hast ihn nur gestreift«, sagte Roland und kam zu ihr zurück, »aber manchmal reicht das. Wenn man einen Menschen streift, aus dem Gleichgewicht bringt . . .« Er verstummte. »Warum siehst du mich so an?«

»Du weißt es nicht, was? Du weißt es wirklich nicht.«

»Nein. Dein Denken ist mir häufig verschlossen, Susannah.«

In seiner Stimme klang nichts Defensives mit, und Susannah schüttelte resigniert den Kopf. Der rasende Ringelreihen ihrer Persönlichkeit raubte ihm manchmal den Nerv. Sein scheinbares Unvermögen, jemals etwas anderes auszusprechen als das, was ihm gerade durch den Kopf ging, bewirkte dasselbe bei ihr. Er war der *offenste* Mensch, dem sie jemals begegnet war.

»Na gut«, sagte sie, »dann will ich dir *sagen,* warum ich dich so ansehe, Roland. Weil du mir einen üblen Streich gespielt hast. Du hast gesagt, du würdest mich nicht schlagen, *könntest* mich nicht schlagen, selbst wenn ich gemein wäre . . . aber entweder hast du gelogen, oder du bist dumm, und ich *weiß,* daß du nicht dumm bist. Die Menschen schlagen nicht immer mit der Hand, wie jeder Mann und jede Frau meiner Rasse bestätigen kann. Wo ich herkomme, kennen wir einen kleinen Reim: ›Stock und Stein brechen mein Gebein . . .‹«

»›. . . doch Spott wird mir nichts tun‹«, sprach Roland weiter.

»Nun, ganz so heißt es bei uns nicht, doch ich glaube, es kommt ganz gut hin. Aber es ist dummes Zeug – wie man es auch sagt. Was du getan hast, nennt man nicht umsonst verbale Prügel. Deine Worte haben mir *weh* getan, Roland – möchtest du hier stehen und mir sagen, du hättest das nicht gewußt?«

Sie saß in ihrem Rollstuhl und sah voll strahlender, strenger Neugier zu ihm auf, und Roland dachte – nicht zum erstenmal –, daß die *blassn Wichsah* aus Susannahs Land entweder sehr tapfer oder sehr dumm gewesen sein mußten, ihr in die Quere zu kommen, Rollstuhl hin oder her. Und da er sie kennengelernt hatte, glaubte er nicht, daß Tapferkeit die Antwort war.

»Ich habe nicht daran gedacht, ob sie dir weh tun würden, und es war mir auch egal«, sagte er geduldig. »Ich habe gesehen, wie du die Zähne gefletscht hast und beißen wolltest, darum habe ich dir einen Stock zwischen die Kiefer geschoben. Und es hat funktioniert... oder nicht?«

Jetzt zeigte ihr Ausdruck gekränktes Erstaunen. »Du *Dreckskerl!*«

Statt zu antworten, holte er die Waffe aus dem Halfter, fummelte mit den verbliebenen zwei Fingern seiner rechten Hand den Zylinder auf und lud die Kammern mit der rechten Hand nach.

»Von allen herablassenden arroganten ...«

»Du *mußtest* beißen«, sagte er im selben geduldigen Tonfall. »Wenn nicht, hättest du nur danebengeschossen – mit der Hand und der Waffe statt mit Auge und Verstand und Herz. War das ein Trick? War es arrogant? Ich finde nicht. Ich finde, Susannah, *du* warst diejenige mit Arroganz im Herzen. Ich glaube, *du* warst diejenige, die Tricks im Schilde geführt hat. Aber das beunruhigt mich nicht. Ganz im Gegenteil. Ein Revolvermann ohne Zähne ist kein Revolvermann.«

»Verdammt, ich *bin* kein Revolvermann!«

Er achtete nicht auf sie; er konnte es sich leisten. Wenn sie kein Revolvermann – oder eine Revolverfrau – war, dann war er ein Stockschwinger. »Hätten wir ein Spiel gespielt, wäre es vielleicht anders gewesen. Aber dies ist kein Spiel. Es ...«

Seine gute Hand glitt einen Moment zur Stirn und verweilte da, mit über der linken Schläfe gespreizten Fingern. Die Fingerspitzen, sah sie, zitterten fast unmerklich.

»Roland, was überkommt dich?« fragte sie.

Die Hand sank langsam herunter. Er klappte den Zylinder wieder ein und steckte den Revolver in ihr Halfter zurück. »Nichts.«

»O doch. Ich habe es gesehen. Eddie auch. Es hat angefangen, als wir gerade vom Strand aufgebrochen waren. Etwas stimmt nicht, und es wird immer schlimmer.«

»Es ist alles in Ordnung«, wiederholte er.

Sie streckte die Hände aus und ergriff seine. Ihre Wut war verflogen, jedenfalls vorläufig. Sie sah ihm ernst in die Augen. »Eddie und ich ... dies ist nicht unsere Welt, Roland. Ohne dich würden wir hier sterben. Wir hätten deine Waffen und wir können schießen, das hast du uns beigebracht; aber wir würden trotzdem sterben. Wir ... wir sind von dir abhängig. Also sag mir, was mit dir nicht stimmt. Laß mich versuchen, dir zu helfen. Laß *uns* versuchen, dir zu helfen.«

Er war nie ein Mann gewesen, der sich selbst durch und durch verstand oder dem daran etwas gelegen wäre; das Konzept von Selbstbetrachtung (ganz zu schweigen von Selbstanalyse) war ihm fremd. Seine Art war es, zu handeln – rasch seine inneren, völlig fremden Instinkte zu befragen und dann zu handeln. Von ihnen allen war er der Perfekteste gewesen, ein Mann, dessen romantischer Kern in einen brutalen, einfachen Behälter eingeschlossen war, welcher aus Instinkt und Pragmatismus bestand. Jetzt richtete er einen dieser raschen Blicke nach innen und beschloß, ihr alles zu erzählen. Etwas stimmte nicht mit ihm, o ja. Ja, wahrhaftig. Etwas stimmte nicht mit seinem Verstand, etwas so Einfaches wie seine Natur und doch so Seltsames wie das rastlose Wanderleben, zu dem diese Natur ihn getrieben hatte.

Er wollte den Mund aufmachen und sagen: *Ich werde dir erzählen, was mit mir nicht stimmt, Susannah, und ich werde es mit vier einfachen Worten tun: Ich verliere den Verstand.* Aber bevor er etwas sagen konnte, stürzte noch ein Baum im Wald um – mit einem gewaltigen, knirschenden Prasseln. Dieser Baum lag näher, und diesmal waren sie nicht tief in eine Probe der Willenskraft verwickelt, die sich als Unterricht verkleidet hatte. Beide hörten es, beide hörten das aufgeregte Krächzen der Krähen, das darauf folgte, und beide registrierten die Tatsache, daß der Baum ganz in der Nähe ihres Lagers umgestürzt war.

Susannah hatte in die Richtung des Geräuschs gesehen, aber jetzt richtete sie die aufgerissenen und betroffenen Augen ins Gesicht des Revolvermanns. »Eddie!« sagte sie.

Ein Schrei ertönte in der unergründlichen grünen Weite des Waldes hinter ihnen – ein gewaltiger Wutschrei. Noch ein Baum fiel um, dann noch einer. Es hörte sich an, als würden sie in einem Hagel von Mörserfeuer umstürzen. *Trockenes Holz,* dachte der Revolvermann. *Tote Bäume.*

»Eddie!« Diesmal kreischte sie es. »Was es auch sein mag, *es ist bei Eddie!*« Ihre Hände schnellten zu den Reifen des Rollstuhls und begannen mit der mühsamen Arbeit, ihn herumzudrehen.

»Dafür ist keine Zeit.« Roland packte sie unter den Armen und zog sie heraus. Er hatte sie schon früher getragen, wenn das Gelände zu uneben für den Rollstuhl gewesen war – beide Männer hatten das getan –, aber seine unfehlbare, atemberaubende Schnelligkeit verblüffte sie immer wieder. Eben noch saß sie in ihrem Rollstuhl, einem Stück, das sie im Herbst 1962 im besten Orthopädiegeschäft von New York City gekauft hatte. Und im nächsten Augenblick balancierte sie unsicher auf Rolands Schultern, umklammerte mit den muskulösen Oberschenkeln seinen Hals, während er die Hände über den Kopf erhoben hatte und auf ihren Rückenansatz drückte. Er setzte sich in Bewegung, seine Stiefel stapften auf den nadelübersäten Waldboden zwischen den Fahrspuren ihres Rollstuhls.

»Odetta!« rief er und griff in diesem Augenblick der Belastung auf den Namen zurück, unter dem er sie kennengelernt hatte. »Verlier den Revolver nicht! Bei deinem Vater!«

Er sprintete jetzt zwischen den Bäumen dahin. Schattenmuster und grelle Ketten von Sonnenlicht fielen wie ein wechselndes Mosaik auf sie, während Rolands Schritte ausgreifender wurden. Sie liefen jetzt bergab. Susannah hob die linke Hand und wehrte einen Ast ab, der sie von den Schultern des Revolvermanns schlagen wollte. Im selben Augenblick griff sie mit der rechten Hand nach dem Griff des uralten Revolvers und umklammerte ihn.

Eine Meile, dachte sie. *Wie lange braucht man, um eine Meile zu laufen? Wie lange, wenn er weiter mit aller Kraft läuft? Nicht lange, wenn er nicht auf diesen feuchten Nadeln ausrutscht... aber vielleicht* zu *lange. Mach, daß es ihm gutgeht, Gott – mach, daß es meinem Eddie gutgeht.*

Als Antwort hörte sie die unsichtbare Bestie wieder ihren Schrei ausstoßen. Die gewaltige Stimme war wie Donner. Wie der Weltuntergang.

2

Er war das größte Geschöpf in dem Wald, der einmal als der Große Westliche Wald bekannt gewesen war, und er war das älteste. Viele der riesigen alten Ulmen, die Roland unten im Tal gesehen hatte, waren kaum mehr als Schößlinge gewesen, die aus dem Erdreich kamen, als der Bär wie ein brutaler, wandernder König aus den vagen, unbekannten Weiten von Außerwelt gekommen war.

Einst hatte das Alte Volk im Westlichen Wald gelebt (auf deren Hinterlassenschaften war Roland in den vergangenen Wochen von Zeit zu Zeit gestoßen), und sie hatten Furcht vor dem kolossalen, unsterblichen Bären empfunden. Sie hatten versucht, ihn zu töten, als sie herausgefunden hatten, daß sie nicht allein in dem neuen Gebiet lebten, in welches sie eingedrungen waren, und ihre Pfeile hatten ihn zwar erbost, aber keinen nennenswerten Schaden angerichtet. Er war freilich nicht verwirrt, was die *Ursache* seiner Qualen anbetraf, wie die anderen Tiere des Waldes – selbst die Buschkatzen, Raubtiere, die in den Sandhügeln im Westen hausten und ihre Jungen großzogen. Nein; er wußte, woher die Pfeile kamen, dieser Bär. *Wußte es.* Und für jeden Pfeil, der seine Spitze ins Fleisch unter dem zottigen Pelz bohrte, holte er drei, vier, manchmal bis zu einem halben Dutzend des Alten Volks. Kinder, wenn er sie erwischte; wenn nicht Frauen. Ihre Krieger verschmähte er, und das war die größte Demütigung.

Als ihnen seine wahre Natur schließlich deutlich wurde, gaben sie die Versuche auf, ihn zu töten. Er war selbstverständlich die Inkarnation eines Dämons – oder der Schatten eines Gottes. Sie nannten ihn

Mir, was für diese Menschen ›die Welt unter der Welt‹ bedeutete. Er maß aufgerichtet zwanzig Meter, und nach achtzehn oder mehr Jahren uneingeschränkter Herrschaft im Westlichen Wald starb er. Vielleicht war die Ursache seines Todes anfänglich ein mikroskopischer Organismus in etwas, das er gegessen oder getrunken hatte, gewesen; vielleicht lag es am Alter; höchstwahrscheinlich an einer Mischung von beidem. Die Ursache war einerlei; das endgültige Ergebnis – eine Kolonie Parasiten, die in seinem Gehirn nisteten und sich rapide vermehrten – nicht. Nach Jahren berechnender, brutaler Vernunft war Mir wahnsinnig geworden.

Der Bär hatte gewußt, daß sich wieder Menschen in diesem Wald aufhielten; er beherrschte den Wald, und auch wenn dieser unermeßlich weit war, entging nichts Wichtiges lange seiner Aufmerksamkeit. Er war den Neuankömmlingen aus dem Weg gegangen – nicht, weil er Angst hatte, sondern weil er nichts mit ihnen zu schaffen hatte und sie nicht mit ihm. Dann hatten die Parasiten ihre Arbeit begonnen, und je schlimmer sein Wahnsinn wurde, um so überzeugter war er, daß es sich wieder um das Alte Volk handelte, daß die Fallensteller und Waldniederbrenner zurückgekommen waren und sie bald ihre alten, dummen Gemeinheiten wiederaufnehmen würden. Erst als er in seinem letzten Bau lag, rund dreißig Meilen vom Platz der Neuankömmlinge entfernt – und bei jeder Morgendämmerung kränker als bei Sonnenuntergang am Vortag –, war er zur Überzeugung gelangt, daß das Alte Volk endlich eine Gemeinheit gefunden hatte, die funktionierte: Gift.

Diesmal kam er nicht, um Rache für eine unbedeutende Verletzung zu nehmen, sondern um sie endgültig auszurotten, bevor ihr Gift ihm ein Ende setzte ... und während er unterwegs war, setzte jegliches Denken aus. Übrig blieb rote Wut, das rostige Summen des Dings zwischen seinem Kopf – des kreisenden Dings zwischen seinen Ohren, das seine Arbeit einmal in geschmierter Stille getan hatte –, und ein ins Unheimliche übersteigerter Geruchssinn, der ihn unfehlbar zum Lager der drei Pilger führte.

Der Bär, dessen richtiger Name nicht Mir lautete, sondern ganz anders, bahnte sich seinen Weg durch den Wald wie ein wandelndes Gebäude, ein zottiger Turm mit rotbraunen Augen. Fieber und Wahnsinn glommen in diesen Augen. Sein klobiger Kopf, der jetzt einen Kranz aus abgebrochenen Zweigen und Fichtennadeln trug, schwang unablässig von einer Seite auf die andere. Ab und zu nieste er, eine gedämpfte Explosion – Ah-TSCHUH! –, worauf Wolken wuselnder weißer Parasiten aus seinen triefenden Nasenlöchern stoben. Seine Pfoten, die mit neunzig Zentimeter langen Krallen beschwert waren, rissen an den Bäumen. Er ging aufrecht und hinterließ tiefe Spuren im weichen schwarzen Boden unter den Bäumen. Er roch nach frischem Harz und alter, saurer Scheiße.

Das Ding auf seinem Kopf surrte und quietschte, quietschte und surrte.

Der Kurs des Bären blieb fast konstant: eine gerade Linie, die ihn zum Lager derjenigen führen würde, die es gewagt hatten, in diesen Wald zurückzukehren, die es gewagt hatten, dunkelgrüne Qual in seinen Kopf zu pflanzen. Altes Volk oder Neues Volk, sie würden sterben. Wenn er an einen abgestorbenen Baum kam, wich er manchmal so weit von seinem geraden Weg ab, daß er ihn umstoßen konnte. Der trokkene, explosionsartige Knall des Sturzes gefiel ihm; wenn der Baum dann in seiner ganzen verfaulten Länge auf den Waldboden aufgeschlagen war oder an einem Artgenossen lehnte, stapfte der Bär weiter durch schräge Strahlen des Sonnenlichts, die vom schwebenden Sägemehl dunstig wurden.

3

Zwei Tage vorher hatte Eddie Dean wieder angefangen zu schnitzen – das erstemal, seitdem er zwölf Jahre alt war, daß er sich an einer Schnitzerei versuchte. Er erinnerte sich, es hatte ihm Spaß gemacht, und er glaubte, er mußte auch gut darin gewesen sein. Daran konnte er sich nicht erinnern, nicht mit Sicherheit, aber er hatte zumindest einen deutlichen Hinweis darauf, daß es so war: Henry, seinem älteren Bruder, hatte es gestunken, wenn er ihn dabei beobachtet hatte.

Oh, seht euch die Memme an, hatte Henry gesagt. *Was machst'n heute, Memme? Ein Puppenhaus? Einen Pißpott für deinen itzibitzi Minipiller? Ohhh ... ist das nicht NIEDLICH?*

Henry rückte nie frei damit heraus; er wäre nie zu Eddie gekommen und hätte einfach gesagt: *Würdest du damit aufhören, Bruderherz? Weißt du, es ist ziemlich gut, und wenn du etwas machst, das ziemlich gut ist, macht mich das nervös. Denn weißt du,* ich *bin derjenige, der ziemlich gut sein soll.* Ich. *Henry Dean. Und darum denke ich, Bruderherz, werde ich einfach wegen bestimmter Sachen über dich herziehen. Ich werde nicht frei heraus sagen: ›Tu das nicht, weil es mich nervös macht‹, weil sich das anhören könnte, du weißt schon, als wäre ich ein bißchen verkorkst im Kopf. Aber ich kann über dich herziehen, weil große Brüder das eben machen, richtig? Gehört alles zum Image. Ich ziehe über dich her und hänsle dich und mach dich zum Gespött, bis du einfach ... damit ... AUFHÖRST! Okay?*

Nun, es war *nicht* okay, eigentlich nicht, aber im Haushalt der Deans lief normalerweise alles so, wie Henry es wollte. Und bis vor kurzem hatte das auch seine Ordnung – nicht okay, aber *richtig.* Es gab da einen kleinen, aber entscheidenden Unterschied, wenn man dahinterkam. Und es gab zwei Gründe, warum es richtig schien. Der eine war ein oberschwelliger Grund; der andere war ein unterschwelliger Grund.

Der oberschwellige Grund war der, daß Henry auf Eddie AUFPASSEN mußte, wenn Mrs. Dean zur Arbeit war. Er mußte die ganze Zeit AUFPASSEN, weil es früher auch einmal eine Schwester Dean gegeben hatte, wenn man sich noch erinnerte. Sie wäre vier Jahre älter als Eddie und vier Jahre jünger als Henry gewesen, wenn sie überlebt hätte, aber genau das war ja der Knackpunkt, seht ihr, sie *hatte* nämlich nicht überlebt. Sie war von einem angetrunkenen Autofahrer überfahren worden, als Eddie zwei Jahre alt war. Sie hatte beim ›Himmel-und-Hölle‹-Spiel auf dem Gehweg zugesehen, als es passiert war.

Als Kind hatte Eddie manchmal an seine Schwester denken müssen, wenn er Mel Allen zuhörte, der die Spiele des Yankee Baseball Network kommentierte. Wenn jemand echt einen draufschlug, hatte Mel gebrüllt: »*Ach du dickes Ei! Dem hat er's aber gegeben! UND TSCHÜS!*« Nun, der Betrunkene hatte es Gloria Dean gegeben, ach du dickes Ei, und tschüs. Gloria befand sich jetzt auf dem großen Oberdeck im Himmel, und es war nicht passiert, weil sie Pech gehabt hatte oder weil der Staat New York es nicht für notwendig erachtet hatte, dem Arsch nach seinem dritten Unfall unter Alkohol den Führerschein abzunehmen, nicht einmal weil Gott sich gerade gebückt hatte, um eine Erdnuß aufzuheben; es war passiert (wie Mrs. Dean ihren Söhnen hin und wieder einmal erklärte), weil niemand dagewesen war, der auf Gloria AUFGEPASST hatte.

Henrys Aufgabe bestand darin, dafür zu sorgen, daß Eddie so etwas nie zustieß. Das war seine Aufgabe, und er erfüllte sie, aber es war nicht immer einfach. Darin waren sich Henry und Mrs. Dean einig, wenn auch sonst in nichts. Beide hatten Eddie regelmäßig daran erinnert, auf wieviel Henry verzichtet hatte, nur damit Eddie vor betrunkenen Fahrern und Wegelagerern und Junkies und möglicherweise sogar böswilligen Außerirdischen sicher war, die in unmittelbarer Nähe des Oberdecks herumfliegen mochten – Außerirdische, denen es jeden Augenblick einfallen konnte, mit atombetriebenen Düsenskiern von ihren UFOs herunterzukommen und kleine Jungs wie Eddie Dean zu entführen. Von daher war es falsch, Henry noch nervöser zu machen, als diese schreckliche Verantwortung ihn ohnehin schon gemacht hatte. Falls Eddie doch einmal etwas tat, das Henry noch nervöser machte, hatte Eddie auf der Stelle damit aufzuhören. Das war die Art, wie er es Henry vergelten konnte, daß dieser soviel Zeit geopfert hatte, um auf Eddie AUFZUPASSEN. Wenn man so darüber nachdachte, sah man ein, daß es ziemlich unfair war, etwas besser als Henry zu machen.

Und dann gab es noch den unterschwelligen Grund. Dieser Grund (die Welt unter der Welt, könnte man sagen), war noch gewichtiger, weil man ihn niemals aussprechen konnte. Eddie konnte nicht zulassen, daß er in etwas besser als Henry war, denn Henry war größtenteils in nichts gut ... abgesehen davon natürlich, auf Eddie AUFZUPASSEN.

Henry lehrte Eddie, wie man Baseball spielt, auf dem Spielplatz bei dem Mietshaus, wo sie wohnten; dieses lag in einem Betonvorort, wo die Türme von Manhattan wie ein Traum am Horizont aufragten und der Unterhaltsscheck der Sozialhilfe König war. Eddie war acht Jahre jünger als Henry und viel kleiner, aber er war auch viel schneller. Er besaß ein natürliches Gefühl für das Spiel; wenn er mit dem Ball in den Händen auf dem rissigen, unebenen Beton des Spielfelds lief, schienen die Bewegungen in seinen Nervenenden zu zischen. Er war schneller, aber das war nicht der große Knüller. Der Knüller war, er war *besser* als Henry. Hätte er es nicht an den Ergebnissen der Spiele gesehen, an denen sie manchmal teilnahmen, hätte er es Henrys mörderischen Blicken und den brutalen Schlägen auf den Oberarm entnehmen können, die dieser manchmal hinterher auf dem Nachhauseweg austeilte. Diese Schläge waren angeblich Henrys kleine Scherze – »Und noch einen fürs Zusammenzucken!« rief er manchmal fröhlich, und dann *wumm-wumm!* mit einem ausgestreckten Knöchel auf Henrys Bizeps –, aber sie *waren* nicht wie Scherze. Sie waren wie Warnungen. Sie schienen Henrys Art zu sein, zu sagen: *Du solltest mich lieber nicht austricksen, so daß ich dumm dastehe, wenn du zum Korb läufst, Bruderherz; du solltest lieber nicht vergessen, daß ich AUF DICH AUFPASSE.*

Dasselbe galt für das Lesen ... Baseball ... Ring-a-Levio ... Mathe ... sogar Seilhüpfen, und das war ein Mädchenspiel. Daß er in alledem besser war oder besser sein *konnte,* war ein Geheimnis, das er um jeden Preis hüten mußten. Weil Eddie der kleine Bruder war. Weil Henry auf ihn AUFPASSTE. Aber der wichtigste Teil des unterschwelligen Grundes war zugleich der einfachste: Das alles mußte geheimgehalten werden, weil Henry Eddies großer Bruder war und Eddie ihn abgöttisch bewunderte.

4

Vor zwei Tagen, als Susannah ein Kaninchen häutete und Roland anfing, das Essen zuzubereiten, war Eddie südlich vom Lager im Wald gewesen. Er hatte einen komischen Holzsporn aus einem frischen Stumpf herausragen sehen. Ein unheimliches Gefühl – er vermutete, es war das, was die Leute *déjà vu* nannten – kam über ihn, und er betrachtete den Sporn, der wie ein unzulänglich geformter Türgriff aussah. Er merkte am Rande, daß sein Mund trocken geworden war.

Nach mehreren Sekunden wurde ihm klar, daß er den Sporn betrachtete, der aus dem Stumpf ragte, aber an den Hof hinter dem Haus *dachte,* wo er und Henry gewohnt hatten – er dachte daran, wie sich der warme Beton unter seinem Hintern anfühlte, und an den üblen Gestank des Abfalls in der Tonne um die Ecke. In dieser Erinnerung hielt er ein

Stück Holz in der linken Hand und ein Tranchiermesser aus der Schublade in der Spüle in der rechten. Der Holzsporn, der aus dem Stumpf ragte, hatte die Erinnerung an jene kurze Zeit heraufbeschworen, als das Schnitzen seine ganze Liebe gewesen war. Diese Erinnerung war lediglich so tief begraben gewesen, daß er anfangs gar nicht gewußt hatte, worum es sich handelte.

Beim Schnitzen am meisten gefallen hatte ihm das *Sehen,* das stattfand, bevor man überhaupt anfing. Manchmal sah man ein Auto oder einen Laster. Manchmal einen Hund oder eine Katze. Einmal, fiel ihm ein, war es das Gesicht eines Götzen gewesen – einer der unheimlichen Monolithen der Osterinsel, die er in der Schule in einer Ausgabe des *National Geographic* gesehen hatte. Das war gut gewesen. Man mußte nur herausfinden, wieviel von dem Betreffenden man aus dem Holz herausholen konnte, ohne es zu zerbrechen. Man bekam nie alles heraus, aber wenn man vorsichtig genug zu Werke ging, manchmal doch eine ganze Menge.

In diesem Sporn an der Seite des Stumpfes steckte eine ganze Menge. Er glaubte, mit Rolands Messer könnte man einen Großteil davon herausholen – es war das schärfste, handlichste Werkzeug, das er jemals benützt hatte.

Etwas in diesem Holz wartete geduldig auf jemand – jemand wie ihn! –, der des Weges kam und es herausließ. Es befreite.

Oh, seht euch die Memme an! Was machst'n heute, Memme? Ein Puppenhaus? Einen Pißpott für deinen itzibitzi Minipiller? Eine Schlinge, daß du so tun kannst, als würdest du Kaninchen fangen wie die großen Jungs? Ohhh ... ist das nicht NIEDLICH?

Er verspürte eine Aufwallung von Scham, ein Gefühl, als wäre es falsch; den Eindruck, als müßten Geheimnisse um jeden Preis gewahrt werden, und dann fiel ihm – wieder einmal – ein, daß Henry Dean, der in späteren Jahren der große Weise und bedeutende Junkie wurde, ja tot war. Diese Erkenntnis hatte ihre Kraft zu überraschen immer noch nicht eingebüßt; sie setzte ihm auf unterschiedliche Weise zu, manchmal mit Traurigkeit, manchmal mit Schuldgefühlen, manchmal mit Zorn. An diesem Tag, zwei Tage bevor der große Bär aus den grünen Korridoren des Waldes gestürmt war, überkam es ihn auf die überraschendste Weise von allen. Er verspürte Erleichterung und jauchzende Freude.

Er war frei.

Eddie hatte sich Rolands Messer ausgeliehen. Er benützte es, um den vorstehenden Holzsporn vorsichtig herauszutrennen, dann kam er damit zurück, setzte sich unter einen Baum und drehte ihn hierhin und dorthin. Er sah nicht *darauf;* er sah *hinein.*

Susannah war mit dem Kaninchen fertig. Das Fleisch wanderte in den Kochtopf über dem Feuer, das Fell wurde zwischen zwei Stöcken gespannt, an denen sie es mit Wildlederschnüren aus Rolands Tasche festbanden. Später, nach dem Abendessen, würde Eddie damit anfangen, es sauberzuschaben. Sie benützte Hände und Arme und robbte mühelos zu der Stelle, wo Eddie mit dem Rücken am Stamm einer hohen, alten Pinie saß. Beim Lagerfeuer krümelte Roland einige geheimnisvolle – und zweifellos köstliche – Waldkräuter in den Kochtopf. »Was machst du da, Eddie?«

Eddie hatte dem absurden Impuls widerstanden, den Holzsporn hinter dem Rücken zu verstecken. »Nichts«, sagte er. »Aber weißt du, vielleicht schnitze ich etwas.« Nach einer Pause fügte er hinzu: »Aber ich bin nicht besonders gut.« Er hörte sich an, als wollte er sie unbedingt davon überzeugen.

Sie hatte ihn verwirrt angesehen. Einen Augenblick schien sie im Begriff, etwas zu sagen, dann zuckte sie nur die Achseln und ließ ihn in Ruhe. Sie hatte keine Ahnung, warum Eddie sich zu schämen schien, daß er die Zeit mit einer kleinen Schnitzerei totschlug – ihr Vater hatte das ständig gemacht –, aber sie ging davon aus, wenn man darüber reden mußte, würde Eddie es schon zu gegebener Zeit tun.

Er wußte, die Schuldgefühle waren dumm und sinnlos, aber er wußte auch, er fühlte sich wohler beim Schnitzen, wenn Roland und Susannah nicht im Lager waren. Alte Gewohnheiten, schien es, waren manchmal nur schwer auszumerzen. Mit dem Heroin fertig zu werden, war ein Kinderspiel verglichen damit, mit seiner Kindheit fertig zu werden.

Wenn sie aber fort waren, beim Jagen oder Schießen oder bei Rolands eigenwilliger Form der Ausbildung, dann konnte sich Eddie mit überraschendem Geschick und zunehmendem Spaß über dieses Stück Holz hermachen. Die Form steckte darin; damit hatte er recht gehabt. Sie war einfach, und Rolands Messer befreite sie mit unheimlicher Mühelosigkeit. Eddie glaubte, er würde sie fast hundertprozentig herausarbeiten können, und das wiederum bedeutete, die Schleuder konnte sich als praktische Waffe erweisen. Vielleicht nichts Besonderes im Vergleich zu Rolands großen Revolvern, aber dennoch etwas, das er ganz allein gemacht hatte. *Sein.* Und dieser Gedanke freute ihn ganz besonders.

Als die ersten Krähen furchtsam krächzend in die Luft stoben, hörte er es nicht. Er dachte bereits – hoffte –, daß er bald auf einen Baum stoßen würde, in dem ein Bogen eingesperrt war.

5

Er hörte den anstürmenden Bär vor Roland und Susannah, aber nicht lange vorher – er befand sich in diesem fiebrigen Nebel der Konzentration, der den kreativen Impuls stets begleitet, wenn er am genüßlichsten und stärksten ist. Er hatte diese Impulse fast sein ganzes Leben lang unterdrückt, und nun hielt dieser ihn fast völlig im Griff. Eddie war ein williger Gefangener.

Nicht das Prasseln eines fallenden Baums riß ihn aus seiner Konzentration, sondern das rasch aufeinanderfolgende Donnern einer 45er im Süden. Er sah lächelnd auf und strich sich mit einer Hand voll Sägemehl das Haar aus der Stirn. In diesem Augenblick, als er mit dem Rükken an einer hohen Pinie auf der Lichtung lehnte, die zu ihrem Zuhause geworden war, und widerstreitende Strahlen grüngoldenen Waldlichts auf sein Gesicht fielen, sah er wahrlich hübsch aus – ein junger Mann mit widerborstigem dunklem Haar, das ständig in seine hohe Stirn fiel, ein junger Mann mit einem markanten, beweglichen Mund und Mandelaugen.

Einen Moment sah er zu Rolands anderer Waffe, die in der Nähe im Gurt an einem Ast hing, und fragte sich, wie lange es her sein mochte, daß Roland weggegangen war, ohne daß mindestens eine seiner legendären Waffen an seiner Seite gehangen hatte. Diese Frage führte zu zwei anderen.

Wie *alt* war dieser Mann, der Eddie und Susannah aus ihrer Welt und ihrer *Zeit* geholt hatte? Und wichtiger: Was stimmte nicht mit ihm?

Susannah hatte versprochen, das Thema anzuschneiden ... das heißt, wenn sie gut genug schoß und Roland nicht wieder auf die Palme brachte. Eddie glaubte nicht, daß Roland es ihr sagen würde – anfänglich nicht –, aber es würde Zeit, den alten Langen, Großen und Häßlichen wissen zu lassen, daß *sie* wußten, etwas stimmte nicht.

»Wenn es Gottes Wille ist, springt Wasser aus dem Fels herfür«, sagte Eddie. Als er sich wieder seiner Schnitzerei zuwandte, umspielte der Hauch eines Lächelns seine Lippen. Sie hatten beide angefangen, Rolands Sprichwörter zu benützen ... und er ihre. Es war fast, als wären sie Hälften derselben ...

Dann stürzte nicht weit entfernt ein Baum im Wald um. Eddie sprang in Null Komma nichts auf die Füße und hielt die halbfertige Schleuder in der einen und Rolands Messer in der anderen Hand. Er sah in Richtung des Geräuschs über die Lichtung, sein Herz klopfte, und plötzlich waren alle seine Sinne erwacht. Etwas kam näher. Jetzt konnte er hören, wie es seinen achtlosen Weg durch das Unterholz trampelte, und er staunte verbittert, daß diese Erkenntnis so spät gekommen war. Weit hinten in seinem Verstand sagte ihm eine Stimme, daß ihm das ganz recht geschah. Es geschah ihm ganz recht, weil er etwas besser konnte als Henry, weil er Henry nervös machte.

Ein weiterer Baum fiel mit einem knirschenden, hustenden Krachen. Eddie konnte sehen, wie eine Wolke Sägemehl in die stille Luft emporstob. Das Geschöpf, das für diese Wolke verantwortlich war, brüllte plötzlich – ein wütender Schrei, der einem das Blut in den Adern gefrieren ließ.

Was immer es auch sein mochte, es war ein riesiger Wichser.

Er ließ das Holzstück fallen, dann warf er Rolands Messer zu einem fünf Meter links gelegenen Baum. Es überschlug sich zweimal in der Luft und blieb dann zitternd mit der Klinge im Stamm stecken. Er holte Rolands 45er aus dem hängenden Gurt und spannte ihn.

Stehenbleiben oder weglaufen?

Aber er stellte fest, daß er sich den Luxus dieser Frage nicht mehr gönnen konnte. Das Ding war *schnell,* nicht nur riesig, und jetzt war es zu spät zum Weglaufen. Ein gigantischer Umriß zeichnete sich in dem Korridor der Bäume nördlich der Lichtung ab, ein Umriß, der die meisten Bäume überragte. Es stapfte direkt auf ihn zu, und als sein Blick auf Eddie Dean fiel, stieß es einen weiteren Schrei aus.

»O Mann, ich bin *angeschissen*«, flüsterte Eddie, als sich ein weiterer Baum bog, wie ein Fidibus brach und in einer Wolke von Staub und trockenen Nadeln auf den Waldboden fiel. Jetzt stapfte das Ding direkt auf die Lichtung zu, wo er stand, ein Bär so groß wie King Kong. Seine Schritte ließen den Boden erbeben.

Was wirst du tun, Eddie? fragte Roland plötzlich. *Denk nach! Das ist der einzige Vorteil, den du gegenüber dieser Bestie hast. Was wirst du tun?*

Er glaubte nicht, daß er es töten konnte. Vielleicht mit einer Panzerfaust, aber höchstwahrscheinlich nicht mit dem 45er des Revolvermanns. Er konnte weglaufen, dachte aber, die anstürmende Bestie könnte ziemlich schnell sein, wenn sie wollte. Er würde wahrscheinlich zwischen den Zehen des riesigen Bären zu Mus zerquetscht werden.

Also was? Hier stehenbleiben und schießen oder laufen, als würde sein Haar brennen und das Feuer auf den Arsch übergreifen?

Da fiel ihm ein, daß er noch eine dritte Möglichkeit hatte. Er konnte klettern.

Er drehte sich zu dem Baum um, an dem er gelehnt hatte. Es war eine riesige, knorrige Pinie, sicher der höchste Baum in diesem Teil des Waldes. Der erste Ast erstreckte sich wie ein grüner Federfächer etwa zweieinhalb Meter hoch. Eddie entspannte den Hahn des Revolvers und steckte die Waffe in den Hosenbund. Er sprang nach dem Ast, packte ihn und machte einen panischen Klimmzug. Hinter ihm stieß der Bär ein neuerliches Brüllen aus, als er auf die Lichtung platzte.

Der Bär hätte Eddie dennoch erwischt, hätte Eddie Deans Eingeweide wie bunte Girlanden vom untersten Ast der Pinie hängen lassen, hätte er in diesem Augenblick nicht wieder einen Niesanfall bekommen. Er kickte die Asche des Lagerfeuers zu einer schwarzen Wolke hoch, dann blieb er fast vornübergebeugt und mit auf die Schenkel gestützten Pfoten stehen, so daß er einen Moment wie ein alter Mann im Pelzmantel aussah, ein alter Mann mit einer Erkältung. Er nieste noch einmal und dann noch einmal – *HA-TSCHUH! HA-TSCHUH! HA-TSCHUH* –, und ganze Wolken Parasiten stoben aus seinen Nasenlöchern. Heißer Urin strömte wie ein Wasserfall zwischen seinen Beinen hinab und löschte die verstreute Glut des Lagerfeuers zischend.

Eddie vergeudete die wenigen entscheidenden Augenblicke nicht, die er dadurch gewonnen hatte. Er kletterte den Baum hinauf wie ein Affe am Stock und hielt nur einmal inne, um sich zu vergewissern, daß der Revolver des Revolvermanns immer noch fest in seinem Hosenbund steckte. Er stand Todesängste aus und war schon halb davon überzeugt, daß er sterben würde (was konnte er schon anderes erwarten, wo Henry nicht da war und auf ihn AUFPASSTE?), aber dennoch hallte irres Gelächter durch seinen Kopf. *Auf'n Baum gejagt,* dachte er. *Was sagt ihr dazu, Sportsfreunde? Auf'n Baum gejagt von Bärzilla.*

Die Bestie hob wieder den Kopf, und dabei spiegelte sich Sonnenlicht blitzend und funkelnd auf dem Ding, das sich zwischen seinen Ohren drehte, dann griff der Bär Eddies Baum an. Er streckte eine Pfote hoch und schlug damit zu, damit er Eddie wie einen Pinienkern herunterschlagen konnte. Die Pfote schlug den Ast ab, auf dem Eddie gestanden hatte, als dieser gerade zum nächsten hinaufsprang. Die Pfote erwischte außerdem einen von Eddies Schuhen, den sie ihm vom Fuß riß, so daß er in zwei zerfetzten Teilen zu Boden fiel.

Macht nichts, dachte Eddie. *Kannst sie beide haben, Meister Petz, wenn du willst. Die verdammten Dinger waren sowieso durchgelaufen.*

Der Bär brüllte, schlug nach dem Baum und riß tiefe Furchen in die uralte Rinde; Wunden, aus denen klarer, harziger Saft blutete. Eddie hangelte sich weiter in die Höhe. Die Äste wurden jetzt dünner, und wenn er einen Blick nach unten riskierte, sah er dem Bären genau in die umwölkten Augen. Unter dem schräggelegten Kopf war die Lichtung zu einer Zielscheibe geworden, deren Zwölfer das Lagerfeuer war.

»Hast mich verfehlt, du pelziger Wich . . .«, begann Eddie, aber dann nieste der Bär, der den Kopf immer noch schräg gelegt hatte und zu ihm empor sah. Eddie war sofort von heißem Rotz bedeckt, in dem Tausende kleiner weißer Würme wuselten. Sie wanden sich panisch auf seinem Hemd, Unterarmen, Hals und Gesicht.

Eddie schrie vor Überraschung und Ekel. Er wischte Augen und Mund ab, verlor das Gleichgewicht und konnte gerade noch rechtzeitig einen Arm um den Ast neben sich krümmen. Er klammerte sich fest, obwohl er sich die Haut abschürfte, und wischte soviel wurmgesättigten Rotz ab, wie er konnte. Der Bär brüllte und schlug wieder gegen den Baum. Die Pinie schwankte wie ein Mast bei Sturm . . . aber die frischen Krallenspuren, die zu sehen waren, befanden sich mindestens zwei Meter unter dem Ast, auf dem Eddie stand.

Die Würmer starben, stellte er fest – das Sterben mußte schon in dem Augenblick eingesetzt haben, als sie die infizierten Sümpfe im Körper des Monsters verlassen hatten. Das tröstete ihn ein wenig, und er kletterte weiter. Dreieinhalb Meter weiter oben hielt er inne, weil er nicht wagte, noch höher zu klettern. Der Stamm der Pinie, der am Ansatz gut und gerne einen Durchmesser von zweieinhalb Meter hatte, maß hier oben nicht mehr als vierzig Zentimeter. Er hatte die Füße auf zwei Ästen stehen, konnte aber spüren, wie sich beide unter seinem Gewicht elastisch durchbogen. Jetzt hatte er einen Ausblick auf den Wald und die Vorgebirge im Westen wie aus einem Krähennest; die Landschaft breitete sich wie ein welliger Teppich unter ihm aus. Unter anderen Umständen wäre es ein Ausblick gewesen, den man genießen konnte.

Top of the world, Ma, dachte er. Er sah ins Gesicht des Bären, und einen Augenblick verdrängte schlichtes Erstaunen alle anderen Gedanken aus seinem Verstand.

Etwas wuchs aus dem Schädel des Bären, und Eddie fand, daß es wie eine kleine Radarantenne aussah.

Das Instrument drehte sich ruckartig und reflektierte dabei Sonnenlicht wie Blitze, und Eddie konnte es leise quietschen hören. Er hatte genügend Gebrauchtwagen besessen – wie sie bei Autohändlern standen, mit den Worten ANGEBOT DER WOCHE auf der Windschutzscheibe –, und er fand, das Geräusch, das von diesem Instrument ausging, war das von Kugellagern, die sich festfressen, wenn sie nicht bald ausgewechselt werden.

Der Bär gab ein langgezogenes, schnurrendes Knurren von sich. Gelber Schaum, in dem es von Würmern wimmelte, quoll ihm wie geflochtene Kordeln zwischen den Kiefern heraus. Wenn er noch niemals ins Antlitz völligen Wahnsinns gesehen hatte (aber er vermutete, das hatte er , hatte er dem Weltklasseflittchen Detta Walker doch mehr als einmal Auge in Auge gegenübergestanden), jetzt sah Eddie hinein . . . aber das Gesicht war Gott sei Dank gute acht Meter unter ihm, und die höchsten Krallenspuren lagen immer noch vier Meter unter seinen Füßen. Und im Gegensatz zu den Bäumen, an denen der Bär unterwegs seine Wut ausgelassen hatte, war dieser hier nicht abgestorben.

»Mexikanisches Unentschieden, mein Schatz«, keuchte Eddie. Er wischte sich mit einer harzigen, klebrigen Hand den Schweiß von der Stirn und schnippte die Schweinerei dem Bären ins Gesicht.

Dann umklammerte das Wesen, das das Alte Volk Mir genannt hatte, den Baumstamm mit den gewaltigen Vorderpfoten und fing an, ihn zu schütteln. Eddie umklammerte den Stamm und hielt sich in Todesangst daran fest, während die Pinie langsam hin und her zu schwingen begann wie ein Pendel.

6

Roland blieb am Rand der Lichtung stehen. Susannah, die auf seiner Schulter saß, sah fassungslos über die freie Fläche. Das Monster stand vor dem Baum, wo Eddie gesessen hatte, als sie die Lichtung vor fünfundvierzig Minuten verließen. Durch den Schirm von Zweigen und dunkelgrünen Nadeln konnte sie nur Bruchstücke seines Körpers erkennen. Rolands anderer Revolvergurt lag neben einem Fuß des Ungeheuers. Das Halfter, sah sie, war leer.

»Mein Gott«, murmelte sie.

Der Bär schrie wie eine Frau in Not und fing an, den Baum zu schütteln. Die Äste bogen sich wie bei starkem Wind. Ihr Blick glitt in die Höhe, und sie erblickte eine dunkle Gestalt weit oben. Eddie umarmte den Stamm, während der Baum schwankte und wankte. Vor ihren Augen rutschte einer seiner Arme ab und ruderte wild, um wieder Halt zu finden.

»Was sollen wir nur tun?« schrie sie zu Roland hinunter. *»Er wird ihn herunterschütteln! Was sollen wir tun?«*

Roland versuchte nachzudenken, aber dieses seltsame Gefühl hatte sich wieder eingestellt – es war inzwischen fast sein ständiger Begleiter, aber Streß schien es schlimmer zu machen. Er kam sich vor wie zwei Männer, die in ein und demselben Schädel existierten. Jeder Mann verfügte über seine eigenen Erinnerungen, und wenn sie zu streiten anfingen und jeder darauf bestand, daß *seine* Erinnerungen die richtigen waren, war dem Revolvermann zumute, als würde er entzweigerissen werden. Er unternahm einen verzweifelten Versuch, die beiden Hälften miteinander zu versöhnen, und hatte Erfolg damit . . . wenigstens im Augenblick.

»Es ist einer der Zwölf!« rief er. »Einer der Wächter! *Muß* so sein! Aber ich habe gedacht, sie wären . . .«

Der Bär brüllte wieder zu Eddie hinauf. Jetzt schlug er auf den Baum ein wie ein Preisboxer. Äste brachen ab und bildeten einen Wirrwarr zu seinen Füßen.

»Was?« schrie Susannah. *»Was ist der Rest?«*

Roland machte die Augen zu. In seinem Kopf brüllte eine Stimme: *Der Junge hieß Jake!* Eine andere Stimme brüllte zurück: *Es GAB keinen Jungen! Es GAB keinen Jungen, das weißt du!*

Verschwindet, alle beide! fauchte er, und dann rief er laut: »Schieß auf ihn! Schieß ihm in den Arsch, Susannah! Er wird sich umdrehen und angreifen! Und wenn, dann halt nach etwas auf seinem Kopf Ausschau! Es . . .«

Der Bär brüllte wieder. Er hörte auf, gegen den Baum zu schlagen, und schüttelte ihn wieder. Ominöse berstende, knirschende Laute erklangen mittlerweile vom oberen Abschnitt des Stamms.

Als er wieder gehört werden konnte, brüllte Roland: »Ich glaube, es sieht wie ein Hut aus! Ein kleiner Hut aus Stahl! Schieß darauf, Susannah! Und schieß nicht daneben!«

Entsetzen erfüllte sie plötzlich – Entsetzen und ein anderes Gefühl, mit dem sie nie gerechnet hätte: niederschmetternde Einsamkeit.

»Nein! Ich werde danebenschießen! Mach du es, Roland!« Sie fummelte den Revolver aus dem Gurt, damit sie ihn ihm geben konnte.

»Kann nicht!« rief Roland. »Der Winkel ist zu schlecht! *Du* mußt es machen, Susannah! Das ist ein richtiger Test, und du solltest ihn besser bestehen!«

»Roland ...«

»Er will den Baumwipfel abbrechen!« herrschte er sie an. *»Siehst du das denn nicht?«*

Sie betrachtete den Revolver in der Hand. Sah über die Lichtung zu dem riesigen Bär, der in den Wolken und einem Regen grüner Nadeln verschwamm. Sah zu Eddie, der wie ein Metronom hin und her schwankte. Eddie hatte wahrscheinlich Rolands andere Waffe bei sich, aber Susannah sah keine Möglichkeit, wie er sie zum Einsatz bringen konnte, ohne wie eine überreife Pflaume von seiner Zuflucht geschüttelt zu werden. Außerdem schoß er vielleicht nicht auf das Richtige.

Sie hob den Revolver. Grauen schnürte ihr den Magen zusammen. »Halt mich still, Roland«, sagte sie. »Wenn du nicht ...«

»Mach dir keine Gedanken wegen mir!«

Sie feuerte zweimal und plazierte die Schüsse, wie Roland es ihr beigebracht hatte. Die lauten Knalls übertönten den Lärm des Bärs, der den Baum schüttelte, wie Peitschenschläge. Sie sah, wie beide Kugeln keine fünf Zentimeter voneinander entfernt die linke Pobacke des Tiers trafen.

Der Bär schrie vor Überraschung, Schmerz und Wut auf. Eine riesige Vorderpfote kam aus dem dichten Schirm von Zweigen und Nadeln heraus und griff nach der verletzten Stelle. Rot tropfte es von der Pfote, als sie weggezogen wurde und wieder außer Sicht verschwand. Susannah konnte sich vorstellen, wie das Tier da oben die blutige Pfote untersuchte. Dann war ein raschelndes, stampfendes, knirschendes Geräusch zu hören, als sich der Bär umdrehte und gleichzeitig bückte und sich auf alle viere niederließ, damit er die höchste Geschwindigkeit erreichte. Zum erstenmal sah sie sein Gesicht, und ihr wurde schwindlig im Kopf. Die Schnauze war schaumverklebt; die riesigen Augen leuchteten wie Lampen. Der zottige Kopf schwang nach links ... wieder nach rechts ... und konzentrierte sich dann auf Roland, der mit gespreizten Beinen dastand und Susannah Dean auf den Schultern balancierte.

Der Bär griff mit einem ohrenbetäubenden Brüllen an.

7

Sag deine Lektion, Susannah Dean, und sei aufrichtig.

Der Bär kam mit donnernden Schritten auf sie zu; es war, als würde man eine durchgegangene Fabrikmaschine sehen, über die jemand eine große, mottenzerfressene Decke geworfen hatte.

Es sieht wie ein Hut aus! Ein kleiner Hut aus Stahl!

Sie sah es . . . aber sie fand nicht, daß es wie ein Hut aussah. Es sah wie eine Radarantenne aus – eine viel kleinere Version der Antennen, wie sie in den Nachrichten von MovieTone gesehen hatte, in denen betont wurde, wie die DEW-Linie sie alle vor heimtückischen Angriffen der Russen schützte. Sie war größer als die Steine, die sie vorhin von dem Findling geschossen hatte, aber die Entfernung war größer. Sonne und Schatten bildeten ein trügerisches, wechselndes Muster darauf.

Ich ziele nicht mit der Hand; wer mit der Hand zielt, hat das Gesicht seines Vaters vergessen.

Ich kann es nicht!

Ich schieße nicht mit der Hand, wer mit der Hand schießt, hat das Gesicht seines Vaters vergessen.

Ich werde danebenschießen! Ich weiß, daß ich danebenschießen werde!

Ich töte nicht mit meiner Waffe; wer mit seiner Waffe tötet . . .

»Schieß!« brüllte Roland. »Susannah, *schieß*!«

Obwohl sie den Abzug noch nicht gedrückt hatte, sah sie die Kugel treffen; sie wurde einzig und allein vom inbrünstigen Wunsch ihres Herzens, daß sie treffen sollte, zum Ziel geleitet. Alle Angst fiel von ihr ab. Übrig blieb ein Gefühl von Eiseskälte, und sie hatte noch Zeit zu denken: *Das empfindet* er. *Mein Gott – wie hält er das nur aus?*

»Ich töte mit meinem Herzen, Wichser«, sagte sie, und der Revolver des Revolvermanns dröhnte in ihrer Hand.

8

Das silberne Ding drehte sich auf dem Stahlträger im Schädel des Bären. Susannahs Kugel traf genau in die Mitte, und die Radarschüssel barst in hundert glitzernde Bruchstücke. Der Träger selbst war plötzlich in knisterndes blaues Feuer gehüllt, das sich netzförmig ausbreitete und einen Augenblick das Gesicht des Bären seitlich zu umklammern schien.

Dieser erhob sich auf die Hinterfüße, stieß ein Heulen des Schmerzes aus und schlug mit den Vorderpfoten ziellos durch die Luft. Er stolperte in einem großen Kreis und ruderte mit den Armen, als hätte er plötzlich beschlossen wegzufliegen. Er versuchte wieder zu brüllen, aber statt dessen kam ein unheimliches Heulen wie von einer Luftschutzsirene heraus.

»Das war sehr gut.« Roland hörte sich erschöpft an. »Ein guter Schuß, bedacht und zielsicher.«

»Sollte ich noch einmal schießen?« fragte sie unsicher. Der Bär taumelte immer noch seine irren Kreise, aber jetzt kippte der Körper langsam seitwärts und in sich zusammen. Er stieß gegen einen kleinen Baum, prallte ab, kippte fast um und stapfte wieder im Kreis.

»Nicht nötig«, sagte Roland. Sie spürte, wie er mit den Händen ihre Taille umklammerte und sie hob. Einen Augenblick später saß sie mit unter dem Körper verschränkten Beinen auf dem Boden. Eddie kletterte langsam und schlotternd die Pinie herunter, aber sie sah ihn nicht. Sie konnte die Augen nicht von dem Bären nehmen.

Sie hatte Wale im Seeaquarium in der Nähe von Mystic, Connecticut, gesehen und war der Meinung, diese waren größer als das hier gewesen – möglicherweise viel größer –, aber dies war mit Sicherheit das größte Landlebewesen, das ihr jemals untergekommen war. Und es lag eindeutig im Sterben. Sein Brüllen war zu blubberndem Röcheln geworden, und obwohl es die Augen offen hatte, schien es blind zu sein. Es stolperte orientierungslos durch das Lager, stieß ein Gestell mit zum Trocknen aufgehängten Fellen um, trampelte das kleine Zelt nieder, das sie mit Eddie teilte, und prallte von Bäumen ab. Sie konnte den Stahlpfosten aus seinem Kopf ragen sehen. Rauchwölkchen stiegen um das Tier herum auf, als hätte ihr Schuß das Gehirn entzündet.

Eddie erreichte den untersten Ast des Baumes, der ihm das Leben gerettet hatte, und setzte sich zitternd darauf. »Heilige Maria, Mutter Gottes«, sagte er. »Ich sehe ihn vor mir und kann trotzdem nicht glauben . . .«

Der Bär drehte sich zu ihm herum. Eddie sprang erschrocken von dem Baum herunter und schlich zu Susannah und Roland. Der Bär achtete nicht auf ihn; er stapfte wie trunken zu der Pinie, die Eddies Zuflucht gewesen war, versuchte sie zu umklammern, was ihm nicht gelang, und sank auf die Knie. Jetzt konnten sie andere Geräusche aus seinem Innern dringen hören, Geräusche, bei denen Eddie an einen gewaltigen Truckmotor denken mußte, dessen Gänge eingelegt wurden.

Der Bär wurde von einem Zucken geschüttelt, er krümmte den Rükken. Die Vorderkrallen schnellten in die Höhe und zerkratzten wie von Sinnen das Gesicht. Wurmbefallenes Blut spritzte und strömte. Dann stürzte er um, brachte den Boden mit seinem Sturz zum Erbeben und blieb still liegen. Nach all seinen seltsamen Jahrhunderten war der Bär, den das Alte Volk Mir genannt hatte – die Welt unter der Welt –, endgültig tot.

9

Eddie hob Susannah hoch, hielt sie mit hinter ihrem Po verschränkten klebrigen Händen und küßte sie innig. Er stank nach Schweiß und Pinienholz. Sie berührte seine Wangen, seinen Hals; sie strich mit den Händen durch sein nasses Haar. Sie verspürte den irrsinnigen Drang, ihn überall zu berühren, bis sie sich absolut versichert hatte, daß er wirklich war.

»Er hätte mich fast erwischt«, sagte er. »Es war wie bei einer irren Jahrmarktsfahrt. Was für ein Schuß! Herrgott, Suze – was für ein Schuß!«

»Ich hoffe, ich muß so etwas nie wieder machen«, sagte sie – aber eine leise Stimme in ihrem Innern widersprach. Diese Stimme behauptete, sie konnte es gar nicht *erwarten*, so etwas wieder zu machen. Und sie war kalt, diese Stimme. Kalt.

»Was war . . .«, begann er und drehte sich zu Roland um, aber Roland war nicht mehr da. Er ging langsam auf den Bären zu, der jetzt auf dem Rücken lag und die zottigen Knie angezogen hatte. Aus seinem Innern drangen eine Abfolge gedämpfter Quietsch- und Blubberlaute, während seine seltsamen Eingeweide langsam den Dienst versagten.

Roland sah, daß sein Messer tief in einem Baum in der Nähe des narbigen Veteranen steckte, der Eddie das Leben gerettet hatte. Er zog es heraus und wischte es an der weichen Hirschhaut ab, die seine zerfetzten Lumpen ersetzte, welche er trug, als die drei den Strand verlassen hatten. Er stellte sich neben den Bären und sah mit einer Mischung aus Mitleid und Staunen auf ihn.

Hallo Fremder, dachte er. *Hallo, alter Freund. Ich habe eigentlich nie richtig an dich geglaubt. Ich vermute, Alain hat an dich geglaubt, und ich weiß, daß Cuthbert an dich geglaubt hat – Cuthbert hat* alles *geglaubt –, aber ich war der Dickköpfige. Ich habe gedacht, du wärst nur ein Märchen für Kinder . . . nur ein Wind, der durch den hohlen Kopf meiner alten Amme wehte, ehe er schließlich durch ihren zahnlosen Mund entwich. Aber du warst die ganze Zeit da, noch ein Überbleibsel der alten Zeiten, wie die Pumpe im Rasthaus und die alten Maschinen unter den Bergen. Sind die Langsamen Mutanten, die die kaputten Überbleibsel anbeteten, die letzten Nachkommen der Menschen, die in diesem Wald gelebt haben und schließlich doch vor deinem Zorn geflohen sind? Ich weiß es nicht und werde es nie erfahren . . . aber es scheint so zu sein. Ja. Und dann bin ich mit meinem Freunden gekommen – meinen tödlichen neuen Freunden, die meinen tödlichen alten Freunden immer ähnlicher werden. Wir sind gekommen und haben Strang für Strang unseren magischen Kreis um uns gewebt und um alles, was wir berührt haben, und jetzt liegst du hier, zu unseren Füßen. Die Welt hat sich wieder weitergedreht, und diesmal bist du, alter Freund, auf der Strecke geblieben.*

Vom Kadaver des Monsters ging immer noch eine sengende, kranke Hitze aus. Parasiten kamen in Schwärmen aus seinem Maul und den zottigen Nüstern, aber sie starben fast auf der Stelle. Auf beiden Seiten des Bärenkopfes wuchsen sie zu wachsweißen Häufchen.

Eddie kam langsam näher. Er hatte Susannah auf eine Hüfte gestemmt und trug sie wie eine Mutter ihr Baby. »Was war das, Roland? Weißt du es?«

»Ich glaube, er hat es einen Wächter genannt«, sagte Susannah.

»Ja.« Rolands Stimme war träge vor Erstaunen. »Ich dachte, sie wären alle fort, *müßten* alle fort sein ... wenn sie überhaupt je außerhalb von Ammenmärchen existiert haben.«

»Was immer es war, es war ein irres Miststück«, sagte Eddie.

Roland lächelte verhalten. »Wenn du zwei- oder dreitausend Jahre gelebt hättest, wärst du auch ein irres Miststück.«

»Zwei- oder dreitausend ... Herrgott!«

Susannah sagte: »Ist es ein Bär? Wirklich? Und was ist das?« Sie deutete auf eine rechteckige Metallplatte am Oberschenkel eines der dikken Hinterbeine des Bären. Diese war fast von zottigen Haarbüscheln überwuchert, aber die Nachmittagssonne hatte ein einziges Fünkchen auf der polierten Edelstahloberfläche zum Leuchten gebracht und sie offenbart.

Eddie kniete nieder und streckte die Hand zögernd nach der Plakette aus, da er hörte, daß die seltsamen, gedämpften Klicks und Klacks immer noch tief aus dem Innern des gestürzten Giganten klangen. Er sah Roland an.

»Nur zu«, sagte der Revolvermann zu ihm. »Es ist vorbei.«

Eddie strich ein Fellbüschel beiseite und beugte sich tiefer. Worte waren in das Metall eingraviert. Sie waren ziemlich verwittert, aber er stellte fest, daß er sie mit einer gewissen Anstrengung lesen konnte.

* *

NORTH CENTRAL POSITRONICS, LTD.
Granite City
Nordost-Korridor

Modell 4 WÄCHTER
Serien Nr. # AA 24123 CX 755431297 L 14
Typ/Gattung: BÄR

SHARDIK
* * NR * * SUBNUKLEARE ZELLEN DÜRFEN NICHT
ERSETZT WERDEN * * NR * *

* *

»Heiliger Jesus, das Ding ist ein Roboter«, sagte Eddie leise.

»Kann nicht sein«, sagte Susannah. »Als ich darauf geschossen habe, hat es *geblutet.«*

»Mag schon sein, aber einem ganz normalen Freiluftbären wächst keine Radarschüssel aus dem Kopf. Und soweit ich weiß, wird ein ganz normaler Freiluftbär auch keine zwei- bis dreitau...« Er verstummte plötzlich und sah Roland an. Als er weitersprach, war seine Stimme voll Ekel. »Roland, was machst du da?«

Roland antwortete nicht; er *mußte* nicht antworten. Es war eindeutig, was er machte – er schnitt dem Bären mit dem Messer ein Auge aus. Der chirurgische Eingriff war schnell, sauber und präzise. Als er fertig war, balancierte Roland einen tropfenden Ball brauner Gallerte auf der Messerspitze, den er nach einem Augenblick beiseite schnippte. Ein paar Würmer krochen aus dem klaffenden Loch, versuchten an der Schnauze des Bären hinabzukriechen und verendeten.

Der Revolvermann beugte sich über die Augenhöhle von Shardik, dem großen Wächterbären, und sah hinein. »Kommt beide her und seht euch das an«, sagte er. »Ich zeige euch ein Wunder der letzten Tage.«

»Laß mich runter, Eddie«, sagte Susannah.

Er gehorchte, worauf sie rasch auf Händen und Oberschenkeln zum Revolvermann kroch, der mit ausdruckslosem Gesicht neben dem Bären kauerte. Eddie gesellte sich zu ihnen und sah zwischen ihren Schultern durch. Die drei betrachteten die Sache fast eine geschlagene Minute stumm; die einzigen Geräusche kamen von den Krähen, die immer noch am Himmel kreisten und keiften.

Einige dicke, trocknende Rinnsale Blut flossen aus der Augenhöhle. Aber Eddie sah, daß es nicht *nur* Blut war. Es handelte sich auch um eine klare Flüssigkeit, die einen erkennbaren Geruch verströmte – Bananen. Und in dem feinen Gespinst von Sehnen rings um die Augenhöhle sah er ein Netz von etwas, das wie Kabel aussah. Dahinter, hinten in der Augenhöhle, war ein roter Funke zu erkennen, der blinkte. Dieser beleuchtete eine kleine quadratische Platte mit silbernen Klümpchen, bei denen es sich nur um Lötzinn handeln konnte.

»Das ist kein Bär, das ist ein elender Sony Walkman«, murmelte er.

Susannah drehte sich zu ihm um. »Was?«

»Nichts.« Eddie sah Roland an. »Glaubst du, man könnte unbeschadet hineingreifen?«

Roland zuckte die Achseln. »Ich glaube schon. Falls ein Dämon in diesem Geschöpf gehaust hat, ist er geflohen.«

Eddie streckte den kleinen Finger hinein und war bereit, sofort zurückzuzucken, sollte er auch nur das geringste Kribbeln von Elektrizität spüren. Er berührte das abkühlende Metall in der Augenhöhle, die fast so groß wie ein Baseball war, dann eines der Kabel. Aber es war kein Kabel; es handelte sich um ein haarfeines Stahlband. Er zog die Hand zurück und sah, wie der rote Funke noch einmal blinkte und dann für immer erlosch.

»Shardik«, murmelte Eddie. »Ich *kenne* diesen Namen, aber ich komm' nicht drauf. Sagt er dir etwas, Suze?«

Sie schüttelte den Kopf.

»Das Komische ist . . .« Eddie lachte hilflos. »Ich bringe ihn mit Kaninchen in Verbindung. Ist das nicht irre?«

Roland stand auf. Seine Knie knackten wie Pistolenschüsse. »Wir müssen das Lager verlegen«, sagte er. »Der Boden hier ist verdorben. Die andere Lichtung, wo wir geschossen haben, wird . . .«

Er ging zwei zitternde Schritte, dann brach er zusammen, sank auf die Knie und preßte die Hände an die Schläfen des hängenden Kopfes.

10

Eddie und Susannah wechselten einen ängstlichen Blick, dann sprang Eddie an Rolands Seite. »Was ist los? Roland, was hast du?«

»Es *gab* einen Jungen«, sagte der Revolvermann mit einer distanzierten, murmelnden Stimme. Und dann, mit dem nächsten Atemzug: »Es gab *keinen* Jungen.«

»Roland?« fragte Susannah. Sie kam zu ihm, legte ihm einen Arm um die Schultern und spürte sein Zittern. »Roland, was ist denn?«

»Der Junge«, sagte Roland und sah sie mit unklaren, benommenen Augen an. »Es ist der Junge. *Immer* der Junge.«

»*Was* für ein Junge?« rief Eddie aufgeregt. »*Was* für ein Junge?«

»Dann geh«, sagte Roland, »es gibt andere Welten als diese.« Und verlor das Bewußtsein.

11

An diesem Abend saßen die drei um ein großes Lagerfeuer, das Eddie und Susannah auf der Lichtung entfacht hatten, die Eddie den ›Schießstand‹ nannte. Im Winter wäre es ein schlechter Lagerplatz gewesen, da er zum Tal hin offen war, aber derzeit war er prima. Eddie vermutete, daß es hier in Rolands Welt immer noch Spätsommer war.

Über ihnen streckte sich die schwarze Gruft des Himmels, an dem, wie es schien, ganze Milchstraßen zu funkeln schienen. Fast direkt im Süden konnte Eddie über den schwarzen Fluß hinweg, der das Tal war, die Alte Mutter über dem fernen, unsichtbaren Horizont aufgehen sehen. Er sah zu Roland, der zusammengekauert am Feuer saß und trotz der warmen Nacht und der Hitze des Feuers drei Felle um sich geschlungen hatte. Er hatte einen Teller neben sich stehen, den er nicht angerührt hatte, und einen Knochen in den Händen. Eddie sah wieder zum Himmel und mußte an eine Geschichte denken, die der Revolvermann ihm und Susannah an einem der langen Tage erzählt hatte, an denen sie sich vom Strand entfernt hatten, durch die Vorgebirge gewandert und schließlich in diesen tiefen Wald gelangt waren, wo sie eine vorübergehende Zuflucht gefunden hatten.

Vor dem Anbeginn der Zeit, hatte Roland gesagt, waren der Alte Stern und die Alte Mutter junge und leidenschaftliche Jungvermählte gewesen. Dann kam es eines Tages zu einem schrecklichen Streit. Die Alte Mutter (die in jenen längst vergangenen Tagen noch unter ihrem richtigen Namen Lydia bekannt war) hatte den Alten Stern (dessen wirklicher Name Apon lautete) dabei erwischt, wie er mit einer wunderschönen Frau namens Kassiopeia poussierte. Sie hatten einen richtigen handfesten Krach gehabt, die beiden, einen Streit mit Augenauskratzen und Haareziehen, daß die Fetzen flogen. Einer dieser Fetzen war die Erde geworden; ein kleinerer Fetzen der Mond; eine Kohle aus ihrem Küchenherd die Sonne. Letztendlich hatten die Götter eingegriffen, damit ihr Ehekrach nicht das Universum vernichtete, noch bevor es richtig in Schwung gekommen war. Kassiopeia, die dralle Schöne, die in erster Linie für den Streit verantwortlich war (»Ja, stimmt – es sind immer die Frauen«, hatte Susannah an diesem Punkt bemerkt), hatten sie für alle Zeiten in einen Schaukelstuhl aus Sternen verbannt. Aber nicht einmal das hatte das Problem gelöst. Lydia war bereit gewesen, es noch einmal zu versuchen, aber Apon war halsstarrig und stolz (»Klar, immer dem Mann die Schuld geben«, hatte Eddie an diesem Punkt gegrunzt). Daher waren sie voneinander geschieden worden, und nun beobachteten sie einander mit einer Mischung aus Haß und Sehnsucht über die verstreuten Sternentrümmer ihrer Trennung hinweg. Apon und Lydia sind seit drei Milliarden Jahren auseinander, hatte der Revolvermann ihnen erzählt; sie sind die Alte Mutter und der Alte Stern geworden, Norden und Süden, und beide sehnen sich nacheinander, sind aber jetzt zu stolz, um die Wiedervereinigung zu bitten... und Kassiopeia sitzt auf der Seite in ihrem Schaukelstuhl, schaukelt und lacht sie beide aus.

Eddie schreckte auf, als er eine sanfte Berührung am Arm verspürte. Es war Susannah. »Komm«, sagte sie. »Wir müssen ihn zum Reden bringen.«

Eddie trug sie zum Lagerfeuer und setzte sie behutsam an Rolands rechter Seite ab. Er setzte sich links von Roland hin. Roland sah erst Susannah an, dann Eddie.

»Wie nahe ihr bei mir sitzt«, bemerkte er. »Wie Liebende ... oder Wärter im Gefängnis.«

»Es wird Zeit, daß du eine Erklärung abgibst.« Susannahs Stimme klang leise, deutlich und singend. »Wenn wir deine Gefährten sind, Roland – und es scheint, als wären wir es, ob uns das gefällt oder nicht –, wird es Zeit, daß du anfängst, auch *uns* wie Gefährten zu behandeln. Sag uns, was nicht stimmt ...«

»... und was wir dagegen tun können«, vollendete Eddie.

Roland seufzte tief. »Ich weiß nicht, wo ich anfangen soll«, sagte er. »Es ist so lange her, daß ich Gefährten hatte ... oder eine Geschichte zu erzählen ...«

»Fang mit dem Bären an«, sagte Eddie.

Susannah beugte sich nach vorne und berührte den Kieferknochen, den Roland in der Hand hielt. Er machte ihr angst, aber sie berührte ihn dennoch. »Und hör damit auf.«

»Ja.« Roland hob den Knochen in Augenhöhe und sah ihn einen Moment an, bevor er ihn wieder in den Schoß sinken ließ. »Wir müssen darüber sprechen, richtig. Das ist der Mittelpunkt von allem.«

Aber der Bär kam zuerst.

12

»Diese Geschichte wurde mir als Kind erzählt«, sagte Roland. »Als alles neu war, schufen die Großen Alten – die keine Götter waren, sondern Menschen, die fast das Wissen von Göttern besaßen – zwölf Wächter, die an zwölf Portalen Wache hielten, welche aus der Welt hinaus- und wieder hineinführten. Manchmal habe ich gehört, daß diese Portale natürlichen Ursprungs waren, wie die Sternbilder am Himmel oder der bodenlose Riß in der Erde, den wir Drachengrab genannt haben, weil alle dreißig oder vierzig Tage gewaltige Dampfwolken daraus hervorschossen. Aber andere Menschen – darunter einer, an den ich mich besonders erinnere, der Chefkoch im Schloß meines Vaters, ein Mann namens Hax – sagten, sie wären *nicht* natürlich, sondern von den Großen Alten selbst geschaffen worden, bevor diese sich ihren Stolz wie eine Henkerschlinge um den Hals schlangen und vom Antlitz der Erde verschwanden. Hax behauptete, die Schöpfung der zwölf Wächter wäre die letzte Tat der Großen Alten gewesen, ihr Versuch, für das große Unrecht zu büßen, das sie sich und der Erde angetan hatten.«

»Portale«, überlegte Eddie. »Du meinst *Türen.* Schon wieder Türen. Führen diese Türen, die aus der Welt und hinein führen, etwa in die Welt, aus der Suze und ich gekommen sind? Wie die, die wir am Strand gefunden haben?«

»Ich weiß nicht«, sagte Roland. »Auf jedes Ding, das ich weiß, kommen hundert, die ich nicht weiß. Ihr – ihr beide – werdet euch mit dieser Tatsache abfinden müssen. Die Welt hat sich weitergedreht, sagen wir. Als das geschah, war es wie eine gewaltige Flutwelle, die zurückging und nur Trümmer hinterlassen hat ... Trümmer, die manchmal wie eine Karte aussehen.«

»Dann stell eben *Vermutungen* an!« rief Eddie aus, und der ungezügelte Eifer in seiner Stimme verriet dem Revolvermann, daß er den Gedanken, in seine eigene Welt – und die von Susannah – zurückzukehren, auch jetzt noch nicht aufgegeben hatte. Nicht völlig.

»Laß ihn in Ruhe, Eddie«, sagte Susannah. »Der Mann stellt keine Vermutungen an.«

»Stimmt nicht – manchmal macht der Mann das *doch«,* sagte Roland und überraschte sie beide damit. »Wenn man nur Vermutungen anstellen kann, tut er das manchmal. Die Antwort lautet nein. Ich glaube nicht – ich *vermute* nicht, daß diese Portale wie die Türen am Strand sind. Ich *vermute* nicht, daß sie zu einem Wo und Wann führen, das wir kennen. Ich glaube, die Türen am Strand – die in die Welt führten, aus der ihr beiden gekommen seid – waren wie der Drehbolzen in der Mitte des Schwingbretts eines Kindes. Wißt ihr, was das ist?«

»Schaukel?« fragte Susannah und schwang die Hand hin und her, um es zu demonstrieren.

»Ja!« stimmte Roland zu und sah zufrieden aus. »Genau. An einem Ende dieser Scheukal ...«

»Schaukel«, sagte Eddie verhalten lächelnd.

»Ja. An einem Ende mein *Ka.* Am anderen Ende das des Mannes in Schwarz – Walter. Die Türen waren das Zentrum, Schöpfungen der Spannung zwischen zwei entgegengesetzten Schicksalen. Diese anderen Portale sind viel größer als Walter oder ich oder die kleine Gemeinschaft, die wir drei bilden.«

»Willst du damit sagen«, fragte Susannah zögernd, »daß die Portale, wo diese Wächter Wache halten, *außerhalb* des *Ka* sind? Jenseits des *Ka?«*

»Ich sage, daß ich das glaube.« Er schenkte ihnen sein eigenes Lächeln, eine dünne Sichel im Feuerschein. »Daß ich es *vermute.«*

Er schwieg einen Augenblick, dann griff er nach einem Stöckchen. Er wischte den Teppich der Piniennadeln weg und malte mit dem Stöckchen auf den Boden darunter.

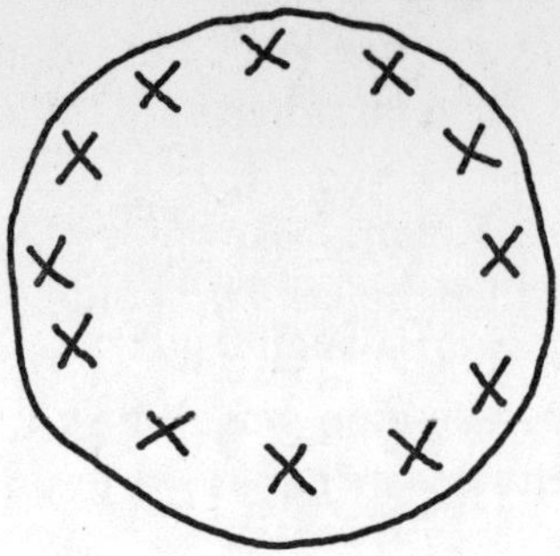

»Hier ist die Welt, wie man mir als Kind ihre Existenz geschildert hat. Diese Kreuze sind die Portale, die ringförmig an ihrem ewigen Rand angesiedelt sind. Wenn man sechs Linien ziehen würde, die diese Portale paarweise miteinander verbinden . . . so . . .«

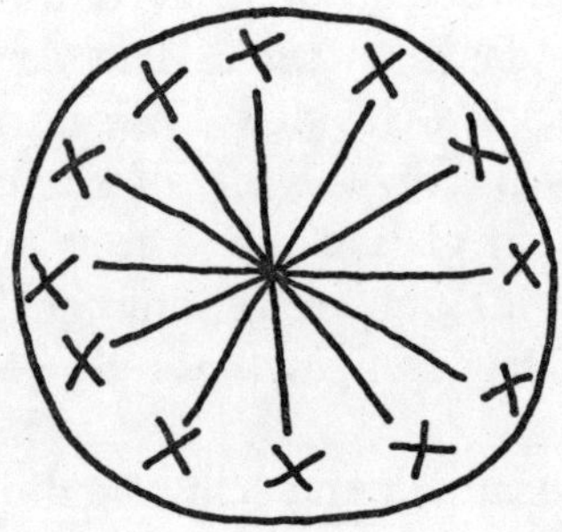

Er sah auf. »Seht ihr, wo sich die Linien in der Mitte treffen?«

Eddie spürte, wie ihm Gänsehaut den Rücken hinauf- und die Arme hinabkroch. Sein Mund war plötzlich trocken. »Ist er das, Roland? Ist das . . .?«

Roland nickte. Sein langes, zerfurchtes Gesicht war ernst. »In diesem Mittelpunkt befindet sich das Große Portal, die sogenannte Dreizehnte Pforte, die nicht nur diese Welt beherrscht, sondern alle Welten.«

Er klopfte auf den Mittelpunkt des Kreises.

»Dort befindet sich der Dunkle Turm, nach dem ich mein ganzes Leben lang gesucht habe.«

13

Der Revolvermann fuhr fort: »Vor jedem dieser zwölf minderen Portale haben die Großen Alten einen Wächter postiert. In meiner Kindheit hätte ich sie alle mit einem Reim beim Namen nennen können, den mir meine Amme und Hax der Koch beigebracht haben ... aber meine Kindheit liegt schon lange zurück. Da waren natürlich der Bär und der Fisch ... der Löwe ... die Fledermaus. Und die Schildkröte – die war besonders wichtig ...«

Der Revolvermann sah zum Sternenhimmel hinauf und hatte nachdenklich die Stirn gerunzelt. Dann lösten sich seine Züge zu einem erstaunlich sonnigen Lächeln auf, und er rezitierte:

»Sieh der SCHILDKRÖTE strahlende Pracht!
Auf deren Rücken die Welt gemacht.
Klar ist ihr Denken und stets rein,
Sie schließt uns alle darin ein.
Sie hört die Schwüre auf ihrem Rücken
Und schweigt dazu aus freien Stücken.
Land und Meer liebt sie inniglich,
Und sogar ein Kind wie mich.«

Roland stieß ein kurzes, nachdenkliches Lachen aus. »Hax hat mir das beigebracht, er hat es gesungen, während er die Glasur für einen Kuchen gemacht hat und mich vom Löffel hat naschen lassen. Erstaunlich, woran wir uns erinnern, oder nicht? Wie auch immer, als ich älter wurde, kam ich zur Überzeugung, daß die Wächter eigentlich gar nicht existieren – daß sie Symbole waren, nichts Wirkliches. Sieht so aus, als hätte ich mich geirrt.«

»Ich habe es einen Roboter genannt«, sagte Eddie, »aber das ist es eigentlich nicht. Susannah hat recht – wenn man auf Roboter schießt, bluten sie höchstens Öl. Ich glaube, bei uns hätte man es einen Cyborg genannt, Roland – ein Wesen, das teils Maschine und teils aus Fleisch und Blut ist. Ich habe einmal einen Film gesehen ... wir haben dir doch von Filmen erzählt, oder nicht?«

Roland nickte lächelnd.

»Nun, dieser Film hieß *Robocop*, und der Typ darin unterschied sich nicht so sehr von dem Bären, den Susannah erschossen hat. Woher hast du gewußt, worauf sie schießen mußte?«

»Daran konnte ich mich noch aus den alten Geschichten erinnern, die Hax erzählt hat«, sagte er. »Wäre nur meine Amme gewesen, Eddie, dann wärst du jetzt im Bauch dieser Bestie. Sagen sie in eurer Welt ratlosen Kindern manchmal, sie sollen ihre Denkerkappe aufsetzen?«

»Ja«, sagte Susannah. »Auf jeden Fall.«

»Das sagt man hier auch, und dieses Sprichwort stammt aus der Legende von den Wächtern. Angeblich hatte jeder ein zusätzliches Gehirn außen auf dem Kopf. In einem Hut.« Er sah sie mit seinen gräßlich gequälten Augen an und lächelte wieder. »Hat nicht gerade wie ein Hut ausgesehen, oder?«

»Nein«, sagte Eddie, »aber die Beschreibung war gut genug, daß sie uns unsere Haut gerettet hat.«

»Ich glaube jetzt, daß ich seit Anbeginn meiner Suche nach einem Wächter gesucht habe«, sagte Roland. »Wenn wir das Portal finden, das dieser Shardik bewacht hat – und das müßte eigentlich möglich sein, indem wir seine Spur zurückverfolgen –, werden wir endlich einen Kurs haben, dem wir folgen können. Wir müssen dem Portal den Rücken zukehren und einfach geradeaus gehen. Im Zentrum des Kreises ... der Turm.«

Eddie machte den Mund auf und wollte sagen: *Okay, laß uns über diesen Turm sprechen. Laß uns endlich ein für allemal darüber sprechen – was er ist, was er bedeutet und, am wichtigsten, was passiert, wenn wir dort sind.* Aber er brachte kein Wort heraus und machte den Mund nach einem Moment wieder zu. Dies war nicht der geeignete Zeitpunkt – wo Roland so offensichtlich Qualen litt. Nicht jetzt, wo lediglich das Leuchten ihres Lagerfeuers die Nacht fernhielt.

»Und damit kommen wir zu dem anderen Teil«, sagte Roland gewichtig. »Ich habe endlich meinen Weg gefunden – nach all den langen Jahren habe ich meinen Weg gefunden –, aber gleichzeitig verliere ich langsam den Verstand. Ich kann spüren, er bröckelt unter meinen Füßen wie eine steile Böschung, die der Regen ausgehöhlt hat. Das ist meine Strafe dafür, daß ich einen Jungen, der nie existiert hat, in den Tod stürzen ließ. Und auch das ist *Ka.*«

»Wer ist dieser Junge, Roland?« fragte Susannah.

Roland sah Eddie an. »Weißt *du* es?«

Eddie schüttelte den Kopf.

»Aber ich habe von ihm gesprochen«, sagte Roland. »Ich habe sogar seinetwegen *getobt,* als die Infektion am schlimmsten und ich dem Tode nahe war.« Die Stimme des Revolvermanns wurde plötzlich eine halbe Oktave höher, und seine Nachahmung von Eddies Stimme war so gut, daß Susannah einen Anflug abergläubischer Furcht empfand. »›Wenn du nicht aufhörst, von diesem verdammten Jungen zu sprechen, Roland, dann kneble ich dich mit deinem eigenen Hemd! Ich habe es satt, dauernd von ihm zu hören!‹ Weißt du noch, wie du das gesagt hast, Eddie?«

Eddie dachte gründlich nach. Der Revolvermann hatte von tausend Dingen gesprochen, während sie beide den mühsamen Weg von der Tür mit der Aufschrift DER GEFANGENE zu der Tür mit der Aufschrift DIE HERRIN DER SCHATTEN zurückgelegt hatten, und er hatte in seinen Fiebermonologen schätzungsweise tausend Namen erwähnt – Alain,

Cort, Jamie de Curry, Cuthbert (den häufiger als alle anderen), Hax, Martin (oder vielleicht Marten, wie der Vogel), Walter, Susan, sogar einen Typen mit dem ungewöhnlichen Namen Zoltan. Eddie hatte es gründlich satt gehabt, von diesen Leuten zu hören, die er nie kennengelernt hatte (und auch nie kennenlernen wollte), aber natürlich hatte Eddie zu der Zeit seine eigenen Probleme gehabt, von denen Heroinentzug und die Folgen einer kosmischen Zeitverschiebung nur zwei gewesen waren. Und wenn er fair sein wollte, dann vermutete er, daß Roland Eddies eigene bruchstückhafte Märchen, wie er und Henry gemeinsam aufgewachsen und gemeinsam Junkies geworden waren, sicher ebenso satt gehabt hatte wie Eddie die von Roland.

Aber er konnte sich nicht erinnern, daß er Roland jemals gesagt hatte, er würde ihn mit seinem eigenen Hemd knebeln, wenn er nicht aufhörte, von einem bestimmten Jungen zu sprechen.

»Fällt dir nichts ein?« fragte Roland. »Überhaupt nichts?«

War da etwas? Ein fernes Kribbeln wie das *Déjà-vu*-Gefühl, das ihn überkommen hatte, als er die Schleuder in dem Holzsporn sah, der aus dem Baumstumpf herausragte? Eddie versuchte, dieses Kribbeln zu finden, aber es war fort. Er entschied, daß es überhaupt nicht dagewesen war; er *wollte* nur, daß es da war, weil Roland solche Qualen litt.

»Nein«, sagte er. »Tut mir leid, Mann.«

»Aber ich *habe* es dir erzählt.« Rolands Stimme war ruhig, doch Verzweiflung pulsierte in ihr wie ein scharlachroter Faden. »Der Name des Jungen war Jake. Ich habe ihn geopfert – getötet –, damit ich Walter endlich einholen und zum Reden bringen konnte. Ich habe ihn unter den Bergen getötet.«

An dieser Stelle konnte Eddie deutlicher werden. »Nun, das ist vielleicht so gewesen, aber du hast nicht *erzählt,* daß es so gewesen ist. Du hast gesagt, du bist allein auf einem irren Handwagen unter den Bergen durchgefahren. *Darüber* hast du eine Menge geredet, als wir am Strand entlanggegangen sind, Roland. Wie unheimlich es war, allein zu sein.«

»Daran kann ich mich erinnern. Aber ich erinnere mich auch, daß ich dir von dem Jungen erzählt habe, wie er von der Brücke in den Abgrund gestürzt ist. Und die Distanz zwischen diesen beiden Erinnerungen reißt meinen Verstand entzwei.«

»Ich verstehe das alles überhaupt nicht«, sagte Susannah besorgt.

»Ich glaube«, sagte Roland, »ich fange so langsam an, es zu verstehen.«

Er warf mehr Holz aufs Feuer, worauf ein dichter Schwarm roter Funken in den dunklen Himmel stob. »Ich werde euch eine Geschichte erzählen, die wahr ist«, sagte er, »und dann erzähle ich euch eine, die nicht wahr ist . . . aber wahr sein *sollte.*

Ich habe in Pricetown ein Maultier gekauft, und als ich schließlich in Tull ankam, der letzten Stadt vor der Wüste, war es noch frisch . . .«

14

Und so schilderte der Revolvermann den letzten Teil seiner langen Geschichte. Eddie hatte vereinzelte Bruchstücke der Story gehört, aber er hörte völlig fasziniert zu, ebenso Susannah, für die sie vollkommen neu war. Er erzählte ihnen von der Bar, in deren Ecke das endlose Spiel Watch Me stattgefunden hatte, dem Klavierspieler namens Sheb, der Frau namens Allie mit der Narbe auf der Stirn ... und von Nort, dem Grasesser, der gestorben und von dem Mann in Schwarz zu einem fragwürdigen Halbleben wiedererweckt worden war. Er erzählte ihnen von Sylvia Pittston, dem Inbegriff religiösen Wahns, und von dem letzten apokalyptischen Gemetzel, bei dem er, Roland der Revolvermann, jeden Mann, jede Frau und jedes Kind in der Stadt getötet hatte.

»Ach du dicke Scheiße!« sagte Eddie mit leiser, zittriger Stimme. »Jetzt weiß ich, warum du so knapp an Munition gewesen bist, Roland.«

»Sei still!« schnappte Susannah. »Laß ihn zu Ende erzählen!«

Roland fuhr fort und erzählte seine Geschichte so stoisch, wie er die Wüste durchquert hatte, nachdem er an der Hütte des letzten Grenzbewohners vorbeigekommen war, einem jungen Mann, dessen erdbeerfarbenes Haar ihm fast bis zur Taille gereicht hatte. Er erzählte ihnen, wie sein Maultier schließlich gestorben war. Er erzählte ihnen sogar, wie das Haustier des Grenzbewohners, der Vogel Zoltan, dem Maultier die Augen ausgepickt hatte.

Er erzählte ihnen von den langen Wüstentagen und kurzen Wüstennächten danach, wie er den ausgekühlten Überresten von Walters Lagerfeuern gefolgt war und wie er schließlich halb besinnungslos und ausgetrocknet das Rasthaus erreicht hatte.

»Es war verlassen. Ich glaube, es war schon seit der Zeit verlassen, als jener große Bär da drüben gerade hergestellt worden war. Ich blieb eine Nacht und zog weiter. So ist es gewesen ... aber jetzt erzähle ich euch eine andere Geschichte.«

»Diejenige, die nicht wahr ist, es aber sein sollte?« fragte Susannah.

Roland nickte. »In dieser erfundenen Geschichte – diesem Märchen – traf ein Revolvermann namens Roland in dem Rasthaus einen Jungen namens Jake. Dieser Junge stammte aus eurer Welt, aus eurer Stadt New York, und aus einem *Wann* irgendwann zwischen Eddies 1987 und Odetta Holmes' 1963.«

Eddie beugte sich eifrig nach vorne. »Kommt eine Tür in dieser Geschichte vor, Roland? Eine Tür mit der Aufschrift DER JUNGE oder so?«

Roland schüttelte den Kopf. »Die Tür des Jungen war der Tod. Er war auf dem Weg zur Schule, als ihn ein Mann – den ich für Walter gehalten hatte – auf die Straße stieß, wo er von einem Auto überfahren wurde. Er hörte diesen Mann etwas Ähnliches sagen wie: ›Aus dem Weg, lassen Sie mich durch, ich bin Priester.‹ Jake hat diesen Mann *gesehen* – nur einen Augenblick, und dann war er in *meiner* Welt.«

Der Revolvermann verstummte und sah ins Feuer.

»Und jetzt möchte ich die Geschichte von dem Jungen, den es nie gab, einen Moment ruhen lassen und erzählen, was sich wirklich zugetragen hat. Einverstanden?«

Eddie und Susannah wechselten einen verwirrten Blick, dann machte Eddie eine Nach-Ihnen-mein-lieber-Alphonse-Geste mit der Hand.

»Wie ich schon sagte, das Rasthaus war verlassen. Aber es gab eine Pumpe, die noch funktionierte. Diese befand sich hinten in den Stallungen, wo die Kutschenpferde untergebracht waren. Ich folgte ihrem Geräusch, aber ich hätte sie auch gefunden, wenn sie völlig still gewesen wäre. Wißt ihr, ich *roch* das Wasser. Wenn man lange genug durch die Wüste gezogen und am Verdursten ist, kann man das wirklich. Ich trank, und dann schlief ich. Als ich erwachte, trank ich wieder. Ich wollte gleich weiterziehen – der Drang, das zu tun, war wie ein Fieber. Die Medizin, die du mir aus deiner Welt gebracht hast – das *Astin* –, ist wunderbar, Eddie, aber es gibt Fieber, die keine Medizin heilen kann, und das war eines davon. Ich wußte, mein Körper brauchte die Ruhe, aber es erforderte dennoch jede Unze meiner Willenskraft, auch nur eine weitere Nacht dort zu bleiben. Am Morgen fühlte ich mich ausgeruht, daher habe ich meine Wasserschläuche gefüllt und bin weitergezogen. *Ich habe von dort nichts anderes als Wasser mitgenommen.* Das ist das Wichtigste von allem, was wirklich passiert ist.«

Susannah sagte etwas mit ihrer vernünftigsten, freundlichsten Odetta-Holmes-Stimme. »Gut, das ist wirklich passiert. Du hast deine Wasserschläuche gefüllt und bist weitergezogen. Und jetzt erzähl uns den Rest von dem, was *nicht* passiert ist, Roland.«

Der Revolvermann legte den Kieferknochen einen Augenblick in den Schoß, ballte die Hände zu Fäusten und rieb sich die Augen damit – eine seltsam kindliche Geste. Dann hob er den Kieferknochen wieder auf, wie um sich Mut zu machen, und fuhr fort.

»Ich habe den Jungen, der nicht da war, hypnotisiert«, sagte er. »Ich habe es mit einer Patrone gemacht. Das ist ein Trick, den ich seit vielen Jahren kenne, und ich habe ihn von einem außergewöhnlichen Lehrmeister gelernt – Marten, dem Hofzauberer meines Vaters. Der Junge war ein gutes Opfer. In Trance schilderte er mir die Umstände seines Todes, wie ich sie euch erzählt habe. Als ich soviel von seiner Geschichte erfahren hatte, wie ich meines Erachtens konnte, ohne ihn zu beunruhigen oder ihm tatsächlich zu schaden, gab ich ihm den Befehl, daß er sich nicht an seinen Tod erinnern sollte, wenn er wieder aufwachte.«

»Wer möchte das schon?« murmelte Eddie.

Roland nickte. »Wahrlich, wer? Der Junge verfiel aus der Trance direkt in natürlichen Schlaf. Ich schlief ebenfalls. Als wir erwachten, sagte ich dem Jungen, daß ich den Mann in Schwarz fangen wollte. Er wußte, wen ich meinte; Walter hatte ebenfalls in dem Rasthaus haltgemacht. Jake hatte Angst und hat sich vor ihm versteckt. Ich bin sicher, Walter hat gewußt, daß er dort war, aber es war seinen Zielen dienlich, so zu tun, als wüßte er es nicht. Er ließ den Jungen wie eine Falle zurück.

Ich fragte ihn, ob es dort etwas zu essen gab. Ich dachte mir, es müßte etwas geben. Er sah hinreichend gesund aus, und das Wüstenklima ist bestens geeignet, etwas zu konservieren. Er hatte etwas Dörrfleisch und sagte, es gäbe einen Keller. Den hatte er nicht untersucht, weil er Angst hatte.« Der Revolvermann sah sie grimmig an. »Er hatte guten Grund, Angst zu haben. Ich habe Essen gefunden ... aber ich habe auch einen sprechenden Dämon gefunden.«

Eddie sah mit aufgerissenen Augen auf den Kieferknochen hinab. Das orangefarbene Licht des Feuers tanzte auf den uralten Krümmungen und unheilbringenden Zähnen. »Sprechender Dämon? Du meinst *dieses* Ding?«

»Nein«, sagte er. »Ja. Beides. Hört zu, dann werdet ihr es verstehen.«

Er erzählte ihnen von dem unmenschlichen Stöhnen, das er aus der Erde hinter dem Keller vernommen hatte; wie er Sand zwischen zwei alten Blocks rieseln gesehen hatte, aus denen die Kellerwände bestanden. Er erzählte ihnen, wie er sich dem Loch genähert hatte, das dort klaffte, als Jake gerufen hatte, er solle nach oben kommen.

Er hatte dem Dämon befohlen zu sprechen ... und der Dämon hatte gehorcht, mit der Stimme von Allie, der Frau mit der Narbe auf der Stirn, der Frau, der die Bar in Tull gehört hatte. *Sei vorsichtig bei dem Drawers, Revolvermann. Solange du mit dem Jungen unterwegs bist, hat der Mann in Schwarz deine Seele in der Tasche.*

»Die Drawers?« fragte Susannah verblüfft.

»Ja.« Roland sah sie eindringlich an. »Das sagt dir etwas, richtig?«

»Ja ... und nein.«

Sie sprach sehr zögernd. Teilweise lag das, wie Roland wußte, einfach an einem Widerwillen, von Dingen zu sprechen, die schmerzvoll für sie waren. Aber sie glaubte, der Hauptgrund war der, daß sie nicht noch mehr verwirren wollte, was schon verwirrend genug war, indem sie mehr sagte, als sie eigentlich wußte. Das bewunderte er. Er bewunderte *sie.*

»Sag mir das, was du sicher weißt«, sagte er. »Mehr nicht.«

»Na gut. Die Drawers waren ein Ort, den Detta Walker gekannt hat. Ein Ort, an den Detta Walker *gedacht* hat. Es war ein Slangausdruck, den sie von den Erwachsenen aufgeschnappt hatte, wenn diese auf der Veranda saßen und Bier tranken und von den alten Zeiten erzählten. Es bedeutet einen Ort, der verdorben ist oder nutzlos, oder beides. Etwas an den Drawers – am *Konzept* der Drawers – hat Detta angesprochen. Frag mich nicht, was; ich habe es vielleicht einmal gewußt, aber jetzt nicht mehr. Und ich will es auch nicht wissen.

Detta hat meiner Tante Blue einen Porzellanteller gestohlen – den meine Eltern ihr zur Hochzeit geschenkt hatten – und ihn zu den Drawers gebracht – *ihren* Drawers –, um ihn kaputtzumachen. Bei diesem Ort handelte es sich um eine Kiesgrube voll Müll. Eine Müllhalde. Später hat sie manchmal Jungs in Straßenkneipen aufgerissen.«

Susannah ließ den Kopf sinken und kniff die Lippen fest zusammen. Dann sah sie wieder auf und fuhr fort.

»*Weiße* Jungs. Und wenn sie sie zu ihren Autos auf dem Parkplatz gebracht haben, hat sie sie aufgegeilt und ist weggelaufen. Diese Parkplätze ... sie waren auch ihre Drawers. Es war ein gefährliches Spiel, aber sie war jung genug, schnell genug, daß sie es durchziehen und Spaß daran haben konnte. Später, in New York, hat sie Ladendiebstähle begangen ... das wißt ihr. Beide. Immer in den teuren Geschäften – Macy's, Gimbel's, Bloomingdale's –, dort hat sie Trinkkelche gestohlen. Wenn sie beschlossen hatte, sich auf so einen Beutezug zu begeben, dachte sie: *Werd' heute die Drawers besuchen. Werd'n bißchen Mist vonnen Weißen klauen. Werd mir was Besonners klauen und's dann zerdeppern.*«

Sie verstummte mit zitternden Lippen und sah ins Feuer. Als sie sich wieder umdrehte, sahen Roland und Eddie Tränen in ihren Augen.

»Ich weine, aber laßt euch davon nicht täuschen. Ich erinnere mich, daß ich das gemacht habe, und es hat mir *Spaß* gemacht. Ich glaube, ich weine, weil ich es wieder machen würde, wenn die Umstände entsprechend wären.«

Roland schien einen Teil seiner alten Gelassenheit, seiner unheimlichen Ausgeglichenheit wiedererlangt zu haben. »In meinem Land kennt man ein Sprichwort, Susannah: ›Dem klugen Dieb wird es immer wohl ergehen.‹«

»Ich sehe nichts Kluges daran, eine Handvoll Tinnef zu stehlen«, fauchte sie.

»Bist du je erwischt worden?«

»Nein ...«

Er breitete die Arme aus, als wollte er sagen: *Da hast du es.*

»Demnach waren die Drawers ein böser Ort für Detta Walker?« fragte Eddie. »Ist das richtig? Es *scheint* nämlich nicht unbedingt richtig zu sein.«

»Gut und schlecht zugleich. Es waren *mächtige* Orte, an denen sie sich ... *neu erfinden* konnte, so könnte man es wohl ausdrücken ... aber sie waren auch *verlorene* Orte. Und das hat alles nichts mit Rolands Phantomjungen zu tun, oder?«

»Vielleicht nicht«, sagte Roland. »Wir kennen auch Drawers in meiner Welt, weißt du. Auch für uns war es ein Slangausdruck, aber der Sinn ist ziemlich ähnlich.«

»Was hat es für dich und deine Freunde bedeutet?« fragte Eddie.

»Das war von Ort zu Ort und Situation zu Situation verschieden. Es konnte einen Schuttplatz bedeuten. Es konnte ein Hurenhaus sein oder ein Haus, wo Männer zum Spielen oder Teufelsgras kauen hingingen. Aber die gebräuchlichste Verwendung, die ich kenne, ist auch die einfachste.«

Er sah sie beide an. »Die Drawers sind Orte der Einsamkeit«, sagte er. »Die Drawers sind – das wüste Land.«

15

Diesmal warf Susannah mehr Holz ins Feuer. Im Süden leuchtete die Alte Mutter strahlend und ohne zu flimmern. Sie wußte aus der Schule, was das bedeutete: Es war ein Planet, kein Stern. *Venus?* fragte sie sich. *Oder ist das Sonnensystem, zu dem diese Welt gehört, so anders wie alles andere auch?*

Wieder überkam sie dieses Gefühl des Unwirklichen – das Gefühl, daß alles ein Traum sein mußte.

»Weiter«, sagte sie. »Was ist passiert, nachdem die Stimme dich vor den Drawers und dem kleinen Jungen gewarnt hat?«

»Ich griff mit der Hand in das Loch, aus dem der Sand gerieselt war, wie man mir beigebracht hatte, sollte mir je so etwas widerfahren. Ich habe einen Kieferknochen herausgezogen ... aber nicht den hier. Der Kieferknochen, den ich aus der Mauer des Rasthauses gezogen habe, war viel größer; von einem der Großen Alten, daran habe ich fast keine Zweifel mehr.«

»Was ist damit passiert?« fragte Susannah leise.

»Eines Nachts habe ich ihn dem Jungen gegeben«, sagte Roland. Das Feuer malte orangefarbene Leuchten und Schatten auf seine Wangen. »Als Schutz – als eine Art Talisman. Später war ich der Meinung, er habe seinen Zweck erfüllt, und warf ihn weg.«

»Und wessen Kieferknochen hast du da, Roland?« fragte Eddie.

Roland hielt ihn hoch, betrachtete ihn lang und nachdenklich und ließ ihn wieder sinken. »Später, als Jake ... als er gestorben war ... habe ich den Mann eingeholt, den ich verfolgt hatte.«

»Walter«, sagte Susannah.

»Ja. Wir haben ein Palaver abgehalten, er und ich ... ein *langes* Palaver. Ich bin eingeschlafen, und als ich erwachte, war Walter tot. Mindestens hundert Jahre tot, wahrscheinlich länger. Nichts war von ihm übrig, außer Knochen, was durchaus angemessen war, denn wir befanden uns an einer Stätte der Knochen.«

»Ja, das scheint echt ein langes Palaver gewesen zu sein«, bemerkte Eddie trocken.

Susannah runzelte gelinde die Stirn darüber, aber Roland nickte nur. »Lang und lang«, sagte er und sah ins Feuer.

»Du bist am Morgen aufgewacht und hast am selben Abend das Westliche Meer erreicht«, sagte Eddie. »Dem Abend, an dem die Monsterhummer gekommen sind, richtig?«

Roland nickte wieder. »Ja. Aber bevor ich den Ort verließ, wo Walter und ich uns unterhalten haben . . . oder geträumt . . . oder was auch immer wir gemacht haben . . . habe ich das vom Schädel seines Skeletts mitgenommen.« Er hob den Knochen hoch, und das orangefarbene Licht spiegelte sich wider auf den Zähnen.

Walters Kieferknochen, dachte Eddie und verspürte ein Schaudern in sich. *Der Kieferknochen des Mannes in Schwarz. Denk das nächstemal daran, Eddie-Boy, wenn du wieder glaubst, daß Roland vielleicht nur einer von den netten Jungs ist. Er trägt ihn die ganze Zeit mit sich herum wie eine Art . . . eine Art Kannibalentrophäe. Herrgott.*

»Ich weiß noch, was ich gedacht habe, als ich ihn mitgenommen habe«, sagte Roland. »Ich erinnere mich sehr gut daran; es ist die einzige Erinnerung an diese Zeit, die mich nicht trügt. Ich habe gedacht: ›Es hat Pech gebracht, daß ich weggeworfen habe, was ich gefunden habe, als ich den Jungen fand. Dies ist der Ersatz.‹ Und dann hörte ich Walters Lachen – sein gemeines, wieherndes Lachen. Und ich hörte seine Stimme.«

»Was hat er gesagt?« fragte Susannah.

»›Zu spät, Revolvermann‹«, sagte Roland. »Das hat er gesagt. ›Zu spät – du wirst nur noch Pech haben, von nun an bis in Ewigkeit – das ist dein *Ka.*‹«

16

»Na gut«, sagte Eddie schließlich. »Ich verstehe das grundsätzliche Paradoxon. Deine Erinnerung ist geteilt . . .«

»*Nicht* geteilt. *Doppelt.*«

»Meinetwegen, das ist fast dasselbe, oder nicht?« Eddie nahm den Zweig und zeichnete ebenfalls etwas in den Sand:

Er deutete auf die Linie links. »Das ist deine Erinnerung an die Zeit, bevor du zu dem Rasthaus gekommen bist – eine einzige Spur.«

»Ja.«

Er deutete auf die Linie rechts. »Und als du auf der anderen Seite der Berge an der Stätte der Knochen herausgekommen bist ... wo Walter auf dich gewartet hat. *Wieder* eine einzige Spur.«

»Ja.«

Jetzt deutete Eddie auf das Mittelstück und zog einen ungefähren Kreis darum.

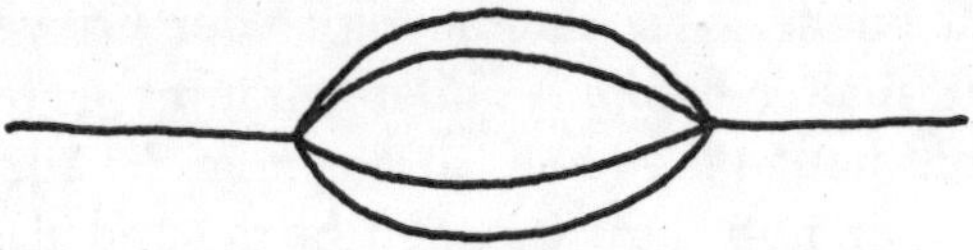

»Das mußt du machen, Roland – diese doppelte Spur absperren. Eine Blockade in deinem Geist darum errichten und sie dann vergessen. Denn sie *bedeutet* nichts, sie *verändert* nichts, sie ist *fort*, sie ist *vorbei* ...«

»Eben nicht.« Roland hielt den Knochen hoch. »Wenn meine Erinnerungen an den Knaben Jake falsch sind – und ich weiß, daß sie das sind –, *wie kann ich dann das hier besitzen?* Ich habe den Knochen als Ersatz für den mitgenommen, den ich weggeworfen habe ... aber der, den ich weggeworfen habe, stammte aus dem Keller des Rasthauses, und auf der Erinnerungsspur, die, wie ich weiß, die richtige ist, *bin ich nie in den Keller gegangen*! Ich habe nie mit dem Dämon gesprochen! Ich bin allein weitergezogen, mit frischem Wasser *und sonst nichts*!«

»Roland, hör mir zu«, sagte Eddie ernst. »Wenn der Kieferknochen, den du da in der Hand hast, aus dem Rasthaus stammen würde, dann wäre das ... Aber ist es nicht möglich, daß du dir alles nur eingebildet hast, eine Halluzination – das Rasthaus, den Jungen, den sprechenden Dämon –, dann hast du Walters Kieferknochen vielleicht genommen, weil du ...«

»Es war keine Halluzination«, sagte Roland. Er sah sie beide mit seinen blaßblauen Kanoniersaugen an, und dann tat er etwas, mit dem keiner der beiden rechnete ... Eddie hätte geschworen, Roland wußte selbst nicht, daß er es vorhatte.

Er warf den Kieferknochen ins Feuer.

17

Einen Augenblick lag er nur da, ein weißes Relikt, das zu einem geisterhaften Halbgrinsen gebogen war. Dann leuchtete er plötzlich rot auf und tauchte die Lichtung in blendendes, scharlachrotes Licht. Eddie und Susannah schrien auf und rissen die Hände hoch, um die Augen vor dem brennenden Gegenstand zu schützen.

Der Knochen veränderte sich. Er schmolz nicht, er *veränderte* sich. Die

Zähne, die wie Grabsteine daraus hervorragten, zogen sich zu Klumpen zusammen. Die schwache Krümmung des oberen Bogens wurde gerade und dann an der Spitze wulstig.

Eddie ließ die Hände in den Schoß sinken und betrachtete den Knochen, der kein Knochen mehr war, mit unverhohlenem Staunen. Er hatte mittlerweile die Farbe von brennendem Stahl angenommen. Die Zähne waren zu drei umgekehrten V geworden, das mittlere größer als die an den Enden. Und plötzlich sah Eddie, was daraus werden wollte, so wie er die Schleuder in dem Holz im Baumstumpf gesehen hatte.

Er dachte, es war ein Schlüssel.

Du mußt dich an diese Form erinnern, dachte er fiebrig. *Du mußt, du mußt.*

Seine Augen studierten sie verzweifelt – drei V, das in der Mitte größer und tiefer als die zwei an den Enden. Drei Zacken ... und der am Ende hatte einen Schnörkel, die flache Form eines kleinen s ...

Dann veränderte sich die Form in den Flammen wieder. Der Knochen, aus dem so etwas wie ein Schlüssel geworden war, faltete sich nach innen, zog sich zu grellen, überlappenden Blütenblättern zusammen und zu Falten, die so dunkel und samtig wie eine mondlose Sommernacht waren. Einen Augenblick sah Eddie eine Rose – eine strahlende rote Rose, die in der Dämmerung des ersten Tages dieser Welt geblüht haben mochte, ein Ding von unergründlicher, zeitloser Schönheit. Seine Augen sahen, und sein Herz wurde weit. Es war, als wären alle Liebe und alles Leben plötzlich von Rolands totem Gegenstand emporgestiegen; es war da, im Feuer, brannte im Triumph und in einem herrlichen, anfänglichen Trotz aus und verkündete, daß Verzweiflung ein Trugbild und der Tod ein Traum waren.

Die Rose! dachte er zusammenhanglos. *Zuerst der Schlüssel, dann die Rose! Siehe! Siehe die Öffnung des Wegs zum Turm!*

Ein belegtes Husten ertönte aus dem Feuer. Ein Fächer aus Funken stob in die Höhe. Susannah schrie, rollte sich weg und schlug auf die orangefarbenen Flecken auf ihrem Kleid ein, während die Flammen zum Sternenhimmel emporloderten. Eddie bewegte sich nicht. Er saß gebannt vor seiner Vision da, in einer Wiege des Staunens, die prachtvoll und schrecklich zugleich war, und er achtete nicht auf die Funken, die über seine Haut tanzten. Dann sanken die Flammen in sich zusammen.

Der Knochen war fort.

Der Schlüssel war fort.

Die Rose war fort.

Vergiß nicht, dachte er. *Vergiß nicht die Rose ... und vergiß nicht die Form des Schlüssels.*

Susannah schluchzte vor Schreck und Entsetzen, aber er achtete einen Augenblick nicht auf sie und suchte den Zweig, mit dem er und Roland gezeichnet hatten. Mit einer zitternden Hand malte er dieses Muster in den Sand:

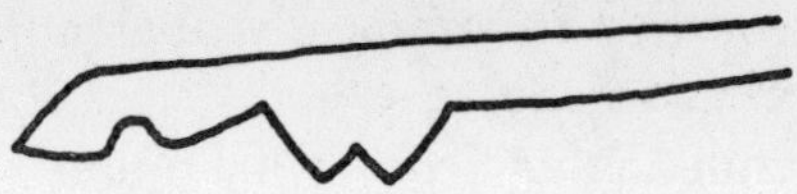

18

»Warum hast du das gemacht?« fragte Susannah schließlich. »Warum um Gottes willen – und was war es?«

Fünfzehn Minuten waren vergangen. Sie hatten das Feuer niederbrennen lassen; die verstreuten Schlackestücke waren von alleine ausgegangen. Eddie hatte die Arme um seine Frau geschlungen: Susannah saß vor ihm und lehnte mit dem Rücken an seiner Brust. Roland hockte auf der Seite, hatte die Knie an die Brust gezogen und sah versonnen in die orangeroten Kohlen. Soweit Eddie sagen konnte, hatte keiner der beiden gesehen, wie sich der Knochen verändert hatte. Sie hatten beide gesehen, wie er rotglühend geworden war, und Roland hatte ihn explodieren sehen (oder war er implodiert? Eddie fand, daß das eher zutreffend war), aber das war alles. Glaubte er jedenfalls; doch manchmal behielt Roland etwas für sich, und wenn er beschloß, mit verdeckten Karten zu spielen, dann tat er das konsequent. Das wußte Eddie aus bitterer Erfahrung. Er hatte überlegt, ob er ihnen sagen sollte, was er gesehen hatte – oder gesehen zu haben *glaubte* –, beschloß dann aber, zumindest vorläufig ebenfalls mit total verdeckten Karten zu spielen.

Von dem Kieferknochen selbst war keine Spur mehr übrig – nicht einmal ein Splitter.

»Ich habe es getan, weil mir eine innere Stimme gesagt hat, daß ich es muß«, sagte Roland. »Es war die Stimme meines Vaters; *aller* meiner Väter. Wenn man so eine Stimme hört, ist es undenkbar, nicht zu handeln, und zwar sofort. Das hat man mir beigebracht. Was es war, das kann ich nicht sagen ... zumindest jetzt nicht. Ich weiß nur, daß der Knochen sein letztes Wort gesprochen hat. Ich habe ihn den ganzen Weg mitgeschleppt, um es zu hören.«

Oder zu sehen, dachte Eddie, und dann wieder: *Vergiß nicht. Vergiß nicht die Rose. Und vergiß nicht die Form des Schlüssels.*

»Es hätte uns fast gegrillt!« Sie hörte sich müde und verdrossen zugleich an.

Roland schüttelte den Kopf. »Ich glaube, es war mehr wie das Feuerwerk, das die Barone anläßlich ihrer Jahresabschlußpartys in den Himmel zu schießen pflegten. Bunt und grell, aber nicht gefährlich.«

Eddie hatte eine Idee. »Die Verdoppelung in deinem Verstand, Roland, ist sie fort? Ist sie von dir gewichen, als der Knochen explodiert ist, oder was auch immer?«

Er war fast davon überzeugt; in den Filmen, die er gesehen hatte, wirkte so eine Schocktherapie immer. Aber Roland schüttelte den Kopf.

Susannah regte sich in Eddies Armen. »Du hast gesagt, du fängst an zu verstehen.«

Roland nickte. »Ich glaube, ja. Wenn ich recht habe, habe ich Angst um Jake. Wo immer er ist, *wann* immer er ist, ich habe Angst um ihn.«

»Was meinst du damit?« fragte Eddie.

Roland stand auf, ging zu seiner Rolle aus Fellen und breitete sie aus. »Genug Geschichten und Aufregung für eine Nacht. Zeit zu schlafen. Morgen folgen wir der Spur des Bären zurück und versuchen, ob wir das Portal finden können, das er bewachen sollte. Unterwegs werde ich euch erzählen, was meiner Meinung nach passiert ist ... und immer noch passiert.«

Damit wickelte er sich in eine alte Decke und eine neue Hirschhaut, rollte sich vom Feuer weg und sagte kein Wort mehr.

Eddie und Susannah legten sich gemeinsam hin. Als sie sicher waren, daß der Revolvermann schlief, liebten sie sich. Roland hörte sie dabei, während er wach lag, und hörte ihre leise Unterhaltung danach. Größtenteils über ihn. Er lag still und starrte mit offenen Augen in die Dunkelheit, als ihre Unterhaltung schon längst vorbei war und ihre Atemzüge eine ruhige, gleichförmige Kadenz angenommen hatten.

Es war, dachte er, so schön, jung und verliebt zu sein. Selbst im Friedhof, zu dem diese Welt geworden war, war es schön.

Genießt es, so lange ihr könnt, dachte er, *denn vor uns liegt noch mehr Tod. Wir sind zu einem Bach voll Blut gekommen. Dieser wird uns ohne Zweifel zu einem ebensolchen Fluß führen. Und weiter entfernt zu einem Ozean. In dieser Welt klaffen die Gräber, und die Toten ruhen allesamt nicht in Frieden.*

Als im Osten die Dämmerung heraufzog, machte er die Augen zu. Schlief kurz. Und träumte von Jake.

19

Eddie träumte ebenfalls – er träumte, er wäre wieder in New York, wo er mit einem Buch in der Hand die Second Avenue entlang ging.

In diesem Traum war es Frühling. Es war warm, die Stadt erblühte, und das Heimweh schmerzte in ihm wie ein Muskel, in dem sich tief ein Angelhaken verfangen hat. *Genieß diesen Traum und träum ihn, so lange du kannst,* dachte er. *Freu dich daran ... denn näher wirst du nicht mehr an New York herankommen. Du kannst nicht heimkehren, Eddie. Der Teil ist abgeschlossen.*

Er betrachtete das Buch und war nicht im geringsten überrascht, daß es sich um *Es gibt kein Zurück* von Thomas Wolfe handelte. Auf den dunkelroten Einband waren drei Symbole geprägt: Schlüssel, Rose und

Tür. Er blieb einen Moment stehen, schlug das Buch auf und las die erste Zeile. *Der Mann in Schwarz floh durch die Wüste,* hatte Wolfe geschrieben, *und der Revolvermann folgte ihm.*

Eddie klappte es zu und ging weiter. Es war etwa neun Uhr morgens, schätzte er, vielleicht halb zehn, und der Verkehr auf der Second Avenue war spärlich. Taxis hupten und sprangen von Spur zu Spur, während der Frühlingssonnenschein auf ihren Windschutzscheiben und dem hellgelben Lack funkelte. Ein Penner an der Ecke Second und Fifty-second bat ihn um eine milde Gabe, worauf Eddie ihm das Buch mit dem roten Einband in den Schoß warf. Er stellte (ebenfalls ohne Überraschung) fest, daß es sich bei dem Penner um Enrico Balazar handelte. Dieser saß mit überkreuzten Beinen vor einem Zauberladen. HAUS DER KARTEN, stand auf dem Schild im Schaufenster, in dem ein Turm aus Tarotkarten stand. Obenauf befand sich ein Modell von King Kong. Eine winzige Radarschüssel wuchs aus dem Kopf des Riesenaffen.

Eddie ging lässig weiter Richtung Innenstadt, und die Straßenschilder schwebten an ihm vorbei. Er wußte, wohin er ging, als er es sah: einen kleinen Laden Ecke Second und Forty-sixth.

Ja, dachte er. Ein Gefühl großer Erleichterung überkam ihn. *Das ist es. Genau das ist es.* Fleisch und Käse hingen im Schaufenster. TOM UND GERRY'S KÜNSTLERISCHES DELIKATESSENGESCHÄFT, stand auf dem Schild. PARTY-PLATTEN SIND UNSERE SPEZIALITÄT!

Während er davorstand und hineinsah, kam noch jemand, den er kannte, um die Ecke. Es war Jack Andolini, der einen vanillefarbenen dreiteiligen Anzug trug und einen schwarzen Stock in der linken Hand hielt. Sein halbes Gesicht war fort, von den Monsterhummern abgeschnitten.

Geh ruhig rein, Eddie, sagte Jack im Vorbeigehen. *Schließlich gibt es mehr Welten als diese, und der Scheißzug fährt durch alle.*

Ich kann nicht, antwortete Eddie. *Die Tür ist verschlossen.* Er hatte keine Ahnung, woher er das wußte, aber er wußte es ohne jeden Zweifel.

Dad-a-chum, dud-a-chee, du hast den Schlüssel, also sorg dich nie, sagte Jack, ohne sich umzudrehen. Eddie sah an sich hinab und stellte fest, daß er *wirklich* einen Schlüssel besaß: ein primitives Ding mit drei Zakken wie umgekehrte V.

Die kleine S-Form am Ende des letzten Zahns ist das Geheimnis, dachte er. Er trat unter den Torbogen von Tom und Gerry's Künstlerischem Delikatessengeschäft und steckte den Schlüssel ins Schloß. Er ließ sich mühelos drehen. Er machte die Tür auf und betrat ein weites, offenes Feld. Er sah über die Schulter und erblickte den Verkehr auf der Second Avenue, der vorbeisauste, dann schlug die Tür zu und fiel um. Dahinter war nichts. Überhaupt nichts. Er drehte sich um und studierte seine neue Umgebung, und was er sah, erfüllte ihn zuerst mit Entsetzen. Das

Feld war scharlachrot, als hätte hier eine titanische Schlacht stattgefunden und den Boden mit so viel Blut getränkt, daß er es nicht mehr aufsaugen konnte.

Dann stellte er fest, daß er kein Blut da vor sich sah, sondern Rosen.

Dieses Gefühl von Freude und Triumph raste wieder durch ihn hindurch und ließ sein Herz anschwellen, bis er fürchtete, es müßte ihm in der Brust zerspringen. Er hob die geballten Fäuste als Geste des Sieges hoch über den Kopf ... dann erstarrte er in dieser Haltung.

Das Feld erstreckte sich meilenweit und stieg zu einem sanften Hügel an, und am Horizont stand der Dunkle Turm. Es handelte sich um eine Säule aus dunklem Stein, die so hoch in den Himmel aufragte, daß man die Spitze kaum erkennen konnte. Das Fundament, das von roten, leuchtenden Rosen umgeben war, war unvorstellbar und titanisch, was Größe und Gewicht betraf, und dennoch wurde der Turm mit zunehmender Höhe seltsam anmutig. Die Steine, aus denen er erbaut war, waren nicht schwarz, wie Eddie vermutet hatte, sondern rußfarben. Schmale Fensterschlitze verliefen spiralförmig an der Außenmauer; unter den Fenstern befanden sich endlose Treppenstufen, die immer höher führten. Der Turm war ein dunkelgraues Ausrufungszeichen, das in die Erde gepflanzt war und über einem Feld blutroter Rosen aufragte. Der Himmel darüber war blau, aber weiße, flauschige Wölkchen zogen sich wie Segelschiffe darüber. Die schwebten in endloser Folge über und um die Spitze des Dunklen Turms.

Wie atemberaubend er ist! staunte Eddie. *Wie atemberaubend und seltsam!* Aber das Gefühl von Freude und Triumph war dahin; er war von einer tiefen Niedergeschlagenheit und einer Vorahnung bevorstehender Vernichtung erfüllt. Er sah sich um und stellte plötzlich entsetzt fest, daß er im Schatten des Turms stand. Nein, er *stand* nicht nur darin, er war lebendig darin begraben.

Er schrie auf, aber der Schrei ging im goldenen Stoß eines gewaltigen Horns unter. Dieser erklang von der Spitze des Turms und schien über die ganze Welt zu erschallen. Während dieser Signalton anhielt und über das Feld hallte, quoll Schwärze aus den Fenstern rings um den Turm. Sie strömte heraus und floß wie zähe Ströme über den Himmel, die sich vereinten und einen gewaltigen, tintenschwarzen Klecks bildeten. Dieser sah nicht wie eine Wolke aus; mehr wie ein Tumor, der über der Erde hing. Der Himmel wurde verdeckt. Und er sah, es handelte sich weder um eine Wolke noch einen Tumor, sondern um eine *Gestalt,* eine finstere und zyklopenhafte *Gestalt,* die auf die Stelle zugerast kam, wo Eddie stand. Es hätte nichts genützt, vor dieser Bestie davonzulaufen, die den Himmel über dem Rosenfeld auslöschte; sie würde ihn erwischen, packen und forttragen. In den Dunklen Turm würde sie ihn tragen, und er würde die Welt des Lichts nie mehr wiedersehen.

Risse bildeten sich in der Dunkelheit, und gräßliche, nichtmenschliche Augen sahen auf ihn herunter, von denen jedes locker so groß war wie der Bär Shardik, der tot auf der Lichtung lag. Sie waren rot – rot wie Rosen, rot wie Blut.

Jack Andolinis tote Stimme dröhnte in seinen Ohren: *Tausend Welten, Eddie – zehntausend! –, und dieser Zug fährt durch alle. Wenn du ihn starten kannst. Und wenn du ihn starten kannst, fangen deine Probleme erst an, denn der Mechanismus ist teuflisch schwer wieder abzuschalten.*

Jacks Stimme war ein mechanischer Singsang geworden. *Echt teuflisch schwer wieder abzuschalten, Eddie-Boy, glaub mir, dieses Miststück wird . . .*

». . . ABGESCHALTET! ABSCHALTUNG VOLLSTÄNDIG IN EINER STUNDE UND SECHS MINUTEN!«

In seinem Traum riß Eddie die Hände hoch, um die Augen zu schützen . . .

20

. . . und erwachte senkrecht sitzend neben dem erloschenen Lagerfeuer. Er betrachtete die Welt zwischen seinen gespreizten Fingern hindurch. Und die Stimme dröhnte immer noch weiter, die Stimme eines kopflosen Stoßtruppkommandos, der durch ein Megaphon brüllte.

»ES BESTEHT KEINE GEFAHR! WIEDERHOLE, ES BESTEHT KEINE GEFAHR! FÜNF SUBNUKLEARE ZELLEN SIND DESAKTIVIERT, ZWEI SUBNUKLEARE ZELLEN BEFINDEN SICH IN DER ABSCHALTPHASE, EINE SUBNUKLEARE ZELLE LÄUFT MIT ZWEI PROZENT KAPAZITÄT. DIESE ZELLEN SIND WERTLOS! WIEDERHOLE, DIESE ZELLEN SIND WERTLOS! MELDEN SIE STANDORT AN NORTH CENTRAL POSITRONICS LIMITED! RUFEN SIE 1-900-44! DAS KODEWORT FÜR DEN MECHANISMUS LAUTET ›SHARDIK‹. EINE BELOHNUNG WURDE AUSGESETZT! WIEDERHOLE, EINE BELOHNUNG WURDE AUSGESETZT!«

Die Stimme verstummte. Eddie sah Roland am Rand der Lichtung stehen, wo er Susannah in der Armbeuge hielt. Sie sahen in die Richtung, aus der die Stimme ertönte, und als die Bandaufzeichnung wiederholt wurde, konnte Eddie endlich die kalten Nachwirkungen des Alptraums abschütteln. Er stand auf, ging zu Roland und Susannah und fragte sich, wie viele Jahrhunderte vergangen sein mochten, seit diese Ansage, die programmiert war, nur bei einem totalen Zusammenbruch aller Systeme zu ertönen, aufgezeichnet worden war.

»DIESER MECHANISMUS WIRD ABGESCHALTET! ABSCHALTUNG VOLLSTÄNDIG IN EINER STUNDE UND FÜNF MINUTEN! ES BESTEHT KEINE GEFAHR! WIEDERHOLE . . .«

Eddie berührte Susannah am Arm; diese drehte sich um. »Wie lange geht das schon so?«

»Etwa fünfzehn Minuten. Du hast geschlafen wie ein To ...« Sie verstummte. »Eddie, du siehst schrecklich aus! Bist du krank?«

»Nein, ich habe nur einen Alptraum gehabt.«

Roland sah ihn auf eine Weise an, die Eddie mit Unbehagen erfüllte. »Manchmal sprechen Träume die Wahrheit, Eddie. Worum ging es in deinem?«

Er dachte einen Augenblick nach, dann schüttelte er den Kopf. »Ich kann mich nicht mehr daran erinnern.«

»Das bezweifle ich.«

Eddie zuckte die Schultern und bedachte Roland mit einem zaghaften Lächeln. »Dann bezweifle es eben – herzlich gerne. Und wie geht es *dir* heute morgen, Roland?«

»Unverändert«, sagte Roland. Seine blaßblauen Augen sondierten immer noch Eddies Gesicht.

»Hört auf«, sagte Susannah. Ihre Stimme klang spröde, aber Eddie entging der Unterton von Nervosität nicht. »Alle beide. Es gibt Wichtigeres zu tun, als euch beiden zuzusehen, wie ihr herumtanzt und euch an die Schienbeine tretet wie zwei kleine Jungs beim Raufen. Besonders heute morgen, wo der tote Bär versucht, die ganze Welt niederzubrüllen.«

Der Revolvermann nickte, ließ Eddie aber nicht aus den Augen. »Nun gut ... aber bist du ganz sicher, daß du mir nichts erzählen willst, Eddie?«

Da dachte er darüber nach – dachte wirklich darüber nach, ob er es ihm sagen sollte. Was er im Feuer gesehen hatte, was er in seinem Traum gesehen hatte. Er entschied sich dagegen. Vielleicht nur wegen der Erinnerung an die Rose im Feuer und die Rosen, die das Feld seines Traumes so überreich bedeckt hatten. Er wußte, er konnte das alles nicht schildern, wie es sein Auge geschaut und sein Herz empfunden hatte; er konnte es nur entweihen. Und zumindest vorläufig wollte er noch ungestört und allein über alles nachdenken.

Aber vergiß nicht, sagte er sich wieder ... nur klang die Stimme in seinem Kopf gar nicht wie seine eigene. Sie schien tiefer, älter – die Stimme eines Fremden. *Vergiß nicht die Rose ... und die Form des Schlüssels.*

»Werde ich«, murmelte er.

»Was wirst du?« fragte Roland.

»Erzählen«, sagte Eddie. »Wenn mir etwas einfällt, weißt du, das echt wichtig zu sein scheint. Dann sage ich es dir. Euch beiden. Momentan ist das nicht der Fall. Also wenn wir weiterziehen wollen, Shane, alter Kumpel, dann sattle auf.«

»Shane? Wer ist dieser Shane?«

»Das erzähle ich dir auch ein andermal. Bis dahin, laß uns gehen.«

Sie packten die Ausrüstung zusammen, die sie vom alten Lager mitgebracht hatten, und machten sich auf den Rückweg. Susannah fuhr wieder mit ihrem Rollstuhl. Eddie hatte eine Ahnung, daß sie nicht mehr sehr lange damit fahren würde.

21

Bevor Eddie sich so sehr für Heroin interessierte, daß ihm alles andere gleichgültig war, waren er und ein paar Freunde einmal nach New Jersey zu einem Konzert verschiedener Speed-Metal-Gruppen gefahren – Anthrax und Megadeath –, die im Meadowlands spielten. Er glaubte, daß die Jungs von Anthrax ein wenig lauter gewesen waren als die wiederholte Ansage aus dem Bären, war aber nicht hundertprozentig sicher. Roland machte eine halbe Meile von ihrem Lager entfernt Rast und riß sechs kleine Fetzen aus seinem alten Hemd. Diese steckten sie sich in die Ohren und gingen weiter. Aber nicht einmal diese Stöpsel konnten den donnernden Lärm abhalten.

»DIESER MECHANISMUS WIRD ABGESCHALTET!« plärrte der Bär, als sie die Lichtung wieder betraten. Er lag wie zuvor unter dem Baum, auf den Eddie geklettert war, ein gestürzter Koloß mit gespreizten Beinen und in die Luft gestreckten Knien, der aussah wie eine pelzige Riesin, die beim Gebären gestorben war. »ABSCHALTUNG VOLLSTÄNDIG IN SIEBENUNDVIERZIG MINUTEN! ES BESTEHT KEINE GEFAHR . . .«

O doch, dachte Eddie, der die Felle einsammelte, welche nicht beim Angriff des Bären oder bei seinen Todeszuckungen zerfetzt worden waren. *Große* Gefahr. Für meine *Ohren.* Er hob Rolands Revolvergurt auf und reichte ihn vorsichtig weiter. Das Stück Holz, an dem er gearbeitet hatte, lag in der Nähe; er hob es auf und steckte es in seine Tasche an der Rückenlehne von Susannahs Rollstuhl, während der Revolvermann langsam den breiten Ledergurt um die Taille knöpfte und die Wildlederschürze festzurrte.

». . . BEFINDEN SICH IN DER ABSCHALTPHASE, EINE SUBNUKLEARE ZELLE LÄUFT MIT ZWEI PROZENT KAPAZITÄT. DIESE ZELLEN . . .«

Susannah, die einen Tragebeutel auf dem Schoß trug, den sie selbst genäht hatte, folgte Eddie. Als Eddie ihr die Felle gab, stopfte sie sie in die Tasche. Als alle verstaut waren, stupste Roland Eddie am Arm an und gab ihm einen Rucksack. Darin befand sich größtenteils Wildfleisch, das sie mit Salz gepökelt hatten, das Roland in einem natürlichen Vorkommen drei Meilen bachaufwärts gefunden hatte. Der Revolvermann hatte bereits ein ähnliches Bündel umgeschnallt. Seine Tasche, die wieder mit allem möglichen Krimskrams gefüllt war, hing über der anderen Schulter.

Ein seltsamer, selbstgefertigter Harnisch mit einem Sitz aus zusammengenähten Hirschhäuten hing in der Nähe an einem Ast. Roland betrachtete ihn einen Moment, dann streifte er ihn über den Rücken und knotete die Gurte auf der Brust zusammen. Susannah verzog gallig das Gesicht, was Roland nicht entging. Er versuchte nicht zu sprechen – so nahe bei dem Bären hätte er sich nicht einmal verständlich machen können, wenn er aus Leibeskräften gebrüllt hätte –, aber er zuckte mitfühlend die Achseln und breitete die Arme aus: *Du weißt, wir werden ihn brauchen.*

Sie zuckte ebenfalls die Achseln. *Ich weiß ... aber das heißt nicht, daß es mir gefällt.*

Der Revolvermann deutete über die Lichtung. Zwei schiefe, gesplitterte Fichten kennzeichneten die Stelle, wo Shardik, der in diesem Teil des Waldes einmal als Mir bekannt gewesen war, die Lichtung betreten hatte.

Eddie beugte sich zu Susannah, bildete mit Daumen und Zeigefinger einen Kreis und zog fragend eine Braue hoch. *Okay?*

Sie nickte, dann drückte sie die Handflächen auf die Ohren. *Okay – aber laß uns hier verschwinden, bevor ich taub werde.*

Die drei gingen über die Lichtung; Eddie schob Susannah, die den Beutel mit den Fellen auf dem Schoß trug. In der Tasche an der Rückenlehne ihres Rollstuhls befanden sich andere Dinge; das Stück Holz, in dem die Schleuder immer noch weitgehend verborgen war, war nur eines davon.

Hinter ihnen brüllte der Bär weiterhin seine letzte Mitteilung an die Welt und sagte ihnen, daß das Abschalten in vierzig Minuten abgeschlossen sein würde. Eddie konnte es gar nicht erwarten. Die abgebrochenen Fichten lehnten aneinander und bildeten eine Art Tor, und Eddie dachte: *Hier fängt Rolands Suche nach dem Dunklen Turm wirklich an, zumindest für uns.*

Er dachte wieder an seinen Traum – die spiralförmig angeordneten Fenster, aus denen Banner der Dunkelheit quollen, die sich wie Flecken über dem Rosenfeld ausbreiteten –, und als sie unter den schiefen Bäumen gingen, lief ein heftiges Schaudern über ihn.

22

Sie konnten den Rollstuhl länger benützen, als Roland dies für möglich gehalten hätte. Die Fichten in diesem Wald waren uralt, ihre ausladenden Äste hatten einen dichten Teppich gebildet, der das Unkraut größtenteils erstickte. Susannahs Arme waren kräftig – kräftiger als die von Eddie, aber der Revolvermann glaubte nicht, daß das noch lange so sein würde –, und sie rollte sich mühelos über den ebenen, schattigen Waldboden. Wenn sie an einen Baum kamen, den der Bär umgestoßen hatte, hob Roland sie aus dem Rollstuhl, während Eddie diesen über das Hindernis trug.

Hinter ihnen erzählte der Bär ihnen, durch die Entfernung nur ein wenig gedämpft, mit seiner lauten mechanischen Stimme, daß die Kapazität seiner letzten funktionstüchtigen nuklearen Subzelle mittlerweile verschwindend gering geworden war.

»Ich hoffe, du mußt dieses verdammte Zaumzeug den ganzen Tag leer auf der Schulter tragen!« rief Susannah dem Revolvermann zu.

Roland stimmte zu, aber keine fünfzehn Minuten später fiel das Land ab, und sie gelangten in einen Teil des Waldes mit kleineren, jüngeren Bäumen: Birken, Erlen und ein paar verkrüppelte Ahornbäume, deren Wurzeln verzweifelt im Boden nach Halt suchten. Der Nadelteppich wurde dünner, die Reifen von Susannahs Rollstuhl verfingen sich in flachen, zähen Sträuchern, die in den Gängen zwischen den Bäumen wuchsen. Die dünnen Zweige schlugen gegen die Edelstahlspeichen. Eddie stemmte sein ganzes Gewicht gegen die Haltegriffe, und auf diese Weise konnten sie noch eine Viertelmeile zurücklegen. Dann wurden der Hang steiler und der Boden unter ihren Füßen schwammig.

»Zeit für Huckepack, Lady«, sagte Roland.

»Versuchen wir es noch eine Weile mit dem Stuhl, was meinst du? Es könnte wieder besser werden . . .«

Roland schüttelte den Kopf. »Wenn du es an diesem Hang versuchst, machst du einen . . . wie hast du gesagt, Eddie? . . . einen Lupeng?«

Eddie schüttelte grinsend den Kopf. »Man nennt es einen Looping, Roland. Ein Ausdruck aus meiner vergeudeten Zeit als Skateboarder.«

»Wie immer man es nennt, es bedeutet, man landet dabei auf dem Kopf. Komm schon, Susannah. Rauf mit dir.«

»Ich hasse es, ein Krüppel zu sein«, sagte Susannah böse, ließ sich aber von Eddie aus dem Rollstuhl heben und half ihm dabei, sie fest auf den Rückensitz zu schnallen, den Roland trug. Als sie an Ort und Stelle saß, berührte sie den Griff von Rolands Revolver. »Möchtest du den, Baby?«

Er schüttelte den Kopf. »Du bist schneller. Das weißt du auch.«

Sie grunzte und rückte den Gurt so zurecht, daß sie mit der rechten Hand mühelos an den Griff der Waffe kam. »Ich bin euch Jungs hinderlich, *das* weiß ich . . . aber wenn wir es je bis zu einer ordentlich asphaltierten Landstraße schaffen sollten, lasse ich euch zwei in den Startlöchern verhungern.«

»Das bezweifle ich nicht«, sagte Roland . . . und dann legte er den Kopf schief. Es war still geworden im Wald.

»Meister Petz hat endlich aufgegeben«, sagte Susannah. »Gelobt sei Gott.«

»Ich dachte, er hätte immer noch sieben Minuten«, meinte Eddie.

Roland ruckte die Gurte des Halfters zurecht. »Im Lauf der letzten fünf- oder sechshundert Jahre muß seine Uhr ein wenig nachgegangen sein.«

»Glaubst du wirklich, daß er so alt war, Roland?«

Roland nickte. »Mindestens. Und jetzt ist er tot . . . der letzte der Zwölf Wächter, soviel ich weiß.«

»Frag mich mal, ob mir das nicht scheißegal ist«, antwortete Eddie, worauf Susannah lachte.

»Sitzt du bequem?« fragte Roland sie.

»Nein. Mein Hintern tut schon weh, aber nur weiter. Versuch nur, mich nicht fallen zu lassen.«

Roland nickte und ging den Hang hinab. Eddie folgte; er schob den leeren Rollstuhl und versuchte, ihn nicht allzu sehr gegen die Felsen zu stoßen, die allmählich wie weiße Knöchel aus dem Boden ragten. Nachdem der Bär endlich verstummt war, wirkte der Wald noch stiller; er kam sich fast vor wie ein Darsteller in einem billigen alten Dschungelfilm voller Kannibalen und Riesenaffen.

23

Die Spur des Bären war leicht zu finden, aber man konnte ihr nicht so leicht folgen. Bis zu einer Entfernung von rund fünf Meilen von der Lichtung führte sie durch ein flaches, marschiges Gelände. Als der Boden wieder anstieg und ein wenig fester wurde, waren Rolands verblichene Jeans bis zu den Knien durchnäßt, und er atmete mit langen, keuchenden Zügen. Dennoch war er in etwas besserer Verfassung als Eddie, der hatte feststellen müssen, daß es Schwerstarbeit bedeutete, Susannahs Rollstuhl durch den Schlamm zu karren.

»Es wird Zeit, auszuruhen und etwas zu essen«, sagte Roland.

»O Mann, was zu futtern«, schnaufte Eddie. Er half Susannah aus dem Harnisch und setzte sie auf die Wurzel eines umgestürzten Baums, in dessen Stamm Krallenspuren lange diagonale Furchen bildeten. Dann setzte er sich halb neben sie, halb brach er zusammen.

»Hast mein Rollstuhl ziemlich dreckig gemacht, weißer Bengel«, sagte Susannah. »Wird alles in meinem Bericht stehn.«

Er sah sie mit hochgezogenen Brauen an. »Bei der nächsten Waschanlage schieb ich dich persönlich durch. Ich werd' das verdammte Ding sogar einwachsen, Okay?«

Sie lächelte. »Abgemacht, Hübscher.«

Eddie hatte einen von Rolands Wasserschläuchen um die Taille gebunden. Er klopfte darauf. »Okay?«

»Ja«, sagte Roland. »Aber jetzt nicht zuviel; etwas mehr für uns alle, bevor wir weiterziehen. Auf die Weise bekommt keiner einen Krampf.«

»Roland, der Pfadfinder von Oz«, sagte Eddie und kicherte, während er den Wasserschlauch abschnallte.

»Was ist Oz?«

»Ein Phantasieland in einem Film«, sagte Susannah.

»Oz war viel mehr als das. Mein Bruder Henry hat mir die Geschichten ab und zu vorgelesen. Eines Abends werde ich sie dir einmal erzählen, Roland.«

»Das wäre schön«, antwortete der Revolvermann ernst. »Ich sehne mich danach, mehr über eure Welt zu erfahren.«

»Oz ist aber nicht unsere Welt. Wie Susannah gesagt hat, es ist ein Phantasieland . . .«

Roland reichte ihnen Fleischstücke, die er in irgendwelche breiten Blätter eingewickelt hatte. »Am schnellsten lernt man etwas über einen neuen Ort, wenn man seine Träume kennt. Ich würde gerne von diesem Oz hören.«

»Okay, das ist abgemacht. Suze kann dir von Dorothy und Toto und dem Blechholzfäller erzählen, und ich erzähle dir den Rest.« Er biß in sein Fleischstück und verdrehte genüßlich die Augen. Es hatte den Geschmack der Blätter angenommen, in die es eingewickelt war, und schmeckte köstlich. Eddie schlang seine Ration hinunter, und sein Magen knurrte die ganze Zeit. Nachdem er wieder zu Atem gekommen war, fühlte er sich prächtig – sogar großartig. Er entwickelte eine dicke Muskelschicht, und jeder Teil seines Körpers schien friedlich mit jedem anderen Teil zusammenzuleben.

Keine Bange, dachte er. *Heute abend wird wieder alles ein Schmerz sein. Ich glaube, er wird durchmarschieren, bis ich tot umfalle.*

Susannah aß bedächtiger, spülte jeden zweiten oder dritten Bissen mit einem Schluck Wasser hinunter, drehte das Fleisch in der Hand und aß sich von außen nach innen durch. »Erzähl weiter, was du gestern abend angefangen hast«, forderte sie Roland auf. »Du hast gesagt, du glaubst allmählich, daß du deine unvereinbaren Erinnerungen verstehst.«

Roland nickte. »Ja. Ich glaube, beide Erinnerungen sind wahr. Eine ist etwas wahrer als die andere, aber das *negiert* die Wahrheit der anderen nicht.«

»Versteh ich nicht«, sagte Eddie. »Entweder war dieser Junge Jake im Rasthaus, oder er war es nicht, Roland.«

»Es ist ein Paradox – etwas, das ist und gleichzeitig nicht ist. Bis es geklärt ist, werde ich weiterhin zweigeteilt sein. Das ist schlimm genug, aber die grundsätzliche Kluft wird immer breiter. Ich kann es spüren. Es ist . . . unaussprechlich.«

»Was meinst du, ist dafür verantwortlich?« fragte Susannah.

»Ich habe euch gesagt, der Junge wurde vor ein Auto gestoßen. *Gestoßen.* Und wen kennen wir, der Leute gern vor etwas gestoßen hat?«

Begreifen dämmerte auf ihrem Gesicht. »Jack Mort. Willst du damit sagen, *er* war derjenige, der diesen Jungen auf die Straße gestoßen hat?«

»Ja.«

»Aber du hast gesagt, der Mann in Schwarz hat es getan«, wandte Eddie ein. »Dein Freund Walter. Du hast gesagt, der Junge hat ihn *gesehen* – einen Mann, der wie ein Priester ausgesehen hat. Hat der Junge nicht sogar gehört, daß er einer war? ›Lassen Sie mich durch, ich bin Priester‹, oder so?«

»Oh, Walter war dort. Sie waren *beide* dort und haben Jake beide gestoßen.«

»Bringt mal jemand Thorazin und eine Zwangsjacke«, rief Eddie. »Roland ist gerade übergeschnappt.«

Roland schenkte dem keine Beachtung; er war zur Einsicht gelangt, daß Eddies Witze und Albernheiten seine Art waren, mit Streß fertig zu werden. Cuthbert war nicht viel anders gewesen . . . wie sich Susannah auf ihre Weise nicht so sehr von Alain unterschied. »Was mir am meisten dabei zu schaffen macht«, sagte er, »ich hätte es *wissen* müssen. Schließlich war ich *in* Jack Mort und hatte Zugang zu seinen Gedanken, wie ich Zugang zu deinen hatte, Eddie, und deinen, Susannah. Ich *sah* Jake, als ich in Mort war. Ich sah ihn durch Morts Augen, und *ich wußte, Mort wollte ihn stoßen.* Nicht nur das, ich habe ihn *gehindert,* es zu tun. Ich mußte nur in seinen Körper eindringen. Nicht, daß er gewußt hätte, worum es sich handelte; er konzentrierte sich so sehr auf sein Vorhaben, daß er dachte, ich wäre eine Fliege, die auf seinem Nacken gelandet war.«

Eddie fing an zu verstehen. »Wenn Jake nicht auf die Straße gestoßen wurde, ist er nie gestorben. Und wenn er nie gestorben ist, ist er nie in diese Welt gekommen. Und wenn er nie in diese Welt gekommen ist, hast du ihn auch nicht in dem Rasthaus treffen können. Richtig?«

»Richtig. Mir ging sogar der Gedanke durch den Kopf, wenn Jack Mort den Jungen töten wollte, dann müßte ich es zulassen. Um eben das Paradoxon zu vermeiden, das mich zerreißt. Aber das konnte ich nicht. Ich . . . ich . . .«

»Du hättest diesen Jungen nicht zweimal töten können, richtig?« fragte Eddie leise. »Jedesmal, wenn ich gerade wieder überzeugt bin, daß du etwa so mechanisch wie dieser Bär bist, überraschst du mich mit etwas, das wirklich und wahrhaftig menschlich ist. Gottverdammt.«

»Hör auf, Eddie«, sagte Susannah.

Eddie warf einen Blick auf den Revolvermann und dessen leicht abwärts geneigtes Gesicht und schnitt eine Grimasse. »Tut mir leid, Roland. Meine Mutter hat immer gesagt, daß mein Mund die schlechte Angewohnheit hat, daß er meistens schneller als das Gehirn ist.«

»Schon gut. Ich hatte einmal einen Freund, bei dem war es genau so.«

»Cuthbert?«

Roland nickte. Er betrachtete lange Zeit die beiden verbliebenen Finger seiner rechten Hand, dann ballte er sie unter Schmerzen zur Faust, seufzte und sah wieder zu seinen beiden Gefährten auf. Irgendwo tiefer im Wald sang lieblich eine Lerche.

»Ich glaube folgendes: Wenn ich nicht in Jack Mort eingedrungen wäre, hätte er Jake an diesem Tag *trotzdem* nicht gestoßen. Da nicht. Warum nicht? *Ka-tet.* Ganz einfach. Zum erstenmal, seit der letzte der Freunde starb, mit denen ich zu dieser Reise aufgebrochen bin, war ich wieder einmal im Zentrum von *Ka-tet.*«

»Quartet?« fragte Eddie zweifelnd.

Der Revolvermann schüttelte den Kopf. »*Ka* – das Wort, das in eurer Sprache ›Schicksal‹ bedeutet, Eddie, obwohl die eigentliche Bedeutung weitaus komplexer und schwerer zu definieren ist, wie das häufig bei Wörtern der Hochsprache der Fall ist. Und *tet* bedeutet eine Gruppe Menschen mit denselben Interessen und Zielen. Wir drei sind zum Beispiel ein *tet.* Und *Ka-tet* ist ein Ort, wo viele Leben vom Schicksal verknüpft sind.«

»Wie in *Die Brücke von San Luis Rey*«, murmelte Susannah.

»Was ist das?« fragte Roland.

»Eine Geschichte über ein paar Menschen, die gemeinsam sterben, als die Brücke einstürzt, die sie überqueren. Sie ist in unserer Welt berühmt.«

Roland nickte; er hatte verstanden. »In diesem Fall hat *Ka-tet* Jake, Walter, Jack Mort und mich verbunden. Es war keine Falle, wie ich zunächst vermutet habe, als ich erfuhr, wen sich Jack Mort als nächstes Opfer auserkoren hatte, denn *Ka-tet* kann man nicht verändern oder dem Willen eines Menschen beugen. Aber *Ka-tet* kann man *sehen, wissen* und *verstehen.* Walter sah, und Walter wußte.« Der Revolvermann schlug sich mit der Faust auf den Schenkel und rief verbittert: »Wie muß er innerlich gelacht haben, als ich ihn endlich eingeholt hatte!«

»Kommen wir wieder darauf zurück, was passiert wäre, wenn du Jack Morts Pläne an dem Tag, als er Jake gefolgt ist, nicht vereitelt hättest«, sagte Eddie. »Du behauptest, wenn *du* Mort nicht aufgehalten hättest, hätte es etwas oder jemand anders getan. Ist das richtig?«

»Ja – weil es nicht der *richtige* Tag zum Sterben für Jake war. Es war *nahe* am richtigen Tag, aber nicht *der* richtige Tag. Das habe ich auch gespürt. Vielleicht hätte Mort kurz vor der Tat gesehen, daß ihn jemand beobachtete. Oder ein völlig Fremder hätte eingegriffen. Oder . . .«

»Oder ein Bulle«, sagte Susannah. »Er hätte einen Bullen an der falschen Stelle und zur falschen Zeit sehen können.«

»Ja. Der genaue Grund – der Agent von *Ka-tet* – ist nebensächlich. Ich weiß aus erster Hand, daß Mort argwöhnisch wie ein alter Fuchs war. Hätte er nur den geringsten Verdacht gehabt, daß etwas nicht in Ordnung war, hätte er es abgeblasen und auf eine neue Gelegenheit gewartet.

Aber ich weiß noch etwas. Er hat in Verkleidungen gejagt. An dem Tag, als er Odetta Holmes den Backstein auf den Kopf fallen ließ, trug er eine Strickmütze und einen alten Pullover, der ihm ein paar Nummern zu groß war. Er wollte wie ein Wermutbruder aussehen, weil er den Stein von einem Gebäude fallen ließ, in dem eine große Zahl Penner ihr Quartier aufgeschlagen hatte. Verstanden?«

Sie nickten.

»An dem Tag, als er dich Jahre später vor den Zug gestoßen hat, Susannah, war er wie ein Bauarbeiter gekleidet. Er trug einen großen gelben Hut, den er als ›Bauhelm‹ bezeichnete, und einen falschen Schnurrbart. An dem Tag, an dem er Jake *tatsächlich* vor das Auto gestoßen hätte, *wäre er wie ein Priester gekleidet gewesen.*«

»Herrgott«, flüsterte Susannah beinahe. »Der Mann, der ihn in New York gestoßen hat, war Jack Mort, und der Mann, den er im Rasthaus gesehen hat, war der Bursche, den du verfolgt hast – Walter.«

»Ja.«

»Und der kleine Junge hat gedacht, es wäre ein und derselbe Mann, weil sie beide schwarze Kleidung getragen haben?«

Roland nickte. »Es bestand sogar eine Ähnlichkeit zwischen Walter und Jack Mort. Nicht, als wären sie Brüder gewesen, das meine ich nicht; aber beide waren große Männer mit dunklem Haar und sehr blassen Gesichtern.

Und wenn man die Tatsache bedenkt, daß Jake im Sterben lag, als er Jack Mort sah, und an einem fremden Ort und vor Angst fast von Sinnen war, als er Walter gesehen hat, glaube ich, sein Irrtum war verständlich und verzeihlich. Wenn jemand in dieser Sache Tadel verdient, dann ich, weil ich die Wahrheit nicht viel früher erkannt habe.«

»Hätte Mort gewußt, daß er benützt wurde?« fragte Eddie. Wenn er an seine eigenen Erfahrungen und wilden Gedanken zurückdachte, als Roland in seinen Verstand eingedrungen war, sah er keine Möglichkeit, wie Mort es *nicht* gewußt haben konnte . . . aber Roland schüttelte den Kopf.

»Walter wäre überaus subtil vorgegangen. Mort hätte die Priesterverkleidung als seinen eigenen Einfall angesehen . . . glaube ich. Er hätte die Stimme eines Eindringlings – Walters –, die tief in seinem Verstand flüsterte und ihm sagte, was er tun sollte, nicht wahrgenommen.«

»Jack Mort«, staunte Eddie. »Es war die ganze Zeit Jack Mort.«

»Ja . . . mit Unterstützung von Walter. Und so habe ich Jake doch das Leben gerettet. Als ich Mort gezwungen habe, auf dem U-Bahnsteig vor den Zug zu springen, habe ich alles verändert.«

Susannah fragte: »Wenn dieser Walter in unsere Welt eindringen konnte – möglicherweise durch seine private Tür –, wann immer er wollte, könnte er dann nicht jemand anderen benützt haben, um deinen kleinen Jungen zu stoßen? Wenn er Mort einreden konnte, sich als Priester zu verkleiden, hätte er auch jemand anders dazu bringen können ... was ist, Eddie? Warum schüttelst du den Kopf?«

»Weil ich nicht glaube, daß Walter das so gewollt hätte. Walter wollte das, *was* gerade passiert ... daß Roland Stück für Stück den Verstand verliert. Ist es nicht so?«

Der Revolvermann nickte.

»Walter hätte es so nicht machen können, selbst wenn er gewollt hätte«, fügte Eddie hinzu, »weil er, lange bevor Roland die Türen am Strand gefunden hat, tot war. Als Roland durch die letzte Tür in den Kopf von Jack Mort gegangen ist, waren die Zeiten vorbei, zu denen der olle Walter aktiv ins Geschehen eingreifen konnte.«

Susannah dachte darüber nach, dann nickte sie. »Ich verstehe ... *glaube* ich. Diese Zeitreisegeschichten sind schon eine verflixt knifflige Sache, was?«

Roland sammelte seine Sachen ein und gurtete sie wieder an Ort und Stelle. »Es wird Zeit, daß wir weiterziehen.«

Eddie stand auf und schulterte den Rucksack. »Einen Trost hast du wenigstens«, sagte er zu Roland. »Du – oder diese Sache mit dem *Ka-tet* – hast dem Jungen das Leben retten können.«

Roland hatte die Gurte der Trage vor der Brust verknotet. Jetzt sah er auf, und Eddie zuckte angesichts der blitzenden Klarheit seiner Augen zurück. »Wirklich?« fragte er schroff. »Tatsächlich? Ich werde zentimeterweise verrückt und versuche, mit zwei Versionen derselben Wirklichkeit zu leben. Ich hatte anfangs gehofft, die eine oder andere würde verblassen, doch das geschieht nicht. Tatsächlich passiert genau das Gegenteil: Beide Wirklichkeiten werden immer lauter in meinem Kopf und schlagen aufeinander ein wie feindliche Gruppen, die bald Krieg gegeneinander führen müssen. Also sag mir eines, Eddie: Was meinst du, wie sich *Jake* fühlt? *Was, meinst du, empfindet man, wenn man weiß, man ist in einer Welt tot und in der anderen noch am Leben?*«

Die Lerche sang wieder, aber keiner bemerkte es. Eddie sah in die blaßblauen Augen, die aus Rolands weißem Gesicht blitzten, und wußte nicht, was er sagen sollte.

24

Sie schlugen an diesem Abend etwa fünfzehn Meilen östlich des toten Bären ihr Lager auf, schliefen den Schlaf der völlig Erschöpften (selbst Roland schlief die ganze Nacht durch, obwohl seine Träume alptraumhafte Geisterbahnfahrten waren) und standen am nächsten Morgen bei

Sonnenaufgang auf. Eddie entfachte wortlos ein kleines Lagerfeuer und sah Susannah an, als im Wald ein Schuß ertönte.

»Frühstück«, sagte sie.

Roland kam drei Minuten später mit einer über die Schulter geschlungenen Tierhaut zurück. Darin lag ein frisch ausgeweidetes Kaninchen. Susannah bereitete es zu. Sie aßen und zogen weiter.

Eddie versuchte sich vorzustellen, wie es sein mochte, eine Erinnerung an den eigenen Tod zu haben. Es gelang ihm nicht.

25

Kurz nach Mittag kamen sie in ein Gelände, wo die meisten Bäume umgeworfen und die Büsche plattgetrampelt worden waren. Es sah aus, als hätte hier vor vielen Jahren ein Wirbelsturm gewütet und eine breite, trostlose Schneise der Verwüstung hinterlassen.

»Wir sind nahe bei dem Ort, den wir finden wollen«, sagte Roland. »Er hat alles niedergerissen, damit er freie Sicht hat. Unser Freund, der Bär, wollte keine Überraschungen. Er war groß, aber nicht gesellig.«

»Hat er *uns* irgendwelche Überraschungen hinterlassen?« fragte Eddie.

»Könnte sein.« Roland lächelte und klopfte Eddie auf die Schulter. »Aber vergiß nicht – es sind *alte* Überraschungen.«

Sie kamen nur langsam voran in dieser Zone der Zerstörung. Die meisten umgestürzten Bäume waren uralt – viele waren fast wieder zu der Erde geworden, der sie entsprungen waren –, aber sie bildeten immer noch ein Wirrwarr, das einen hervorragenden Hindernisparcours ergab. Es wäre schwierig genug gewesen, hätten sie sich alle drei normal bewegen können; da Susannah auf den Rücken des Revolvermanns geschnallt war, wurde es zu einer Übung in Belastbarkeit und Ausdauer.

Die liegenden Bäume und das Dickicht des Unterholzes verwischten die Spur des Bären, und auch das hielt sie auf. Bis Mittag waren sie Krallenspuren gefolgt, die so deutlich wie Wegmarkierungen an den Bäumen zu sehen gewesen waren. Aber hier, am Ausgangspunkt, war die Wut des Bären noch nicht voll und ganz entfacht gewesen, und die offensichtlichen Zeichen seines Vorankommens verschwanden. Roland bewegte sich langsam und suchte nach Kotspuren in den Büschen und Fellbüscheln auf den Baumstämmen, über die der Bär geklettert war. Sie brauchten den ganzen Nachmittag, bis sie die drei Meilen verwitterten Durcheinanders durchquert hatten.

Eddie war gerade zur Überzeugung gelangt, daß die Dunkelheit sie überraschen würde und sie in dieser unheimlichen Umgebung lagern müßten, als sie zu einem schmalen Streifen Erlen kamen. Dahinter konnte er hören, wie ein Bach lärmend in einem steinigen Bett dahinfloß. Hinter ihnen warf die untergehende Sonne Strahlen mürrischen roten Lichts über das unebene Gelände, das sie gerade durchquert hatten, und verwandelte die umgestürzten Bäume in ein Netz schwarzer Linien, welche an chinesische Schriftzeichen gemahnten.

Roland hielt an und ließ Susannah herunter. Er streckte den Rücken und drehte sich mit in die Hüften gestemmten Armen hierhin und dorthin.

»Bleiben wir die Nacht über hier?« fragte Eddie.

Roland schüttelte den Kopf. »Gib Eddie deine Waffe, Susannah.«

Sie gehorchte, sah ihn aber fragend an.

»Komm mit, Eddie. Die Stelle, die wir suchen, liegt auf der anderen Seite dieser Bäume. Wir sehen uns um. Und es gibt auch etwas dabei zu tun.«

»Wie kommst du darauf . . .«

»Horch.«

Eddie lauschte und stellte fest, daß er Maschinen hörte. Ihm wurde klar, daß er sie schon eine ganze Weile gehört hatte. »Ich möchte Susannah nicht allein lassen.«

»Wir gehen nicht weit, und sie besitzt eine kräftige laute Stimme. Außerdem – wenn die Gefahr vor uns liegt, sind wir zwischen ihr und dieser Gefahr.«

Eddie sah auf Susannah hinab.

»Geht nur – aber seht zu, daß ihr bald wieder zurückkommt.« Sie sah nachdenklich in die Richtung, aus der sie gekommen waren. »Ich weiß nicht, ob es hier spukt, aber *denkbar* wäre es.«

»Wir sind wieder da, bevor es dunkel wird«, versprach Roland. Er ging auf die Erlen zu, und Eddie folgte ihm nach einer Weile.

26

Als sie fünfzehn Meter in den Baumgürtel eingedrungen waren, fiel Eddie auf, daß sie einem Pfad folgten, den der Bär wahrscheinlich im Laufe der Jahre ausgetreten hatte. Die Erlen neigten sich über ihnen wie ein Tunnel. Die Geräusche waren jetzt lauter, und Eddie fing an, sie zu sondieren. Eines war ein leises, summendes Geräusch. Er konnte es in den Füßen spüren – eine schwache Vibration, als arbeitete eine große Maschine unter der Erde. Darüber hinweg war – näher und hektischer – ein Durcheinander schriller Laute zu vernehmen – hohes Kratzen, Quietschen, Kreischen, Tschirpen.

Roland hielt den Mund an Eddies Ohr und sagte: »Ich glaube, es besteht wenig Gefahr, wenn wir leise sind.«

Sie gingen fünf Meter weiter, dann blieb Roland wieder stehen. Er zog den Revolver und schob damit einen Zweig beiseite. Durch diese kleine Öffnung sah Eddie auf die Lichtung, wo der Bär so lange gelebt hatte – der Stützpunkt, von dem aus er zu so vielen Expeditionen der Zerstörung und des Schreckens aufgebrochen war.

Hier wuchs kein Unterholz; der Boden war schon lange festgestampft. Ein Bach entsprang am Fuß einer rund fünfzig Meter hohen Felswand und floß durch die pfeilförmige Lichtung. An einer Seite des Bachs stand ein etwa drei Meter hoher Kubus aus Metall an der Felswand. Das Dach war rund und erinnerte Eddie an einen Zugang zur U-Bahn. Auf der Vorderseite zeigten sich diagonale gelbe und schwarze Streifen. Der Boden der Lichtung war nicht schwarz wie die Krume im Wald, sondern seltsam pulverig und grau. Er war mit Knochen übersät, und nach einem Moment ging Eddie auf, daß das, was er für graue Erde gehalten hatte, ebenfalls Knochen waren – alte Knochen, die zu Staub zerfielen.

Wesen bewegten sich in diesem Staub. Diese Wesen gaben die quietschenden, tschirpenden Laute von sich. Vier ... nein, fünf, alles in allem. Kleine Metallmechanismen, der größte etwa so groß wie ein Colliewelpe. Es waren Roboter, wurde Eddie klar. Sie waren einander recht ähnlich, und ebenso glichen sie irgendwie dem Bären, dem sie zweifelsohne nur auf eine Art und Weise gedient hatten – und jedes hatte eine winzige Radarschüssel auf dem Kopf, die sich rasch drehte.

Noch mehr Denkerkappen, dachte Eddie. *Mein Gott, was ist das eigentlich für eine Welt?*

Der größte dieser Mechanismen sah ein wenig wie der Traktor von Tonka aus, den Eddie zu seinem sechsten oder siebten Geburtstag bekommen hatte; die Ketten wirbelten winzige graue Wölkchen aus Knochenstaub auf, wenn sie dahinrollten. Ein anderer sah wie eine Edelstahlratte aus. Ein dritter schien eine Schlange zu sein, die aus gelenklosen Edelstahlsegmenten bestand – sie wand sich und schlängelte sich dahin. Sie hatten auf der anderen Seite des Bachs einen ungefähren Kreis gebildet und liefen immerzu in einer tiefen Furche herum, die sie in den Boden gegraben hatten. Wenn er sie ansah, mußte er an Cartoons in alten Stapeln der *Saturday Evening Post* denken, die seine Mutter aus unerfindlichen Gründen aufgehoben und in der Diele ihrer Wohnung gestapelt hatte. Diese Cartoons zeigten zigarettenrauchende, entnervte Männer, die Furchen in den Teppichboden liefen, während ihre Frauen im Kreißsaal lagen.

Als sich seine Augen an die einfache Geographie der Lichtung gewöhnt hatten, sah Eddie, daß es wesentlich mehr als fünf dieser bunt zusammengewürfelten Freaks waren. Er konnte noch mindestens ein Dutzend andere sehen, und wahrscheinlich waren hinter den Gebeinen der alten Opfer des Bären noch mehr verborgen. Der Unterschied war, daß die anderen sich nicht bewegten. Die Angehörigen des mechanischen kleinen Gefolges des Bären waren nacheinander Stück für Stück gestorben, bis im Lauf vieler Jahre nur noch diese Fünfergruppe übriggeblieben war... und die hörten sich mit ihrem Quietschen und Tschirpen und rostigen Scheppern auch nicht gerade gesund an. Besonders die Schlange hatte ein schleppendes, verkrüppeltes Aussehen, wie sie der mechanischen Ratte im Kreis herum folgte. Ab und zu holte der Mechanismus hinter ihr – ein Stahlklotz auf mechanischen Stummelbeinchen – die Schlange ein und gab ihr einen Schubs, als wollte er ihr sagen, daß sie sich verdammt noch mal beeilen sollte.

Eddie fragte sich, was sie für eine Aufgabe gehabt hatten. Ganz sicher nicht Schutz; der Bär war so konstruiert gewesen, daß er sich selbst beschützen konnte, und Eddie vermutete, wäre der olle Shardik in der Blüte seiner Jahre auf sie gestoßen, hätte er sie im Handumdrehen durchgekaut und wieder ausgespuckt. Vielleicht waren diese kleinen Roboter sein Wartungstrupp oder seine Kundschafter gewesen oder seine Boten. Er vermutete, sie könnten gefährlich sein, aber nur zum Selbstschutz... oder zum Schutz ihres Meisters. Sie machten keinen kämpferischen Eindruck.

Sie hatten sogar etwas Erbarmenswertes an sich. Der Großteil der Mannschaft war außer Betrieb, der Meister tot, und Eddie glaubte, daß sie das irgendwie wußten. Sie verströmten keine Bedrohung, sondern eine seltsame, nichtmenschliche Traurigkeit. Sie waren alt und fast verbraucht und krabbelten und schlängelten sich ihren ängstlichen Weg durch die Sorgenfurche, die sie in diese gottverlassene Lichtung gegraben hatten. Eddie war beinahe, als könnte er den wirren Strom ihrer Gedanken lesen: *Meine Güte, meine Güte, was jetzt? Was haben wir noch für einen Lebenszweck, da Er nicht mehr ist? Und wer wird sich um uns kümmern, da Er nicht mehr ist? Meine Güte, meine Güte, meine Güte...*

Eddie spürte ein Ziehen am Bein und hätte fast vor Schreck und Überraschung aufgeschrien. Er drehte sich herum, spannte Rolands Revolver und sah Susannah, die mit großen Augen zu ihm aufsah. Eddie atmete tief durch und ließ den Hahn langsam zurücksinken. Er kniete nieder, legte Susannah die Hände auf die Schultern, küßte sie auf die Wange und flüsterte ihr ins Ohr: »Ich hätte dir um ein Haar eine Kugel in deinen dummen Kopf geballert – was machst du denn hier?«

»Wollte sehen«, flüsterte sie zurück und sah nicht im geringsten zerknirscht aus. Sie richtete den Blick auf Roland, der ebenfalls neben ihr kauerte. »Außerdem war es unheimlich, so allein da hinten.«

Sie hatte sich ein paar oberflächliche Kratzer geholt, als sie ihnen durch das Unterholz nachgekrochen war, aber Roland mußte zugeben, daß sie so lautlos wie ein Gespenst sein konnte; er hatte nicht das geringste gehört. Er holte einen Fetzen Stoff aus der Tasche (das letzte Überbleibsel seines alten Hemds) und wischte ihr damit das Blut von den Armen. Er begutachtete sein Werk einen Moment, dann tupfte er noch eine kleine Schürfwunde an ihrer Stirn ab. »Dann sieh«, sagte er, und seine Stimme war kaum mehr als eine Bewegung der Lippen. »Ich glaube, du hast es dir verdient.«

Er öffnete ihr mit einer Hand eine Lücke in den Dornen- und Grünbeerbüschen, dann wartete er, während sie fasziniert auf die Lichtung sah. Schließlich wich sie zurück, und Roland ließ die Zweige wieder zurückschnellen.

»Sie tun mir leid«, flüsterte sie. »Ist das nicht verrückt?«

»Überhaupt nicht«, flüsterte Roland zurück. »Ich finde, auf ihre eigene seltsame Weise sind sie Geschöpfe von großer Traurigkeit. Eddie wird sie von ihrem Elend erlösen.«

Eddie schüttelte auf der Stelle den Kopf.

»O doch ... es sei denn, du möchtest die ganze Nacht hier an diesem Ort verbringen. Ziel auf die Hüte, die kleinen kreisenden Schüsseln.«

»Und wenn ich *daneben*schieße?« fragte Eddie hektisch.

Roland zuckte die Schultern.

Eddie stand auf, spannte erneut und widerwillig den Revolver. Er sah durch die Büsche zu den kreisenden Servomechanismen, die einsam ihren sinnlosen Orbit abschritten. *Es ist, als würde man Welpen erschießen,* dachte er düster. Dann sah er, wie eines – das Ding, das wie ein wandelndes Kästchen aussah – einen langen, häßlichen, pinzettenartigen Auswuchs aus der Mitte ausfuhr und die Schlange kurz damit kniff. Die Schlange stieß ein überraschtes Summen aus und sprang vorwärts. Das wandelnde Kästchen fuhr die Pinzette wieder ein.

Nun ... vielleicht nicht ganz, *als würde man Welpen erschießen,* dachte Eddie. Er sah Roland wieder an. Roland betrachtete ihn ausdruckslos und hatte die Arme vor der Brust verschränkt.

Du suchst dir verdammt seltsame Zeiten für den Unterricht aus, alter Junge.

Eddie dachte an Susannah, die dem Bären erst einen in den Hintern geschossen und dann seine Radarantenne in Stücke geballert hatte, während das Biest sie und Roland angriff, und schämte sich ein wenig. Und überhaupt: Ein Teil von ihm *wollte* es tun, so wie ein Teil von ihm es Balazar und seiner Bande von Taugenichtsen im Leaning Tower hatte zeigen wollen. Der Wunsch war wahrscheinlich krank, aber das änderte nichts an der grundsätzlichen Faszination: *Mal sehen, wer hier überlebt ... mal sehen.*

Ja, das war schon ziemlich krank.

Tu so, als wäre es nur eine Schießbude, und du möchtest deiner Herzdame einen Plüschhund schießen, dachte er. *Oder einen Plüschbär.* Er legte auf das wandelnde Kästchen an und drehte sich ungeduldig um, als Roland ihn an der Schulter berührte.

»Sag deine Lektion, Eddie. Und sei aufrichtig.«

Eddie zischte ungeduldig durch die Zähne, weil er wütend über die Ablenkung war, aber Roland wandte den Blick nicht ab; daher holte er tief Luft und versuchte, alles aus seinem Denken zu verdrängen: das Tschirpen und Quietschen der Mechanismen, die zu lange gelaufen waren, das Ziehen und die Schmerzen in seinem Körper, das Wissen, daß Susannah hier war und auf die Hände gestützt zusah, das *weitere* Wissen, daß sie am dichtesten am Boden war und das beste Ziel abgeben würde, wenn die Mechanismen beschlossen, zum Gegenangriff überzugehen.

»›Ich schieße nicht mit der Hand; wer mit der Hand schießt, hat das Gesicht seines Vaters vergessen.‹«

Das war ein Witz, dachte er. Er würde seinen Alten nicht erkennen, wenn er ihm auf der Straße begegnen würde. Aber er konnte spüren, wie die Worte Wirkung zeitigten, sein Denken klärten und seine Nerven beruhigten. Er wußte nicht, ob er aus dem Holz war, aus dem man Revolvermänner schnitzte – die Vorstellung kam ihm ziemlich weit hergeholt vor, obwohl er wußte, daß er sich im Verlauf der Schießerei in Balazars Nachtclub ganz ordentlich geschlagen hatte –, aber er *wußte,* daß einem Teil von ihm die eiskalte Beherrschung gefiel, welche über ihn kam, wenn er die Worte des alten, alten Katechismus sprach, die der Revolvermann ihnen beigebracht hatte; die eiskalte Beherrschung und die Art, wie alles eine ureigene atemberaubende Klarheit anzunehmen schien. Ein Teil von ihm war sich bewußt, daß es sich dabei auch um eine Art tödlicher Droge handelte, die sich nicht so sehr von dem Heroin unterschied, das Henry getötet hatte – und ihn selbst beinahe –, aber das änderte nichts an der messerscharfen, spannenden Freude des Augenblicks. Diese trommelte in ihm wie straff gespannte Kabel bei starkem Wind.

»›Ich ziele nicht mit der Hand; wer mit der Hand zielt, hat das Gesicht seines Vaters vergessen.

Ich ziele mit dem Auge.

Ich töte nicht mit meiner Waffe; wer mit seiner Waffe tötet, hat das Gesicht seines Vaters vergessen.‹«

Ohne zu wissen, daß er es vorgehabt hatte, trat er zwischen den Bäumen hervor und sprach zu den torkelnden Robotern auf der anderen Seite der Lichtung:

»›Ich töte mit dem Herzen.‹«

Sie ließen ihr endloses Kreisen sein. Eines stieß ein hohes Summen aus, das ein Alarm oder eine Warnung hätte sein können. Die Radarantennen, die allesamt nicht größer waren als ein halber Hershey-Schokoriegel, drehten sich in die Richtung, aus der seine Stimme erklang.

Eddie fing an zu schießen.

Die Sensoren explodierten einer nach dem anderen wie Tontauben. Eddie verspürte kein Mitleid mehr im Herzen; nur die Kälte und das Wissen, daß er nicht aufhören würde, nicht aufhören konnte, bis es erledigt war.

Donner hallte über die dämmerige Lichtung und prallte von der karstigen Felswand am breiten Ende ab. Die Stahlschlange schlug zwei Purzelbäume und blieb zuckend im Staub liegen. Der größte Mechanismus – der Eddie an den Tonka-Traktor seiner Kindheit erinnert hatte – versuchte zu fliehen. Eddie pustete seine Radarantenne ins Jenseits, während der ›Traktor‹ seinen torkelnden Lauf außerhalb der Furche begann. Er fiel auf die eckige Schnauze, dünne blaue Flämmchen loderten aus den Stahlhöhlen, in denen seine Glasaugen saßen.

Als einzigen Sensor verfehlte er den der Edelstahlratte; dieser Schuß prallte mit einem hohen, moskitoähnlichen Surren von ihrem Metallrücken ab. Sie sprang aus der Furche, schlug einen Halbkreis um das kästchenförmige Ding, welches der Schlange gefolgt war, und rannte mit erstaunlicher Geschwindigkeit über die Lichtung. Sie gab ein wütendes Krächzen von sich, und als sie näher kam, konnte Eddie sehen, daß sie ein Maul voller messerscharfer, langer Punkte hatte. Sie sahen nicht gerade wie Zähne aus – mehr wie die Nadeln einer Nähmaschine, die auf und ab sausten. Nein, überlegte er endlich, mit Welpen hatten diese Geräte wirklich wenig gemein.

»Nimm du es, Roland!« rief er verzweifelt, aber als er einen raschen Blick riskierte, mußte er feststellen, daß Roland immer noch mit überkreuzten Armen dastand und alles mit einem gelassenen, distanzierten Ausdruck beobachtete. Es sah aus, als würde er über Schachprobleme oder alte Liebesbriefe nachdenken.

Die Antenne auf dem Rücken der Ratte senkte sich plötzlich abwärts. Das Ding änderte die Richtung ein wenig und wuselte direkt auf Susannah zu.

Noch ein Schuß, dachte Eddie. *Wenn ich verfehle, reißt es ihr das Gesicht weg.*

Anstatt zu schießen, ging er einen Schritt nach vorne und kickte, so fest er konnte, nach der Ratte. Er hatte seine Schuhe gegen ein Paar Hirschledermokassins ausgewechselt und spürte den Aufprall bis ins Knie hinauf. Die Ratte stieß ein rostiges, krächzendes Quietschen aus, überschlug sich im Staub mehrmals und landete auf dem Rücken. Eddie konnte ein Dutzend mechanische Stummelbeinchen sehen, die wie Kolben auf und nieder schossen. Jedes endete in einer scharfen Stahlkralle. Diese Krallen kreisten auf Kugellagern so groß wie die Radiergummis auf Bleistiften.

Ein Stahlstab kam aus dem Mittelteil des Roboters und richtete ihn wieder auf. Eddie senkte Rolands Revolver und achtete nicht auf den vorübergehenden Impuls, diesen mit der freien Hand zu stützen. So brachte man vielleicht den Bullen in seiner Welt das Schießen bei, aber hier lief es anders. *Wenn ihr vergeßt, daß die Waffe da ist, wenn ihr meint, ihr schießt mit dem Finger,* hatte Roland ihnen gesagt, *dann seid ihr auf der richtigen Fährte.*

Eddie drückte ab. Die winzige Radarantenne, die wieder angefangen hatte, sich zu drehen, um den Gegner zu finden, verschwand in einem blauen Blitz. Die Ratte gab einen erstickten Laut von sich – *Gulp!* – und fiel tot auf die Seite.

Eddie drehte sich um, und das Herz hämmerte ihm in der Brust. Er konnte sich nicht erinnern, daß er jemals so wütend gewesen war, seit ihm aufging, daß Roland die Absicht hatte, ihn in dieser Welt zu behalten, bis sie den Turm erobert oder verloren hatten ... mit anderen Worten, wahrscheinlich bis sie allesamt Wurmfutter waren.

Er richtete die leere Waffe auf Rolands Herz und sagte mit einer belegten Stimme, die er kaum als seine eigene erkannte: »Wenn noch ein Schuß im Zylinder wäre, müßtest du dir ab jetzt keine Gedanken mehr über deinen Scheißturm machen!«

»Hör auf, Eddie!« sagte Susannah schneidend.

Er sah sie an. »Es wollte *dich,* Susannah, und es wollte dich zu Hackfleisch verarbeiten.«

»Aber es hat mich nicht erwischt. *Du* hast *es* erwischt, Eddie. Du hast *es* erwischt.«

»Was nicht sein Verdienst ist.« Eddie schickt sich an, die Waffe ins Halfter zu stecken, und erinnerte sich zu seinem weiteren Verdruß, daß er nichts hatte, um sie hineinzustecken. Susannah trug den Halfter. »Er und seine Lektionen. Er und seine verdammten *Lektionen.*«

Rolands gelinde interessierter Gesichtsausdruck veränderte sich plötzlich. Sein Blick fiel auf einen Punkt über Eddies linker Schulter.

»RUNTER!« schrie er.

Eddie stellte keine Fragen. Wut und Verwirrung waren sofort aus seinem Denken getilgt. Er ließ sich fallen, und dabei sah er, wie die linke Hand des Revolvermanns blitzartig an die Seite griff. *Mein Gott,* dachte Eddie noch im Fallen, *er kann doch unmöglich so schnell sein; ich bin nicht schlecht, aber neben Susannah wirke ich langsam, und Susannah wirkt neben ihm wie eine Schildkröte, die versucht, auf einer Glasscheibe bergauf zu gehen ...*

Etwas sauste dich über seinem Kopf dahin, etwas, das in mechanischer Wut surrte und ihm ein Haarbüschel ausriß. Dann feuerte der Revolvermann aus der Hüfte, drei rasche Schüsse wie Donnergrollen, und das Surren hörte auf. Ein Geschöpf, das für Eddie wie eine große mechanische Fledermaus aussah, fiel zwischen Eddie, der am Boden lag, und Susannah, die neben Roland kniete, zu Boden. Einer der gelenkigen, rostigen Flügel klopfte einmal auf die Erde, als wäre das Geschöpf wütend über die verpatzte Chance, dann blieb es still liegen.

Roland kam zu Eddie; er ging behende in seinen alten, rissigen Stiefeln. Er streckte die Hand aus. Eddie nahm sie und ließ sich von Roland auf die Füße helfen. Alle Luft war aus seinen Lungen gewichen, und er stellte fest, daß er nicht sprechen konnte. *Ist wahrscheinlich das beste ... sieht so aus, als würde ich jedesmal nur Mist verzapfen, wenn ich den Mund aufmache.*

»Eddie! Alles in Ordnung?« Susannah kam über die Lichtung zu der Stelle, wo er stand, den Kopf gesenkt und die Hände auf die Oberschenkel gestützt hielt und versuchte, wieder zu atmen.

»Ja.« Das Wort kam als ein Krächzen heraus. Er richtete sich mühsam auf. »Ich hab' nur gerade einen Haarschnitt verpaßt bekommen.«

»Es saß auf einem Baum«, sagte Roland nachsichtig. »Zuerst habe ich es selbst nicht gesehen. Um diese Tageszeit wird das Licht trügerisch.« Er verstummte, dann fuhr er mit derselben nachsichtigen Stimme fort. »Sie war nicht einen Augenblick in Gefahr, Eddie.«

Eddie nickte mit dem Kopf. Roland, wurde ihm jetzt klar, hätte fast einen Hamburger essen und einen Milchshake vor dem Ziehen trinken können. So schnell war er.

»Na gut. Sagen wir nur, deine Ausbildungsmethoden gefallen mir nicht, okay? Ich werde mich aber nicht entschuldigen. Solltest du also auf eine Entschuldigung warten, kannst du dir das sparen.«

Roland bückte sich, hob Susannah hoch und bürstete sie ab. Das machte er mit einer Art unbefangener Zuneigung wie eine Mutter, die ihren Jüngsten abklopft, nachdem er einen seiner unweigerlichen Stürze in den Staub des Gartens hinter sich hat. »Eine Entschuldigung ist weder nötig noch erforderlich«, sagte er. »Susannah und ich haben vor zwei Tagen eine ähnliche Unterhaltung geführt. Oder nicht, Susannah?«

Sie nickte. »Roland ist der Meinung, daß Lehrlinge von Zeit zu Zeit einen kräftigen Tritt in den Hintern brauchen.«

Eddie betrachtete die Trümmer ringsum und klopfte sich langsam den Knochenstaub von Hose und Hemd. »Und wenn ich dir nun sagen würde, daß ich kein Revolvermann werden *will,* Roland?«

»Ich würde sagen, es spielt keine Rolle, was du willst.« Roland sah zu dem Kiosk aus Metall, der an der Felswand stand, und schien das Interesse an der Unterhaltung verloren zu haben. Das hatte Eddie schon früher erlebt. Wenn eine Unterhaltung auf Fragen wie sollte, könnte oder müßte kam, verlor Roland fast immer das Interesse.

»Ka?« fragte Eddie mit einem Anflug seiner alten Verbitterung.

»Ganz recht. *Ka.*« Roland ging zum Kiosk und strich mit einer Hand über die gelben und schwarzen Streifen, die auf der Fassade verliefen. »Wir haben eines der zwölf Portale gefunden, welche den Rand der Welt säumen.

Und auch das ist *Ka.*«

27

Eddie ging Susannahs Rollstuhl holen. Darum mußte ihn niemand bitten; er wollte eine Zeitlang alleine sein, bis er sich wieder unter Kontrolle hatte. Nachdem die Schießerei vorüber war, schien jeder Muskel in seinem Körper zu pochen und zu zittern. Er wollte nicht, daß die beiden ihn so sahen – nicht, weil sie es als Angst fehlinterpretieren konnten, sondern weil sie das darin erkennen mochten, was es tatsächlich war: eine Überdosis Erregung. Es hatte ihm gefallen. Selbst die Sache mit der Fledermaus, die ihn fast skalpiert hätte, hatte ihm gefallen.

Dummes Zeug, Kumpel. Das weißt du.

Das Problem war, er wußte es *nicht*. Er hatte etwas kennengelernt, das Susannah auch erfahren hatte, nachdem sie den Bären erschossen hatte: Er konnte *sagen*, daß er kein Revolvermann sein wollte, daß er nicht durch diese verrückte Welt wandern wollte, wo sie drei die einzigen lebenden Menschen zu sein schienen, daß er sich mehr als alles andere wünschte, an der Ecke Broadway und Forty-second Street zu sein, mit den Fingern zu schnippen, einen Chili-Hot-dog zu mampfen und Creedence Clearwater Revival aus den Kopfhörern des Walkman dröhnen zu lassen, während er den Mädchen zusah, die vorübergingen, den unvorstellbar heißen New Yorker Mädchen mit ihren Scher-dich-zum-Teufel-Schmollmündchen und langen Beinen in Miniröken. Das alles konnte er sagen, bis er blau im Gesicht wurde, aber sein Herz wußte es besser. Es wußte, es hatte ihm *gefallen*, diese elektronische Menagerie ins Himmelreich zu pusten, jedenfalls so lange das Spiel andauerte und Rolands Revolver sein eigenes Gewitter war, das er in der Hand hielt. Es hatte ihm *gefallen*, der Roboterratte einen Tritt zu verpassen, auch wenn ihm der Fuß weh tat und er eine Scheißangst gehabt hatte. Auf eine unheimliche Weise schien dieser Teil – Angst zu haben – das Vergnügen noch zu steigern.

Das alles war schlimm genug, aber im Grunde seines Herzens wußte er etwas noch Schlimmeres: Wenn in diesem Augenblick eine Tür vor ihm aufgetaucht wäre, die nach New York zurückführen würde, würde er vielleicht nicht hindurchgehen. Zumindest nicht, bis er den Dunklen Turm mit eigenen Augen gesehen hatte. Er glaubte allmählich, daß Rolands Krankheit ansteckend war.

Während er Susannahs Rollstuhl durch das Dickicht von jungen Erlen schob und die Zweige verfluchte, die ihm ins Gesicht schlugen und versuchten, ihm die Augen auszustechen, konnte sich Eddie zumindest einiges davon selbst eingestehen, und dieses Eingeständnis kühlte sein Blut ein wenig ab. *Ich möchte wissen, ob er so aussieht wie in meinem Traum,* dachte er. *So etwas zu sehen ... das wäre wirklich fantastisch.*

Aber eine andere Stimme in seinem Inneren meldete sich zu Wort: *Ich wette, seine anderen Freunde – die allesamt Namen hatten, als würden sie direkt von der Tafelrunde am Hofe König Artus' kommen –, ich wette, die haben genau so gedacht, Eddie. Und die sind alle tot. Jeder einzelne.*

Er kannte diese Stimme, ob es ihm gefiel oder nicht. Es war die Stimme von Henry, und das machte es schwer, diese Stimme nicht zu hören.

28

Roland balancierte Susannah auf der rechten Hüfte, während er vor dem Metallkubus stand, der wie ein U-Bahn-Eingang aussah, welcher nachts geschlossen war. Eddie ließ den Rollstuhl am Rand der Lichtung stehen und ging hin. Dabei wurden das konstante Brummen und die Vibration unter seinen Füßen immer lauter. Die Maschinen, die dieses Geräusch erzeugten, wurde ihm klar, befanden sich entweder in dem Häuschen oder darunter. Es schien, als hörte er es nicht mit den Ohren, sondern irgendwo tief in seinem Kopf und in den Höhlen der Eingeweide.

»Das ist also eines der zwölf Portale, Roland. Und wohin führt es, nach Disney World?«

Roland schüttelte den Kopf. »Ich weiß nicht, wohin es führt. Vielleicht nirgendwohin ... oder überall. Es gibt vieles in meiner Welt, worüber ich nichts weiß – wie ihr sicher beide schon bemerkt habt. Und manches wußte ich, das sich in der Zwischenzeit verändert hat.«

»Weil die Welt sich weitergedreht hat?«

»Ja.« Roland sah ihn an. »Das ist keine Redensart. Die Welt dreht sich *wirklich* weiter, und das passiert immer schneller. Gleichzeitig läuft alles ab ... alles nutzt sich ab ... fällt auseinander ...« Er kickte gegen den Kadaver des mechanischen Kästchens, um das zu unterstreichen.

Eddie dachte an das ungelenke Diagramm der Portale, das Roland auf den Boden gemalt hatte. »*Ist* dies der Rand der Welt?« fragte er fast schüchtern. »Ich meine, es sieht nicht anders aus als sonstwo.« Er lachte ein wenig. »Wenn es hier einen Abgrund gibt, sehe ich ihn nicht.«

Roland schüttelte den Kopf. »So ein Rand ist das nicht. Es ist der Ort, wo ein Balken anfängt. Jedenfalls hat man mir das beigebracht.«

»Balken?« fragte Susannah. »Was für ein Balken?«

»Die Großen Alten haben die Welt nicht geschaffen, aber sie haben sie *neu* geschaffen. Einige Geschichtenerzähler behaupten, die Balken haben sie gerettet; andere sagen, sie sind der Keim der Zerstörung der Welt. Die Großen Alten haben die Balken geschaffen. Sie sind irgendwie geartete Linien ... Linien, die *binden* ... und *halten* ...«

»Sprichst du von Magnetismus?« fragte Susannah vorsichtig.

Sein ganzes Gesicht leuchtete auf und verwandelte die schroffen Furchen und Ebenen in etwas Neues und Erstaunliches, und einen Moment konnte sich Eddie vorstellen, wie Roland aussehen würde, sollte er seinen Turm *tatsächlich* erreichen.

»Ja! Nicht *nur* Magnetismus, aber das gehört auch dazu ... und Schwerkraft ... und das angemessene Zusammenwirken von Raum, Größe und Dimension. Die Balken sind die Kräfte, die das alles zusammenbinden.«

»Willkommen zum Physikunterricht im Irrenhaus«, sagte Eddie mit gedämpfter Stimme.

Susannah achtete nicht darauf. »Und der Dunkle Turm? Ist er eine Art Generator? Eine zentrale Energiequelle für die Balken?«

»Das weiß ich nicht.«

»Aber du *weißt*, daß dies Punkt A ist«, sagte Eddie. »Wenn wir lange genug auf einer geraden Linie gehen würden, müßten wir zu einem weiteren Portal – nenn es Punkt C – am gegenüberliegenden Rand der Welt gelangen. Aber vorher kämen wir zu Punkt B. Dem Mittelpunkt. Dem Dunklen Turm.«

Der Revolvermann nickte.

»Wie lange ist die Reise? Weißt du das?«

»Nein. Aber ich weiß, es ist sehr weit, und die Entfernung nimmt mit jedem Tag zu, der vergeht.«

Eddie hatte sich gebückt, um das wandelnde Kästchen zu untersuchen; jetzt richtete er sich auf und sah Roland an. »Das kann nicht sein.« Er hörte sich an wie ein Mann, der einem kleinen Kind zu erklären versucht, daß es eigentlich keinen schwarzen Mann gibt, der in seinem Schrank lauert, das *kann* gar nicht sein, weil es den schwarzen Mann nämlich *überhaupt* nicht gibt. »Welten *wachsen* nicht, Roland.«

»Nicht? Als ich ein Junge war, Eddie, existierten Karten. An eine spezielle kann ich mich erinnern. Sie trug den Titel ›Die Großen Königreiche der Westlichen Erde‹. Sie zeigte mein Heimatland, das Gilead genannt wurde. Sie zeigte die Unteren Baronien, die in dem Jahr, nachdem ich meine Revolver erhalten hatte, von Aufständen und Bürgerkrieg überrannt wurden, und die Berge, die Wüste, das Gebirge und das Westliche Meer – tausend Meilen oder mehr –, *aber ich habe über zwanzig Jahre gebraucht, um diese Entfernung zu durchqueren.*«

»Das ist unmöglich«, sagte Susannah hastig und ängstlich. »Selbst wenn du die ganze Strecke *zu Fuß* gegangen wärst, könnte es keine zwanzig Jahre gedauert haben.«

»Nun, man muß natürlich die Pausen mitrechnen, um Ansichtskarten zu schreiben und Bier zu trinken«, sagte Eddie, aber beide achteten nicht auf ihn.

»Ich bin nicht zu Fuß gegangen, sondern habe fast die ganze Strecke zu Pferde zurückgelegt«, sagte Roland. »Aber ich wurde ab und zu – sagen wir, aufgehalten? –, war jedoch den überwiegenden Teil unterwegs. Entfernte mich von John Farson, der die Revolution anführte, welche die Welt stürzte, in der ich aufgewachsen war, und der meinen Kopf auf einem Holzpfahl in seinem Burghof sehen wollte. Ich schätze, er hatte guten Grund, das zu wollen, denn ich und meine Gefährten waren für den Tod vieler seiner Anhänger verantwortlich – und weil ich etwas gestohlen habe, das ihm sehr teuer war.«

»Was denn, Roland?« fragte Eddie neugierig.

Roland schüttelte den Kopf. »Das ist eine Geschichte für einen anderen Tag . . . der vielleicht nie kommt. Denkt nicht daran, sondern an folgendes: Ich habe *viel tausend* Meilen zurückgelegt. Denn die Welt wächst wirklich.«

»So etwas ist einfach unmöglich«, beharrte Eddie, der aber dennoch ziemlich betroffen war. »Es müßte Erdbeben geben . . . Überschwemmungen . . . Flutwellen . . . ich weiß nicht, was noch alles . . .«

»Sieh doch!« sagte Roland wütend. »Schau dich nur um! Was siehst du? Eine Welt, die immer langsamer läuft, wie ein Kinderspielzeug, während sie sich gleichzeitig in anderer Weise beschleunigt, die wir nicht einmal begreifen. Sieh dir an, was du getötet hast, Eddie! Sieh dir an, was du getötet hast, bei deinem Vater!«

Er ging mit zwei Schritten zum Bach, hob die Stahlschlange auf, untersuchte sie kurz und warf sie Eddie zu, der sie mit der linken Hand fing. Dabei brach die Schlange in zwei Teile.

»Siehst du? Sie ist verbraucht. *Alle* Kreaturen, die wir hier gefunden haben, waren verbraucht. Wenn wir nicht gekommen wären, wären sie über kurz oder lang gestorben. Wie auch der Bär gestorben wäre.«

»Der Bär hatte eine Art Krankheit«, sagte Susannah.

Der Revolvermann nickte. »Parasiten, die die organischen Teile seines Körpers angegriffen haben. Aber warum haben sie die nicht früher angegriffen?«

Susannah antwortete nicht.

Eddie untersuchte die Schlange. Im Gegensatz zu dem Bären schien sie eine durchweg künstliche Konstruktion zu sein, ein Ding aus Metall, Schaltkreisen und Metern (wenn nicht Meilen) haarfeiner Metallfäden. Und dennoch konnte er Rostflecken erkennen, nicht nur auf der Oberfläche der halben Schlange, die er noch in Händen hielt, sondern auch in deren Eingeweiden. Und es war eine nasse Stelle zu sehen, wo entweder Öl auslief oder Wasser eingedrungen war. Diese Feuchtigkeit hatte einige der Drähte angegriffen; eine grünliche Substanz, die wie Moos aussah, war auf einigen der daumennagelgroßen Schalttafeln gewachsen.

Eddie drehte die Schlange um. Eine Stahlplakette wies sie als Produkt von North Central Positronics, Ltd. aus. Sie hatte eine Seriennummer, aber keinen Namen. *Wahrscheinlich zu unwichtig für einen Namen,* dachte er. *Nur ein komplizierter mechanischer Roto-Rooter, der hergestellt wurde, um Meister Petz ab und zu einen Einlauf zu verpassen, damit sein Stuhlgang regelmäßig bleibt, oder etwas ähnlich Ekelhaftes.*

Er ließ die Schlange fallen und wischte sich die Hände an den Hosen ab.

Roland hatte den Traktormechanismus aufgehoben. Er zerrte an einer der Ketten. Diese löste sich mit Leichtigkeit, Rost rieselte zwischen seine Stiefel. Er warf das Ding beiseite.

»Alles in dieser Welt läuft entweder ab oder fällt auseinander«, sagte er tonlos. »Gleichzeitig werden die Kräfte schwächer, die zusammenwirken und der Welt ihren Zusammenhalt geben. Das wußten wir schon als Kinder, aber wir hatten keine Ahnung, wann die Zeit des Endes dasein würde. Wie konnten wir? Und doch lebe ich jetzt in dieser Zeit und glaube, daß sie nicht allein meine Welt betrifft. Sie betrifft auch eure, Eddie und Susannah; sie betrifft vielleicht eine Milliarde anderer Welten. Die Balken brechen. Ich weiß nicht, ob das eine Ursache oder eins von vielen Symptomen ist, aber ich weiß, daß es stimmt. Kommt! Rückt näher! Hört zu!«

Als Eddie sich der Metallbox mit ihren diagonalen schwarzen und gelben Streifen näherte, überkam ihn eine deutliche und unangenehme Erinnerung – zum erstenmal seit Jahren mußte er an ein verfallenes viktorianisches Haus in Dutch Hill denken, etwa eine Meile von dem Viertel entfernt, wo er und Henry aufgewachsen waren. Dieses baufällige Wrack, das bei den Kindern der Nachbarschaft nur ›die Villa‹ genannt wurde, stand inmitten einer unkrautüberwucherten, ungepflegten Rasenfläche in der Rhinehold Street. Eddie glaubte, daß wahrscheinlich alle Kinder in dem Viertel Gruselgeschichten über die Villa gehört hatten. Sie stand geduckt unter den steilen Dächern und schien Passanten aus den tiefen Schatten der Erker böse Blicke zuzuwerfen. Die Fensterscheiben waren natürlich nicht mehr da – die Kinder hatten Steine durch die Fenster geworfen, ohne sich der Villa zu sehr zu nähern –, aber es war nicht mit Farbe besprüht worden und auch nicht zu einem Schießstand oder einem Liebesnest gemacht worden. Am seltsamsten aber war die Tatsache, daß es ungehindert existierte; niemand hatte es in Brand gesteckt, um die Versicherungssumme zu kassieren oder es einfach nur brennen zu sehen. Die Kinder behaupteten selbstverständlich, daß es dort spukte, und als Eddie eines Tages mit Henry davor auf dem Gehweg stand (sie hatten die Pilgerfahrt eigens auf sich genommen, um dieses legendäre Objekt zu sehen, obwohl Henry ihrer Mutter erzählt hatte, daß sie nur mit ein paar Freunden bei Dahlberg's Hoodsie Rockets holen wollten), hatte es so ausgesehen, als könnte es *wirklich* dort spuken. Hatte er nicht eine starke und unfreundliche Macht gespürt, die aus den schattigen Fenstern des alten viktorianischen Giganten zu quellen schien – Fenstern, die ihn mit dem starren Blick eines gefährlichen Irren anzusehen schienen? Hatte er nicht einen schwachen

Windhauch gespürt, der die Haare auf seinen Armen und im Nacken aufrichtete? Hatte er nicht die deutliche Intuition gehabt, wenn er dieses Haus betrat, würde die Tür hinter ihm ins Schloß fallen, die Wände würden auf ihn zurücken und knirschend die Knochen von toten Mäusen zermalmen, weil sie auch seine Knochen auf dieselbe Weise zermalmen wollten?

Spuk. Spuken.

Jetzt verspürte er dasselbe Gefühl von Geheimnis und Gefahr, während er sich diesem Metallkubus näherte. Gänsehaut breitete sich an seinen Beinen und Armen aus; sein Nackenhaar richtete sich auf und wurde zu störrischen Strähnen. Er spürte denselben schwachen Windhauch an sich vorüberwehen, auch wenn das Laub der Bäume rings um die Lichtung vollkommen still blieb.

Und dennoch ging er auf diese Tür zu (denn darum handelte es sich natürlich, wieder eine Tür, doch würde diese für seinesgleichen immer verschlossen sein) und blieb erst stehen, als er das Ohr dagegendrükken konnte.

Es war, als hätte er vor einer halben Stunde eine gute Dosis Acid eingeworfen, das jetzt allmählich voll zu wirken anfing. Seltsame Farben waberten über die Dunkelheit hinter seinen Augäpfeln. Er schien Stimmen zu hören, die aus langen, steinernen Schlünden gleichenden Korridoren murmelnd zu ihm sprachen – aus Korridoren, die mit flackernden elektrischen Fackeln erleuchtet wurden. Einst hatten diese Leuchtkörper des modernen Zeitalters ihren hellen Schein über alles erstrahlen lassen, aber jetzt waren sie nur noch trübe Flecken blauen Lichts. Er spürte Leere ... Verlassenheit ... Einsamkeit ... Tod.

Die Maschinen dröhnten unablässig, aber hatte das Geräusch nicht einen knirschenden Unterton? Eine Art verzweifeltes Pochen unter dem Summen wie die Rhythmusstörungen eines kranken Herzens? Ein Eindruck, als würden die Maschinen, die das Geräusch erzeugten – obschon weitaus komplizierter als die im Inneren des Bären –, langsam aus dem Gleichlauf kommen?

»Alles ist still in den Hallen der Toten«, hörte sich Eddie mit leiser, brechender Stimme flüstern. »Alles ist vergessen in den Steinhallen der Toten. Sehet die Treppen, welche in der Dunkelheit stehen; sehet die Säle des Verfalls. Dies sind die Hallen der Toten, wo Spinnen ihre Netze bauen und große Maschinen eine nach der anderen verstummen.«

Roland zog ihn grob zurück, und Eddie sah ihn benommen an.

»Das reicht«, sagte Roland.

»Was immer sie da drinnen stehen haben, läuft nicht mehr so gut, was?« hörte Eddie sich fragen. Seine zitternde Stimme schien von weit weg zu kommen. Er konnte immer noch die Kraft spüren, die aus diesem Kasten drang. Sie rief nach ihm.

»Nein. Heutzutage läuft nichts mehr in meiner Welt so gut.«

»Wenn ihr Jungs vorhabt, die Nacht über hier das Lager aufzuschlagen, müßt ihr auf meine Gesellschaft verzichten«, sagte Susannah. Ihr Gesicht war ein weißer Fleck im aschefarbenen Kielwasser der Dämmerung. »Ich gehe da rüber. Ich mag nicht, was ich in der Nähe dieses Dings empfinde.«

»Wir lagern *alle* da drüben«, sagte Roland. »Gehen wir.«

»Gute Idee«, sagte Eddie. Je weiter sie sich von dem Kubus entfernten, um so leiser wurde das Dröhnen der Maschinen. Eddie spürte, wie ihr Einfluß auf ihn schwächer wurde, auch wenn sie ihn immer noch riefen und einluden, die spärlich erleuchteten Korridore zu erforschen, die Freitreppen, die Säle des Verfalls, wo Spinnen ihre Netze bauten und die Kontrolleuchten eine nach der anderen dunkel wurden.

29

In dieser Nacht schlenderte Eddie im Traum wieder die Second Avenue entlang in Richtung Tom und Gerry's Künstlerisches Delikatessengeschäft an der Ecke Second und Forty-sixth. Er kam an einem Schallplattenladen vorbei, wo die Rolling Stones aus den Lautsprechern dröhnten:

»I see a red door and I want to paint it black,
No colours anymore, I want them to turn black,
I see the girls walk by dressed in their summer clothes,
I have to turn my head until my darkness goes . . .«

Er ging weiter und kam an einem Geschäft vorbei, das *Reflections of You* hieß – Dein Spiegelbild – und zwischen der Forty-ninth und der Forty-eighth lag. Er sah sich selbst in einem der Spiegel im Schaufenster. Er fand, daß er besser aussah als seit Jahren – das Haar ein wenig zu lang, aber ansonsten gesund und durchtrainiert. Aber die Kleidung . . . nnnnn, Mann. Durch und durch Bärenkacke. Blauer Blazer, weißes Hemd, dunkelrote Krawatte, graue Bundfaltenhose . . . in seinem ganzen Leben hatte er keine derartige Yuppie-aus-der-Hölle-Uniform besessen.

Jemand schüttelte ihn.

Eddie versuchte, sich tiefer in den Traum zu verkriechen. Er wollte jetzt nicht aufwachen. Erst wenn er das Deli erreicht hatte und mit dem Schlüssel zu dem Feld voller Rosen durchgegangen war. Er wollte alles wiedersehen – die endlose rote Decke, den gewölbten blauen Himmel, wo die weißen Wolkenschiffe segelten, und den Dunklen Turm. Er fürchtete sich vor der Dunkelheit, die in dieser geisterhaften Säule wohnte und nur darauf wartete, jeden zu verzehren, der ihr zu nahe kam, aber er wollte den Turm dennoch wiedersehen. *Mußte* ihn wiedersehen.

Aber die Hand hörte nicht auf, ihn zu schütteln. Der Traum wurde dunkler, und aus dem Geruch von Autoabgasen auf der Second Avenue wurde der Geruch von rauchendem Holz – dünn, weil das Feuer fast erloschen war.

Es war Susannah. Sie sah ängstlich aus. Eddie richtete sich auf und legte den Arm um sie. Sie hatten das Lager auf der anderen Seite des Erlenhains aufgeschlagen, in Hörweite des Bachs, der durch die Lichtung voll Knochenstaub floß. Auf der anderen Seite der glühenden Asche, die ihr Lagerfeuer gewesen war, lag Roland und schlief. Sein Schlaf war unruhig. Er hatte die dünne Decke zur Seite geworfen und die Knie fast bis zur Brust hochgezogen. Ohne Stiefel sahen seine Füße weiß und schmal und schutzlos aus. Der große Zeh des rechten Fußes fehlte, ein Opfer des Hummermonsters, das auch einen Teil seiner rechten Hand auf dem Gewissen hatte.

Er stöhnte immer wieder denselben nuschelnden Satz. Nach einigen Wiederholungen wurde Eddie klar, es war der Satz, den er auch gesprochen hatte, als er auf der Lichtung zusammengebrochen war, wo Susannah den Bären erschossen hatte: *Dann geh – es gibt mehr Welten als diese.* Er verstummte einen Moment, dann rief er den Namen des Jungen: »Jake! Wo bist du? *Jake!*«

Einsamkeit und Verzweiflung seiner Stimme erfüllten Eddie mit Grauen. Er schlang die Arme um Susannah und zog sie eng an sich. Er konnte ihr Zittern spüren, obwohl die Nacht warm war.

Der Revolvermann drehte sich um. Sternenlicht fiel auf seine offenen Augen.

»Jake, wo bist du?« schrie er in die Nacht hinaus. *»Komm zurück!«*

»O Gott – er ist wieder hinüber. Was sollen wir machen, Suze?«

»Ich weiß nicht. Ich wußte nur, ich konnte mir das nicht mehr alleine anhören. Er klingt so fern. So fernab von allem.«

»Dann geh«, murmelte der Revolvermann, der sich wieder auf die Seite drehte und die Knie anzog, »es gibt mehr Welten als diese.« Er schwieg einen Augenblick. Dann hob sich seine Brust, und er brüllte den Namen des Jungen als langgezogenen Schrei hinaus, bei dem einem das Blut in den Adern gefror. Im Wald hinter ihnen flog ein großer Vogel mit ledernem Flügelschlag zu einem nicht so aufregenden Teil der Welt.

»Hast du irgendwelche Vorschläge?« fragte Susannah. Ihre Augen waren weit aufgerissen und tränenfeucht. »Vielleicht sollten wir ihn aufwecken?«

»Ich weiß nicht.« Eddie sah den Revolver des Revolvermannes, den dieser an der linken Hüfte trug. Die Waffe lag im Halfter auf einem

Stückchen Tierhaut und war von dort, wo Roland lag, mühelos zu erreichen. »Ich glaube, das wage ich nicht«, sagte er schließlich.

»Es treibt ihn in den Wahnsinn.«

Eddie nickte.

»Was sollen wir nur dagegen tun? Eddie, *was sollen wir tun?«*

Eddie wußte es nicht. Ein Antibiotikum hatte die Infektion bezwungen, die der Biß des Hummerwesens verursacht hatte; jetzt brannte wieder eine Infektion in Roland, aber Eddie glaubte nicht, daß es ein Antibiotikum auf der Welt gab, das heilen konnte, was diesmal nicht mit ihm stimmte.

»Ich weiß nicht. Leg dich zu mir, Suze.«

Eddie warf ein Fell über sie beide, und nach einer Weile hörte ihr Zittern auf.

»Wenn er den Verstand verliert, könnte er uns etwas antun«, sagte sie.

»Als ob ich das nicht wüßte.« Diese unangenehme Vorstellung war angesichts des Bären über ihn gekommen – die roten, haßerfüllten Augen (hatte da nicht auch so etwas wie Umnachtung in diesen unergründlichen roten Tiefen gefunkelt?) und die tödlichen, schlitzenden Krallen. Eddies Blick wanderte zu dem Revolver, der so dicht neben der unversehrten linken Hand des Revolvermannes lag, und er mußte wieder daran denken, wie schnell Roland gewesen war, als er die mechanische Fledermaus auf sie herniederstoßen gesehen hatte. So schnell, daß seine Hand fast zu verschwinden schien. Wenn der Revolvermann wahnsinnig wurde und wenn er und Susannah zum Mittelpunkt dieses Wahnsinns wurden, hätten sie keine Chance. Überhaupt keine Chance.

Er drückte das Gesicht an Susannahs warme Halskuhle und machte die Augen zu.

Nicht lange danach hörte Rolands Brüllen auf. Eddie hob den Kopf und sah hinüber. Der Revolvermann schien wieder ruhig zu schlafen. Eddie betrachtete Susannah und sah, daß sie ebenfalls eingeschlafen war. Er legte sich neben sie, küßte zärtlich die Rundung ihrer Brüste und machte ebenfalls die Augen zu.

Du nicht, Kumpel; du wirst lange, lange *Zeit wach sein.*

Aber sie waren seit zwei Tagen unterwegs, und Eddie war todmüde. Er döste ein ... und schlief.

Zurück in den Traum, dachte er dabei. *Ich will zurück zur Second Avenue ... zurück zu Tom und Gerry's. Das möchte ich.*

Aber in dieser Nacht kam der Traum nicht wieder.

30

Als die Sonne aufging, frühstückten sie rasch, packten und verteilten die Vorräte neu und begaben sich zu der pfeilförmigen Lichtung zurück. Im hellen Morgenlicht sah sie nicht ganz so unheimlich aus, aber dennoch achteten sie alle drei darauf, daß sie dem Metallkubus mit seinen schwarzen und gelben Warnstreifen nicht zu nahe kamen. Roland ließ nicht erkennen, ob er sich an die schlimmen Alpträume erinnerte, die ihn in der Nacht heimgesucht hatten. Er war seinen morgendlichen Verrichtungen wie immer nachgegangen – in nachdenklichem, stoischem Schweigen.

»Wie möchtest du von hier aus einen schnurgeraden Kurs beibehalten?« fragte Susannah den Revolvermann.

»Wenn die Legenden zutreffend sind, sollte das kein Problem sein. Weißt du noch, als du nach Magnetismus gefragt hast?«

Sie nickte.

Er kramte tief in seiner Tasche und brachte schließlich ein rechteckiges, altes Stück Leder heraus, durch das eine lange silberne Nadel gebohrt war.

»Ein Kompaß!« sagte Eddie. »Du bist *wirklich* ein Pfadfinder!«

Roland schüttelte den Kopf. »Kein Kompaß. Ich weiß natürlich, was ein Kompaß ist, aber seit Jahren habe ich keinen gesehen. Ich orientiere mich nach Sonne und Sternen, und die leisten mir selbst heutzutage gute Dienste.«

»*Selbst* heutzutage?« fragte Susannah ein wenig unbehaglich.

Er nickte. »Die Windrichtungen der Welt sind ebenfalls in Bewegung.«

»*Himmel*«, sagte Eddie. Er versuchte, sich eine Welt vorzustellen, in der Norden ab und zu nach Osten oder Westen verrutschte, gab aber auf. Es machte ihn ein wenig schwindlig, wie früher, wenn er von einem hohen Gebäude gesehen hatte.

»Dies ist nur eine Nadel, aber sie besteht aus Stahl und sollte für unsere Zwecke genügen. Der Balken ist jetzt unser Kurs, und den wird die Nadel anzeigen.« Er kramte wieder in der Tasche und brachte eine grob gefertigte Tontasse zum Vorschein. An einer Seite verlief ein Riß. Roland hatte diesen Gegenstand, den er auf dem Gelände des alten Lagers gefunden hatte, mit Pinienharz geklebt. Jetzt tauchte er die Tasse in den Bach und kam mit ihr zu der Stelle zurück, so Susannah in ihrem Rollstuhl saß. Er stellte die Tasse vorsichtig auf die Armlehne des Rollstuhls, und als die Wasseroberfläche darin ruhig war, ließ er die Nadel hineinfallen. Sie sank auf den Boden und blieb da liegen.

»Mann!« sagte Eddie. »Großartig! Ich würde staunend vor dir auf die Knie sinken, Roland, aber ich will mir die Bügelfalten nicht verknittern.«

»Ich bin noch nicht fertig. Halt die Tasse ruhig, Susannah.«

Das tat sie, danach schob Roland sie vorsichtig über die Lichtung. Als sie sich etwa zwölf Schritte von der Tür entfernt befanden, drehte er den Rollstuhl behutsam um, so daß sie mit dem Rücken zum Portal saß.

»Eddie!« rief sie. »Sieh dir das an!«

Er beugte sich über die Tontasse und stellte am Rande fest, daß schon Wasser durch Rolands behelfsmäßigen Kitt tropfte. Die Nadel stieg langsam zur Oberfläche. Dort angekommen, trieb sie so friedlich wie ein Korken. Ihre Richtung bildete eine gerade Linie vom Portal hinter ihnen in den alten, dichten Wald vor ihnen. »Ach du Scheiße – eine schwebende Nadel. Jetzt habe ich *echt* alles gesehen.«

»Halt die Tasse, Susannah.«

Sie hielt sie fest, während Roland den Rollstuhl weiter auf die Lichtung schob – im rechten Winkel zu dem Kubus. Die Nadel verlor ihren Fixpunkt, zuckte einen Moment ziellos hin und her und sank dann wieder auf den Boden der Tasse. Als Roland den Rollstuhl zu der alten Stelle zurückschob, stieg sie wieder empor und wies ihnen den Weg.

»Hätten wir Eisenspäne und ein Stück Papier«, sagte der Revolvermann, »könnten wir die Späne auf dem Papier verteilen und zusehen, wie sie sich zu einer Linie zusammenlegen, die in dieselbe Richtung zeigen würde.«

»Wird das auch dann passieren, wenn wir das Portal verlassen?« fragte Eddie.

Roland nickte. »Und das ist noch nicht alles. Wir können den Balken sogar *sehen.*«

Susannah sah über die Schulter. Dabei stieß sie die Tasse ein wenig mit dem Ellbogen an. Die Nadel zuckte willkürlich, als das Wasser darin schwappte . . . dann drehte sie sich wieder unerschütterlich in die ursprüngliche Richtung.

»Nicht dahin«, sagte Roland. »Seht nach unten, beide – Eddie auf deine Füße, Susannah in den Schoß.«

Sie folgten seiner Bitte.

»Wenn ich euch sage, ihr sollt aufschauen, dann seht geradeaus in die Richtung, in die die Nadel zeigt. Sucht nicht nach etwas Besonderem; laßt euer Auge erkennen, was es will. Jetzt – seht auf!«

Sie gehorchten. Einen Moment sah Eddie nur den Wald. Er versuchte, die Augen zu entspannen – und plötzlich war es da, so wie die Form der Schleuder da gewesen war, in dem Stück Holz, und er wußte, warum Roland ihnen gesagt hatte, sie sollten nicht nach etwas Besonderem Ausschau halten. Die Auswirkungen des Balkens waren überall entlang seines Verlaufs zu erkennen, aber sie waren subtil. Die Nadeln der Kiefern und Pinien deuteten in seine Richtung. Die Grünbeerenbüsche wuchsen leicht schief, und die Schräge verlief in Richtung des Strahls. Nicht alle Bäume, die der Bär umgerissen hatte, um freie Sicht zu bekommen, waren über diesen getarnten Pfad gefallen – der nach Südosten verlief, wenn Eddie die Richtung richtig einschätzte –, aber die meisten, als hätte eine Kraft aus dem Kubus sie im Fallen in diese Richtung gestoßen. Den deutlichsten Beweis aber lieferten die Schatten auf dem Boden. Da die Sonne im Osten aufging, deuteten selbstverständlich alle nach Westen, aber als Eddie nach Südwesten schaute, sah er ein ungefähres Fischgrätenmuster, das nur entlang der Linie existierte, welche die Nadel in der Tasse angezeigt hatte.

»*Könnte sein,* daß ich etwas sehe«, sagte Susannah zweifelnd, »aber . . .«

»Sieh dir die Schatten an! Die *Schatten, Suze*!«

Eddie sah, wie sie die Augen aufriß, als sie es bemerkte. »Mein Gott! Da ist er! *Genau da!* Als hätte jemand einen natürlichen Scheitel im Haar!«

Jetzt, da Eddie es gesehen hatte, konnte er es nicht mehr ungesehen machen; ein vager Korridor verlief durch das Dickicht, das die Lichtung umgab, ein schnurgerader Kurs, der den Verlauf des Balkens markierte. Plötzlich wurde er sich bewußt, wie gigantisch die Kraft sein mußte, die um ihn (und wahrscheinlich durch ihn hindurch) floß wie Röntgenstrahlen, und er mußte gegen den Drang kämpfen, auszuweichen und nach rechts oder links zu gehen. »Sag mal, Roland, das wird mich doch nicht unfruchtbar machen, oder?«

Roland zuckte die Achseln und lächelte verhalten.

»Wie ein Flußbett«, staunte Susannah. »Ein so zugewachsenes Flußbett, daß man es kaum sehen kann . . . aber es ist trotzdem da. Das Muster der Schatten wird sich nicht verändern, solange wir auf dem Pfad des Balkens bleiben, richtig?«

»Nein«, sagte Roland. »Sie ändern ihre Richtung, wie die Sonne zieht, aber den Balken werden wir selbstverständlich immer ausmachen können. Ihr dürft nicht vergessen, daß er seit Jahrtausenden – möglicherweise seit Jahr*zehn*tausenden – auf demselben Pfad fließt. Seht hoch, ihr beiden, zum Himmel.«

Sie gehorchten und stellten fest, daß auch die Zirruswolken entlang des Balkenpfads das Fischgrätenmuster angenommen hatten . . . und die Wolken im Strom seiner Energie strömten schneller dahin als die außerhalb. Sie wurden nach Südosten gedrängt. In die Richtung Dunkler Turm.

»Seht ihr? Sogar die Wolken müssen gehorchen.«

Ein kleiner Schwarm Vögel kam auf sie zu. Als sie den Verlauf des Balkens erreichten, wurden sie alle einen Augenblick Richtung Südosten abgelenkt. Obwohl Eddie deutlich sah, daß es so war, konnten seine Augen es kaum glauben. Als die Vögel den schmalen Einflußbereich des Balkens durchquert hatten, setzten sie ihren alten Kurs fort.

»Nun«, sagte Eddie, »ich denke, wir sollten uns auf den Weg machen.

Eine Reise von tausend Meilen fängt mit einem einzigen Schritt an, oder so eine Scheiße.«

»Moment noch«, sagte Susannah, die Roland ansah. »Es sind nicht nur tausend Meilen, oder? Von was für einer Strecke sprechen wir denn, Roland? Fünftausend Meilen? Zehn?«

»Kann ich nicht sagen. Es wird sehr weit sein.«

»Und wie um Himmels willen sollen wir jemals dorthin kommen, wenn ihr beide mich im Rollstuhl schieben müßt? Wir können froh sein, wenn wir drei Meilen täglich durch jene Drawers schaffen, wie du sehr gut weißt.«

»Der Weg ist geebnet«, sagte Roland geduldig, »und das ist vorerst genug. Vielleicht kommt die Zeit, Susannah Dean, da wir schneller reisen, als dir lieb ist.«

»Ach ja?« Sie sah ihn trotzig an, und beide Männer konnten Detta Walker sehen, die wieder einen gefährlichen Tanz hinter ihren Augen aufführte. »Hast du deinen Rennwagen startklar? Wenn ja, wäre es nicht übel, wenn wir eine Scheißstraße zum Fahren hätten!«

»Das Land und die Wege, auf denen wir reisen, werden sich verändern. Das ist immer so.«

Susannah winkte mit einer Hand in Richtung Revolvermann; *nur weiter so,* sollte das heißen. »Du hörst dich an wie meine Mama, wenn sie gesagt hat, Gott wird's schon fügen.«

»Hat er das nicht?« fragte Roland ernst.

Sie sah ihn einen Augenblick voll stummer Überraschung an, dann warf sie den Kopf zurück und lachte zum Himmel hinauf. »Nun, ich schätze, das kommt ganz drauf an, wie man es sieht. Ich kann nur sagen, Roland, wenn Er uns versorgt, dann will ich nicht wissen, was passiert, wenn Er beschließt, uns hungern zu lassen.«

»Kommt schon, bringen wir es hinter uns«, sagte Eddie. »Ich will von hier weg. Gefällt mir hier nicht.« Das stimmte, aber es war nicht der einzige Grund. Er verspürte auch den unwiderstehlichen Drang, die Füße auf diesen verborgenen Pfad zu setzen, diesen versteckten Highway. Jeder Schritt war ein Schritt auf das Feld der Rosen zu, und den Turm, der darüber aufragte. Ihm wurde – mit nicht geringem Staunen – bewußt, daß er den Turm sehen oder beim Versuch sterben würde.

Glückwunsch, Roland, dachte er. *Du hast es geschafft. Ich bin bekehrt. Jemand sollte ein Halleluja singen.*

»Noch etwas, bevor wir gehen.« Roland bückte sich und löste den Wildlederfaden um den linken Oberschenkel. Dann knöpfte er langsam den Revolvergurt auf.

»Was soll das denn?« fragte Eddie.

Roland löste den Revolvergurt und hielt ihn Eddie hin. »Du weißt, warum ich das mache«, sagte er ruhig.

»Zieh ihn wieder an, Mann!« Eddie verspürte ein schreckliches

Durcheinander widerstreitender Emotionen, das in ihm kochte; er konnte spüren, wie seine Finger trotz der geballten Fäuste zitterten. »Was *denkst* du dir eigentlich?«

»Ich verliere Stück für Stück den Verstand. Bis die Wunde in meinem Inneren geschlossen ist – wenn überhaupt –, kann ich den nicht tragen. Das weißt du.«

»Nimm ihn, Eddie«, sagte Susannah leise.

»Wenn du das verdammte Ding gestern abend nicht getragen hättest, als das Fledermausding auf mich losgegangen ist, wäre ich heute morgen von der Nase aufwärts nicht mehr da!«

Die Antwort des Revolvermanns bestand darin, daß er Eddie auch weiter seine zweite Waffe entgegenhielt. Seine Körperhaltung drückte aus, daß er bereit war, den ganzen Tag so zu stehen, sollte dies erforderlich sein.

»Na gut!« schrie Eddie. *»Na gut,* verdammt!«

Er riß Roland den Revolvergurt aus der Hand und knöpfte ihn mit einer Reihe eckiger Bewegungen um die eigene Taille. Er überlegte sich, daß er Erleichterung empfinden sollte – hatte er nicht selbst die Waffe angesehen, die mitten in der Nacht so dicht neben Rolands Hand lag, und sich besorgt gefragt, was passieren würde, sollte Roland *wirklich* einen Sprung in der Schüssel bekommen? Hatten er und Susannah nicht beide darüber nachgedacht? Aber er empfand keine Erleichterung. Nur Angst und Schuldgefühle und eine seltsame, quälende Traurigkeit, zu tief für Tränen.

Ohne seine Waffen sah Roland so nackt aus.

So *unvollständig.*

»Okay? Nachdem die vertrottelten Lehrlinge nun die Waffen haben und der Meister unbewaffnet ist, können wir jetzt gehen? Wenn etwas Großes aus den Büschen gestürmt kommt, Roland, kannst du ja immer noch dein Messer danach werfen.«

»Ach das«, sagte er. »Das hätte ich fast vergessen.« Er zog das Messer aus der Tasche und hielt es – Griff voran – Eddie hin.

»Das ist *lächerlich*!« schrie Eddie.

»Das *Leben* ist lächerlich.«

»Ja, schreib das auf eine Postkarte und schick es dem verdammten *Reader's Digest.*« Eddie rammte das Messer in den Gürtel und sah Roland trotzig an. »Können wir *jetzt* gehen?«

»Eines noch«, sagte Roland.

»Grundgütiger Himmel!«

Das Lächeln umspielte wieder Rolands Lippen. »War nur ein Witz«, sagte er.

Eddies Kiefer klappte herunter. Susannah neben ihm fing an zu lachen. Das Geräusch erklang musikalisch wie Glocken in der morgendlichen Stille.

31

Sie brauchten fast den ganzen Vormittag, bis sie die Zone der Verwüstung hinter sich gebracht hatten, mit der der große Bär sich geschützt hatte, aber auf dem Pfad des Balkens ging es etwas leichter voran, und als sie die umgestürzten Baumstämme und das Unterholz hinter sich gelassen hatten, konnten sie schneller vorankommen. Das Bächlein, das aus dem Felsen entsprungen war, verlief murmelnd zu ihrer Rechten. Mehrere kleine Rinnsale hatten sich mit ihm vereinigt, so daß sein Plätschern jetzt tiefer klang. Hier lebten mehr Tiere – sie hörten sie durch das Unterholz wuseln, wo sie ihre täglichen Runden drehten –, und zweimal sahen sie kleine Rudel Wild. Ein Hirsch mit einem ehrwürdigen Geweih auf dem Haupt sah aus, als würde er mindestens dreihundert Pfund wiegen. Als es wieder bergauf ging, zweigte der Bach von ihrem Weg ab. Und als sich der Nachmittag dem Abend entgegenneigte, sah Eddie etwas.

»Könnten wir hier haltmachen? Eine kurze Rast?«

»Was ist denn?« fragte Susannah.

»Ja«, sagte Roland. »Wir können haltmachen.«

Plötzlich spürte Eddie wieder Henrys Gegenwart wie eine Last auf den Schultern. *Oh, seht mal die Memme! Tut die Memme was im Baum sehen? Will die Memme was schnitzen? Ja? Ohhhh, ist das nicht NIEDLICH?*

»Wir *müssen* nicht anhalten. Ich meine, es ist nicht wichtig. Ich habe nur ...«

»... etwas gesehen«, sprach Roland für ihn zu Ende. »Was es auch sein mag, hör auf, dein nimmermüdes Plappermaul spazierenzuführen, und hol es.«

»Es ist wirklich nichts.« Eddie spürte, wie ihm das warme Blut ins Gesicht schoß. Er versuchte, den Blick von der Esche abzuwenden, die ihm aufgefallen war.

»O doch. Etwas, das du brauchst, und das ist alles andere als nichts. Wenn *du* es brauchst, brauchen *wir* es. Was wir nicht brauchen, ist ein Mann, der den überflüssigen Ballast seiner Erinnerungen nicht über Bord werfen kann.«

Das warme Blut wurde heiß. Eddie wandte das flammende Gesicht noch einen Moment seinen Mokassins zu und kam sich vor, als könnte Roland ihm mit seinen blaßblauen Kanoniersaugen bis tief ins Herz sehen.

»Eddie?« fragte Susannah neugierig. »Was hast du denn, Herzblatt?«

Ihre Stimme gab ihm den Mut, den er brauchte. Er ging zu der schlanken, geraden Esche und zog Rolands Messer aus dem Gürtel.

»Vielleicht nichts«, murmelte er und zwang sich hinzuzufügen: »Aber vielleicht eine ganze Menge. Wenn ich es nicht vermaßle, vielleicht eine ganze Menge.«

»Die Esche ist ein edler Baum voll Kraft«, bemerkte Roland hinter ihm, aber Eddie hörte ihn kaum. Henrys höhnische, hänselnde Stimme war fort; und mit ihr seine Scham. Er dachte nur an den einen Ast, der ihm aufgefallen war. Wo dieser in den Stamm überging, war er leicht gewölbt und dick. Dieses Stück wollte Eddie.

Er glaubte, daß die Form des Schlüssels darin verborgen war – des Schlüssels, den er kurz im Feuer gesehen hatte, bevor die brennenden Überreste des Kiefers sich erneut verändert hatten und die Rose erschienen war. Drei umgekehrte V, das mittlere V tiefer und breiter als die beiden anderen. Und die kleine S-Form am Ende. Das war das Geheimnis.

Ein Fetzen seines Traums kehrte zurück: *Dad-a-chum, dud-a-chee, du hast den Schlüssel, also sorg dich nie.*

Vielleicht, dachte er. *Aber ich glaube, diesmal muß ich ihn voll und ganz bekommen. Ich glaube, diesmal reichen neunzig Prozent einfach nicht aus.*

Er schnitt den Ast mit großer Sorgfalt vom Stamm und schnitt dann das dünne Ende ab. Übrig blieb ein kräftiges Stück Esche, etwa zwanzig Zentimeter lang. Er spürte es schwer und vital in der Hand, lebend und nur allzu bereit, seine geheime Form preiszugeben ... das heißt einem Mann, der geschickt genug war, sie herauszulocken.

War er dieser Mann? Spielte es eine Rolle?

Eddie Dean dachte, die Antwort auf beide Fragen war ja.

Der Revolvermann schloß die unversehrte linke Hand um Eddies rechte. »Ich glaube, du kennst ein Geheimnis.«

»Vielleicht.«

»Kannst du es sagen?«

Er schüttelte den Kopf. »Ich glaube, besser nicht. Noch nicht.«

Roland dachte darüber nach, dann nickte er. »Na gut. Ich möchte dir eine Frage stellen, und dann werde ich das Thema fallenlassen. Hast du vielleicht einen Weg ins Herz meines ... meines Problems gesehen?«

Eddie dachte: *Deutlicher wird er die Verzweiflung, die ihn innerlich zerfrißt, kaum jemals zeigen.*

»Ich weiß nicht. Momentan kann ich es noch nicht mit Sicherheit sagen. Aber ich hoffe es, Mann. Wirklich, von ganzem Herzen.«

Roland nickte wieder und ließ Eddies Hand los. »Ich danke dir. Wir haben immer noch zwei Stunden Tageslicht. Warum nutzen wir sie nicht?«

»Von mir aus.«

Sie zogen weiter. Roland schob Susannah, und Eddie ging vor ihnen her und hielt das Stück Holz, in dem der Schlüssel verborgen war. Es schien, von innerer Wärme erfüllt, zu pulsieren, geheim und mächtig.

32

An diesem Abend nahm Eddie nach dem Essen das Messer des Revolvermannes aus dem Gürtel und fing an zu schnitzen. Das Messer war erstaunlich scharf und schien die Schärfe nie zu verlieren. Eddie arbeitete langsam und sorgfältig im Feuerschein, drehte das Eschestück hierhin und dorthin in den Händen und sah die spiralförmigen Holzstreifen, die seine sicheren Messerschnitte erzeugten.

Susannah legte sich hin, verschränkte die Arme hinter dem Kopf und sah zu den Sternen, die langsam ihre Bahn am schwarzen Himmel zogen.

Am Rand des Lagers stand Roland außerhalb des Feuerscheins und lauschte, während die Stimmen des Wahnsinns wieder einmal in seinem schmerzenden, verwirrten Verstand anschwollen.

Es gab einen Jungen.

Es gab keinen Jungen.

Gab.

Gab keinen.

Gab . . .

Er machte die Augen zu, barg die schmerzende Stirn in einer kalten Hand und fragte sich, wie lange es dauern würde, bis er schlicht und einfach brach wie ein zu straff gespannter Bogen.

O Jake, dachte er. *Wo bist du? Wo bist du?*

Und über den dreien stiegen der Alte Stern und die Alte Mutter zu ihren vorbestimmten Plätzen und betrachteten einander über den Sternenabgrund ihrer alten, gescheiterten Ehe hinweg.

II.
Schlüssel und Rose

1

Drei Wochen lang kämpfte John ›Jake‹ Chambers tapfer gegen den Wahnsinn, der in seinem Inneren wuchs. Während dieser Zeit fühlte er sich wie der letzte Mann an Bord eines sinkenden Ozeanriesen, der besessen die Kielraumpumpen bedient und versucht, das Schiff über Wasser zu halten, bis der Sturm vorbei, der Himmel wieder klar und Hilfe unterwegs ist ... Hilfe von *irgendwo.* Am 29. Mai 1977, vier Tage bevor die Sommerferien anfingen, fand er sich endlich mit der Tatsache ab, daß keine Hilfe eintreffen würde. Es war Zeit, daß er aufgab; daß er sich von dem Sturm forttragen ließ.

Der Tropfen, der das Faß endgültig zum Überlaufen brachte, war seine Abschlußarbeit in vergleichender englischer Literatur.

John Chambers, Jake für die drei oder vier Jungs, die fast seine Freunde waren, hatte sein erstes Jahr an der Piper School hinter sich gebracht. Obwohl elf und in der sechsten Klasse, war er klein für sein Alter, und die Leute, die ihn zum erstenmal sahen, hielten ihn meist für viel jünger. Tatsächlich war er bis vor etwa einem Jahr manchmal irrtümlich für ein Mädchen gehalten worden. Dann hatte er einen Aufstand gemacht und wollte das Haar kurz geschnitten haben, so daß seine Mutter schließlich nachgegeben hatte. Mit seinem Vater hatte es selbstverständlich überhaupt keine Probleme wegen des Haarschnitts gegeben. Sein Vater hatte einfach nur sein hartes Edelstahlgrinsen gegrinst und gesagt: *Der Junge möchte wie ein Soldat aussehen, Laurie. Gut für ihn.*

Für seinen Vater war er niemals Jake und selten John. Für seinen Vater war er immer nur ›der Junge‹.

Die Piper School, hatte sein Vater ihm im vorigen Sommer erklärt (das war der Sommer der Zweihundertjahrfeier gewesen – Girlanden und Flaggen und der Hafen von New York voll von großen Schiffen), war schlicht und einfach DIE BESTE VERDAMMTE SCHULE IM GANZEN LAND FÜR EINEN JUNGEN IN SEINEM ALTER. Die Tatsache, daß Jake dort aufgenommen worden war, hatte nichts mit Geld zu tun, erklärte Elmer Chambers ... fast *beharrlich.* Er war ungeheuer stolz auf diese Tatsache gewesen, aber Jake hatte trotz seiner zehn Jahre vermutet, daß es nicht der Wahrheit entsprach, daß es sich um dummes Zeug handelte, das sein Vater zur Wahrheit *gemacht* hatte, damit er es beim Mittagessen oder bei Cocktails beiläufig in die Unterhaltung einfließen lassen konnte: *Mein Junge? Oh, der besucht die Piper. DIE BESTE VERDAMMTE SCHULE IM GANZEN LAND FÜR EINEN JUNGEN IN SEINEM ALTER. Weißt du, mit Geld kann man sich nicht in diese Schule einkaufen; bei Piper zählt Grips, sonst gar nichts.*

Jake Chambers war sich durchaus darüber im klaren, daß die gewöhnliche Kohle von Wünschen und Meinungen im heißen Brennofen von Elmer Chambers' Verstand nicht selten zu den harten Diamanten wurde, die er Tatsachen nannte ... oder, unter formloseren Umständen, ›Tatsächelchen‹. Sein Lieblingsausdruck, den er oft und stets mit Ehrerbietung gebrauchte, was *Tatsache ist,* und den brachte er, so oft er konnte, an den Mann.

Tatsache ist, mit Geld kommt niemand *an die Piper School,* hatte sein Vater ihm in diesem Sommer der Zweihundertjahrfeier erklärt, dem Sommer mit blauem Himmel und Girlanden und großen Schiffen, einem Sommer, der in Jakes Erinnerung golden wirkte, weil er noch nicht angefangen hatte, den Verstand zu verlieren, und er sich nur Gedanken darüber machen mußte, ob er an der Piper School, diesem Nest frisch geschlüpfter Genies, über die Runden kommen würde. *An eine Schule wie Piper kommt man nur mit dem, was man da oben hat.* Elmer Chambers hatte über den Schreibtisch gegriffen und mit einem harten, nikotinverfärbten Finger gegen die Stirn seines Sohnes geklopft. *Kapiert, Junge?*

Jake hatte genickt. Es war nicht nötig, mit seinem Vater zu sprechen, weil sein Vater alle – einschließlich seiner Ehefrau – so behandelte wie seine Unterlinge bei dem Fernsehsender, wo er Programmdirektor und ein anerkannter Experte im ›Killen‹ war. Man mußte nur zuhören, an den richtigen Stellen nicken, und nach einer Weile ließ er einen wieder gehen.

Gut, hatte sein Vater gesagt und eine seiner achtzig Camels angezündet, die er jeden Tag rauchte. *Dann verstehen wir uns ja. Du wirst dir den Rücken krumm schuften müssen, aber du kannst es schaffen. Das hätten sie uns nie geschickt, wenn du es nicht könntest.* Er hob die Aufnahmebestätigung der Piper School hoch und wedelte damit. Diese Geste drückte eine Art zügellosen Triumph aus, als wäre der Brief ein Tier, das er im Dschungel erlegt hatte, ein Tier, das er jetzt häuten und essen würde. *Also arbeite hart. Schreib gute Noten. Sorg dafür, daß deine Mutter und ich stolz auf dich sein können. Wenn du dieses Jahr einen Zeugnisdurchschnitt von eins bekommst, ist eine Reise nach Disney World für dich drin. Dafür lohnt es sich doch zu schuften, oder nicht, Junge?*

Jake hatte seine Noten geschafft – in jedem Fach eine 1 (das heißt, bis zu den letzten drei Wochen). Er hatte aller Wahrscheinlichkeit nach dafür gesorgt, daß seine Mutter und sein Vater stolz auf ihn sein konnten, obwohl er so selten daheim war, daß es sich nicht mit Bestimmtheit sagen ließ. Normalerweise war *niemand* da, wenn er von der Schule nach Hause kam, abgesehen von Greta Shaw, der Haushälterin, und darum zeigte er ihr seine Einsen. Danach verschwanden sie in eine dunkle Ecke seines Zimmers. Manchmal sah Jake die Arbeiten durch und fragte sich, ob sie überhaupt einen Sinn hatten. Er *wollte* es, hatte aber ernste Zweifel.

Jake glaubte nicht, daß er diesen Sommer nach Disney World fahren würde, Notenschnitt 1 hin oder her.

Als er am Morgen des 29. Mai um 8 Uhr 45 durch die Doppeltür der Piper School schritt, hatte er eine schreckliche Vision. Er sah seinen Vater in seinem Büro 70 Rockefeller Plaza, eine Camel im Mund, wo er sich über den Schreibtisch beugte und mit einem seiner Unterlinge redete, während blauer Dunst sich um seinen Kopf kräuselte. Ganz New York lag hinter und unter seinem Vater ausgebreitet, das Dröhnen und Murmeln freilich wurde durch zwei Scheiben Thermopaneglas gedämpft.

Tatsache ist, mit Geld kommt niemand *ins Sunnyvale-Sanatorium,* teilte sein Vater dem Unterling in einem Tonfall grimmiger Befriedigung mit. Er streckte die Hand aus und klopfte dem Unterling auf die Stirn. *Man kommt nur dahin, wenn da oben im Oberstübchen etwas gewaltig schiefläuft. Das ist mit dem Jungen passiert. Aber er schuftet sich den verdammten Rücken krumm. Flechtet die besten verdammten Körbchen der ganzen Anstalt, haben sie mir gesagt. Und wenn sie ihn wieder rauslassen – wenn überhaupt je –, dann springt eine Reise für ihn raus. Eine Reise nach ...*

»... zum Rasthaus«, murmelte Jake und berührte die Stirn mit einer Hand, die zittern wollte. Die Stimmen kamen wieder. Die kreischenden, widerstreitenden Stimmen, die ihn in den Wahnsinn trieben.

Du bist tot, Jake. Du bist von einem Auto überfahren worden und tot.

Mach dich nicht lächerlich! Schau mal – siehst du das Plakat? VERGESST NICHT DAS PICKNICK DER ERSTEN KLASSE, steht da. Glaubst du, im Leben nach dem Tod gibt es Picknicks von Schulklassen?

Weiß nicht. Aber ich weiß, daß du von einem Auto überfahren worden bist.

Nein!

Doch. Es ist am 7. Mai um 8 Uhr 25 passiert. Du bist keine Minute später gestorben.

Nein! Nein! Nein!

»John?«

Er drehte sich erschrocken um. Mr. Bissette, sein Französischlehrer, stand vor ihm und sah etwas besorgt drein. Hinter ihm strömten die anderen Schüler zum morgendlichen Rapport ins Gemeinschaftszimmer. Es wurde kaum gewitzelt und überhaupt nicht geschrien. Wahrscheinlich hatten alle anderen Schüler, wie Jake auch, von ihren Eltern gesagt bekommen, wie glücklich sie sich schätzen konnten, daß sie die

Piper besuchen durften, wo Geld keine Rolle spielte (auch wenn das Schulgeld 22 000 Dollar jährlich betrug), nur der Grips. Wahrscheinlich hatten viele in diesem Sommer eine Reise versprochen bekommen, wenn ihre Noten gut genug waren. Möglicherweise würden die Eltern einiger glücklicher Gewinner sogar mitkommen. Möglicherweise …

»John, fühlst du dich nicht wohl?« fragte Mr. Bissette.

»Doch«, sagte Jake. »Prima. Ich hab' heute morgen ein wenig verschlafen. Schätze, ich bin noch nicht richtig wach.«

Mr. Bissetts Gesicht entspannte sich; er lächelte. »Passiert den Besten von uns.«

Meinem Dad nicht. Der Meister des Killens verschläft nie.

»Bist du für die Abschlußprüfung in Französisch bereit?« fragte Mr. Bissette. *»Voulez-vous examiner a moi cette midi?«*

»Ich glaube schon«, sagte Jake. In Wahrheit wußte er nicht, ob er für die Abschlußprüfung bereit war oder nicht. Er konnte sich nicht einmal erinnern, ob er für die Abschlußarbeit *gelernt* hatte oder nicht. An diesem Tag schien nichts besonders wichtig zu sein, abgesehen von den Stimmen in seinem Kopf.

»Ich möchte dir noch einmal sagen, was es mir für eine Freude war, dich dieses Jahr in meinem Unterricht zu haben, John. Ich wollte es auch deinen Eltern sagen, aber sie sind nicht zum Elternabend gekommen …«

»Sie sind ziemlich beschäftigt«, sagte Jake.

Mr. Bissette nickte. »Nun, es war mir ein Vergnügen. Das wollte ich dir nur sagen … und daß ich mich darauf freue, wenn du nächstes Jahr Französisch II besuchst.«

»Danke«, sagte Jake und fragte sich, was Mr. Bissette sagen würde, sollte er noch hinzufügen: *Aber ich glaube nicht, daß ich nächstes Jahr Französisch II belegen werde, es sei denn, ich kann einen Fernkurs via Postfach im guten alten Sunnyvale bekommen.*

Joanne Franks, die Schulsekretärin, erschien mit ihrer kleinen, silberlegierten Glocke in der Hand unter der Tür des Gemeinschaftszimmers. In der Piper School wurden *alle* Glocken von Hand geläutet. Jake vermutete, für die Eltern gehörte das zu den charmanten Eigenheiten. Erinnerungen ans kleine rote Dorfschulhaus und so weiter. Er selbst konnte es nicht ausstehen. Der Klang dieser Glocke schien einem regelrecht den Kopf zu sprengen …

Ich halte nicht mehr lange durch, dachte er verzweifelt. *Es tut mir leid, aber ich dreh durch. Ich dreh wirklich und wahrhaftig durch.*

Mr. Bissette hatte Ms. Franks gesehen. Er wandte sich ab, dann drehte er sich wieder um. »Dir fehlt doch *wirklich* nichts, John? In den vergangenen Wochen hast du so gedankenverloren gewirkt. Besorgt. Liegt dir etwas auf dem Herzen?«

Die freundliche Stimme von Mr. Bissette lockte Jake fast aus der Reserve, aber dann überlegte er sich, wie Mr. Bissette dreinschauen würde, sollte er antworten: *Ja. Mir liegt etwas auf dem Herzen. Ein verdammt garstiges kleines Tatsächelchen. Sehen Sie, ich bin gestorben und in eine andere Welt gekommen. Und dann bin ich wieder gestorben. Sie sagen, so etwas passiert nicht, und Sie haben selbstverständlich recht, und mit einem Teil meines Verstandes* weiß *ich, daß Sie recht haben, aber der größte Teil weiß, daß Sie sich irren. Es* ist *passiert. Ich* bin *gestorben.*

Wenn er so etwas sagte, würde Mr. Bissette sofort mit Elmer Chambers telefonieren, und Jake war überzeugt, das Sunnyvale-Sanatorium würde wahrscheinlich wie ein Erholungsheim wirken, nachdem sein Vater alles abgelassen hatte, was er über Jungs zu sagen wußte, die kurz vor Ende des Schuljahres plötzlich seltsame Anwandlungen bekamen. Jungs, die etwas machten, worüber man nicht beim Essen oder bei Cocktails sprechen konnte. Jungs, die ERWARTUNGEN NICHT ERFÜLLTEN.

Jake zwang sich, Mr. Bissette zuzulächeln. »Ich mache mir etwas Sorgen wegen der Prüfungen.«

Mr. Bissette blinzelte. »Schaffst du spielend.«

Ms. Franks läutete die Versammlungsglocke. Jeder Schlag bohrte sich in Jakes Ohren und schien wie eine kleine Rakete durch sein Gehirn zu jagen.

»Komm mit«, sagte Mr. Bissette. »Wir kommen zu spät. Und am ersten Tag der Abschlußprüfungen sollte man nicht zu spät dran sein, oder?«

Sie gingen hinein, vorbei an Ms. Franks und ihrer schrillen Glocke. Mr. Bissette näherte sich einer Sitzreihe, die er Fakultätschor nannte. In der Piper School gab es eine Menge niedliche Namen wie diesen; das Auditorium nannte man das Gemeinschaftszimmer, die Mittagspause hieß Freizeit, Siebt- und Achtkläßler waren Oberjungs und -mädchen, und die Klappstühle beim Klavier (mit dem Ms. Franks bald ebenso unbarmherzig umgehen würde wie mit der Silberglocke) waren selbstverständlich der Fakultätschor. Das war alles Bestandteil der Tradition, vermutete Jake. Wenn man als Eltern wußte, das Kind verbrachte seine Freizeit im Gemeinschaftszimmer und schlang nicht nur in der Mensa ein Thunfischsandwich hinunter, entspannte man sich in dem sicheren Gefühl, daß an der Ausbildungsfront alles bestens in Ordnung war.

Er nahm auf einem Stuhl im hinteren Teil Platz und ließ die morgendlichen Ankündigungen über sich hinwegrauschen. Das Grauen brandete endlos durch sein Gehirn und vermittelte ihm ein Gefühl, als wäre er eine im Laufrad gefangene Ratte. Und wenn er versuchte, in eine kommende, bessere Zeit zu sehen, sah er nur Dunkelheit.

Das Schiff war seine geistige Gesundheit, und es ging unter.

Mr. Harley, der Rektor, näherte sich dem Podium und ließ einen kurzen Vortrag ab, wie wichtig die Abschlußprüfung war und daß die Zensuren einen weiteren Schritt auf der GROSSEN STRASSE DES LEBENS bedeuteten. Er sagte ihnen, daß die Schule von ihnen abhängig war, *er* war von ihnen abhängig, und ihre Eltern waren von ihnen abhängig. Er sagte ihnen nicht, daß die gesamte freie Welt von ihnen abhängig war, deutete aber vielsagend an, daß das so sein könnte. Abschließend offenbarte er ihnen, daß während der Woche der Prüfung keine Glocken geläutet würden (für Jake die erste gute Nachricht dieses Morgens).

Ms. Franks, die am Klavier Platz genommen hatte, schlug einen einleitenden Akkord an. Die Schülerschaft, die ausnahmslos in einer ordentlichen und adretten Weise gekleidet war, welche Geschmack und finanzielle Sicherheit der Eltern verriet, erhob sich wie ein Mann und stimmte die Schulhymne an. Jake sang die Worte und dachte an den Ort, wo er nach seinem Tod aufgewacht war. Zuerst hatte er gedacht, er wäre in der Hölle ... und als der Mann in der schwarzen Kapuzenrobe des Wegs gekommen war, war er sich dessen gewiß gewesen.

Dann war natürlich der andere gekommen. Ein Mann, den Jake fast ins Herz geschlossen hatte.

Aber er hat mich abstürzen lassen. Er hat mich getötet.

Er konnte spüren, wie ihm kribbelnd der Schweiß am Hals und zwischen den Schulterblättern ausbrach.

»Drum grüße ich dich, Piper,
Gebe deiner Flagge den Gruß,
Heil dir, meine Alma Mater,
Getreu dir, bis ich sterben muß!«

Großer Gott, was für ein beschissenes Lied, dachte Jake, und plötzlich mußte er daran denken, daß es seinem Vater gefallen würde.

2

Das erste Fach war vergleichende englische Literatur, das einzige, in dem keine Abschlußprüfung stattfand. Sie hatten aber als Hausaufgabe einen Aufsatz schreiben müssen. Dabei sollte es sich um ein maschinengeschriebenes Dokument zwischen fünf und zehn Seiten handeln. Als Thema hatte Ms. Avery vorgegeben: *Mein Verständnis von Wahrheit.* Dieser Abschlußaufsatz würde fünfundzwanzig Prozent der Semesternote bilden.

Jake trat ein und setzte sich auf seinen Stuhl in der dritten Reihe. Alles in allem waren sie nur elf Schüler. Jake erinnerte sich an den Orientierungstag im letzten September, als Mr. Harley ihnen gesagt hatte, Piper besäße DAS BESTE LEHRER-SCHÜLER-VERHÄLTNIS ALLER PRIVATSCHULEN IM OSTEN. Er hatte, um das zu bekräftigen, mehrmals mit der Faust auf das Pult im Gemeinschaftszimmer geschlagen. Jake hatte es nicht über Gebühr beeindruckt, aber er hatte die Information seinem Vater weitergegeben. Er hatte gedacht, sein Vater *würde* beeindruckt sein, und damit hatte er sich nicht geirrt.

Er machte den Reißverschluß des Schulranzens auf und nahm behutsam die Mappe mit seinem Abschlußaufsatz heraus. Er legte ihn auf den Schreibtisch und wollte einen letzten Blick darauf werfen, als seine Aufmerksamkeit auf die Tür an der linken Seite des Zimmers gelenkt wurde. Er wußte, sie führte zur Garderobe, aber heute war sie abgeschlossen, weil es in New York einundzwanzig Grad hatte und niemand einen Mantel trug, der verstaut werden mußte. Da drinnen befand sich nichts, außer vielen Kleiderhaken aus Messing an der Wand und einer langen Gummimatte für Stiefel auf dem Boden. Ein paar Schachteln mit Schulbedarf – Kreide, Verzeichnisse und so weiter – waren in der gegenüberliegenden Ecke gestapelt.

Nichts Besonderes.

Dennoch stand Jake von seinem Sitz auf, ließ den Ordner ungeöffnet auf dem Pult liegen und ging zu der Tür. Er konnte hören, wie seine Klassenkameraden leise miteinander murmelten und mit Papier raschelten, während sie ihre eigenen Abschlußaufsätze nach dem entscheidenden falsch gesetzten Komma oder einem unklaren Ausdruck absuchten, aber diese Geräusche schienen weit entfernt zu sein.

Die Tür hatte seine Aufmerksamkeit geweckt.

In den letzten zehn Tagen oder so waren die Stimmen in seinem Kopf immer lauter geworden, und Türen hatten Jake immer mehr fasziniert. Er mußte diejenige zwischen seinem Schlafzimmer und dem oberen Flur allein vergangene Woche an die fünfhundertmal aufgemacht haben, die zwischen Schlafzimmer und Bad gut tausendmal. Jedesmal hatte er dabei einen festen Knoten der Erwartung in der Brust gespürt, als läge die Lösung für all seine Probleme hinter dieser Tür oder der anderen, und er würde sie schon finden ... irgendwann. Aber jedesmal fand er nur den Flur oder das Bad oder den Gehweg oder was auch immer.

Letzten Donnerstag war er von der Schule nach Hause gekommen, hatte sich aufs Bett geworfen und war eingeschlafen; der Schlaf, so schien es, war die einzige Zuflucht, die ihm noch geblieben war. Aber als er fünfundvierzig Minuten später erwacht war, hatte er neben dem Bücherregal an der Wand gestanden. Er hatte die Form einer Tür auf die Tapete gemalt. Zum Glück hatte er einen Bleistift benützt, daher hatte er die schlimmsten Spuren wieder ausradieren können.

Als er sich jetzt der Tür zur Garderobe näherte, verspürte er dasselbe Kribbeln der Hoffnung und die Gewißheit, daß diese Tür nicht in einen halbdunklen Wandschrank führen würde, in dem nur die Gerüche des Winters vorherrschten – Flanell, Gummi und nasser Pelz –, sondern in eine andere Welt, wo er wieder *gesund* sein konnte. Heißes, grelles Licht würde in einem Dreieck auf den Boden des Klassenzimmers fallen, und er würde Vögel an einem blaßblauen Himmel kreisen sehen, der die Farbe *(seiner Augen)* von verblichenen Jeans hatte. Ein Wüstenwind würde ihm das Haar zurückwehen und den nervösen Schweiß auf seiner Stirn trocknen.

Er würde durch diese Tür gehen und geheilt sein.

Jake drehte den Knopf und machte die Tür auf. Dahinter lagen nur Dunkelheit und eine Reihe Kleiderhaken aus Messing. Ein längst vergessener Fäustling lag bei dem Stapel Tabellenbücher in der Ecke.

Seine Hochstimmung verschwand, und ihm war plötzlich danach zumute, sich einfach in diesem dunklen Raum mit den bitteren Gerüchen nach Winter und Kreidestaub zu verkriechen. Er konnte den Handschuh weglegen und sich in die Ecke unter die Haken setzen. Er konnte sich auf die Gummimatte setzen, wo man im Winter die Stiefel abstellte. Er konnte dort sitzen, den Daumen in den Mund stecken, die Knie an die Brust ziehen, die Augen zumachen und ... und ...

Und einfach aufgeben.

Diese Vorstellung – die *Erleichterung* dieser Vorstellung – war unglaublich anziehend. Es würde das Ende von Entsetzen und Verwirrung und Desorientierung bedeuten. Das letztere war wahrscheinlich das Schlimmste: das beharrliche Gefühl, als hätte sich sein ganzes Leben ins Spiegelkabinett eines Jahrmarkts verwandelt.

Aber Jake hatte so sicher einen Kern aus Stahl, wie Eddie und Susannah ihn hatten. Dieser ließ nun sein stumpfes blaues Leuchten in der Dunkelheit aufblitzen. Nicht aufgeben. Was in ihm nicht stimmte, konnte ihm letztendlich doch noch die geistige Gesundheit rauben, aber bis dahin würde er ihm nicht nachgeben. Falls doch, sollte ihn der Teufel holen.

Niemals! dachte er verbissen. *Niemals! Nie ...*

»Wenn du die Inventur der Vorräte in der Garderobe abgeschlossen hast, John, könntest du dich vielleicht zu uns gesellen«, sagte Ms. Avery mit ihrer trockenen, kultivierten Stimme hinter ihm.

Leises Kichern kam auf, als Jake sich von dem Garderobenraum abwandte. Ms. Avery stand hinter ihrem Schreibtisch, hatte die langen Finger leicht auf die Unterlage gestützt und sah ihn mit ihrem ruhigen, intelligenten Gesicht an. Heute trug sie ihren blauen Hosenanzug und hatte das Haar wie üblich zu einem Knoten hochgesteckt. Nathaniel Hawthorne sah über ihre Schultern und betrachtete Jake stirnrunzelnd aus seinem Bilderrahmen an der Wand.

»Tut mir leid«, sagte Jake und machte die Tür zu. Sofort überkam ihn der fast übermächtige Impuls, sie wieder aufzumachen, noch einmal nachzusehen und zu überprüfen, ob die andere Welt mit ihrer heißen Sonne und dem Wüstenpanorama diesmal dasein würde.

Statt dessen ging er zu seinem Platz zurück. Petra Jesserling sah ihn mit fröhlichen, tanzenden Augen an. »Nimm *mich* nächstes Mal mit da rein«, flüsterte sie. »Dann hast du was, das sich anzusehen lohnt.«

Jake lächelte auf zerstreute Weise und ließ sich auf den Stuhl fallen.

»Danke, John«, sagte Ms. Avery mit ihrer ewig ruhigen Stimme. »Bevor ihr nun eure Abschlußaufsätze abgebt – die alle sehr gut, sehr sorgfältig und sehr *spezifisch* sein werden, da bin ich ganz sicher –, möchte ich gerne die Liste der empfohlenen Sommerlektüre der englischen Fakultät austeilen. Ich werde über einige dieser vorzüglichen Bücher ein paar Worte sagen ...«

Während sie sprach, gab sie David Surrey einen kleinen Stapel hektographierter Blätter. David teilte sie aus, und Jake schlug seinen Ordner auf, damit er einen letzten Blick darauf werfen konnte, was er zum Thema *Mein Verständnis von Wahrheit* geschrieben hatte. Es interessierte ihn aufrichtig, weil er sich nicht mehr daran erinnern konnte, wie er seinen Abschlußaufsatz geschrieben hatte, ebensowenig wie er sich erinnern konnte, ob er für die Französischprüfung gelernt hatte.

Er betrachtete die Titelseite verwirrt und mit wachsendem Unbehagen. *MEIN VERSTÄNDNIS VON WAHRHEIT von John Chambers,* war fein säuberlich in die Mitte des Blatts getippt, und das war richtig so, aber darunter hatte er aus irgendwelchen Gründen zwei Bilder geklebt. Eines zeigte eine Tür – er glaubte, es war die von Downing Street Nr. 10 in London –, das andere eine amphibische Zugmaschine. Es waren Farbbilder, die er zweifellos aus einer Zeitschrift ausgeschnitten hatte.

Warum habe ich das gemacht? Und wann habe ich es gemacht?

Er blätterte die Seite um und betrachtete das erste Blatt seines Abschlußaufsatzes, ohne zu glauben oder zu verstehen, was er da sah. Als das Begreifen schließlich durch seinen Schock sickerte, verspürte er ein eskalierendes Gefühl der Panik. Es war also endlich passiert; er hatte den Verstand so weit verloren, daß andere Menschen es *bemerken* würden.

3

Mein Verständnis von Wahrheit
Von Jake Chambers

»Ich zeige dir die Angst in einer Handvoll Staub.«
T. S. »Butch« Eliot

»Zuerst durchfuhr mich's: Lug ist, was er spricht.«
Robert »Sundance« Browning

Der Revolvermann ist die Wahrheit.
Roland ist die Wahrheit.
Der Gefangene ist die Wahrheit.
Die Herrin der Schatten ist die Wahrheit.
Der Gefangene und die Herrin sind verheiratet. Das ist die Wahrheit.
Das Rasthaus ist die Wahrheit.
Der sprechende Dämon ist die Wahrheit.
Wir sind unter den Bergen gereist, und das ist die Wahrheit.
Unter den Bergen haben Ungeheuer gehaust. Das ist die Wahrheit.
Eines hatte eine Zapfsäule von Amoco zwischen den Beinen und tat so, als wäre diese sein Penis.
Das ist die Wahrheit.
Roland hat mich sterben lassen. Das ist die Wahrheit.
Ich liebe ihn immer noch.
Das ist die Wahrheit.

»Und es ist *sehr* wichtig, daß ihr *alle Der Herr der Fliegen* lest«, sagte Ms. Avery mit ihrer deutlichen, aber irgendwie farblosen Stimme. »Und dabei müßt ihr euch bestimmte Fragen stellen. Ein guter Roman ist häufig wie eine Reihe von Rätseln innerhalb von Rätseln, und dies ist ein *sehr guter* Roman – einer der besten, die in der zweiten Hälfte des zwanzigsten Jahrhunderts geschrieben worden sind. Also fragt euch zuerst, welches die symbolische Bedeutung der Muschelschale sein könnte. Zweitens . . .«

Weit fort. Weit, weit fort. Jake blätterte mit einer zitternden Hand zur zweiten Seite seines Abschlußaufsatzes und hinterließ einen dunklen, verschmierten Schweißabdruck auf der ersten.

Wann ist eine Tür keine Tür? Wenn sie ein Glas ist, und das ist die Wahrheit.
Blaine ist die Wahrheit.
Blaine ist die Wahrheit.
Was hat vier Räder und fliegt? Ein Müll-LKW, und das ist die Wahrheit.
Blaine ist die Wahrheit.
Auf Blaine muß man die ganze Zeit aufpassen, Blaine ist eine Pein, und das ist die Wahrheit.
Ich bin ziemlich sicher, daß Blaine gefährlich ist, und das ist die Wahrheit.
Was ist schwarz und weiß und überall rot? Ein verlegenes Zebra, und das ist die Wahrheit.
Blaine ist die Wahrheit.
Ich will zurück, und das ist die Wahrheit.
Ich muß zurück, und das ist die Wahrheit.
Ich verliere den Verstand, wenn ich nicht zurück kann, und das ist die Wahrheit.
Ich kann nicht nach Hause, wenn ich nicht einen Stein eine Rose eine Tür finde, und das ist die Wahrheit.

Tschuff-Tschuff, und das ist die Wahrheit.
Tschuff-tschuff. Tschuff-tschuff.
Tschuff-tschuff. Tschuff-tschuff. Tschuff-tschuff.
Tschuff-tschuff. Tschuff-tschuff. Tschuff-tschuff. Tschuff-tschuff.
Ich habe Angst. Das ist die Wahrheit.
Tschuff-tschuff.

Jake sah langsam auf. Sein Herz schlug so heftig, daß er ein grelles Licht vor seinen Augen tanzen sah wie das Nachglühen eines Blitzlichts, ein Licht, das mit jedem titanischen Klopfen seines Herzens pulsierte.

Er sah, wie Ms. Avery seinen Eltern den Abschlußaufsatz überreichte. Mr. Bissette stand mit ernster Miene neben Ms. Avery. Er hörte Ms. Avery mit ihrer klaren, farblosen Stimme sagen: *Ihr Sohn ist ernstlich krank. Wenn Sie einen Beweis dafür brauchen, sehen Sie sich nur seinen Abschlußaufsatz an.*

John ist seit etwa drei Wochen nicht mehr er selbst, fügte Mr. Bissette hinzu. *Er wirkt manchmal ängstlich und immer benommen ... nicht ganz da, wenn Sie verstehen, was ich meine.* Je pense John est fou ... comprenez-vous?

Wieder Ms. Avery: *Bewahren Sie möglicherweise stimmungsverändernde, rezeptpflichtige Drogen im Haus auf, zu denen John Zugang haben könnte?*

Jake wußte nichts von stimmungsverändernden Drogen, aber er wußte, daß sein Vater mehrere Gramm Kokain in der untersten Schublade seines Schreibtischs im Studio aufbewahrte. Sein Vater würde zweifellos denken, er, Jake, hätte sich darüber hergemacht.

»Und jetzt laßt mich ein paar Worte über *Catch-22* sagen«, sagte Ms. Avery vom vorderen Abschnitt des Klassenzimmers. »Das ist ein sehr *anstrengendes* Buch für Sechst- und Siebtkläßler, aber ihr werdet es sicher dennoch durch und durch bezaubernd finden, wenn ihr euer Denken auf seinen ganz eigenen Charme einstellt. Ihr könnt diesen Roman, wenn ihr wollt, als *surrealistische Komödie* betrachten.«

So etwas muß ich nicht lesen, dachte Jake. *Ich* lebe *in so etwas, und es ist überhaupt keine Komödie.*

Er blätterte zur letzten Seite seines Abschlußaufsatzes. Dort stand nichts geschrieben. Statt dessen hatte er noch ein Bild aufs Papier geklebt. Es war eine Fotografie vom Schiefen Turm von Pisa. Diesen hatte er mit einem Wachsmalstift schwarz angemalt. Die dunklen Wachslinien bildeten irre Schleifen und Krakel.

Er konnte sich nicht erinnern, daß er das getan hatte.

Absolut nicht.

Jetzt hörte er seinen Vater zu Mr. Bissette sagen: Fou. *Ja, er ist eindeutig* fou. *Ein Junge, der seine Chancen an einer Schule wie der Piper verpatzt, der MUSS* fou *sein, meinen Sie nicht auch? Nun, damit werde ich fertig. Es ist mein*

Job, damit fertig zu werden. Die Lösung heißt Sunnyvale. Er muß eine Zeitlang in Sunnyvale verbringen, Bastkörbchen flechten und seine fünf Sinne wieder zusammenbekommen. Macht euch keine Sorgen um unseren Sohn; er kann weglaufen ... aber er kann sich nicht verstecken.

Würden sie ihn tatsächlich in die Klapsmühle stecken, wenn sie feststellten, daß er nicht mehr alle Tassen im Schrank hatte? Jake überlegte, daß die Antwort darauf ein deutliches *jede Wette* sein würde. Sein Vater würde auf gar keinen Fall einen Irren im Haus dulden. Die Anstalt, wo sie ihn hinbringen würden, würde vielleicht nicht Sunnyvale heißen, aber sie würde Gitter vor den Fenstern haben, und junge Männer in weißen Anzügen und mit Kreppsohlen würden durch die Gänge schleichen. Die jungen Männer würden gewaltige Muskeln und wachsame Augen haben, und obendrein Zugang zu Spritzen voll mit künstlichem Schlaf.

Sie werden allen sagen, daß ich weggegangen bin, dachte Jake. Die widerstreitenden Stimmen in seinem Kopf wurden vorübergehend durch die wachsende Panik zum Schweigen gebracht. *Sie werden sagen, daß ich ein Jahr bei meinem Onkel und meiner Tante in Modesto verbringe ... oder als Austauschstudent in Schweden ... oder daß ich Satelliten im Weltraum repariere. Meiner Mutter wird es nicht gefallen ... sie wird weinen ... aber sie wird mitmachen. Sie hat ihre Liebhaber, und außerdem macht sie* immer *bei allem mit, was er sagt. Sie ... die beiden ... ich ...*

Er spürte, wie ein Kreischen in seinem Hals emporstieg, und kniff die Lippen zusammen, damit es nicht herauskonnte. Er betrachtete wieder die wilden schwarzen Krakel über dem Foto des Schiefen Turms und dachte: *Ich muß hier raus. Ich muß auf der Stelle hier raus.*

Er hob die Hand.

»Ja, John, was ist denn?« Ms. Avery betrachtete ihn mit dem Blick gelinder Resignation, den sie für Schüler vorbehielt, die sie mitten im Vortrag unterbrachen.

»Ich würde gern einen Moment austreten, wenn ich darf«, sagte Jake.

Auch das war ein Beispiel für Piper-Sprache. Schüler der Piper School mußten niemals ›pinkeln‹ oder ›eine Stange Wasser ablassen‹ oder, Gott behüte, ›eine Ladung abdrücken‹. Es herrschte allgemeine Übereinstimmung, daß die Schüler von Piper zu perfekt waren, auf ihrem geschmackvoll leisen Weg durchs Leben Abfallprodukte der Verdauung zu erzeugen. Ab und zu bat jemand um die Erlaubnis, einmal ›austreten‹ zu dürfen, und das war alles.

Ms. Avery seufzte. »Muß es sein, John?«

»Ja, Ma'am.«

»Na gut. Aber komm so schnell wie möglich zurück.«

»Ja, Ms. Avery.«

Er klappte den Ordner zu, als er aufstand, ergriff ihn und ließ ihn widerwillig wieder los. Sinnlos. Ms. Avery würde sich fragen, weshalb er seinen Abschlußaufsatz mit auf die Toilette nahm. Er hätte die beweiskräftigen Seiten aus dem Ordner nehmen und zerknüllt in die Tasche stecken sollen, bevor er gebeten hatte, ob er auf die Toilette durfte. Jetzt war es zu spät.

Jake ging den Mittelgang entlang zur Tür und ließ den Ordner auf dem Tisch liegen und den Schulranzen darunter stehen.

»Gute Verrichtung, Chambers«, flüsterte David Surrey und kicherte in die hohle Hand.

»Wirst du wohl dein Schandmaul halten, David«, sagte Ms. Avery, die inzwischen eindeutig entnervt war, und die ganze Klasse lachte.

Jake kam zur Tür zum Flur, und als er den Knauf ergriff, kam das Gefühl von Hoffnung und Gewißheit wieder über ihn: *Das ist sie wirklich. Ich werde diese Tür aufmachen, und die Wüstensonne wird hereinscheinen. Ich werde den trockenen Wind im Gesicht spüren. Ich werde hindurchgehen und dieses Klassenzimmer nie wieder sehen.*

Er machte die Tür auf, und auf der anderen Seite lag nur der Flur, aber mit einem hatte er recht: Er sah das Klassenzimmer von Ms. Avery nie wieder.

5

Er ging langsam den düsteren, holzgetäfelten Flur entlang und schwitzte leicht. Er ging an Klassenzimmertüren vorbei und war versucht, jede einzelne zu öffnen, wären nicht die durchsichtigen Glasscheiben in ihnen gewesen. Er sah Mr. Frenchs Unterricht Französisch II und Mr. Knopfs Einführung in die Geometrie. In beiden Zimmern saßen die Schüler mit Bleistiften in der Hand und hängenden Köpfen über Lehrbüchern. Er sah in Mr. Halreys Rhetorikkurs und erblickte Stan Dorfman – einer der Bekannten, der nicht ganz ein Freund war –, der gerade seine Abschlußrede begann. Stan sah aus, als litte er Todesangst, aber Jake hätte Stan sagen können, daß er keine Ahnung hatte, was Angst – *richtige* – wirklich war.

Ich bin gestorben.

Nein, bin ich nicht.

Bin ich.

Bist du nicht.

Doch.

Nein.

Er kam zu einer Tür mit der Aufschrift MÄDCHEN. Er stieß sie auf und rechnete damit, einen strahlenden Wüstenhimmel und den blauen Dunst von Bergen am Horizont zu sehen. Statt dessen sah er Belinda Stevens, die an einem der Waschbecken vor dem Spiegel stand und sich einen Pickel auf der Stirn ausdrückte.

»Herrgott noch mal, muß das sein?«

»Entschuldige. Falsche Tür. Ich habe gedacht, es wäre die Wüste.«

»Was?«

Aber er hatte die Tür bereits losgelassen, und sie schwang an ihrem pneumatischen Ellbogen zu. Er ging am Trinkbrunnen vorbei und machte die Tür mit der Aufschrift KNABEN auf. *Das* war sie, er war ganz sicher, das war die Tür, die ihn zurückbringen würde ...

Drei Pissoirs glänzten fleckenlos unter Neonlicht. Ein Wasserhahn tropfte ernst in ein Waschbecken. Das war alles.

Jake ließ die Tür zufallen. Er ging weiter den Flur entlang, wobei seine Absätze ein leises Klacken auf den Fliesen erzeugten. Er sah im Vorübergehen ins Büro, konnte aber nur Ms. Franks sehen. Sie telefonierte, wippte mit dem Bürostuhl auf und ab und spielte mit einer Haarlocke. Die Silberglocke stand neben ihr auf dem Schreibtisch. Jake wartete, bis sie sich von der Tür abgewandt hatte, dann huschte er vorbei. Dreißig Sekunden später trat er in den strahlenden Sonnenschein eines Maimorgens hinaus.

Ich bin ausgerissen, dachte er. Nicht einmal seine Belastung konnte ihn abhalten, über diese unerwartete Entwicklung zu staunen. *Wenn ich in fünf Minuten oder so nicht von der Toilette zurückkomme, wird Ms. Avery jemanden nachsehen schicken ... und dann werden sie es wissen. Sie werden alle wissen, daß ich die Schule verlassen habe, daß ich ausgerissen bin.*

Er dachte an den Ordner, der auf seinem Pult lag.

Sie werden es lesen und denken, daß ich verrückt geworden bin. Fou. *Auf jeden Fall. Klar doch. Und sie haben recht.*

Dann meldete sich eine andere Stimme zu Wort. Es war, dachte er, die Stimme des Mannes mit den Kanoniersaugen, des Mannes, der zwei große Revolver um die Hüfte geschlungen trug. Seine Stimme war kalt ... aber nicht ohne Trost.

Nein, Jake, sagte Roland. *Du bist nicht verrückt. Du bist verirrt und ängstlich, aber du bist nicht verrückt und mußt weder vor dem Schatten am Morgen Angst haben, der dir nachfolgt, noch vor dem Schatten am Abend, der dir begegnet. Du mußt nur den Weg nach Hause finden, das ist alles.*

»Aber wohin soll ich gehen?« flüsterte Jake. Er stand auf dem Gehweg der Fifty-sixth Street zwischen Park und Madison und beobachtete den Verkehr, der vorbeiraste. Ein städtischer Bus schnarchte vorüber und zog eine dünne Spur beißenden blauen Dieselqualms hinter sich her. »Wohin soll ich gehen? Wo ist diese *Scheißtür?*«

Aber die Stimme des Revolvermanns war verstummt.

Jake wandte sich nach links in Richtung East River und ging blindlings los. Er hatte keine Ahnung, wohin er gehen sollte – überhaupt keine Ahnung. Er konnte nur hoffen, daß seine Füße ihn zum richtigen Ort bringen würden ... so wie sie ihn vor gar nicht allzu langer Zeit einmal zum falschen getragen hatten.

5

Es war vor drei Wochen geschehen.

Man konnte nicht sagen: *Es hatte vor drei Wochen angefangen,* denn das vermittelte den Eindruck eines gewissen Fortschritts, aber gerade das war nicht der Fall. Nur die *Stimmen* hatten einen Fortschritt erlebt, sie beharrten zunehmend brutaler auf ihrer jeweiligen Version der Realität, aber der ganze Rest war auf einmal geschehen.

Er hatte das Haus um acht Uhr verlassen, um zu Fuß zur Schule zu gehen – er ging immer zu Fuß, wenn das Wetter schön war, und diesen Mai war das Wetter absolut herrlich. Sein Vater war zum Sender gegangen, seine Mutter lag noch im Bett, und Mrs. Greta Shaw war in der Küche, wo sie Kaffee trank und die *New York Post* las.

»Auf Wiedersehen, Greta«, sagte er. »Ich gehe jetzt zur Schule.«

Sie hob eine Hand und winkte, ohne von der Zeitung aufzusehen. »Schönen Tag, Johnny.«

Alles Routine. Ein Tag im Leben.

Und so war es die nächsten fünfzehnhundert Sekunden geblieben. Und dann hatte sich alles für immer verändert.

Er schlenderte mit dem Schulranzen in einer und dem Vesperkoffer in der anderen Hand dahin und sah in die Schaufenster. Siebenhundertundzwanzig Sekunden vom Ende seines Lebens, wie er es immer gekannt hatte, entfernt, blieb er stehen und sah ins Schaufenster von Brendio's, wo die Kleiderpuppen steif in Posen der Konversation verharrten. Er dachte nur daran, daß er heute nachmittag nach der Schule zum Bowling gehen würde. Sein Durchschnitt lag bei 158, das war toll für einen elfjährigen Jungen. Er hatte den Ehrgeiz, eines Tages Profibowler zu werden (und wenn sein Vater *dieses* kleine Tatsächelchen gewußt hätte, wäre er zweifellos an die Decke gegangen).

Er kam jetzt näher – unerbittlich näher: der Augenblick, da seine geistige Gesundheit plötzlich ausgelöscht werden würde.

Er überquerte die Forty-ninth, und es blieben noch vierhundert Sekunden. An der Forty-first mußte er darauf warten, daß die Fußgängerampel grün wurde, und da waren es noch zweihundertsiebzig. Er verweilte und sah in den Scherzartikelladen Ecke Fifth und Forty-second, und da waren es noch hundertneunzig. Und jetzt, da sein gewöhnliches Leben gerade noch etwas mehr als drei Minuten dauerte, trat Jake Chambers unter einen unsichtbaren Schirm der Kraft, die Roland *Ka-tet* nannte.

Ein seltsam unbehagliches Gefühl überkam ihn. Zuerst dachte er, es wäre das Gefühl, beobachtet zu werden, aber dann wurde ihm klar, daß das nicht alles war ... oder nicht *genau* das. Ihm war, als wäre er schon einmal hier gewesen, als würde er einen Traum durchleben, den er größtenteils vergessen gehabt hatte. Er wartete darauf, daß das Gefühl vorübergehen würde, aber es blieb. Es wurde stärker, und dann gesellte sich eine zweite Empfindung dazu, die er widerwillig als Angst anerkannte.

Vorne, nahe der Ecke Fifth und Forty-third, stellte ein schwarzer Mann mit Panamahut einen Brezel- und Limonadewagen auf.

Er ist derjenige, der ruft: *›O mein Gott, er ist tot!‹* dachte Jake.

Eine dicke Frau mit einer Tasche von Bloomingdales in der Hand nähert sich der gegenüberliegenden Ecke.

Sie wird die Tasche fallen lassen. Die Tasche fallen lassen und die Hände vors Gesicht schlagen und schreien. Die Tasche wird aufplatzen. In der Tasche ist eine Puppe. Sie ist in ein rotes Handtuch eingewickelt. Das werde ich von der Straße aus sehen. Auf der Straße, wo ich liegen werde, während Blut meine Hose tränkt und eine Lache um mich herum bildet.

Hinter der dicken Frau kam ein großer Mann im grauen Anzug aus Kammgarn. Er trug eine Aktentasche.

Er ist derjenige, der sich auf die eigenen Schuhe übergibt. Er läßt die Aktentasche fallen und übergibt sich auf seine eigenen Schuhe. Was ist nur mit mir los?

Doch seine Füße trugen ihn wie betäubt weiter zur Kreuzung, wo Menschen als eiliger, konstanter Strom über die Straße gingen. Hinter ihm befand sich irgendwo ein mörderischer Priester, der immer näher kam. Das *wußte* er, ebenso wie er wußte, daß die Hände des Priesters in einem Augenblick zum Stoß ausgestreckt werden würden ... aber er konnte sich nicht umdrehen. Es war, als wäre er in einem Alptraum gefangen, wo die Ereignisse einfach unerbittlich ihren Lauf nehmen mußten.

Noch dreiundfünfzig Sekunden. Vor ihm klappte der Brezelverkäufer eine Klappe an der Seite seines Wagens hoch.

Er wird eine Flasche Yoo-Hoo herausholen, dachte Jake. *Keine Dose, sondern eine Flasche. Er wird sie schütteln und auf einmal leertrinken.*

Der Brezelverkäufer holte eine Flasche Yoo-Hoo hervor, schüttelte sie heftig und drehte den Verschluß auf.

Noch vierzig Sekunden.

Jetzt wird die Ampel umschalten.

Das grüne, gehende Männchen erlosch. Das rote, stehende Männchen leuchtete auf. Und irgendwo, keinen halben Block entfernt, rollte jetzt ein großer blauer Cadillac auf die Kreuzung Fifth und Forty-third zu. Jake *wußte* es, ebenso wie er wußte, daß der Fahrer ein dicker Mann war, dessen Hut fast dieselbe Farbe wie sein Auto hatte.

Ich werde sterben!

Er wollte es den Leuten, die achtlos an ihm vorbeigingen, laut zurufen, aber sein Mund war wie zugeklebt. Seine Füße trugen ihn gelassen weiter zur Kreuzung. Das rote Männchen verkündete leuchtend seine Warnung. Der Brezelverkäufer warf die leere Yoo-Hoo-Flasche in den Drahtabfalleimer an der Ecke. Die dicke Frau stand an der Ecke auf der anderen Straßenseite gegenüber von Jake und trug die Einkaufstasche an den Griffen. Der Mann im Kammgarn stand unmittelbar hinter ihr. Jetzt blieben noch achtzehn Sekunden.

Zeit, daß der Spielzeuglaster vorbeifährt, dachte Jake.

Vor ihm brauste ein Lastwagen mit dem Bild eines fröhlichen Jack-in-the-Box und den Worten TOOKER'S SPIELWARENGROSSHANDEL auf der Seite über die Kreuzung und wackelte in den Schlaglöchern auf und ab. Jake wußte, der Mann im schwarzen Gewand hinter ihm bewegte sich jetzt schneller, überbrückte die Entfernung, streckte die langen Arme aus. Und dennoch konnte er sich nicht umdrehen, ebensowenig wie man sich im Traum umdrehen kann, wenn einen etwas Grauenhaftes einholt.

Lauf! Und wenn du nicht laufen kannst, setz dich hin und klammere dich an dem Parken-verboten-Schild fest! Laß es nicht einfach so geschehen!

Aber es stand nicht in seiner Macht, es zu *verhindern.* Vor ihm am Rand des Bordsteins stand eine junge Frau im weißen Pullover und einem schwarzen Rock. Links neben ihr stand ein junger Chicano mit einem Ghettoblaster. Ein Song von Donna Summer war gerade zu Ende. Jake wußte, der nächste Song würde ›Dr. Love‹ von Kiss sein.

Sie werden beiseite gehen ...

Noch während er diesen Gedanken hatte, machte die Frau einen Schritt nach rechts. Der Chicano ging einen Schritt nach links, so daß eine Lücke zwischen ihnen entstand. Jakes verräterische Füße trugen ihn zu dieser Lücke. Noch neun Sekunden.

Ein Stück die Straße hinab funkelte grelles Maisonnenlicht auf der Kühlerfigur eines Cadillac. Jake wußte, es handelte sich um einen Sedan de Ville Baujahr 1976. Sechs Sekunden. Der Caddy beschleunigte. Das Licht war kurz davor, wieder umzuschalten, und der Mann, der den de Ville fuhr, der dicke Mann mit dem blauen Hut, in dessen Band keck eine Feder steckte, wollte noch über die Kreuzung rasen, ehe die Ampel endgültig umschalten konnte. Drei Sekunden. Der Mann in Schwarz hinter Jake beugte sich nach vorne. Im Ghettoblaster des jungen Mannes hörte ›Love to love you, Baby‹ auf und ›Dr. Love‹ begann.

Zwei.

Der Cadillac wechselte auf die Spur unmittelbar vor Jake und raste auf die Kreuzung zu, der Killerkühler fauchte.

Eine.

Jakes stockte der Atem im Hals.

Keine.

»Ah!« schrie Jake, als Hände ihn fest in den Rücken stießen, ihn schubsten, auf die Straße schubsten, aus seinem Leben schubsten ...

Aber da *waren* keine Hände.

Er kippte dennoch nach vorne, ruderte hilflos mit den Armen und bildete mit dem Mund ein dunkles O des Schreckens. Der Chicano mit dem Ghettoblaster streckte die Hand aus, packte Jakes Arm und zog ihn zurück. »Paß auf, kleiner Held«, sagte er. »Der Verkehr macht Hackfleisch aus dir.«

Der Cadillac schwebte vorüber. Jake sah ganz kurz den dicken Mann mit dem blauen Hut durch die Windschutzscheibe, dann war er vorbei.

Da geschah es; da wurde er mitten entzweigehauen und zu zwei Jungs. Einer lag sterbend auf der Straße. Der andere stand da an der Ecke und sah benommen und fassungslos zu, wie das rote Männchen sich wieder in ein grünes verwandelte und die Leute um ihn herum über die Straße gingen, als wäre nichts passiert ... und es war ja auch nichts passiert.

Ich lebe! jubilierte sein halber Verstand und jauchzte vor Erleichterung.

Tot! schrie die andere als Antwort. *Tot auf der Straße! Alle versammeln sich um mich, und der Mann in Schwarz, der mich gestoßen hat, sagt: »Ich bin Priester. Lassen Sie mich durch.«*

Wogen des Schwindelgefühls rasten durch ihn und verwandelten sein Denken in geblähte Fallschirmseide. Er sah die dicke Frau näher kommen und warf einen Blick in ihre Tasche. Er sah die hellblauen Augen einer Puppe über den Saum eines roten Handtuchs lugen, wie er es vorhergesehen hatte. Dann war sie fort. Der Brezelverkäufer schrie nicht *O mein Gott, er ist tot;* er bereitete sich weiter auf das Geschäft des Tages vor, während er die Melodie des Stücks von Donna Summer summte, das der Ghettoblaster des Chicano gespielt hatte.

Jake drehte sich um und suchte panisch nach dem Priester, der kein Priester war. Er war nicht da.

Jake stöhnte. *Komm zu dir! Was hast du denn nur?*

Er wußte es nicht. Er wußte nur, daß er in diesem Augenblick auf der Straße liegen und sterben müßte, während die dicke Frau schrie und der Typ im Kammgarnanzug sich übergab und der Mann in Schwarz sich durch die versammelte Menge drängte.

Und in einem Teil seines Verstandes schien genau das zu passieren.

Das Schwindelgefühl kam wieder. Plötzlich ließ Jake den Vesperkoffer auf den Boden fallen und schlug sich selbst so fest er konnte ins Gesicht. Eine Frau auf dem Weg zur Arbeit sah ihn seltsam an. Jake achtete nicht auf sie. Er ließ sein Vesper auf dem Gehweg liegen, stürzte sich auf die Kreuzung und achtete nicht auf das rote Männchen, das in diesem Augenblick wieder erschienen war. Das war jetzt einerlei. Der Tod war zu ihm gekommen ... und vorübergegangen, ohne ihn eines zweiten Blickes zu würdigen. Es hatte nicht so kommen sollen, und das wußte er auf der tiefsten, grundlegendsten Ebene seiner Existenz, aber es war so gekommen.

Vielleicht würde er jetzt ewig leben.

Bei dem Gedanken war ihm wieder rundum nach Schreien zumute.

6

Als er zur Schule kam, war sein Kopf einigermaßen klar, und sein Verstand hatte sich an die Aufgabe gemacht, ihn davon zu überzeugen, daß alles in Ordnung war, wirklich alles. Vielleicht war *tatsächlich* etwas Unheimliches geschehen, eine Art hellseherische Eingebung, ein kurzer Blick in eine mögliche Zukunft; na und? Kein Grund zur Aufregung, oder? Irgendwie war der Gedanke sogar geil – so etwas druckten sie andauernd in den komischen Supermarktzeitungen ab, die Greta Shaw so gerne las, wenn sie sicher war, daß Jakes Mutter nicht in die Nähe kam - Zeitungen wie den *National Enquirer* oder *Inside View*. Nur handelte es sich bei der hellseherischen Eingebung stets um eine Art taktischen nuklearen Erstschlag – eine Frau, die von einem Flugzeugabsturz geträumt und ihre Reservierung storniert hatte, oder einen Mann, der träumte, daß sein Bruder in einer Fabrik gefangengehalten wurde, wo sie chinesische Glückskekse herstellten, was sich dann als Wahrheit entpuppte.

Wenn die hellseherische Eingebung darin bestand, daß man wußte, als nächstes würde ein Stück von Kiss im Radio kommen, eine Frau hätte eine Puppe im roten Handtuch in ihrer Tasche von Bloomingdales und ein Brezelverkäufer würde eine Flasche Yoo-Hoo trinken, keine Dose, was konnte daran schon Aufregendes sein?

Vergiß es, sagte er sich. *Es ist vorbei.*

Eine tolle Idee, aber in der dritten Unterrichtsstunde wußte er, es war *nicht* vorbei; es fing gerade erst an. Er saß im Algebraunterricht für Anfänger und beobachtete Mr. Knopf, der einfache Gleichungen an der Tafel löste, und bemerkte mit zunehmendem Entsetzen, wie ein vollständiges Set neuer Erinnerungen in seinem Kopf an die Oberfläche kam. Es war, als würde man seltsame Gegenstände sehen, die langsam zur Oberfläche eines trüben Sees emporstiegen.

Ich befinde mich an einem Ort, den ich nicht kenne, dachte er. *Ich meine, ich* werde *ihn kennenlernen – oder ich* hätte *ihn kennengelernt, wenn mich der Cadillac überfahren hätte. Es ist das Rasthaus – aber der Teil von mir, der dort ist, weiß das noch nicht. Der Teil weiß nur, daß es irgendwo in der Wüste liegt und keine Menschen dort sind. Ich habe geweint, weil ich Angst habe. Und ich habe Angst, dies könnte die Hölle sein.*

Um drei Uhr, als er in Mid-Town Lanes eintraf, wußte er, er hatte die Pumpe im Stall gefunden und Wasser getrunken. Das Wasser war sehr kalt und schmeckte stark nach Mineralien. Bald würde er nach drinnen gehen und einen kleinen Vorrat Dörrfleisch in einem Zimmer finden, das einmal eine Küche gewesen war. Das wußte er so genau und unumstößlich, wie er wußte, daß der Brezelverkäufer eine Flasche Yoo-Hoo nehmen würde und daß die Puppe, die aus der Tasche von Bloomingdales lugte, blaue Augen hatte.

Es war, als könnte er sich in der Zeit vorwärts erinnern.

Er spielte an diesem Nachmittag nur zwei Runden Bowling – die erste mit 96, die zweite mit 87 Punkten. Als er am Tresen erschien, warf Timmy einen Blick auf seine Karte und sagte: »Scheint heute ein schwarzer Tag für dich zu sein, Kumpel.«

»Du hast ja keine Ahnung«, sagte Jake.

Timmy sah ihn eingehender an. »Alles klar? Du bist irgendwie blaß.«

»Ich glaube, ich hab' mir eine Grippe geholt.« Das schien irgendwie auch nicht gelogen zu sein. *Etwas* hatte er sich ganz sicher geholt.

»Geh heim und leg dich ins Bett«, riet Timmy. »Trink eine Menge klare Flüssigkeit – Gin, Wodka, so was.«

Jake lächelte pflichtschuldigst. »Vielleicht.«

Er ging langsam nach Hause. New York erstreckte sich rings um ihn herum, New York in seinem verführerischsten Zustand – eine spätnachmittägliche Straßenserenade mit einem Musiker an jeder Ecke, alle Bäume in Blüte und anscheinend alle in bester Laune. Das alles sah Jake, aber er sah auch *dahinter*: sah sich geduckt im Schatten einer Küche, während der Mann in Schwarz wie ein grinsender Hund aus dem Brunnen im Stall trank, sah sich vor Erleichterung schluchzen, als der Mann – oder das Ding – schließlich weiterzog, ohne ihn zu entdecken, sah sich in tiefen Schlaf fallen, als die Sonne unterging und die Sterne aufgingen und wie verlorene Eiskristalle am dunklen, purpurnen Wüstenhimmel funkelten.

Er betrat die Wohnung und ging in die Küche, um etwas zu essen zu holen. Er hatte keinen Hunger, aber es entsprach seiner Gewohnheit. Er war auf dem Weg zum Kühlschrank, als sein Blick auf die Vorratskammertür fiel und er stehenblieb. Plötzlich wurde ihm klar, das Rasthaus – und der ganze Rest dieser seltsamen anderen Welt, zu der er jetzt gehörte – lag hinter dieser Tür. Er mußte nur durchgehen und sich mit dem Jake vereinen, der bereits dort existierte. Die seltsame Verdopplung in seinem Verstand würde aufhören; die Stimmen, die endlos die Frage erörterten, ob er denn nun seit heute morgen 8 Uhr 25 tot war oder nicht, würden verstummen.

Jake stieß die Vorratskammertür mit beiden Händen auf.

Ein sonniges, erleichtertes Lächeln breitete sich bereits auf seinem Gesicht aus ... und gefror, als Mrs. Shaw, die im hinteren Teil der Vorratskammer auf einem Hocker stand, zu schreien anfing. Die Dose Tomatenmark, die sie in der Hand gehalten hatte, fiel auf den Boden. Sie schwankte auf dem Stuhl, und Jake sputete sich, sie zu stützen, ehe sie dem Tomatenmark Gesellschaft leisten konnte.

»Moses im Binsenkorb!« keuchte sie und fuchtelte mit der Hand aufgeregt vor ihrem Hauskleid herum. »Johnny, du hast mir einen Heidenschrecken eingejagt!«

»Tut mir leid«, sagte er. Das stimmte, aber er war auch zutiefst enttäuscht. Es war doch nur die Vorratskammer gewesen. Und dabei hätte er *schwören* können ...

»Was hast du überhaupt hier herumzuschleichen? Heute ist dein Bowlingtag. Ich habe frühestens in einer Stunde mit dir gerechnet! Ich habe deine Zwischenmahlzeit noch nicht gemacht, also rechne nicht damit!«

»Macht nichts. Ich habe sowieso keinen Hunger.« Er bückte sich und hob die Dose auf, die sie fallen gelassen hatte.

»Sollte man nicht meinen, so wie du hier reingestürzt bist«, grollte sie.

»Ich habe gedacht, ich hätte eine Maus oder so was gehört. Sieht aus, als wären das nur Sie gewesen.«

»Muß wohl.« Sie stieg vom Hocker herunter und nahm ihm die Dose ab. »Du siehst aus, als hättest du dir die Grippe geholt, Johnny.« Sie drückte ihm die Hand auf die Stirn. »Heiß bist du nicht, aber das muß nicht immer der Fall sein.«

»Ich glaube, ich bin nur müde«, sagte Jake und dachte: *Wenn es nur das wäre.* »Vielleicht trinke ich nur ein Soda und sehe eine Weile fern.«

Sie grunzte. »Möchtest du mir irgendwelche Aufgaben zeigen? Wenn ja, dann beeil dich. Ich bin heute spät dran mit dem Essen.«

»Heute nicht«, sagte er. Er ging aus der Vorratskammer, holte sein Soda und schlenderte weiter ins Wohnzimmer. Er schaltete *The Hollywood Squares* ein und verfolgte geistesabwesend, wie die Stimmen zankten und neue Erinnerungen an diese staubige andere Welt an die Oberfläche kamen.

7

Seine Mutter und sein Vater merkten nicht, daß etwas mit ihm los war – sein Vater kam sowieso erst um halb zehn nach Hause –, und das war Jake ganz recht. Er ging um zehn ins Bett, lag wach in der Dunkelheit und lauschte der Stadt vor dem Fenster: Bremsen, Hupen, heulende Sirenen.

Du bist gestorben

Bin ich gar nicht. Ich liege wohlbehalten hier in meinem Bett.

Das spielt keine Rolle. Du bist gestorben, und du weißt es.

Das Schlimme war, er wußte beides.

Ich weiß nicht, welche Stimme wahr ist, aber ich weiß, ich kann so nicht weiterleben. Also hört auf, alle beide. Hört auf zu streiten und laßt mich in Ruhe. Okay? Bitte?

Aber sie gaben keine Ruhe. *Konnten* es offenbar nicht. Und Jake dachte, daß er aufstehen sollte – jetzt gleich – und die Badezimmertür aufmachen.

Die andere Welt würde dort sein. Das Rasthaus würde dort sein, und der Rest von *ihm* würde auch dort sein – unter einer uralten Decke im Stall, wo es nach Hitze und Salbei und Angst in einer Handvoll Staub roch, eine Welt, die jetzt unter dem Schattenflügel der Nacht lag. *Ich kann es ihm sagen, aber das wird nicht nötig sein ... denn ich werde IN ihm sein ... ich werde ER sein!*

Er lief durch sein dunkles Zimmer und lachte fast vor Erleichterung und stieß die Tür auf. Und ...

Und es war das Bad. Nur sein Bad, wo das gerahmte Poster von Marvin Gaye an der Wand hing und die Jalousie ein Streifenmuster aus Licht und Schatten auf den Kachelboden warf.

Er stand eine ganze Weile da und versuchte, seine Enttäuschung zu schlucken. Sie wich nicht. Und sie war bitter.

Bitter.

8

Die drei Wochen zwischen damals und heute erstreckten sich in Jakes Erinnerung wie eine grimmige Einöde – ein alptraumhaftes wüstes Land, wo es keinen Frieden, keine Ruhe, kein Entkommen von der Qual gab. Er hatte alles beobachtet – wie ein hilfloser Gefangener, der auf eine Stadt hinabsah, die er einmal beherrscht hatte –, während sein Verstand unter dem zunehmenden Druck der Phantomstimmen und Erinnerungen ächzte. Er hatte gehofft, die Erinnerungen würden aufhören, als der Mann namens Roland ihn in den Abgrund unter den Bergen hatte stürzen lassen, aber sie hörten nicht auf. Statt dessen wurden sie einfach zurückgespult und fingen wieder von vorne an wie ein Tonband, das auf *Repeat* eingestellt ist und immer wieder von vorne anfängt, bis es entweder kaputtgeht oder jemand daherkommt und es abschaltet.

Seine Wahrnehmung des mehr oder weniger wirklichen Lebens als Junge in New York City wurde immer löchriger, während das schreckliche Schisma sich immer weiter vertiefte. Er konnte sich erinnern, wie er zur Schule ging, am Wochenende ins Kino, vor einer Woche zu einem Sonntagsbrunch mit seinen Eltern (oder waren es zwei?), aber er erinnerte sich so daran, wie ein Mann, der an Malaria erkrankt ist, sich an die tiefste, dunkelste Phase seiner Krankheit erinnern mag: Menschen wurden zu Schatten, Stimmen schienen zu hallen und einander zu überlagern, und selbst so einfache Handlungen wie ein Sandwich zu essen oder eine Cola aus dem Automaten in der Sporthalle zu holen wurden zu einer Anstrengung. Jake schritt in einer Fuge doppelter Erinnerungen und brüllender Stimmen durch diese Tage. Er wurde zunehmend von Türen besessen – allen möglichen Türen; die Hoffnung, die Welt des Revolvermannes könnte hinter einer davon liegen, wich nie ganz von ihm. Was auch keineswegs so seltsam war, denn es war die einzige Hoffnung, die er noch besaß.

Aber heute war das Spiel vorbei. Eigentlich hatte er sowieso nie eine richtige Gewinnchance gehabt. Er hatte aufgegeben. Er war ausgerissen. Jake ging durch das Gitter der Straßen blindlings Richtung Osten, hielt den Kopf gesenkt und hatte keine Ahnung, wohin er ging und was er tun würde, sollte er dort ankommen.

9

Gegen neun Uhr erwachte er aus seiner unglücklichen Benommenheit und nahm ein wenig Notiz von seiner Umgebung. Er stand an der Ecke Lexington Avenue und Fifty-fourth Street und konnte sich überhaupt nicht erinnern, wie er dorthin gelangt war. Er bemerkte zum erstenmal, daß es ein atemberaubend schöner Tag war. Der 7. Mai, der Tag, an dem sein Wahnsinn angefangen hatte, war schön gewesen, aber heute war es zehnmal schöner – ein Tag, an dem der Frühling dem Sommer begegnet: kräftig und stattlich, mit einem schiefen Grinsen im braungebrannten Gesicht. Die Sonne spiegelte sich grell in den Scheiben der Innenstadthäuser; der Schatten eines jeden Fußgängers war schwarz und scharf umrissen. Der Himmel oben hatte eine makellos blaue Färbung, die nur hier und da mit weißen Schönwetterwölkchen meliert war.

Ein Stück entfernt standen zwei Geschäftsleute in teuren, maßgeschneiderten Anzügen an einem Bretterzaun, der um eine Baustelle herum errichtet worden war. Sie lachten und reichten etwas hin und her. Jake ging neugierig in ihre Richtung und sah, als er näher kam, daß die beiden Geschäftsleute Tic-Tac-Toe an dem Zaun spielten, wobei sie einen teuren Kugelschreiber von Mark Cross benützten, um das Gitter zu ziehen und die X und O zu markieren. Das fand Jake den absoluten Heuler. Als er bei ihnen war, machte einer ein O in der rechten oberen Ecke des Gitters und zog dann eine diagonale Linie durch die Mitte.

»Schon wieder ausgetrickst!« sagte sein Freund. Dann nahm dieser Mann, der wie ein hochkarätiger leitender Angestellter oder Anwalt von Börsenmaklern aussah, den Mark-Cross-Stift an sich und zeichnete ein neues Gitter.

Der erste Geschäftsmann, der Sieger, sah nach links und erblickte Jake. Er lächelte. »Toller Tag, Junge, was?«

»Kann man wohl sagen!« sagte Jake und stellte zu seinem Entzücken fest, daß ihm jedes Wort ernst war.

»Zu schön für die Schule, hm?«

Diesmal lachte Jake wirklich. Die Piper School, wo man eine Freizeit hatte statt einer Mittagspause und wo man ab und zu austreten mußte, und nicht etwa scheißen, schien plötzlich weit, weit entfernt und unwichtig. »So ist es.«

»Möchtest du ein Spiel machen? Billy hier konnte mich in der fünften Klasse schon nicht schlagen und kann es bis heute nicht.«

»Laß den Jungen in Ruhe«, sagte der zweite Geschäftsmann und hielt den Mark-Cross-Schreiber von sich. »Diesmal bist du verloren.« Er blinzelte Jake zu, und Jake war über sich selbst erstaunt, als er zurückblinzelte. Er ging weiter und überließ die beiden Männer ihrem Spiel. Das Gefühl, daß etwas unvorstellbar Wunderbares passieren würde – vielleicht sogar schon angefangen hatte –, wurde immer stärker, und er hatte den Eindruck, als würden seine Füße schon gar nicht mehr den Boden berühren.

Das grüne Männchen an der Ecke leuchtete auf, und er überquerte die Lexington Avenue. Mitten auf der Straße blieb er so unvermittelt stehen, daß ein Botenjunge auf einem Zehngangrad ihn beinahe überfuhr. Es war ein herrlicher Frühlingstag – zugegeben. Aber deswegen ging es ihm nicht so gut, deshalb nahm er nicht plötzlich von allem Kenntnis, was um ihn herum vor sich ging, darum war er nicht so felsenfest überzeugt, daß etwas Gewaltiges passieren würde.

Die Stimmen waren verstummt.

Sie waren nicht endgültig verschwunden – das wußte er irgendwie –, aber vorläufig waren sie *verstummt*. Warum?

Jake mußte plötzlich an zwei Männer denken, die in einem Zimmer streiten. Sie sitzen einander an einem Tisch gegenüber und beschimpfen sich mit wachsender Verbitterung. Nach einer Weile beugen sie sich vor, bringen die Gesichter in gefährliche Nähe und besabbern sich wütend mit einer feinen Gischt aus Speichel. Kurz darauf folgen Schläge. Aber bevor es soweit ist, hören sie ein konstantes Pochen – das Schlagen einer Baßtrommel – und dann das fröhliche Schmettern von Blasinstrumenten. Die beiden Männer hören auf zu streiten und sehen einander verwundert an.

Was ist das? fragt einer.

Keine Ahnung, antwortet der andere. *Klingt wie eine Parade.*

Sie laufen zum Fenster, und es *ist* eine Parade – eine uniformierte Kapelle marschiert im Gleichschritt, die Sonne funkelt auf ihren Posaunen, hübsche Tänzerinnen schwingen den Taktstock und lassen die Beine fliegen, und in blumengeschmückten Limousinen sitzen winkende Berühmtheiten.

Die beiden Männer sehen zum Fenster hinaus und haben ihren Zwist vergessen. Sie werden zweifellos darauf zurückkommen, aber momentan stehen sie wie dicke Freunde nebeneinander, Schulter an Schulter, und sehen zu, wie die Parade vorübermarschiert . . .

10

Eine Hupe ertönte und riß Jake aus seinem Nachdenken, das so deutlich wie ein lebhafter Traum war. Er stellte fest, daß er immer noch mitten auf der Lexington stand und die Ampel umgeschaltet hatte. Er sah sich panisch um und rechnete damit, daß ein blauer Cadillac auf ihn zugerast kommen würde, aber der Mann, der gehupt hatte, saß am Steuer eines gelben Mustang Kabrios und grinste ihn an. Es war, als hätte heute jeder in New York eine Dosis Lachgas abbekommen.

Jake winkte dem Mann zu und sprintete zur anderen Straßenseite. Der Typ im Mustang ließ einen Finger über dem Ohr kreisen und deutete damit an, daß Jake verrückt war, dann winkte er zurück und fuhr weiter.

Einen Augenblick blieb Jake einfach an der gegenüberliegenden Ecke stehen, hielt das Gesicht dem Sonnenschein entgegen, lächelte und genoß den Tag. Er vermutete, Gefangene in der Todeszelle mußten sich so fühlen, wenn sie erfahren, daß man ihnen einen vorübergehenden Aufschub gewährt hat.

Die Stimmen waren still.

Die Frage blieb: Was für eine Parade hatte vorübergehend ihre Aufmerksamkeit erweckt? Lag es nur an der ungewöhnlichen Schönheit dieses Frühlingsmorgens?

Jake fand ganz und gar nicht, daß es so war. Er glaubte es nicht, weil das Gefühl des *Wissens* wieder über ihn kam und ihn durchdrang, dasselbe, das vor drei Wochen von ihm Besitz ergriffen hatte, als er sich der Ecke Fifth und Forty-sixth genähert hatte. Aber am 7. Mai hatte es sich um ein Gefühl bevorstehenden Untergangs gehandelt. Heute war es ein strahlendes Gefühl, ein Gefühl des Guten, der Vorfreude. Es war, als . . . als . . .

Weiß. Das Wort fiel ihm ein, und es ertönte mit dem klaren und unzweifelhaften Gefühl in seinem Denken, daß es richtig war.

»Es ist Weiß!« rief er laut aus. »Das Weiß kommt!«

Er ging die Fifty-fourth Street entlang, und als er zur Ecke Second und Fifty-fourth kam, trat er wieder unter den Schirm von *Ka-tet.*

11

Er bog nach rechts ab, dann blieb er stehen, drehte sich um und ging zur Ecke zurück. Jetzt mußte er die Second Avenue entlanggehen, ja, das war zweifellos korrekt, aber es handelte sich um die falsche Seite. Als die Ampel wieder umschaltete, lief er über die Straße und wandte sich wieder nach rechts. Das Gefühl, der Eindruck von

(Weiß)

etwas Gutem und Richtigem wurde immer stärker. Er war halb wahnsinnig vor Freude und Erleichterung. Alles würde gut werden. Diesmal würde es keinen Fehler geben.

Er war sicher, daß er bald anfangen würde, Leute zu sehen, die er kannte, so wie er die dicke Frau und den Brezelverkäufer gekannt hatte, und sie würden ein Verhalten an den Tag legen, das er im voraus kannte.

Statt dessen kam er zu einer Buchhandlung.

12

DAS MANHATTAN-RESTAURANT FÜR GEISTIGE NAHRUNG, verkündete ein gelb bemaltes Schild im Schaufenster. Jake ging zur Tür. Dort hing eine Kreidetafel; sie sah aus wie die, die man manchmal an den Wänden von Imbißhallen und Kantinen sah.

TAGESKARTE

Aus Florida! Frisch abgekochter John D. MacDonald
Gebundene Ausgaben: 3 für $ 2,50
Taschenbücher: 9 für $ 5,00

Aus Mississippi! Fritierter William Faulkner
Gebundene Ausgaben: Ladenpreis
Taschenbücher der Vintage Library: je 75 c

Aus Kalifornien! Hartgesottener Raymond Chandler
Gebundene Ausgaben: Ladenpreis
Taschenbücher: 7 für $ 5,00

GENIESS MIT BISS UND LIES!

Jake ging hinein und vermerkte am Rande, daß er zum erstenmal seit drei Wochen eine Tür ohne die irre Hoffnung aufmachte, eine andere Welt auf der anderen Seite zu finden. Über ihm läutete eine Glocke. Der milde, würzige Geruch alter Bücher drang ihm in die Nase, und dieser Geruch war wie eine Heimkehr.

Das Thema Restaurant wurde auch im Inneren fortgesetzt. Zwar standen Bücherregale an den Wänden, aber eine springbrunnenähnliche Ladentheke teilte den Raum. Auf Jakes Seite der Theke standen einige kleine Tische und Malt-Shoppe-Stühle mit Metallehnen. Jeder Tisch war so dekoriert, daß er die Auswahl der Tageskarte präsentierte: Travis-McGee-Romane von John D. MacDonald, Philip-Marlow-

Romane von Raymond Chandler, Snopes-Romane von William Faulkner. Auf einem kleinen Täfelchen auf dem Faulkner-Tisch stand: *Seltene Erstausgaben am Lager – bitte fragen.* Auf einem Schild an der Theke stand nur: GENIESST! Einige Kunden leisteten dem Folge, tranken Kaffee und lasen. Jake fand, daß das ohne Zweifel die beste Buchhandlung war, die er je gesehen hatte.

Doch weshalb war er hier? War es Glück, oder gehörte es zu dem sanften, beharrlichen Gefühl, daß er einer Spur folgte – einer Art Leitstrahl –, die gelegt worden war, *damit* er sie fand?

Er sah zur Auslage auf einem kleinen Tisch links von sich und wußte die Antwort.

13

Es handelte sich um eine Auslage von Kinderbüchern. Auf dem Tisch gab es nicht viel Platz, daher waren es nur ein rundes Dutzend – *Alice im Wunderland, Der kleine Hobbit, Tom Sawyer* und so weiter. Ein Bilderbuch, das offensichtlich für kleine Kinder gedacht war, hatte Jakes Aufmerksamkeit gefesselt. Auf dem hellgrünen Umschlag war eine vermenschlichte Lokomotive zu sehen, die einen Hügel hinaufschnaufte. Ihr Schienenräumer (in Hellrosa) war zu einem fröhlichen Grinsen geformt, der Scheinwerfer war ein leuchtendes Auge, das Jake Chambers aufzufordern schien, einzusteigen und alles zu lesen. *Charlie Tschuff-Tschuff* verkündete der Titel, geschrieben und gezeichnet von Beryl Evans. Jake erinnerte sich schlagartig an seinen Abschlußaufsatz und das Bild einer amphibischen Zugmaschine auf dem Titelblatt sowie die Worte *Tschuff-tschuff,* die er so oft in dem Aufsatz geschrieben hatte.

Er nahm das Buch und hielt es fest, als könnte es davonfliegen, wenn er lockerließe. Und als er den Einband betrachtete, mußte Jake feststellen, daß er dem lächelnden Gesicht von Charlie Tschuff-Tschuff nicht traute. *Du siehst glücklich aus, aber ich glaube, das ist nur eine Maske,* dachte Jake. *Ich glaube nicht, daß du glücklich bist. Und ich glaube auch nicht, daß Charlie dein richtiger Name ist.*

Das waren ganz zweifellos verrückte Gedanken, aber sie kamen ihm nicht verrückt *vor.* Vielmehr ganz normal. *Aufrichtig.*

Neben der Stelle, wo *Charlie Tschuff-Tschuff* gelegen hatte, lag ein zerfleddertes Taschenbuch. Der Umschlag war ziemlich zerrissen und mit altem vergilbtem Klebeband repariert worden. Das Umschlagbild zeigte einen Jungen und ein Mädchen mit verwirrten Gesichtern und einem Wald von Fragezeichen über den Köpfen. Der Titel dieses Buches lautete *Ringelrätselreihen. Denksportaufgaben und Logeleien für jedermann!* Ein Verfasser war nicht genannt.

Jake klemmte sich *Charlie Tschuff-Tschuff* unter den Arm und nahm das Rätselbuch. Er schlug es wahllos auf und sah folgendes:

Wann ist eine Tür keine Tür?

»Wenn sie ein Glas ist«, murmelte Jake. Er konnte spüren, wie ihm der Schweiß auf der Stirn ausbrach ... den Armen ... am ganzen Körper. »Wenn sie ein *Glas* ist!«

»Was gefunden, Junge?« erkundigte sich eine sanfte Stimme.

Jake drehte sich um und sah einen dicken Mann im Hemd mit offenem Kragen am Ende der Theke stehen. Die Hände hatte er in die Taschen seiner alten Gabardinehosen gesteckt, die Lesebrille auf die glänzende Kuppel seiner Glatze geschoben.

»Ja«, sagte Jake fiebrig. »Diese beiden. Sind sie für den Verkauf bestimmt?«

»Alles, was du hier siehst, ist zu verkaufen«, sagte der dicke Mann. »Das Haus selbst wäre zu verkaufen, wenn es mir gehören würde. Leider habe ich es nur gemietet.« Er streckte die Hände nach den Büchern aus, und Jake zögerte einen Moment. Dann gab er sie ihm widerstrebend. Ein Teil von ihm rechnete damit, daß der dicke Mann damit fliehen würde, und falls er das vorhatte – falls er auch nur die leiseste Andeutung erkennen ließ, daß er es versuchen würde –, hatte Jake vor, ihn anzuspringen, ihm die Bücher aus den Händen zu reißen und abzuhauen. Er *brauchte* diese Bücher.

»Okay, mal sehen, was du hast«, sagte der dicke Mann. »Übrigens, ich bin Tower. Calvin Tower.« Er streckte die Hand aus.

Jake riß die Augen auf und wich unwillkürlich einen Schritt zurück. *»Was?«*

Der dicke Mann sah ihn nicht uninteressiert an. »Calvin Tower. Welches Wort bedeutet in deiner Sprache ein Schimpfwort, Fremder?«

»Hm?«

»Ich wollte nur sagen, du siehst aus, als wäre dir eine Laus über die Leber gelaufen, Junge.«

»Oh. Tut mir leid.« Er nahm die große, weiche Hand von Mr. Tower und hoffte, der Mann würde nicht näher darauf eingehen. Der Name *hatte* ihn aufgerüttelt, aber er wußte selbst nicht weshalb. »Ich bin Jake Chambers.«

Calvin Tower schüttelte ihm die Hand. »Klingt gut, Kumpel. Wie ein vogelfreier Held in einem Westernroman – der Typ, der nach Black Fork, Arizona, reitet, in der Stadt für Ordnung sorgt und weiterzieht. Wie in einem Roman von Wayne D. Overholser. Aber du siehst nicht vogelfrei aus, Jake. Du siehst aus, als hättest du dir gedacht, der Tag ist einfach zu schön, ihn in der Schule zu verbringen.«

»Oh ... nein. Bei uns war letzten Freitag Ferienbeginn.«

Tower grinste. »Hm-hmm. Jede Wette. Und du mußt diese beiden Bücher haben, ja? Schon komisch, was die Leute alles haben müssen.

Nun, so, wie du reingestürmt bist, hätte ich dich eher für den Robert-Howard-Typ gehalten, der versucht, günstig an eine dieser hübschen Ausgaben von Donald M. Grant ranzukommen – die mit den Illustrationen von Roy Krenkel. Triefende Schwerter, mächtige Muskeln und Conan, der Barbar, der sich seinen Weg durch die stygischen Horden hackt.«

»Hört sich nicht schlecht an. Die hier sind für ... äh, für meinen kleinen Bruder. Er hat nächste Woche Geburtstag.«

Calvin Tower schob mit dem Daumen die Brille auf die Nase und sah Jake eingehender an. »Wirklich? Ich finde, du siehst wie ein Einzelkind aus. Ein Einzelkind, wenn ich je eines gesehen habe, das sich einen Tag ungenehmigten Urlaub gönnt, während Mistress Mai in ihrem grünen Kleid vor dem bewaldeten Tal des Juni erbebt.«

»Wie bitte?«

»Vergiß es. Der Frühling versetzt mich immer in eine William-Cowper-Stimmung. Die Menschen sind verdreht, aber interessiert, Tex – hab' ich recht?«

»Kann sein«, sagte Jake zurückhaltend. Er konnte sich nicht entscheiden, ob er diesen Mann mochte oder nicht.

Einer der Leser an der Theke drehte sich auf dem Hocker herum. Er hielt eine Tasse Kaffee in der einen und eine zerlesene Ausgabe von *Die Pest* in der anderen Hand. »Hör auf, den Jungen auf den Arm zu nehmen, und verkauf ihm die Bücher, Cal«, sagte er. »Wir haben noch Zeit, dieses Schachspiel vor dem Jüngsten Tag zu beenden, wenn du dich beeilst.«

»Eile ist die Antithese zu meiner Natur«, sagte Cal, aber er schlug *Charlie Tschuff-Tschuff* auf und las den Preis, der auf das fliegende Vorsatzpapier geschrieben war. »Ein häufiges Buch, aber dieses Exemplar befindet sich in einem ungewöhnlich guten Zustand. Normalerweise zerfetzen Kinder die Bücher, die sie gern mögen. Ich müßte zwölf Dollar dafür nehmen ...«

»Gottverdammter Dieb«, sagte der Mann, der *Die Pest* las, und der andere Kunde lachte. Calvin Tower achtete nicht darauf.

»... aber an einem so schönen Tag bringe ich es nicht fertig, dir soviel abzuknöpfen. Sieben Scheinchen, und es gehört dir. Natürlich plus Steuer. Das Rätselbuch kannst du umsonst haben. Betrachte es als mein Geschenk für einen Jungen, der schlau genug ist, am letzten echten Frühlingstag zu satteln und in die Region hinauszureiten.«

Jake holte die Brieftasche heraus und sah ängstlich hinein, weil er befürchtete, er könnte das Haus mit nur drei oder vier Dollar verlassen haben. Aber er hatte Glück. Er besaß einen Fünfer und drei Einser. Das Geld reichte er Tower, der die Scheine achtlos in eine Tasche steckte und aus der anderen Kleingeld abzählte.

»Lauf nicht gleich wieder weg, Jake. Wo du schon mal hier bist, komm zur Theke und trink eine Tasse Kaffee. Dir werden vor Staunen die Augen übergehen, wenn du Zeuge wirst, wie ich Aaron Deepneaus lahmarschige Kiever Verteidigung in Stücke reiße.«

»Was du nicht sagst«, entgegnete der Mann, der *Die Pest* las – wahrscheinlich Aaron Deepneau.

»Das würde ich gern, aber ich kann nicht. Ich ... muß anderswohin.«

»Okay. Solange es nicht wieder in die Schule ist.«

Jake grinste. »Nein – nicht die Schule. Dort wartet der Wahnsinn.«

Tower lachte lauthals und schob die Brille wieder auf die Glatze. »Nicht schlecht! Überhaupt nicht schlecht! Vielleicht ist die jüngere Generation doch nicht ganz im Arsch, Aaron – was meinst du?«

»Oh, die ist schon durch und durch im Arsch«, sagte Aaron. »Der Junge hier ist nur die Ausnahme, die die Regel bestätigt. Vielleicht.«

»Kümmere dich nicht um diesen zynischen alten Furz«, sagte Calvin Tower. »Zieh weiter, o Fremder. Ich wünschte, *ich* wäre noch einmal zehn oder elf und hätte so einen wunderschönen Tag vor mir.«

»Danke für die Bücher«, sagte Jake.

»Kein Ursache. Dafür sind wir ja hier. Schau mal wieder rein.«

»Gerne.«

»Nun, du weißt ja, wo wir sind.«

Ja, dachte Jake. *Wenn ich jetzt nur noch wüßte, wo* ich bin.

14

Er blieb vor der Buchhandlung stehen und schlug das Rätselbuch wieder auf, diesmal auf Seite eins, wo eine kurze Einleitung ohne Verfasserangabe abgedruckt war.

»Rätsel gehören wahrscheinlich zu den ältesten Spielen, die die Menschen auch heute noch spielen«, begann sie. »Die Götter und Göttinnen der griechischen Mythologie narrten einander mit Rätseln, und im alten Rom nutzte man sie als Hilfsmittel zum Lernen. In der Bibel finden sich zahlreiche gute Rätsel. Eines der berühmtesten stellte Simson an dem Tag, als er Delilah heiratete:

> ›*Speise ging von dem Fresser,*
> *Und Süßigkeit von dem Starken*!‹

Dieses Rätsel gab er mehreren jungen Männern auf, die seiner Hochzeit beiwohnten, und war sich gewiß, daß sie die Lösung nicht finden würden. Die jungen Männer indessen nahmen Delilah beiseite, und diese flüsterte ihnen die Antwort zu. Simson war wütend und verurteilte die jungen Männer für ihr Mogeln zum Tode. Ihr seht also, in alten Zeiten wurden Rätsel viel ernster genommen als heute!

Übrigens findet sich die Lösung von Simsons Rätsel – wie aller anderen Rätsel in diesem Buch – in dem Abschnitt ganz am Schluß. Wir möchten euch nur bitten, jedem Rätsel eine faire Chance zu geben, bevor ihr nachseht!«

Jake schlug den letzten Teil des Buchs auf und wußte irgendwie schon vorher, was er finden würde. Nach der Seite mit der Aufschrift LÖSUNGEN kam nichts mehr, abgesehen von ein paar Fetzen und dem hinteren Umschlag. Dieser Teil war herausgerissen worden.

Er blieb einen Moment nachdenklich stehen. Dann folgte er einer Eingebung, die eigentlich gar keine Eingebung zu sein schien, und ging wieder hinein. Ins Manhattan-Restaurant für geistige Nahrung.

Calvin Tower sah vom Schachbrett auf. »Hast du es dir wegen der Tasse Kaffee überlegt, o Fremder?«

»Nein. Ich wollte Sie fragen, ob Sie die Lösung eines Rätsels kennen.«

»Schieß los«, forderte Tower ihn auf und verschob einen Bauern.

»Simson hat es gestellt. Der starke Mann in der Bibel? Es lautet folgendermaßen . . .«

»›Speise ging von dem Fresser‹«, sagte Aaron Deepneau, der sich umdrehte und Jake ansah, »›und Süßigkeit von dem Starken.‹ Ist es das?«

»Ja, das ist es«, sagte Jake. »Woher wissen Sie . . .«

»Oh, ich bin schon ein- oder zweimal um den Block gekommen. Hör dir das an.« Er warf den Kopf zurück und sang mit voller, melodischer Stimme:

»›*Samson and a lion got in attack,*
And Samson climbed up on the lion's back.
Well, you've read about lions killin' men with their paws,
But Samson put his hands round the lion's jaws!
He rode that lion 'til the beast fell dead,
And the bees made honey in the lion's head.‹«*

Aaron blinzelte, dann lachte er über Jakes verblüfften Gesichtsausdruck. »Ist das die Antwort auf deine Frage, mein Freund?«

Jakes Augen wurden groß. »Mann! Toller Song! Wo haben Sie den gehört?«

* Samson und ein Löwe begannen einen Kampf,
Und Samson kletterte auf den Rücken des Löwen.
Nun, man hat schon von Löwen gelesen,
die Menschen mit den Tatzen getötet haben,
Aber Samson schlang die Hände um das Maul des Löwen,
Er ritt auf dem Löwen, bis die Bestie tot umfiel,
Und die Bienen machten Honig im Kopf des Löwen.

»Oh, Aaron kennt sie alle«, sagte Tower. »Er ist schon auf der Bleeker Street rumgehangen, bevor Bob Dylan mehr als einen offenen G-Akkord auf seiner Hohner tuten konnte. Jedenfalls wenn man *ihm* glaubt.«

»Das ist ein altes Spiritual«, sagte Aaron zu Jake, und dann zu Tower: »Du stehst übrigens im Schach, Dicker.«

»Aber nicht lange«, sagte Tower. Er verschob seinen Läufer. Aaron schlug ihn augenblicklich. Tower murmelte etwas. Jake fand, daß es sich verdächtig nach *Pißkopf* anhörte.

»Die Antwort ist also ein Löwe«, sagte Jake.

Aaron schüttelte den Kopf. »Nur die *halbe* Antwort. Samsons Rätsel besteht aus zwei Teilen, mein Freund. Die andere Hälfte der Antwort ist Honig. Kapiert?«

»Ja, ich glaube schon.«

»Okay, dann versuch es mit dem.« Aaron machte einen Moment die Augen zu und rezitierte:

»Was bewegt sich und kommt nicht fort,
Hat einen Mund und spricht kein Wort,
Hat ein Bett und kann doch nicht schlafen,
Und birgt für manchen einen sicheren Hafen?«

»Klugscheißer«, knurrte Tower Aaron an.

Jake dachte darüber nach, dann schüttelte er den Kopf. Er hätte sich länger den Kopf zerbrechen können – er fand diese Rätsel interessant und faszinierend zugleich –, aber er hatte das dringende Gefühl, daß er von hier fort mußte, weil er heute vormittag noch andere Dinge auf der Second Avenue zu erledigen hatte.

»Ich gebe auf.«

»Auf keinen Fall«, sagte Aaron. »Das macht man bei *modernen* Rätseln. Aber ein *richtiges* Rätsel ist kein Witz, Junge – es ist eine Aufgabe. Denk darüber nach. Wenn du nicht dahinterkommst, kannst du es ja als Grund benützen, ein andermal wieder herzukommen. Und falls du noch einen Grund brauchst, der Dicke hier macht *wirklich* einen guten Kaffee.«

»Okay«, sagte Jake. »Danke. Mach ich.«

Aber als er ging, überkam ihn eine Gewißheit: Er würde das Manhattan-Restaurant für geistige Nahrung nie wieder betreten.

15

Jake ging langsam die Second Avenue entlang und hielt seine Neuerwerbungen in der linken Hand. Zuerst versuchte er, über das Rätsel nachzudenken – was *hatte* denn ein Bett und konnte doch nicht schlafen? –, aber diese Frage wurde nach und nach von einem zunehmenden Gefühl der Vorahnung verdrängt. Seine Sinne schienen geschärfter als jemals zuvor in seinem Leben; er sah Milliarden tanzende Fünkchen auf dem Gehweg, roch mit jedem Atemzug tausend vermischte Gerüche und schien auch andere Geräusche, heimliche Geräusche, hinter allem wahrzunehmen, was ihm zu Gehör kam. Er fragte sich, ob sich Hunde vor Gewittern oder Erdbeben so fühlten, und war fast sicher, daß es so sein mußte. Aber der Eindruck, daß das bevorstehende Ereignis nicht schlecht war, sondern gut, daß es das schreckliche Erlebnis ausgleichen würde, das ihm vor drei Wochen widerfahren war, nahm weiter zu.

Und als er sich jetzt der Stelle näherte, wo der Kurs korrigiert werden würde, überkam ihn wieder das Wissen im voraus.

Ein Penner wird mich nach einer milden Gabe fragen, und ich gebe ihm das Wechselgeld, das mir Mr. Tower gegeben hat. Und dann kommt ein Plattenladen. Die Tür steht offen, damit frische Luft hinein kann, und wenn ich vorbeigehe, höre ich ein Stück der Stones. Und ich werde mein Ebenbild in vielen Spiegeln sehen.

Der Verkehr auf der Second Avenue war spärlich. Taxis hupten und sprangen von Spur zu Spur, während der Frühlingssonnenschein auf ihren Windschutzscheiben und dem hellgelben Lack funkelte. Während er darauf wartete, daß die Ampel umschaltete, sah Jake den Bettler an der gegenüberliegenden Ecke von Second und Fifty-second. Dieser saß an der Backsteinmauer eines kleinen Restaurants, und als Jake näher kam, konnte er den Namen des Restaurants lesen: Mamas Mampf-Mampf – *Chew Chew Mama's.*

Tschuff-tschuff, dachte Jake. *Und das ist die Wahrheit.*

»Hast 'n paar Cent?« fragte der Penner müde, und Jake warf ihm das Kleingeld aus der Buchhandlung in den Schoß, ohne sich auch nur umzudrehen. Jetzt konnte er pünktlich die Rolling Stones hören:

»I see a red door and I want to paint it black,
No colours anymore, I want them to turn black . . .«

Als er vorüberging, sah er – gleichfalls ohne Überraschung –, daß der Name des Schallplattenladen Tower of Power lautete.

Es schien, als wären Türme heute im Sonderangebot.

Jake ging weiter, und die Straßenschilder schwebten wie in der Benommenheit eines Traums an ihm vorbei. Zwischen Forty-ninth und

Forty-eighth kam er an einem Geschäft mit Namen *Reflections of You* – Dein Spiegelbild – vorbei. Er drehte den Kopf und erblickte ein Dutzend Jakes in den Spiegeln, wie er es vorhergesehen hatte – ein Dutzend Jungs, die klein für ihr Alter waren, ein Dutzend Jungs in adretten Schuluniformen: blauer Blazer, weißes Hemd, dunkelrote Krawatte, graue Bundfaltenhose; die Piper School besaß keine offizielle Uniform.

Piper schien jetzt lange her und weit entfernt zu sein.

Plötzlich wurde Jake klar, wohin er unterwegs war. Dieses Wissen stieg in seinem Verstand empor wie Wasser aus einer unterirdischen Quelle. *Es ist ein Delikatessengeschäft,* dachte er. *Jedenfalls sieht es so aus. In Wirklichkeit ist es etwas anderes – eine Tür zu einer anderen Welt.* Der *Welt.* Seiner *Welt. Der* richtigen *Welt.*

Er fing an zu laufen und sah erwartungsvoll geradeaus. Die Ampel an der Forty-seventh war gegen ihn, aber er schenkte ihr einfach keine Beachtung, sprang vom Bordstein und sauste mit nur einem oberflächlichen Blick nach links über die weißen Streifen des Fußgängerüberwegs. Ein Klempnerlastwagen hielt mit quietschenden Reifen, als Jake vor das Auto lief.

»He! Wassollndas? Wassollndas?« schrie der Fahrer, aber Jake achtete nicht auf ihn.

Nur noch ein Block.

Jetzt fing er regelrecht an zu sprinten. Die Krawatte flatterte über seiner linken Schulter; das Haar wehte ihm aus der Stirn, seine Schulschuhe hämmerten auf den Gehweg. Er achtete nicht auf die Blicke der Passanten – manche amüsiert, manche nur neugierig –, ebenso wie er den erbosten Schrei des Lastwagenfahrers mißachtet hatte.

Da vorne – da vorne an der Ecke. Neben dem Schreibwarenladen.

Da kam ein Bote von UPS in brauner Uniform, der einen Sackkarren voll Päckchen schob. Jake wich ihm mit ausgestreckten Armen wie ein Hürdenläufer aus. Ein Zipfel seines Hemds rutschte aus dem Hosenbund und flatterte unter dem Blazer. Er setzte wieder auf und stieß beinahe mit einem Kinderwagen zusammen, den eine junge Puertoricanerin schob. Jake schlug einen Haken um den Wagen wie ein ›Halfback‹, der ein Loch in der Abwehr entdeckt hat und in die Geschichte eingehen will. »Wo brennt's denn, Hübscher?« fragte die junge Frau, aber Jake achtete auch nicht auf sie. Er rannte am Paper Patch mit dem Schaufenster voller Stifte, Notizbücher und Taschenrechner vorbei.

Die Tür! dachte er ekstatisch. *Ich werde sie sehen! Und werde ich zögern? Auf keinen Fall! Ich werde durchpreschen, und wenn sie verschlossen ist, walze ich sie einfach nieder ...*

Dann sah er, was sich an der Ecke Second und Forty-sixth befand und blieb doch stehen – er kam sozusagen auf den Absätzen seiner

Schuhe schlitternd zum Stillstand. Er stand mitten auf dem Gehweg, hatte die Fäuste geballt, und der Atem entwich rasselnd aus seinen Lungen, während ihm das Haar in verschwitzten Strähnen in die Stirn fiel.

»Nein«, winselte er fast. *»Nein!«* Aber seine beinahe panische Verneinung änderte nicht, was er sah, und das war überhaupt nichts. Es gab nichts zu sehen, außer einem kurzen Bretterzaun und einem abfallübersäten, unkrautüberwucherten Stück Brachland dahinter.

Das Gebäude, das hier einmal gestanden hatte, war abgerissen worden.

16

Jake stand fast zwei Minuten vor dem Zaun, ohne sich zu bewegen, und betrachtete das unbebaute Grundstück mit glanzlosen Augen. Ein Mundwinkel zuckte willkürlich. Er konnte spüren, wie seine Hoffnung – seine absolute *Gewißheit* – aus ihm wich. Das Gefühl, von dem sie verdrängt wurde, war die schwärzeste, bitterste Verzweiflung, die er jemals erlebt hatte.

Wieder ein falscher Alarm, dachte er, als der Schock so weit abgeklungen war, daß er überhaupt wieder denken konnte. *Wieder ein falscher Alarm, eine Sackgasse, ein ausgetrockneter Brunnen. Jetzt werden die Stimmen wieder loslegen, und wenn, fange ich bestimmt an zu schreien. Aber das macht nichts. Ich habe es nämlich satt, gegen das Ding anzukämpfen. Ich habe es satt, verrückt zu werden. Wenn es so ist, verrückt zu werden, will ich es nur schnell hinter mich bringen, damit mich jemand ins Krankenhaus bringt und mir etwas gibt, das mich umhaut. Ich gebe auf. Das ist das Ende des Seils – ich bin fertig.*

Aber die Stimmen kamen nicht wieder – jedenfalls noch nicht. Und als er darüber nachdachte, was er sah, stellte er fest, daß der Platz doch nicht völlig verwaist war. In der Mitte des abfallübersäten, unkrautüberwucherten Brachlands stand ein Schild.

BAUFIRMA MILLS UND MAKLERBÜRO SOMBRA
GESTALTEN AUCH WEITERHIN DAS ANTLITZ VON
MANHATTAN NEU!
AN DIESER STELLE ENTSTEHEN DEMNÄCHST:
TURTLE-BAY-LUXUSWOHNUNGEN!
FÜR WEITERE INFORMATIONEN WÄHLEN SIE 555-6712!
SIE WERDEN ES NICHT BEREUEN!

Demnächst? Vielleicht . . . aber Jake hatte seine Zweifel. Die Buchstaben auf dem Schild waren verblaßt, und es stand ein wenig schief. Mindestens ein Graffiti-Künstler mit Namen BANGO SKANK hatte sein Wahrzeichen in hellblauer Sprühfarbe auf der Zeichnung des Turtle-Bay-Luxuswohnblocks hinterlassen. Jake fragte sich, ob das Projekt verschoben worden oder die Firma schlicht und einfach pleite gegangen war. Er konnte sich erinnern, wie sein Vater vor nicht einmal zwei Wochen mit seinem Anlageberater telefoniert und den Mann angebrüllt hatte, er solle die Finger von weiteren Investitionen in Luxuswohnungen lassen. »Mir *egal*, wie gut die Abschreibungsmöglichkeiten sind!« hatte er gebrüllt (was, soweit Jake das beurteilen konnte, der normale geschäftliche Umgangston seines Vaters war – der Koks in der Schreibtischschublade hatte vielleicht etwas damit zu tun). »Wenn sie einem ein Scheißfernsehgerät bieten, nur damit man vorbeikommt und sich die *Baupläne* ansieht, dann ist was faul!«

Der Bretterzaun um den Bauplatz war für Jake kinnhoch. Er war mit Handzetteln beklebt – Olivia Newton-John im Radio City, eine Gruppe namens G. Gordon Liddy and the Grots in einem Club im East Village, ein Film mit dem Titel *Krieg der Zombies*, der Anfang des Jahres in die Kinos gekommen und wieder verschwunden war. In Abständen hatte man auch BETRETEN-VERBOTEN-Schilder auf den Zaun genagelt, aber die meisten waren von fleißigen Plakatklebern zugekleistert worden. Ein Stück weiter waren wieder Graffiti an den Zaun gesprüht worden – früher einmal zweifellos grellrot, aber mittlerweile zum staubigen Rosa von Herbstrosen verblaßt. Jake flüsterte die Worte laut und mit großen, faszinierten Augen.

»Sieh der Schildkröte strahlende Pracht!
Auf deren Rücken die Welt gemacht.
Willst du spielen, komm und lauf,
Eins, zwei, drei, den BALKEN rauf.«

Jake vermutete, der Ursprung dieses seltsamen kleinen Gedichts (wenn nicht sein Sinn) war deutlich genug. Schließlich hieß dieser Teil von Manhattans East Side Turtle Bay – Schildkrötenbucht. Aber das erklärte nicht die Gänsehaut, die ihm jetzt als rauher Streifen über den Rücken lief, ebensowenig das deutliche Gefühl, daß er ein weiteres Richtungsschild an einer sagenhaften, verborgenen Straße entdeckt hatte.

Jake knöpfte das Hemd auf und steckte die beiden neu erworbenen Bücher hinein. Dann sah er sich um, stellte fest, daß niemand auf ihn achtete, und sprang auf den Zaun hinauf. Er zog sich hoch, schwang ein Bein auf die andere Seite und ließ sich drüben hinunterfallen. Sein linker Fuß landete auf einem losen Geröllhaufen, der prompt unter ihm wegrutschte. Sein Knöchel gab unter dem Körpergewicht nach, stechende Schmerzen schossen sein Bein hinauf. Er fiel mit einem Plumps und schrie vor Überraschung und Schmerz auf, als sich weiteres Geröll wie kräftige, derbe Fäuste in seinen Brustkasten bohrten.

Er blieb einen Moment einfach liegen, wo er war, und wartete, bis er wieder atmen konnte. Er glaubte nicht, daß er ernsthaft verletzt war, aber er hatte sich den Knöchel gezerrt, und dieser würde wahrscheinlich anschwellen. Bis er nach Hause kam, würde er hinken. Aber es würde ihm nichts anderes übrigbleiben, als gute Miene zum bösen Spiel zu machen und es zu erdulden. Geld für ein Taxi hatte er ganz sicher nicht mehr.

Du hast doch nicht wirklich vor, nach Hause zu gehen, oder? Sie würden dir bei lebendigem Leib die Haut abziehen.

Nun, vielleicht; vielleicht auch nicht. Soweit er sehen konnte, würde ihm kaum eine andere Wahl bleiben. Aber darüber konnte er später noch nachdenken. Vorher würde er dieses Grundstück untersuchen, das ihn angezogen hatte wie ein Magnet. Das Gefühl einer unsichtbaren Kraft war immer noch allgegenwärtig, stellte er fest, und zwar stärker denn je. Er glaubte nicht, daß dies nur ein brachliegendes Grundstück war. Etwas ging hier vor; etwas Großes. Er konnte es in der Atmosphäre summen spüren wie einen Kriechstrom vom größten Kraftwerk der Welt.

Als er aufstand, sah Jake, daß er tatsächlich noch glücklich gestürzt war. In der Nähe lag ein häßlicher Haufen Glasscherben. Wäre er da hineingestürzt, hätte er sich schlimme Schnittwunden zuziehen können.

Das ist das Schaufenster gewesen, dachte Jake. *Als das Delikatessengeschäft noch hier war, konnte man durch dieses Schaufenster die Fleisch- und Käsesorten sehen. Sie hatten sie an Bindfäden aufgehängt.* Er wußte nicht, woher er das wußte – aber er wußte es, wußte es ohne den Schatten eines Zweifels.

Er sah sich nachdenklich um und ging ein Stück weiter. Ziemlich in der Mitte des Platzes lag ein weiteres, halb unter einem üppigen Dikkicht von Frühlingsunkraut verborgenes Schild auf dem Boden. Jake kniete daneben nieder, zog es hoch und strich die Erde weg. Die Buchstaben waren verblaßt, aber er konnte sie noch entziffern:

TOM UND GERRY'S
KÜNSTLERISCHES DELIKATESSENGESCHÄFT
PARTY-PLATTEN SIND UNSERE SPEZIALITÄT!

Und darunter stand mit derselben, von Rot zu Rosa verblaßten Sprühfarbe: KLAR IST IHR DENKEN UND STETS REIN.

Das ist die Stelle, dachte Jake. *O ja.*

Er ließ das Schild wieder fallen, erhob sich, ging weiter über den Platz, wobei er sich langsam bewegte und alles genau betrachtete. Je weiter er ging, um so stärker wurde das Gefühl unsichtbarer Kraftströme. Was er sah – Unkraut, Glasscherben, Backsteinhaufen –, schien sich mit einer Art Ausrufungszeichen hervorzuheben. Selbst die Kartoffelchiptüten schienen wunderschön zu sein, und die Sonne hatte eine weggeworfene Bierflasche in einen Zylinder aus braunem Feuer verwandelt.

Jake war sich überdeutlich seines eigenen Atmens und des Sonnenscheins bewußt, der wie eine Last aus Gold auf alles fiel. Plötzlich begriff er, daß er am Rande eines großen Geheimnisses stand, und er spürte, wie ein Schauer – halb Grauen und halb Staunen – durch ihn lief.

Es ist alles da. Alles. Es ist alles noch da.

Das Unkraut streifte an seiner Hose; Kletten blieben an seinen Socken haften. Der Wind wehte ihm eine Ring-Ding-Packung vor die Füße; die Sonne fiel darauf, und einen Augenblick war das Papier von einem wunderschönen, schrecklichen inneren Leuchten erfüllt.

»Es ist alles noch da«, wiederholte er bei sich und merkte nicht, wie sein Gesicht ebenfalls ein inneres Leuchten annahm. *»Alles.«*

Er hörte ein Geräusch – hatte es tatsächlich schon gehört, seit er das Grundstück betreten hatte. Es war ein wunderbares, hohes Summen, unsagbar einsam und unsagbar schön. Es hätte sich um das Heulen von Wind in einer Wüste handeln können, aber es war *lebendig*. Es war, dachte er, das Geräusch von tausend Stimmen, die einen gewaltigen offenen Akkord sangen. Er sah nach unten und stellte fest, daß sich Gesichter in dem verfilzten Unkraut, den Büschen und den Steinhaufen verbargen – *Gesichter.*

»Was bist du?« flüsterte Jake. »*Wer* bist du?« Er bekam keine Antwort, schien aber unter dem Chor die Laute von Hufen auf staubigem Boden, von Gewehrschüssen und von Engeln zu hören, die im Schatten Hosianna sangen. Die Gesichter in den Trümmern schienen sich zu drehen, wenn er vorbeiging. Sie folgten seinem Vorankommen, bargen aber keinerlei böse Absichten. Er konnte die Forty-sixth Street und den Rand des UN-Gebäudes auf der anderen Seite der First Avenue sehen, aber das Gebäude war nicht wichtig – *New York* war nicht wichtig. Es war so blaß wie Fensterglas geworden.

Das Summen wurde lauter. Jetzt waren es nicht tausend Stimmen, sondern eine Million, ein offener Luftschacht der Stimmen, die aus dem tiefsten Brunnen des Universums zu erklingen schienen. Er bekam Namen in dieser Gruppenstimme mit, vermochte aber nicht zu sagen, welche es waren. Einer hätte Marten lauten können. Einer Cuthbert. Ein anderer wiederum Roland – Roland von Gilead.

Es waren Namen; es war ein Murmeln von Worten, bei denen es sich um tausend ineinander verwobene Geschichten handeln konnte; aber über allem erklang das erhabene, anschwellende Summen, eine Vibration, die seinen Kopf mit hellem, weißem Licht erfüllen wollte. Es war – erkannte Jake mit einer so überwältigenden Freude, daß sie drohte, ihn in Stücke zu reißen – die Stimme des *Ja;* die Stimme des *Weiß;* die Stimme des *Immer.* Es war ein gewaltiger Chor der Zustimmung, und er sang auf einem unbebauten Grundstück. Er sang für ihn.

Dann sah Jake in einem Dickicht verfilzter Kletten den Schlüssel ... und dahinter die Rose.

17

Die Beine gaben unter ihm nach, und er fiel auf die Knie. Er merkte am Rande, daß er weinte, und noch weiter entfernt, daß er sich ein wenig die Hosen naß gemacht hatte. Er kroch auf Knien vorwärts und griff nach dem Schlüssel, der in dem Klettendickicht lag. Seine einfache Form schien er schon in Träumen gesehen zu haben:

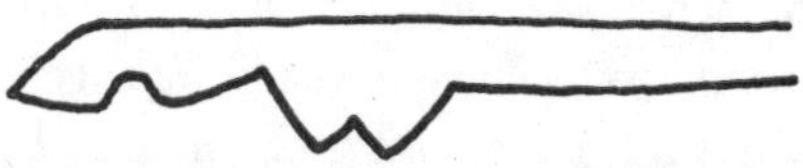

Er dachte: *Die kleine S-Form am Ende – das ist das Geheimnis.*

Als er den Schlüssel in die Hand nahm, schwollen die Stimmen zu einem harmonischen Aufschrei des Triumphs an. Jakes eigener Schrei ging in der Stimme dieses Chors unter. Er sah den Schlüssel weiß in seinen Händen aufblitzen und verspürte einen gewaltigen Energiestoß seinen Arm entlanglaufen. Es war, als hätte er ein Starkstromkabel umklammert, aber er verspürte keine Schmerzen.

Er schlug *Charlie Tschuff-Tschuff* auf und verwahrte den Schlüssel darinnen. Dann richtete er den Blick auf die Rose, und ihm wurde klar, daß sie der *wahre* Schlüssel war – der Schlüssel für alles. Er kroch darauf zu, und sein Gesicht war eine flammende Korona aus Licht, die Augen lodernde Brunnen blauen Feuers.

Die Rose wuchs aus einem Büschel fremden, purpurnen Grases.

Als Jake sich diesem Büschel näherte, tat sich die Rose vor seinen Augen auf. Sie enthüllte einen dunklen, scharlachroten Brennofen, Blütenblatt um heimliches Blütenblatt, und jedes brannte von einer eigenen geheimen Wut erfüllt. In seinem ganzen Leben hatte er noch niemals etwas so Intensives und durch und durch vor Leben Strotzendes gesehen.

Als er nun die schmutzigen Hände diesem Wunder entgegenstreckte, fingen die Stimmen an, seinen eigenen Namen zu singen ... und Todesangst stahl sich ins Zentrum seines Herzens. Sie war kalt wie Eis und schwer wie Stein.

Etwas stimmte nicht. Er konnte eine pulsierende Dissonanz spüren, wie ein häßlicher Kratzer auf einem kostbaren Kunstwerk oder ein tödliches Fieber, das unter der kalten Haut der Stirn eines Kranken schwelt.

Es war etwas wie ein Wurm. Ein bohrender Wurm. Und ein Schemen. Einer, der gerade hinter der nächsten Straßenbiegung lauert.

Dann öffnete sich das Herz der Rose für ihn und enthüllte grelles gelbes Licht, und jegliches Denken wurde von einer Woge des Staunens fortgespült. Jake dachte einen Moment, er sähe lediglich Pollen, die vom selben übernatürlichen Leuchten durchdrungen waren, das jeden Gegenstand auf diesem einsamen Brachland erfüllte – er dachte es, obwohl er noch nie von Pollen in einer Rose gehört hatte. Er beugte sich darüber und stellte fest, daß der konzentrierte Kreis gelben Leuchtens überhaupt keine Pollen waren. *Es war eine Sonne.* Eine gewaltige Glut, die in der Mitte dieser Rose wuchs, welche dem purpurnen Gras entsprang.

Die Angst stellte sich wieder ein, aber nun war sie regelrechtes Entsetzen. *Es ist richtig,* dachte er. *Alles hier ist richtig, aber es könnte schiefgehen – ich glaube, es hat sogar schon angefangen schiefzugehen. Ich darf soviel von diesem Falschen empfinden, wie ich ertragen kann ... aber was ist es? Und was kann ich tun?*

Es war so etwas wie ein Wurm.

Er konnte spüren, daß dieser wie ein krankes und verschmutztes Herz schlug, im Widerstreit mit der erhabenen Schönheit der Rose lag, schrille Obszönitäten in den Chor der Stimmen schrie, der ihn so sehr beruhigt und erfüllt hatte.

Er beugte sich noch dichter über die Rose und stellte fest, daß deren Kern nicht nur aus einer Sonne bestand, sondern aus vielen ... möglicherweise aus allen Sonnen, die in dieser wilden und doch empfindlichen Hülle gefangen waren.

Aber es ist falsch. Es ist alles in Gefahr.

Er wußte, es würde mit größter Wahrscheinlichkeit seinen Tod bedeuten, wenn er diesen glühenden Mikrokosmos berührte, war aber außerstande, es zu unterlassen, und daher streckte Jake die Hand aus. Weder Neugier noch Angst lösten diese Geste aus; nur das gewaltige, unausgesprochene Bedürfnis, die Rose zu beschützen.

18

Als er wieder zu sich kam, stellte er zuerst nur fest, daß eine lange Zeitspanne verstrichen war und er teuflische Kopfschmerzen hatte.

Was ist passiert? Bin ich überfallen worden?

Er drehte sich herum und richtete sich auf. Ein weiterer Stachel des Schmerzes bohrte sich durch seinen Kopf. Er hob eine Hand zur linken Schläfe und zog die Finger wieder weg; sie waren klebrig von Blut. Er sah nach unten und erblickte einen Backstein, der aus dem Unkraut herausragte. Eine Ecke war *dunkel*rot.

Wenn er scharfkantig gewesen wäre, wäre ich jetzt wahrscheinlich tot oder im Koma.

Er betrachtete sein Handgelenk und stellte überrascht fest, daß er die Armbanduhr noch trug. Es war eine Seiko, nicht besonders teuer, aber in dieser Stadt döste man nicht auf unbebauten Grundstücken, ohne seine Habseligkeiten zu verlieren. Teuer oder nicht, irgend jemand war bestimmt glücklich, wenn er sie einem abnehmen konnte. Diesmal, schien es, hatte er selbst Glück gehabt.

Es war Viertel nach vier Uhr nachmittags. Er hatte hier mindestens sechs Stunden gelegen, von der Welt unbeachtet. Mittlerweile ließ sein Vater wahrscheinlich die Polizei nach ihm suchen, aber das schien nicht besonders wichtig zu sein. Jake kam es so vor, als hätte er die Piper School vor schätzungsweise tausend Jahren unerlaubt verlassen.

Jake ging zum Bretterzaun zwischen dem unbebauten Grundstück und dem Gehweg der Second Avenue und blieb stehen.

Was *war* eigentlich genau mit ihm passiert?

Nach und nach kehrten die Erinnerungen zurück. Er war über den Zaun gehüpft. Ausgerutscht und hatte sich den Knöchel gestaucht. Er griff nach unten, berührte ihn und zuckte zusammen. Ja – das war alles passiert. Und dann? – Etwas Magisches.

Er tastete nach diesem Etwas wie ein alter Mann, der sich durch ein dunkles Zimmer tastet. Alles war von einem inneren Licht erfüllt gewesen. *Alles* – sogar die zerknüllten Papierverpackungen und eine weggeworfene Bierflasche. Stimmen waren erklungen – sie hatten gesungen und Tausende verflochtene Geschichten erzählt.

»Und *Gesichter«*, murmelte er. Angesichts dieser Erinnerung drehte er sich mit mulmigem Gefühl um. Er sah keine Gesichter. Die Backsteinhaufen waren nur Backsteinhaufen, und das verfilzte Unkraut war nur verfilztes Unkraut. Da waren keine Gesichter, aber ...

... aber sie sind hiergewesen. Das hast du dir nicht eingebildet.

Das glaubte er. Er konnte die Essenz der Erinnerung nicht einfangen, die ihr eigene Schönheit und Erhabenheit, aber sie machte einen durch und durch wirklichen Eindruck. Diese Erinnerungen an jene Augenblicke, ehe er ohnmächtig geworden war, schienen wie Fotos zu sein, die am schönsten Tag seines Lebens aufgenommen worden waren. Man kann sich daran erinnern, wie dieser Tag gewesen ist – so in etwa jedenfalls –, aber die Bilder sind zweidimensional und fast kraftlos.

Jake sah sich auf dem verlassenen Grundstück um, über das sich die violetten Schatten des Spätnachmittags senkten, und dachte: *Ich will dich wiederhaben. Herrgott, ich will dich so wiederhaben, wie du warst.*

Dann sah er die Rose, die in der Nähe der Stelle, wo er gestürzt war, aus einem Büschel purpurnen Grases wuchs. Das Herz schlug ihm bis zum Hals. Jake stolperte darauf zu und achtete nicht auf die pochenden Schmerzen, die bei jedem Schritt von seinem Knöchel das Bein hinaufschossen. Er sank wie ein Betender vor einem Altar vor ihr nieder. Er beugte sich mit aufgerissenen Augen darüber.

Es ist nur eine Rose. Doch nur eine Rose. Und das Gras . . .

Das Gras war doch nicht purpurn, sah er jetzt. Auf den Halmen waren purpurne *Spritzer*, ja, aber die Farbe darunter war ein ganz normales Grün. Er sah sich etwas weiter um und erblickte blaue Spritzer auf einem anderen Grasbüschel. Rechts von ihm trug eine treibende Klette rote und gelbe Spuren. Und hinter den Kletten lag ein Stapel leerer Farbeimer. *Glidden-Deckfarbe Seidenmatt*, stand auf den Etiketten.

Das ist alles. Nur Farbspritzer. Aber weil du total durcheinander im Kopf warst, hast du gedacht, du hättest gesehen . . .

Das war dummes Zeug.

Er wußte, was er vorhin gesehen hatte und was er jetzt sah. »Tarnung«, flüsterte er. »Es war alles da. *Alles*. Und . . . es ist noch da.«

Sein Kopf klärte sich langsam, und nun konnte er wieder die stete, harmonische Kraft spüren, welche diesem Ort eigen war. Der Chor war immer noch da, seine Stimmen immer noch harmonisch, aber nun schwach und fern. Er betrachtete einen Haufen von Backsteinen und alten Verputztrümmern und sah ein kaum kenntliches Gesicht, das sich darin verbarg. Es war das Gesicht einer Frau mit einer Narbe auf der Stirn.

»Allie?« murmelte Jake. »Ist dein Name nicht Allie?«

Er bekam keine Antwort. Das Gesicht war fort. Er sah wieder nur einen häßlichen Haufen Verputz und Backsteine vor sich.

Er betrachtete wieder die Rose. Sie hatte, sah er jetzt, nicht die dunkelrote Farbe, welche im Herzen eines glühenden Brennofens haust, sondern eine staubige, fleckige Rosatönung. Sie war wunderschön, aber nicht perfekt. Einige Blütenblätter waren nach außen gerollt; die äußeren Ränder dieser Blätter waren braun und abgestorben. Es handelte sich nicht um eine kultivierte Blume, wie er sie in Blumengeschäften gesehen hatte; er vermutete, es war eine wilde Rose.

»Du bist wunderschön«, sagte er und streckte die Hand aus.

Obwohl kein Wind wehte, neigte sich die Rose ihm entgegen. Nur einen Augenblick berührte er mit den Fingerkuppen ihre Oberfläche, die glatt und wie Samt und auf erstaunliche Weise lebendig war, und schon schienen die Stimmen des Chors um ihn herum anzuschwellen.

»Bist du krank, Rose?«

Er bekam selbstverständlich keine Antwort. Als seine Finger von der verblaßten rosa Schale der Rosenblüte abließen, wippte diese in ihre ursprüngliche Haltung zurück, wo sie in vergessener Pracht inmitten von farbverspritztem Unkraut wuchs.

Blühen Rosen um diese Jahreszeit? fragte sich Jake. *Wilde Rosen? Und warum wächst eine wilde Rose überhaupt auf einem brachliegenden Grundstück? Und wenn eine blüht, warum dann nicht mehr?*

Er blieb noch ein Weilchen auf Händen und Knien, dann wurde ihm klar, er konnte den Rest des Nachmittags (möglicherweise seines ganzen Lebens) hierbleiben und die Rose bewundern, ohne deren Geheimnis zu ergründen. Er hatte sie einen Augenblick im Urzustand gesehen, so wie alles andere in dieser vergessenen, abfallübersäten Ecke der Stadt; er hatte sie ohne Maske und mit abgelegter Tarnung gesehen. So wollte er sie wiedersehen, aber der Wunsch allein reichte nicht aus, sie dazu zu bewegen.

Es wurde Zeit, nach Hause zu gehen.

Er sah die beiden Bücher, die er im Manhattan-Restaurant für geistige Nahrung gekauft hatte, in der Nähe liegen. Als er sie aufhob, fiel ein glänzender silberner Gegenstand zwischen den Seiten von *Charlie Tschuff-Tschuff* heraus in ein dichtes Fleckchen Unkraut. Jake bückte sich, wobei er den verstauchten Knöchel entlastete, und hob ihn auf. Als er das tat, schien der Chor zu seufzen und anzuschwellen, dann sank er zu einem fast unhörbaren Flüstern herab.

»Also war auch der Teil wirklich«, murmelte er und strich mit der Daumenkuppe über die stumpfen Zähne des Schlüssels und in die primitiven, V-förmigen Vertiefungen. Er ließ ihn über die S-Kurve am Ende des dritten Zahns gleiten. Dann steckte er ihn tief in die rechte vordere Hosentasche und hinkte zu dem Bretterzaun zurück.

Er hatte ihn erreicht und wollte gerade darüberklettern, als ihm ein schrecklicher Gedanke plötzlich in den Sinn kam.

Die Rose! Was ist, wenn jemand hierherkommt und sie pflückt?

Aber da meldete sich eine Stimme in seinem Kopf zu Wort; ganz eindeutig die Stimme des Mannes, welchen er in dem seltsamen anderen Leben in dem Rasthaus getroffen hatte. *Niemand wird sie pflücken. Und kein Vandale wird sie unter seinem Absatz zertreten, weil seine stumpfen Augen den Anblick ihrer Schönheit nicht ertragen können. Darin besteht die Gefahr nicht. Sie kann sich selbst vor derlei Dingen beschützen.*

Ein Gefühl großer Erleichterung kam über Jake.

Kann ich wieder hierherkommen und sie ansehen? fragte er die Phantomstimme. *Wenn ich niedergeschlagen bin oder die Stimmen zurückkehren und wieder zu streiten anfangen? Kann ich zurückkommen und sie ansehen und etwas Frieden finden?*

Die Stimme antwortete nicht, und nach einigen Augenblicken des Lauschens entschied Jake, daß sie fort war. Er steckte *Charlie Tschuff-Tschuff* und *Ringelrätselreihen* in den Bund seiner Hose – die, wie er jetzt sah, schmutzig und voller Kletten war –, dann hielt er sich am Bretterzaun fest. Er zog sich hoch, schwang sich darüber, sprang wieder auf den Gehweg der Second Avenue und achtete sorgfältig darauf, daß er auf seinem guten Fuß landete.

Der Verkehr auf der Avenue – Fußgänger und Autos – war jetzt viel dichter, da die Leute von der Arbeit nach Hause gingen. Einige Passanten betrachteten den schmutzigen Jungen im zerrissenen Blazer und dem heraushängenden, flatternden Hemd, als dieser linkisch vom Zaun heruntersprang, aber nicht viele. New Yorker sind an den Anblick von Leuten gewöhnt, die ein merkwürdiges Verhalten an den Tag legen.

Er blieb einen Moment stehen, verspürte ein Gefühl des Verlustes und stellte noch etwas fest – die widerstreitenden Stimmen waren immer noch abwesend. Das war immerhin etwas.

Er betrachtete den Bretterzaun, und der aufgesprühte Vers schien ihm förmlich entgegenzuspringen – vielleicht weil die Farbe denselben Ton wie die Rose aufwies.

»Sieh der SCHILDKRÖTE strahlende Pracht«, murmelte Jake. »Auf deren Rücken die Welt gemacht.« Er erschauerte. »Was für ein Tag. O Mann!«

Er drehte sich um und hinkte langsam in Richtung Zuhause zurück.

19

Der Türsteher mußte hinauftelefoniert haben, sobald Jake die Halle betreten hatte, denn sein Vater stand schon vor dem Fahrstuhl, als dieser im fünften Stock hielt. Elmer Chambers trug verwaschene Jeans und Cowboystiefel, die aus seinen eins fünfundachtzig einen Meter neunzig machten. Das schwarze Haar stand senkrecht zu einem Bürstenschnitt hoch; soweit Jake sich erinnern konnte, hatte sein Vater immer wie ein Mann ausgesehen, der gerade einen tüchtigen Elektroschock abbekommen hatte. Kaum war Jake aus dem Fahrstuhl getreten, packte Chambers ihn am Arm.

»Schau dich bloß an!« Der Blick seines Vaters wanderte über ihn und nahm Jakes schmutziges Gesicht und Hände, das Blut, das auf Schläfen und Wangen trocknete, die staubigen Hosen, den zerrissenen Blazer und die Kletten in sich auf, die wie eine seltsame Nadel an Jakes Krawatte hafteten. »Komm sofort rein! Wo bist du gewesen? Deine Mutter ist völlig außer sich!«

Ohne Jake eine Möglichkeit zur Antwort zu geben, zerrte er ihn durch die Tür der Wohnung. Jake sah Greta Shaw unter dem Bogen zwischen Eßzimmer und Küche stehen. Sie warf ihm einen Blick zurückhaltenden Mitgefühls zu, dann verschwand sie, bevor die Augen des »Herrn« auf sie fielen.

Jakes Mutter saß im Schaukelstuhl. Sie stand auf, als sie Jake sah, aber sie *sprang* nicht auf; sie kam auch nicht durch die Diele gelaufen, damit sie ihn mit Küssen und Liebkosungen überhäufen konnte. Als sie auf ihn zukam, sah Jake ihr in die Augen und schätzte, daß sie seit Mittag mindestens drei Valium genommen hatte. Vielleicht vier. Seine Eltern glaubten beide, daß sich durch Chemikalien ein besseres Leben erreichen ließ.

»Du *blutest!* Wo bist du gewesen?« Sie stellte diese Frage in ihrer kultiviertesten Vassar-Stimme und betonte das *gewesen* so, daß es sich auf *Besen* gereimt hätte. Sie hätte einen Bekannten begrüßen können, der in einen unbedeutenden Verkehrsunfall verwickelt war.

»Aus«, sagte er.

Sein Vater schüttelte ihn grob. Jake war nicht darauf vorbereitet. Er stolperte und trat auf den verstauchten Knöchel. Die Schmerzen loderten wieder auf, und mit einemmal war er wütend. Jake glaubte nicht, daß sein Vater wütend war, weil er die Schule verlassen und seinen versauten Aufsatz hinterlassen hatte; er war sauer, weil Jake die Frechheit besessen hatte, seinen eigenen, über die Maßen kostbaren Tagesablauf durcheinanderzubringen.

Bis zu diesem Tag in seinem Leben konnte sich Jake an lediglich drei Gefühle gegenüber seinem Vater erinnern: Verwirrung, Angst und eine Abart schüchterner, verhaltener Liebe. Jetzt kamen ein Viertes und Fünftes dazu. Eines war Zorn, das andere Abscheu. Und in diese unangenehmen Empfindungen mischte sich nun noch ein Gefühl von Heimweh. Dies war momentan das gewaltigste in ihm; es zog sich durch alles hindurch wie Rauch. Er sah das rot angelaufene Gesicht und den Bürstenschnitt seines Vaters und wünschte sich, er wäre wieder auf dem Grundstück, würde die Rose sehen und den Chor hören. *Dies ist nicht mein Zuhause,* dachte er. *Nicht mehr. Ich habe eine Aufgabe. Wenn ich nur wüßte, was für eine.*

»Laß mich los«, sagte er.

»*Was* hast du zu mir gesagt?« Die blauen Augen seines Vaters wurden groß. Heute abend waren sie ziemlich blutunterlaufen. Jake vermutete, er hatte eine große Portion von seinem Zauberpulver zu sich genommen, und darum war es wahrscheinlich ein schlechter Zeitpunkt, ihm die Stirn zu bieten, aber Jake beschloß, es dennoch zu tun. Er würde sich nicht durchschütteln lassen wie eine Maus zwischen den Zähnen eines sadistischen Katers. Heute abend nicht. Vielleicht nie wieder. Plötzlich wurde ihm bewußt, daß ein großer Teil seines Zorns einer einzigen Quelle entsprang: Er konnte nicht mit ihnen darüber *reden,* was passiert war – *noch* passierte. Sie hatten alle Türen zugeschlagen.

Aber ich habe einen Schlüssel, dachte er und berührte diesen durch den Stoff seiner Hose hindurch. Und dann fiel ihm der Rest des seltsamen Gedichts ein: *Willst du spielen, komm und lauf / Eins, zwei, drei, den BALKEN rauf.*

»Ich habe gesagt, laß mich los«, wiederholte er. »Ich habe mir den Knöchel verstaucht, und du tust mir weh.«

»Dir wird gleich mehr als nur dein Knöchel weh tun, wenn du nicht . . .«

Plötzlich strömte Kraft in Jake ein. Er ergriff die Hand, die seinen Arm unterhalb der Schulter umklammert hielt, und schubste sie heftig fort. Sein Vater sperrte den Mund auf.

»Ich *arbeite* nicht für dich«, sagte Jake. »Ich bin dein Sohn, weißt du noch? Wenn nicht, sieh auf dem Bild auf deinem Schreibtisch nach.«

Sein Vater zog die Oberlippe von den Jacketkronen seiner Zähne zu einer Grimasse zurück, die zu zwei Dritteln aus Überraschung und einem Drittel Wut komponiert war. »Sprich nicht so mit mir, Freundchen – wo ist denn dein Respekt geblieben?«

»Ich weiß nicht. Vielleicht habe ich ihn auf dem Heimweg verloren.«

»Du bist den ganzen Tag unerlaubt fort, und dann stehst du hier vor mir und läßt deinem frechen, ungebührlichen Mundwerk freien . . .«

»Hört auf! Hört auf, alle beide!« schrie Jakes Mutter. Trotz der Beruhigungsmittel in ihrem Körper schien sie den Tränen nahe zu sein.

Jakes Vater griff wieder nach Jakes Arm, überlegte es sich dann aber anders. Vielleicht hatte die große Kraft etwas damit zu tun, mit der sein Sohn ihm vor einem Augenblick die Hand weggerissen hatte. Vielleicht lag es auch an dem Blick in Jakes Augen. »Ich will wissen, wo du gewesen bist.«

»Aus. Das habe ich schon gesagt. Und mehr *werde* ich nicht sagen.«

»Scheiß drauf! Dein Rektor hat angerufen, dein Französischlehrer war *persönlich* hier, und beide hatten *beaucoup* Fragen an dich! Ich auch, und ich will ein paar Antworten!«

»Deine Kleidung ist schmutzig«, stellte seine Mutter fest und fügte dann schüchtern hinzu: »Bist du überfallen worden, Johnny? Hast du Verstecken gespielt und bist überfallen worden?«

»Natürlich ist er nicht überfallen worden«, fauchte Elmer Chambers. »Er hat ja noch seine Uhr, oder nicht?«

»Aber er hat Blut am Kopf.«

»Schon gut, Mom. Ich habe ihn mir angestoßen.«

»Aber . . .«

»Ich geh jetzt ins Bett. Ich bin sehr müde. Wenn ihr morgen früh darüber reden wollt, okay. Vielleicht blicken wir dann alle ein bißchen besser durch. Aber im Augenblick habe ich nichts zu sagen.«

Sein Vater kam einen Schritt hinter ihm her und streckte die Hand aus.

»Nein, Elmer!« kreischte Jakes Mutter fast.

Chambers achtete nicht auf sie. Er packte Jake am Kragen des Blazers. »Lauf mir nicht einfach so dav . . .«, begann er, und dann wirbelte Jake herum und riß ihm den Blazer aus der Hand. Der Saum unter dem rechten Arm, der ohnehin schon angegriffen war, riß mit einem schnurrenden Laut.

Sein Vater sah die blitzenden Augen und wich zurück. Die Wut in seinem Gesicht wurde von etwas ertränkt, das Angst gleichkam. Das Blitzen war nicht sinnbildlich; Jakes Augen schienen tatsächlich in Flammen zu stehen. Seine Mutter ließ einen kraftlosen, kurzen Aufschrei vernehmen, schlug eine Hand vor den Mund, wankte zwei große, stolpernde Schritte zurück und ließ sich mit einem leisen Plumpsen auf ihren Schaukelstuhl fallen.

»Laß . . . mich . . . in . . . Ruhe«, sagte Jake.

»Was ist nur mit dir *passiert*?« fragte sein Vater, und jetzt war sein Tonfall fast unterwürfig. »Verdammt, was ist bloß mit dir passiert? Du haust ohne ein Wort zu sagen am ersten Examenstag aus der Schule ab, kommst von Kopf bis Fuß schmutzig zurück und benimmst dich, als hättest du den Verstand verloren.«

Na also – da war es – *benimmst dich, als hättest du den Verstand verloren.* Wovor ihm graute, seit die Stimmen vor drei Wochen angefangen hatten. Der GEFÜRCHTETE VORWURF. Aber jetzt, wo er ausgesprochen worden war, fürchtete sich Jake fast gar nicht mehr davor, was möglicherweise daran lag, daß er selbst das Thema im Geiste schon abgehakt hatte. Ja, etwas war mit ihm passiert. Passierte noch. Aber: Nein – er hatte *nicht* den Verstand verloren. Jedenfalls noch nicht.

»Wir unterhalten uns morgen früh darüber«, wiederholte er. Er ging durch das Eßzimmer, und diesmal hielt sein Vater ihn nicht auf. Er war fast in der Diele, als ihn seine Mutter mit besorgter Stimme ansprach: »Johnny . . . ist *wirklich* alles in Ordnung?«

Und was sollte er antworten? Ja? Nein? Beides? Keines von beiden? Aber die Stimmen waren verstummt, und das war immerhin etwas. Das war sogar eine ganze Menge.

»Es geht mir schon besser«, sagte er schließlich. Er ging in sein Zimmer und schlug die Tür fest hinter sich zu. Das Geräusch der Tür, die sich zwischen ihn und den Rest der großen, weiten Welt schob, erfüllte ihn mit einer grenzenlosen Erleichterung.

20

Er blieb noch eine Weile an der Tür stehen und horchte. Die Stimme seiner Mutter war nur ein Murmeln, die seines Vaters ein wenig lauter.

Seine Mutter sagte etwas über Blut und einen Arzt.

Sein Vater sagte, mit dem Jungen wäre alles in Ordnung; nur der Unflat, den der Bengel von sich gab, der war nicht in Ordnung, aber das würde er schon hinkriegen.

Seine Mutter sagte etwas von sich beruhigen.

Sein Vater sagte, er *wäre* ruhig.

Seine Mutter sagte . . .

Er sagte, sie sagte, bla, bla, bla. Jake hatte sie immer noch gerne – er war sich jedenfalls hinreichend sicher –, aber inzwischen war vieles geschehen, und das alles machte erforderlich, daß noch mehr geschah.

Warum? Weil etwas mit der Rose nicht stimmte. Und vielleicht weil er spielen wollte ... und *seine* Augen wiedersehen, die so blau waren wie der Himmel über dem Rasthaus.

Jake ging langsam zu seinem Schreibtisch und zog dabei den Blazer aus. Der war ziemlich mitgenommen, ein Ärmel fast ganz abgerissen, das Futter hing wie ein schlaffes Segel heraus. Er warf ihn über die Stuhllehne, dann setzte er sich und legte die Bücher auf den Schreibtisch. In den letzten eineinhalb Wochen hatte er ziemlich schlecht geschlafen, aber er dachte, daß er heute nacht ausgezeichnet schlafen würde. Er konnte sich nicht erinnern, wann er zum letztenmal so müde gewesen war. Wenn er morgen früh aufwachte, würde er vielleicht wissen, was zu tun war.

Es klopfte leise an der Tür, und Jake wandte sich resigniert in diese Richtung.

»Ich bin es, John. Mrs. Shaw. Darf ich einen Moment reinkommen?«

Er lächelte. Mrs. Shaw – logisch. Seine Eltern hatten sie als Mittelsmann verpflichtet. Oder vielleicht war Übersetzer ein besseres Wort.

Gehen Sie zu ihm, hatte seine Mutter sicher gesagt. *Ihnen wird er erzählen, was ihn plagt. Ich bin seine Mutter, und dieser Mann mit den blutunterlaufenen Augen und der laufenden Nase ist sein Vater, und Sie sind nur die Haushälterin, aber Ihnen verrät er bestimmt, was er uns nicht verrät. Denn Sie sehen ihn öfter als wir, und vielleicht sprechen Sie seine Sprache.*

Sie wird ein Tablett tragen, dachte Jake, und als er die Tür aufmachte, lächelte er.

Mrs. Shaw trug wirklich ein Tablett. Zwei Sandwiches lagen darauf, ein Stück Apfelkuchen und ein Glas Kakao. Sie sah Jake mit gelinder Besorgnis an, als befürchte sie, er könnte sie anspringen und beißen. Jake sah über ihre Schulter, aber von seinen Eltern war nichts zu sehen. Er stellte sich vor, wie sie im Wohnzimmer saßen und ängstlich horchten.

»Ich habe mir gedacht, du hast vielleicht Hunger«, sagte Mrs. Shaw.

»Ja, danke.« Er hatte sogar Heißhunger; er hatte seit dem Frühstück nichts mehr gegessen. Er trat beiseite, und Mrs. Shaw kam herein, warf ihm im Vorbeigehen noch einmal einen besorgten Blick zu und stellte das Tablett auf den Schreibtisch.

»Oh, sieh dir das an«, sagte sie und hob *Charlie Tschuff-Tschuff* hoch. »Das habe ich als kleines Mädchen auch gehabt. Hast du es heute gekauft, Johnny?«

»Ja. Haben meine Eltern Sie geschickt, damit Sie herausfinden, wo ich gewesen bin?«

Sie nickte. Kein Verstellen, keine Ausflüchte. Es war nur eine Aufgabe für sie, wie den Müll hinauszutragen. *Du kannst es mir sagen, wenn du willst,* sagte ihr Gesicht, *oder du kannst den Mund halten. Ich mag dich, Johnny, aber es ist mir so oder so einerlei. Ich arbeite nur hier, und ich hätte eigentlich schon seit einer Stunde Feierabend.*

Was ihr Gesicht ihm sagte, stieß ihn nicht vor den Kopf; im Gegenteil, es trug weiter dazu bei, daß er sich beruhigte. Mrs. Shaw war auch eine Bekannte, die nicht ganz ein Freund war . . . aber er dachte, sie kam einem wahren Freund vielleicht etwas näher als die Jungs in der Schule und viel näher als seine Eltern. Mrs. Shaw war wenigstens ehrlich. Sie machte nicht herum. Am Monatsende stand alles auf der Rechnung, und sie schnitt *immer* die Kruste von den Sandwiches weg.

Jake nahm eines der Sandwiches und biß kräftig davon ab. Salami und Käse, sein Leibgericht. Auch das sprach für Mrs. Shaw – sie kannte alle seine Leibgerichte. Seine Mutter war immer noch der Überzeugung, daß er Maiskolben liebte und Spargelspitzen verabscheute.

»Bitte sagen Sie ihnen, daß es mir gutgeht«, sagte er. »Und sagen Sie meinem Vater, es tut mir leid, daß ich so unhöflich zu ihm war.«

Das stimmte nicht, aber sein Vater wollte nur diese Entschuldigung hören. Wenn Mrs. Shaw sie ihm weitergegeben hatte, würde er sich entspannen und sich selbst die alte Lüge wieder einreden – daß er seiner väterlichen Pflicht Genüge getan hatte und alles in Ordnung war, alles in Ordnung, wirklich alles in Ordnung.

»Ich habe sehr hart für meine Prüfungen gearbeitet«, sagte er mit vollem Mund, »und ich denke, heute morgen ist mir einfach alles über den Kopf gewachsen. Ich war wie erstarrt. Ich mußte raus, sonst wäre ich erstickt.« Er berührte die trockene Blutkruste an der Stirn. »Und was das betrifft, sagen Sie meiner Mutter bitte, daß es wirklich nicht schlimm ist. Ich bin nicht überfallen worden oder so; es war nur ein dummer Unfall. Ein Mann von UPS hat einen Handwagen geschoben, und ich bin direkt dagegengelaufen. Der Schnitt ist nicht schlimm. Ich sehe nicht doppelt, und die Kopfschmerzen sind auch wieder weg.«

Sie nickte. »Ich kann mir vorstellen, wie es gewesen sein muß – so eine anspruchsvolle Schule. Du bist einfach ein bißchen durchgedreht. Das ist keine Schande, Johnny. Und du hast in den letzten drei Wochen *wirklich* einen seltsamen Eindruck gemacht.«

»Ich glaube, jetzt geht es wieder. Ich muß vielleicht meinen Abschlußaufsatz in Englisch neu schreiben, aber . . .«

»Oh!« sagte Mrs. Shaw. Ihr Gesicht nahm einen erschrockenen Ausdruck an. Sie legte *Charlie Tschuff-Tschuff* wieder auf Jakes Schreibtisch. »Das hätte ich fast vergessen! Dein Französischlehrer hat etwas für dich hier gelassen. Ich hole es dir!«

Sie ging aus dem Zimmer. Jake hoffte, daß Mr. Bissette sich keine Sorgen gemacht hatte, denn Mr. Bissette war ein netter Mann; aber er dachte sich, es mußte wohl so sein, da Mr. Bissette persönlich vorbeigeschaut hatte. Jake hatte so eine Ahnung, daß persönliches Erscheinen bei Lehrern der Piper School eine Seltenheit war. Er fragte sich, was Mr. Bissette dagelassen haben mochte. Er konnte nur vermuten, eine Einladung zu Mr. Hotchkiss, dem Seelenklempner der Schule. Das hätte ihm heute morgen angst gemacht, aber nicht heute abend.

Heute abend schien nur die Rose wichtig zu sein.

Er biß in das zweite Sandwich. Mrs. Shaw hatte die Tür offengelassen; er konnte hören, wie sie mit seinen Eltern redete. Beide hörten sich inzwischen ein wenig ruhiger an. Jake trank den Kakao, dann nahm er den Teller mit dem Apfelkuchen darauf. Wenige Augenblicke später kam Mrs. Shaw zurück. Sie trug einen nur allzu vertrauten blauen Ordner bei sich.

Jake mußte feststellen, daß doch nicht alles Grauen von ihm gewichen war. Inzwischen würden sie es natürlich alle wissen, Schüler und Lehrkörper gleichermaßen, und es war zu spät, etwas dagegen zu tun, aber das bedeutete nicht, ihm gefiel, daß sie nun wußten: Er hatte nicht mehr alle Tassen im Schrank. Daß sie über ihn redeten.

Ein kleines Couvert war an den Ordner geheftet worden. Jake riß es weg und sah zu Mrs. Shaw auf, während er es öffnete. »Wie geht es meinen Leuten jetzt?« fragte er.

Sie gestattete sich ein kurzes Lächeln. »Dein Vater wollte wissen, warum du ihm nicht einfach gesagt hast, daß du an Prüfungsangst leidest. Er sagte, als Junge hatte er es selbst ein- oder zweimal.«

Das machte Jake echt fertig; sein Vater hatte nie zu den Männern gehört, die sich Reminiszenzen hingaben, welche mit den Worten begannen: *Weißt du, als ich noch ein Kind war ...* Jake versuchte sich seinen Vater als Jungen mit schlimmer Prüfungsangst vorzustellen, mußte aber feststellen, daß es ihm nicht gelang – er brachte lediglich das Bild eines häßlichen, pickligen Zwergs im T-Shirt von Piper zuwege, eines Zwergs, dessen schwarzes Haar senkrecht vom Kopf in die Höhe stand.

Der Brief war von Mr. Bissette.

Lieber John,
Bonnie Avery hat mir gesagt, daß Du früher weggegangen bist. Sie macht sich große Sorgen um Dich und ich ebenfalls, obwohl wir beide so etwas schon erlebt haben, besonders in der Woche der Abschlußprüfungen. Bitte komm morgen früh gleich als allererstes bei mir vorbei, okay? Falls Du Probleme hast, können wir sie sicher aus der Welt schaffen. Wenn Du wegen der Prüfung unter Druck stehst – und ich wiederhole, das kommt häufig vor –, *kann eine Verschiebung vereinbart werden. Unsere größte Sorge gilt Deinem Wohlbefinden. Ruf mich heute abend an, wenn Du möchtest; Du erreichst mich unter 555-7661. Ich werde bis Mitternacht auf sein.*

Vergiß nicht, wir haben Dich alle sehr gern und sind auf Deiner Seite.

A votre sante,
H. Bissette

Jake war zum Weinen zumute. Die Besorgnis war ausgesprochen, und das war schön, aber der Brief enthielt auch andere Dinge, unausgesprochene Dinge – Güte, Verständnis und das Bemühen (wenn auch irregeleitet), zu verstehen und zu trösten.

Mr. Bissette hatte am unteren Rand des Briefes einen kleinen Pfeil gemalt. Jake drehte das Blatt Papier herum und las:

Übrigens hat Bonnie mich gebeten, Dir das hier mitzuschicken – meinen Glückwunsch!

Glückwunsch? Um Himmels willen, was hatte das zu bedeuten?

Er schlug den blauen Ordner auf. An die erste Seite seines Abschlußaufsatzes war ein Blatt Papier geheftet. BONITA AVERY stand im Briefkopf, und Jake las die eckigen, mit Füller geschriebenen Zeilen mit zunehmendem Erstaunen.

John,

Harvey wird zweifellos der Besorgnis Ausdruck verleihen, die wir alle empfinden – darin ist er ausgezeichnet –, daher möchte ich mich auf Deine Abschlußarbeit beschränken, die ich in meiner Freistunde gelesen und zensiert habe. Sie war verblüffend originell und jedem Abschlußaufsatz überlegen, den ich in den vergangen Jahren gelesen habe. Dein Einsatz bekräftigender Wiederholungen (›. . . und das ist die Wahrheit‹) ist begnadet, aber selbstverständlich ist bekräftigende Wiederholung nur ein Trick. Der wahre Wert Deiner Arbeit liegt in ihrer symbolistischen Eigenschaft, *die zuerst von den Bildern eines Zugs und einer Tür auf dem Deckblatt bekundet und im Text dann vorzüglich fortgesetzt wird. Das erreicht seinen logischen Höhepunkt mit dem Bildnis des ›schwarzen Turms‹, den ich als Deine Aussage nehme, daß herkömmliche Ambitionen nicht nur falsch, sondern gefährlich sind.*

Ich will nicht so tun, als verstünde ich die ganze Symbolik (z. B. ›Herrin der Schatten‹, ›Revolvermann‹), aber es scheint deutlich, daß du selbst *der ›Gefangene‹ bist (der Schule, der Gesellschaft usw.) und das Bildungssystem der ›sprechende Dämon‹. Ist es möglich, daß sowohl ›Roland‹ wie auch der ›Revolvermann‹ ein und dieselbe Autoritätsgestalt sind – möglicherweise Dein Vater? Diese Möglichkeit hat mich so fasziniert, daß ich seinen Namen in Deiner Akte nachgeschlagen habe. Ich habe festgestellt, daß er Elmer heißt, aber mir ist nicht entgangen, daß er die Initiale R im Namen führt.*

Das fand ich außerordentlich provokativ. Oder ist dieser Name ein doppeltes *Symbol, das sich von Deinem Vater ableitet* und *Robert Brownings Gedicht ›Childe Roland to the Dark Tower Came?‹ Diese Frage würde ich nicht vielen Schülern stellen, aber ich weiß ja, wie groß Dein Lesehunger ist.*

Wie dem auch sei, ich bin überaus beeindruckt. Jüngere Schüler sind nicht selten fasziniert von der literarischen Technik des ›inneren Monologs‹, aber meistens außerstande, sie zu meistern. Du hast den IM auf eindrucksvolle Weise mit symbolistischer Sprache verbunden.
Bravo!
Komm vorbei, sobald Du wieder ›gut drauf‹ bist – ich möchte mich über eine mögliche Veröffentlichung des Texts in der ersten Ausgabe der Schülerzeitung im nächsten Jahr unterhalten.

B. Avery

PS: Wenn Du die Schule heute verlassen hast, weil Dir plötzlich Zweifel gekommen sind, ob ich eine Abschlußarbeit von so unerwarteter Reife auch verstehen würde, so hoffe ich, ich habe sie hiermit ausräumen können.

Jake zog das Blatt aus der Büroklammer und legte damit Seite eins seines erstaunlich originellen und reifen, symbolistischen Abschlußaufsatzes frei. Darauf hatte Ms. Avery mit ihrem roten Füller die Note 1+ geschrieben und eingekreist. Darunter hatte sie geschrieben: *HERVORRAGENDE ARBEIT!*

Jake fing an zu lachen.

Der ganze Tag – der lange, beängstigende, verwirrende, aufregende, schreckliche, geheimnisvolle Tag – ging mit lauten, brüllenden Lachsalven zu Ende. Er sank auf den Stuhl, legte den Kopf zurück und lachte sich heiser. Er hörte fast auf, dann fiel ihm eine Zeile von Ms. Averys wohlmeinender Kritik ins Auge, und er prustete wieder los. Er sah nicht, wie sein Vater zur Tür kam und ihn mit verwirrten, fragenden Augen ansah und dann kopfschüttelnd wieder ging.

Schließlich stellte er fest, daß *Mrs. Shaw* noch auf dem Bett saß und ihn mit einer Mischung aus freundlicher Unbefangenheit und gelinder Neugier ansah. Er wollte etwas sagen, aber bevor er es konnte, übermannte ihn wieder das Gelächter.

Ich muß aufhören, dachte er. *Ich muß aufhören, sonst bringt es mich um. Ich erleide einen Herzanfall oder so etwas ...*

Dann dachte er: *Ich frage mich, was sie in das »Tschuff-tschuff, tschuff-tschuff« hineininterpretiert hat?* und fing wieder an, brüllend zu lachen.

Schließlich gingen die Lachsalven in Kichern über. Er strich sich mit dem Arm über die tränenden Augen und sagte: »Tut mir leid, Mrs. Shaw – es ist nur ... nun ... ich habe eine Eins plus für meinen Abschlußaufsatz bekommen. Er war sehr ... sehr reif ... und sehr sym ... sym ...«

Aber er konnte nicht zu Ende sprechen. Er wurde wieder von Gelächter geschüttelt und hielt sich den schmerzenden Bauch.

Mrs. Shaw stand lächelnd auf. »Das ist sehr schön, John. Ich bin froh, daß sich alles zum Guten gewendet hat, und ich bin sicher, deine Eltern auch. Ich bin schrecklich spät dran – ich glaube, ich werde mir vom Portier ein Taxi rufen lassen. Gute Nacht, und schlaf gut.«

»Gute Nacht, Mrs. Shaw«, sagte Jake, der sich mühsam beherrschte. »Danke.«

Kaum war sie gegangen, fing er wieder an zu lachen.

21

Im Verlauf der folgenden halben Stunde bekam er nacheinander Besuch von seinen beiden Eltern. Sie hatten sich tatsächlich wieder beruhigt, und die 1+ für Jakes Abschlußaufsatz schien sie noch mehr zu beruhigen. Jake empfing sie mit offen auf dem Schreibtisch liegendem Französischbuch, aber er hatte eigentlich keinen Blick hineingeworfen und hatte auch nicht die Absicht. Er wartete nur darauf, daß sie sich verzogen, damit er in Ruhe die beiden Bücher schmökern konnte, die er tagsüber gekauft hatte. Da war so eine Ahnung, als würde die *richtige* Abschlußprüfung noch irgendwo jenseits des Horizonts warten, und er wollte sie wirklich bestehen.

Sein Vater steckte gegen Viertel vor zehn den Kopf zu Jakes Tür herein, etwa zwanzig Minuten nach dem kurzen, vagen Besuch von Jakes Mutter. Elmer Chambers hielt eine Zigarette in der einen und ein Glas Scotch in der anderen Hand. Er wirkte jetzt nicht nur ruhiger, sondern beinahe angetörnt. Jake fragte sich kurz und gleichgültig, ob er sich über den Valiumvorrat von Jakes Mutter hergemacht hatte.

»Alles in Ordnung, Junge?«

»Ja.« Er war wieder der kleine, ordentliche Junge, der sich immer vollkommen unter Kontrolle hatte. Die Augen, mit denen er seinen Vater ansah, blitzten nicht, sondern waren milchig.

»Ich wollte nur sagen, daß mir das von vorhin leid tut.« Sein Vater entschuldigte sich nicht oft, und es gelang ihm nicht besonders gut. Jake stellte fest, daß er ihm ein wenig leid tat.

»Schon gut.«

»Schwerer Tag«, sagte sein Vater. Er gestikulierte mit dem leeren Glas. »Warum vergessen wir nicht einfach, was passiert ist?« Er sagte es, als wäre ihm dieser großartige und logische Einfall gerade eben erst gekommen.

»Hab' ich schon.«

»Gut.« Sein Vater hörte sich erleichtert an. »Wird Zeit, daß du ein bißchen schläfst, oder nicht? Du mußt morgen ein paar Erklärungen abgeben und ein paar Prüfungsarbeiten schreiben.«

»Sieht so aus«, sagte Jake. »Ist mit Mom alles in Ordnung?«

»Prima. Prima. Ich geh jetzt ins Arbeitszimmer. Jede Menge Papierkram heute abend.«

»Dad?«

Sein Vater sah ihn abwartend an.

»Wie lautet dein zweiter Vorname?«

Etwas am Gesichtsausdruck seines Vaters verriet ihm, daß er sich den Abschlußaufsatz zwar angesehen, aber weder ihn selbst noch die Bemerkungen von Ms. Avery gelesen hatte.

»Ich habe keinen«, sagte er. »Nur eine Initiale, wie Harry S. Truman. Nur ist meine ein R. Wie kommst du darauf?«

»Nur neugierig«, sagte Jake.

Es gelang ihm, die Fassung zu wahren, bis sein Vater gegangen war ... aber kaum war die Tür ins Schloß gefallen, lief er zum Bett, vergrub das Gesicht im Kissen und erstickte eine neuerliche zügellose Lachsalve.

22

Als er sicher war, daß er den Anfall überwunden hatte (auch wenn sich noch ab und zu ein leises Kichern den Hals heraufstahl) und sein Vater sicher mit Zigaretten, Scotch, Papieren und seiner kleinen Flasche weißen Pulvers im Arbeitszimmer sein würde, begab sich Jake an den Schreibtisch zurück, schaltete die Leseleuchte ein und schlug *Charlie Tschuff-Tschuff* auf. Er warf einen flüchtigen Blick aufs Impressum und stellte fest, daß das Buch erstmals 1952 veröffentlicht worden war; sein Exemplar stammte aus der vierten Auflage. Er sah auf die hintere Klappe, fand aber keinerlei Informationen über die Autorin Beryl Evans.

Jake blätterte wieder zum Anfang, betrachtete das Bild eines grinsenden, blonden Mannes, der in der Kabine einer Dampflokomotive saß, wunderte sich über das stolze Grinsen des Mannes und fing an zu lesen.

Bob Brooks war Lokführer der Eisenbahngesellschaft von Mittwelt auf der Strecke St. Louis–Topeka. Lokführer Bob war der beste Zugfahrer, den die Eisenbahngesellschaft von Mittwelt jemals gehabt hatte, und Charlie war der beste Zug!

Charlie war eine Dampflokomotive 402 Big Boy, und Lokführer Bob war der einzig Mann, der je die Erlaubnis bekommen hatte, auf dem Fahrersitz zu sitzen und die Pfeife zu ziehen. Jeder kannte das HUUUU–UUUU von Charlies Pfeife, und jedesmal, wenn die Leute hörten, wie es über das flache Land von Kansas hallte, sagten sie: »Da kommen Charlie und Lokführer Bob, das schnellste Team zwischen St. Louis und Topeka!«

Jungen und Mädchen liefen in die Gärten, wo sie Charlie und Lok-

führer Bob vorbeifahren sehen konnten. Lokführer Bob lächelte und winkte. Die Kinder lächelten und winkten zurück.
Lokführer Bob hatte ein besonderes Geheimnis. Er war der einzige, der wußte, daß Charlie Tschuff-Tschuff wirklich, wirklich lebendig war. Eines Tages, als sie die Strecke zwischen Topeka und St. Louis fuhren, hörte Lokführer Bob ein leises, tiefes Singen.
»Wer ist da bei mir in der Kabine?« fragte Lokführer Bob streng.

»Du müßtest mal zu einem Seelenklempner, Lokführer Bob«, murmelte Jake und blätterte die Seite um. Da war ein Bild von Lokführer Bob, der sich bückte, um unter den automatischen Heizkasten von Charlie Tschuff-Tschuff zu sehen. Jake fragte sich, wer den Zug fuhr und nach Kühen (ganz zu schweigen von Jungen und Mädchen) auf den Gleisen Ausschau hielt, während Bob nach blinden Passagieren suchte, und dachte sich, daß Beryl Evans nicht viel über Züge gewußt haben konnte.

»Keine Bange«, sagte eine leise, brummige Stimme. »Das bin nur ich.«
»Wer ist ich?« fragte Lokführer Bob. Er sagte es mit seiner lautesten, strengsten Stimme, weil er immer noch glaubte, daß ihm jemand einen Streich spielte.
»Charlie«, sagte die leise, brummige Stimme.
»Ho-ho, har-har!« sagte Lokführer Bob. »Züge können nicht sprechen! Viel weiß ich vielleicht nicht, aber das weiß ich! Ich nehme an, wenn du Charlie bist, kannst du auch selbst deine Pfeife blasen!«
»Gewiß«, sagte die leise, brummige Stimme, und dann gab die Pfeife ihr lautes Heulen von sich, das über die Ebenen von Missouri schallte: HUUUU-UUUU!
»Liebe Güte!« sagte Lokführer Bob. »Du bist es *wirklich*!«
»Hab' ich doch gesagt«, antwortete Charlie Tschuff-Tschuff.
»Wie kommt es, daß ich vorher nicht gewußt habe, daß du lebst?« fragte Lokführer Bob. »Warum hast du früher nie mit mir gesprochen?«
Da sang Charlie dem Lokführer Bob mit seiner leisen, brummigen Stimme sein Lied vor.

Laß mich in Ruh, ich hab' genug
Von deinen dummen Fragen,
Ich bin nur ein einfacher Tschuff-tschuff-Zug,
Mehr kann ich dir nicht sagen.

Ich möchte einfach nur sausen,
Das ist mir ein Hochgenuß,
Und als glücklicher Tschuff-tschuff-Zug brausen,
Bis ich einst sterben muß.

»Möchtest du wieder mit mir sprechen, wenn wir unsere Strecke fahren?« fragte Lokführer Bob. »Das würde mir gefallen.«
»Mir auch«, sagte Charlie. »Ich mag dich, Lokführer Bob.«
»Ich mag dich auch, Charlie«, sagte Lokführer Bob, und dann ließ er selbst die Pfeife erklingen, um zu zeigen, wie glücklich er war. HUUUU-UUUU! Es war das längste und lauteste Heulen, das Charlie *jemals* von sich gegeben hatte, und alle, die es hörten, kamen aus den Häusern, um nachzusehen.

Das Bild auf dieser Seite glich dem auf dem Umschlag. Auf den vorherigen Bildern (skizzenhaften Bildern, die Jake an sein Lieblingskinderbuch erinnerten, *Mike Mulligan und sein Dampfbagger)* war die Lokomotive nur eine Lokomotive gewesen – bunt und zweifellos interessant für die Jungs der fünfziger Jahre, die das Zielpublikum für dieses Buch gewesen waren, aber dennoch nur eine Maschine. Auf diesem Bild jedoch hatte sie eindeutig menschliche Züge, und das rief ein heftiges Frösteln bei Jake hervor, obwohl Charlie lächelte und die Geschichte so übertrieben niedlich war.

Er traute diesem Lächeln nicht.

Er schlug seinen Abschlußaufsatz auf und überflog die Zeilen. *Blaine könnte gefährlich sein,* las er. *Ich weiß nicht, ob das die Wahrheit ist oder nicht.*

Er schlug den Ordner zu, klopfte einen Moment nachdenklich mit den Fingern darauf, dann wandte er sich wieder *Charlie Tschuff-Tschuff* zu.

Lokführer Bob und Charlie verbrachten viele glückliche Tage zusammen und redeten über vieles. Lokführer Bob lebte allein, und Charlie war der erste richtige Freund, den er hatte, seit seine Frau vor langer Zeit in New York gestorben war.
Dann kehrten Charlie und Lokführer Bob eines Tages ins Depot von St. Louis zurück und fanden eine neue Diesellokomotive auf Charlies Abstellplatz. Und was für eine Diesellokomotive das war! 5000 Pferdestärken! Edelstahlkoppler! Zugmaschinen vom Maschinenwerk in Utica, New York! Und oben, direkt hinter dem Generator, befanden sich drei große Kühlventilatoren.
»Was ist das?« fragte Lokführer Bob mit besorgter Stimme, aber Charlie sang nur mit seiner leisesten, brummigsten Stimme sein Lied:

Laß mich in Ruh, ich hab genug
Von deinen dummen Fragen,
Ich bin nur ein einfacher Tschuff-tschuff-Zug,
Mehr kann ich dir nicht sagen.

Ich möchte einfach nur sausen,
Das ist mir ein Hochgenuß,
Und als glücklicher Tschuff-tschuff-Zug brausen,
Bis ich einst sterben muß.

Mr. Briggs, der Depotverwalter, kam herüber.
»Das ist eine wunderschöne Diesellokomotive«, sagte Lokführer Bob, »aber Sie müssen Sie von Charlies Stellplatz entfernen, Mr. Briggs. Charlie muß noch heute nachmittag abgeschmiert werden.«
»Charlie muß überhaupt nie mehr abgeschmiert werden, Lokführer Bob«, sagte Mr. Briggs traurig. »Das ist sein Nachfolger – eine brandneue Burlington-Zephyr-Diesellok. Früher war Charlie einmal die beste Lokomotive auf der ganzen Welt, aber jetzt ist er alt, und sein Boiler hat ein Leck. Ich fürchte, die Zeit ist gekommen, daß Charlie in den Ruhestand geht.«
»Unsinn!« Lokführer Bob war wütend! »Charlie ist immer noch voll Zack und Heißassa. Ich werde dem Vorstand der Eisenbahngesellschaft von Mittwelt telegrafieren, Mr. Raymond Martin höchstpersönlich! Ich kenne ihn, weil er mir einmal einen Orden für hervorragende Dienste verliehen hat, und hinterher sind Charlie und ich mit seiner kleinen Tochter spazierengefahren. Ich habe sie an der Zugschnur ziehen lassen, und Charlie hat, so laut er konnte, für sie gepfiffen!«
»Tut mir leid, Bob«, sagte Mr. Briggs, »aber es war Mr. Martin persönlich, der die neue Diesellok bestellt hat.«
Das stimmte. Und so wurde Charlie Tschuff-Tschuff auf ein Abstellgleis im hintersten Winkel des Rangierbahnhofs der Eisenbahngesellschaft von Mittwelt in St. Louis bugsiert, wo er zwischen Unkraut vor sich hinrostete. Jetzt konnte man das TUUUUT! TUUUUT! der Burlington Zephyr auf der Strecke von St. Louis nach Topeka hören, und Charlies Pfeife pfiff nicht mehr. Eine Mäusefamilie nistete auf dem Sitz, wo Lokführer Bob einst so stolz gesessen und gesehen hatte, wie die Landschaft vorbeirauschte; eine Schwalbenfamilie nistete im Schornstein. Charlie war einsam und sehr traurig. Er vermißte die Stahlschienen und den blauen Himmel und das offene Land. Manchmal mußte er spät nachts an das alles denken und weinte dunkle, ölige Tränen. Dieses machten seine wunderschönen Stratham-Scheinwerfer rostig, aber das war Charlie einerlei, weil der Stratham-Scheinwerfer jetzt alt und immer dunkel war.
Mr. Martin, der Vorstand der Eisenbahngesellschaft von Mittwelt, schrieb Lokführer Bob einen Brief und bot ihm an, er dürfe in der Kabine der neuen Burlington Zephyr fahren. »Es ist eine prima Lokomotive, Lokführer Bob, randvoll mit Zack und Heißassa, und du müßtest

der Lokführer sein! Du bist der beste von allen Lokführern, die für Mittwelt arbeiten. Und meine Tochter Susannah hat nie vergessen, daß du sie einmal die Pfeife hast ziehen lassen.«

Aber Lokführer Bob sagte, wenn er Charlie nicht fahren könne, dann wären seine Tage als Zugfahrer gezählt. »So eine prima neue Diesellok würde ich gar nicht verstehen«, sagte Lokführer Bob, »und sie würde mich nicht verstehen.«

Er bekam eine neue Aufgabe – er mußte die Lokomotiven im Depot von St. Louis saubermachen, und so wurde aus dem Lokführer Bob der Putzer Bob. Manchmal lachten ihn die anderen Lokführer aus, die die schönen neuen Dieselloks fuhren. »Seht euch den alten Narren an!« sagten sie. »Er kann nicht verstehen, daß sich die Welt weitergedreht hat!«

Manchmal ging Lokführer Bob spät nachts zur anderen Seite des Rangierbahnhofs, wo Charlie Tschuff-Tschuff auf den rostigen Schienen des Abstellgleises stand, das sein Zuhause geworden war. Unkraut rankte sich an seinen Rädern hoch; der Scheinwerfer war rostig und dunkel. Lokführer Bob redete immer mit Charlie, aber Charlie antwortete immer seltener. In manchen Nächten sagte er gar nichts.

Eines Nachts ging Lokführer Bob ein schrecklicher Gedanke durch den Kopf. »Charlie, stirbst du?« fragte er, und Charlie antwortete mit seiner leisesten, brummigsten Stimme:

Laß mich in Ruh, ich hab genug
Von deinen dummen Fragen,
Ich bin nur ein einfacher Tschuff-tschuff-Zug,
Mehr kann ich dir nicht sagen.

Jetzt kann ich nicht mehr sausen,
Das war mir ein Hochgenuß,
Und stehe hier mit Grausen,
Weil ich bald sterben muß.

Jake studierte das Bild zu diesem nicht völlig unerwarteten Gang der Ereignisse lange Zeit. Die Bilder mochten skizzenhaft sein, aber sie waren dennoch prima Tränendrüsendrücker. Charlie sah alt, vernichtet und vergessen aus. Lokführer Bob sah aus, als hätte er seinen letzten Freund verloren . . . was ja laut der Geschichte auch so war. Jake konnte sich vorstellen, daß sich überall in Amerika Kinder an dieser Stelle die Augen wund geplärrt hatten, und dabei mußte er daran denken, daß es *viele* Geschichten für Kinder gab, die so etwas enthielten – Sachen, die einem Säure über das ganze Gefühlsleben gossen. Hänsel und Gretel, die im Wald ausgesetzt wurden; Bambis Mutter, die vom Jäger erschossen wurde; der Tod von Old Yeller. Es war leicht, kleinen Kindern weh zu tun, sie zum Weinen zu bringen, und das schien in vielen Geschichtenerzählern eine seltsam sadistische Ader freizulegen ... einschließlich, so schien es, Beryl Evans.

Aber Jake stellte fest, daß *er* nicht traurig war, weil man Charlie auf ein unkrautüberwuchertes wüstes Land am äußeren Rand des Rangierbahnhofs von Mittwelt in St. Louis verbannt hatte. Ganz im Gegenteil. *Gut,* dachte er. *Genau da gehört er hin. Da gehört er hin, weil er gefährlich ist. Dort soll er rosten, und habt kein Mitleid wegen seiner Tränen – man sagt, daß Krokodile auch weinen.*

Er las den Rest rasch. Natürlich kam es zu einem Happy-End, aber es war zweifellos dieser Augenblick der Verzweiflung auf dem Rangierbahnhof, an den sich die Kinder erinnern würden, wenn sie das Happy-End längst nicht mehr im Gedächtnis hatten.

Mr. Martin, der Präsident der Eisenbahngesellschaft von Mittwelt, kam nach St. Louis, um die Zweigstelle zu inspizieren. Er hatte vor, mit der Burlington Zephyr nach Topeka zu fahren, wo seine Tochter an diesem Nachmittag ihr erstes Klavierkonzert gab. Aber die Zephyr sprang nicht an. Es schien, als wäre Wasser in den Dieselkraftstoff gekommen.

(Warst du derjenige, der das Wasser ins Diesel geschüttet hat, Lokführer Bob? frage sich Jake. *Ich wette, du warst es, du listiger Hundesohn!)*

Alle anderen Züge waren unterwegs. Was konnte man tun?

Jemand zupfte Mr. Martin am Ärmel. Es war Putzer Bob, aber er sah nicht mehr wie ein Lokomotivenputzer aus. Er hatte den ölverschmierten Blaumann ausgezogen und einen sauberen Overall an. Auf dem Kopf trug er die alte bauschige Lokführermütze.

»Charlie steht dort auf dem Abstellgleis«, sagte er. »Charlie kann die Fahrt nach Topeka machen, Mr. Martin. Charlie wird Sie rechtzeitig zum Klavierkonzert Ihrer Tochter bringen.«

»Die alte Dampflok?« schimpfte Mr. Briggs. »Charlie wäre bei Sonnenuntergang noch fünfzig Meilen von Topeka entfernt!«

»Charlie schafft es«, beharrte Lokführer Bob. »Ich weiß, daß er es kann, wenn er keinen Zug ziehen muß! Wissen Sie, ich habe in meiner Freizeit seine Maschine und den Wasserkessel geputzt.«

»Wir versuchen es«, sagte Mr. Martin. »Ich möchte Susannahs erstes Konzert nicht versäumen!«

Charlie war abfahrbereit; Lokführer Bob hatte seinen Tender mit frischen Kohlen gefüllt, und der Heizofen war so heiß, daß die Seiten rot glühten. Er half Mr. Martin auf die Lokomotive und steuerte Charlie zum erstenmal seit Jahren von dem rostigen Abstellgleis auf das Hauptgleis. Als er den ersten Vorwärtsgang einlegte, zog er an der Schnur, und Charlie stieß seinen alten, tapferen Kriegsruf aus: HUUUU-UUU!

Überall in St. Louis hörten die Kinder den Ruf und liefen in die Gär-

ten, um die rostige alte Dampflok vorbeifahren zu sehen. »Seht!« riefen sie. »Es ist Charlie! Charlie Tschuff-Tschuff ist wieder da! Hurra!« Sie winkten alle, und als Charlie aus der Stadt tschuffte, blies er selbst seine Pfeife, wie er es in alten Zeiten getan hatte: HUUUUU-UUUUUUU!
Klicker-di-klack machten Charlies Räder.
Tschuffa-tschuffa kam der Rauch aus Charlies Schlot!
Holter-polter machte das Förderband, das Kohlen in den Heizofen schaffte.
Das nannte man Zack! Das nannte man Heißassa! Himmel, Herrgott, Sakrament! So schnell war Charlie noch nie gefahren! Die Landschaft sauste wie ein Wirbel vorbei! Sie rasten an den Autos auf der Route 41 vorbei, als würden diese stillstehen!
»Juppheidi!« rief Mr. Martin und schwenkte seinen Hut in der Luft. »Das ist eine Lokomotive, Bob! Ich weiß gar nicht, warum wir die stillgelegt haben! Wie kannst du nur bei dem Tempo das Kohleförderband nachladen?«
Lokführer Bob lächelte nur, weil er wußte, daß Charlie *selbst* nachlud. Und unter dem *Klicker-di-klack* und *Tschuffa-tschuffa* und *Holter-polter* konnte er hören, wie Charlie mit seiner leisen, brummigen Stimme sein altes Lied sang:

Laß mich in Ruh, ich hab genug
Von deinen dummen Fragen,
Ich bin nur ein einfacher Tschuff-tschuff-Zug,
Mehr kann ich dir nicht sagen.

Ich möchte einfach nur sausen,
Das ist mir ein Hochgenuß,
Und als glücklicher Tschuff-tschuff-Zug brausen,
Bis ich einst sterben muß.

Charlie brachte Mr. Martin (selbstverständlich) rechtzeitig zum Klavierkonzert seiner Tochter, und Susannah war ganz aus dem Häuschen, ihren alten Freund Charlie wiederzusehen (selbstverständlich), und sie fuhren alle gemeinsam nach St. Louis zurück, wobei Susannah die ganze Fahrt über an der Pfeifenschnur zog. Mr. Martin verschaffte Charlie und Lokführer Bob eine Arbeit im brandneuen Freizeitpark und Jahrmarkt von Mittwelt, wo sie Kinder umherfuhren, und

dort könnt ihr sie bis zum heutigen Tag finden, wo sie lachende Kinder in einer Welt der Lichter und Musik und guten Laune hierhin und dorthin fahren. Das Haar von Lokführer Bob ist weiß geworden, und Charlie redet nicht mehr so viel wie früher, aber beide haben noch jede Menge Zack und Heißassa, und ab und zu hören die Kinder, wie Charlie mit seiner leisen, brummigen Stimme sein Lied singt.

ENDE

»Laß mich in Ruh, ich hab genug von deinen dummen Fragen«, murmelte Jake und betrachtete das letzte Bild. Es zeigte Charlie Tschuff-Tschuff, der zwei girlandengeschmückte Waggons voll glücklicher Kinder von der Achterbahn zum Riesenrad zog. Lokführer Bob saß in der Kabine, zog an der Pfeifenschnur und sah so glücklich aus wie ein Schwein in der Scheiße. Jake vermutete, das Lächeln von Ingenieur Bob sollte übergroßes Glück vermitteln, aber er fand, es glich dem Grinsen eines Irren ... und je länger Jake die Kinder betrachtete, desto mehr fand er, daß ihre Gesichter wie Grimassen des Entsetzens aussahen. *Laßt uns von diesem Zug herunter,* schienen ihre Gesichter zu sagen. *Bitte laßt uns lebend von diesem Zug herunter.*

Und als glücklicher Tschuff-tschuff-Zug brausen, bis ich einst sterben muß.

Jake schlug das Buch zu und betrachtete es nachdenklich. Dann schlug er es wieder auf, blätterte die Seiten durch und strich bestimmte Worte und Ausdrücke an, die ihn besonders ansprachen.

Die Eisenbahngesellschaft von Mittwelt... Lokführer Bob... eine leise, brummige Stimme... HUU-UUU... der erste richtige Freund, seit seine Frau vor Jahren in New York gestorben war... Mr. Martin... die Welt hat sich weitergedreht... Susannah...

Er legte den Kugelschreiber weg. *Warum* sprachen ihn diese Worte und Ausdrücke an? Das mit New York schien auf der Hand zu liegen, aber was war mit den anderen? Und überhaupt, warum *dieses Buch*? Daß er es hatte kaufen sollen, stand außer Frage. Hätte er kein Geld in der Tasche gehabt, er war sicher, er hätte es einfach geschnappt und wäre aus dem Geschäft gelaufen. Aber *warum*? Er kam sich vor wie eine Kompaßnadel. Die Nadel weiß nichts vom magnetischen Nordpol; sie weiß nur, daß sie in eine bestimmte Richtung zeigen muß, ob es ihr gefällt oder nicht.

Jake wußte nur eines mit Sicherheit, nämlich daß er sehr, sehr müde war, und wenn er nicht bald ins Bett kroch, würde er am Schreibtisch einschlafen. Er zog das Hemd aus, dann betrachtete er wieder den Einband von *Charlie Tschuff-Tschuff.*

Dieses Lächeln. Er traute diesem Lächeln einfach nicht.

Kein bißchen.

23

Der Schlaf stellte sich nicht so schnell ein, wie Jake gehofft hatte. Die Stimmen fingen wieder an, sich zu streiten, ob er am Leben oder tot wäre, und hielten ihn wach. Schließlich richtete er sich im Bett auf, ließ die Augen geschlossen und drückte die zu Fäusten geballten Hände an die Schläfen.

Hört auf! schrie er ihnen zu. *Hört doch endlich auf! Ihr wart den ganzen Tag still, seid auch jetzt still!*

Würde ich, wenn er nur zugeben würde, daß ich tot bin, sagte eine der Stimmen verdrossen.

Würde ich, wenn er sich um Himmels willen nur einmal umsehen und zugeben würde, daß ich eindeutig lebe, fauchte die andere Stimme zurück.

Er würde gleich anfangen, laut zu schreien. Er konnte es nicht verhindern; er konnte spüren, es stieg wie Erbrochenes in seinem Hals empor. Er schlug die Augen auf, sah die Hose über dem Schreibtischstuhl hängen und hatte eine Idee. Er stand auf, ging zum Stuhl und tastete in der rechten Hosentasche.

Der silberne Schlüssel war noch da, und in dem Augenblick, als er ihn mit den Fingern berührte, verstummten die Stimmen.

Sag ihm, dachte er, ohne zu wissen, an wen der Gedanke gerichtet war. *Sag ihm, er soll den Schlüssel festhalten. Der Schlüssel bringt die Stimmen zum Schweigen.*

Er ging zum Bett zurück und schlief mit dem Schlüssel in der Hand ein, als sein Kopf noch keine drei Minuten das Kissen berührt hatte.

III.
Tür und Dämon

1

Eddie war fast eingeschlafen, als ihm eine Stimme deutlich ins Ohr flüsterte: *Sag ihm, er soll den Schlüssel festhalten. Der Schlüssel bringt die Stimmen zum Schweigen.*

Er fuhr kerzengerade in die Höhe und sah sich panisch um. Susannah lag tief schlafend neben ihm; ihre Stimme war es nicht gewesen.

Und auch nicht die eines anderen, schien es. Sie waren jetzt seit acht Tagen auf dem Pfad des Balkens durch den Wald unterwegs und hatten ihr Lager heute abend in der tiefen Kluft eines Talkessels aufgeschlagen. Ganz in der Nähe links rauschte ein Bach tosend vorbei, der in dieselbe Richtung strömte, in die sie unterwegs waren: Südosten. Rechts stieg das Land steil an. Es waren keine Eindringlinge hier, nur Susannah, die schlief, und Roland, der wachte. Dieser saß zusammengekauert unter seiner Decke am Ufer des Baches und sah in die Dunkelheit hinaus.

Sag ihm, er soll den Schlüssel festhalten. Der Schlüssel bringt die Stimmen zum Schweigen.

Eddie zögerte einen Augenblick. Rolands geistige Gesundheit stand auf der Kippe, neigte sich langsam zur schlechteren Seite, und das Schlimmste war: Niemand wußte das besser als der Mann selbst. Im Augenblick wäre Eddie bereit gewesen, nach jedem Strohhalm zu greifen.

Er hatte eine zusammengelegte Hirschhaut als Kissen benützt. Nun schob er die Hand darunter und zog ein in Leder gewickeltes Bündel heraus. Er ging zu Roland und mußte zu seinem Schrecken feststellen, daß der Revolvermann ihn erst bemerkte, als er nur noch vier Schritte von dessen ungeschütztem Rücken entfernt war. Es hatte eine Zeit gegeben – und die war noch gar nicht so lange her –, da hätte Roland bemerkt, daß Eddie wach war, noch ehe dieser sich aufgerichtet haben würde. Er hätte es am veränderten Atemrhythmus bemerkt.

Er war sogar damals am Strand wachsamer, obwohl er nach dem Biß des Hummerdings halbtot war, dachte Eddie grimmig.

Schließlich drehte Roland den Kopf herum und sah ihn an. Seine Augen waren von Schmerz und Müdigkeit umwölkt, aber Eddie stellte fest, daß es sich bei beidem um nicht mehr als ein oberflächliches Funkeln handelte. Darunter spürte er eine zunehmende Verwirrung, die mit ziemlicher Sicherheit zu Wahnsinn werden würde, wenn sie sich weiter ungehindert ausbreiten konnte. Mitleid verzehrte Eddies Herz.

»Kannst du nicht schlafen?« fragte Roland. Seine Stimme klang nuschelnd, wie unter Drogen.

»Ich war fast eingeschlafen, bin aber wieder aufgewacht«, sagte Eddie. »Hör zu . . .«

»Ich glaube, ich bereite mich auf das Sterben vor.« Roland sah Eddie an. Der helle Schein verschwand aus seinen Augen, nun sahen sie aus wie zwei tiefe, dunkle Brunnen, die keinen Grund zu haben schienen. Eddie erschauerte, aber mehr wegen dieses leeren Blicks als wegen Rolands Worten. »Und weißt du, worauf ich auf der Lichtung am Ende dieses Pfades hoffe, Eddie?«

»Roland . . .«

»Stille«, sagte Roland. Er gab ein staubiges Seufzen von sich. »Nur Stille. Das wird reichen. Ein Ende von . . . dem hier.«

Er drückte die Fäuste an die Schläfen, und Eddie dachte: *Das habe ich erst vor kurzem jemand anderen machen sehen. Aber wen? Wo?*

Das war natürlich lächerlich; er hatte seit fast zwei Monaten niemand anderen als Roland und Susannah gesehen. Aber dennoch *war* ihm, als würde es so sein.

»Roland, ich habe etwas gemacht«, sagte Eddie.

Roland nickte. Der Hauch eines Lächelns umspielte seine Lippen. »Ich weiß. Was ist es? Bist du endlich bereit, es mir zu sagen?«

»Ich glaube, es könnte etwas mit diesem *Ka-tet* zu tun haben.«

Der leere Blick verschwand aus Rolands Augen. Er sah Eddie nachdenklich an, sagte aber nichts.

»Sieh her.« Eddie faltete das Stück Leder auseinander.

Das nützt gar nichts! bellte Henrys Stimme plötzlich. Sie war so laut, daß Eddie tatsächlich ein wenig zusammenzuckte. *Es ist nur eine dumme Holzschnitzerei! Er wird einen Blick darauf werfen und darüber lachen! Er wird* dich *auslachen! »Oh, sieh dir das an!« wird er sagen. »Hat die Memme was geschnitzt?«*

»Sei still«, murmelte Eddie.

Der Revolvermann zog die Brauen hoch.

»Nicht du.«

Roland nickte ohne Überraschung. »Dein Bruder besucht dich häufig, Eddie, richtig?«

Einen Moment sah Eddie ihn nur an, ohne seine Schnitzerei aus dem Leder zu holen. Dann lächelte er. Es war kein sehr angenehmes Lächeln. »Nicht so oft wie früher, Roland. Gott sei Dank.«

»Ja«, sagte Roland. »Zu viele Stimmen liegen einem Mann schwer auf dem Herzen . . . was ist es, Eddie? Zeig es mir bitte.«

Eddie hielt das Stück Eschenholz hoch. Der fast vollständige Schlüssel kam daraus hervor wie der Kopf einer Galionsfigur am Bug eines Schiffes ... oder die Klinge eines Schwertes aus einem Stein. Eddie wußte nicht, wie genau es ihm gelungen war, die Form des Schlüssels zu gestalten, den er im Feuer gesehen hatte (und er vermutete, er würde es auch nie erfahren, wenn er nicht das richtige Schloß fand, um ihn auszuprobieren), aber er dachte, daß er nahe dran war. In einem war er sich jedenfalls ganz sicher: Es war bei weitem die beste Schnitzerei, die er je gemacht hatte. Bei weitem.

»Bei den Göttern, Eddie, das ist wunderschön!« sagte Roland. Die Apathie war aus seiner Stimme verschwunden; er sprach in einem Tonfall überraschter Ehrerbietung, den Eddie noch nie bei ihm gehört hatte. »Ist es fertig? Noch nicht ganz, oder?«

»Nein – nicht ganz.« Er strich mit dem Daumen über den dritten Zahn, dann über die S-Form am Ende des dritten Zahns. »An diesem Zahn muß ich noch ein wenig arbeiten, und die Krümmung am Ende ist noch nicht richtig. Ich weiß nicht, woher ich das weiß; ich weiß es eben.«

»Das ist dein Geheimnis.« Es war keine Frage.

»Ja. Wenn ich nur wüßte, was es bedeutet.«

Roland sah sich um. Eddie folgte seinem Blick und sah Susannah. Die Tatsache, daß Roland sie zuerst gehört hatte, spendete ihm eine gewisse Erleichterung.

»Was macht ihr Jungs noch so spät auf? Auf'n Busch klopfen?« Sie sah den Holzschlüssel in Eddies Hand und nickte. »Ich habe mich schon gefragt, wann du das herumzeigen würdest. Weißt du, es ist gut. Ich weiß nicht, wozu es taugt, aber es ist verdammt gut.«

»Du hast keine Ahnung, welche Tür es öffnen könnte?« wandte sich Roland an Eddie. »Das war nicht Teil deines *Khef?*«

»Nein – aber es könnte für etwas taugen, auch wenn es noch nicht fertig ist.« Er hielt Roland den Schlüssel hin. »Ich möchte, daß du es für mich aufbewahrst.«

Roland nahm es nicht. Er sah Eddie eindringlich an. »Warum?«

»Weil ... nun ... weil ich glaube, daß mir jemand gesagt hat, du solltest es.«

»Wer?«

Dein Junge, dachte Eddie plötzlich, und kaum war ihm der Gedanke gekommen, da wußte er, daß er stimmte. *Es war dein gottverdammter Junge.*

Aber das wollte er nicht sagen. Er wollte den Namen des Jungen nicht einmal aussprechen. Das konnte ausreichen, Roland wieder ausrasten zu lassen.

»Ich weiß nicht. Aber ich finde, du solltest es versuchen.«

Roland griff langsam nach dem Schlüssel. Als seine Finger ihn berührten, schien ein heller Glanz den Schaft entlangzuflimmern, aber er war so schnell wieder erloschen, daß Eddie nicht sicher war, ob er ihn überhaupt gesehen hatte. Vielleicht war es nur das Sternenlicht gewesen.

Rolands Hand schloß sich um den Schlüssel, der aus dem Ast wuchs. Einen Augenblick lang zeigte sein Gesicht keine Reaktion. Dann runzelte er die Stirn und legte den Kopf zu einer lauschenden Haltung schräg.

»Was ist denn?« fragte Susannah. »Hörst du ...«

»Pssst!« Der Verwirrung in Rolands Gesicht folgte langsam Staunen. Er sah von Eddie zu Susannah und dann wieder zu Eddie. Seine Augen füllten sich mit einem tiefempfundenen Gefühl, so wie sich ein Krug mit Wasser füllt, wenn man ihn in einen Brunnen hält.

»Roland?« fragte Eddie unbehaglich. »Alles in Ordnung?«

Roland flüsterte etwas. Eddie konnte nicht verstehen, was es war.

Susannah blickte ängstlich drein. Sie sah Eddie panisch an, als wollte sie fragen: *Was hast du mit ihm gemacht?*

Eddie nahm eine Hand von ihr zwischen seine beiden. »Ich glaube, es ist alles in Ordnung.«

Roland klammerte die Hand so fest um das Stück Holz, daß Eddie kurz befürchtete, er könnte es entzweibrechen, aber das Holz war kräftig. Der Hals des Revolvermanns schwoll an; sein Adamsapfel hüpfte, als er zu sprechen versuchte. Und plötzlich rief er mit heller, lauter Stimme zum Himmel:

»FORT! DIE STIMMEN SIND FORT!«

Er sah sie an, und da sah Eddie etwas, mit dem er in seinem ganzen Leben nicht gerechnet hätte – nicht einmal, wenn dieses Leben tausend Jahre währen würde.

Roland von Gilead weinte.

2

Der Revolvermann schlief zum erstenmal seit Monaten tief und traumlos, und er hatte den noch nicht ganz fertiggestellten Schlüssel fest in einer Hand, während er schlief.

3

In einer anderen Welt, aber unter dem Schatten desselben *Ka-tet,* hatte Jake Chambers den lebhaftesten Traum seines Lebens.

Er ging durch das verfilzte Dickicht eines uralten Waldes – einer toten Zone voll von umgestürzten Bäumen und struppigen, dornigen Büschen, die in seine Knöchel stachen und versuchten, ihm die Turnschuhe zu stehlen. Er kam zu einem schmalen Gürtel jüngerer Bäume (Erlen, dachte er, möglicherweise Buchen – er war ein Junge aus der Stadt und wußte von Bäumen nur eines mit Sicherheit, daß manche Blätter und manche Nadeln hatten) und entdeckte einen Pfad hindurch. Diesem folgte er ein wenig schneller. Vor ihm lag eine Art Lichtung.

Er blieb einmal stehen, bevor er sie erreicht hatte, als er eine Art Markierung rechts von sich sah. Er verließ den Pfad und sah sie sich an. Es waren Buchstaben darin eingeschnitzt, doch waren diese so verwittert, daß er sie nicht erkennen konnte. Schließlich machte er die Augen zu (das hatte er noch nie in einem Traum gemacht) und strich jeden einzelnen Buchstaben mit den Fingern nach wie ein blinder Junge, der Braille liest. Jeder einzelne erstand in der Dunkelheit hinter seinen Lidern, bis sie einen Satz bildeten, der wie ein Umriß blauen Leuchtens vorstand:

REISENDER, JENSEITS LIEGT MITTWELT

Jake, der in seinem Bett schlief, zog die Knie an die Brust. Die Hand, die den Schlüssel hielt, lag unter dem Kissen, und jetzt umklammerten seine Finger ihn fester.

Mittwelt, dachte er. *Klar doch. St. Louis und Topeka und Oz und der Jahrmarkt und Charlie Tschuff-Tschuff.*

Er schlug die Traumaugen auf und ging weiter. Der Boden der Lichtung hinter den Bäumen bestand aus altem, rissigem Asphalt. In die Mitte war ein verblaßter gelber Kreis gemalt worden. Jake stellte fest, daß es sich um ein Basketballfeld handelte, noch ehe er den Jungen am anderen Ende sah, der an der Strafraumlinie stand und einen staubigen alten Ball Marke Wilson in den Korb warf. Er fiel unfehlbar durch das Loch ohne Netz. Der Korb war an etwas befestigt, das wie der Kiosk einer U-Bahn aussah, der die Nacht über geschlossen ist. Auf die Tür waren abwechselnd gelbe und schwarze Streifen gemalt. Dahinter – oder darunter – konnte Jake das konstante Dröhnen gewaltiger Maschinen hören. Das Geräusch war irgendwie beunruhigend. Beängstigend.

Tritt nicht auf die Roboter, sagte der Junge, der die Körbe warf, ohne sich umzudrehen. *Ich glaube, sie sind alle tot, aber ich an deiner Stelle würde kein Risiko eingehen.*

Jake sah sich um und stellte fest, daß eine Reihe zertrümmerter mechanischer Geräte herumlagen. Eines sah wie eine Ratte oder Maus aus, eines wie eine Fledermaus. Eine zertrümmerte mechanische Schlange lag fast unmittelbar vor seinen Füßen.

Bist du ich? fragte Jake und ging einen Schritt auf den Jungen am

Korb zu, aber noch bevor dieser sich umdrehte, wußte Jake, daß es nicht so war. Der Junge war größer als Jake und mindestens dreizehn. Sein Haar war dunkler, und als er Jake ansah, stellte dieser fest, die Augen des Fremden waren haselnußbraun. Seine waren blau.

Was denkst du? fragte der fremde Junge und warf Jake den Ball zu.

Nein, natürlich nicht, sagte Jake. Er sagte es mit einem entschuldigenden Unterton. *Es ist nur so, daß ich die letzten drei Wochen oder so zweigeteilt war.* Er blieb stehen und warf vom Mittelfeld aus. Der Ball beschrieb einen hohen Bogen und fiel lautlos durch den Reif. Er war entzückt... aber er merkte, er hatte auch Angst vor dem, was dieser fremde Junge ihm erzählen könnte.

Ich weiß, sagte der Junge. *Es war beschissen für dich, was?* Er trug verblichene Madras-Shorts und ein gelbes T-Shirt, auf dem stand: KEIN MOMENT LANGEWEILE IN MITTWELT. Um die Stirn trug er ein grünes Band, damit ihm die Haare nicht in die Augen fielen. *Und es wird noch schlimmer, bevor es besser wird.*

Was ist das für ein Ort? fragte Jake. *Und wer bist du?*

Es ist das Portal des Bären ... aber es ist auch Brooklyn.

Das schien keinen Sinn zu ergeben, aber irgendwie doch. Jake sagte sich, daß das in Träumen immer so war, aber dies hier schien irgendwie *gar kein Traum zu sein.*

Was mich anbelangt, ich bin nicht besonders wichtig, sagte der Junge. Er warf den Basketball über die Schulter. Dieser stieg in die Höhe und fiel sauber durch den Reif. *Ich soll dich führen, das ist alles. Ich führe dich dorthin, wo du hingehen mußt, und ich zeige dir, was du sehen mußt, aber du mußt vorsichtig sein, weil ich dich nicht kenne. Und Fremde machen Henry nervös. Er kann gemein werden, wenn er nervös ist, und Henry ist größer als du.*

Wer ist Henry? fragte Jake.

Vergiß es. Sieh nur zu, daß er dich nicht bemerkt. Du mußt nur in der Nähe bleiben ... und uns folgen. Und wenn wir gehen ...

Der Junge sah Jake an. Mitleid und Angst sprachen aus seinen Augen. Jake stellte plötzlich fest, daß der Junge allmählich *verblaßte* – er konnte die schwarzen und gelben Streifen des Kioskes durch das gelbe T-Shirt des Jungen erkennen.

Wie werde ich dich finden? Plötzlich hatte Jake große Angst, der Junge könnte völlig verschwinden, bevor er Jake alles sagen konnte, was er wissen mußte.

Kein Problem, sagte der Junge. Seine Stimme hatte einen seltsam klirrenden Unterton angenommen. *Fahr einfach mit der U-Bahn nach Co-Op City. Du wirst mich finden.*

Nein, unmöglich! rief Jake. *Co-Op City ist riesig! Dort müssen hunderttausend Menschen wohnen!*

Jetzt war der Junge nur noch ein verschwommener Umriß. Nur seine haselnußbraunen Augen waren noch ganz da, wie das Grinsen der

Cheshire-Katze in *Alice im Wunderland.* Sie sahen Jake voll Mitgefühl und Furcht an. *Null Problemo,* sagte er. *Du hast den Schlüssel und die Rose gefunden, oder nicht? Mich wirst du auf dieselbe Weise finden. Heute nachmittag, Jake. Gegen drei Uhr müßte gut sein. Du mußt vorsichtig sein, und du mußt schnell sein.* Er verstummte – ein geisterhafter Junge, der einen alten Basketball neben dem durchsichtigen Fuß liegen hatte. *Ich muß gehen . . . aber es war schön, dich kennenzulernen. Du scheinst ein netter Junge zu sein, und es überrascht mich nicht, daß er dich gern hat. Aber es besteht Gefahr. Sei vorsichtig . . . und sei schnell.*

Warte! rief Jake und rannte über das Basketballfeld auf den verblassenden Jungen zu. Mit einem Fuß stolperte er über einen Mechanismus, der wie ein zerdepperter Spielzeugtraktor aussah. Er stolperte, fiel auf die Knie und riß sich die Hose auf. Er achtete nicht auf den leichten Schmerz. *Warte! Du mußt mir sagen, was das alles zu bedeuten hat! Du mußt mir sagen, warum mir das alles zustößt!*

Wegen des Balkens, antwortete der Junge, der jetzt nur noch aus einem schwebenden Augenpaar bestand, *und wegen des Turms. Letztendlich dient alles, auch die Balken, dem Dunklen Turm. Hast du gedacht, bei dir wäre das anders?*

Jake ruderte mit den Armen und stand stolpernd auf. *Werde ich ihn finden? Werde ich den Revolvermann finden?*

Ich weiß nicht, antwortete der Junge. Seine Stimme schien jetzt aus einer Entfernung von Millionen Meilen zu kommen. *Ich weiß nur, daß du es versuchen mußt. Diesbezüglich hast du keine andere Wahl.*

Der Junge war fort. Das Basketballfeld im Wald war verlassen. Nur das leise Dröhnen der Maschinen war noch zu hören, und das gefiel Jake nicht. Mit diesem Geräusch stimmte etwas nicht, und er dachte, was mit der Maschine nicht in Ordnung war, beeinträchtigte auch die Rose – oder umgekehrt. Alles hing irgendwie zusammen.

Er hob den alten, staubigen Basketball auf und warf. Der Ball fiel durch den Korb . . . und verschwand.

Ein Fluß, seufzte die Stimme des fremden Jungen. Sie war wie der Hauch einer Brise. Sie kam von überall und nirgends. *Die Antwort ist ein Fluß.*

4

Jake wachte im ersten trüben Licht der Dämmerung auf und sah zur Decke seines Zimmers. Er mußte an den Mann im Manhattan-Restaurant für geistige Nahrung denken – Aaron Deepneau, der auf der Bleeker Street herumgehangen hatte, als Bob Dylan noch kaum wußte, wie er einen offenen G-Dur-Akkord auf seiner Hohner spielen sollte. Aaron Deepneau hatte Jake ein Rätsel aufgegeben.

Was bewegt sich und kommt nicht fort,
Hat einen Mund und spricht kein Wort,
Hat ein Bett und kann doch nicht schlafen,
Und birgt für manchen einen sicheren Hafen?

Jetzt kannte er die Antwort. Ein Fluß bewegte sich – er strömte; ein Fluß hatte einen Mund, besser gesagt, eine Mündung; ein Fluß hatte auch ein Bett; und ein Fluß barg gewiß auch einen sicheren Hafen. Der Junge hatte ihm die Antwort verraten. Der Junge im Traum.

Und plötzlich fiel ihm noch etwas ein, das Deepneau gesagt hatte: *Das ist nur die halbe Antwort. Samsons Rätsel besteht aus zwei Teilen, mein Freund.*

Jake sah auf die Nachttischuhr und stellte fest, es war zwanzig nach sechs. Zeit aufzustehen, wenn er hier fort sein wollte, bevor seine Eltern wach wurden. Er würde heute nicht in die Schule gehen; Jake überlegte sich, daß die Schule vielleicht für immer gestrichen war, was ihn anbelangte.

Er schlug die Bettdecke zurück, schwang die Füße auf den Boden und stellte fest, daß er an beiden Knien Aufschürfungen hatte. Frische Aufschürfungen. Er hatte sich gestern die linke Seite gestoßen, als er auf den Steinen ausgerutscht und gefallen war, und er hatte sich den Kopf angeschlagen, als er bei der Rose das Bewußtsein verloren hatte, aber mit seinen Knien war nichts passiert.

»Das ist in dem Traum geschehen«, flüsterte Jake und mußte feststellen, daß er nicht im geringsten überrascht war. Er zog sich rasch an.

5

Ganz hinten in seinem Schrank fand er unter einem Durcheinander von alten Turnschuhen ohne Schnürsenkel und einem Stapel *Spiderman*-Comics den Schulranzen, den er in der Grundschule getragen hatte. In der Piper würde sich ums Verrecken niemand mit einem Ranzen erwischen lassen, den man auf dem Rücken trug – wie gewöhnlich, meine Güte –, und als Jake ihn ergriff, verspürte er eine Woge übermächtiger Sehnsucht nach den alten Zeiten, als das Leben noch so einfach gewesen war.

Er verstaute ein sauberes Hemd, ein frisches Paar Jeans, etwas Unterwäsche und Socken darin, dann fügte er *Ringelrätselreihen* und *Charlie Tschuff-Tschuff* hinzu. Er hatte den Schlüssel auf den Schreibtisch gelegt, bevor er im Schrank nach dem alten Schulranzen gesucht hatte, und die Stimmen hatten sofort wieder eingesetzt, aber sie waren fern und gedämpft. Außerdem war er sicher, er konnte sie ganz zum Schweigen bringen, wenn er den Schlüssel in die Hand nahm, und das beruhigte ihn.

Okay, dachte er und sah in den Ranzen. Selbst mit den Büchern hatte er noch jede Menge Platz. *Was noch?*

Einen Moment dachte er, sonst nichts mehr, aber dann fiel es ihm ein.

6

Im Arbeitszimmer seines Vaters roch es nach Zigaretten und Ehrgeiz.

Es wurde von einem riesigen Teakholzschreibtisch beherrscht. Auf der anderen Seite des Zimmers, an einer Wand, die sonst mit Büchern vollgestellt war, waren vier Fernsehmonitoren von Mitsubishi eingelassen. Jeder war auf einen der großen Konkurrenzsender eingestellt, und nachts, wenn sein Vater hier drinnen war, gab jeder seine Abfolge Bilder zur besten Sendezeit von sich, aber der Ton blieb ausgeschaltet.

Die Vorhänge waren zugezogen, und Jake mußte die Schreibtischlampe einschalten, damit er sehen konnte. Allein hier drinnen zu sein, machte ihn nervös. Sollte sein Vater aufwachen und hereinkommen (was möglich war; wie spät er auch ins Bett ging oder wieviel er trank, Elmer Chambers hatte immer einen leichten Schlaf und war ein Frühaufsteher), würde er böse werden. Was einen sauberen Abgang mindestens erschweren würde. Je früher er hier wieder draußen war, desto erleichterter würde sich Jake fühlen.

Der Schreibtisch war abgeschlossen, aber sein Vater hatte nie ein Geheimnis daraus gemacht, wo er den Schlüssel aufbewahrte. Jake streckte die Finger unter die Schreibtischunterlage und fischte ihn hervor. Er machte die dritte Schublade auf, griff unter die hängenden Ordner und berührte kaltes Metall.

Ein Dielenbrett quietschte auf dem Flur, und Jake erstarrte. Als sich das Quietschen nicht wiederholte, zog Jake die Waffe heraus, die sein Vater dort aufbewahrte – eine 44er Ruger Automatik. Sein Vater hatte Jake die Waffe an dem Tag, als er sie kaufte, mit großem Stolz gezeigt – vor zwei Jahren war das gewesen. Er war vollkommen taub für das nervöse Beharren seiner Frau gewesen, er sollte sie wegschließen, bevor jemand zu Schaden kam.

Jake ertastete den Knopf an der Seite, der das Magazin herausspringen ließ. Dieses fiel ihm mit einem metallischen *Schnack!* in die Hand, das in der stillen Wohnung sehr laut wirkte. Er sah wieder nervös zur Tür, dann richtete er seine Aufmerksamkeit auf das Magazin. Es war voll. Er wollte es schon in die Waffe schieben, holte es dann aber doch wieder heraus. Eine geladene Waffe in einer geschlossenen Schreibtischschublade aufzubewahren, gut und schön; aber eine in New York City herumzutragen – das stand wieder auf einem anderen Blatt.

Er stopfte die Automatik ganz unten in den Ranzen, dann tastete er wieder hinter die hängenden Ordner. Diesmal holte er eine halbvolle Schachtel Munition heraus. Er wußte noch, sein Vater hatte auf dem Polizeischießstand in der First Avenue geübt, dann aber das Interesse verloren.

Das Dielenbrett quietschte wieder. Jake wollte hier raus.

Er holte eines der Hemden, die er eingepackt hatte, aus dem Ranzen und wickelte das Magazin und die Schachtel Munition darin ein. Er wollte gerade gehen, als sein Blick auf den kleinen Stapel Briefpapier neben den Postein- und -ausgangskörbchen fiel. Die verspiegelte Sonnenbrille von Ray Ban, die sein Vater so gerne trug, lag zusammengeklappt auf dem Briefpapier. Er nahm ein Blatt und nach einem Augenblick des Nachdenkens auch die Sonnenbrille. Die Brille steckte er in die Brusttasche. Dann nahm er den schlanken goldenen Füller aus dem Ständer und schrieb *Lieber Dad, liebe Mom* unter den Briefkopf.

Er hielt inne und betrachtete den Gruß stirnrunzelnd. Wie ging es weiter? Was genau hatte er zu sagen? Daß er sie liebte? Das entsprach der Wahrheit, aber es reichte nicht aus – alle möglichen anderen unangenehmen Tatsachen durchbohrten dieses Kernstück wie Nadeln ein Wollknäuel. Daß er sie vermissen würde? Er wußte nicht, ob das stimmte oder nicht, was irgendwie schrecklich war. Daß er hoffte, *sie* würden *ihn* vermissen?

Plötzlich wurde ihm klar, worin das Problem bestand. Wenn er vorhätte, nur heute wegzugehen, würde ihm etwas einfallen. Aber er verspürte die beinahige Gewißheit, daß es sich *nicht* nur um diesen Tag handelte, diese Woche, diesen Monat oder diesen Sommer. Er hatte eine Ahnung, wenn er die Wohnung diesmal verließ, würde es für immer sein.

Er knüllte das Blatt Papier fast zusammen, überlegte es sich dann aber doch anders. Er schrieb: *Bitte paßt auf euch auf. Alles Liebe, J.* Das war ziemlich dürftig, aber besser als nichts.

Prima. Würdest du jetzt aufhören, das Schicksal auf die Probe zu stellen, und hier verschwinden?

Das machte er.

Es war fast totenstill in der Wohnung. Er schlich auf Zehenspitzen durch das Wohnzimmer, hörte aber nur das Atmen seiner Eltern: das leise Röcheln seiner Mutter, das etwas nasalere Schnarchen seines Vaters, bei dem jedes Einatmen mit einem kurzen, hohen Pfeifton endete. Der Kühlschrank fing an zu summen, als er unter der Tür stand, und Jakes Herz schlug heftig. Dann stand er vor der Tür. Er schloß sie, so leise er konnte, auf, dann ging er hinaus und zog sie behutsam hinter sich zu.

Ein Stein schien ihm vom Herzen zu fallen, als das Schloß einrastete, und ein starkes Gefühl der Vorfreude überkam ihn. Er wußte nicht, was vor ihm lag, und hatte allen Grund zu der Annahme, daß es gefährlich sein würde, aber schließlich war er elf Jahre alt – zu jung, das exotische Entzücken zu verleugnen, das ihn plötzlich erfüllte. Vor ihm lag eine Straße – eine verborgene Straße, die weit in ein unbekanntes Land führte. Es gab Geheimnisse, die sich ihm offenbaren konnten, wenn er klug war . . . und wenn er Glück hatte. Er hatte sein Zuhause im kargen Licht der Dämmerung verlassen, und vor ihm lag ein großes Abenteuer.

Wenn ich standhaft bin, wenn ich es durchstehe, werde ich die Rose sehen, dachte er, als er den Knopf des Fahrstuhls drückte. *Ich weiß es . . . und* ihn *werde ich auch sehen.*

Auch das erfüllte ihn mit einem solchen Eifer, daß es an Ekstase grenzte.

Drei Minuten später kam er unter dem Baldachin hervor, der dem Eingang des Hauses Schatten spendete, wo er sein ganzes Leben lang gelebt hatte. Er verweilte einen Augenblick, dann wandte er sich nach links. Diese Entscheidung hatte nichts Wahlloses. Er ging auf dem Pfad des Balkens nach Südosten und nahm seine eigene unterbrochene Suche nach dem Dunklen Turm wieder auf.

7

Zwei Tage nachdem Eddie Roland den unfertigen Schlüssel gegeben hatte, drangen die drei Reisenden – heiß, schwitzend, müde und ausgelaugt – durch ein besonders verfilztes Dickicht von Unterholz und jungen Bäumen und fanden zwei parallel verlaufende Pfade unter den verflochtenen Ästen alter Bäume, die sich rechts und links drängten. Nach einigen Augenblicken eingehender Betrachtung kam Eddie zum Ergebnis, daß es sich nicht nur um Pfade handelte, sondern um die Überreste einer längst aufgegebenen Straße. Büsche und verkrüppelte Bäume wuchsen als häßliches Gestrüpp auf dem einstigen Mittelstreifen. Bei den grasbewachsenen Vertiefungen handelte es sich um Reifenspuren, die beide so breit waren, daß Susannahs Rollstuhl darin fahren konnte.

»Halleluja!« rief er. »Darauf trinken wir!«

Roland nickte und löste den Wasserschlauch, den er um die Taille trug. Er reichte ihn erst Susannah, die im Tragegurt auf seinem Rücken hing. Eddies Schlüssel, den er jetzt an einer Wildlederschnur um den Hals trug, baumelte bei jeder Bewegung unter dem Hemd. Susannah trank einen Schluck und gab Eddie den Schlauch. Er trank und machte sich daran, den Rollstuhl auseinanderzuklappen. Eddie hatte angefangen, dieses sperrige, unhandliche Fortbewegungsmittel zu hassen; es war wie ein Anker aus Eisen, der sie immerzu aufhielt. Abgesehen von einer oder zwei abgebrochenen Speichen war er noch weitgehend in

Ordnung. Eddie hatte an manchen Tagen gedacht, daß das verdammte Ding sie alle überleben würde. Aber jetzt konnte es sich wieder als nützlich erweisen ... jedenfalls eine Weile.

Eddie half Susannah aus dem Tragegurt und setzte sie in den Rollstuhl. Sie drückte die Hände an den Rückenansatz, streckte sich und grinste vor Freude. Eddie und Roland konnten beide das Knacken ihres Rückgrats hören, als sie sich streckte.

Ein Stück vor ihnen kam ein großes Tier aus dem Wald, das wie eine Mischung aus Dachs und Waschbär aussah. Es sah sie mit seinen goldgesäumten Augen an, schnupperte mit der spitzen, borstigen Schnauze, als wollte es sagen: *Huch! Tolle Sache!,* ging weiter über die Straße und verschwand wieder. Zuvor konnte Eddie aber noch seinen Schwanz erkennen – lang und zusammengerollt wie eine fellbezogene Bettfeder.

»Was war das, Roland?«

»Ein Billy-Bumbler.«

»Nicht eßbar?«

Roland schüttelte den Kopf. »Zäh. Bitter. Lieber würde ich Hund essen.«

»Hast du schon?« fragte Susannah. »Hund gegessen, meine ich.«

Roland nickte, ging aber nicht weiter darauf ein. Eddie mußte an eine Dialogzeile aus einem alten Film mit Paul Newman denken: *Ganz recht, Lady – sie gegessen und wie einer gelebt.*

Vögel zwitscherten fröhlich in den Bäumen. Ein leichter Windhauch wehte über die Straße. Eddie und Susannah streckten ihm dankbar die Gesichter entgegen, dann sahen sie einander an und lächelten. Das Maß an Dankbarkeit, das er ihretwegen empfand, setzte Eddie wieder in Erstaunen – es war beängstigend, jemanden zu haben, den man liebte, aber auch sehr schön.

»Wer hat diese Straße gemacht?« fragte Eddie.

»Menschen, die schon lange verschwunden sind«, sagte Roland.

»Die, welche die Tassen und Teller gemacht haben, die wir gefunden hatten?«

»Nein – die nicht. Ich könnte mir denken, dies muß eine Kutschenstraße gewesen sein, und wenn sie nach all diesen Jahren noch so deutlich ist, muß sie wahrlich groß gewesen sein ... vielleicht *die* Große Straße. Würden wir graben, würden wir, könnte ich mir vorstellen, das Schotterbett finden, und darunter das Abwassersystem. Aber wenn wir nun schon einmal hier rasten, laßt uns etwas essen.«

»Essen!« schrie Eddie. »Her damit! Hühnchen Florentiner Art. Polynesische Shrimps! Sautiertes Kalbfleisch mit Pilzen und ...«

Susannah stieß ihn mit dem Ellbogen an. »Hör auf damit, weißer Junge.«

»Ich kann nichts dafür, daß ich eine blühende Fantasie habe«, sagte Eddie fröhlich.

Roland ließ die Tasche von der Schulter gleiten, kauerte sich nieder und stellte eine kleine Mittagsmahlzeit aus Dörrfleisch in olivfarbenen Blättern zusammen. Eddie und Susannah hatten festgestellt, daß diese Blätter ein wenig wie Spinat schmeckten, nur intensiver.

Eddie schob Susannah zu ihm, dann gab Roland ihr drei »Frikadellen à la Revolvermann«, wie er sie nannte. Sie fing an zu essen.

Als Eddie sich wieder umdrehte, hielt Roland ihm drei der eingewikkelten Dörrfleischstreifen hin, aber noch etwas anderes. Es war das Stück Eschenholz, aus dem der Schlüssel wuchs. Roland hatte ihn von der Wildlederschnur genommen, die ihm nun als offene Schlinge um den Hals hing.

»He, den brauchst du, oder nicht?«

»Wenn ich ihn abnehme, kommen die Stimmen wieder, aber sie sind sehr weit entfernt«, sagte Roland. »Ich werde mit ihnen fertig. Eigentlich höre ich sie auch, wenn ich ihn trage – wie die Stimmen von Männern, die leise hinter dem nächsten Hügel sprechen. Das liegt, glaube ich, daran, daß der Schlüssel noch nicht fertig ist. Du hast nicht mehr daran gearbeitet, seit du ihn mir gegeben hast.«

»Nun, du hast ihn getragen, und ich wollte nicht ...«

Roland sagte nichts, aber seine blaßblauen Augen betrachteten Eddie mit ihrem geduldigen Ausbilderblick.

»Na gut«, sagte Eddie. »Ich habe Angst, daß ich ihn versaue. Zufrieden?«

»Laut deinem Bruder hast du alles versaut ... ist das nicht so?« fragte Susannah.

»Susannah Dean, Psychologin. Du hast den Beruf verfehlt, Süße.«

Susannah war durch den Sarkasmus nicht vor den Kopf gestoßen. Sie hob den Wasserschlauch mit dem Ellbogen wie ein Saufkumpan den Krug und trank in vollen Zügen. »Es stimmt aber, oder nicht?«

Eddie, dem klar war, daß er auch die Schleuder nicht fertig geschnitzt hatte – noch nicht –, zuckte die Achseln.

»Du mußt ihn fertigstellen«, sagte Roland nachsichtig. »Ich glaube, der Zeitpunkt kommt, da du ihn benützen mußt.«

Eddie wollte etwas sagen, dann klappte er den Mund zu. Es hörte sich so einfach an, wenn man es so frei heraus sagte, aber keiner verstand das Wesentliche. Das Wesentliche war dies: Siebzig Prozent oder achtzig würden einfach nicht reichen, nicht einmal achtundneunzigeinhalb. Diesmal nicht. *Wenn* er es diesmal versaute, konnte er nicht einfach das Ding über die Schulter werfen und weiterziehen. Zunächst einmal hatte er keine Esche mehr gesehen, seit er dieses spezielle Stück Holz geschnitzt hatte. Aber was ihm am allermeisten zusetzte, war dies: Es ging um alles oder nichts. Wenn er sich nur einen Patzer erlaubte, würde sich der Schlüssel nicht drehen, wenn er sich drehen sollte. Und diese kleine Rundung am Ende machte ihn zunehmend nervös. Es sah so einfach aus, aber wenn die Krümmung nicht hundertprozentig stimmte ...

Aber so, wie er ist, wird er auch nicht funktionieren; das weißt du.

Er seufzte und sah den Schlüssel an. Ja, das wußte er. Er mußte versuchen, ihn zu vollenden. Seine Angst zu versagen würde es noch schwerer machen, als es ohnehin schon war, aber er mußte die Angst überwinden und es trotzdem versuchen. Vielleicht konnte er es sogar durchziehen. Weiß Gott, er hatte eine Menge durchgezogen, seit Roland an Bord eines Delta-Jets auf dem Weg zum JFK-Flughafen in seinen Verstand eingedrungen war. Daß er noch am Leben und geistig gesund war, das war an sich schon eine Leistung.

Eddie gab Roland den Schlüssel zurück. »Trag ihn noch eine Weile«, sagte er. »Ich mache mich wieder an die Arbeit, wenn wir einen Rastplatz für die Nacht gefunden haben.«

»Versprochen?«

»Ja.«

Roland nickte, nahm den Schlüssel und knotete die Wildlederschnur wieder zu. Er machte es langsam, aber Eddie entging nicht, wie behende er die verbliebenen zwei Finger der rechten Hand bewegte. Der Mann war anpassungsfähig, das mußte man ihm lassen.

»Es *wird* etwas passieren, oder nicht?« fragte Susannah plötzlich.

Eddie sah zu ihr auf. »Wie kommst du darauf?«

»Ich schlafe bei dir, Eddie, und ich weiß, daß du jede Nacht träumst. Manchmal redest du auch. Es scheinen nicht gerade Alpträume zu sein, aber es ist ziemlich deutlich, daß *etwas* in deinem Kopf vor sich geht.«

»Ja. Das stimmt. Ich weiß nur noch nicht, was es ist.«

»Träume haben große Macht«, bemerkte Roland. »Kannst du dich überhaupt nicht an deine erinnern?«

Eddie zögerte. »Ein wenig, aber sie sind ziemlich wirr. Ich bin wieder ein Kind, soviel weiß ich. Die Schule ist aus. Henry und ich spielen auf dem alten Spielplatz in der Markey Avenue, wo heute das Jugendgericht steht. Ich möchte, daß Henry mich zu einem Haus in Dutch Hill bringt. Einem alten Haus. Die Kinder nennen es die ›Villa‹, und alle sagen, daß es dort spukt. Was vielleicht sogar gestimmt hat. Es war unheimlich dort, das weiß ich noch. *Echt* unheimlich.«

Eddie schüttelte nachdenklich den Kopf.

»Ich habe zum erstenmal seit Jahren an die Villa gedacht, als wir auf der Lichtung des Bären waren und ich den Kopf dicht an diesen merkwürdigen Pavillon gehalten habe. Weiß nicht – vielleicht habe ich deswegen den Traum.«

»Aber du glaubst es nicht«, sagte Susannah.

»Nein, ich glaube, was da vorgeht, das ist weitaus komplizierter als nur die Erinnerung an etwas.«

»Seid ihr – du und dein Bruder – wirklich an diesem Ort gewesen?« fragte Roland.

»Ja – ich habe ihn dazu überredet.«

»Und ist etwas passiert?«

»Nein. Aber es war unheimlich. Wir standen da und haben das Haus eine Weile angesehen, und Henry hat mich aufgezogen – er hat gesagt, ich müßte reingehen und ein Andenken mitbringen, so etwas –, aber ich wußte, es war eigentlich nicht sein Ernst. Er hatte ebensogroße Angst vor dem Gebäude wie ich.«

»Und das ist alles?« fragte Susannah. »Du träumst einfach, daß du zu diesem Haus gehst. Der Villa?«

»Es ist noch ein bißchen mehr. Jemand kommt . . . und hängt dann einfach da rum. Ich bemerke ihn in dem Traum, aber nur ein bißchen . . . wie aus dem Augenwinkel, wißt ihr? Aber ich weiß, wir müssen so tun, als ob wir einander nicht kennen.«

»War dieser Jemand am fraglichen Tag tatsächlich dort?« fragte Roland. Er sah Eddie eindringlich an. »Oder ist er nur ein Spieler in diesem Traum?«

»Es ist schon lange her. Ich kann nicht älter als dreizehn gewesen sein. Wie sollte ich mich mit Sicherheit an so etwas erinnern?«

Roland sagte nichts.

»Okay«, sagte Eddie schließlich. »Ja, ich glaube, er *war* an jenem Tag dort. Ein Junge, der eine Sporttasche oder einen Rucksack trug, daran kann ich mich nicht mehr erinnern. Und eine Sonnenbrille, die zu groß für sein Gesicht war. Mit Spiegelgläsern.«

»Wer war diese Person?« fragte Roland.

Eddie schwieg lange Zeit. Er hielt die letzte *Frikadelle à la Roland* in seiner Hand, hatte aber keinen Hunger mehr. »Ich glaube, es ist der Junge, den du im Rasthaus getroffen hast«, sagte er schließlich. »Ich glaube, dein alter Freund Jake hat mich und Henry an dem Nachmittag beobachtet, als wir nach Dutch Hill gegangen sind. Ich glaube, er ist uns gefolgt. Weil er die Stimmen hört, genau wie du, Roland. Und weil er an meinen Träumen Anteil hat und ich an seinen. Ich glaube, woran ich mich erinnere, das passiert gerade jetzt in Jakes Zeit. Der Junge versucht, hierher zurückzukommen. Und wenn der Schlüssel nicht fertig ist, wenn er handelt – oder wenn er fehlerhaft ist –, wird der Junge wahrscheinlich sterben.«

Roland sagte: »Vielleicht hat er einen eigenen Schlüssel. Ist das möglich?«

»Ja, könnte schon sein«, sagte Eddie. »Aber das reicht nicht.« Er seufzte und steckte die letzte Frikadelle für später in die Tasche. *»Und ich glaube nicht, daß er das weiß.«*

8

Sie gingen weiter; Roland und Eddie wechselten sich an Susannahs Rollstuhl ab. Sie hatten sich für die linke Reifenspur entschieden. Der Rollstuhl schwankte und holperte, und ab und zu mußten sie ihn über Baumstümpfe heben, die hier und da wie verfaulte Zahnstummel aus dem Boden ragten. Dennoch kamen sie schneller voran als in der letzten Woche. Das Gelände stieg an, und wenn Eddie zurücksah, konnte er feststellen, daß der Wald sich in einer Reihe sanfter Stufen neigte. Weit im Nordwesten sah er das Band eines Flusses, der über ein zertrümmertes Felsenantlitz fiel. Das war, stellte er staunend fest, die Stelle, die sie den ›Schießstand‹ genannt hatten. Sie war inzwischen fast im Dunst dieses Sommernachmittags hinter ihnen verschwunden.

»Mach langsam, Junge!« rief Susannah schrill. Eddie drehte sich wieder um und konnte gerade noch rechtzeitig bremsen, sonst wäre der Rollstuhl gegen Roland geprallt. Der Revolvermann war stehengeblieben und spähte ins verfilzte Dickicht.

»Wenn so was noch mal vorkommt, nehm ich dir 'n Führerschein ab«, sagte Susannah schnippisch.

Eddie achtete nicht auf sie. Er folgte Rolands Blick. »Was ist?«

»Das läßt sich nur auf eine Weise herausfinden.« Er drehte sich um, zog Susannah aus dem Rollstuhl und stemmte sie auf die Hüfte. »Sehen wir es uns alle an.«

»Laß mich runter, großer Junge – ich komme zurecht. Ist einfacher für euch Jungs, wenn ihr's wirklich wissen wollt.«

Als Roland sie langsam auf den grasbewachsenen Streifen hinunterließ, sah Eddie in den Wald. Das Nachmittagslicht warf überlappende Kreuze aus Schatten, aber er glaubte zu erkennen, was Rolands Aufmerksamkeit erregt hatte. Es handelte sich um einen hohen grauen Stein, der fast vollkommen unter einem Dickicht von Weinreben und Ranken verborgen war.

Susannah schlängelte sich geschmeidig wie ein Aal in den Wald neben dem Weg. Roland und Eddie folgten ihr.

»Das ist ein Wegstein, richtig?« Susannah hatte sich auf die Hände gestützt und betrachtete den rechteckigen Stein. Dieser war ehedem aufrecht gestanden, neigte sich aber nun trunken nach rechts wie ein alter Grabstein.

»Ja. Gib mir mein Messer, Eddie.«

Eddie gab es ihm, dann hockte er sich neben Susannah, während der Revolvermann die Ranken durchschnitt. Als sie abfielen, konnte er Buchstaben sehen, die in den Stein gemeißelt waren, und er kannte die Inschrift, noch ehe Roland auch nur die Hälfte davon freigelegt hatte:

REISENDER, JENSEITS LIEGT MITTWELT

9

»Was bedeutet das?« fragte Susannah schließlich. Ihre Stimme war leise und ehrfürchtig; ihre Augen maßen unablässig den grauen Stein.

»Es bedeutet, wir nähern uns dem Ende dieses ersten Abschnitts.« Rolands Gesicht war ernst und nachdenklich, als er Eddie das Messer wiedergab. »Ich glaube, wir halten uns ab sofort an diese alte Kutschenstraße – oder besser gesagt, sie hält sich an uns. Sie folgt dem Verlauf des Balkens. Der Wald wird bald zu Ende sein. Ich rechne mit einer großen Veränderung.«

»Was ist Mittwelt?« fragte Eddie.

»Eines der großen Königreiche, die die Welt zu einer Zeit vor dieser beherrscht haben. Ein Königreich der Hoffnung und des Wissens und des Lichts – woran wir uns in meinem Land auch klammern wollten, bevor die Dunkelheit uns ebenfalls überrollt hat. Eines Tages werde ich euch alle alten Geschichten erzählen, wenn Zeit dazu ist ... zumindest die, die ich kenne. Sie bilden einen gewaltigen Gobelin, der wunderschön, aber sehr traurig ist.

Laut den alten Geschichten erhob sich einst eine große Stadt am Rande von Mittwelt – vielleicht so groß wie deine Stadt New York. Inzwischen wird sie zu Ruinen verfallen sein, wenn sie überhaupt noch existiert. Aber es könnten Menschen dort sein ... oder Ungeheuer ... oder beides. Wir müssen auf der Hut sein.«

Er streckte die zweifingrige rechte Hand aus und berührte die Inschrift. »Mittwelt«, sagte er mit leiser, meditativer Stimme. »Wer hätte gedacht ...« Er verstummte.

»Nun, da kann man nichts machen, oder?« fragte Eddie.

Der Revolvermann schüttelte den Kopf. »Nein, nichts.«

»Ka«, sagte Susannah plötzlich, worauf beide sie ansahen.

10

Es blieben noch zwei Stunden Tageslicht, daher zogen sie weiter. Die Straße folgte dem Pfad des Balkens nach Südosten, und wenig später vereinigten sich zwei weitere überwucherte Straßen – schmalere – mit der, auf der sie sich befanden. An einer Seite verliefen die moosbewachsenen, verfallenen Überreste einer einstmals gigantischen Steinmauer. In der Nähe saßen ein Dutzend fette Billy-Bumbler und betrachteten die Pilger mit ihren seltsamen goldumrandeten Augen. Eddie fand, sie sahen aus wie Geschworene, denen der Sinn nach Hängen steht.

Die Straße wurde breiter und besser erhalten. Zweimal kamen sie an den Ruinen längst verlassener Gebäude vorbei. Das zweite, sagte Roland, hätte eine Windmühle sein können. Susannah meinte, es sah aus, als würde es darin spuken. »Das würde mich nicht überraschen«, entgegnete der Revolvermann. Sein kalter, nüchterner Tonfall machte sie beide frösteln.

Als die Dunkelheit sie zur Rast zwang, wuchsen die Bäume schon dünner, und die Brise, die sie den ganzen Tag umspielt hatte, wurde zu einem leichten, warmen Wind. Vor ihnen stieg das Land weiter an.

»In ein oder zwei Tagen werden wir die Bergkuppe erreicht haben«, sagte Roland. »Dann werden wir sehen.«

»Was sehen?« fragte Susannah, aber Roland zuckte nur die Achseln.

An diesem Abend fing Eddie wieder an zu schnitzen, aber ohne richtige Inspiration. Die Zuversicht und das Glücksgefühl, welche ihn erfüllt hatten, als der Schlüssel langsam Form annahm, waren von ihm gewichen. Seine Finger fühlten sich ungeschickt und klobig an. Zum erstenmal seit Monaten dachte er sehnsüchtig daran, wie schön es wäre, etwas Heroin zu haben. Nicht viel; er war sicher, ein Tütchen zu einem Nickel und ein zusammengerollter Dollarschein würden dafür sorgen, daß er diese kleine Schnitzarbeit in Null Komma nichts hinter sich brachte.

»Worüber lachst du, Eddie?« fragte Roland. Er saß auf der anderen Seite des Lagerfeuers; die niederen, windgepeitschten Flammen tanzten kapriziös zwischen ihnen.

»Habe ich gelächelt?«

»Ja.«

»Ich habe nur daran gedacht, wie dumm manche Menschen sein können – man setzt sie in ein Zimmer mit sechs Türen, und sie laufen trotzdem gegen die Wände. Und dann haben sie auch noch die Dreistigkeit, sich darüber zu beschweren.«

»Wenn man Angst vor dem hat, was sich hinter den Türen befinden könnte, ist es vielleicht sicherer, gegen die Wände zu laufen«, sagte Susannah.

Eddie nickte. »Vielleicht.«

Er arbeitete langsam und bemühte sich, die Formen in dem Holz zu sehen – ganz besonders die kleine S-Form. Er stellte fest, daß sie ziemlich vage geworden war.

Bitte, lieber Gott, hilf mir, daß ich das nicht versaue, dachte er, hatte aber schreckliche Angst, er könnte schon damit angefangen haben. Schließlich gab er auf, reichte den Schlüssel (den er kaum verändert hatte) wieder dem Revolvermann und legte sich unter eines der Felle. Fünf Minuten später hatte der Traum von dem Jungen und dem alten Spielplatz in der Markey Avenue wieder angefangen.

11

Jake verließ das Gebäude gegen Viertel vor sieben und hatte somit noch über acht Stunden totzuschlagen. Er überlegte sich, ob er gleich mit dem Zug nach Brooklyn fahren sollte, entschied aber, daß das keine gute Idee war. Ein Junge, der nicht in der Schule war, erregte im Hinterland mehr Aufmerksamkeit als im Zentrum einer Großstadt, und wenn er wirklich nach der Stelle *suchen* mußte, wo er und der Junge sich treffen sollten, war er jetzt schon angeschmiert.

Null Problemo, hatte der Junge im gelben T-Shirt mit dem grünen Stirnband gesagt. *Du hast den Schlüssel und die Rose gefunden, oder nicht? Mich wirst du auf dieselbe Weise finden.*

Aber Jake konnte sich nicht mehr erinnern, wie er den Schlüssel und die Rose denn nun *genau* gefunden hatte. Er erinnerte sich nur noch an das Gefühl der Freude und Gewißheit, die sein Herz und sein Denken erfüllt hatten. Er konnte nur hoffen, daß dies wieder passieren würde. Bis dahin mußte er in Bewegung bleiben. Das war die beste Methode, in New York nicht aufzufallen.

Er ging fast den ganzen Weg zur First Avenue, dann den Weg zurück, den er gekommen war, nur ging er jedesmal ein Stückchen stadteinwärts, während er dem Muster der grünen Fußgängerampeln folgte – vielleicht weil er tief im Innersten wußte, daß auch sie dem Balken dienten. Gegen zehn Uhr kam er zum Metropolitan Museum of Art an der Fifth Avenue. Ihm war heiß, er schwitzte und war deprimiert. Er wollte etwas, dachte aber, er sollte sein bißchen Geld so lange wie möglich zusammenhalten. Er hatte jeden Cent aus der Spardose neben seinem Bett genommen, aber es waren nur acht Dollar, plus minus ein paar Cent.

Eine Gruppe Schulkinder versammelte sich zur Führung. Öffentliche Schule, da war Jake ganz sicher. Sie waren alle so leger gekleidet wie er selbst. Keine Blazer von Paul Stuart, keine Krawatten, keine Bundfaltenhosen, keine einfachen kurzen Röcke, die in Kaufhäusern wie Miß So Pretty oder Tweenity ein Vermögen kosteten. Bei denen handelte es sich von Kopf bis Fuß um Woolworth. Jake stellte sich, einer Eingebung folgend, am Ende der Reihe auf und folgte ihnen ins Museum.

Die Führung dauerte eine Stunde und fünfzehn Minuten. Jake genoß sie. Das Museum war still. Noch besser, es war klimatisiert. Und die Bilder waren hübsch. Ganz besonders faszinierten ihn einige Bilder des Alten Westens von Frederick Remington und ein großes Gemälde von Thomas Hart Benton, auf dem eine Dampflokomotive zu sehen war, die über die großen Ebenen Richtung Chicago fuhr, während zähe Farmer in blauen Overalls und Strohhüten auf den Feldern standen und zusahen. Keiner der Lehrer, die die Gruppe begleiteten, bemerkte ihn – erst am Ende. Dann klopfte ihm eine strenge Frau im engen blauen Hosenanzug auf die Schulter und fragte ihn, wer er war.

Jake hatte sie nicht kommen sehen, und einen Moment setzte sein Denken aus. Ohne zu wissen, was er tat, steckte er die Hand in die Tasche und umklammerte den Schlüssel. Sofort wurde sein Kopf wieder klar, und er beruhigte sich wieder.

»Meine Gruppe ist oben«, sagte er und lächelte schuldbewußt. »Wir sollen uns die moderne Kunst ansehen, aber die Bilder hier unten gefallen mir viel besser, weil es richtige Bilder sind. Daher bin ich ... Sie wissen schon ...«

»Ausgerissen?« half die Lehrerin aus. Ihre Mundwinkel zuckten, ein unterdrücktes Lächeln.

»Nun, ich betrachte es eher als französischen Urlaub.« Die Worte sprudelten ihm einfach aus dem Mund.

Die Schüler, die Jake mittlerweile anstarrten, sahen nur verwirrt drein, aber die Lehrerin lachte tatsächlich. »Du weißt entweder nicht oder hast vergessen«, sagte sie, »daß Deserteure in der französischen Fremdenlegion erschossen worden sind. Ich würde vorschlagen, du begibst dich sofort wieder zu deiner Klasse, junger Mann.«

»Ja, Ma'am. Danke. Inzwischen müßten sie sowieso fast durch sein.«

»Von welcher Schule?«

»Markey Academy«, sagte Jake. Auch das kam einfach so heraus.

Er ging nach oben und lauschte dem körperlosen Echo von Schritten und Stimmen im gewaltigen Raum des Rundgangs und fragte sich, warum er das gesagt hatte. Er hatte in seinem ganzen Leben noch nie von einer Schule namens Markey Academy gehört.

12

Er wartete eine Weile in der oberen Lobby, dann stellte er fest, daß ein Aufseher ihn mit wachsendem Interesse betrachtete, und überlegte sich, daß es nicht klug wäre, noch länger zu warten – er konnte nur hoffen, daß die Klasse, der er sich vorübergehend angeschlossen hatte, schon gegangen war.

Er sah auf die Armbanduhr, verzog das Gesicht zu einer Grimasse, die, wie er inbrünstig hoffte, nach *Herrje! Wie spät es schon ist!* aussah, und stapfte nach unten. Die Klasse – und die hübsche farbige Lehrerin, die über den Ausdruck *französischer Urlaub* gelacht hatte – waren verschwunden, und Jake dachte, daß es besser wäre, wenn er sich auch davonmachte. Er würde noch eine Weile herumschlendern – langsam, wegen der Hitze – und dann mit der U-Bahn fahren.

An der Ecke Broadway und Forty-second machte er bei einer Würstchenbude halt und opferte einen Teil seines knappen Geldvorrats für ein Würstchen und ein Nehi. Er setzte sich auf die Treppe eines Bankhauses, um sein Mittagessen zu sich zu nehmen, was sich als schwerer Fehler erwies.

Ein Polizist, der den Schlagstock in einer Reihe komplizierter Manöver schwang, kam auf ihn zu. Er schien sich auf nichts anderes zu konzentrieren, aber als er auf der Höhe von Jake war, stieß er den Stock blitzschnell ins Futteral und drehte sich zu Jake um.

»Sag mal, mein Freund«, begann er. »Keine Schule heute?«

Jake hatte das Würstchen hinuntergeschlungen, aber nun blieb ihm der letzte Bissen im Hals stecken. Das war ein verdammtes Pech. Sie befanden sich am Times Square, dem Abschaumzentrum Amerikas; hier trieben sich überall Dealer, Junkies, Huren und Kinderschänder herum ... aber dieser Bulle achtete nicht auf *sie*, sondern auf *ihn*.

Jake schluckte mühsam, dann antwortete er: »In meiner Schule finden heute die Abschlußprüfungen statt. Ich mußte heute nur eine Arbeit schreiben. Dann durfte ich gehen.« Er verstummte, und der stechende, suchende Blick in den Augen des Polizisten gefiel ihm nicht. »Ich hatte die Erlaubnis«, fügte er unbehaglich hinzu.

»Hm-hmm. Kann ich einen Ausweis sehen?«

Jake verlor den Mut. Hatten seine Eltern die Polizei schon benachrichtigt? Nach dem gestrigen Abenteuer war das ziemlich wahrscheinlich. Unter normalen Umständen würde die Polizei von New York einem vermißten Kind nicht eben viel Beachtung schenken, zumal es nur einen halben Tag fort war, aber sein Vater war eine große Nummer beim Sender und brüstete sich immer damit, daß er sämtliche Hebel in Bewegung setzen konnte. Jake bezweifelte, daß dieser Polizist ein Bild von ihm hatte ... aber die Personalien, das war gut möglich.

»Nun«, sagte Jake widerwillig, »ich habe meine Schülerfahrkarte von Mittwelt-Eisenbahnen, aber das ist alles.«

»Mittwelt-Eisenbahnen? Nie gehört. Wo ist das? Queens?«

»Mittstadt meine ich, Mid-*Town*«, sagte Jake. Herrgott, das ging völlig schief, und zwar schnell. »Wissen Sie? Auf der Thirty-third?«

»Hm-hmmm. Das genügt.« Der Polizist streckte die Hand aus.

Ein Schwarzer, dem Dreadlocks über die Schultern des zitronengelben Anzugs fielen, sah herüber. »Nimmn hopps, Wachmasta«, sagte diese Erscheinung fröhlich. »Reißm sein klein weißn Arsch auf! Tu deine Flicht, soffott!«

»Halt die Klappe und schieß in den Wind, Eli«, sagte der Polizist, ohne sich umzudrehen.

Eli lachte, ließ mehrere Goldzähne blitzen und ging seines Wegs.

»Warum fragen Sie *ihn* nicht nach einem Ausweis«, fragte Jake.

»Weil ich momentan dich frage. Rück ihn raus, Junge.«

Der Bulle kannte entweder seinen Namen oder spürte, daß etwas faul war – was eigentlich nicht überraschend sein sollte, war er doch der einzige weiße Junge in dieser Gegend, der nicht unterwegs war. Es lief so oder so auf eines hinaus: Es war hirnrissig gewesen, hier sein Mittagessen zu verzehren. Aber seine Füße hatten weh getan, und er hatte Hunger gehabt – *großen* Hunger.

Du wirst mich nicht aufhalten, dachte Jake. *Ich kann nicht* zulassen, *daß du mich aufhältst. Ich soll mich heute nachmittag mit jemandem in Brooklyn treffen ... und ich werde dort sein.*

Anstatt in die Brieftasche zu greifen, griff er in die Hosentasche und holte den Schlüssel heraus. Er hielt ihn dem Polizisten hin; der Sonnenschein des späten Vormittags ließ helle Flecken über Wangen und Stirn des Mannes tanzen. Er riß die Augen auf.

»He!« keuchte er. »Was hast du da, Junge?«

Er streckte die Hand danach aus, worauf Jake den Schlüssel ein wenig zurückzog. Die gespiegelten Lichtkreise tanzten hypnotisch auf dem Gesicht des Polizisten. »Sie müssen ihn nicht nehmen«, sagte Jake. »Sie können meinen Namen auch so lesen, oder nicht?«

»Ja, klar.«

Das Gesicht des Polizisten war nicht mehr neugierig. Er sah nur noch den Schlüssel an. Sein Blick war starr und weit, aber nicht völlig leer. Jake las Erstaunen und unerwartetes Glücksgefühl in diesem Blick. *Schau an,* dachte Jake. *Wohin ich gehe, verbreite ich Freude und guten Willen. Die Frage ist, was mache ich jetzt?*

Eine junge Frau (keine Bibliothekarin, das sah man an den Hot pants aus grüner Seide und der durchsichtigen Bluse) kam mit purpurroten Fick-mich-Schuhen mit zehn Zentimeter hohen Pfennigabsätzen den Gehweg entlanggewedelt und -getänzelt. Sie sah erst den Polizisten an, dann Jake, weil sie wissen wollte, wen sich der Bulle vorgeknöpft hatte. Als sie den Schlüssel sah, klappte sie den Mund auf und blieb ruckartig stehen. Sie griff mit einer Hand zum Hals. Ein Mann stieß mit ihr zusammen und sagte ihr, sie solle doch verdammt noch mal aufpassen, wohin sie ging. Die junge Frau, die höchstwahrscheinlich keine Bibliothekarin war, schenkte ihm nicht die geringste Beachtung. Jetzt sah Jake, daß noch vier oder fünf andere Passanten stehengeblieben waren. Alle starrten den Schlüssel an. Sie versammelten sich, wie es die Leute manchmal bei einem sehr guten Taschenspieler machten, der an einer Straßenecke seinem Gewerbe nachging.

Du stellst es echt prima an, unauffällig zu sein, dachte er. *Super.* Er sah über die Schulter des Polizisten, und sein Blick fiel auf ein Schild auf der anderen Straßenseite. Denby's Discount-Drogerie stand darauf.

»Mein Name ist Tom Denby«, sagte er zu dem Polizisten. »Das steht auch hier auf meinem Discountbowlingausweis – richtig?«

»Richtig, richtig«, hauchte der Polizist. Er hatte jegliches Interesse an Jake verloren; er interessierte sich nur noch für den Schlüssel. Die kleinen Münzen reflektierten Lichts tanzten und kreisten auf seinem Gesicht.

»Und Sie suchen nicht nach jemand mit Namen Tom Denby, oder?«
»Nein«, sagte der Polizist. »Nie von ihm gehört.«
Jetzt hatten sich mindestens ein halbes Dutzend Menschen um den Polizisten versammelt, die alle stumm und staunend den silbernen Schlüssel in Jakes Hand anstarrten.
»Also kann ich gehen, ja?«
»Hm? Oh! Oh, klar – geh, bei deinem Vater!«
»Danke«, sagte Jake, aber einen Augenblick war er nicht sicher, *wie* er gehen sollte. Er steckte in einer stummen Meute Zombies, und jeden Augenblick wurden es mehr. Ihm wurde klar, daß sie nur kamen, um zu sehen, was das alles zu bedeuten hatte, aber diejenigen, die den Schlüssel sahen, blieben wie angewurzelt stehen.
Er stand auf, ging langsam die breiten Treppenstufen der Bank hinauf und hielt den Schlüssel vor sich wie ein Löwenbändiger einen Stuhl. Als er den breiten betonierten Vorplatz oben erreicht hatte, steckte er ihn wieder in die Hosentasche, drehte sich um und lief weg.
Er blieb nur einmal am gegenüberliegenden Ende des Platzes stehen und drehte sich um. Die kleine Gruppe der Menschen, die unmittelbar um die Stelle herumgestanden waren, wo er sich befunden hatte, erwachte langsam wieder zum Leben. Sie sahen einander mit benommenen Gesichtern an und gingen weiter. Der Polizist sah mit leerem Blick nach rechts, nach links und dann zum Himmel, als wollte er sich erinnern, wie er hierhergekommen war und was er vorgehabt hatte. Jake hatte genug gesehen. Es wurde Zeit, daß er seinen Kadaver zu einer U-Bahn-Haltestelle schleppte und nach Brooklyn fuhr, bevor noch etwas Unheimliches geschehen konnte.

13

Um Viertel vor zwei an diesem Nachmittag schritt er langsam die Treppe der U-Bahn-Haltestelle hinauf und stand an der Ecke Castle und Brooklyn Avenues, wo er die Sandsteintürme von Co-Op City betrachtete. Er wartete auf das Gefühl von Gewißheit und Richtungssinn – das Gefühl, das so war, als könnte er sich vorwärts in der Zeit erinnern. Es stellte sich nicht ein. *Nichts* stellte sich ein. Er war nur ein gewöhnlicher Junge, der an einer heißen Straßenecke in Brooklyn stand, wo sein kurzer Schatten wie ein müdes Schoßtier zu seinen Füßen lag.
Nun, ich bin hier . . . und was *soll ich jetzt tun?*
Jake mußte feststellen, daß er nicht die leiseste Ahnung hatte.

14

Rolands kleine Gruppe Reisender kam zur Bergkuppe des langen, sanft ansteigenden Hangs, den sie erklommen hatten, und blickten nach Südosten. Lange Zeit sagte niemand etwas. Susannah machte zweimal den Mund auf und wieder zu. Zum erstenmal in ihrem ganzen Leben war sie vollkommen sprachlos.

Vor ihnen döste eine fast endlose Ebene im schrägen, goldenen Licht des Sommernachmittags. Das Gras war üppig, smaragdgrün und sehr hoch. Baumgruppen mit langen, schlanken Stämmen und breiten, ausladenden Kronen sprenkelten diese Ebene. Susannah dachte, daß sie einmal bei einem Diavortrag über Australien ähnliche Bäume gesehen hatte.

Die Straße, der sie gefolgt waren, verlief kurvig die andere Seite des Berges hinab und erstreckte sich dann schnurgerade nach Südosten, ein helles, weißes Band, das das Gras teilte. Im Westen konnte sie einige Meilen entfernt eine Herde großer Tiere friedlich grasen sehen. Sie sahen wie Büffel aus. Im Osten schob der letzte Ausläufer des Waldes eine kurvige Halbinsel in das Grasland. Dieser Ausläufer war ein dunkler, verfilzter Umriß, der wie ein Unterarm mit einer geballten Faust am Ende aussah.

Ihr wurde klar, daß das die Richtung war, in die alle Bäche und Flüsse strömten, auf die sie gestoßen waren. Sie waren Nebenflüsse dieses gewaltigen Stroms, der aus diesem ausgestreckten Arm des Waldes herauskam und träge und verträumt unter der Sommersonne dahin zum östlichen Rand der Welt floß. Er war breit, dieser Fluß, schätzungsweise zwei Meilen von einem Ufer zum anderen.

Und sie konnte die Stadt sehen.

Sie lag direkt voraus, eine dunstige Ansammlung von Türmen und Nadeln, die über den fernen Rand des Horizonts aufragten. Diese luftigen Bauten hätten hundert Meilen entfernt sein können, oder zweihundert, oder vierhundert. Die Luft dieser Welt schien vollkommen klar zu sein, was das Schätzen von Entfernungen zu einem vergeblichen Unterfangen machte. Sie war nur sicher, daß der Anblick dieser schemenhaften Türme sie mit stummem Staunen erfüllte ... und einem brennenden, quälenden Heimweh nach New York. Sie dachte: *Ich glaube, ich würde fast alles tun, um noch einmal die Silhouette von Manhattan von der Triborough Bridge aus zu sehen.*

Dann mußte sie lächeln, denn das entsprach nicht der Wahrheit. Die Wahrheit war, sie würde Rolands Welt gegen nichts eintauschen. Ihre stummen, geheimnisvollen und endlosen Weiten machten süchtig. Und ihr Geliebter war hier. In New York – jedenfalls dem New York ihrer Zeit – wäre sie Hohn und Spott ausgesetzt gewesen, Zielscheibe grausamer Streiche eines jeden Idioten: eine sechsundzwanzigjährige schwarze Frau mit ihrem käseblassen Liebhaber, der drei Jahre jünger war als sie und die Angewohnheit hatte, zu plappern wie eine Quasselstrippe, wenn er nervös wurde. Ihr käseblasser Liebhaber, der bis vor acht Monaten den Affen der Sucht auf dem Rücken getragen hatte. Hier war niemand, der hänselte oder lachte. Hier zeigte niemand mit Fingern auf sie. Hier existierten nur Roland, Eddie und sie, die drei letzten Revolverleute der Welt.

Sie ergriff Eddies Hand und spürte diese warm und tröstlich auf ihrer.

Roland deutete voraus. »Das muß der Fluß Send sein«, sagte er mit leiser Stimme. »Ich hätte nie gedacht, daß ich ihn jemals in meinem Leben sehen würde ... ich war nicht einmal sicher, ob es ihn tatsächlich gibt, wie bei den Wächtern.«

»Wie schön«, murmelte Susannah. Sie konnte den Blick nicht von der weiten Landschaft nehmen, die üppig in der Wiege des Sommers döste. Sie stellte fest, daß sie mit den Augen den Schatten der Bäume folgte, die meilenweit über die Ebene zu fallen schienen, da die Sonne sich dem Horizont näherte. »So müssen unsere großen Savannen ausgesehen haben, bevor sie besiedelt wurden – sogar bevor die Indianer kamen.« Sie hob die freie Hand und deutete auf die Stelle, wo die Große Straße zum Punkt wurde. »Da ist unsere Stadt«, sagte sie. »Richtig?«

»Ja.«

»Sieht gut aus«, sagte Eddie. »Ist das möglich, Roland? Könnte sie noch weitgehend intakt sein? Haben die Altvorderen so gut gebaut?«

»In diesen Zeiten ist alles möglich«, sagte Roland, aber er hörte sich zweifelnd an. »Du solltest dir aber nicht zu viele Hoffnungen machen, Eddie.«

»Hm? Nein.« Aber Eddie *machte* sich Hoffnungen. Die Silhouette, die sich vage abzeichnete, hatte Heimweh im Herzen von Susannah geweckt; in Eddie entfachte sie ein plötzliches Feuer der Entschlossenheit. Wenn die Stadt noch existierte – was eindeutig der Fall war –, dann war sie vielleicht noch bewohnt, und möglicherweise nicht nur von den nichtmenschlichen Wesen, die Roland unter den Bergen gesehen hatte. Die Stadtbewohner konnten

(*Amerikaner,* flüsterte Eddies Unterbewußtsein)

intelligent und hilfreich sein; sie konnten sogar den Unterschied zwischen Erfolg und Scheitern der Suche der Pilger ausmachen ... sogar über Leben und Tod. In Eddies Kopf erstrahlte hell eine Vision (die teilweise aus Filmen wie *Starfight* und *Der dunkle Kristall* stammte): ein Rat runzliger, aber würdevoller Ältester, die ihnen ein erstklassiges Menü aus den unverseuchten Vorratskammern unter der Stadt vorsetzten (oder vielleicht aus speziellen Gärten, die unter Umweltkuppeln gehegt wurden) und die, während er und Roland und Susannah sich besinnungslos aßen, genau erklären würden, was vor ihnen lag und was alles zu bedeuten hatte. Ihr Abschiedsgeschenk für die Weggefährten würde aus einer preisgekrönten Touristenkarte bestehen, auf der der beste Weg zum Dunklen Turm rot eingezeichnet war.

Eddie kannte den Ausdruck *Deus ex machina* nicht, aber er wußte – weil er inzwischen hinreichend erwachsen geworden war –, daß solche weisen und gütigen Männer hauptsächlich in Comics und B-Filmen zu Hause waren. Dennoch war die Vorstellung berauschend: eine Enklave der Zivilisation in dieser gefährlichen, weitgehend menschenleeren Welt; weise Elfen, die ihnen genau sagten, was zum Henker sie eigentlich tun mußten. Und der märchenhafte Umriß der Stadt, der sich in der dunstigen Silhouette offenbarte, machte diese Vorstellung immerhin möglich. Selbst wenn die Stadt verlassen und die Bevölkerung durch den längst vergangenen Ausbruch einer Seuche oder chemische Kriegführung ausgelöscht worden war, konnte sie ihnen als gigantische Werkzeugkiste dienen – ein riesiger Laden mit Überschußbeständen aus Armeebesitz, wo sie sich für die harte Reise ausrüsten konnten, die, wie Eddie sicher wußte, wahrscheinlich vor ihnen lag. Davon abgesehen war er ein Großstadtkind, dort geboren und aufgewachsen, daher übte der Anblick dieser hohen Türme eine natürliche Faszination auf ihn aus.

»Na *gut!*« sagte er und lachte in seiner Aufregung fast laut. »Zwo, drei, vier, marschieren wir! Laßt diese verdammten weisen Elfen um mich sein!«

Susannah sah ihn fragend an, lächelte aber. »Was schwallst du da, weißer Junge?«

»Nichts. Vergiß es. Ich will nur weiter. Was meinst du, Roland? Möchtest du . . .«

Aber etwas in Rolands Gesicht oder direkt darunter – etwas Verlorenes, Verträumtes – veranlaßte ihn, den Mund zu halten und Susannah einen Arm um die Schulter zu legen, als wollte er sie beschützen.

15

Nach einem kurzen wegwerfenden Blick auf die Silhouette der Stadt war Rolands Aufmerksamkeit auf etwas anderes gelenkt worden, das ein gutes Stück näher an ihrer momentanen Position lag und ihn mit Unruhe und Vorahnungen erfüllte. Er hatte so etwas schon einmal gesehen, und das letzte Mal, als er darauf getroffen war, war Jake bei ihm gewesen. Er erinnerte sich, wie sie endlich aus der Wüste herausgekommen waren und die Spuren des Mannes in Schwarz sie durch die Vorgebirge zu den Bergen geführt hatte. Ein harter Weg war es gewesen, aber wenigstens hatten sie wieder Wasser gehabt. Und Gras.

Eines Nachts war er aufgewacht und hatte festgestellt, daß Jake fort war. Er hatte erstickte, verzweifelte Schreie von einem Weidenhain an einem schmalen Bachlauf gehört. Als er sich durch den Hain zur Lichtung gekämpft gehabt hatte, waren die Schreie verstummt. Roland hatte den Jungen an einem Ort gefunden, der dem vor ihnen aufs exakteste glich. Einem Ort der Steine; einem Ort des Opfers; einem Ort, wo ein Orakel wohnte ... und sprach, wenn es dazu gezwungen wurde ... und tötete, wann immer es konnte.

»Roland?« fragte Eddie. »Was ist denn? Was ist los?«

»Siehst du das?« Roland deutete hinüber. »Das ist ein sprechender Ring. Die Umrisse, die du siehst, sind alle stehende Steine.« Er betrachtete Eddie, den er erstmals in der furchterregenden, aber wunderbaren Luftkutsche in jener seltsamen anderen Welt getroffen hatte, wo die Revolvermänner blaue Uniformen trugen und wo es einen endlosen Vorrat an Zucker, Papier und Wunderdrogen wie *Astin* gab. Ein seltsamer Ausdruck – eine Vorahnung – dämmerte in Eddies Gesicht. Die strahlende Hoffnung, welche ihn beim Betrachten der Stadt erfüllt hatte, verpuffte und ließ ihn mit einem grauen und trostlosen Ausdruck zurück. Es war der Ausdruck eines Mannes, der den Galgen betrachtet, an dem er bald hängen wird.

Erst Jake und jetzt Eddie, dachte der Revolvermann. *Das Rad, welches unser Leben dreht, ist unbarmherzig; es kommt immer wieder zur selben Stelle.*

»O Scheiße«, sagte Eddie. Seine Stimme klang trocken und ängstlich. »Ich glaube, das ist die Stelle, wo der Junge durchzukommen versucht.«

Der Revolvermann nickte. »Höchstwahrscheinlich. Es sind dünne Stätten, und es sind *anziehende* Stellen. Ich bin ihm schon einmal zu so einer Stelle gefolgt. Das Orakel, welches dort hauste, hätte ihn um ein Haar getötet.«

»Woher *weißt* du das?« wandte sich Susannah an Eddie. »War es ein Traum?«

Er schüttelte nur den Kopf. »Ich weiß nicht. Aber in dem Augenblick, als Roland auf die verdammte Stelle gedeutet hat ...« Er verstummte und betrachtete den Revolvermann. »Wir müssen so schnell wie möglich dorthin.« Eddie hörte sich hektisch und furchtsam zugleich an.

»Wird es heute passieren?« fragte Roland. »Heute nacht?«

Eddie schüttelte wieder den Kopf und leckte sich die Lippen. »Das weiß ich auch nicht. Nicht sicher. Heute nacht? Das glaube ich nicht. Die Zeit ... ist hier nicht dieselbe wie drüben, wo der Junge ist. In seiner Gegenwart läuft sie langsamer ab. Vielleicht morgen.« Er hatte gegen die Panik gekämpft, aber nun brach sie durch. Er drehte sich um und packte Roland mit kalten, klammen Fingern am Hemdkragen. »Aber ich muß den Schlüssel fertigstellen; und ich muß noch etwas machen und habe nicht die geringste Ahnung, was es ist. Und wenn der Junge stirbt, ist es *meine Schuld*!«

Der Revolvermann legte die Hände auf die von Eddie und zog diese von seinem Hemd weg. »Reiß dich zusammen.«

»Roland, verstehst du denn nicht . . .«

»Ich verstehe, daß Winseln und Jammern unser Problem nicht lösen wird. Ich verstehe, daß du das Gesicht deines Vaters vergessen hast.«

»Hör mit dem Scheiß auf! Mein Vater ist mir schnurzegal!« kreischte Eddie hysterisch, und Roland schlug ihm ins Gesicht. Es erzeugte ein Geräusch, als würde ein Zweig brechen.

Eddies Kopf kippte nach hinten; er riß erschrocken die Augen auf. Er starrte den Revolvermann an, dann hob er langsam den Arm und berührte den roten Handabdruck auf der Wange.

»Du *Dreckskerl!*« flüsterte er. Er ließ die Hand auf den Griff des Revolvers fallen, den er noch an der linken Hüfte trug. Susannah versuchte, ihre Hände dazwischen zu schieben; Eddie stieß sie weg.

Und jetzt muß ich wieder lehren, dachte Roland, *aber diesmal lehre ich für mein Leben, glaube ich, nicht nur für seines.*

Irgendwo in der Ferne kreischte eine Krähe ihren heiseren Ruf in die Stille, und Roland mußte einen Moment an seinen Falken David denken. Jetzt war *Eddie* sein Falke . . . und wie David würde auch Eddie nicht zögern, ihm das Auge auszureißen, wenn er auch nur eine Winzigkeit nachgab.

Oder die Kehle zerfleischen.

»Wirst du mich erschießen? Soll es so zu Ende gehen, Eddie?«

»Mann, ich hab' dein Gesabbel so verdammt satt«, sagte Eddie. Tränen der Wut trübten seine Sicht.

»Du hast den Schlüssel noch nicht vollendet, aber nicht, weil du Angst davor hast, ihn zu vollenden. Du hast Angst davor, daß du ihn nicht vollenden *kannst.* Du hast Angst davor, zu den Steinen hinabzugehen, aber nicht, weil du Angst vor dem hast, was kommen könnte, sobald du den Kreis betreten hast. Du hast Angst davor, was *nicht* kommen könnte. Du hast keine Angst vor der großen Welt, Eddie, sondern vor der kleinen in dir selbst. Du hast das Gesicht deines Vaters vergessen. Also tu es. Erschieß mich, wenn du es wagst. Ich bin es leid, mir dein Gewimmer anzuhören.«

»Hör auf!« rief Susannah. »Begreifst du nicht, daß er es machen wird? Begreifst du nicht, daß du ihn *zwingst,* es zu tun?«

Roland richtete den Blick auf sie. »Ich zwinge ihn, sich zu *entscheiden.*« Er sah wieder zu Eddie, und sein runzliges Gesicht war streng. »Du bist aus dem Schatten des Heroins und dem Schatten deines Bruders herausgekommen, mein Freund. Jetzt komm aus deinem eigenen Schatten heraus, wenn du es wagst. Komm schon. Komm raus oder erschieß mich, *und bring es hinter dich.*«

Einen Augenblick glaubte er, Eddie würde es tatsächlich tun und alles würde hier zu Ende sein, auf diesem hohen Grat unter dem wolkenlosen Sonnenhimmel und im Angesicht der Türme der Stadt, die wie blaue Gespenster am Horizont schimmerten. Dann fing Eddies

Wange an zu zucken. Die verkniffene Linie seines Mundes wurde weicher und begann zu zittern. Er nahm die Hand vom Sandelholzgriff von Rolands Revolver. Seine Brust hob sich einmal ... zweimal ... dreimal. Er machte den Mund auf und ließ seine ganze Verzweiflung und sein Grauen mit einem einzigen stöhnenden Aufschrei entweichen, während er auf den Revolvermann zustapfte.

»Ich habe Angst, *du Dummkopf! Begreifst du das denn nicht? Roland,* ich habe Angst!«

Er stolperte über die eigenen Füße. Er fiel vornüber. Roland fing ihn und drückte ihn an sich; er roch Schweiß und Schmutz auf der Haut, roch Eddies Tränen und seine Angst.

Der Revolvermann umarmte ihn einen Augenblick, dann drehte er ihn zu Susannah um. Eddie sank neben ihrem Rollstuhl auf die Knie und ließ niedergeschlagen den Kopf hängen. Sie legte ihm eine Hand auf den Nacken, drückte seinen Kopf an ihren Oberschenkel und sagte verbittert zu Roland: »Manchmal hasse ich dich, großer weißer Mann.«

Roland legte die Handballen an die Stirn und drückte fest zu. »Manchmal hasse ich mich selbst.«

»Das hindert dich aber nie, oder?«

Roland antwortete nicht. Er sah Eddie an, der den Kopf an Susannahs Schenkel gedrückt hatte und die Augen fest zusammenkniff. Sein Gesicht war eine Studie des Elends.

Roland schüttelte die lähmende Müdigkeit ab, die ihn veranlassen wollte, den Rest dieser netten Unterhaltung auf einen anderen Tag zu verschieben. Wenn Eddie recht hatte, *gab* es aber keinen anderen Tag. Jake war fast bereit für den Übergang. Und Eddie war auserwählt worden, dem Jungen als Hebamme in diese Welt zu helfen. Wenn er dazu nicht bereit war, würde Jake beim Transfer sterben, so sicher wie ein Baby erstickt, falls die Nabelschnur um seinen Hals geschlungen ist, wenn der Geburtsvorgang beginnt.

»Steh auf, Eddie.«

Einen Moment dachte er, Eddie würde einfach in seiner kauernden Haltung bleiben und das Gesicht am Bein dieser Frau verbergen. Wenn ja, war alles verloren ... und auch das war *Ka.* Dann erhob sich Eddie langsam. Er stand da und ließ alles – Hände, Schultern, Kopf, Haar – hängen, was nicht gut war, aber er stand immerhin, und das war ein Anfang.

»Sieh mich an.«

Susannah regte sich unbehaglich, aber diesmal sagte sie nichts.

Eddie hob langsam den Kopf und strich sich mit einer zitternden Hand das Haar aus den Augen.

»Dies gehört dir. Es war falsch, daß ich es überhaupt angenommen habe, wie groß meine Schmerzen auch waren.« Roland schloß die Hand um die Wildlederschnur, zog und riß sie ab. Er hielt Eddie den Schlüssel hin. Eddie griff danach wie ein Mann in einem Traum, aber Roland öffnete die Hand nicht sofort.

»Wirst du versuchen zu tun, was getan werden muß?«

»Ja.« Seine Stimme war kaum hörbar.

»Hast du mir etwas zu sagen?«

»Es tut mir leid, daß ich Angst habe.« Etwas Schreckliches klang in Eddies Stimme mit, was Roland im Herzen weh tat, und er überlegte sich, daß er wußte, was es war: Er hatte den letzten Rest von Eddies Krankheit vor sich, der unter Qualen zwischen ihnen dreien verendete. Man konnte ihn nicht sehen, aber Roland konnte seine sterbenden Schreie hören und versuchte, sich taub zu stellen.

Wieder etwas, das ich im Namen des Turms getan habe. Meine Liste wird immer länger, und der Tag, da ich sie vorlegen muß wie ein Trunkenbold die Rechnung in einer Schänke, rückt immer näher. Wie soll ich sie jemals bezahlen?

»Ich will keine Entschuldigung, am allerwenigsten dafür, daß du Angst hast«, sagte er. »Was wären wir ohne Angst? Tolle Hunde mit Schaum vor dem Maul und Scheiße, die an unseren Aftern trocknet.«

»*Was* willst du dann?« schrie Eddie. »Du hast alles andere genommen – alles, was ich zu geben hatte! Also *was willst du noch von mir*?«

Roland hielt den Schlüssel, der ihre Hälfte von Jake Chambers' Rettung war, in der geballten Faust und sagte nichts. Er sah Eddie direkt in die Augen, und die Sonne schien auf die weite grüne Ebene und das blaugraue Band des Flusses Send, und irgendwo in der Ferne krächzte die Krähe erneut im goldenen Licht dieses dämmernden Sommernachmittags.

Nach einer Weile leuchtete Verstehen in Eddie Deans Augen auf.

Roland nickte.

»Ich habe das Gesicht ...« Eddie verstummte. Neigte den Kopf. Schluckte. Sah den Revolvermann wieder an. Das Ding, das zwischen ihnen gestorben war, war jetzt fortgegangen – Roland wußte es. Das Ding war nicht mehr. Einfach so. Hier, auf dieser sonnigen, windigen Kuppe am Rand der Welt, war es für immer dahingegangen. »Ich habe das Gesicht meines Vaters vergessen, Revolvermann ... und ich erflehe deine Verzeihung.«

Roland machte die Hand auf und gab die geringe Last des Schlüssels demjenigen zurück, dem es vom *Ka* vorbestimmt war, ihn zu tragen. »Sprich nicht so, Revolvermann«, sagte er in der Hochsprache. »Dein Vater sieht dich genau ... liebt dich von Herzen ... und ich ebenso.«

Eddie nahm den Schlüssel in die Hand und wandte sich ab, während Tränen noch auf seinem Gesicht trockneten. »Gehen wir«, sagte er, und dann gingen sie den langgezogenen Hang hinab zu der Ebene, die sich dahinter erstreckte.

16

Jake ging langsam die Castle Avenue entlang – vorbei an Pizzerien und Bars und Lebensmittelläden, wo alte Frauen mit argwöhnischen Gesichtern in den Kartoffeln kramten und die Tomaten drückten. Die Gurte des Ranzens hatten ihm die Haut unter den Armen aufgescheuert, und die Füße taten ihm weh. Er ging unter einem Digitalthermometer vorbei, das verkündete, daß die Lufttemperatur dreißig Grad betrug. Jake hatte den Eindruck, als wären es eher vierzig.

Vor ihm bog ein Polizeiauto in die Straße ein. Jake interessierte sich sofort über die Maßen für Gartengeräte im Schaufenster einer Eisenwarenhandlung. Er sah das Spiegelbild des schwarzweißen Autos in der Scheibe und bewegte sich erst wieder, als es fort war.

He, Jake, alter Junge – wo genau möchtest du eigentlich hin?

Er hatte nicht die geringste Ahnung. Er war sicher, daß der Junge, nach dem er suchte – der Junge mit dem grünen Stirnband und dem gelben T-Shirt mit der Aufschrift KEIN MOMENT LANGEWEILE IN MITTWELT –, irgendwo in der Nähe war; na und? Für Jake war er nicht mehr als eine Nadel im Heuhaufen Brooklyn.

Er kam an einer Seitengasse vorbei, die mit einem dichten Wirrwarr aufgesprühter Graffiti geschmückt war. Es handelte sich weitgehend um Namen – EL TIANTE 91, SPEEDY GONZALES, MOTORVAN MIKE –, aber hier und da waren auch ein paar Sinnsprüche für die Klugen eingestreut, und auf zwei fiel Jakes Blick.

EINE ROSE IST EINE ROSE IST EINE ROSE

war mit Sprühfarbe, die zum selben blaßrosa Farbton verblichen war wie die Rose auf dem unbebauten Grundstück, wo Tom und Gerry's künstlerisches Delikatessengeschäft gestanden hatte, auf die Backsteinmauer geschrieben worden. Darunter hatte jemand in einem so dunklen Blau, daß es fast schwarz wirkte, das folgende Merkwürdige geschrieben:

ICH ERFLEHE DEINE VERZEIHUNG.

Was das wohl bedeutete? fragte sich Jake. Er wußte es nicht – möglicherweise etwas aus der Bibel –, aber es schlug ihn in den Bann wie – angeblich – das Auge einer Schlange einen Vogel. Schließlich ging er langsam und nachdenklich weiter. Es war fast halb drei, sein Schatten wurde allmählich länger.

Vor sich sah er einen alten Mann, der sich, soweit es ging, im Schatten hielt und sich auf einen Gehstock stützte, die Straße entlanggehen. Hinter seiner dicken Brille schienen seine Augen wie Eier im Glas zu schwimmen.

»Ich erflehe Ihre Verzeihung, Sir«, sagte Jake, ohne nachzudenken oder sich selbst zu hören.

Der alte Mann drehte sich um, sah ihn an, blinzelte vor Überraschung und Angst. »Laß mich in Ruh, Junge«, sagte er. Er hob den Gehstock und schüttelte ihn linkisch in Jakes Richtung.

»Wissen Sie zufällig, ob es hier in der Gegend einen Ort namens Markey Academy gibt, Sir?« Dies war eine völlige Verzweiflungstat, aber etwas anderes fiel ihm nicht ein.

Der alte Mann ließ langsam den Stock sinken – was nur an dem *Sir* lag. Er betrachtete Jake mit dem irren Interesse eines alten und fast senilen Menschen. »Wieso bist du nicht in der Schule, Junge?«

Jake lächelte resigniert. Das wurde langsam alt. »Abschlußprüfung. Ich bin hierhergekommen, um einen alten Freund zu treffen, der die Markey Academy besucht, das ist alles. Tut mir leid, daß ich Sie behelligt habe.«

Er ging um den alten Mann herum (und hoffte, dieser würde ihm nicht aus Jux und Dollerei im Vorübergehen eine mit dem Stock auf den Arsch geben) und war schon fast an der Ecke, als der alte Mann rief: »Junge! *Juuuuunge!*«

Jake drehte sich um.

»Eine Markey Akidimy gibt es hier nicht«, sagte der alte Mann. »Ich wohn seit sweiundswansig Jahren hier, ich müßte es wissen. Markey *Avenue,* aber keine Markey Akidimy.«

Jakes Magen verkrampfte sich plötzlich aufgeregt. Er ging einen Schritt auf den alten Mann zu, der sofort wieder den Stock zur Verteidigung hob. Jake blieb augenblicklich stehen und ließ einen Sicherheitsabstand von zwanzig Schritten zwischen ihnen. »Wo ist die Markey Avenue, Sir? Können Sie mir das sagen?«

»Aber logisch«, sagte der alte Mann. »Hab' ich nicht grade gesagt, daß ich seit sweiundswansig Jahren hier lebe? Swei Blogs entfernt. Beim Majestic Theatre lings. Aber ich gann dir gleich sagen, Junge, da gibt es geine Markey Akidimy.«

»Danke, Sir! Danke!«

Jake drehte sich um und sah die Castle Avenue hinauf. Ja – zwei Blocks weiter konnte er den unverwechselbaren Baldachin eines Kinos über den Gehweg ragen sehen. Er wollte darauf zulaufen, dann überlegte er sich, daß das Aufmerksamkeit erwecken könnte, und machte langsamer.

Der alte Mann sah ihm nach. *»Sir!«* sagte er in einem Tonfall gelinden Staunens zu sich selbst. »*Sir,* also wirklich!«

Er kicherte rostig und ging weiter.

17

Rolands Gruppe machte bei Dämmerung halt. Der Revolvermann hob eine flache Grube aus und entfachte ein Feuer. Sie brauchten es nicht zum Kochen, aber sie brauchten es dennoch. *Eddie* brauchte es. Wenn er seine Schnitzerei beenden wollte, brauchte er Licht zum Arbeiten.

Der Revolvermann sah sich um und erblickte Susannah, eine dunkle Silhouette vor dem aquamarinfarbenen, dunkelnden Himmel, aber Eddie konnte er nicht sehen.

»Wo ist er?« fragte er.

»Ein Stück die Straße runter. Du läßt ihn jetzt in Ruhe, Roland – du hast schon genug angerichtet.«

Roland nickte, beugte sich über die Feuerstelle und schlug mit einem abgenutzten Stahlstück auf einen Feuerstein. Bald brannte das Anzündholz, das er gesammelt hatte. Er legte nach und nach kleinere Holzscheite darauf und wartete, daß Eddie zurückkehren würde.

18

Eine halbe Meile den Weg zurück, von wo sie gekommen waren, saß Eddie mit überkreuzten Beinen mitten auf der Großen Straße, hielt den unvollendeten Schlüssel in der Hand und sah zum Himmel. Er sah die Straße entlang, erblickte das Leuchten des Feuers und wußte genau, was Roland tat ... und warum. Dann wandte er den Blick wieder himmelwärts. Er hatte sich noch nie so einsam gefühlt, so ängstlich.

Der Himmel war *riesig* – er konnte sich nicht erinnern, daß er jemals soviel endlosen Raum gesehen hatte, so eine ununterbrochene Weite. Er kam sich ungeheuer winzig vor und überlegte sich, daß daran sicher nichts Schlimmes war. Im großen Lauf der Dinge *war* er winzig.

Der Junge war jetzt nahe. Er glaubte zu wissen, wo Jake war und was er vorhatte, und das erfüllte ihn mit stummem Staunen. Susannah kam aus dem Jahr 1963. Eddie aus dem Jahr 1987. Dazwischen ... Jake. Der versuchte herüberzukommen. Versuchte, geboren zu werden.

Ich habe ihn getroffen, dachte Eddie. *Ich muß ihn getroffen haben, und ich glaube, ich erinnere mich ... gewissermaßen. Es war kurz bevor Henry zur Armee gegangen ist, richtig? Er hat Kurse am Brooklyn Vocational Institute genommen und stand total auf Schwarz – schwarze Jeans, schwarze Motorradstiefel mit Stahlkappen, schwarze T-Shirts mit hochgerollten Ärmeln. Henrys James-Dean-Outfit. Hinterhof-Schick. Das habe ich gedacht, aber nie laut ausgesprochen, weil ich nicht wollte, daß er sauer auf mich ist.*

Er stellte fest: Worauf er gewartet hatte, hatte stattgefunden, während er nachdachte; der Alte Stern war herausgekommen. In fünfzehn Minuten, vielleicht weniger, würde sich eine ganze Galaxie fremder Juwelen dazugesellen, aber vorerst leuchtete er noch allein in der weiten Finsternis.

Eddie hielt langsam den Schlüssel hoch, bis der Alte Stern in der breiten Vertiefung in der Mitte leuchtete. Dann sagte er den alten Kinderreim seiner Welt auf, den seine Mutter ihm beigebracht hatte, während sie neben ihm am Fenster seines Zimmers kniete und sie beide den Abendstern betrachteten, der in der Dunkelheit über den Dächern und Feuerleitern von Brooklyn strahlte: »Sternenlicht, Sternenpracht, bist der erste Stern heut nacht; ich bin klein, mein Herz ist rein, laß meinen Wunsch erfüllet sein.«

Der Alte Stern leuchtete in der Noppe des Schlüssels, ein Diamant in Asche.

»Hilf mir, daß ich den Mut aufbringe«, sagte Eddie. »Das ist mein Wunsch. Hilf mir, daß ich den Mut aufbringe, dieses verdammte Ding hier zu vollenden.«

Er blieb noch einen Augenblick sitzen, dann erhob er sich und schlenderte langsam zum Lager zurück. Er setzte sich ans Feuer, so nahe er konnte, nahm das Messer des Revolvermanns, ohne ein Wort an ihn oder Susannah zu richten, und machte sich an die Arbeit. Winzige Holzstreifchen rollten sich spiralförmig an der S-Form am Ende des Schlüssels ab. Eddie arbeitete schnell, drehte den Schlüssel hierhin und dorthin und machte gelegentlich die Augen zu, während er mit dem Daumen über die flachen Vertiefungen strich. Er versuchte, nicht daran zu denken, was passieren würde, sollte er die Kerben falsch schnitzen – das hätte ihn todsicher gelähmt.

Roland und Susannah saßen hinter ihm und sahen ihm schweigend zu. Schließlich legte Eddie das Messer weg. Sein Gesicht war schweißgebadet. »Dieser Junge«, sagte er. »Dieser Jake. Das muß ein tollkühner Bengel sein.«

»Er war tapfer unter den Bergen«, sagte Roland. »Er hatte Angst, ließ es sich aber nicht anmerken.«

»Ich wünschte, ich könnte auch so sein.«

Roland zuckte die Achseln. »Bei Balazar hast du gut gekämpft, obwohl sie dir die Kleidung weggenommen hatten. Es ist sehr schwer für einen Mann, nackt zu kämpfen, aber du hast es geschafft.«

Eddie versuchte, sich an die Schießerei im Nachtclub zu erinnern, aber sie war nur verschwommen in seiner Erinnerung vorhanden – Rauch, Lärm und Licht, das als Wirrwarr von Strahlen durch eine Wand schien. Er glaubte, daß diese Wand vom Feuer automatischer Waffen zerfetzt worden war, konnte sich aber nicht mit Sicherheit daran erinnern.

Er hielt den Schlüssel hoch, so daß sich dessen Zähne deutlich vor dem Feuerschein abhoben. So hielt er ihn lange Zeit und betrachtete hauptsächlich die S-Form. Diese sah genau so aus, wie er sie aus seinem

Traum und der kurzen Vision im Feuer in Erinnerung hatte ... aber sie *schien* nicht ganz richtig zu sein. Fast, aber nicht ganz.

Das ist nur wieder Henry. Das liegt nur daran, weil du jahrelang nie gut genug gewesen bist. Du hast es geschafft, Kumpel – aber der Henry in dir will es nicht zugeben.

Er ließ den Schlüssel auf das Stück Leder fallen und schlug es vorsichtig zusammen. »Ich bin fertig. Ich weiß nicht, ob er richtig ist oder nicht, aber besser kann ich ihn nicht machen.« Jetzt, wo er nicht mehr an dem Schlüssel arbeiten konnte, fühlte er sich seltsam leer.

»Möchtest du etwas essen, Eddie?« fragte Susannah leise.

Das ist dein Ziel, dachte er. *Da ist deine Richtung. Sie sitzt genau da drüben und hat die Hände im Schoß gefaltet. Mehr Ziel und Orientierung brauchst du nicht ...*

Aber dann tauchte etwas anderes in seinem Verstand auf – es kam ohne Vorwarnung. Kein Traum ... keine Vision ...

Nein, keins von beiden. Es ist eine Erinnerung. Es geschieht wieder – du erinnerst dich vorwärts in der Zeit.

»Vorher muß ich noch etwas anderes machen«, sagte er und stand auf.

Auf der anderen Seite des Feuers hatte Roland seltsam geformte Stücke Feuerholz aufgeschichtet. Eddie durchsuchte es und fand einen etwa sechzig Zentimeter langen Ast mit einem Durchmesser von acht Zentimetern. Diesen nahm er, ging wieder zu seinem Platz am Feuer und holte erneut Rolands Messer hervor. Diesmal arbeitete er schneller, weil er den Ast nur anspitzte und in eine Art Zeltpflock verwandelte.

»Könnten wir vor Tagesanbruch aufbrechen?« fragte er den Revolvermann. »Ich glaube, wir sollten zu diesem Kreis, so schnell wir können.«

»Ja. Noch früher, wenn es sein muß. Ich möchte nicht gerne im Dunkeln reisen – ein sprechender Ring ist nachts keine sichere Stätte –, aber wenn es sein muß, muß es eben sein.«

»Wenn ich mir dein Gesicht ansehe, großer Junge, dann bezweifle ich, daß diese Steinringe *jemals* sichere Stätten sind.«

Eddie legte das Messer wieder weg. Die Erde, die Roland aus der flachen Feuerstelle ausgehoben hatte, war neben Eddies rechtem Fuß aufgeschichtet. Nun malte er mit dem zugespitzten Ende des Asts ein Fragezeichen in den Boden. Das Fragezeichen war klar und deutlich.

»Okay«, sagte er und verrieb es wieder. »Fertig.«

»Dann iß etwas«, sagte Susannah.

Eddie versuchte es, aber er hatte keinen großen Hunger. Als er endlich an Susannah gekuschelt einschlief, war sein Schlaf traumlos, aber leicht. Bis der Revolvermann ihn um vier Uhr morgens wachrüttelte, hörte er den Wind endlos über die Ebene unter ihnen fegen, und ihm schien, als würde er ihn begleiten, hoch in die Nacht fliegen, fort von allen Sorgen, während der Alte Stern und die Alte Mutter feierlich über ihm standen und seine Wangen mit Frost bemalten.

19

»Es ist Zeit«, sagte Roland.

Eddie richtete sich auf. Susannah erhob sich neben ihm und strich mit den Handflächen über das Gesicht. Als Eddies Kopf klarer wurde, erfüllte Eile sein Denken. »Ja. Gehen wir, und zwar schnell.«

»Er ist nahe, richtig?«

»Sehr nahe.« Eddie sprang auf, hielt Susannah um die Taille und hob sie auf den Rollstuhl.

Sie sah ihn ängstlich an. »Haben wir noch genügend Zeit, dorthin zu kommen?«

Eddie nickte. »Gerade noch.«

Drei Minuten später gingen sie wieder die Große Straße entlang. Sie schimmerte vor ihnen wie ein Gespenst. Und wieder eine Stunde später, als das erste Licht der Dämmerung den Himmel im Osten berührte, setzte weit vor ihnen ein rhythmisches Geräusch ein.

Der Klang von Trommeln, dachte Roland.

Maschinen, dachte Eddie. *Eine riesige Maschine.*

Ein Herz, dachte Susannah. *Ein riesiges, krankes, schlagendes Herz . . . und es ist in dieser Stadt, wo wir hingehen müssen.*

Zwei Stunden später verstummte das Geräusch so unvermittelt, wie es angefangen hatte. Weiße, konturlose Wolken brauten sich am Himmel über ihnen zusammen und verschleierten die Sonne erst, dann verdeckten sie sie völlig. Der Kreis der stehenden Steine lag weniger als fünf Meilen vor ihnen und glomm im schattenlosen Licht wie die Zähne eines umgestürzten Ungeheuers.

20

DIESE WOCHE ITALOWESTERN IM MAJESTIC!

verkündete der mitgenommene, hoffnungslose Baldachin an der Ecke Brooklyn und Markey Avenue.

2 KLASSIKER VON SERGIO LEONE!
FÜR EINE HANDVOLL DOLLAR PLUS
ZWEI GLORREICHE HALUNKEN!
99 ¢ ALLE VORSTELLUNGEN

Eine kaugummikauende Süße mit Lockenwicklern im blonden Haar saß im Kartenhäuschen, hörte Led Zep im Radio und las eine der Zeitungen, auf die Mrs. Shaw so scharf war. Links von ihr hing ein Plakat mit Clint Eastwood im einzigen erhaltenen Schaukasten des Kinos.

Jake wußte, er sollte sich sputen – es war fast drei Uhr –, aber er blieb dennoch einen Moment stehen und betrachtete das Plakat hinter dem schmutzigen, gesprungenen Glas. Eastwood trug einen mexikanischen Poncho. Er hatte einen Zigarillo zwischen den Zähnen. Eine Seite des Ponchos hatte er über die Schulter geworfen und den Revolver freigelegt. Seine Augen waren blaßblau. Kanoniersaugen.

Das ist er nicht, dachte Jake, *aber er ist es* fast. *Hauptsächlich wegen der Augen. Die Augen sind beinahe dieselben.*

»Du hast mich fallenlassen«, sagte er zu dem Mann auf dem Plakat, dem Mann, der nicht Roland war. »Du hast mich sterben lassen. Was passiert diesmal?«

»He, Junge«, rief die blonde Kartenverkäuferin, und Jake zuckte zusammen. »Kommst du rein, oder stehst du nur da und führst Selbstgespräche?«

»Ich nicht«, sagte Jake. »Die zwei habe ich schon gesehen.«

Er setzte sich wieder in Bewegung und bog an der Markey Avenue links ab.

Er wartete darauf, daß das Gefühl, sich *voraus zu erinnern,* wiederkommen würde, aber es kam nicht. Dies hier war nur eine heiße, sonnige Straße mit sandsteinfarbenen Mietshäusern, die für Jake wie Gefängnisblocks aussahen. Ein paar junge Frauen schlenderten dahin, schoben in Zweiergruppen Kinderwagen und unterhielten sich mürrisch, aber sonst war die Straße verlassen. Es war ungewöhnlich heiß für Mai – zu heiß zum Spazierengehen.

Wonach suche ich? Wonach?

Hinter ihm ertönte eine rauhe männliche Lachsalve. Dieser erfolgte ein erboster weiblicher Aufschrei: »Gib das *zurück*!«

Jake zuckte zusammen, weil er dachte, die Frau, der die Stimme gehörte, müßte ihn meinen.

»Gib es *zurück,* Henry! Das ist mein Ernst!«

Jake drehte sich um und sah zwei Jungs, einer mindestens achtzehn, der andere viel jünger ... zwölf oder dreizehn. Beim Anblick dieses zweiten Jungen machte Jakes Herz so etwas wie einen Purzelbaum in der Brust. Der Junge trug keine Madras-Shorts, sondern grüne Kordhosen, aber das gelbe T-Shirt war dasselbe, und er trug einen zerschrammten alten Basketball unter einem Arm. Obwohl er Jake den Rücken zugedreht hatte, wußte Jake, daß er den Jungen aus dem Traum von gestern nacht gefunden hatte.

21

Das Mädchen war die kaugummikauende Schöne aus dem Kartenhäuschen. Der ältere der beiden Jungs – der fast so alt aussah, daß man ihn einen Mann nennen konnte –, hielt ihre Zeitung in der Hand. Sie griff danach. Der Zeitungsdieb – er trug Jeans und ein schwarzes T-Shirt mit hochgerollten Ärmeln – hielt sie über den Kopf und grinste.

»Spring doch, Maryanne! Spring, Mädchen, spring!«

Sie sah ihn mit wütendem Blick und geröteten Wangen an. »Gib sie mir!« sagte sie. »Hör auf, mich zu verarschen, und gib sie mir wieder! *Drecksack*!«

»Ooooh, nu hör dir das an, Eddie!« sagte der ältere Junge. »Wassene Aussucksweise! Schlimm, schlimm!« Er schwenkte die Zeitung grinsend gerade außerhalb der Reichweite des Mädchens, und plötzlich begriff Jake. Die beiden gingen von der Schule nach Hause – auch wenn sie wahrscheinlich nicht dieselbe besuchten, falls er den Altersunterschied richtig einschätzte –, und der größere Junge war zum Kartenhäuschen gegangen und hatte so getan, als wollte er der Blondine etwas Interessantes erzählen. Dann hatte er durch den Schlitz im Glas gegriffen und die Zeitung herausgezogen.

Das Gesicht des großen Jungen hatte Jake schon oft gesehen; es war das Gesicht eines Jungen, der es den Gipfel des Humors fand, den Schwanz einer Katze mit Feuerzeugbenzin zu übergießen oder einem hungrigen Hund einen Brotball mit einem Angelhaken in der Mitte zu füttern. Die Art Junge, der in der letzten Reihe saß und Krampen schoß und mit einem breiten, dummen Ausdruck gespielter Überraschung »Wer, ich?« sagt, wenn sich schließlich einmal jemand beschwert. Viele wie ihn gab es nicht an der Piper, aber es gab welche. Jake schätzte, daß es sie an jeder Schule gab. An der Piper waren sie besser gekleidet, aber das Gesicht war dasselbe. Er vermutete, in alten Zeiten hätten die Leute gesagt, es war das Gesicht eines Jungen, der zum Hängen geboren war.

Maryanne sprang nach ihrer Zeitung, die der ältere Junge in der schwarzen Hose zu einer Röhre gerollt hatte. Er zog sie weg, bevor sie sie zu fassen bekam, dann schlug er ihr damit auf den Kopf. Wie man einen Hund schlagen mochte, weil er auf den Teppich gepinkelt hat. Sie fing jetzt an zu weinen – hauptsächlich wegen der Demütigung, vermutete Jake. Ihr Gesicht war so rot, daß es fast leuchtete. »Dann behalt sie eben!« schrie sie ihn an. »Ich weiß, du kannst nicht lesen, aber du kannst dir ja wenigstens die Bilder ansehen!«

Sie wandte sich ab.

»Warum gibst du sie nicht zurück?« fragte der kleinere Junge – Jakes Junge – leise.

Der ältere Junge hielt ihr die Zeitungsrolle hin. Das Mädchen entriß sie ihm, und Jake konnte sie dreißig Schritte entfernt reißen hören. »Du bist ein Arsch, Henry Dean!« schrie sie. »Ein echter Arsch!«

»He, was soll das Getue?« Henry hörte sich aufrichtig gekränkt an. »Es war ein Witz. Außerdem ist sie nur an einer Stelle gerissen – du kannst sie immer noch lesen, Herrgott noch mal. Reg dich wieder ab, ja?«

Und auch das paßte wie die Faust aufs Auge, dachte Jake. Typen wie Henry trieben stets auch den dümmsten Witz zwei Schritte zu weit ... und sahen dann gekränkt und mißverstanden drein, wenn sie jemand anschrie. Und es hieß immer *Wassn los?* und es hieß immer *Kannste kein Spaß verstehn?* und es hieß immer *Reg dich wieder ab, ja?*

Was hast du mit dem zu schaffen, Junge? fragte sich Jake. *Wenn du auf meiner Seite bist, was hast du dann mit einem Volltrottel wie dem zu schaffen?*

Aber als sich der kleinere Junge umdrehte und sie gemeinsam weiter die Straße entlanggingen, sah Jake es. Die Gesichtszüge des älteren Jungen waren markanter – die Gesichtshaut schlimm von Akne verunziert –, aber darüber hinaus war die Ähnlichkeit verblüffend. Die beiden Jungs waren Brüder.

22

Jake drehte sich um und schlenderte vor den beiden Jungs her den Gehweg entlang. Er griff mit einer zitternden Hand in die Brusttasche, schaffte es, die Sonnenbrille seines Vaters herauszuziehen und setzte sie sich auf die Nase.

Stimmen schwollen hinter ihm an, als würde jemand langsam den Lautstärkeregler eines Radios aufdrehen.

»Du hättest sie nicht so sehr aufziehen sollen, Henry. Das war gemein.«

»Es gefällt ihr, Eddie.« Henrys Stimme klang gelassen und weltklug. »Wenn du ein bißchen älter bist, wirst du das verstehen.«

»Sie hat *geweint.*«

»Hat wahrscheinlich Schwester Laufaus«, sagte Henry mit philosophischem Tonfall.

Sie waren jetzt ganz nahe. Jake wich zur Fassade der Häuser hin aus. Er hatte den Kopf gesenkt und die Hände tief in die Taschen der Jeans gesteckt. Er wußte nicht, warum es so überaus wichtig war, daß er ihnen nicht auffiel, aber es war so. Henry war so oder so unwichtig, aber ...

Der jüngere darf sich auf keinen Fall an mich erinnern, dachte er. *Ich weiß nicht genau, warum, aber es ist so.*

Sie gingen vorbei, ohne ihm einen Blick zuzuwerfen, und derjenige, den Henry Eddie nannte, lief außen und dribbelte den Ball im Rinnstein.

»Du mußt zugeben, sie hat komisch ausgesehen«, sagte Henry. »Die olle Be-Bop-Maryanne, die nach der Zeitung gehüpft ist. Wuff! Wuff!«

Eddie sah seinen Bruder mit einem Ausdruck an, der mißbilligend sein sollte ... und dann gab er auf und lachte schallend. Jake sah die rückhaltlose Liebe in dem aufschauenden Gesicht und dachte sich, daß Eddie seinem großen Bruder eine Menge nachzusehen haben würde, bis er es als sinnlos aufgab.

»Also gehen wir jetzt?« fragte Eddie. »Du hast gesagt, wir können. Nach der Schule.«

»Ich habe gesagt *vielleicht.* Ich weiß nicht, ob ich zu Fuß bis dahin gehen will. Mom wird auch schon zu Hause sein. Vielleicht sollten wir es bleibenlassen. Heimgehen und in die Glotze starren.«

Sie waren jetzt zehn Schritte vor Jake und entfernten sich weiter.

»Ach, komm schon! Du hast es *gesagt*!«

Nach dem Gebäude, an dem die beiden Jungs gerade vorbeigingen, kam ein Maschendrahtzaun mit einem offenen Tor. Dahinter, sah Jake, lag der Spielplatz, von dem er gestern nacht geträumt hatte ... jedenfalls eine Version davon. Er war nicht von Bäumen umgeben, und es stand auch kein seltsamer U-Bahn-Kiosk mit schwarzen und gelben Streifen auf der Fassade dort, aber der rissige Beton war derselbe. Ebenso die verblaßten gelben Strafraumlinien.

»Nun ... vielleicht. Weiß nicht.« Jake merkte, daß Henry seinen Bruder wieder hänselte. Aber Eddie nicht; er war zu sehr darauf fixiert, wo er noch hingehen wollte. »Werfen wir ein paar Körbe, während ich darüber nachdenke.«

Er nahm seinem jüngeren Bruder den Ball weg, dribbelte unbeholfen auf das Spielfeld und setzte zu einem Wurf an, bei dem der Ball hoch am Brett landete und herunterfiel, ohne den Korb auch nur gestreift zu haben. Henry war gut darin, kleinen Mädchen eine Zeitung wegzunehmen, dachte Jake, aber auf dem Basketballfeld war er eine Null.

Eddie ging nach ihm durch das Tor, knöpfte die Kordhose auf und zog sie aus. Darunter trug er die grünen Madras-Shorts, die Jake im Traum gesehen hatte.

»Oh, trägt er seine kurzen Höschen?« sagte Henry. »Sind sie nicht *niiieedlich*?« Er wartete, bis sein Bruder auf einem Bein balancierte, um die Kordhose auszuziehen, dann warf er den Basketball nach ihm. Es gelang Eddie, diesen wegzuschlagen, womit er sich wahrscheinlich eine blutige Nase ersparte, aber er verlor das Gleichgewicht und fiel auf den Betonboden. Er holte sich keine Schnittwunden, aber das wäre gut möglich gewesen, sah Jake; jede Menge Glasscherben funkelten am Zaun in der Sonne.

»Komm schon, Henry, laß das«, sagte er, aber nicht im geringsten vorwurfsvoll. Jake vermutete, Henry trieb schon so lange diese Scheiße mit Eddie, daß dieser es nur bemerkte, wenn Henry es mit jemand anderem machte – mit der blonden Kartenverkäuferin, zum Beispiel.

»Tomm sson, Henry, lassas.«

Eddie stand auf und stapfte aufs Feld. Der Ball war gegen den Maschendrahtzaun geprallt und hüpfte zu Henry zurück. Henry versuchte jetzt, an seinem jüngeren Bruder vorbeizudribbeln. Eddie streckte die Hand schnell wie der Blitz, aber seltsam zaghaft aus und nahm ihm den Ball ab. Er duckte sich mühelos unter Henrys ausgestrecktem, fuchtelndem Arm durch und sprintete zum Korb. Henry setzte ihm mit finsterem Stirnrunzeln nach, aber er hätte ebensogut ein Schläfchen halten können. Eddie schnellte mit angewinkelten Knien und zusammengepreßten Beinen hoch und warf den Ball in den Korb. Henry ergriff ihn und dribbelte zum Seitenstreifen.

Das hättest du nicht machen sollen, Eddie, dachte Jake. Er stand unmittelbar hinter der Stelle, wo der Zaun aufhörte, und beobachtete die beiden Jungs. Das schien sicher zu sein, zumindest vorläufig. Er trug die Sonnenbrille seines Dad, und die beiden Jungs waren so in ihr Spiel vertieft, daß sie nicht mitbekommen hätten, wenn Präsident Carter zum Zuschauen gekommen wäre. Jake bezweifelte sowieso, daß Henry wußte, wer Präsident Carter war.

Er ging davon aus, daß Henry seinen Bruder als Strafe für das Ballwegnehmen foulen würde, und zwar schwer, aber er hatte Eddies Listigkeit unterschätzt. Henry täuschte einen Ausfall an, den Jakes Mutter durchschaut haben würde, aber Eddie schien darauf hereinzufallen. Henry stürmte an ihm vorbei und zum Korb, wobei er den Ball den größten Teil des Weges trug. Jake war überzeugt, Eddie hätte ihn mühelos einholen und ihm den Ball wieder wegnehmen können, aber statt das zu tun, blieb der Junge zurück. Henry warf ihn noch – ungeschickt –, und der Ball prallte vom Rand ab. Eddie packte ihn ... und ließ ihn zwischen den Fingern durchrutschen. Henry schnappte ihn, drehte sich herum und warf ihn durch den Ring ohne Netz.

»Eins zu eins«, keuchte Henry. »Bis zwölf?«

»Klar.«

Jake hatte genug gesehen. Es würde knapp werden, aber letztendlich würde Henry gewinnen. Eddie würde dafür sorgen. Es würde ihn nicht nur vor einer Tracht Prügel bewahren; es würde Henry auch in gute Laune versetzen und ihn aufgeschlossener für Eddies Vorhaben machen.

He, Dämlack – ich glaube, dein kleiner Bruder führt dich schon lange wie eine Marionette, und du hast nicht die leiseste Ahnung, oder?

Er wich zurück, bis ihm das Mietshaus am Nordende des Spielplatzes die Sicht auf die Gebrüder Dean nahm. Er lehnte sich an die Wand und lauschte dem Hüpfen des Balls auf dem Spielfeld. Bald schnaufte

Henry wie Charlie Tschuff-Tschuff, wenn dieser einen steilen Berg hinauffuhr. Er rauchte natürlich; Typen wie Henry rauchten immer.

Das Spiel dauerte fast zehn Minuten, und als Henry endlich seinen Sieg verkünden konnte, war die Straße voll von anderen Kindern auf dem Nachhauseweg. Einige warfen Jake im Vorübergehen seltsame Blicke zu.

»Gutes Spiel, Henry«, sagte Eddie.

»Nicht schlecht«, schnaufte Henry. »Du fällst immer noch auf das alte Antäuschen rein.«

Logisch, dachte Jake, *ich glaube, er wird darauf reinfallen, bis er etwa achtzig Pfund schwerer ist. Dann wirst du vielleicht eine Überraschung erleben.*

»Sieht so aus. He, Henry, können wir uns jetzt *bitte* das Haus ansehen?«

»Ja, warum nicht. Machen wir es.«

»Na *prima!*« rief Eddie. Das Klatschen von Haut auf Haut war zu hören; wahrscheinlich versetzte Eddie seinem Bruder einen freundschaftlichen Klaps. »Boß!«

»Geh rauf in die Wohnung. Sag Mom, wir sind gegen halb fünf oder fünf wieder da. Aber sag nichts von der Villa. Sie würde einen Scheißanfall bekommen. Sie denkt auch, daß es dort spukt.«

»Soll ich ihr sagen, daß wir rüber zu Dewey's gehen?«

Schweigen, während Henry darüber nachdachte. »Nee. Sie könnte Mrs. Bunkowski anrufen. Sag ihr ... sag ihr, wir gehen zu Dahlie's, um Hoodsie Rockets zu holen. Das wird sie glauben. Und bitte sie noch um ein paar Piepen.«

»Sie wird mir kein Geld geben. Nicht zwei Tage vor dem Zahltag.«

»Dummes Zeug. Du kannst es aus ihr rauskitzeln. Geh jetzt.«

»Okay.« Aber Jake hörte nicht, daß Eddie sich in Bewegung setzte. »Henry?«

»*Was?*« Ungeduldig.

»Spukt es *wirklich* in der Villa, was meinst du?«

Jake ging ein wenig näher an den Spielplatz heran. Er wollte nicht bemerkt werden, war aber mehr als überzeugt, daß er das hören mußte.

»Nee. Es gibt keine *richtigen* Spukhäuser – nur in dummen Filmen.«

»Oh.« Eddies Stimme klang unmißverständlich erleichtert.

»Aber *wenn* es je eines gegeben hätte«, fuhr Henry fort (der vielleicht nicht wollte, daß sein kleiner Bruder *zu* erleichtert war, überlegte Jake), »dann wäre es die Villa. Ich habe gehört, daß vor ein paar Jahren zwei Kinder von der Norwood Street reingegangen sind, um Pimmel zu begutachten, und die Bullen haben sie gefunden, da waren ihre Kehlen aufgeschlitzt, und das ganze Blut aus ihren Leichen war verschwunden. Aber an ihnen oder um sie herum wurde kein Blut entdeckt. Kapiert? Das ganze Blut war *fort.*«

»Verscheißerst du mich?« hauchte Eddie.

»Nee. Aber das war noch nicht das Schlimmste.«

»Was dann?«

»Ihr Haar war schlohweiß«, sagte Henry. Die Stimme, die Jake vernahm, war ernst. Er hatte eine Ahnung, daß Henry seinen Bruder diesmal nicht hänselte, daß er diesmal jedes Wort glaubte, das er erzählte. (Er bezweifelte auch, daß Henry genug Hirn besaß, sich so eine Geschichte auszudenken.) »Beide. Und ihre Augen waren weit aufgerissen, als hätten sie das Allergräßlichste auf der ganzen Welt gesehen.«

»Ach, verschon mich«, sagte Eddie, aber seine Stimme klang gedämpft, ehrfürchtig.

»Willst du immer noch hin?«

»Klar. Wenn wir nicht . . . du weißt schon . . . zu nah ran müssen.«

»Dann geh zu Mom. Und versuch, ihr ein paar Piepen abzuluchsen. Ich brauch Zigaretten. Und nimm den Scheißball mit.«

Jake zog sich zurück und versteckte sich im Eingang des nächstgelegenen Mietshauses, als Eddie gerade durch das Spielplatztor kam.

Zu seinem Entsetzen kam der Junge im gelben T-Shirt in Jakes Richtung. *Ach du dickes Ei!* dachte Jake. *Wenn er nun ausgerechnet in diesem Haus wohnt?*

So war es. Jake hatte gerade noch Zeit, sich umzudrehen und die Namen auf den Klingelschildern zu studieren, als Eddie so dicht vorbeistrich, daß Jake den Schweiß riechen konnte, den er bei dem Basketballspiel produziert hatte. Er spürte den neugierigen Blick halb, den der Junge ihm zuwarf, halb sah er ihn. Dann ging Eddie durch die Halle zu den Fahrstühlen; er trug die zusammengerollte Schulhose unter einem und den Basketball unter dem anderen Arm.

Jakes Herz schlug heftig in der Brust. Leute zu beschatten war im richtigen Leben viel schwieriger als in den Detektivromanen, die er manchmal las. Er überquerte die Straße und stellte sich einen halben Block weiter zwischen zwei Mietshäuser. Von dort konnte er den Eingang des Hauses der Brüder Dean und das Spielplatztor sehen. Der Spielplatz füllte sich allmählich, hauptsächlich mit kleineren Kindern. Henry lehnte am Maschendrahtzaun, rauchte eine Zigarette und gab sich größte Mühe, wie ein halbstarker Schläger auszusehen. Ab und zu streckte er den Fuß aus, wenn eines der Kinder in wilder Jagd auf ihn zugerannt kam, und bis Eddie zurückkam, war es ihm gelungen, drei zu Fall zu bringen. Das letzte schlug in voller Länge hin, prallte mit dem Gesicht auf den Beton und rannte mit blutiger Stirn weinend die Straße entlang. Henry schnippte ihm die Zigarettenkippe hinterher und lachte fröhlich.

Ein richtiger Scherzkeks, dachte Jake.

Danach wurden die kleinen Kinder schlauer und machten einen großen Bogen um ihn. Henry verließ den Spielplatz schlendernd und ging zu dem Hauseingang, in dem Eddie vor fünf Minuten verschwunden war. Als er dort ankam, ging die Tür auf, und Eddie kam heraus. Er hatte ein Paar Jeans und ein frisches T-Shirt angezogen; außerdem trug er ein grünes Band, wie Jake es im Traum gesehen hatte, um die Stirn. Er winkte triumphierend mit ein paar Dollarscheinen. Henry entriß sie ihm, dann fragte er Eddie etwas. Eddie nickte, worauf die beiden Jungs aufbrachen.

Jake folgte ihnen, ließ dabei einen halben Block Entfernung zwischen sich und den beiden Brüdern.

23

Sie standen im hohen Gras am Rand der Großen Straße und betrachteten den sprechenden Ring.

Stonehenge, dachte Susannah und erschauerte. *So sieht es aus. Stonehenge.*

Das dichte Gras, welches die gesamte Ebene bedeckte, wuchs zwar um die Ansätze der grauen Monolithen herum, aber der Kreis, den sie einschlossen, bestand aus nackter Erde, auf der hier und da weiße Gegenstände lagen.

»Was ist das?« fragte sie mit leiser Stimme. »Gesteinstrümmer?«

»Sieh noch einmal hin«, sagte Roland.

Sie gehorchte und sah, daß es sich um Knochen handelte. Die Knochen kleiner Tiere. Hoffte sie.

Eddie nahm den zugespitzten Pflock in die linke Hand, wischte die rechte am Hemd trocken und wechselte wieder. Er machte den Mund auf, aber kein Laut drang aus seinem trockenen Hals. Er räusperte sich und versuchte es noch einmal. »Ich glaube, ich muß reingehen und etwas auf den Boden zeichnen.«

Roland nickte. »Gleich?«

»Bald.« Er sah Roland ins Gesicht. »Es ist etwas hier, richtig? Etwas, das wir nicht sehen können.«

»Es ist momentan nicht hier«, sagte Roland. »Jedenfalls *glaube* ich das. Aber es wird kommen. Unsere *Khef* – unsere Lebenskraft – wird es anziehen. Und natürlich wird es diesen Ort eifersüchtig hüten. Gib mir meine Waffe wieder, Eddie.«

Eddie knöpfte den Gurt auf und reichte ihn weiter. Dann drehte er sich wieder zu dem Kreis der sechs Meter hohen Steine um. Etwas lebte tatsächlich hier. Er konnte es riechen; ein Gestank, bei dem er an feuchten Verputz und schimmlige Sofas und alte Matratzen denken mußte, die unter Überzügen aus Mehltau faulten. Er kannte ihn, diesen Geruch.

Die Villa – dort habe ich ihn gerochen. An dem Tag, als ich Henry überredet hatte, mit mir zur Villa an der Rhinehold Street in Dutch Hill zu gehen.

Roland knöpfte den Gurt zu, dann knotete er den Wildlederriemen fest. Dabei sah er zu Susannah. »Könnte sein, daß wir Detta Walker brauchen«, sagte er. »Ist sie in der Nähe?«

»Das Miststück ist immer in der Nähe.« Susannah rümpfte die Nase.

»Gut. Einer von uns muß Eddie beschützen, während dieser tut, was er tun muß. Der andere wird nichts weiter als unnützer Ballast sein. Dies ist die Stätte eines Dämons. Dämonen sind nicht menschlich, aber dennoch männlich oder weiblich. Sex ist ihre Waffe und ihre Schwäche. Welchen Geschlechts der Dämon auch sein mag, er wird sich auf Eddie konzentrieren. Um seine Heimstatt zu beschützen. Um zu verhindern, daß seine Heimstatt von einem Fremden benützt wird. Habt ihr verstanden?«

Susannah nickte. Eddie schien gar nicht zuzuhören. Er hatte das Stück Leder, in das der Schlüssel eingewickelt war, ins Hemd gesteckt und sah nun wie hypnotisiert in den Ring aus Steinen.

»Es ist keine Zeit, dies auf eine behutsame oder schönfärberische Weise auszudrücken«, sagte Roland zu ihr. »Einer von uns wird . . .«

»Einer von uns muß es ficken, damit es Eddie in Ruhe läßt«, unterbrach ihn Susannah. »Diese Wesen können *nie* auf einen Gratisfick verzichten. Darauf willst du doch hinaus, richtig?«

Roland nickte.

»Und was ist, wenn der Dämon auf beides steht? Was *dann,* großer Junge?«

Rolands Lippen zuckten – die vageste Andeutung eines Lächelns. »Dann nehmen wir ihn gemeinsam. Vergiß nur nicht . . .«

Neben ihnen flüsterte Eddie mit schwacher, hohler Stimme: »Nicht alles ist stumm in den Hallen der Toten. Gebt acht, der Schläfer erwacht.« Er richtete die gequälten, entsetzten Augen auf Roland. »Da ist ein Ungeheuer.«

»Der Dämon . . .«

»Nein. Ein *Ungeheuer.* Etwas zwischen den Türen. Zwischen den *Welten.* Es wartet. *Und es schlägt die Augen auf.*«

Susannah warf Roland einen ängstlichen Blick zu.

»Sei standhaft, Eddie«, sagte Roland. »Sei aufrichtig.«

Eddie holte tief Luft. »Ich bin standhaft, bis es mich umstößt«, sagte er. »Ich muß jetzt reingehen. Es fängt an.«

»Wir gehen alle rein«, sagte Susannah. Sie krümmte den Rücken und schlüpfte aus dem Rollstuhl. »'n Dämon, der mit mir ficken will, wird feststelln, dasser sich mit 'ner Fickweltmeisterin eingelassen hat. Ich werd'm 'n Fick verpassen, den er seiner Lebtag nicht vergißt.«

Als sie zwischen den hohen Steinen hindurch in den Kreis traten, fing es an zu regnen.

24

Kaum sah Jake das Haus, wurde ihm zweierlei klar: erstens, daß er es schon einmal gesehen hatte, und zwar in so schrecklichen Träumen, daß sein bewußtes Denken keinerlei Erinnerungen daran zuließ; zweitens, daß es ein Ort von Tod und Mord und Wahnsinn war. Er stand an der gegenüberliegenden Ecke Rhinehold Street und Brooklyn Avenue, siebzig Meter von Henry und Eddie Dean entfernt, aber selbst da konnte er spüren, daß die Villa den beiden gar keine Beachtung schenkte, sondern mit begierigen, unsichtbaren Händen nach ihm griff. Er dachte, daß sich Krallen am Ende dieser Hände befanden. Scharfe Krallen.

Es will mich, und ich kann nicht weglaufen. Hineinzugehen bedeutet den Tod ... aber es nicht zu tun, bedeutet Wahnsinn. Denn irgendwo in diesem Haus befindet sich eine verschlossene Tür. Ich habe den Schlüssel, der sie öffnet, und die einzige Hoffnung auf Rettung befindet sich auf der anderen Seite.

Er betrachtete die Villa, ein Haus, das fast ›abnormal‹ schrie, mit zunehmender Niedergeschlagenheit. Es stand inmitten eines unkrautüberwachsenen, ungepflegten Gartens wie ein Tumor.

Die Brüder Dean waren unter der heißen Nachmittagssonne langsam neun Blocks durch Brooklyn gelaufen und waren schließlich in einen Stadtteil gekommen, bei dem es sich um Dutch Hill handeln mußte, wenn man den Namen der Geschäfte glauben wollte. Jetzt standen sie einen halben Block entfernt vor der Villa. Diese sah aus, als wäre sie jahrelang verlassen, und doch hatte sie bemerkenswert wenig Zerstörungen hinnehmen müssen. Und früher, dachte Jake, war es *wirklich* einmal eine Villa gewesen – möglicherweise das Zuhause eines reichen Kaufmanns und seiner Familie. In diesen längst vergangenen Zeiten mußte sie weiß gewesen sein, aber jetzt war ihre Farbe ein schmutziges Grau. Die Fenster waren eingeworfen und der weiße Lattenzaun, der sie umgab, mit Sprühfarbe verunziert, aber das Haus selbst war unversehrt.

Es kauerte im heißen Licht, eine baufällige Wohnstatt mit Schindeldach, die aus einem hügeligen, abfallübersäten Garten wuchs und auf Jake irgendwie den Eindruck eines gefährlichen Hundes machte, der nur so tat, als ob er schlief. Das steile Dach hing wie eine gerunzelte Stirn über die Eingangstür. Die Dielen der Veranda waren gesplittert und verzogen. Läden, die einmal grün gewesen sein mochten, knarrten in schiefen Angeln neben blicklosen Fenstern; in manchen hingen noch uralte Vorhänge, die wie Streifen abgestorbener Haut herunterbaumelten. Links beugte sich ein altes Rankgitter von der Fassade weg, das nicht mehr von Nägeln gehalten wurde, sondern nur noch von den namenlosen und irgendwie schäbigen Weinranken, die sich daran festklammerten. Auf dem Rasen stand ein Schild, ein zweites an der Tür. Von seiner Position aus konnte Jake keines lesen.

Das Haus *lebte.* Er spürte es, konnte sein Bewußtsein fühlen, das von den Dielen und dem windschiefen Dach ausströmte, konnte spüren, wie es in Strömen aus den schwarzen Augenhöhlen der Fenster quoll. Die Vorstellung, sich diesem Ort des Grauens zu nähern, erfüllte ihn mit Unbehagen, und die Vorstellung, tatsächlich einzutreten, mit unvorstellbarem Entsetzen. Und doch mußte er es tun. Er konnte ein tiefes, träges Summen in den Ohren hören – das Geräusch eines Bienenstocks an einem heißen Sommertag –, und einen Augenblick fürchtete er, er könnte ohnmächtig werden. Er machte die Augen zu ... und hörte *seine* Stimme im Kopf.

Du mußt kommen, Jake. Dies ist der Pfad des Balkens, der Weg des Turms, und deine Zeit, auserwählt zu werden, ist gekommen. Sei aufrichtig; sei standhaft; komm zu mir.

Die Angst verging nicht, aber das Gefühl bevorstehender Panik. Er schlug die Augen auf und stellte fest, daß er nicht der einzige war, der die Macht und erwachende Vernunft des Hauses gespürt hatte. Eddie wollte weg vom Zaun. Er drehte sich zu Jake um, der seine großen und unbehaglichen Augen unter dem grünen Stirnband sehen konnte. Sein großer Bruder packte ihn und schob ihn zu dem rostigen Tor, aber die Geste war so halbherzig, daß man sie kaum als Hänselei bezeichnen konnte; was er auch für ein Klotzkopf sein mochte, Henry mochte die ›Villa‹ ebensowenig wie Eddie.

Sie wichen ein Stück zurück und betrachteten das Haus eine Zeitlang. Jake bekam nicht mit, was sie zueinander sagten, aber ihre Stimmen klangen gedämpft und unbehaglich. Plötzlich fiel Jake ein, was Eddie in seinen Traum gesagt hatte: *Aber es besteht Gefahr. Sei vorsichtig ... und sei schnell.*

Plötzlich sprach der richtige Eddie, der auf der anderen Straßenseite, so laut, daß Jake die Worte verstehen konnte. »Können wir jetzt nach Hause gehen, Henry? Bitte? Es gefällt mir hier nicht.« Sein Tonfall war flehend.

»Erbärmliche kleine Memme«, sagte Henry, aber Jake glaubte, daß er ebensoviel Erleichterung wie Beleidigung aus Henrys Stimme heraushören konnte. »Komm schon.«

Er wandte sich von dem verfallenen Haus ab, das mit hochgereckten Schultern hinter seinem schiefen Zaun kauerte, und näherten sich der Straße. Jake wich zurück, dann drehte er sich um und sah ins Schaufenster eines mitleiderregenden kleinen Ladens namens Dutch Hill Secondhand-Geräte. Er sah die vagen und geisterhaften Spiegelbilder von Eddie und Henry über einem alten Hoover-Staubsauger, als die beiden die Rhinehold Street überquerten.

»Bist du *sicher,* daß es nicht richtig spukt?« fragte Eddie, als sie auf Jakes Seite den Gehweg betraten.

»Nun, ich will dir was sagen«, antwortete Henry. »Nachdem ich jetzt wieder einmal hier gewesen bin, bin ich nicht mehr so sicher.«

Sie gingen unmittelbar hinter Jake vorbei, ohne ihn anzusehen. »Würdest du reingehen?« fragte Eddie.

»Nicht für eine Million Dollar«, antwortete Henry wie aus der Pistole geschossen.

Sie gingen um die Ecke. Jake ging vom Schaufenster weg und sah ihnen nach. Sie gingen dicht nebeneinander auf dem Gehweg in die Richtung zurück, aus der sie gekommen waren; Henry schlurfte mit seinen stahlkappengeschmückten Arschtretern dahin und ließ die Schultern bereits wie ein viel älterer Mann hängen, wohingegen Eddie voll hübscher, unbewußter Anmut neben ihm herschritt. Ihre Schatten, die inzwischen lang auf die Straße fielen, überkreuzten sich verspielt.

Sie gehen nach Hause, dachte Jake und verspürte eine so heftige Einsamkeit, daß er dachte, sie müßte ihn zerquetschen. *Sie gehen nach Hause und essen und machen ihre Hausaufgaben und streiten, welche Fernsehserie sie sich ansehen, und dann gehen sie zu Bett. Henry mag ein rücksichtsloses Arschloch sein, aber sie haben wenigstens ein Leben, die beiden, das einen Sinn ergibt... und zu dem kehren sie zurück. Ich frage mich, ob sie eine Ahnung haben, wie glücklich sie sich schätzen können. Eddie vielleicht, könnte ich mir denken.*

Jake drehte sich um, rückte die Gurte des Ranzens zurecht und überquerte die Rhinehold Street.

25

Susannah spürte eine Bewegung im verlassenen Grasland hinter dem Kreis aus Steinen; einen seufzenden, flüsternden Sog.

»Etwas kommt«, sagte sie nervös. »Und zwar schnell.«

»Sei vorsichtig«, sagte Eddie, »aber halt es mir vom Leib. Hast du verstanden? Halt es mir vom Leib.«

»Ich habe dich verstanden, Eddie. Tu du, was du tun mußt.«

Eddie nickte. Er kniete in der Mitte des Kreises und hielt den gespitzten Ast vor sich, als würde er Maß nehmen. Dann senkte er ihn und zog eine dunkle, gerade Linie in die Erde. »Roland, paß auf sie auf...«

»Wenn ich kann, Eddie.«

»... aber halt ihn mir vom Leib. Jake kommt. Der kleine Irre kommt tatsächlich.«

Susannah konnte jetzt sehen, wie sich das Gras nördlich des Rings zu einer langen, dunklen Linie teilte und eine Furche schuf, die genau auf den Ring der Steine zukam.

»Macht euch bereit«, sagte Roland. »Es wird sich auf Eddie stürzen. Einer von uns muß ihm einen Hinterhalt legen.«

Susannah krümmte sich in die Höhe wie eine Schlange, die aus dem Korb eines Hindufakirs kommt. Die Hände hielt sie, zu harten braunen Fäusten geballt, seitlich ans Gesicht. Ihre Augen blitzten. »Ich bin bereit«, sagte sie und brüllte dann: *»Komm her, großer Junge! Komm auf der Stelle! Lauf, als wennde Geburtstag hast!«*

Es regnete heftiger, als der Dämon, der hier hauste, mit Donnerhall in seinen Kreis hineinfuhr. Susannah hatte gerade noch Zeit, etwas Starkes und unbarmherzig Maskulines zu spüren – sie nahm es als Geruch von Gin und Wacholder wahr, der ihr das Wasser in die Augen trieb –, dann schoß er auf die Mitte des Kreises zu. Sie machte die Augen zu und griff danach – nicht mit den Händen oder dem Geist, sondern mit aller weiblicher Kraft, die in ihrem Innersten wohnte: *He, großer Junge, wo gehstn hin? Hier drüben isse Muschi!*

Der Dämon wirbelte herum. Sie spürte seine Überraschung ... und dann seine brutale Gier, die so voll und prall war wie eine pulsierende Arterie. Er sprang sie an wie ein Triebtäter aus dem Schlund einer Gasse.

Susannah heulte und sank zurück, ihre Halsmuskeln standen vor. Das Kleid, das sie trug, wurde zuerst gegen ihre Brüste und den Bauch gedrückt, dann langsam in Stücke gerissen. Sie konnte ein sinnloses, zielloses Keuchen hören, als hätte die Luft selbst beschlossen, mit ihr zu rammeln.

»Suze!« rief Eddie und wollte aufstehen.

»Nein!« schrie sie zurück. *»Mach weiter! Ich hab' den Hurensohn genau da ... genau da, wo ich ihn haben will! Mach weiter, Eddie! Bring den Jungen her! Bring ...«* Kälte berührte grob das zarte Fleisch zwischen ihren Beinen. Sie grunzte und fiel nach hinten ... dann stützte sie sich mit einer Hand und stieß trotzig nach vorne und hoch. *»Bring ihn rüber!«*

Eddie sah unsicher zu Roland, der nickte. Eddie warf Susannah noch einmal einen Blick aus Augen voll dunklem Schmerz und dunkler Angst zu, dann drehte er den beiden bewußt den Rücken zu und sank wieder auf die Knie. Er streckte den gespitzten Ast aus, der zu einem behelfsmäßigen Zeichenstift geworden war, und achtete nicht auf den Regen, der ihm Arme und Nacken benetzte. Der Ast bewegte sich, zeichnete Striche und Linien und Winkel und schuf ein Bild, das Roland sofort kannte.

Es war eine Tür.

26

Jake streckte die Hand aus, berührte die gesplitterte Tür und drückte. Sie schwang langsam auf, kreischend in ihren rostigen Scharnieren. Vor ihm lag ein unebener Plattenweg. Nach dem Weg kam die Veranda. Auf der Veranda die Tür. Diese war zugenagelt worden.

Er ging langsam auf das Haus zu, während sein Herz rasend schnell Morsezeichen zum Hals telegrafierte. Unkraut war zwischen den schiefen Platten hochgewachsen. Er konnte es an seinen Jeans rascheln hören. Seine sämtlichen Sinne schienen zwei Skaleneinheiten schärfer eingestellt worden zu sein. *Du wirst doch nicht wirklich da reingehen, oder?* schrie eine panische Stimme in seinem Verstand.

Und die Antwort, die ihm darauf einfiel, schien vollkommen irr und zugleich durch und durch logisch zu sein: *Alles dient dem Balken.*

Auf dem Schild vor dem Haus stand:

DURCHGANG BEI STRAFANDROHUNG STRENGSTENS VERBOTEN!

Das vergilbte, rostfleckige Stück Pappe, das auf die Bretter vor der Eingangstür genagelt worden war, war bündiger:

AUF ANORDNUNG DER WOHNRAUMVERWALTUNG VON NEW YORK
BETRETEN VERBOTEN

Jake blieb am Fuß der Treppe stehen und sah zur Tür hinauf. Er hatte auf dem unbebauten Grundstück Stimmen gehört, und jetzt hörte er wieder welche . . . aber dies war ein Chor der Verdammten, ein Brabbeln irrer Verwünschungen und ebenso abgeschmackter Versprechungen. Aber er dachte, daß es nur eine einzige Stimme war. Die Stimme des Hauses; die Stimme eines monströsen Torwächters, der aus einem langen, unruhigen Schlaf geweckt worden war.

Er dachte kurz an die Ruger seines Vaters und überlegte sogar kurz, ob er sie aus der Tasche ziehen sollte, aber was würde sie ihm nützen? Hinter ihm rauschte der Verkehr die Rhinehold Street hinauf und hinunter, und eine Mutter schrie ihrer Tochter zu, sie solle aufhören, mit diesem Jungen Händchen zu halten, und die Wäsche reinbringen, aber hier begann eine andere Welt, die von einem düsteren Wesen beherrscht wurde, über das Waffen keine Macht haben konnten.

Sei aufrichtig, Jake – sei standhaft.

»Okay«, sagte er mit leiser, zitternder Stimme. »Okay, ich versuche es. Aber du läßt mich besser nicht noch einmal fallen.«

Langsam ging er die Verandastufen hinauf.

27

Die Bretter, mit denen die Tür kreuzweise vernagelt war, waren alt und verfault, die Nägel rostig. Jake packte zwei Bretter oben an der Stelle, wo sie sich überkreuzten, und zog. Sie lösten sich mit einem Kreischen wie die Gartentür. Er warf sie über das Verandageländer in ein uraltes

Blumenbeet, wo nur noch Hirse und Hundszahn wuchsen. Er bückte sich, umklammerte das untere Kreuz und hielt einen Moment inne.

Ein hohles Geräusch drang durch die Tür; das Geräusch eines Tieres, das hungrig in einem Betonrohr schmatzt. Jake spürte, wie ein ekliger Schweißfilm sich auf seinen Wangen und der Stirn ausbreitete. Er hatte solche Angst, daß er sich gar nicht mehr wirklich fühlte; er schien zur Figur im Alptraum eines anderen geworden zu sein.

Der böse Chor, die böse Präsenz, befand sich hinter dieser Tür. Ihr Klang quoll wie Sirup heraus.

Er zerrte an den unteren Brettern. Sie lösten sich mühelos.

Logisch. Es will, *daß ich ins Haus komme. Es hat Hunger, und ich soll der Hauptgang sein.*

Plötzlich fiel ihm ein Stück aus einem Gedicht ein, das Ms. Avery ihnen einmal vorgelesen hatte. Es sollte vom schweren Los des modernen Menschen handeln, der von allen Wurzeln und Traditionen abgeschnitten war, aber Jake dachte jetzt, daß der Mann, der das Gedicht geschrieben hatte, dieses Haus gesehen haben mußte: *Ich will dir weisen ein Ding, das weder/Dein Schatten am Morgen ist, der dir nachfolgt/Noch dein Schatten am Abend, der dir begegnet/Ich zeige dir ...*

»Ich zeige dir die Angst in einer Handvoll Staub«, murmelte Jake und legte eine Hand auf den Türknauf. Als er das tat, durchströmte ihn wieder dieses klare Gefühl von Erleichterung und Gewißheit, das Gefühl, daß es diesmal richtig war, daß sich diesmal die Tür zu einer anderen Welt auftun und er eines Himmels gewahr werden würde, welcher unberührt von Qualm und Industrieabgasen war, und am fernen Horizont würden sich nicht Berge zeigen, sondern die dunstigen, vagen Türme einer prachtvollen unbekannten Stadt.

Er schloß die Finger um den silbernen Schlüssel in seiner Tasche und hoffte, die Tür würde verschlossen sein, damit er ihn benützen konnte. Sie war es nicht. Die Scharniere quietschten, Rostflöckchen rieselten herunter, als sie sich öffnete. Der Geruch von Fäulnis traf Jake wie ein Schlag in den Magen: nasses Holz, schimmliger Verputz, verfaulendes Lattenwerk und uralte Polster. Und unter diesen Gerüchen lag noch ein anderer – der Geruch des Baus eines Tieres. Vor ihm lag eine klamme, schattige Diele. Links erstreckte sich eine Treppe irre schief und gewunden zu den oberen Schatten. Das eingestürzte Geländer lag zersplittert auf dem Dielenboden, aber Jake war nicht so dumm, daß er glaubte, er würde *nur* Splitter sehen. Es lagen auch Knochen in dem Durcheinander – die Knochen kleiner Tiere. Manche sahen nicht gerade wie Tierknochen aus, und die sah Jake nicht zu lange an; er wußte, wenn er das tat, würde er nie den Mut aufbringen weiterzugehen. Er blieb auf der Schwelle stehen und ermutigte sich, den ersten Schritt zu machen. Er hörte ein leises, gedämpftes Geräusch, abgehackt und sehr schnell, und stellte fest, daß es seine eigenen klappernden Zähne waren.

Warum hält mich nicht jemand auf? dachte er panisch. *Warum geht nicht jemand auf dem Gehweg vorbei und ruft: ›He, du da! Du hast da drinnen nichts zu suchen – kannst du nicht lesen?‹*

Aber er wußte, warum. Fußgänger benützten meistens die andere Straßenseite, und diejenigen, die doch in die Nähe des Hauses kamen, verweilten nicht lange.

Und selbst wenn jemand herüberschauen würde, würden sie mich nicht sehen, weil ich eigentlich gar nicht mehr da bin. Ob gut oder schlecht, ich habe meine Welt bereits hinter mir gelassen. Der Übergang hat begonnen. Seine *Welt liegt irgendwo vor mir. Dies . . .*

Dies war die Hölle dazwischen.

Jake betrat die Diele, und obwohl er schrie, als die Tür mit dem Geräusch einer Mausoleumstür hinter ihm zufiel, war er eigentlich nicht überrascht.

Tief in seinem Innersten war er überhaupt nicht überrascht.

28

Es war einmal eine Frau namens Detta Walker gewesen, die ging gerne in die billigen Kaschemmen und Stundenhotels der Ridgeline Road außerhalb von Nutley und an der Route 88, bei der Überlandleitung außerhalb von Amhigh. Damals hatte sie noch Beine gehabt – und wußte sie zu gebrauchen, wie es in dem Lied hieß. Sie trug ein billiges enges Kleid, das wie Seide aussah, aber keine war, und tanzte mit den weißen Jungs, während die Band alle kitschigen Partyschnulzen wie ›Double Shot of My Babies Love‹ und ›The Hippy-Hippy Shake‹ spielte. Schließlich suchte sie sich ein Käsegesicht aus dem Rudel aus und ließ sich von ihm zu seinem Auto auf dem Parkplatz führen. Dort geilte sie ihn auf (eine der inbrünstigsten Küsserinnen war sie, Detta Walker, und mit den ollen Fingernägeln auch nicht gerade ungeschickt), bis er fast den Verstand verlor . . . und dann ließ sie ihn abblitzen. Was geschah dann? Nun, das war die Preisfrage, oder nicht? Das war das Spiel. Manche weinten und flehten – ganz gut, aber nicht toll. Andere tobten und schrien, was besser war.

Und obwohl man ihr auf den Kopf geschlagen, die Augen blau gehauen, sie angespuckt und einmal so fest in den Hintern getreten hatte, daß sie vornüber auf den Schotterparkplatz des Red Windmill gestürzt war, war sie nie vergewaltigt worden. Sie waren alle mit ihren dicken Eiern nach Hause gegangen, jeder einzelne. Was in Detta Walkers Buch bedeutete, sie war der regierende Champion, die unbesiegte Königin. Wovon? Von *ihnen.* Von allen zugeknöpften, verklemmten, käsegesichtigen Linkswichsern mit Bürstenschnitt.

Bis jetzt.

Es war unmöglich, dem Dämon zu trotzen, der in dem sprechenden Ring wohnte. Keine Türgriffe zum Festhalten, kein Auto, aus dem man fliehen konnte, kein Gebäude, in dem man Zuflucht suchen konnte, eine Wange zum Schlagen, kein Gesicht zum Zerkratzen, keine Eier zum Treten, wenn der Wichser schwer von Begriff war.

Der Dämon war auf ihr ... und dann war er – *es* – wie der Blitz in ihr.

Sie konnte spüren, wie es – *er* – sie nach hinten drückte, obwohl sie es – *ihn* – nicht sehen konnte. Sie konnte seine Hände nicht sehen, aber ihr Wirken, als ihr Kleid an mehreren Stellen brutal aufgerissen wurde. Dann plötzlich Schmerzen. Ihr war zumute, als würde sie da unten entzweigerissen werden, und sie schrie in ihrer Qual und Überraschung. Eddie drehte sich um und kniff die Augen zusammen.

»Alles in Ordnung!« rief sie. »Mach weiter, Eddie, achte nicht auf mich. Mir geht es gut!«

Aber das stimmte nicht. Zum erstenmal seit Detta im Alter von dreizehn Jahren das sexuelle Schlachtfeld betreten hatte, verlor sie. Eine gräßliche, stoffliche Kälte drang in sie ein; es war, als würde sie mit einem Eiszapfen gefickt werden.

Sie bekam am Rande mit, wie Eddie sich abwandte und wieder auf den Boden malte, während sein Gesichtsausdruck teilnahmsvoller Besorgnis von der schrecklichen, konzentrierten Kälte verdrängt wurde, die sie manchmal in ihm spürte und auch in seinem Gesicht sah. Nun, das war ja recht so, oder nicht, schließlich hatte sie ihm gesagt, er solle weitermachen und nicht auf sie achten und tun, was er tun mußte, um den Jungen herüberzubringen. Dies war ihre Aufgabe bei Jakes Rettung, und sie hatte kein Recht, einen der Männer zu hassen, die ihr nicht den Arm herumgedreht – oder sonst etwas – hatten, um sie dazu zu zwingen, aber als die Kälte sie erfüllte und Eddie sich abwandte, da haßte sie sie beide; sie hätte ihnen sogar ihre käseblassen Eier abreißen können.

Dann war Roland bei ihr, legte ihr die kräftigen Hände auf die Schultern, und obwohl er nicht sprach, hörte sie ihn: *Nicht kämpfen. Du kannst nicht gewinnen, wenn du kämpfst – du kannst nur sterben. Sex ist seine Waffe, Susannah, aber es ist auch seine Schwäche.*

Ja. Das war *immer* ihre Schwäche. Der einzige Unterschied war, diesmal mußte sie ein wenig mehr geben – aber vielleicht war das nicht weiter tragisch. Vielleicht konnte sie dafür sorgen, daß dieser unsichtbare käseblasse Dämon letztendlich ein bißchen mehr *bezahlen* mußte.

Sie zwang sich, die Schenkel zu entspannen. Diese wurden sofort gespreizt und zeichneten lange, geschwungene Fächer auf den Boden. Sie warf den Kopf zurück, spürte den inzwischen strömenden Regen, spürte sein Gesicht dicht über ihrem, seine gierigen Augen, die jede Verzerrung ihres Gesichts in sich aufsogen.

Sie hob eine Hand wie zum Schlag ... doch statt dessen schlang sie

sie ihrem dämonischen Vergewaltiger um den Hals. Es war, als würde sie eine Handvoll soliden Rauch zu fassen bekommen. Und spürte sie nicht, wie er ob ihrer Zärtlichkeit überrascht zurückzuckte? Sie stemmte die Hüften hoch, wobei sie ihren Griff um den unsichtbaren Hals als Stütze benützte. Gleichzeitig spreizte sie die Beine noch mehr und riß dabei die verbliebenen Überreste ihres Kleids an den Nähten auf. Herrgott, er war riesig!

»Komm schon«, keuchte sie. »Mich wirst du nicht vergewaltigen. Du *nicht.* Mich willst du ficken? Ich werd' *dich* ficken. Ich verpaß dir'n Fick, wiede noch kein' erlebt hast! Ich fick dich *zu Tode!*«

Sie spürte die Manifestation in sich zittern; konnte fühlen, wie der Dämon zumindest vorübergehend versuchte, sich zurückzuziehen und neu zu gruppieren.

»Nn-nnn, Süßer«, krächzte sie. Sie drückte die Schenkel zusammen und klemmte ihn ein. »Der Spaß fängt doch grad erst an.« Sie kniff die Pobacken zusammen und rammte gegen das unsichtbare Wesen. Mit der freien Hand griff sie hoch, verschränkte alle zehn Finger ineinander und ließ sich mit hochgestemmten Hüften zurückfallen; ihre Arme schienen nichts zu umklammern. Sie warf das schweißnasse Haar aus dem Gesicht; die Lippen hatte sie zu einem Haifischgrinsen verzerrt.

Laß mich los! rief eine Stimme in ihrem Kopf. Aber gleichzeitig konnte sie spüren, wie der Dämon fast gegen seinen Willen auf sie ansprach.

»Auf gar kein' Fall, Hübscher. Du hast's gewollt ... jetzt kriegstes.« Sie stieß nach oben, hielt sich fest, konzentrierte sich mit allen Sinnen auf die Eiseskälte in ihr. »Ich werde den Eiszapfen schmelzen, Süßer, und wenner wech is', was machstn dann?« Sie hob und senkte, hob und senkte die Hüften. Sie kniff die Schenkel unbarmherzig zusammen, machte die Augen zu, umklammerte den unsichtbaren Hals noch fester und betete, daß Eddie sich beeilen würde.

Sie wußte nicht, wie lange sie das durchstehen konnte.

29

Das Problem, dachte Jake, war einfach. Irgendwo in diesem feuchten, gräßlichen Haus befand sich eine verschlossene Tür. Die *richtige* Tür. Er mußte sie nur finden. Aber das war schwer, denn er konnte spüren, wie sich die Präsenz im Haus sammelte. Das Geräusch dieser dissonanten, brabbelnden Stimmen verschmolz allmählich zu einem einzigen Laut – einem leisen, knirschenden Flüstern.

Und es kam näher.

Rechts stand eine Tür offen. Daneben war eine verblichene Daguerreotypie an die Wand getackert, die einen Gehängten zeigte, der wie eine Frucht von einem toten Baum baumelte. Dahinter lag ein Zimmer, das einmal eine Küche gewesen war. Der Kühlschrank war nicht mehr da, aber eine riesige Eisbox stand am gegenüberliegenden Ende des welligen, ausgetretenen Linoleums. Die Klappe stand offen. Eine schwarze, übelriechende Masse war drinnen getrocknet und bildete eine längst geronnene Pfütze auf dem Boden. Die Küchenschränke standen offen. In einem stand die wahrscheinlich älteste Dose *Snow's Fritierte Muscheln* der Welt. Aus einem anderen ragte der Kopf einer toten Ratte heraus. Die Augen waren weiß und schienen sich zu bewegen, doch nach einem Augenblick wurde Jake klar, daß Maden in den leeren Augenhöhlen wuselten.

Etwas fiel ihm mit einem klatschenden Plumps aufs Haar. Jake schrie überrascht auf, griff danach und bekam etwas zu fassen, das sich wie ein weicher, pelziger Gummiball anfühlte. Er zog es weg und sah, daß es sich um eine Spinne handelte, deren aufgedunsener Leib die Farbe eines frischen Blutergusses hatte. Ihre Augen sahen ihn voll dumpfer Heimtücke an. Jake schleuderte sie gegen die Wand. Dort zerplatzte sie und blieb mit schwach zuckenden Beinen kleben.

Eine zweite ließ sich auf seinem Hals nieder. Jake spürte einen plötzlichen schmerzhaften Biß direkt unter der Stelle, wo sein Haar aufhörte. Er lief in die Diele zurück, stolperte über das heruntergefallene Treppengeländer, fiel hin und spürte die Spinne platzen. Ihre Innereien – naß, fiebrig und glitschig – flossen wie warmer Eidotter zwischen seinen Schulterblättern hinunter. Jetzt konnte er noch mehr Spinnen durch die Küchentür erkennen. Manche hingen wie obszöne Senkbleie an fast unsichtbaren Fäden; andere ließen sich einfach mit einer Reihe feuchter Plumpser auf den Boden fallen und kamen herübergewuselt, um ihn zu begrüßen.

Jake rappelte sich immer noch schreiend auf die Füße. Er spürte, wie etwas in seinem Verstand – das sich wie ein zerschlissenes Seil anfühlte – langsam nachgab. Er vermutete, daß das seine geistige Gesundheit war, und an dieser Erkenntnis zerbrach Jakes beachtlicher Mut schließlich. Er konnte es nicht mehr ertragen, was auch auf dem Spiel stehen mochte. Er warf sich herum und wollte fliehen, wenn er noch konnte, und stellte zu spät fest, daß er noch weiter in die Villa hineinlief, statt auf die Veranda zurück.

Er sprang in einen Raum, der zu groß für einen Salon oder ein Wohnzimmer war; es schien ein Ballsaal zu sein. Elfen mit seltsam verschlagenem Grinsen im Gesicht tummelten sich auf der Tapete und sahen Jake unter grünen Spitzhüten an. An einer Wand stand eine schimmlige Couch. In der Mitte auf dem Fußboden lag ein zerschellter Lüster, dessen rostige Kette verschlungen zwischen den verstreuten Glasperlen und staubigen -tränen lag. Jake wich den Trümmern aus und warf einen entsetzten Blick über die Schulter. Er sah keine Spinnen; wäre die eklige Masse nicht immer noch an seinem

Rücken heruntergerutscht, hätte er glauben können, daß er sich alles nur eingebildet hatte.

Er sah wieder nach vorne und blieb unvermittelt schlitternd stehen. Vor ihm stand eine Schiebetür halb offen. Dahinter erstreckte sich ein weiterer Flur. Am Ende dieses zweiten Korridors befand sich eine geschlossene Tür mit einem goldenen Knauf. Auf diese Tür waren zwei Worte geschrieben – möglicherweise geschnitzt:

DER JUNGE

Unter diesem Türknauf befanden sich eine filigrane Silberplatte und ein Schlüsselloch.

Ich habe sie gefunden, dachte Jake jauchzend. *Ich habe sie endlich gefunden! Das ist sie! Das ist die Tür!*

Hinter ihm begann ein leises Fauchen, als würde sich das Haus selbst in Stücke reißen. Jake drehte sich um und sah durch den Ballsaal zurück. Die Wand an der gegenüberliegenden Seite wölbte sich nach außen und schob die alte schimmlige Couch fort. Die alte Tapete bebte; die Elfen fingen an zu wogen und zu tanzen. An manchen Stellen rollte sich die Tapete einfach nach oben wie eine Jalousie, die man zu schnell losgelassen hat. Der Verputz bauschte sich zu einer schwangeren Wölbung. Darunter konnte Jake trockenes Knacken hören, als das Lattenwerk brach und sich zu einer neuen, bis jetzt noch unbekannten Form arrangierte. Und das Geräusch wurde immer noch lauter. Aber jetzt war es kein Fauchen mehr; jetzt hörte es sich an wie ein Knurren.

Der Verputz brach nicht und prasselte dann in Trümmern herunter; er schien zu Plastik geworden zu sein, und während sich die Wand weiter aufblähte und eine Art weißer Kugel bildete, von der immer noch Schnipsel und Fetzen der Tapete baumelten, modellierte sich die Oberfläche zu Hügeln und Tälern und Kurven. Plötzlich wurde Jake klar, daß er ein riesiges Plastikgesicht vor sich sah, das sich aus der Wand drängte. Es war, als sähe man jemanden, der Kopf voraus in ein nasses Handtuch gelaufen war.

Ein lautes Knacken war zu hören, als ein Stück Latte aus der gewölbten Wand brach. Diese wurde zur unregelmäßigen Pupille eines Auges. Darunter verwandelte sich die Wand in einen höhnischen Mund mit schiefen Zähnen. Jake konnte sehen, daß Fetzen der Tapete an Lippen und Zahnfleisch klebten.

Eine Mörtelhand löste sich von der Wand und zog ein loses Armband alter Stromkabel hinter sich her. Sie packte das Sofa, warf es beiseite und hinterließ geisterhaft blasse Abdrücke auf dem dunklen Polster. Als sie die Mörtelfinger spreizte, brachen weitere Latten. Diese bildeten scharfe rissige Krallen. Inzwischen hatte sich das Gesicht ganz aus der Wand gelöst und starrte Jake mit einem Holzauge an. Über dem tanzte mitten auf der Stirn noch eine Elfe der Tapete. Sie sah wie eine unheimliche Tätowierung aus. Das Ding glitt mit einem schlurfenden Geräusch nach vorne. Die Tür zum Flur brach aus der Wand und bildete eine bucklige Schulter. Die eine Hand des Dings krallte über den Boden und verspritzte Glastropfen von dem heruntergestürzten Lüster.

Jake schüttelte seine Lähmung ab. Er drehte sich um, warf sich durch die Schiebetür und stürmte mit hüpfendem Ranzen den zweiten Flur entlang, während er mit der rechten Hand in der Hosentasche nach dem Schlüssel tastete. Sein Herz war eine amoklaufende Fabrikmaschine. Hinter ihm brüllte das Ding, das aus dem Mauerwerk der Villa kroch, und obwohl es keine Worte herausbrachte, wußte Jake, was es sagte; es sagte ihm, er solle stehenbleiben, es wäre vergeblich, einfach wegzulaufen, sagte ihm, daß es kein Entkommen gab. Jetzt schien das ganze Haus am Leben zu sein; das Splittern von Holz und Bersten von Balken erfüllten die Luft.

Jake schloß die Hand um den Schlüssel. Als er ihn herauszog, verfing sich einer der Zähne in der Tasche. Jakes schweißnasse Finger rutschten ab. Der Schlüssel fiel auf den Boden, prallte einmal ab, fiel in einen Spalt zwischen zwei verzogenen Brettern und verschwand.

30

»Er hat Schwierigkeiten!« hörte Susannah Eddie rufen, aber seine Stimme klang fern. Sie hatte selbst genügend Probleme ... aber sie fand, daß sie sich dennoch ganz gut schlug.

Ich werd' den Eiszapfen schmelzen, Süßer, hatte sie dem Dämon gesagt. *Und wenn er wech is', was machstn dann?*

Sie hatte ihn nicht gerade geschmolzen, aber sie hatte ihn *verändert.* Das Ding in ihr bereitete ihr ganz bestimmt keine Lust, aber wenigstens hatten die schrecklichen Schmerzen nachgelassen, und es war nicht mehr kalt. Es war gefangen und konnte sich nicht befreien. Und sie hielt es nicht nur mit ihrem Körper fest. Roland hatte gesagt, Sex wäre seine Schwäche und seine Waffe, und Roland hatte wie üblich recht gehabt. Es hatte sie genommen, aber *sie* hatte auch *es* genommen, und jetzt war es, als hätten sie beide einen Finger in einer dieser teuflischen chinesischen Schlingen, in die man sich durch Ziehen nur noch fester verstrickt.

Sie klammerte sich an diesen Gedanken, als hinge ihr Leben davon ab; das *mußte* sie, weil alle anderen bewußten Gedanken aus ihr gewichen waren. Sie mußte dieses schluchzende, ängstliche, teuflische Ding in der Schlinge seiner eigenen hilflosen Lust festhalten. Es wand sich und zuckte und bohrte sich in sie hinein, schrie danach, befreit zu werden, und benützte ihren Körper gleichzeitig mit einem lüsternen, hilflosen Fieber, aber sie gab es nicht frei.

Und was passiert, wenn ich es schließlich freigebe? fragte sie sich verzweifelt. *Was wird es tun, um es mir heimzuzahlen?*

Sie wußte es nicht.

31

Es regnete in Strömen, und es sah aus, als würde der Kreis in den Steinen sich in ein Meer aus Schlamm verwandeln. *»Halt etwas über die Tür!«* schrie Eddie. *»Laß nicht zu, daß der Regen sie fortspült!«*

Roland riskierte einen Blick auf Susannah und stellte fest, daß diese immer noch mit dem Dämon rang. Sie hatte die Augen halb geschlossen und den Mund zu einer verbissenen Grimasse verzerrt. Er konnte den Dämon weder sehen noch hören, spürte aber seine wütenden, ängstlichen Bewegungen.

Eddie wandte ihm das tropfnasse Gesicht zu. *»Hast du nicht gehört?«* brüllte er. *»Halt etwas über die verdammte Tür, aber SCHNELL!«*

Roland riß eines ihrer Felle aus dem Rucksack und nahm eine Ecke in jede Hand. Dann streckte er die Arme aus, beugte sich über Eddie und bildete ein behelfsmäßiges Zelt. Die Spitze von Eddies selbstgemachtem Zeichenstift war schlammverklebt. Er wischte ihn am Ärmel ab und hinterließ dabei eine Schliere in der Farbe von Bitterschokolade, dann schloß er wieder die Faust um den Ast und beugte sich über seine Zeichnung. Sie war nicht so groß wie die Tür auf Jakes Seite – nur etwa drei Viertel so groß –, aber sie würde groß genug sein, daß Jake durchkommen konnte ... wenn die Schlüssel funktionierten.

Wenn er überhaupt einen Schlüssel besitzt, *hast du das nicht gemeint?* fragte er sich. *Wenn er ihn nun fallen gelassen hat ... oder wenn das Haus ihn dazu gebracht hat, ihn fallen zu lassen?*

Er malte ein Rechteck unter den Kreis, der den Türknopf darstellte, zögerte und zeichnete dann den vertrauten Umriß eines Schlüssellochs hinein.

Er zögerte erneut. Da war noch etwas, aber was? Es fiel ihm schwer zu denken, weil ein Wirbelsturm durch seinen Kopf toste, ein Wirbelsturm, in dem wahllose Gedanken wirbelten statt abgedeckter Dächer und Scheunen und Hühnerhäuser.

»Komm schon, Süßah!« schrie Susannah hinter ihm. »Machste schlapp? Wassn los mit dir? Ich hab' gedacht, du wärstn heißblütiger Hengst, Junge!«

Junge. Das war es.

Mit der Spitze des Astes schrieb er aufmerksam DER JUNGE ins obere Feld der Tür. In dem Augenblick, als er das E vollendet hatte, veränderte sich das Bild. Der Kreis, den er in die regennasse Erde gemalt hatte, wurde noch dunkler . . . bohrte sich aus dem Boden heraus und wurde zu einem dunklen, glänzenden Knauf. Und anstelle brauner, feuchter Erde in dem Schlüsselloch konnte er ein schwaches Licht erkennen.

Hinter ihm keifte Susannah erneut und feuerte den Dämon an, aber jetzt hörte sie sich an, als würde sie müde werden. Es mußte durchgezogen werden, und zwar schnell.

Eddie beugte sich in der Hüfte nach vorne wie ein Moslem, der Allah anbetet, und hielt das Auge über das Schlüsselloch, das er gezeichnet hatte. Er sah in seine eigene Welt, in das Haus, das er und Henry im Mai 1977 besucht hatten, ohne zu bemerken (nur hatte er, Eddie, es doch bemerkt; schon damals war er nicht völlig ahnungslos gewesen), daß ihnen ein Junge aus einem anderen Stadtteil gefolgt war.

Er sah einen Flur. Jake kauerte auf Händen und Knien und zerrte panisch an einem Dielenbrett. Etwas war hinter ihm her. Eddie konnte es sehen und doch wieder nicht – es war, als würde ein Teil seines Gehirns sich *weigern* zu sehen, als würde das Sehen zu Verstehen und das Verstehen zu Wahnsinn führen.

»Beeil dich, Jake!« rief er in das Schlüsselloch. *»Beweg dich, um Gottes willen!«*

Über dem sprechendem Ring grollte Donner am Himmel wie Kanonenfeuer, und der Regen wurde zu Hagel.

32

Nachdem der Schlüssel gefallen war, stand Jake einen Moment nur reglos da und betrachtete die schmale Fuge zwischen den Dielenbrettern.

Unglaublich, aber er war müde.

Das hätte nicht passieren dürfen, dachte er. *Es war einfach zuviel. Ich kann nicht mehr, keine Minute, nicht einmal eine einzige Sekunde länger. Ich werde mich vor dieser Tür hinlegen. Ich werde sofort einschlafen, und wenn es mich packt und ins Maul schiebt, werde ich nicht einmal aufwachen.*

Dann grunzte das Ding, das aus der Wand kam, und als Jake aufsah, verschwand sein Wunsch, alles aufzugeben, mit einem einzigen Anflug von Grauen. Inzwischen hatte es sich ganz aus der Wand befreit, ein riesiger Mörtelkopf mit einem Holzauge und einer greifenden Hand. Lattensplitter standen wahllos von dem Kopf ab, als hätte ein Kind Haare gemalt. Als er Jake sah, machte er den Mund auf und entblößte unebenmäßige Holzzähne. Er grunzte erneut. Mörtelstaub quoll aus dem klaffenden Maul wie Zigarrenrauch.

Jake ließ sich auf die Knie fallen und sah in den Riß. Der Schlüssel war ein schwaches silbernes Glimmern in der Dunkelheit da unten, aber die Fuge war so schmal, daß er unmöglich mit den Fingern hineingreifen konnte. Er packte eines der Dielenbretter und zerrte mit aller Kraft daran. Die Nägel ächzten . . . aber sie hielten.

Ein klirrendes Krachen war zu hören. Er sah den Flur entlang und erblickte die Hand, größer als sein ganzer Körper, die den heruntergestürzten Lüster ergriff und beiseite warf. Die rostige Kette, die ihn einst gehalten hatte, schnellte wie eine Peitsche in die Höhe und sank mit einem lauten Klirren wieder herunter. Eine Lampe über Jake rasselte an einer rostigen Kette, staubiges Glas klirrte gegen uraltes Messing.

Der Kopf des Torwächters, der lediglich mit der einen buckligen Schulter und dem Arm verbunden war, glitt auf dem Boden weiter. Hinter ihm stürzten die Überreste der Mauer in einer Staubwolke ein. Einen Augenblick später formierten sich die Bruchstücke und wurden zum mißgestalteten, knochigen Rücken der Kreatur.

Der Türwächter erblickte Jake, der ihn ansah, und schien zu grinsen. Dabei bohrten sich Holzsplitter durch seine runzligen Wangen. Er schleppte sich weiter durch den staubigen Ballsaal und machte dabei den Mund auf und zu. Die große Hand tastete in den Ruinen, suchte nach Halt und riß einen Flügel der Schiebetür am Ende des Flurs aus der Schiene.

Jake schrie atemlos und zerrte erneut an dem Brett. Es rührte sich nicht, aber da ertönte die Stimme des Revolvermanns:

Der andere, Jake! Versuch es mit dem anderen!

Er ließ das Brett los, an dem er gezogen hatte, und packte das auf der anderen Seite der Fuge. Als er das tat, erklang eine zweite Stimme. Diese hörte er nicht mit dem Kopf, sondern mit den Ohren, und begriff, daß sie von der anderen Seite der Tür kam – der Tür, nach der er seit dem Tag gesucht hatte, als er nicht auf der Straße überfahren worden war.

»Beeil dich, Jake! Um Gottes willen, beeil dich!«

Als er an dem anderen Brett zog, löste sich dieses so mühelos, daß Jake fast nach hinten gekippt wäre.

33

Zwei Frauen standen unter der Tür des Secondhandladens auf der anderen Straßenseite gegenüber der Villa. Die ältere war die Besitzerin, die jüngere war ihre einzige Kundin. Als der Lärm brechender Balken und einstürzender Wände einsetzte, schlang jede, ohne es zu bemerken, die Arme um die Hüften der anderen; so blieben sie stehen, zitternd wie Kinder, die ein Geräusch in der Dunkelheit hören.

Ein Stück weiter oben an der Straße starrten drei Jungs auf dem Weg zum Spielfeld der Jugendliga die Villa mit offenen Mündern an; den Red-Ball-Flyer-Wagen mit der Baseballausrüstung hinter sich hatten sie vergessen. Ein Lieferant parkte seinen Laster am Straßenrand und stieg staunend aus. Die Besitzer von Henry's Corner Market und dem Dutch Hill Pub kamen auf die Straße gestürzt und sahen sich panisch um.

Jetzt fing der Boden an zu beben, und ein Netz feiner Risse schien sich über die Rhinehold Street zu ziehen.

»Ist es ein Erdbeben?« rief der Lieferant den beiden Frauen vor dem Secondhandladen zu, aber statt auf eine Antwort zu warten, sprang er wieder in den Wagen, fuhr rasch weiter und scherte sogar auf die Gegenfahrbahn aus, damit er der Villa nicht zu nahe kam, die das Epizentrum des Bebens zu sein schien.

Das ganze Haus wölbte sich nach innen. Bretter splitterten, schnellten von der Fassade weg und fielen in den Garten. Schmutzige, grauschwarze Wasserfälle von Schindeln regneten von den Erkern herab. Ein ohrenbetäubendes Krachen ertönte, dann bildete sich ein zickzackförmiger Riß durch die gesamte Mitte der Villa. Die Tür verschwand darin, und dann wurde das ganze Haus von außen nach innen verschluckt.

Die jüngere Frau befreite sich plötzlich aus dem Griff der älteren. »Ich verschwinde von hier«, sagte sie und lief die Straße entlang, ohne sich noch einmal umzudrehen.

34

Ein heißer, merkwürdiger Wind wehte mit einemmal den Flur entlang und blies Jake das schweißnasse Haar aus der Stirn, während seine Finger sich um den silbernen Schlüssel verkrampften. Er begriff jetzt auf einer instinktiven Ebene, was dieses Haus war und was gerade stattfand. Der Torwächter war nicht einfach *in* dem Haus, er *war* das Haus: jedes Brett, jede Schindel, jeder Fenstersims, jeder Erker. Und jetzt drängte er vorwärts und wurde dabei zu einer irren, gehackstückelten Repräsentation seiner wahren Gestalt. Er wollte Jake packen, bevor dieser den Schlüssel benützen konnte. Hinter dem gigantischen weißen Kopf und der verkrümmten, buckligen Schulter flogen Bretter und Schindeln und Kabel und Glasscherben – sogar von der Eingangstür und dem eingestürzten Geländer – durch die Diele in den Ballsaal, vereinigten sich mit der Gestalt dort und schufen mehr und mehr von dem mißgestalteten Mörtelmann, der jetzt die ungeschlachte Hand nach Jake ausstreckte.

Jake zog seine Hand aus dem Spalt im Boden und sah, daß sie von großen, krabbelnden Käfern bedeckt war. Er schlug gegen die Wand, um sie abzuschütteln, und schrie auf, als sich die Wand auftat und dann versuchte, sich um sein Handgelenk zu schließen. Er konnte die Hand gerade noch rechtzeitig herausziehen, wirbelte herum und rammte den silbernen Schlüssel ins Schlüsselloch.

Der Mörtelmann brüllte wieder, aber sein Schrei wurde vorübergehend von einem harmonischen Ruf übertönt, den Jake kannte: Er hatte ihn auf dem Brachgrundstück gehört, doch damals war er leise gewesen, möglicherweise träumend. Jetzt war es ein schallender Triumphschrei. Das Gefühl der Sicherheit – überwältigend, unbestreitbar – erfüllte Jake wieder, und diesmal war er gewiß, er würde nicht enttäuscht werden. Er hörte die Ermutigung, die er brauchte, aus dieser Stimme heraus. Es war die Stimme der Rose.

Das düstere Licht im Flur wurde vollends verdunkelt, als die Mörtelhand die andere Schiebetür wegriß und sich in den Flur zwängte. Das Gesicht quetschte sich an die Öffnung über der Hand und betrachtete Jake. Die Mörtelfinger krabbelten auf ihn zu wie die Beine einer Riesenspinne.

Jake drehte den Schlüssel herum und spürte, wie ein Energiestrom seinen Arm entlangfloß. Er hörte ein schweres, gedämpftes Pochen, als der Riegel drinnen zurückschnappte. Er packte den Knauf und drehte und riß die Tür auf. Diese schwang zurück. Jake schrie verwirrt und entsetzt auf, als er sah, was dahinter lag.

Der Durchgang war mit Erde versperrt – von oben bis unten, von rechts bis links. Wurzeln ragten wie Kabel daraus hervor. Würmer, die ebenso verwirrt zu sein schienen wie Jake selbst, schlängelten sich auf der türförmigen, gestampften Erde hin und her. Manche bohrten sich wieder hinein, andere krabbelten einfach weiter herum, als würden sie sich fragen, wohin der Boden verschwunden war, den sie vor einem Augenblick noch unter sich gehabt hatten. Einer fiel auf Jakes Turnschuh.

Die Schlüssellochform blieb noch einen Moment erhalten und warf ein vages weißes Licht auf Jakes Hemd. Dahinter – so nahe, so unerreichbar! – konnte er Regen und gedämpftes Donnergrollen am offenen Himmel hören. Dann wurde auch das Schlüsselloch verdeckt, und riesige Mörtelfinger krümmten sich um Jakes Bein.

35

Eddie spürte das Prasseln des Hagels nicht, als Roland das Fell fallen ließ, aufsprang und zu der Stelle lief, wo Susannah lag.

Der Revolvermann packte sie unter den Achseln und zog sie – so sanft und behutsam er konnte – zum kauernden Eddie hinüber. »Laß ihn los, wenn ich es dir sage, Susannah!« brüllte Roland. »Hast du verstanden? *Wenn ich es dir sage!*«

Das alles sah und hörte Eddie nicht. Er hörte nur Jake, der gedämpft auf der anderen Seite der Tür schrie.

Die Zeit war gekommen, den Schlüssel zu benützen.

Er zog ihn aus dem Hemd und steckte ihn in das Schlüsselloch, das er gezeichnet hatte. Er versuchte, ihn zu drehen. Der Schlüssel drehte sich nicht. Keinen Millimeter. Eddie hob das Gesicht in den prasselnden Hagel, achtete nicht auf die Eiskörner, die ihm auf Stirn, Wangen, Lippen prasselten und Schwellungen und rote Flecken hinterließen.

»NEIN!« heulte er. *»O GOTT, BITTE! NEIN!«*

Aber er bekam keine Antwort von Gott; lediglich ein weiterer Donnerknall ertönte, und ein Blitz zuckte über einen Himmel, der jetzt von rasenden Wolken bedeckt wurde.

36

Jake schnellte in die Höhe, packte die Lampenschnur, die über ihm hing, und entzog sich den gekrümmten Fingern des Torwächters. Er schwang zurück, stieß sich von der gestampften Erde in der Tür ab und schwang wieder vorwärts wie Tarzan an einer Liane. Er zog die Beine an und kickte nach den Mörtelfingern, als er in ihre Nähe kam. Mörtel explodierte zu Trümmern und entblößte ein Skelett aus Latten darunter. Der Mörtelmann brüllte, eine Mischung aus Gier und Wut. Über diesen Schrei hinweg konnte Jake hören, wie das ganze Haus einstürzte – wie das in der Geschichte von Edgar Allan Poe.

Er schwang wie ein Pendel zurück, berührte die Wand gestampfter Erde, die die Tür versperrte, und schwang wieder nach vorne. Die Hand streckte sich ihm entgegen; er kickte panisch danach und spreizte die Beine. Er verspürte stechende Schmerzen im Bein, als die Holzfinger zupackten, und wie er das nächstemal zurückschwang, fehlte ihm ein Turnschuh.

Er versuchte, sich an der Lampenschnur hochzuziehen, was ihm gelang, und kletterte Richtung Decke. Über ihm erklang ein gedämpftes, berstendes Krachen. Feiner Mörtelstaub regnete ihm in das aufwärts gerichtete, schwitzende Gesicht. Die Decke gab nach, die Lampenschnur glitt Segmet für Segment daraus hervor. Vom Ende des Flurs erklang ein Knirschen, als es dem Mörtelmann endlich gelang, das gierige Gesicht durch die Öffnung zu zwängen.

Jake schwang hilflos schreiend zu diesem Gesicht zurück.

37

Eddies Panik und Entsetzen fielen mit einemmal von ihm ab. Der Mantel der Kälte senkte sich über ihn – ein Mantel, den Roland von Gilead viele Male getragen hatte. Er war die einzige Rüstung, die der wahre Revolvermann besaß... und die er brauchte. Gleichzeitig sprach eine Stimme in seinem Verstand. In den letzten drei Monaten hatten ihn solche Stimmen gequält; die Stimme seiner Mutter, Rolands Stimme und natürlich die von Henry. Aber diese, stellte er erleichtert fest, war seine eigene, und sie war endlich ruhig und vernünftig und tapfer.

Du hast die Form des Schlüssels im Feuer gesehen, du hast sie wieder in dem Holz gesehen, und du hast sie beide Male deutlich gesehen. Später hast du dir eine Binde der Angst über die Augen gelegt. Nimm sie ab. Nimm sie ab und sieh noch einmal hin. Es ist vielleicht noch nicht zu spät.

Er bekam am Rande mit, daß der Revolvermann ihn grimmig betrachtete; daß Susannah mit schwächerer, aber immer noch trotziger Stimme auf den Dämon einschrie; daß Jake auf der anderen Seite der Tür vor Entsetzen aufschrie – oder war es jetzt vor Schmerzen?

Eddie achtete auf gar nichts. Er zog den Holzschlüssel aus dem Schlüsselloch, das er gezeichnet hatte, aus der Tür, die jetzt echt war, und betrachtete ihn eindringlich, während er versuchte, die unschuldige Freude heraufzubeschwören, die er manchmal als Kind empfunden hatte – die Freude, eine verständliche Form im Sinnlosen zu sehen. Und da war sie, die Stelle, wo er den Fehler gemacht hatte, so überdeutlich, daß ihm unbegreiflich war, wie er sie überhaupt hatte übersehen können. *Ich muß* wirklich *eine Augenbinde getragen haben,* dachte er. Es lag selbstverständlich an der S-Form am Ende des Schlüssels. Die zweite Kurve war ein bißchen zu dick. Nur ein winziges bißchen.

»Messer«, sagte er und streckte die Hand aus wie ein Chirurg im Operationssaal. Roland drückte es ihm ohne ein Wort in die Hand.

Eddie nahm das Ende der Klinge zwischen Daumen und Zeigefinger der rechten Hand. Er beugte sich über den Schlüssel, achtete nicht auf den Hagel, der ihm auf den ungeschützten Nacken prasselte, und sah die S-Form im Holz, die jetzt deutlicher vorstand – mit ihrer eigenen lieblichen und unbestreitbaren Realität vorstand.

Er schnitzte.
Einmal.
Zaghaft.
Ein winziges Scheibchen Eschenholz, so dünn, daß es fast transparent war, schälte sich vom Bauch der S-Form am Ende des Schlüssels.
Auf der anderen Seite der Tür schrie Jake Chambers erneut.

38

Die Schnur riß mit einem Klirren. Jake stürzte ab wie ein Stein und landete auf den Knien. Der Torwächter schrie triumphierend. Die Mörtelhand packte Jake an der Taille und zog ihn langsam den Flur entlang. Er machte die Beine steif und stemmte die Fersen gegen den Sog, aber es war vergebens. Er spürte, wie sich Splitter und rostige Nägel in seine Haut bohrten, als die Hand fester zudrückte und ihn weiterzog.

Das Gesicht schien im Eingang zum Flur festzustecken wie ein Korken in der Flasche. Der Druck, den es aufgewendet hatte, um so weit zu kommt, hatte die rudimentären Gesichtszüge in eine neue Form gepreßt, die eines monströsen, mißgebildeten Trolls. Das Maul klaffte auf, um ihn aufzunehmen. Jake grapschte verzweifelt nach dem Schlüssel, den er als eine Art Talisman in der Not verwenden wollte, aber er hatte ihn natürlich in der Tür stecken lassen.

»Du Miststück!« schrie er und warf sich mit aller Gewalt nach hinten, wobei er den Rücken krümmte wie ein olympischer Taucher, ohne auf die abgebrochenen Latten zu achten, die sich wie ein Stachelhalsband in seinen Körper bohrten. Er spürte, wie seine Jeans an den Hüften hinabrutschten, und der Griff der Hand lockerte sich vorübergehend.

Jake warf sich noch einmal herum. Die Hand klammerte brutal, aber seine Jeans rutschten bis zu den Knien hinunter, und er fiel auf den Rücken, wo der Ranzen die Wucht des Sturzes dämpfte. Die Hand ließ locker, weil sie die Beute wahrscheinlich um so fester pakken wollte. Es gelang Jake, die Knie ein Stück hochzuziehen, und als die Hand sich wieder schloß, rammte er die Beine vorwärts. Die Hand zog gleichzeitig, und worauf Jake gehofft hatte, trat ein: Seine Jeans (und der verbliebene Turnschuh) wurden ihm vom Leib gerissen, wodurch er zumindest momentan wieder frei war. Er sah, wie die Hand sich an ihrem Gelenk aus Lattenwerk und bröckelndem Mörtel drehte und seine Jeans in den Mund stopfte. Dann kroch er auf Händen und Knien zu der versperrten Tür zurück, ohne auf die Glasscherben der zerschmetterten Lampe zu achten, weil er nur zu seinem Schlüssel zurück wollte.

Er hatte die Tür fast erreicht, als sich die Hand um seine nackten Beine klammerte und ihn wieder Stück für Stück zurückzog.

39

Die Form war jetzt richtig, endlich richtig.

Eddie steckte den Schlüssel wieder ins Schlüsselloch und übte Druck aus. Einen Augenblick spürte er Widerstand ... und dann drehte der Schlüssel sich unter seiner Hand. Er hörte, wie sich der Mechanismus des Schlosses drehte, hörte den Riegel zurückgleiten und spürte, wie der Schlüssel in dem Augenblick, als er seinen Zweck erfüllt hatte, entzweibrach. Er packte den dunklen, polierten Knauf mit beiden Händen und zog. Er hatte das Gefühl, als würde sich ein schweres Gewicht auf einer unsichtbaren Achse drehen. Ein Gefühl, als wäre seinem Arm unbändige Kraft geschenkt worden. Und das deutliche Wissen, daß zwei Welten plötzlich miteinander in Kontakt gekommen waren und sich eine Verbindung zwischen ihnen aufgetan hatte.

Er erlebte einen Augenblick des Schwindels und der Desorientierung, und als er durch die Tür sah, wurde ihm der Grund dafür klar: Obwohl er nach unten sah – vertikal –, sah er *horizontal.* Wie eine seltsame optische Täuschung, die mit Prismen und Spiegeln bewerkstelligt wurde. Dann sah er Jake, der den mit Glasscherben und Mörtel übersäten Flur entlanggezogen wurde – seine Ellbogen schleiften am Boden, und eine gigantische Hand drückte seine Knöchel zusammen. Und er sah das monströse Maul, das Jake erwartete und aus dem weißer Dunst quoll, bei dem es sich um Rauch oder Staub handeln konnte.

»Roland!« schrie Eddie. *»Roland, es hat i ...«*

Dann wurde er zur Seite geschleudert.

40

Susannah merkte, daß sie emporgehoben und herumgewirbelt wurde. Die Welt verschwamm wie auf dem Karussell zu Schlieren; aufrechte Steine, grauer Himmel, hagelübersäter Boden ... und ein rechteckiges Loch, das wie eine Falltür im Boden aussah. Schreie ertönten darin. Der Dämon in ihr stieß und zuckte; er wollte nur noch fort, konnte es aber nicht, solange sie ihn nicht ließ.

»Jetzt!« schrie Roland. *»Laß ihn jetzt gehen, Susannah! Bei deinem Vater, laß ihn SOFORT gehen!«*

Sie gehorchte.

Sie hatte (mit Dettas Hilfe) in ihrem Verstand eine Falle für ihn geschaffen, so etwas wie ein Netz aus geflochtenen Seilen, und jetzt schnitt sie diese Seile durch. Sie spürte, wie der Dämon sofort von ihr wich, und erlebte einen Augenblick schrecklicher Leere. Dieses Gefühl wurde freilich gleich darauf durch die grimmige Empfindung von Ekel und Besudelung verdrängt.

Als die unsichtbare Last von ihr abfiel, erblickte sie ihn kurz – eine nichtmenschliche Gestalt wie ein Mantarochen mit gewaltigen, angelegten Schwingen und etwas wie einem grausamen Angelhaken, der unten von ihm abstand. Sie sah/spürte, wie das Ding zu dem offenen Loch im Boden sauste. Sah Eddie mit aufgerissenen Augen aufschauen. Sah Roland die Arme ausbreiten, um den Dämon zu ergreifen.

Der Revolvermann taumelte rückwärts und wurde vom unsichtbaren Gewicht des Dämons fast von den Füßen gerissen. Dann beugte er sich mit einem Armvoll Nichts wieder nach vorne.

Er umklammerte dieses Nichts fest, sprang durch die Tür und verschwand.

41

Plötzlich strömte weißes Licht in den Flur der Villa; Hagelkörner prasselten gegen die Wände und auf die gesprungenen Bodendielen. Jake hörte wirre Schreie, dann sah er den Revolvermann durchkommen. Aber er schien zu *springen,* als käme er von oben. Die Arme hielt er vor sich, die Fingerspitzen ineinander verhakt.

Jake spürte, wie seine Füße ins Maul des Torwächters rutschten.

»Roland!« schrie er. *»Roland, hilf mir!«*

Der Revolvermann löste die Finger, und sofort wurden seine Arme auseinandergedrückt. Er taumelte rückwärts. Jake spürte, wie scharfkantige Zähne seine Beine berührten und bereit waren, Fleisch zu reißen und Knochen zu zermalmen, und dann sauste etwas Großes wie ein Windstoß über seinen Kopf hinweg. Einen Augenblick später waren die Zähne fort. Die Hand, die seine Füße zusammengepreßt hatte, ließ los. Er hörte, wie ein unirdischer Schrei der Überraschung und Qual aus dem staubigen Maul des Torwächters drang, dann wurde dieser gedämpft, erstickt.

Roland packte Jake und zerrte ihn auf die Füße.

»Du bist gekommen!« rief Jake. »Du bist wirklich gekommen!«

»Ja, ich bin gekommen. Durch die Barmherzigkeit der Götter und den Mut meiner Freunde ist es mir gelungen.«

Als der Torwächter wieder brüllte, brach Jake in Tränen der Erleichterung und Angst aus. Jetzt hörte sich das Haus wie ein Schiff an, das in schwerem Seegang schlingert. Bruchstücke von Holz und Mörtel regneten um sie herum herab. Roland riß Jake hoch und rannte mit ihm zur Tür. Die Mörtelhand, die wild um sich tastete, erwischte einen Stiefel von ihm und schleuderte ihn gegen die Wand, die wieder zu beißen versuchte. Roland warf sich vorwärts, drehte sich um und zog den Revolver. Er feuerte zweimal in die unablässig um sich schlagende Hand; einer der ungeschlachten Mörtelfinger verdampfte. Hinter ihnen war das Gesicht des Torwächters purpurn angelaufen, als würde er an etwas ersticken – etwas, das so schnell geflohen war, daß es ins Maul des Monsters geriet und, ehe es sich versah, dort steckenblieb.

Roland drehte sich wieder herum und sprang durch die Tür. Obwohl keine sichtbare Barriere da war, wurde er einen Moment aufgehalten, als wäre ein unsichtbares Netz vor die Tür gespannt worden.

Dann spürte er Eddies Hände in seinem Haar und wurde nicht nach vorne gezogen, sondern nach oben.

42

Sie kamen wie Babys bei der Geburt heraus, in einer feuchten Atmosphäre und bei nachlassendem Hagel. Eddie war die Hebamme, wie der Revolvermann es ihm gesagt hatte. Er lag flach auf Brust und Bauch, hatte die Hände durch die Tür geschoben und hielt Büschel von Rolands Haar gepackt.

»Suze! Hilf mir!«

Sie wand sich zu ihm, streckte die Hände durch und packte Roland unter dem Kinn. Er kam ihr mit zurückgeneigtem Kopf und vor Schmerzen und Anstrengung verzerrten Lippen entgegen.

Eddie spürte etwas reißen, eine seiner Hände schnellte aus dem Loch und hielt eine Strähne vom graumelierten Haar des Revolvermannes. »Er rutscht ab!«

»Dieser Dreckskerl ... haut *nicht* ... ab!« Susannah griff zu und zog heftig, als wollte sie dem Revolvermann das Genick brechen.

Zwei kleine Hände kamen aus der Tür in der Mitte des Kreises und umklammerten eine der Kanten. Als Jakes Gewicht von ihm genommen war, konnte Roland einen Ellbogen aufstützen und kam einen Moment später ganz durch. Währenddessen ergriff Eddie Jakes Handgelenke und zog ihn hoch.

Jake drehte sich auf den Rücken und blieb keuchend liegen.

Eddie drehte sich zu Susannah um, nahm sie in die Arme und drückte ihr Küsse auf Stirn, Wangen und Hals. Er lachte und weinte gleichzeitig. Sie klammerte sich schwer atmend an ihn ... aber ein schwaches, zufriedenes Lächeln umspielte ihre Lippen, und sie streichelte mit einer Hand langsam und beschwichtigend Eddies nasses Haar.

Unter ihnen ertönte ein Hexenkessel schwarzer Geräusche: Kreischen, Grunzen, Poltern, Klirren.

Roland schleppte sich mit gesenktem Kopf von dem Loch fort. Das Haar stand ihm wirr vom Kopf ab. Blut floß ihm an den Wangen herunter. »Mach sie zu!« keuchte er zu Eddie. »Mach sie zu, bei deinem Vater!«

Eddie setzte die Tür in Bewegung, die gewaltigen, unsichtbaren Scharniere erledigten den Rest. Die Tür fiel mit einem hallenden, tonlosen Poltern zu und schnitt sämtliche Geräusche von unten ab. Vor Eddies Augen wurden ihre Kanten an den Rändern wieder zu verschmierten Strichen in der Erde. Der Türknauf sank in sich zusammen und wurde wieder zu einem Kreis, den Eddie gemalt hatte. Wo das Schlüsselloch gewesen war, befand sich nur noch eine unförmige Mulde, aus der ein Stück Holz ragte wie ein Schwert aus einem gespaltenen Stein.

Susannah robbte zu Jake und zog ihn behutsam in eine sitzende Haltung. »Alles in Ordnung, Süßer?«

Er sah sie benommen an. »Ja, ich glaube schon. Wo ist er? Der Revolvermann. Ich muß ihn etwas fragen.«

»Ich bin hier, Jake«, sagte Roland. Er stand auf, ging wie ein Betrunkener zu Jake und kauerte sich neben ihm nieder. Er berührte die glatte Wange des Jungen fast ungläubig.

»Wirst du mich diesmal wieder fallen lassen?«

»Nein«, sagte Roland. »Diesmal nicht, nie wieder.« Aber in der tiefsten Dunkelheit seines Herzens dachte er an den Turm und verzagte.

43

Der Hagel wurde zu heftigem, peitschendem Regen, aber Eddie konnte im Norden blaue Streifen zwischen den brausenden Wolken sehen. Der Sturm würde bald vorbei sein, aber bis dahin würden sie durchnäßt werden.

Er stellte fest, daß ihm das einerlei war. Er konnte sich nicht erinnern, wann er jemals so zufrieden mit sich gewesen war, so völlig erschöpft. Dieses verrückte Abenteuer war noch nicht zu Ende – er vermutete sogar, daß es gerade erst angefangen hatte –, aber heute hatten sie einen entscheidenden Sieg davongetragen.

»Suze?« Er strich ihr das Haar aus dem Gesicht und sah ihr in die dunklen Augen. »Alles in Ordnung? Hat er dir weh getan?«

»Ein bißchen weh, aber es geht mir gut. Ich glaube, das Flittchen Detta ist immer noch die unbesiegte Championesse der Raststätten, Dämon hin oder her.«

»Was soll das bedeuten?«

Sie grinste spitzbübisch. »Nicht viel, nicht mehr ... Gott sei Dank. Was ist mit dir, Eddie? Alles klar?«

Eddie horchte nach Henrys Stimme und konnte sie nicht hören. Er hatte so eine Ahnung, als könnte Henrys Stimme endgültig verstummt sein.

»Mir geht es mehr als gut«, sagte er und nahm sie lachend wieder in die Arme. Über ihre Schulter hinweg konnte er die Überreste der Tür sehen: nur ein paar verwaschene Linien und Winkel. Bald würde der Regen auch sie weggespült haben.

44

»Wie heißt du?« fragte Jake die Frau, deren Beine oberhalb der Knie aufhörten. Er wurde sich plötzlich bewußt, daß er beim Kampf mit dem Torwächter seine Hose verloren hatte, und zog den Hemdenzipfel über die Unterwäsche. Von ihrem Kleid war auch nicht mehr viel übrig, was das anbetraf.

»Susannah Dean«, sagte sie. »Deinen Namen kenne ich bereits.«

»Susannah«, sagte Jake nachdenklich. »Deinem Vater gehört nicht zufällig eine Eisenbahngesellschaft, oder?«

Sie sah ihn einen Moment verblüfft an, dann warf sie den Kopf zurück und lachte. »Aber nein, Süßer! Er war ein Zahnarzt, der ein paar Kleinigkeiten erfunden hat und damit reich geworden ist. Wie kommst du denn auf so was?«

Jake antwortete nicht. Er richtete seine Aufmerksamkeit auf Eddie. Die Angst war bereits aus seinem Gesicht gewichen, und seine Augen hatten den kalten, berechnenden Blick angenommen, an den Roland sich noch so gut vom Rasthaus erinnerte.

»Hi, Jake«, sagte Eddie. »Schön, dich zu sehen, Mann.«

»Hi«, sagte Jake. »Ich habe dich heute schon einmal gesehen, aber da warst du viel jünger.«

»Ich war vor zehn Minuten noch viel jünger. Alles in Ordnung mit dir?«

»Ja«, sagte Jake. »Ein paar Kratzer, das ist alles.« Er sah sich um. »Ihr habt den Zug noch nicht gefunden.« Das war keine Frage.

Eddie und Susannah wechselten einen verwirrten Blick, aber Roland schüttelte nur den Kopf. »Kein Zug.«

»Sind deine Stimmen fort?«

Roland nickte. »Vollkommen fort. Und deine?«

»Auch fort. Ich bin wieder heil. Und du auch.«

Sie sahen einander im selben Augenblick mit demselben Impuls an. Als Roland Jake in die Arme nahm, brach die unnatürliche Selbstbeherrschung des Jungen, und er fing an zu weinen – es war das erschöpfte, erleichterte Weinen eines Kindes, das lange verirrt war, viel gelitten hat und endlich wieder in Sicherheit ist. Als Roland ihm die

Arme um die Taille schlang, legte Jake seine um den Hals des Revolvermanns und drückte sie zusammen wie Stahlklammern.

»Ich werde dich nie wieder allein lassen«, sagte Roland, der nun selbst zu weinen anfing. »Ich schwöre dir beim Namen aller meiner Väter: *Ich werde dich nie wieder allein lassen.*«

Doch sein Herz, der stumme, wachsame, lebenslängliche Gefangene des Ka, hörte die Worte dieses Versprechens nicht nur verzagend, sondern zweifelnd.

Zweites Buch

LUD

Gehäuf zerbrochner Bilder

IV.
Dorf und *Ka-tet*

1

Vier Tage nachdem Eddie ihn ohne sein ursprüngliches Paar Hosen und die Turnschuhe, aber noch im Besitz des Ranzens und seines Lebens durch das Tor zwischen den Welten gezogen hatte, erwachte Jake, weil ihm etwas Warmes und Nasses über das Gesicht strich.

Wäre ihm das an einem der drei vorangegangenen Tage passiert, hätte er seine Gefährten zweifellos mit seinen Schreien aufgeweckt, denn er war fiebrig gewesen, und Träume von dem Mörtelmann hatten seinen Schlaf gequält. In diesen Träumen rutschte seine Hose nicht, der Torwächter behielt ihn fest in der Hand und stopfte ihn in das unaussprechliche Maul, wo die Zähne zuschnappten wie die Balken, die ein Burgtor hüteten. Jake erwachte schlotternd und hilflos stöhnend aus diesen Träumen.

Der Spinnenbiß in seinem Nacken hatte das Fieber verursacht. Als Roland ihn am zweiten Tag untersucht und festgestellt hatte, daß die Infektion schlimmer geworden war, hatte er sich kurz mit Eddie unterhalten und Jake dann eine rosa Tablette gegeben. »Du solltest mindestens eine Woche jeden Tag vier davon nehmen«, sagte er.

Jake hatte ihn zweifelnd angesehen. »Was ist das?«

»*Cheflet*«, sagte Roland, dann sah er Eddie erbost an. »Sag du es ihm. Ich kann es *immer noch* nicht aussprechen.«

»Keflex. Du kannst unbesorgt sein, Jake, es stammt aus einer von der Regierung genehmigten Drogerie aus dem guten alten New York. Roland hat ein paar geschluckt, und der ist gesund wie ein Pferd. Sieht auch ein bißchen wie eines aus, wie du selbst sehen kannst.«

Jake war erstaunt: »Wie habt ihr Medizin aus New York holen können?«

»Das ist eine lange Geschichte«, sagte der Revolvermann. »Zu gegebener Zeit wirst du sie ganz hören, aber vorläufig solltest du dich damit begnügen, einfach die Tablette zu nehmen.«

Jake gehorchte. Die Wirkung war schnell und lindernd. Die häßliche rote Schwellung um den Biß herum verblaßte binnen vierundzwanzig Stunden, und inzwischen war auch das Fieber zurückgegangen.

Das warme Ding stupste ihn wieder an. Jake richtete sich mit einem Ruck auf und öffnete die Augen.

Das Geschöpf, welches ihm das Gesicht geleckt hatte, war ein Billy-Bumbler, aber das wußte Jake nicht; er hatte zuvor noch nie einen gesehen. Dieser war magerer als die, die Rolands Gruppe früher gesehen hatte, das schwarz-grau gestreifte Fell war matt und verfilzt. An einer Flanke war ein Klumpen altes, getrocknetes Blut zu sehen. Die schwarzen Augen mit den goldenen Ringen sahen Jake ängstlich an; sein Schwanz zuckte hoffnungsvoll hin und her. Jake entspannte sich. Er vermutete, daß es Ausnahmen von der Regel gab, schätzte aber, daß etwas, das mit dem Schwanz wedelte – oder es wenigstens versuchte –, nicht allzu gefährlich sein konnte.

Das erste Licht dämmerte gerade, es war wahrscheinlich gegen halb sechs Uhr morgens. Genauer konnte Jake es nicht bestimmen, weil seine digitale Seiko nicht mehr funktionierte ... oder besser gesagt, auf eine außerordentlich exzentrische Weise funktionierte. Als er sie nach dem Übergang zum erstenmal angesehen hatte, hatte die Seiko behauptet, es wäre 98:71:65, eine Zeit, die, soweit Jake wußte, nicht existierte. Genaueres Hinsehen machte ihm deutlich, daß die Uhr jetzt rückwärts lief. Hätte sie das auf eine kontinuierliche Weise getan, hätte sie wohl immer noch einen gewissen Nutzen gehabt, aber das tat sie eben nicht. Eine Zeitlang wechselten die Ziffern mit der richtigen Geschwindigkeit (Jake wies das nach, indem er zwischen jeder Zahl das Wort ›Mississippi‹ sagte), und dann stoppte die Anzeige zehn oder zwanzig Sekunden völlig – bis er dachte, die Uhr hätte endgültig den Geist aufgegeben –, oder die Ziffern sausten nacheinander wie ein Flimmern vorbei.

Er hatte dieses seltsame Verhalten gegenüber Roland erwähnt und ihm die Uhr gezeigt und gedacht, es würde ihn in Erstaunen versetzen, aber Roland hatte sie lediglich einen oder zwei Augenblicke eingehend betrachtet und dann wegwerfend genickt und gesagt, es wäre eine interessante Uhr, aber als Faustregel galt, daß kein Zeitmeßgerät heutzutage besonders gut funktionierte. Die Seiko war also nutzlos, aber dennoch wollte Jake sie nicht wegwerfen ... wahrscheinlich, überlegte er, weil sie ein Stück aus seinem alten Leben war, und davon waren nicht mehr viele übrig.

Gerade jetzt behauptete die Seiko, daß es zweiundsechzig Minuten nach vierzig am Mittwoch, Donnerstag und Samstag im Dezember und März war.

Der Morgen war extrem neblig; in einer Entfernung von fünfzig oder sechzig Schritten verschwand die Welt einfach. Wenn dieser Tag wie die anderen war, würde die Sonne in einer oder zwei Stunden als schwache weiße Scheibe herauskommen, und gegen halb zehn würde der Tag heiß und klar sein. Jake sah sich um und erblickte seine Weggefährten (er wagte nicht, sie Freunde zu nennen, jedenfalls noch nicht), die unter ihren Felldecken schliefen – Roland ganz in der Nähe, Eddie und Susannah ein größerer Buckel auf der anderen Seite des erloschenen Lagerfeuers.

Er richtete seine Aufmerksamkeit wieder auf das Tier, das ihn geweckt hatte. Es sah wie eine Mischung aus Waschbär und Waldmurmeltier aus, der man zu guter Letzt noch einen Schuß Dackel zugefügt hatte.

»Wie geht es dir, Boy?« fragte er leise.

»Oy!« antwortete der Billy-Bumbler sofort, sah ihn aber weiter ängstlich an. Seine Stimme klang tief und heiser, fast wie ein Bellen, die Stimme eines englischen Footballspielers, der eine schlimme Halsentzündung hatte.

Jake zuckte überrascht zurück. Der Billy-Bumbler, den die schnelle Bewegung erschreckte, wich noch einmal einige Schritte zurück, schien fliehen zu wollen, blieb dann aber doch standhaft. Der Schwanz zuckte hektischer denn je, die schwarzgoldenen Augen musterten Jake nervös. Seine Schnurrhaare zitterten.

»Der hier kann sich an Menschen erinnern«, bemerkte eine Stimme an Jakes Schulter. Er drehte sich um und sah Roland, der hinter ihm kauerte, die Unterarme auf den Oberschenkeln liegen und die langen Hände zwischen den Knien baumeln hatte. Er betrachtete das Tier mit wesentlich mehr Aufmerksamkeit, als er Jakes Uhr hatte zuteil werden lassen.

»Was ist das?« fragte Jake leise. Er wollte das Tier nicht verscheuchen; er war bezaubert. »Seine Augen sind wunderschön!«

»Billy-Bumbler«, sagte Roland.

»Umber!« stieß das Geschöpf aus und wich weiter zurück.

»Es spricht!«

»Eigentlich nicht. Bumbler wiederholen nur, was sie hören – oder gehört haben. Ich habe es seit Jahren nicht mehr erlebt, wie einer das macht. Der Bursche hier sieht fast verhungert aus. Ist wahrscheinlich zum Plündern gekommen.«

»Er hat mir das Gesicht geleckt. Kann ich ihn füttern?«

»Wenn du das machst, werden wir ihn nie wieder los«, sagte Roland, dann lächelte er verhalten und schnippte mit den Fingern. »He! Billy!«

Das Geschöpf ahmte irgendwie das Geräusch des Fingerschnippens nach; es hörte sich an, als würde es die Zunge gegen den Gaumen schnalzen lassen. »Ee!« rief es mit seiner heiseren Stimme. »Ee, Illy!« Jetzt *peitschte* sein buschiger Schwanz buchstäblich hin und her.

»Na los, gib ihm was zu futtern. Ich habe einmal einen alten Tottler sagen hören, ein guter Billy bringt Glück. Der hier sieht wie ein guter aus.«

»Ja«, stimmte Jake zu. »Stimmt.«

»Einst waren sie zahm, und in jeder Baronie streifte ein halbes Dutzend durch das Schloß oder Herrenhaus. Sie haben zu nichts getaugt, davon abgesehen, daß sie die Kinder erfreut und die Rattenplage im Zaum gehalten haben. Sie können treu sein – jedenfalls waren sie es in alten Zeiten –, aber ich habe nie gehört, daß einer so treu wie ein guter Hund gewesen wäre. Die Wilden sind Plünderer. Nicht gefährlich, aber eine Landplage.«

»Plage!« schrie der Bumbler. Seine ängstlichen Augen flackerten zwischen Jake und dem Revolvermann hin und her.

Jake griff langsam in die Tasche, weil er Angst hatte, das Tier zu erschrecken, und zog den Rest einer Frikadelle à la Revolvermann heraus. Er warf ihn dem Billy-Bumbler zu. Der Bumbler zuckte zusammen, stieß einen leisen, kindlichen Schrei aus, drehte sich um und bot den pelzigen Ringelschwanz dar. Jake war sicher, daß er weglaufen würde, aber er blieb stehen und sah zweifelnd über die Schulter.

»Komm schon«, sagte Jake. »Iß, Boy.«

»Oy«, murmelte der Bumbler, bewegte sich aber nicht.

»Laß ihm Zeit«, sagte Roland. »Ich glaube, er wird kommen.«

Der Bumbler streckte sich und offenbarte einen langen und überraschend anmutigen Hals. Die zierliche schwarze Nase zuckte, als er das Futter beschnupperte. Schließlich trottete er vorwärts, und Jake stellte fest, daß er ein wenig hinkte. Der Bumbler beschnupperte die Frikadelle, dann trennte er mit einer Pfote das Fleisch von dem Blatt. Diesen Vorgang führte er mit einer Behutsamkeit aus, die seltsam feierlich wirkte. Als das Blatt sich völlig vom Fleisch gelöst hatte, schlang der Bumbler es mit einem einzigen Bissen hinunter und sah zu Jake auf. »Oy!« sagte er, und als Jake lachte, wich er wieder zurück.

»Das ist aber ein Knochengestell«, sagte Eddie verschlafen hinter ihnen. Als der Bumbler diese Stimme hörte, drehte er sich sofort um und verschwand im Nebel.

»Du hast ihn verscheucht!« sagte Jake vorwurfsvoll.

»Herrje, das tut mir leid«, sagte Eddie. Er strich mit einer Hand durch sein schlafzerzaustes Haar. »Wenn ich gewußt hätte, daß es sich um einen persönlichen Freund von dir handelt, hätte ich eine verdammte Sahnetorte serviert.«

Roland schlug Jake kurz auf die Schulter. »Er kommt zurück.«

»Wenn ihn nichts tötet, ja. Wir haben ihn schließlich gefüttert, oder nicht?«

Bevor Jake antworten konnte, setzte das Geräusch der Trommeln wieder ein. Es war der dritte Morgen, an dem sie sie hörten, und zweimal hatten sie das Geräusch vernommen, als sich der Nachmittag dem Abend zuneigte: ein schwaches, tonloses Pochen aus der Richtung der Stadt. Heute morgen war das Geräusch deutlicher, aber nicht verständlicher. Jake haßte es. Es war, als würde irgendwo in dieser dicken und konturlosen Nebeldecke das Herz eines großen Tieres schlagen.

»Hast du immer noch keine Ahnung, was das sein könnte, Roland?« fragte Susannah. Sie hatte sich angezogen, das Haar zurückgesteckt und legte gerade die Decke zusammen, unter der sie und Eddie schliefen.

»Nein. Aber ich bin sicher, wir werden es herausfinden.«

»Wie beruhigend«, sagte Eddie gallig.

Roland stand auf. »Kommt. Vergeuden wir den Tag nicht.«

2

Als sie etwa eine Stunde unterwegs waren, löste sich der Nebel allmählich auf. Sie schoben abwechselnd Susannahs Rollstuhl, der unglücklich holperte, denn die Straße bestand inzwischen aus großem, unebenem Kopfsteinpflaster. Am späten Vormittag war der Tag schön, heiß und klar; der Umriß der Stadt zeichnete sich deutlich am südöstlichen Horizont ab. Jake fand, daß er sich nicht besonders von der Silhouette von New York unterschied, aber er dachte, daß die Gebäude hier nicht ganz so hoch waren. Wenn sie verfallen waren, wie das meiste in Rolands Welt, dann konnte man das von hier aus nicht sehen. Jake gab sich, wie Eddie, der unausgesprochenen Hoffnung hin, sie könnten dort Hilfe finden . . . oder wenigstens eine gute, warme Mahlzeit.

Links, dreißig oder vierzig Meilen entfernt, konnten sie das breite Band des Flusses Send sehen. Große Vogelschwärme kreisten darüber. Ab und zu legte einer die Flügel an und fiel wie ein Stein herunter – wahrscheinlich ein Angelausflug. Straße und Fluß bewegten sich langsam aufeinander zu, aber den Punkt des Zusammentreffens konnte man noch nicht sehen.

Vor sich entdeckten sie noch mehr Gebäude. Die meisten sahen wie Farmen aus, und alle waren verlassen. Manche waren eingestürzt, doch schien dies das Wirken der Zeit zu sein, keine Folge von Vandalismus, was Jakes und Eddies Hoffnungen, in der Stadt Hilfe zu finden, weiteren Auftrieb verlieh – Hoffnungen, die sie beide strikt für sich behielten, damit sich kein anderer darüber lustig machen konnte. Kleine Herden zottiger Tiere wanderten grasend über die Ebene. Sie hielten sich von der Straße fern, außer um sie zu überqueren, und das machten sie schnell, im Galopp, wie Gruppen kleiner Kinder, die Angst vor dem Verkehr haben. Jake fand, sie sahen wie Bisons aus . . . nur gab es auch einige, die zwei Köpfe hatten. Er sprach den Revolvermann darauf an, und Roland nickte.

»Muties.«

»Wie unter den Bergen?« Jake hörte die Angst in seiner Stimme und wußte, der Revolvermann mußte sie auch hören, aber er konnte sie nicht unterdrücken. Er erinnerte sich sehr genau an diese endlose Alptraumfahrt mit der Draisine.

»Ich glaube, daß die mutierten Erbanlagen hier ausgemerzt werden. Bei den Wesen, die wir unter den Bergen gefunden haben, wurden sie noch schlimmer.«

»Was ist da oben?« Jake deutete zur Stadt. »Werden wir dort auch Mutanten finden, oder ...« Er stellte fest, daß er seiner Hoffnung nicht deutlicher Ausdruck verleihen konnte.

Roland zuckte die Achseln. »Ich weiß es nicht, Jake, sonst würde ich es dir sagen.«

Sie kamen an einem verlassenen Gebäude vorbei – mit ziemlicher Sicherheit ein Farmhaus –, das teilweise verbrannt war. *Aber das könnte ein Blitz gewesen sein,* dachte Jake und fragte sich, was er damit bezweckte – sich etwas zu erklären oder sich selbst zum Narren zu halten.

Roland, der möglicherweise seine Gedanken las, legte einen Arm um Jakes Schultern. »Es ist sinnlos, auch nur Vermutungen anzustellen, Jake«, sagte er. »Was hier passiert sein mag, ist vor langer Zeit passiert.« Er deutete mit dem Finger. »Das da drüben war möglicherweise ein Pferch. Jetzt ragen nur noch ein paar Pfosten aus dem Gras.«

»Die Welt hat sich weitergedreht, richtig?«

Roland nickte.

»Was ist mit den Menschen? Sind sie in die Stadt gegangen, was meinst du?«

»Einige sicher«, sagte Roland. »Einige halten sich noch hier auf.«

»Was?« Susannah fuhr ruckartig herum und sah ihn verblüfft an.

Roland nickte. »Wir werden schon seit ein paar Tagen beobachtet. Es leben nicht viele Menschen in diesen alten Behausungen, aber doch einige. Je näher wir der Zivilisation kommen, desto mehr werden es sein.« Er machte eine Pause. »Oder dem, was einmal die Zivilisation *war.*«

»Woher weißt du, daß sie da sind?« fragte Jake.

»Ich habe sie gerochen. Habe ein paar Gärten gesehen, die hinter Unkraut verborgen waren, das absichtlich gepflanzt worden ist, um sie zu verdecken. Und mindestens eine funktionierende Windmühle in einem Hain. Aber größtenteils ist es einfach Intuition ... wie Schatten im Gesicht statt Sonnenschein. Ich könnte mir denken, ihr drei werdet das mit der Zeit auch lernen.«

»Glaubst du, sie sind gefährlich?« fragte Susannah. Sie näherten sich einem großen, baufälligen Gebäude, das einmal eine Scheune oder ein Genossenschaftsmarkt gewesen sein konnte. Sie betrachtete es unbehaglich und legte die Hand auf den Griff der Waffe, die sie auf der Brust trug.

»Wird ein fremder Hund beißen?« erwiderte der Revolvermann.

»Was soll das heißen?« fragte Eddie. »Es stinkt mir, wenn du mit deiner Zen-Buddhismus-Scheiße daherkommst, Roland.«

»Es bedeutet, ich weiß es nicht«, sagte Roland. »Wer ist dieser Mann namens Zen Buddhismus? Ist er so weise wie ich?«

Eddie sah Roland lange an, bis er entschied, daß Roland einen seiner seltenen Scherze machte. »Ah, laß dich heimgeigen«, sagte er. Er sah einen von Rolands Mundwinkeln zucken, bevor er sich abwandte. Als Eddie Susannahs Rollstuhl wieder anschob, fiel ihm noch etwas auf. »He, Jake!« rief er. »Ich glaube, du hast einen neuen Freund gefunden!«

Jake drehte sich um und fing breit an zu grinsen. Vierzig Meter hinter ihnen hinkte der magere Billy-Bumbler emsig hinter ihnen her und schnupperte am Unkraut, das zwischen den Pflastersteinen der Großen Straße wuchs.

3

Ein paar Stunden später befahl Roland eine Rast und sagte ihnen, sie sollten sich bereitmachen.

»Wofür?« fragte Eddie.

Roland sah ihn an. »Für alles.«

Es war gegen drei Uhr nachmittags. Sie standen an einem Punkt, wo die Große Straße zu einem langen Wall anstieg, der sich diagonal über die Ebene zog wie eine Falte in der größten Bettdecke der Welt. Unten und jenseits der Straße lag die erste Ansiedlung, in die sie kamen. Sie machte einen verlassenen Eindruck, aber Eddie hatte die Unterhaltung von heute morgen nicht vergessen. Rolands Frage – *Wird ein fremder Hund beißen?* – schien gar nicht mehr so zenmäßig zu sein.

»Jake?«

»Was?«

Eddie nickte zum Griff der Ruger, die aus dem Bund von Jakes Jeans ragte – dem zweiten Paar, das er vor seinem Aufbruch in den Ranzen gestopft hatte. »Soll ich sie nehmen?«

Jake sah Roland an. Der Revolvermann zuckte nur die Achseln, als wollte er sagen: *Es ist deine Entscheidung.*

»Okay.« Jake gab sie ihm. Er schnallte den Schulranzen ab, kramte darin und holte das volle Magazin heraus. Er konnte sich erinnern, wie er hinter hängende Hefter in einer Schreibtischschublade seines Vaters gegriffen hatte, um sie zu holen, aber das alles schien vor langer Zeit passiert zu sein. Wenn er heute an sein Leben in New York und seine Karriere an der Piper School dachte, dann war es, als würde er durch das falsche Ende eines Teleskops sehen.

Eddie nahm das Magazin, untersuchte es, ließ es einrasten, überprüfte die Sicherung und steckte die Ruger in seinen Gürtel.

»Hört gut zu und gedenkt meiner Worte«, sagte Roland. »*Wenn* hier Menschen leben, dann sind sie wahrscheinlich alt und haben mehr Angst vor uns als wir vor ihnen. Die jüngeren Leute sind sicher schon längst fort. Es ist unwahrscheinlich, daß die Zurückgebliebenen Feuerwaffen haben – es könnte sein, daß unsere die ersten Waffen sind, die manche zu Gesicht bekommen – abgesehen vielleicht von Bildern in alten Büchern. Macht keine bedrohlichen Gesten. Und auch die alte Kindheitsregel hat etwas für sich: Sprecht nur, wenn ihr angesprochen werdet.«

»Was ist mit Pfeil und Bogen?« fragte Susannah.

»Ja, die könnten sie haben. Auch Speere und Keulen.«

»Vergeßt Steine nicht«, sagte Eddie düster und sah zu der Gruppe Holzhäuser. Der Ort sah wie eine Geisterstadt aus, aber wer konnte das mit Sicherheit sagen? »Und wenn Steineknappheit herrscht, haben sie immer noch das Pflaster der Straße.«

»Ja, irgendwas gibt es immer«, stimmte Roland zu. *»Aber wir selbst fangen keinen Ärger an* – ist das klar?«

Sie nickten.

»Vielleicht wäre es einfacher, einen Umweg zu machen«, sagte Susannah.

Roland nickte, ohne einen Blick von der Anlage vor ihnen zu nehmen. In der Mitte des Dorfs kreuzte eine andere Straße die Große Straße. »Das wäre einfacher, aber wir machen es nicht. Umwege sind eine schlechte Angewohnheit, der man leicht verfällt. Es ist immer besser, geradeaus zu gehen, wenn es keinen guten Grund für etwas anderes gibt. Hier sehe ich keinen Grund. Und *falls* Menschen hier leben, nun, schaden könnte es nicht. Ein wenig Palaver wäre nicht schlecht für uns.«

Susannah überlegte, daß Roland jetzt anders zu sein schien, und sie glaubte nicht, es läge nur daran, daß die Stimmen in seinem Kopf verstummt waren. *So war er, als er noch Kriege zu führen und Männer zu befehligen und seine alten Freunde um sich hatte,* dachte sie. *So war er, bevor die Welt sich weitergedreht hat und er mit ihr auf der Jagd nach Walter. So war er, bevor die Große Leere ihn verschlossen und verschroben gemacht hat.*

»Sie könnten wissen, was das Trommeln zu bedeuten hat«, schlug Jake vor.

Roland nickte wieder. *»Alles* Wissen, über das sie verfügen, käme uns recht – besonders über die Stadt, –, aber es bringt nichts, sich allzu viele Gedanken über Menschen zu machen, die vielleicht nicht einmal da sind.«

»Ich will dir was sagen«, meinte Susannah. *»Ich* würde nicht rauskommen, wenn ich uns sehen würde. Vier Menschen, drei davon bewaffnet! Wir sehen wahrscheinlich wie eine Bande Gesetzloser aus deinen Geschichten aus, Roland – wie hast du sie genannt?«

»Waldläufer.« Seine linke Hand sank auf den Sandelholzgriff seines zweiten Revolvers und zog diesen ein kleines Stück aus dem Halfter. »Aber kein Waldläufer hat jemals so etwas getragen, und wenn es Älteste in diesem Dorf gibt, dann werden sie das wissen. Gehen wir.«

Jake sah nach hinten und gewahrte den Bumbler, der mit der Schnauze zwischen den Vorderpfoten auf der Straße lag und sie genauestens betrachtete. »Oy!« rief Jake.

»Oy!« wiederholte der Bumbler und sprang sofort auf die Beine.

Sie schritten den schattigen Wall zum Dorf hinab, und Oy trottete hinter ihnen her.

4

Zwei Häuser am Ortsrand waren verbrannt; der Rest des Dorfs schien unversehrt zu sein, wenn auch staubig. Sie kamen an einem verlassenen Viehpferch links vorbei, einem Gebäude rechts, bei dem es sich um ein Geschäft handeln konnte, und dann befanden sie sich auf dem Gelände des Dorfs, wie es war. Etwa ein Dutzend baufällige Häuser standen auf beiden Straßenseiten. Zwischen einigen verliefen schmale Gassen. Die andere Straße, ein weitgehend mit Steppengras überwucherter Feldweg, verlief von Nordosten nach Südwesten.

Susannah sah den nordöstlichen Arm entlang und dachte: *Einst fuhren Barken auf dem Fluß, und irgendwo an dieser Straße lag ein Hafen und wahrscheinlich noch ein baufällige kleine Siedlung, hauptsächlich Saloons und Bordelle. Dies war der letzte Handelsposten, bevor die Barken weiter zur Stadt fuhren. Die Wagen kamen auf dem Weg dorthin hier durch, und wieder zurück. Wie lange ist das her?*

Sie wußte es nicht – aber es mußte lang her sein, so wie die Stadt aussah.

Irgendwo quietschte ein rostiges Scharnier monoton. Anderswo schlug ein Holzladen einsam im Steppenwind hin und her.

Vor der Häusern befanden sich Geländer zum Festzurren, die meisten in Trümmern. Einst waren Gehwege aus Brettern da gewesen, aber die Bretter waren heute weitgehend verschwunden; Gras wuchs durch die Löcher, wo sie gewesen waren. Die Schilder an den Häusern waren verblaßt, aber manche konnte man noch lesen – sie waren in der verballhornten Form des Englischen geschrieben, die Roland die niedere Sprache nannte. ESSEN UND GETREIDE stand auf einem, und sie vermutete, es sollte Futter und Getreide heißen. An der Fassade daneben standen unter einer linkischen Zeichnung von Büffeln im Gras die Worte: AUSRUHEN ESSEN TRINKEN. Unter diesem Schild hingen schiefe Schwingtüren, die sich leicht im Wind bewegten.

»Ist das ein Saloon?« Sie wußte nicht genau, weshalb sie flüsterte, aber sie hätte nicht mit normaler Stimme sprechen können. Es wäre gewesen, als würde man mit dem Banjo ›Clinch Mountain Breakdown‹ bei einer Beerdigung spielen.

»Es war einer«, sagte Roland. Er flüsterte nicht, aber seine Stimme klang gedämpft und nachdenklich. Jake ging dicht an seiner Seite und sah sich nervös um. Oy hinter ihnen hatte die Entfernung auf zehn Meter verringert. Er trottete rasch dahin und schwang den Kopf wie ein Pendel von einer Seite zur anderen, während er die Gebäude begutachtete.

Jetzt konnte es auch Susannah spüren: das Gefühl, als würden sie beobachtet werden. Es war genau, wie Roland es beschrieben hatte: als wäre Sonnenschein von Schatten verdrängt worden.

»Es *sind* Menschen hier, richtig?« flüsterte sie.

Roland nickte.

An der nordöstlichen Ecke der Kreuzung stand ein Gebäude mit einem Schild, das sie auch entziffern konnte: HOTEL, stand darauf, und: BETTEN. Abgesehen von einer Kirche mit schiefem Turm weiter vorne war es das größte Gebäude des Dorfs – drei Stockwerke. Sie sah hoch und erspähte gerade noch etwas Weißes – sicher ein Gesicht –, das sich von einem der glaslosen Fenster zurückzog. Plötzlich wollte sie weg von hier. Roland gab jedoch einen langsamen, gleichmäßigen Schritt vor, und sie glaubte, den Grund dafür zu kennen: Eile konnte den Beobachtern den Eindruck vermitteln, als hätten sie Angst ... als könnte man sie überfallen. Dennoch ...

An der Kreuzung wurden beide Straßen breiter und bildeten einen Platz, der von Gras und Unkraut in Besitz genommen worden war. In der Mitte stand ein erodierter Wegstein. Darüber hing ein Metallkästchen an einem rostigen, schlaffen Kabel.

Roland ging mit Jake an seiner Seite zu dem Wegstein. Eddie schob Susannahs Rollstuhl hinter ihnen her. Gras flüsterte in den Speichen, und der Wind kitzelte sie mit einer Haarlocke an der Wange. Ein Stück weiter die Straße hinab polterte der Fensterladen, und das Scharnier quietschte. Sie erschauerte und strich das Haar aus der Stirn.

»Ich wünschte, er würde sich beeilen«, sagte Eddie mit gedämpfter Stimme. »Dieser Ort ist nicht geheuer.«

Susannah nickte. Sie sah über den Platz und konnte sich wieder fast vorstellen, wie es am Markttag gewesen sein mußte – Menschengedränge auf den Gehwegen, einige wenige Frauen aus dem Dorf mit Körben an den Armen, aber hauptsächlich Kutschenfahrer und derb gekleidete Schiffer (sie wußte nicht, warum sie so sicher war, was Barken und Schiffer anbelangte, aber sie war es). Wagen fuhren über den Platz, wirbelten auf der ungepflasterten Straße würgende Wolken gelben Staubs auf, während die Fahrer ihre Karrenpferde

(Ochsen, es waren Ochsen)

mit der Peitsche antrieben. Sie konnte diese Wagen *sehen,* staubiges Segeltuch war auf manchen über Stoffballen gespannt und über Pyramiden geteerter Fässer auf anderen; sie konnte die Ochsen sehen, die sich geduldig in ihr doppeltes Zaumzeug legten, mit zuckenden Ohren

Fliegen verscheuchten, die um ihre breiten Schädel summten; konnte Stimmen und Gelächter hören und ein Klavier im Saloon, das eine schwungvolle Melodie wie ›Buffalo Gals‹ oder ›Darlin' Katy‹ hämmerte.

Es ist, als hätte ich in einem anderen Leben hier gelebt, dachte sie.

Der Revolvermann beugte sich über die Inschrift auf dem Wegstein. »Große Straße«, las er. »Lud – hundertundsechzig Räder.«

»Räder?« fragte Jake.

»Eine alte Maßeinheit.«

»Hast du schon von Lud gehört?« fragte Eddie.

»Möglich«, antwortete der Revolvermann. »Als ich noch sehr klein war.«

»Reimt sich auf krud«, sagte Eddie. »Vielleicht kein gutes Zeichen.«

Jake begutachtete die Ostseite des Steins. »Flußstraße. Es ist komisch geschrieben, aber das steht da.«

Eddie betrachtete die Westseite des Steins. »Da steht: Jimtown – vierzig Räder. Ist das nicht der Geburtsort von Wayne Newton, Roland?«

Roland sah ihn verständnislos an.

»Ich halt ja schon die Klappe«, sagte Eddie und verdrehte die Augen.

An der Südwestecke des Platzes befand sich das einzige Gebäude der Stadt aus Stein – ein flacher, staubiger Würfel mit rostigen Gitterstäben vor den Fenstern. Gerichtsgebäude und Gefängnis in einem, dachte Susannah. Sie hatte im Süden ähnliche gesehen; ein paar Parkplätze davor, und niemand hätte einen Unterschied feststellen können. Etwas war mit nunmehr verblaßter gelber Farbe auf die Fassade des Gebäudes geschrieben worden. Sie konnte es lesen, und obwohl sie es nicht verstand, machte es sie ängstlicher denn je. PUBES STERBEN, stand da.

»Roland!« Als sie seine Aufmerksamkeit hatte, deutete sie auf die Inschrift. »Was bedeutet das?«

Er las es, dann schüttelte er den Kopf. »Weiß nicht.«

Sie sah sich wieder um. Der Platz wirkte jetzt kleiner, und die Gebäude schienen sich über sie zu beugen. »Können wir weiter?«

»Bald.« Er bückte sich und klaubte einen kleinen Stein aus dem Straßenbelag. Diesen ließ er nachdenklich in der linken Hand hüpfen, während er zu dem Metallkästchen über dem Wegstein aufsah. Er beugte den Arm, und Susannah wurde einen Moment zu spät klar, was er vorhatte.

»Nein, Roland!« schrie sie und zuckte angesichts ihrer eigenen entsetzten Stimme zusammen.

Er schenkte ihr keine Beachtung und warf den Stein nach oben. Seine Treffsicherheit war präzise wie immer; der Stein prallte mit einem hohlen Poltern genau in die Mitte des Kästchens. Das Surren eines Uhrwerks erklang im Inneren, dann glitt eine rostige grüne Flagge aus einem Schlitz an der Seite. Als diese eingerastet war, läutete schrill eine

Glocke. In großen schwarzen Buchstaben stand das Wort GEHEN auf der Flagge.

»Hol mich der Teufel«, sagte Eddie. »Eine Ampel wie bei den Keystone Kops. Wenn du noch einen Stein wirfst, erscheint dann STOP?«

»Wir haben Gesellschaft«, sagte Roland leise und deutete auf das Steingebäude. Ein Mann und eine Frau waren herausgekommen und schritten die Stufen herab. *Du hast den Nagel auf den Kopf getroffen, Roland,* dachte Susannah. *Die sind älter als Methusalem, alle beide.*

Der Mann trug einen Overall und einen Sombrero aus Stroh. Die Frau hielt sich beim Gehen krampfhaft an einer seiner nackten, sonnenverbrannten Schultern fest. Sie trug Selbstgestricktes und einen Schürhaken in der Hand, und als sie näher zu dem Wegstein kamen, sah Susannah, daß die Frau blind war; der Unfall, der ihr das Augenlicht genommen hatte, mußte ungemein gräßlich gewesen sein. Wo ihre Augen gewesen waren, befanden sich nur noch zwei leere Höhlen voll Narbengewebe. Sie sah ängstlich und verwirrt zugleich aus.

»Ist sie Waldläufer, Si?« rief sie mit brüchiger, zitternder Stimme. »Du wirst uns noch umbringen, behaupte ich!«

»Schweig, Mercy«, antwortete er. Er sprach wie die Frau mit einem starken Akzent, den Susannah kaum verstehen konnte. »Sind keine Waldläufer, die nicht. Sie haben einen Pube bei sich, das hab' ich dir gesagt – Waldläufer sind noch nie mit einem Pube gereist.«

Blind oder nicht, sie versuchte, sich von ihm loszumachen. Er fluchte und hielt sie am Arm fest. »Hör auf, Mercy! Hör auf, sag ich! Du wirst stürzen und dir Böses tun, verdammich!«

»Wir wollen euch nichts zuleide tun!« rief der Revolvermann. Er benützte die Hochsprache, und als der Mann sie hörte, leuchteten seine Augen ungläubig. Die Frau drehte sich wieder um und wandte das blinde Gesicht in ihre Richtung.

»Ein Revolvermann!« rief der Alte. Seine Stimme brach und krächzte vor Aufregung. »Bei Gott! Ich hab's gewußt! Ich hab's gewußt!«

Er wollte über den Platz zu ihnen laufen und zog die Frau mit sich. Sie stolperte hilflos neben ihm her, und Susannah wartete auf den Augenblick, wo sie stürzen mußte, aber der Mann fiel vorher; er landete heftig auf den Knien, und sie landete schmerzhaft neben ihm auf dem Kopfsteinpflaster der Großen Straße.

5

Jake spürte etwas Pelziges am Knöchel und sah hinab. Oy kauerte neben ihm und sah ängstlicher denn je drein. Jake bückte sich und streichelte ihm den Kopf, um Trost gleichermaßen zu spenden wie zu empfangen. Das Fell war seidig und unglaublich weich. Einen Augenblick dachte er, der Bumbler würde weglaufen, aber er sah nur zu ihm auf, leckte seine Hand und sah dann wieder zu den beiden alten Menschen. Der Mann versuchte, der Frau aufzuhelfen – mit relativ wenig Erfolg. Sie drehte den Kopf in völliger Verwirrung hierhin und dorthin.

Der Mann namens Si hatte sich die Hände am Kopfsteinpflaster aufgerissen, achtete aber nicht darauf. Er gab es auf, der Frau zu helfen, riß den Sombrero vom Kopf und hielt ihn vor die Brust. Jake fand, daß der Hut so groß wie ein Scheffelkorb aussah. »Wir heißen Euch willkommen, Revolvermann!« rief er. »Wahrhaftig willkommen! Ich habe gedacht, Eure Gemeinschaft sei völlig vom Antlitz der Erde verschwunden, das habe ich!«

»Ich danke dir für dein Willkommen«, antwortete Roland in der Hochsprache. Er legte der blinden Frau behutsam die Hände auf die Oberarme. Sie zuckte kurz zusammen, dann entspannte sie sich und ließ sich von ihm hochhelfen. »Zieh deinen Hut auf, Alterchen. Die Sonne brennt heiß.«

Er gehorchte, dann stand er nur da und sah Roland mit leuchtenden Augen an. Nach einem Moment wurde Jake klar, was das Leuchten war. Si weinte.

»Ein Revolvermann! Ich hab' es dir gesagt, Mercy! Ich habe das Schießeisen gesehen und hab' es dir *gesagt!*«

»Keine Waldläufer?« fragte sie, als könnte sie es nicht glauben. »Bist du sicher, daß sie keine Waldläufer sind, Si?«

Roland wandte sich an Eddie. »Vergewissere dich, ob sie gesichert ist, und dann gib ihr Jakes Pistole.«

Eddie zog die Ruger aus dem Hosenbund, überprüfte die Sicherung und drückte der blinden Frau zögernd die Waffe in die Hände. Diese keuchte, ließ sie um ein Haar fallen und strich dann staunend mit den Händen darüber. Sie wandte die leeren Höhlen, wo die Augen gewesen waren, dem Mann zu. »Eine Waffe!« flüsterte sie. »Bei meinem heiligen Hut!«

»Ay, irgendeine«, antwortete der alte Mann wegwerfend, nahm sie ihr weg und gab sie Eddie zurück, »aber der Revolvermann hat eine *richtige,* und es ist eine Frau dabei, die hat auch eine. Außerdem hat sie eine braune Haut wie die Menschen aus Garlan, wie mein Da' immer behauptet hat.«

Oy stieß ein schrilles, pfeifendes Bellen aus. Jake drehte sich um und sah noch mehr Menschen die Straße entlangkommen – alles in allem fünf oder sechs. Auch sie waren alt wie Si und Mercy; eine Frau, die mit krummem Rücken am Stock ging und wie die Hexe in einem Märchen aussah, war sogar uralt. Als sie näher kamen fiel Jake auf, daß zwei der Männer eineiige Zwillinge waren. Langes weißes Haar fiel auf die Schultern ihrer selbstgewebten karierten Hemden. Ihre Haut war weiß wie feines Leinen, die Augen rosa. *Albinos,* dachte er.

Die Alte schien die Anführerin zu sein. Sie hinkte mit dem Stock auf Rolands Gruppe zu und betrachtete sie mit stechenden Augen, Augen so grün wie Smaragde. Der zahnlose Mund war tief eingefallen. Der Zipfel des alten Schals, den sie trug, flatterte im Präriewind. Ihr Blick fiel auf Roland.

»Heil, Revolvermann! Erfreuliches Zusammentreffen!« Sie sprach die Hochsprache, und Jake konnte sie, wie Eddie und Susannah, gut verstehen, obwohl er vermutete, daß ihm die Worte in seiner Welt wie Gestammel vorgekommen wären. »Willkommen in River Crossing!«

Der Revolvermann hatte seinen Hut abgezogen, nun verbeugte er sich vor ihr und klopfte mit der verstümmelten rechten Hand dreimal nacheinander an seinen Hals. »Danke-sai, Alte Mutter.«

Darüber gackerte sie unbeherrscht, und Eddie wurde klar, daß der Revolvermann gleichzeitig einen Scherz und ein Kompliment gemacht hatte. Der Gedanke, den Susannah schon gehabt hatte, kam ihm nun auch: *So ist er gewesen ... früher. Jedenfalls war das ein Teil von ihm.*

»Revolvermann mögt Ihr sein, unter Eurer Kleidung jedoch seid Ihr auch nur ein albernes Mannsbild«, sagte sie und wechselte in die niedere Sprache über.

Roland verbeugte sich wieder. »Schönheit hat mich stets albern gemacht, Mutter.«

Diesmal *quietschte* sie buchstäblich vor Lachen. Oy drückte sich an Jakes Bein. Einer der Albinozwillinge eilte nach vorne, um die Alte zu stützen, als sie in ihren staubigen, rissigen Schuhen nach hinten kippte. Sie erlangte das Gleichgewicht jedoch von sich aus wieder und machte mit einer Hand eine verdrossene, scheuchende Geste. Der Albino zog sich zurück.

»Seid Ihr auf der Suche, Revolvermann?« Ihre grünen Augen musterten ihn listig; die faltige Tasche ihres Mundes flabberte.

»Ay«, sagte Roland. »Wir sind auf der Suche nach dem Dunklen Turm.«

Die anderen sahen ihn verwirrt an, aber die alte Frau schrak zurück und machte das Zeichen des bösen Blicks – nicht gegen sie, bemerkte Jake, sondern nach Südosten, den Pfad des Balkens entlang.

»Tut mir leid, das zu hören!« rief sie. »Denn keiner, der sich je auf die Suche nach diesem schwarzen Hund machte, kehrte je wieder! So sagte mein Großvater, und dessen Großvater vor ihm! Kein einziger nicht!«

»Ka«, sagte der Revolvermann geduldig, als würde das alles erklären ... und Jake kam allmählich dahinter, daß das zumindest für Roland zutraf.

»Ay«, stimmte sie zu. *»Ka* des schwarzen Hundes! Ei-jei-jei; du machst, wie dir geheißen, lebst deinen Weg entlang und stirbst, wenn die Lichtung zwischen den Bäumen erreicht ist. Werdet Ihr das Brot mit uns brechen, Revolvermann, bevor Ihr weiterreist? Ihr und Eure Gruppe von Rittern?«

Roland verbeugte sich erneut. »Allzulang ist es her, seit wir Brot in anderer Gesellschaft als unserer eigenen gebrochen haben, Alte Mutter. Wir können nicht lange bleiben, doch ja – wir nehmen die Speisung voll Dankbarkeit und Freude an.«

Die alte Frau drehte sich zu den anderen um. Sie sprach mit ihrer brüchigen und schrillen Stimme – aber es waren die Worte und nicht der Tonfall, in dem sie gesprochen wurden, der Jake kalte Schauer über den Rücken jagte: »Sehet, ihr alle, die Rückkehr des Weißen! Nach bösen Plagen und bösen Tagen kehrt das Weiß zurück! Seid guten Herzens und haltet die Köpfe hoch, denn wir durften erleben, wie das Rad des *Ka* sich erneut zu drehen anfängt!«

6

Die alte Frau, deren Namen Tante Talitha lautete, führte sie über den Platz zu der Kirche mit dem windschiefen Turm – es war die Kirche des Ewigen Blutes, wie ein verblaßtes Schild auf dem wuchernden Rasen verriet. Mit grüner Farbe, die zu einer Geisterschrift verblaßt war, war eine andere Botschaft auf die Tafel geschmiert worden: TOD DEN GRAUEN.

Sie führte sie durch die verfallene Kirche und hinkte mit ihrem Stock rasch den Mittelgang entlang an zertrümmerten und umgestürzten Bänken vorbei, eine kurze Treppenflucht hinunter und in eine Küche, die sich so drastisch von der Ruine darüber unterschied, daß Susannah überrascht blinzelte. Hier war alles blitzblank. Der Holzboden war uralt, wurde aber offensichtlich regelmäßig gebohnert, so daß er fast von innen heraus zu glänzen schien. Der schwarze Kochherd beanspruchte eine ganze Ecke. Er war makellos, und das Holz, welches daneben in einem gemauerten Alkoven aufgeschichtet war, sah sorgfältig gesammelt und gut gelagert aus.

Drei weitere ältere Einwohner hatten sich zu ihrer Gruppe gesellt, zwei Frauen und ein Mann, der mit Krücke und Holzbein dahinhinkte. Zwei der Frauen gingen zu den Schränken und taten geschäftig; eine dritte klappte den Herd auf und hielt ein Schwefelholz an das Holz, das bereits ordentlich darin aufgeschichtet war; eine andere machte eine Tür auf und ging eine kurze Treppe hinunter in eine Kältekammer. Derweil führte Tante Talitha die anderen durch einen breiten Eingang im hinteren Teil der Kirche. Sie deutete mit dem Stock auf zwei Klapptische, die dort unter einem sauberen, aber zerrissenen Tuch verwahrt wurden, worauf die beiden älteren Albinos unverzüglich hinübergingen und sich mit einem davon abmühten.

»Komm mit, Jake«, sagte Eddie. »Helfen wir ihnen.«

»Nee!« sagte Tante Talitha brüsk. »Wir sind vielleicht alt, aber wir brauchen keine Hilfe! Noch nicht, Bürschchen!«

»Laßt sie in Ruhe«, sagte Roland.

»Die alten Narren werden sich einen Bruch heben«, murmelte Eddie, aber er folgte den anderen und überließ den Tisch den beiden Männern.

Susannah stöhnte, als Eddie sie aus dem Rollstuhl hob und durch die Hintertür trug. Dies war kein Rasen, sondern ein Mustergarten mit Blumenbeeten, die wie Fackeln im grünen Gras leuchteten. Sie sah einige, die sie kannte – Ringelblumen und Zinnien und Flammenblumen –, aber viele andere waren ihr fremd. Sie sah, wie eine Bremse auf einer hellblauen Blüte landete ... die sich sofort darüber schloß und fest zusammenrollte.

»Mann!« sagte Eddie, der sich umsah. »Ein Blumengarten!«

Sie sagte: »Diesen Ort allein bewahren wir, wie er in den alten Zeiten war, bevor die Welt sich weitergedreht hat. Und wir halten ihn vor denen verborgen, die durchreiten – Pubes, Graue, Waldläufer. Sie würden ihn niederbrennen, wüßten sie davon ... und uns töten, weil wir ihn erhalten. Sie hassen alles Schöne – sie alle. Das haben sämtliche Dreckskerle gemeinsam.«

Die blinde Frau zupfte an seinem Arm und brachte ihn zum Schweigen.

»Keine Reiter mehr heutzutage«, sagte der alte Mann mit dem Holzbein. »Schon lange nicht mehr. Sie bleiben in der Nähe der Stadt. Ich schätze, dort finden sie alles, was sie zu ihrem Wohlbefinden brauchen.«

Die Albinozwillinge kämpften sich mit dem Tisch heraus. Eine der alten Frauen folgte ihnen und drängte sie, sie sollten ihr endlich Platz machen. Sie hielt einen irdenen Krug in jeder Hand.

»Setzt Euch nieder, Revolvermann!« rief Tante Talitha und deutete mit dem Stock aufs Gras. »Setzt euch alle nieder!«

Susannah konnte hundert widerstreitende Gerüche wahrnehmen. Sie erfüllten sie mit einem Gefühl der Benommenheit und des Unwirklichen, als wäre dies alles ein Traum. Sie konnte kaum daran glauben, an dieses winzige Stückchen Eden hinter der verfallenden Fassade einer Geisterstadt.

Eine weitere Frau kam mit einem Tablett voller Gläser heraus. Sie paßten nicht zusammen, waren aber fleckenlos und funkelten in der Sonne wie kostbares Kristall. Sie hielt das Tablett zuerst Roland hin, dann Tante Talitha, Eddie, Susannah und zuletzt Jake. Nachdem jeder ein Glas genommen hatte, schenkte die erste Frau eine dunkle, goldfarbene Flüssigkeit ein.

Roland beugte sich zu Jake, der neben Oy am Rand eines ovalen Beetes mit hellgrünen Blumen saß. Er murmelte: »Trink nur soviel, wie die Höflichkeit erfordert, Jake, sonst müssen wir dich aus dem Dorf tragen; dies ist *Graf*– starkes Apfelbier.«

Jake nickte.

Talitha hielt das Glas hoch, und als Roland es ihr nachtat, schlossen sich auch Eddie, Susannah und Jake an.

»Was ist mit den anderen?« flüsterte Eddie Roland zu.

»Sie wird man nach der Spende bedienen. Und nun schweig.«

»Möchtet Ihr ein Wort an uns richten, Revolvermann?« fragte Tante Talitha.

Der Revolvermann erhob sich und hielt das Glas in einer erhobenen Hand. Er senkte den Kopf, als würde er nachdenken. Die wenigen verbliebenen Einwohner von River Crossing betrachteten ihn respektvoll und, dachte Jake, ein wenig ängstlich. Schließlich hob er wieder den Kopf. »Trinken wir auf die Erde und die Tage, welche über sie hinweggezogen sind?« fragte er. Seine Stimme war heiser und bebte vor Gefühlsregungen. »Trinken wir auf die Erfüllung von einst und auf dahingeschiedene Freunde? Trinken wir auf in Freundschaft verbundene gute Gesellschaft? Bringen uns diese Dinge weiter, Alte Mutter?«

Sie weinte, sah Jake, und doch wurde ihr Gesicht zu einer Maske strahlenden Glücks ... und einen Augenblick lang war sie beinahe jung. Jake betrachtete sie staunend und voll plötzlich aufkeimenden Glücksgefühls. Zum erstenmal, seit Eddie ihn durch die Tür gezogen hatte, spürte Jake, wie der Schatten des Torwächters wirklich aus seinem Herzen wich.

»Ay, Revolvermann!« sagte sie. »Wohl gesprochen! Sie bringen uns meilenweit voran, und das sollen sie!« Sie neigte das Glas und trank es in einem Zug leer. Als ihr Glas leer war, leerte Roland das seine. Eddie und Susannah tranken auch, allerdings nicht so rasch.

Jake kostete von seinem Getränk und stellte fest, daß es ihm schmeckte – es war nicht bitter, wie er erwartet hatte, sondern süß und herb zugleich, wie Apfelwein. Aber er spürte die Wirkung fast augenblicklich und stellte das Glas sorgfältig beiseite. Oy schnupperte daran, dann wandte er sich ab und legte die Schnauze auf Jakes Knöchel.

Um sie herum spendete die kleine Gruppe alter Menschen – die letzten Einwohner von River Crossing – Beifall. Die meisten weinten unverhohlen wie Tante Talitha. Jetzt wurden weitere Gläser – nicht so erlesen, aber gebrauchsfähig – herumgereicht. Die Party begann, und es war eine prächtige Party an dem langen Sommernachmittag unter dem endlosen Himmel der Prärie.

7

Eddie fand, die Mahlzeit an diesem Tag war die beste, die er seit den mythischen Geburtstagsfesten seiner Kindheit gehabt hatte, als seine Mutter es sich zur Aufgabe machte, ihm alles zu servieren, was ihm schmeckte – Hackfleisch und Bratkartoffeln und Maiskolben und Schokoladentorte und Vanilleeis.

Allein die Vielfalt der Speisen vor ihnen – nachdem sie monatelang nichts anderes gegessen hatten als Hummerfleisch und Wild und die wenigen bitteren Grünpflanzen, die Roland als genießbar bezeichnet hatte –, hatte zweifellos etwas mit dem Vergnügen zu tun, das ihm das Essen bereitete, aber Eddie glaubte nicht, daß das der einzige Grund war; er stellte fest, daß der Junge tellerweise in sich hineinschaufelte (und alle paar Minuten dem Bumbler zu seinen Füßen ein Stück von etwas abgab), und Jake war noch keine Woche hier.

Es gab Schüsseln mit Stew (Stücke von Büffelfleisch schwammen in einer dicken braunen Soße mit Gemüse), Platten mit frischen Biskuits, Schalen mit frischer weißer Butter und Schüsseln mit Blättern, die wie Spinat aussahen, aber keiner war ... nicht genau. Eddie war nie besonders verrückt nach Gemüse gewesen, aber als er davon gekostet hatte, wachte ein unterernährter Teil von ihm auf und schrie danach. Er aß von allem reichlich, aber sein Bedarf nach dem grünen Blattgemüse nahm die Ausmaße von Gier an, und er sah, daß auch Susannah sich immer wieder damit den Teller füllte.

Die alte Frauen und die Albinozwillinge räumten die Schüsseln ab. Sie kehrten mit Kuchenstückchen zurück, die hoch auf zwei dicken Keramikplatten aufgeschichtet waren, und dazu gehörte eine Schüssel Schlagsahne. Der Kuchen verströmte einen süßlichen Wohlgeruch, bei dem Eddie den Eindruck hatte, als wäre er gestorben und in den Himmel gekommen.

»Nur Büffelsahne«, sagte Tante Talitha wegwerfend. »Keine Kühe mehr – die letzte hat vor dreißig Jahren das Zeitliche gesegnet. – Büffelsahne ist nichts Besonderes, aber besser als nichts, bei Daisy!«

Wie sich herausstellte, war der Kuchen mit Blaubeeren gefüllt. Eddie fand, daß er jedem Kuchen, den er bisher gegessen hatte, eine Landmeile voraus war. Er aß drei Stücke, lehnte sich zurück und rülpste schallend, ehe er sich die Hand vor den Mund halten konnte. Er sah sich schuldbewußt um.

Mercy, die blinde Frau, gackerte. »Das hab' ich gehört! Jemand dankt der Köchin, Tantchen!«

»Ay«, sagte Tante Talitha, die selbst lachte. »So ist es.«

Die beiden Frauen, die das Essen serviert hatten, kamen wieder zurück. Eine trug einen dampfenden Krug; die andere balancierte eine Anzahl Keramiktassen auf einem Tablett.

Tante Talitha saß am Kopf der Tafel, Roland rechts von ihr. Jetzt beugte er sich zu ihr und flüsterte ihr etwas ins Ohr. Sie hörte zu, ihr Lächeln ließ ein wenig nach, dann nickte sie.

»Si, Bill und Till«, sagte sie. »Ihr drei bleibt. Wir ziehen uns zu einem kurzen Palaver mit diesem Revolvermann und seinen Freunden zurück, weil diese noch am heutigen Nachmittag weiterziehen wollen. Ihr anderen trinkt euren Kaffee in der Küche und seid leise. Und vergeßt nicht die guten Manieren, bevor ihr geht!«

Bill und Till, die Albinozwillinge, blieben am unteren Ende der Tafel sitzen. Die anderen stellten sich in einer Reihe auf und gingen langsam an den Reisenden vorbei. Jeder gab Eddie und Susannah die Hand und küßte Jake auf die Wange. Der Junge ließ es mit Anstand über sich ergehen, aber Eddie konnte sehen, daß er überrascht und verlegen zugleich war.

Wenn sie zu Roland kamen, knieten sie vor ihm nieder und berührten den Sandelholzgriff des Revolvers, der aus dem Halfter an der linken Hüfte ragte. Er legte ihnen die Hände auf die Schultern und küßte jedem die runzlige Stirn. Mercy war die letzte; sie schlang die Arme um Rolands Taille und gab ihm einen feuchten, schallenden Schmatz auf die Wange.

»Gott schütze und behüte Euch, Revolvermann! Wenn ich Euch nur sehen könnte!«

»Vergiß deine Manieren nicht, Mercy!« sagte Tante Talitha schneidend, aber Roland achtete nicht auf sie und beugte sich über die blinde Frau.

Er nahm ihre Hände sanft, aber fest in seine und führte sie zu seinem Gesicht. »Sieh mich damit, meine Schöne«, sagte er und machte die Augen zu, als sich ihre runzligen und von Arthritis deformierten Finger langsam über Stirn, Wangen, Lippen und Kinn tasteten.

»Ay, Revolvermann!« hauchte sie und hob ihre toten Augenhöhlen seinen blauen Augen entgegen. »Ich sehe dich ausgezeichnet! Ein schönes Gesicht ist es, doch voll Traurigkeit und Anteilnahme. Ich habe Angst um Euch und die Euren.«

»Und doch wurden wir voll des Guten, oder nicht?« sagte er und drückte einen sanften Kuß auf die runzlige Haut ihrer Stirn.

»Ay – das sind wir. Das sind wir. Danke für Euren Kuß, Revolvermann. Aus ganzem Herzen danke ich Euch.«

»Geh weiter, Mercy«, sagte Tante Talitha mit sanfterer Stimme. »Trink deinen Kaffee.«

Mercy stand auf, Der alte Mann mit Krücke und Holzbein führte ihre Hand zum Hosenbund. Sie ergriff ihn und ließ sich nach einem letzten Gruß an Roland und seine Gefährten von ihm wegführen.

Eddie wischte sich die feuchten Augen ab. »Wer hat sie geblendet?« fragte er heiser.

»Waldläufer«, sagte Tante Talitha. »Mit einem Brandeisen haben sie es getan, so war es. Haben gesagt, weil sie sie keck angesehen hat. Vor fünfundzwanzig Jahren war das. Trinkt jetzt euren Kaffee, alle zusammen! Er schmeckt heiß nicht besonders, aber wenn er kalt ist, ist er nicht besser als Schlamm auf dem Weg.«

Eddie hob die Tasse zum Mund und kostete versuchsweise. Er wäre nicht gerade so weit gegangen, ihn als Schlamm auf dem Weg zu bezeichnen, aber es war auch nicht gerade Beste Bohne.

Susannah kostete und sah verblüfft drein. »Aber das ist Zichorie!«

Talitha sah sie an. »Ich kenne es nicht. Ich kenne nur Dockey, und nur Dockeykaffee haben wir hier, seit ich den Fluch der Frauen zum letztenmal hatte, und dieser Fluch wurde schon vor langer, langer Zeit von mir genommen.«

»Wie alt *sind* Sie denn, Ma'am?« fragte Jake plötzlich.

Tante Talitha sah ihn überrascht an, dann gackerte sie. »In Wahrheit, Junge, entsinne ich mich nicht. Ich erinnere mich, daß ich genau an dieser Stelle saß und meinen Achtzigsten feierte, aber an diesem Tag hatten sich über fünfzig Menschen auf dem Rasen versammelt, und Mercy hatte noch ihre Augen.« Sie sah zu dem Bumbler, der zu Jakes Füßen lag. Oy nahm die Schnauze nicht von Jakes Knöchel, sah sie aber mit seinen goldumrandeten Augen an. »Ein Billy-Bumbler, bei Daisy! Es ist lang und länger her, seit ich einen Bumbler in Begleitung von Menschen gesehen habe ... es scheint, als hätten sie die Erinnerung an die Zeiten verloren, da sie bei den Menschen hausten.«

Einer der Albinozwillinge bückte sich, um Oy zu streicheln. Oy wich vor ihm zurück.

»Früher haben sie Schafe gehütet«, sagte Bill (oder möglicherweise Till) zu Jake. »Hast du das gewußt, Jüngster?«

Jake schüttelte den Kopf.

»Tut er sprechen?« fragte der Albino. »Manche sprachen in den alten Zeiten.«

»Ja, er spricht.« Er sah zu dem Bumbler hinab, der den Kopf wieder auf Jakes Knöchel gelegt hatte, sobald die fremde Hand aus seinem Umkreis verschwunden war. »Sag deinen Namen, Oy.«

Oy sah nur zu ihm auf.

»Oy!« drängte Jake, aber Oy blieb stumm. Jake sah Tante Talitha und die Zwillinge ein wenig verlegen an. »Nun, er spricht ... aber anscheinend nur, wenn er will.«

»Der Junge sieht nicht aus, als gehörte er hierher«, sagte Tante Talitha zu Roland. »Seine Kleidung ist seltsam ... und seine *Augen* sind auch seltsam.«

»Er ist noch nicht lange hier.« Roland lächelte Jake zu, und Jake lächelte unsicher zurück. »In einem Monat oder zweien wird niemand mehr etwas Seltsames an ihm bemerken.«

»Ay? Ich zweifle, das tu' ich. Und woher kommt er?«

»Von weit fort«, sagte der Revolvermann. »Sehr weit.«

Sie nickte. »Und wann kehrt er zurück?«

»Niemals«, sagte Jake. »Dies ist jetzt meine Heimat.«

»Dann hab' Gott Erbarmen mit dir«, sagte sie, »denn die Sonne geht in dieser Welt unter. Und sie geht für immer unter.«

Darauf regte sich Susannah unbehaglich und griff mit einer Hand zum Bauch, als hätte sie Magenschmerzen.

»Suze?« fragte Eddie. »Alles in Ordnung?«

Sie versuchte zu lächeln, aber es war eine klägliche Vorstellung; ihre übliche Zuversicht und ihr Selbstvertrauen schienen vorübergehend von ihr gewichen zu sein. »Ja, natürlich. Mir ist nur ein kalter Schauer über den Rücken gelaufen, mehr nicht.«

Tante Talitha warf ihr einen langen, abschätzenden Blick zu, der Susannah unbehaglich zu stimmen schien . . . dann lächelte sie. »›Ein kalter Schauer über den Rücken gelaufen‹ – ha! Das habe ich seit Eselsjahren nicht mehr gehört.«

»Mein Dad hat es dauernd gesagt.« Susannah lächelte Eddie zu – diesmal ein zuversichtlicheres Lächeln. »Wie auch immer, was es war, ist jetzt vorbei. Mir geht es prima.«

»Was weißt du von der Stadt und dem Land zwischen dort und hier?« fragte Roland, der die Kaffeetasse nahm und trank. »Gibt es Waldläufer dort? Und was sind die anderen? Graue und Pubes?«

Tante Talitha seufzte tief.

8

»Ihr müßtet viel hören, Revolvermann, und wir wissen wenig. Eines jedoch weiß ich, nämlich: Die Stadt ist ein böser Ort, besonders für den Jüngsten da. Für *jeden* Jüngsten. Gibt es eine Möglichkeit, sie zu umgehen, ohne von Eurem Weg abzuweichen?«

Roland sah auf und betrachtete die mittlerweile vertraute Formation der Wolken, die dem Pfad des Balkens folgten. An diesem endlosen Himmel über der Ebene war die Form, gleich einem Fluß am Himmel, unmöglich zu übersehen.

»Vielleicht«, sagte er, aber seine Stimme klang seltsam widerwillig. »Ich denke, wir könnten Lud im Südwesten umgehen und auf der anderen Seite wieder dem Balken folgen.«

»Dem Balken folgt Ihr also«, sagte sie. »Ay, das habe ich mir gedacht.«

Eddie stellte fest, daß seine eigenen Gedanken an die Stadt in zunehmendem Maße von der wachsenden Hoffnung getönt wurden, daß sie Hilfe finden würden, wenn sie jemals dort ankamen – zurückgebliebene Güter, die ihnen bei ihrer Suche dienlich sein konnten, vielleicht sogar Menschen, die ihnen mehr über den Dunklen Turm und was sie tun sollten, wenn sie ihn fanden, sagen konnten. Diejenigen zum Beispiel, die die Grauen genannt wurden – das hörte sich genau nach den weisen alten Elfen an, die er sich vorstellte.

Die Trommeln waren unheimlich, das war schon richtig; sie erinnerten ihn an hundert billige Dschungelfilme (die er meistens mit Henry neben sich und einer Schüssel Popcorn zwischen ihnen im Fernsehen gesehen hatte), wo die sagenhaften Städte, nach denen die Entdecker suchten, in Trümmern lagen und die Eingeborenen zu Stämmen blutrünstiger Kannibalen degeneriert waren. Aber Eddie fand es unmöglich, daß das in einer Stadt geschehen sein sollte, die zumindest aus der Ferne so sehr wie New York aussah. Wenn es keine weisen alten Elfen oder erhaltene Güter gab, dann doch mindestens *Bücher*; er hatte Roland erzählen hören, wie selten Papier hier war, aber jede Stadt, die Eddie je besucht hatte, war förmlich in Büchern ertrunken. Sie fanden vielleicht sogar ein funktionierendes Transportmittel, so etwas wie einen Landrover. Das war wahrscheinlich nur ein alberner Traum, aber wenn Tausende Meilen unbekanntes Gebiet vor einem lagen, waren ein paar alberne Träume zweifellos in Ordnung, und sei es nur, um bei guter Laune zu bleiben. Und war das alles nicht wenigstens *möglich*, verdammt?

Er machte den Mund auf, um einiges davon auszusprechen, aber Jake ergriff vor ihm das Wort.

»Ich glaube nicht, daß wir ihr ausweichen können«, sagte er und errötete ein wenig, als alle sich umdrehten und ihn ansahen. Oy räkelte sich auf seinen Füßen.

»Nicht?« sagte Tante Talitha. »Und warum denkst du das, sag an?«

»Wissen Sie etwas über Züge?« fragte Jake.

Es folgte ein langes Schweigen. Bill und Till wechselten einen unbehaglichen Blick. Tante Talitha sah Jake nur stechend an. Jake senkte den Blick nicht.

»Ich habe von einem gehört«, sagte sie. »Womöglich gar einen gesehen. Da drüben.« Sie deutete in Richtung Send. »Lange her, als ich ein Kind war und die Welt sich noch nicht weitergedreht hatte ... jedenfalls nicht so weit wie heute. Sprichst du von Blaine, sag, Junge?«

Jakes Augen leuchteten vor Überraschung und Einsicht auf. »Ja! Blaine!« Roland betrachtete Jake eindringlich.

»Und woher weißt du von Blaine, dem Mono?« fragte Tante Talitha.

»Mono?« Jake sah sie verständnislos an.

»Ay, so wurde er genannt. Woher weißt du von dem Alten?«

Jake sah hilflos zu Roland, dann wieder zu Tante Talitha. »Ich weiß nicht, *woher* ich das weiß.«

Und das ist die Wahrheit, dachte Eddie plötzlich, *aber es ist nicht die* ganze *Wahrheit. Er weiß mehr, als er ihr sagen will . . . und ich glaube, er hat Angst.*

»Ich glaube, das ist unsere Angelegenheit«, sagte Roland mit trockener, brüsker, befehlsgewohnter Stimme. »Darauf mußt du uns selbst kommen lassen, Alte Mutter.«

»Ay«, stimmte sie hastig zu. »Behaltet es für euch. Es wird das beste sein, unsereiner weiß nichts davon.«

»Was ist mit der Stadt?« drängte Roland. »Was weißt du von Lud?«

»Wenig inzwischen, doch was wir wissen, sollt Ihr hören.« Dann schenkte sie sich eine frische Tasse Kaffee ein.

9

Aber eigentlich waren es die Zwillinge Bill und Till, die am meisten redeten, wobei einer die Geschichte nahtlos fortsetzte, wenn der andere verstummte. Ab und zu fügte Tante Talitha etwas hinzu oder verbesserte etwas, und die Zwillinge warteten respektvoll, bis sie wußten, daß sie fertig war. Si sagte überhaupt nichts – er saß lediglich vor seiner unberührten Tasse Kaffee und zupfte an Strohhalmen, die aus der Krempe seines großen Sombrero ragten.

Sie wußten wahrhaftig wenig, wurde Roland schnell klar, selbst über die Geschichte ihres eigenen Dorfs (was ihn nicht überraschte; in den späten Tagen verblaßten Erinnerungen rasch, und lediglich die jüngste Vergangenheit schien zu existieren), aber was sie wußten, war beunruhigend. Doch auch das überraschte Roland nicht.

In den Tagen ihrer Urgroßeltern war River Crossing ziemlich genau das Städtchen, das sich Susannah vorgestellt hatte: ein Handelsposten an der Großen Straße, mit bescheidenem Wohlstand, ein Ort, wo Waren manchmal verkauft, häufiger aber getauscht wurden. Es hatte zumindest nominell zur Flußbaronie gehört, obwohl schon damals Baronien und Landgüter im Verschwinden begriffen gewesen waren.

Damals waren Büffeljäger hier gewesen, obwohl die Herden klein waren und schlimme Mutationen aufwiesen. Das Fleisch dieser mutierten Mischlinge war nicht giftig, aber übelriechend und bitter. Doch River Crossing, das zwischen einem Ort namens The Landing und dem Dorf Jimtown lag, war eine Siedlung von einigem Gewicht gewesen. Es lag an der Großen Straße und nur sechs Tagesreisen zu Land und drei per Schiff von der Stadt entfernt. »Es sei denn, der Fluß führte Niedrigwasser«, sagte einer der Zwillinge. »Dann dauerte es länger, und mein Großda' sagte, es gab Zeiten, da saßen Barken bis rauf nach Tom's Neck fest.«

Die alten Leute wußten natürlich nichts von den ursprünglichen Bewohnern der Stadt und der Technologie, mit deren Hilfe sie die Türme und Hochhäuser gebaut hatten; das waren die Großen Alten gewesen, und deren Geschichte verlor sich schon in den fernsten Weiten der Vergangenheit, als Tante Talithas Urgroßvater noch ein Junge gewesen war.

»Die Häuser stehen noch«, sagte Eddie. »Ich frage mich, ob die Maschinen, mit denen die Großen Alten sie gebaut haben, immer noch funktionieren.«

»Möglich«, sagte einer der Zwillinge. »Wenn ja, junger Mann, lebt freilich kein Mann und keine Frau hierenthalben, die noch wüßten, sie zu bedienen ... glaube ich, das tue ich.«

»Nee«, sagte sein Bruder widerborstig, »ich bezweifle, daß die alten Methoden selbst heute den Grauen und Pubes völlig unbekannt sind.« Er sah Eddie an. »Unser Da' hat gesagt, daß es einst elektrische Kerzen in der Stadt gegeben hat. Manche behaupten, sie möchten immer noch brennen.«

»Muß man sich vorstellen«, sagte Eddie staunend, und Susannah kniff ihn unter dem Tisch fest ins Bein.

»Ja«, sagte der andere Zwilling. Er sprach im Ernst und schien Eddies Sarkasmus nicht mitbekommen zu haben. »Man drückte einen Knopf, und sie erstrahlten hell, kalte Kerzen ohne Behältnis für Öl oder Dochte. Und ich habe sagen hören, daß in den alten Zeiten Quick, der Renegatenprinz, sogar mit einem mechanischen Vogel am Himmel geflogen sein soll. Aber ein Flügel brach ab, und er starb bei dem gewaltigen Absturz, genau wie Ikarus.«

Susannah klappte den Mund auf. »Ihr kennt die Geschichte von Ikarus?«

»Ay, Lady«, sagte er und schien überrascht, daß ihr das seltsam vorkam. »Er mit den Flügeln aus Bienenwachs.«

»Ammenmärchen, alle beide«, sagte Tante Talitha verächtlich schniefend. »Ich weiß, die Geschichte der ewigen Lichter ist wahr, habe ich sie doch mit eigenen Augen gesehen, als ich noch ein grünes Gör war, und sie möchten von Zeit zu Zeit noch leuchten, ay; ich kenne Vertrauenswürdige, welche sagen, sie haben sie an klaren Tagen gesehen, doch ist es lange Jahre her, seit ich selbst sie gesehen. Aber kein Mensch ist je geflogen; nicht einmal die Großen Alten.«

Dennoch *gab* es freilich seltsame Maschinen in der Stadt, die gebaut waren, um eigentümliche und manchmal gefährliche Aufgaben zu übernehmen. Viele funktionierten vielleicht noch, aber die älteren Zwillinge behaupteten, niemand in der Stadt wüßte, wie man sie in Gang bringt, denn ihre Geräusche waren seit Jahren nicht mehr vernommen worden.

Das könnte sich vielleicht ändern, dachte Eddie mit leuchtenden Augen. *Das heißt, falls zufällig ein tüchtiger, reisender junger Mann des Wegs käme, der ein bißchen von seltsamen Maschinen und ewigen Lichtern versteht. Es könnte nur darauf ankommen, den Schalter zu finden. Ich meine, es könnte wirklich so einfach sein. Vielleicht haben sie auch einfach nur ein paar Sicherungen durchbrennen lassen – stellt euch das einmal vor, Freunde und Nachbarn! Man wechselt einfach ein paar 400-Amp-Sicherungen aus und beleuchtet die gesamte Kulisse wie Reno in einer Samstagnacht!*

Susannah stieß ihn mit dem Ellbogen an und fragte mit gedämpfter Stimme, was so komisch war. Eddie schüttelte den Kopf, legte einen Finger auf die Lippen und holte sich einen bitterbösen Blick von der Liebe seines Lebens. Derweil setzten die Albinos ihre Geschichte fort und spielten sich den Ball mit der unbewußten Übereinstimmung zu, die es wahrscheinlich nur unter Zwillingen geben kann, die ihr ganzes Leben miteinander verbracht haben.

Vor vier oder fünf Generationen, sagten sie, war die Stadt noch dicht bewohnt und einigermaßen zivilisiert gewesen, obschon die Einwohner mit Gespannen und Ochsenkarren auf den breiten Boulevards fuhren, die die Großen Alten für ihre legendären pferdelosen Fahrzeuge erbaut hatten. Die Stadtbewohner waren Mechaniker und ›Handwirker‹, wie die Zwillinge sich ausdrückten, und der Handel auf und über dem Fluß hatte geblüht.

»Darüber?« fragte Roland.

»Die Brücke über den Send steht noch«, sagte Tante Talitha. »Jedenfalls vor zwanzig Jahren.«

»Ay, der alte Bill Muffin und sein Junge haben sie gesehen, das ist noch keine zwanzig Jahre her«, stimmte Si zu und leistete damit seinen ersten Beitrag zu der Unterhaltung.

»Was für eine Brücke?« fragte der Revolvermann.

»Ein großes Ding aus Stahl und Kabeln«, sagte einer der Zwillinge. »Sie ragt in den Himmel wie das Netz einer großen Spinne.« Er fügte schüchtern hinzu: »Ich würde sie gern noch einmal wiedersehen, bevor ich sterbe.«

»Wahrscheinlich inzwischen eingestürzt«, sagte Tante Talitha geringschätzig, »und recht so. Teufelswerk.« Sie wandte sich an die Zwillinge. »Erzählt ihnen, was sich seither zugetragen und weshalb die Stadt heute so gefährlich ist – das heißt, abgesehen von irgendwelchem Spuk, der dort hausen mag, und ich schätze, im Überfluß gibt es den dort. Die Leute möchten weiterziehen, und die Sonne steht schon im Westen.«

10

Der Rest der Schilderung war eine weitere Version einer Geschichte, die Roland von Gilead schon viele Male gehört und in einem gewissen Maß auch selbst erlebt hatte. Sie war bruchstückhaft und unvollständig und zweifellos mit Mythen und Fehlinformationen gespickt. Ihr linearer Verlauf war von den seltsamen Veränderungen – zeitlich und richtungsmäßig – verzerrt, die heute in der Welt stattfanden, und man konnte sie in einem umfassenden Satz zusammenfassen: *Es war einmal eine Welt, die wir gekannt haben, aber diese Welt hat sich weitergedreht.*

Diese alten Leute von River Crossing wußten ebensowenig von Gilead, wie Roland von der Flußbaronie wußte, und der Name John Farson, der Untergang und Anarchie über Rolands Land gebracht hatte, sagte ihnen nichts; aber alle Geschichten vom Verschwinden der alten Welt waren ähnlich ... zu ähnlich, dachte Roland, als daß dies ein Zufall sein könnte.

Ein großer Bürgerkrieg war vor drei- oder vierhundert Jahren in Garlan, möglicherweise auch in einem ferneren Land namens Porla, ausgebrochen. Dessen Wellen hatten sich langsam ausgebreitet und Chaos und Anarchie vor sich her geschoben. Wenige Königreiche, wenn überhaupt, hatten sich gegen diese langsame Flutwelle behaupten können, und die Anarchie hatte sich so sicher über diesen Teil der Welt gesenkt, wie die Nacht dem Sonnenuntergang folgt. Ganze Armeen waren unterwegs gewesen, manchmal auf dem Vormarsch, manchmal auf dem Rückzug, aber stets verwirrt und ohne langfristige Ziele. Im Lauf der Zeit zerfielen sie in kleinere Gruppen, diese wiederum verkamen zu herumziehenden Banden und Waldläufern. Der Handel wurde spärlicher und versiegte schließlich völlig. Das Reisen, das unbequem gewesen war, wurde nun gefährlich. Zuletzt wurde es fast völlig unmöglich. Die Kommunikation mit der Stadt wurde zunehmend spärlicher und war vor rund hundertzwanzig Jahren ganz zum Erliegen gekommen.

So wie hundert andere Dörfer auch, durch die Roland geritten war – zuerst mit Cuthbert und den anderen Revolvermännern, die man aus Gilead vertrieben hatte, dann allein auf der Jagd nach dem Mann in Schwarz –, war River Crossing vom Rest der Welt abgeschnitten worden und mußte auf seine eigenen Ressourcen zurückgreifen.

An dieser Stelle raffte sich Si auf, dessen Stimme die Reisenden sofort in ihren Bann schlug. Er sprach im heiseren, gemessenen Tonfall eines Mannes, der sein Leben lang Geschichten erzählt hatte – einer der begnadeten Narren, die dazu geboren waren, Erinnerung und Fantasie zu Träumen zu weben, die so wunderbar filigran waren wie ein Spinnennetz voll Tautropfen.

»Wir haben das letztemal zur Zeit meines Großda' Tribut zum Schloß der Baronie geschickt«, sagte er. »Sechsundzwanzig Männer sind mit einem Wagen voll Fellen aufgebrochen – damals gab es keine harte Währung mehr, und das war das Beste, das sie zusammengebracht hatten. Es war eine lange und gefahrvolle Reise von fast achtzig Rädern, und sechs Männer starben unterwegs. Die Hälfte von ihnen fiel Waldläufern zum Opfer, die auf dem Weg zu den Kämpfen in der Stadt waren; die andere Hälfte starb an Krankheiten oder Teufelsgras.

Als sie schließlich ankamen, war das Schloß verlassen, abgesehen von Krähen und Amseln. Die Mauern waren eingestürzt, Unkraut wuchs im Innenhof. Auf den Feldern im Westen hatte ein großes Gemetzel stattgefunden; die Ebene war weiß von gebleichten Gebeinen und rot von rostigen Rüstungen, so hat es jedenfalls mein Großda' erzählt, und die Stimmen von Dämonen heulten wie der Ostwind aus den Kiefern der Gefallenen. Das Dorf beim Schloß war bis auf die Grundmauern niedergebrannt worden, tausend oder mehr Schädel waren auf der Palisade aufgespießt worden. Unsere Männer ließen die Wagenladung Felle vor dem zertrümmerten Schloßportal – denn niemand wollte den Ort der Geister und wehklagenden Stimmen betreten – und machten sich wieder auf den Heimweg. Auf der Rückreise fielen weitere zehn, so daß von sechsundzwanzig, die aufgebrochen waren, nur zehn wiederkehrten, darunter mein Großda' ... aber er hat sich einen Ausschlag an Hals und Brust geholt, den er bis zu seinem Todestag nicht mehr losgeworden ist. Das war die Strahlenkrankheit, so haben sie gesagt. Danach, Revolvermann, hat niemand mehr das Dorf verlassen. Wir waren auf uns allein gestellt.«

Sie gewöhnten sich an die Übergriffe der Waldläufer, fuhr Si mit seiner brüchigen, aber melodischen Stimme fort. Wachen wurden aufgestellt; wenn berittene Banden gesichtet wurden – die sich fast immer auf der Großen Straße und dem Pfad des Balkens nach Südosten bewegten und in den Krieg zogen, der endlos in Lud wütete –, zogen sich die Dorfbewohner in den Unterschlupf zurück, den sie unter der Kirche gegraben hatten. Geringfügige Schäden an der Dorffassade wurden nicht ausgebessert, damit sie die umherziehenden Banden nicht neugierig machten. Die meisten freilich zeigten keine Neugier; sie ritten nur in gestrecktem Galopp durch und zogen mit Bogen oder Streitäxten auf den Schultern ins Kriegsgebiet.

»Von welchem Krieg sprichst du?« fragte Roland.

»Ja«, sagte Eddie, »und was ist mit den Trommeln?«

Die Zwillinge wechselten rasche, fast abergläubische Blicke.

»Von den Gottestrommeln wissen wir nichts«, sagte Si zu ihnen. »Weder gehört noch gesehen haben wir sie. Was nun den Krieg in der Stadt anbelangt ...«

Der Krieg hatte ursprünglich zwischen Waldläufern und Gesetzlosen gegen einen lockeren Bund von Mechanikern und ›Handwirkern‹ stattgefunden, die in der Stadt lebten. Die Einwohner hatten beschlossen zu kämpfen, statt sich von den Plünderern ausnehmen zu lassen, die ihre Geschäfte niederbrannten und die Überlebenden in die Große Leere hinausjagten, wo sie mit Sicherheit sterben mußten. Einige Jahre hatten sie Lud erfolgreich gegen die tückischen, aber schlecht organisierten Banden der Plünderer verteidigt, die über die Brücke oder mit Booten und Barken einfallen wollten.

»Die Stadtleute benützten die alten Waffen«, sagte einer der Zwillinge, »und obwohl ihre Zahl verschwindend gering war, konnten die Waldläufer mit ihren Bogen und Speeren und Streitäxten dagegen nichts ausrichten.«

»Meinen Sie, die Stadtbewohner haben Gewehre benützt?« fragte Eddie.

Einer der Albinos nickte. »Ay, Gewehre, aber nicht *nur* Gewehre. Es gab Waffen, die schleuderten Feuerbälle über eine Meile weit und weiter. Explosionen wie Dynamit, nur stärker. Die Gesetzlosen – die jetzt die Grauen sind, wie euch sicher schon aufgegangen ist – konnten nur den Fluß belagern, und das haben sie getan.«

Lud wurde de facto zur letzten Festung und Zuflucht der Endzeitwelt. Die Klügsten und Begabtesten des Umlands reisten einzeln und zu zweit dorthin. Es war die Abschlußprüfung für die Neuankömmlinge, sich durch die Reihen der Belagernden zu schleichen. Die meisten kamen unbewaffnet über das Niemandsland der Brücke, und wer so weit kam, wurde durchgelassen. Manche erwiesen sich als überflüssig und wurden wieder des Wegs geschickt, aber wer über ein Handwerk oder Geschick verfügte (oder Verstand genug, sich etwas anzueignen), durfte bleiben. Landwirtschaftliche Kenntnisse wurden besonders hoch geschätzt: Geschichten behaupteten, daß jeder große Park in Lud in einen Gemüsegarten umgewandelt wurde. Da sie vom Umland abgeschnitten waren, mußten sie entweder Nahrungsmittel in der Stadt anbauen oder zwischen den Glastürmen und Metallpfaden verhungern. Die Großen Alten waren fort, ihre Maschinen ein Geheimnis, und die übriggebliebenen stummen Wunder waren nicht eßbar.

Nach und nach veränderte sich der Charakter des Krieges. Das Machtgleichgewicht verlagerte sich zugunsten der belagernden Grauen – so genannt, weil sie im Durchschnitt viel älter als die Stadtbewohner waren. Letztere wurden selbstverständlich auch älter. Sie wurden immer noch Pubes genannt, obwohl sie die Pubertät in den meisten Fällen längst hinter sich hatten. Und sie vergaßen schließlich, wie die alten Waffen funktionierten, oder verbrauchten sie.

»Wahrscheinlich beides«, grunzte Roland.

Vor neunzig Jahren – also schon zu Lebzeiten von Si und Tante Talitha – war eine letzte Bande von Gesetzlosen gekommen; so groß, daß die Vorhut bei Dämmerung durch River Crossing ritt und die Nachhut erst nach Sonnenuntergang passierte. Es war die letzte Armee, die dieser Teil der Welt jemals gesehen hatte, und sie wurde von einem Krieger und Prinzen namens David Quick angeführt – demselben, der angeblich später vom Himmel in den Tod stürzte. Er hatte die verstreuten

Überreste der Banden von Gesetzlosen organisiert, die sich noch um die Stadt herumtrieben, und jeden getötet, der seinen Plänen Widerstand entgegensetzte. Quicks Armee der Grauen benützte weder Boote noch die Brücke selbst, um in die Stadt einzudringen; statt dessen bauten sie zwölf Meilen unterhalb eine schwimmende Brücke und griffen die Flanke an.

»Seither lodert der Krieg wie ein Kaminfeuer«, führte Tante Talitha zu Ende. »Wir hören ab und zu Berichte von jemandem, dem die Flucht gelungen ist, ay, so ist es. Diese treffen mittlerweile ein wenig öfter ein, denn die Brücke, sagen sie, ist ungeschützt, und ich glaube, das Feuer ist beinahe erloschen. Innerhalb der Stadt kämpfen die Grauen und Pubes um die letzten Vorräte, doch könnte ich mir denken, die Nachkommen der Waldläufer, die Quick über die schwimmende Brücke gefolgt sind, sind heute die wahren Pubes, obwohl sie immer noch Graue genannt werden. Die Nachfahren der ursprünglichen Stadtbewohner müssen inzwischen fast so alt sein wie wir, doch müssen noch einige Jüngere unter ihnen hausen, die von den alten Geschichten und der Verlockung des Wissens, das noch dort existieren mag, angezogen werden.

Diese beiden Seiten halten die alte Feindschaft immer noch aufrecht, Revolvermann, und beide werden nach dem jungen Mann lechzen, den Ihr Eddie nennt. Wenn die dunkelhäutige Frau fruchtbar ist, werden sie sie nicht töten, obwohl ihre Beine zu kurz sind; sie würden sie behalten, um Kinder zu gebären, denn Kinder sind heute selten, und obwohl die alten Krankheiten im Abklingen sind, werden viele doch noch entstellt geboren.«

Darauf regte sich Susannah, als wollte sie etwas sagen, aber dann trank sie doch nur den Rest Kaffee und nahm wieder ihre vorherige lauschende Haltung ein.

»Aber wenn sie nach dem jungen Mann und der Frau lechzen, Revolvermann, auf den Knaben werden sie versessen sein.«

Jake bückte sich und streichelte wieder Oys Fell. Roland sah sein Gesicht und wußte, was er dachte: wieder die Reise unter den Bergen; eine neue Version der Langsamen Mutanten.

»Euch würden sie ohne Zögern töten«, sagte Tante Talitha, »denn Ihr seid ein Revolvermann, ein Mann außerhalb seiner Zeit und seines Orts, weder Fisch noch Fleisch, für keine Seite von Nutzen. Aber einen Jungen kann man nehmen, benützen, ihn lehren, sich an bestimmte Dinge zu erinnern und alle anderen zu vergessen. *Sie* haben schon vergessen, worum sie in erster Linie überhaupt gekämpft haben; die Welt hat sich seither weitergedreht. Jetzt kämpfen sie einfach beim Klang dieser gräßlichen Trommeln, einige noch jung, die meisten jedoch alt genug für den Schaukelstuhl, wie wir hier, allesamt aber dumme Toren, die nur leben, um zu töten, und töten, um zu leben.« Sie machte eine

Pause. »Nachdem Ihr uns alte Tottler nun angehört habt, seid Ihr sicher, es wäre nicht doch das Beste, einen Umweg zu machen und sie ihren Belangen zu überlassen?«

Bevor Roland antworten konnte, sprach Jake mit klarer, fester Stimme. »Erzählen Sie uns, was Sie über Blaine, den Mono, wissen«, sagte er. »Erzählen Sie uns alles über Blaine und Lokführer Bob.«

11

»Lokführer *wer*?« fragte Eddie, aber Jake sah weiter unverwandt die alten Leute an.

»Das Gleis liegt da drüben«, antwortete Si schließlich. Er deutete zum Fluß. »Nur ein Gleis, hoch auf einer Säule aus Steinen von Menschenhand, wie die Alten ihre Straßen und Mauern gebaut haben.«

»Monorail – eine Einschienenbahn!« rief Susannah. »Blaine, der Mono!«

»Blaine ist eine Pein«, murmelte Jake.

Roland sah ihn an, sagte aber nichts.

»Fährt dieser Zug noch?« wandte sich Eddie an Si.

Si schüttelte langsam den Kopf. Sein Gesicht sah besorgt und unbehaglich aus. »Nein, junger Sir – aber zu meinen Lebzeiten und denen von Tantchen, da fuhr er noch. Als wir grün hinter den Ohren waren und der Krieg in der Stadt noch erbittert geführt wurde. Wir hörten ihn, bevor wir ihn sahen – ein tiefes Summen, wie man es manches Mal vernahm, wenn ein schlimmes Sommergewitter sich zusammenbraut – eins, das voller Blitze steckt.«

»Ay«, sagte Tante Talitha. Ihr Gesicht sah verloren und verträumt aus.

»Dann kam er – Blaine, der Mono; er funkelte in der Sonne mit einer Schnauze wie die Patronen in Eurem Revolver, Revolvermann. Vielleicht zwei Räder lang. Ich weiß, das hört sich an, als könnte es nicht sein, und vielleicht war es auch nicht so – wir waren grün, müßt Ihr gewärtig sein, das macht den Unterschied aus. Aber ich glaube dennoch, daß er so lang *war*, denn wenn er kam, schien er sich über den ganzen Horizont zu strecken. Schnell, flach und vorbei, ehe man ihn richtig ansehen konnte!

An Tagen, an denen das Wetter schlecht war und die Luft stand, kreischte er manchmal wie eine Harpyie, wenn er von Westen kam. Manchmal kam er in der Nacht, hatte ein langes, weißes Licht vor sich ausgebreitet, und sein Schrei weckte uns alle. Hat sich angehört wie die Trompete, die am Ende der Welt alle Toten aus den Gräbern ruft, sagen sie, so war es!«

»Erzähl ihnen von dem Knall, Si!« sagte Bill oder Till mit einer vor

Ehrfurcht bebenden Stimme. »Erzähl ihnen von dem gottlosen Knall, der ihm stets nachfolgte!«

»Ay, darauf wollte ich gerade kommen«, antwortete Si mit einem Anflug von Gereiztheit. »Wenn er vorbei war, herrschte ein paar Sekunden Stille ... manchmal bis zu einer Minute, möglicherweise ... und dann erfolgte eine Explosion, die die Schränke durchschüttelte und Tassen von den Regalen warf und manchmal sogar das Glas in den Fensterscheiben zerbrach. Aber niemals sah jemand Blitz oder Feuer. Es war wie eine Explosion in der Welt der Geister.«

Eddie klopfte Susannah auf die Schulter, und als diese sich zu ihm umdrehte, formte er mit den Lippen das Wort *Überschallknall.* Es war verrückt – er hatte noch nie von einem Zug gehört, der mit Überschallgeschwindigkeit fuhr –, aber es war die einzig logische Erklärung.

Sie nickte und drehte sich wieder zu Si um. »Er war die einzige Maschine der Großen Alten, die ich jemals mit eigenen Augen in Betrieb gesehen habe«, sagte er mit leiser Stimme. »Und wenn das kein Teufelswerk gewesen ist, dann gibt es keinen Teufel. Zum letztenmal gesehen habe ich ihn in dem Frühjahr, als ich Mercy geheiratet habe, und das muß vor sechzig Jahren gewesen sein.«

»Siebzig«, sagte Tante Talitha mit Nachdruck.

»Und dieser Zug fuhr *in* die Stadt«, sagte Roland. »Von dort, woher wir gekommen sind ... von Westen ... vom Wald.«

»Ay«, sagte unerwartet eine neue Stimme, »aber es fuhr noch einer ... aus der Stadt *hinaus* ... und möglicherweise fährt der noch.«

12

Sie drehten sich um. Mercy stand bei einem Blumenbeet zwischen der Rückwand der Kirche und dem Tisch, wo sie saßen. Sie näherte sich mit ausgestreckten Armen langsam ihren Stimmen.

Si erhob sich linkisch, eilte, so gut er konnte, zu ihr und ergriff ihre Hand. Sie schlang einen Arm um seine Taille, dann blieben sie stehen und sahen wie das älteste Brautpaar der Welt aus.

»Tantchen hat dir gesagt, du sollst deinen Kaffee drinnen trinken!« sagte er.

»Meinen Kaffee hab' ich schon lange getrunken«, sagte Mercy. »Ein bitteres Gebräu, das ich verabscheue. Außerdem – ich wollte das Palaver hören.« Sie hob einen zitternden Finger und deutete in Rolands Richtung. »Ich wollte *seine* Stimme hören. Sie klingt gut und hell, das tut sie.«

»Ich erflehe deine Verzeihung, Tantchen«, sagte Si und sah die alte Frau ein wenig furchtsam an. »Sie gehörte nie zu den Folgsamen, und die Jahre haben sie nicht besser gemacht.«

Tante Talitha sah zu Roland. Dieser nickte fast unmerklich. »Laß sie kommen und sich zu uns gesellen«, sagte sie.

Si führte sie zum Tisch, schalt sie aber dabei ununterbrochen. Mercy sah ihm mit ihren blinden Augen über seine Schulter und hatte den Mund zu einer undeutbaren Linie zusammengekniffen.

Als Si sie an den Tisch gesetzt hatte, beugte sich Tante Talitha auf den Unterarmen nach vorne und sagte: »Hast du nun etwas zu sagen, alte Schwester-sai, oder wolltest du nur dein Mundwerk spazierenführen?«

»Ich höre, was ich höre. Meine Ohren sind scharf wie je, Talitha – schärfer!«

Roland ließ die Hand einen Moment zum Gürtel sinken. Als er sie wieder auf den Tisch hob, hielt er eine Patrone zwischen den Fingern. Er warf sie Susannah zu, die sie fing. »Wirklich, Sai?« fragte er.

»Gut genug«, sagte sie und drehte sich in seine Richtung, »zu wissen, daß Ihr etwas geworfen habt. Zu der Frau, glaube ich – der mit der braunen Haut. Etwas Kleines. Was war es, Revolvermann? Ein Biskuit?«

»Fast«, sagte er lächelnd. »Dein Gehör ist so vortrefflich, wie du sagst. Und nun sag uns, was du sagen wolltest.«

»Es gibt noch einen Mono«, sagte sie, »wenn's nicht derselbe ist, der eine andere Strecke fährt. Wie auch immer, *ein* Mono fuhr eine andere Strecke . . . jedenfalls bis vor sieben oder acht Jahren. Ich konnte hören, wie er die Stadt verlassen hat und ins angrenzende wüste Land hinausgefahren ist.«

»Unfug!« platzte einer der Albinozwillinge heraus. »*Nichts* fährt ins wüste Land! Nichts könnte dort überleben!«

Sie wandte ihm das Gesicht zu. »Lebt ein Zug, Till Tudbury?« fragte sie. »Bekommt eine Maschine Ausschlag und das Kotzen?«

Nun, wollte Eddie sagen, *da war dieser Bär . . .*

Er dachte noch einmal darüber nach und überlegte sich, daß es besser sein konnte, die Klappe zu halten.

»Wir hätten es auch hören müssen«, beharrte der andere Zwillingsbruder hitzig. »Ein Geräusch wie das, von dem Si immer erzählt . . .«

»Der hat keinen Knall gemacht«, gab sie zu, »aber ich habe das andere Geräusch gehört, das Summen, wie man es manchmal hört, wenn in der Nähe der Blitz eingeschlagen hat. Wenn der Wind heftig war und von der Stadt her geweht hat, habe ich es gehört.« Sie reckte das Kinn trotzig vor und fügte hinzu: »Einmal habe ich aber auch den Knall gehört. Von weit, weit weg. In der Nacht, als Big Charlie Wind gekommen ist und fast den Kirchturm umgepustet hat. Muß zweihundert Räder von hier entfernt gewesen sein. Möglicherweise zweihundertfünfzig.«

»Bockmist!« keifte der Zwilling. »Du mußt Gras gekaut haben!«

»Ich werd' dir gleich was kauen, Bill Tudbury, wenn du nicht mit deinem Plärren aufhörst. Es gehört sich nicht, daß man Bockmist vor einer Dame sagt. Warum . . .«

»Hör auf, Mercy!« zischte Si, aber Eddie schenkte diesem Austausch ländlicher Artigkeiten kaum Beachtung. Für ihn klang es logisch, was die alte Frau gesagt hatte. *Natürlich* würde kein Überschallknall zu hören sein, nicht von einem Zug, der seine Fahrt in Lud *begann*; er konnte sich nicht genau erinnern, wie hoch die Schallgeschwindigkeit war, aber er dachte, daß sie in der Gegend von dreihundert Metern pro Sekunde lag. Ein Zug, der bei Null anfing, würde einige Zeit brauchen, bis er diese Geschwindigkeit erreicht hatte; und bis er sie erreicht hatte, würde er außer Hörweite sein ... es sei denn, die Bedingungen wären gerade richtig, wie es – laut Mercy – in der Nacht der Fall war, als Big Charlie Wind gekommen war – was immer das auch sein mochte.

Und das barg Möglichkeiten. Blaine, der Mono, war kein Landrover, aber vielleicht ... vielleicht ...

»Du hast das Geräusch dieses anderen Zugs seit sieben oder acht Jahren nicht mehr gehört, Sai?« fragte Roland. »Bist du sicher, daß es nicht viel länger her ist?«

»Kann nicht sein«, antwortete sie, »denn das letztemal war in dem Jahr, als der alte Bill Muffin die Bluterkrankheit bekommen hat. Armer Bill!«

»Das ist fast zehn Jahre her«, sagte Tante Talitha mit eigentümlich sanfter Stimme.

»Warum hast du nie gesagt, daß du so was gehört hast?« fragte Si. Er sah den Revolvermann an. »Man kann nicht alles glauben, was sie sagt, Herr – sie möchte immer gern im Mittelpunkt stehen, meine Mercy.«

»Also wirklich, du alte Schlammassel!« schrie sie und schlug ihm auf den Arm. »Ich hab' nie was gesagt, weil ich dir mit deiner Geschichte, auf die du so stolz bist, nicht die Schau stehlen wollte, aber jetzt ist es wichtig, was ich gehört habe, und darum rede ich jetzt!«

»Ich glaube dir, Sai«, sagte Roland. »Aber bist du ganz sicher, daß du das Geräusch des Mono seither nicht mehr gehört hast?«

»Nee, seither nicht mehr. Ich denke, er hat schließlich das Ende seines Wegs erreicht.«

»Das bezweifle ich«, sagte Roland. »Das bezweifle ich wirklich sehr.« Er sah nachdenklich auf den Tisch und war plötzlich sehr weit von ihnen entfernt.

Tschuff-tschuff, dachte Jake und erschauerte.

13

Eine halbe Stunde später standen sie wieder auf dem Platz. Susannah saß im Rollstuhl, Jake rückte die Gurte seines Rucksacks zurecht, während Oy auf den Hinterbeinen saß und ihnen aufmerksam zusah. Nur die Ältesten hatten an dem Essen in dem kleinen Garten Eden hinter der Kirche des Ewigen Blutes teilgenommen, schien es, denn als sie auf den Platz zurückkehrten, wartete noch ein rundes Dutzend Menschen. Diese betrachteten Susannah, sahen Jake aber länger an (seine Jugend schien offenbar interessanter zu sein als ihre dunkle Haut), doch es war deutlich, daß sie eigentlich gekommen waren, um Roland zu sehen; uralte Ehrfurcht leuchtete in ihren staunenden Augen.

Er ist das lebendige Überbleibsel einer Vergangenheit, die sie nur aus Geschichten kennen, dachte Susannah. *Sie sehen ihn an, wie religiöse Menschen einen der Heiligen angesehen haben müssen – Petrus, Paulus oder Matthäus –, wenn dieser beschlossen hatte, zum samstagabendlichen Bohnenessen vorbeizuschauen und ihnen erzählte, wie es gewesen war, mit Jesus, dem Zimmermann auf dem Meer von Galiläa herumzuspazieren.*

Das Ritual, mit dem das Essen zu Ende gegangen war, wurde nun wiederholt, aber diesmal nahmen alle Einwohner von River Crossing daran teil. Sie stellten sich alle in einer Reihe auf, schüttelten Eddie und Susannah die Hände, küßten Jake auf die Wange oder Stirn und knieten dann vor Roland nieder, um seine Berührung und seinen Segen entgegenzunehmen. Mercy schlang die Arme um ihn und drückte das blinde Gesicht an seinen Bauch. Roland umarmte sie ebenfalls und dankte ihr für ihre Informationen.

»Möchtet Ihr nicht die Nacht bei uns verbringen, Revolvermann? Der Sonnenuntergang nähert sich in Eile, und es ist lange her, seit Ihr und die Euren die Nacht mit einem Dach über dem Kopf verbracht habt, möchte ich meinen.«

»So ist es, dennoch müssen wir weiter.«

»Werdet Ihr wiederkehren, so es möglich ist, Revolvermann?«

»Ja«, sagte Roland, aber Eddie mußte seinem seltsamen Freund nicht ins Gesicht sehen, um zu wissen, daß sie River Crossing nie wiedersehen würden. »Wenn ich kann.«

»Ay.« Sie umarmte ihn ein letztes Mal, dann legte sie eine Hand Si auf die sonnengebräunte Schulter. »Lebet wohl.«

Tante Talitha kam als letzte. Als sie knien wollte, hielt Roland sie an den Schultern fest. »Nein, Sai. Du nicht.« Und dann kniete sich Roland vor ihr in den Staub auf dem Platz. »Wirst du mich segnen, Alte Mutter? Wirst du uns alle segnen, ehe wir weiter unseres Weges ziehen?«

»Ay«, sagte sie. Ihre Stimme klang nicht überrascht, sie hatte keine Tränen in den Augen, aber dennoch bebte ihre Stimme. »Ich sehe, daß Euer Herz aufrichtig ist und Ihr Euch an die alten Weisen Eurer Art haltet; ay, Ihr nehmt sie sehr genau. Ich segne Euch und die Euren und bete, daß Euch kein Leid geschehen mag. Und nun nehmt dies, so Ihr wollt.« Sie griff ins Leibchen ihres verblichenen Kleides und holte ein silbernes Kreuz an einer feinen Silberkette heraus. Sie streifte es ab.

Nun war Roland der Überraschte. »Bist du sicher? Ich bin nicht gekommen, um etwas fortzunehmen, das dir und den Deinen gehört, Alte Mutter.«

»Dessen bin ich gewißlich, gewisser kann ich nicht sein. Ich habe es Tag und Nacht über hundert Jahre lang getragen, Revolvermann. Jetzt sollt Ihr es tragen, es am Fuß des Dunklen Turms niederlegen und den Namen von Talitha Unwin am fernen Ende der Erde aussprechen.« Sie streifte ihm die Kette über den Kopf. Das Kreuz fiel in den offenen Halsausschnitt seines Wildlederhemds, als würde es dorthin gehören. »Geht jetzt. Wir haben das Brot gebrochen, wir haben ein Palaver abgehalten, wir haben Euren Segen und Ihr den unseren. Seid standhaft und seid aufrichtig.« Ihre Stimme bebte und brach beim letzten Wort.

Roland erhob sich, dann verbeugte er sich und klopfte sich dreimal an den Hals. »Danke-sai.«

Sie verbeugte sich ebenfalls, sagte aber nichts. Jetzt rannen Tränen an ihren Wangen hinab.

»Bereit?« fragte Roland.

Eddie nickte. Er glaubte nicht, daß er sprechen konnte.

»Nun gut«, sagte Roland. »Gehen wir.«

Sie gingen die Überreste der Hauptstraße des Dorfes entlang, und Jake schob Susannahs Rollstuhl. Als sie am letzten Gebäude vorbeikamen (HANDEL & TAUSCH stand auf dem verblaßten Schild), drehte er sich um. Die alten Leute standen immer noch um den Wegstein versammelt, eine verlorene Gruppe Menschen, mitten auf der weiten, unermeßlichen Ebene. Jake hob die Hand. Bis zu diesem Punkt hatte er sich zusammennehmen können, aber als mehrere der alten Leutchen – Si, Bill und Till darunter – ebenfalls die Hände hoben, brach auch Jake in Tränen aus.

Eddie legte ihm einen Arm um die Schulter. »Geh einfach weiter, Sportsfreund«, sagte er mit unsicherer Stimme. »Nur so kann man es machen.«

»Sie sind so *alt*!« schluchzte Jake. »Wie können wir sie einfach so zurücklassen? Es ist nicht richtig!«

»Es ist *Ka*«, sagte Eddie ohne nachzudenken.

»Wirklich? Nun, *Ka* ist beschis-schis-*schissen*!«

»Aber total«, stimmte Eddie zu, doch auch er ging weiter. Ebenso Jake, und er drehte sich nicht noch einmal um. Er hatte Angst, sie würden immer noch da sein, im Zentrum ihrer gottverlassenen Ortschaft stehen und warten, bis Roland und seine Freunde nicht mehr zu sehen waren. Und er hätte recht gehabt.

14

Sie kamen keine sieben Meilen weit, da wurde der Himmel dunkel, und der Sonnenuntergang färbte den westlichen Horizont grell orange. In der Nähe lag ein Hain von Eukalyptusbäumen; dort suchten Jake und Eddie nach Holz.

»Ich kann nicht verstehen, warum wir nicht geblieben sind«, sagte Jake. »Die blinde Lady hat uns eingeladen, und weit sind wir sowieso nicht gekommen. Ich bin immer noch so vollgefressen, daß ich nur watscheln kann.«

Eddie lächelte. »Ich auch. Und ich kann dir noch etwas sagen: Dein guter Freund Eddie Cantor Dean freut sich schon darauf, daß er sich morgen früh endlich mal wieder lang und ausgiebig und in aller Ruhe in diesem Hain in die Büsche hocken kann. Du kannst dir nicht vorstellen, wie satt ich es habe, Wildfleisch zu essen und Hasenköttel zu scheißen. Wenn du mir vor einem Jahr gesagt hättest, daß ein guter Schiß einmal der Höhepunkt meines Tages sein würde, hätte ich dir ins Gesicht gelacht.«

»Ist dein zweiter Vorname wirklich Cantor?«

»Ja, aber es wäre mir recht, wenn du das nicht an die große Glocke hängst.«

»Keine Bange. Warum *sind* wir eigentlich nicht geblieben, Eddie?«

Eddie seufzte. »Weil wir herausgefunden hätten, daß sie Feuerholz brauchen.«

»Hm?«

»Und wenn wir Feuerholz gesammelt hätten, hätten wir herausgefunden, daß sie *auch* frisches Fleisch brauchen, weil sie uns ihre allerletzten Vorräte serviert haben. Und wir wären richtige Drecksäcke, wenn wir nicht ersetzt hätten, was wir ihnen weggenommen haben, richtig? Zumal wir Schußwaffen haben, und sie bestenfalls ein paar Bogen und fünfzig oder hundert Jahre alte Pfeile. Also wären wir für sie auf die Jagd gegangen. Bis dahin wäre es Nacht gewesen, und wenn wir am nächsten Morgen wieder aufgestanden wären, hätte Susannah gesagt, wir sollten zumindest noch ein paar Reparaturen ausführen, bevor wir weiterziehen – oh, natürlich nicht an der *Fassade* der Stadt, das wäre gefährlich gewesen, aber vielleicht in dem Hotel oder wo immer sie auch wohnen. Nur ein paar Tage, und was sind schon ein paar Tage, richtig?«

Roland tauchte aus dem Halbdunkel auf. Er bewegte sich so lautlos wie immer, sah aber müde und erschöpft aus. »Ich habe mir gedacht, ihr beiden wärt vielleicht in ein Treibsandloch gefallen«, sagte er.

»Nee. Ich habe Jake nur gerade die Fakten erläutert, wie ich sie sehe.«

»Und was wäre *daran* schlimm gewesen?« fragte Jake. »Dieses

Dunkle Türmchen steht schon sehr lange Zeit dort, wo es ist, richtig? Es wird nicht weggehen, oder?«

»Ein paar Tage, dann noch ein paar, dann noch ein paar.« Eddie betrachtete den Ast, den er gerade aufgehoben hatte, und warf ihn angewidert wieder weg. *Ich höre mich schon an wie er,* dachte er. Und doch wußte er, daß er nur die Wahrheit sagte. »Vielleicht würden wir dafür sorgen, daß ihr Brunnen wieder in Gang kommt, und es wäre unhöflich, einfach weiterzuziehen, bevor wir ihn zu Ende gegraben haben. Aber weshalb sollten wir es dabei belassen, wo wir doch ein paar Wochen dranhängen und ihnen ein Wasserrad bauen könnten, richtig? Sie sind alt und sollten ebensowenig Wasser aus dem Brunnen hochziehen müssen, wie sie Büffel zu Fuß jagen sollten.« Er sah Roland an, und seine Stimme klang vorwurfsvoll. »Ich will dir was sagen – wenn ich mir vorstelle, wie Bill und Till da draußen eine Herde wilder Büffel verfolgen, bekomme ich eine Gänsehaut.«

»Das machen sie schon lange Zeit«, sagte Roland, »und ich denke, sie könnten uns noch das eine oder andere beibringen. Die kommen zurecht. Laßt uns lieber Holz sammeln – es wird eine kalte Nacht.«

Aber für Jake war das Thema noch nicht erledigt. Er sah Eddie eindringlich – fast streng – an. »Willst du damit sagen, wir könnten nie genug für sie tun, ja?«

Eddie schob die Unterlippe vor und blies sich das Haar aus der Stirn. »Nicht unbedingt. Ich sage nur, es würde nie leichterfallen weiterzuziehen als heute. Schwerer vielleicht, aber nicht leichter.«

»Es ist *trotzdem* nicht richtig.«

Sie kamen zu dem Platz, der, sobald das Feuer entfacht war, zu einer weiteren Lagerstelle auf dem Weg zum Dunklen Turm wurde. Susannah hatte sich aus dem Rollstuhl gestemmt, lag auf dem Rücken, hatte die Hände hinter dem Kopf verschränkt und sah zu den Sternen hinauf. Nun richtete sie sich auf und schichtete das Holz so zurecht, wie Roland es ihr vor Monaten gezeigt hatte.

»Was richtig ist – genau darum geht es hier«, sagte Roland. »Aber wenn man zu lange das kleine Richtige ansieht, Jake – das unmittelbar vor einem liegt –, dann verliert man leicht das große Richtige aus den Augen, das weiter entfernt ist. Alles ist aus den Fugen – es ist schiefgegangen und wird immer schlimmer. Wir sehen es um uns herum, aber die Lösung ist noch weit entfernt. Während wir den zwanzig oder dreißig Menschen helfen, die noch in River Crossing leben, können anderswo zwanzig- oder dreißigtausend sterben. Und wenn es einen Ort im Universum gibt, wo man das alles wieder in Ordnung bringen kann, dann ist es der Dunkle Turm.«

»Warum? Wie?« fragte Jake. »Was *ist* dieser Turm eigentlich?«

Roland kauerte sich neben die Feuerstelle, die Susannah aufgeschichtet hatte, holte Stahl und Feuerstein heraus und schlug Funken ins Anfeuerholz. Wenig später züngelten kleine Flammen zwischen den Zweigen und trockenen Grasbüscheln empor. »Diese Fragen kann ich nicht beantworten«, sagte er. »Ich wünschte, ich könnte es.«

Das, dachte Eddie bei sich, war eine ungeheuer schlaue Antwort. Roland hatte gesagt: *Das kann ich nicht beantworten ...* aber das war etwas anderes als: *Das weiß ich nicht.* Etwas ganz anderes.

15

Das Abendessen bestand aus Wasser und Gemüse. Sie erholten sich alle noch von der üppigen Mahlzeit in River Crossing, und selbst Oy nahm die Reste nicht an, die Jake ihm zuwarf, nachdem er ein wenig davon gegessen hatte.

»Wieso hast du dort nicht gesprochen«, schalt Jake den Bumbler. »Ich habe dagestanden wie ein Idiot!«

»Id-jot«, sagte Oy und legte die Schnauze auf Jakes Knöchel.

»Er redet jedesmal besser«, bemerkte Roland. »Er hört sich sogar schon wie du an, Jake.«

»Ake«, stimmte Oy zu, ohne die Schnauze von Jakes Knöchel zu nehmen. Die goldenen Ringe in Oys Augen faszinierten Jake; im flackernden Feuerschein schienen sich diese Ringe langsam zu drehen.

»Aber bei den alten Leuten wollte er nicht sprechen.«

»In solchen Dingen sind Bumbler wählerisch«, sagte Roland. »Sie sind seltsame Geschöpfe. Ich vermute, daß der hier von seiner Meute ausgestoßen worden ist.«

»Wieso denkst du das?«

Roland deutete auf Oys Flanke. Jake hatte das Blut abgewischt (das hatte Oy nicht gefallen, aber er hatte es über sich ergehen lassen), und der Biß heilte, obwohl der Bumbler immer noch ein wenig hinkte. »Ich gehe jede Wette ein, daß das der Biß eines anderen Bumblers ist.«

»Aber warum sollte seine eigene Meute ...«

»Vielleicht hatten sie sein Schwatzen satt«, sagte Eddie. Er hatte sich neben Susannah niedergelassen und ihr einen Arm um die Schultern gelegt.

»Vielleicht«, sagte Roland, »besonders wenn er der einzige war, der noch zu sprechen versucht hat. Die anderen sind vielleicht zum Ergebnis gekommen, daß er zu klug – oder zu hochgestochen – für ihren Geschmack war. Bei Tieren ist die Eifersucht nicht so häufig wie bei Menschen, aber durchaus üblich.«

Der Gegenstand dieser Unterhaltung hatte die Augen zugemacht und schien zu schlafen ... aber Jake stellte fest, daß seine Ohren zu zucken anfingen, sobald das Gespräch fortgesetzt wurde.

»*Wie* klug sind sie eigentlich?« fragte Jake.

Roland zuckte die Achseln. »Der alte Stallknecht, von dem ich dir erzählt habe – der meinte, daß gute Bumbler Glück bringen –, hat geschworen, daß er in seiner Jugend einen gehabt hat, der addieren konnte. Er sagte, der Bumbler hat die Summen gesagt, indem er entweder auf dem Stallboden kratzte oder Steine mit der Schnauze zusammenschob.« Er grinste. Dabei hellte sich sein ganzes Gesicht auf und vertrieb die düsteren Schatten, die darauf lagen, seit sie aus River Crossing aufgebrochen waren. »Natürlich sind Stallknechte und Fischer geborene Lügner.«

Behagliches Schweigen senkte sich über sie, und Jake konnte spüren, wie ihn Müdigkeit überkam. Er dachte, daß er bald schlafen würde, was ihm ganz recht war. Dann erklang das rhythmische Trommelschlagen aus Südosten, und er richtete sich wieder auf. Sie lauschten wortlos.

»Das ist ein Rock and Roll-Rhythmus«, sagte Eddie plötzlich. »Kenne ich. Wenn man die Gitarren wegläßt, bleibt das übrig. Hört sich sogar ganz an wie Z. Z. Top.«

»Z. Z. wer?« fragte Susannah.

Eddie grinste. »Die gab es zu deiner Zeit noch nicht«, sagte er. »Ich meine, möglicherweise schon, aber damals müssen sie noch ein paar Bengel gewesen sein, die in Texas zur Schule gegangen sind.« Er lauschte. »Der Teufel soll mich holen, wenn sich das nicht ganz genau wie der Beat von etwas wie ›Sharp-Dressed Man‹ oder ›Velcro Fly‹ anhört.«

»›Velcro Fly‹?« sagte Jake. »Das ist ein dummer Titel für ein Stück.«

»Aber ziemlich komisch«, sagte Eddie. »Du hast sie um zehn Jahre oder so verpaßt, Sportsfreund.«

»Wir sollten uns besser hinlegen«, sagte Roland. »Allzu schnell ist es wieder Morgen.«

»Ich kann nicht schlafen, wenn ich diese Scheiße höre«, sagte Eddie. Er zögerte, dann sprach er etwas aus, das ihm seit dem Morgen durch den Kopf ging, als sie Jake blaß und kreischend durch die Tür in diese Welt gezogen hatten. »Glaubst du nicht, es wird Zeit, daß wir unsere Geschichte erzählen, Roland? Vielleicht stellen wir fest, daß wir mehr wissen als wir denken.«

»Ja, die Zeit dafür ist fast gekommen. Aber nicht in der Dunkelheit.« Roland drehte sich auf die Seite, zog die Decke hoch und schien einzuschlafen.

»Herrgott«, sagte Eddie. Er stieß ein mißfälliges kurzes Pfeifen zwischen den Zähnen hervor.

»Er hat recht«, sagte Susannah. »Komm schon, Eddie – gehen wir schlafen.«

Er grinste und küßte sie auf die Nasenspitze. »Ja, Mami.«

Fünf Minuten später waren er und Susannah eingeschlafen, Trommeln hin oder her. Aber Jake stellte fest, daß seine Müdigkeit verflogen war. Er lag da, sah zu den fremden Sternen empor und lauschte dem konstanten rhythmischen Pochen, das aus der Dunkelheit erklang. Vielleicht waren es die Pubes, die zu einem Song mit dem Titel ›Velcro Fly‹ rockten, während sie sich in einen rituellen Blutrausch hineinsteigerten.

Er dachte an Blaine, den Mono, einen so schnellen Zug, daß er über diese riesige, heimgesuchte Welt brauste und einen Überschallknall hinter sich her zog, und das führte ihn logischerweise zu Gedanken an Charlie Tschuff-Tschuff, der auf ein entlegenes Abstellgleis geschoben worden war, als eine neue Burlington Zephyr eingetroffen war und ihn überflüssig gemacht hatte. Er dachte an Charlies Gesichtsausdruck, der fröhlich und heiter sein sollte, es aber irgendwie nicht war. Er dachte an die Eisenbahngesellschaft von Mittwelt und die verlassenen Landstriche zwischen St. Louis und Topeka. Er dachte daran, daß Charlie bereit gewesen war, als Mr. Martin ihn gebraucht hatte, und wie Charlie seine eigene Sirene tuten lassen und selbst Kohlen nachladen konnte. Er fragte sich wieder, ob Lokführer Bob die Burlington Zephyr sabotiert hatte, damit sein heißgeliebter Charlie noch einmal eine Chance bekam.

Schließlich hörte das rhythmische Trommeln so plötzlich auf, wie es angefangen hatte, und Jake döste ein.

16

Er träumte, aber nicht von dem Mörtelmann.

Statt dessen träumte er, daß er irgendwo in der Großen Leere des westlichen Missouri auf einer asphaltierten Straße stand. Oy war bei ihm. Eisenbahnwarnschilder – weiße, x-förmige Zeichen mit einem roten Licht in der Mitte – standen am Straßenrand. Die Lichter blinkten, eine Glocke ertönte.

Dann erklang ein Summton aus Südosten, der immer lauter wurde. Er hörte sich an wie Blitzschlag in einer Flasche.

Er kommt, sagte er zu Oy.

Ommt! stimmte Oy zu.

Und plötzlich raste eine gewaltige, zwei Räder lange rosa Gestalt über die Ebene auf sie zu. Sie war flach und patronenförmig, und als Jake sie sah, erfüllte schreckliche Angst sein Herz. Die beiden großen Fenster vorne, die in der Sonne blitzten, sahen wie Augen aus.

Laß ihn in Ruh; er hat genug von deinen dummen Fragen, sagte Jake zu Oy. *Er ist nur ein gräßlicher Tschuff-tschuff-Zug, und sein Name ist Blaine, die Pein.*

Plötzlich sprang Oy auf die Schienen und kauerte dort mit angelegten Ohren. Seine goldenen Augen blitzten. Die Zähne hatte er zu einem verzweifelten Fauchen gefletscht.

Nein! schrie Jake. *Nein, Oy!*

Aber Oy schenkte ihm keine Aufmerksamkeit. Das rosa Projektil raste auf die winzige, trotzige Gestalt des Billy-Bumblers zu, und das Summen schien über Jakes Haut zu kriechen, bis ihm die Nase blutete und die Plomben in seinen Zähnen vibrierten.

Er sprang zu Oy. Blaine, der Mono (oder war es Charlie Tschuff-Tschuff?), raste auf sie zu, und Jake erwachte plötzlich zitternd und schweißgebadet. Die Nacht schien wie ein stoffliches Gewicht auf ihm zu lasten. Er streckte die Hand aus und tastete panisch nach Oy. Einen schrecklichen Augenblick glaubte er, der Bumbler wäre fort, dann berührten seine Finger das seidige Fell. Oy gab ein Fiepen von sich und sah ihn voll verschlafener Neugier an.

»Schon gut«, flüsterte Jake mit trockener Stimme. »Da ist kein Zug. Es war nur ein Alptraum. Geh wieder schlafen, Boy.«

»Oy«, stimmte der Bumbler zu und schloß die Augen wieder.

Jake drehte sich auf den Rücken und sah wieder zu den Sternen hinauf. *Blaine ist mehr als eine Pein,* dachte er. *Er ist gefährlich.* Sehr *gefährlich.*

Ja, vielleicht.

Kein vielleicht! beharrte sein Verstand hektisch.

Na gut, Blaine war eine Pein – zugegeben. Aber in seinem Abschlußaufsatz hatte noch etwas anderes zum Thema Blaine gestanden, oder nicht?

Blaine ist die Wahrheit. Blaine ist die Wahrheit. Blaine ist die Wahrheit.

»O herrje, was für ein Schlamassel«, flüsterte Jake. Er machte die Augen zu und war innerhalb von Sekunden wieder eingeschlafen. Diesmal schlief er traumlos.

17

Gegen Mittag des nächsten Tages kamen sie zur Kuppe eines weiteren Walls und sahen die Brücke zum erstenmal. Sie überspannte den Send an einer Stelle, wo der Fluß schmaler wurde, sich nach Süden erstreckte und an der Stadt vorbeifloß.

»Heiliger Jesus«, sagte Eddie leise. »Kommt dir das bekannt vor, Suze?«

»Ja.«

»Jake?«

»Ja – sieht aus wie die George-Washington-Brücke.«

»Total«, stimmte Eddie zu.

»Aber was macht die GWB in Missouri?« fragte Jake.

Eddie sah ihn an. »*Was* hast du gesagt, Sportsfreund?«

Jake sah verwirrt drein. »Ich meine Mittwelt. Du weißt schon.«

Eddie sah ihn durchdringender denn je an. »Woher weißt *du,* daß dies hier Mittwelt ist? Du warst nicht bei uns, als wir den Wegstein gefunden haben.«

Jake stopfte die Hände in die Hosentaschen und sah auf seine Mokassins. »Ich hab's geträumt«, sagte er knapp. »Du glaubst doch nicht, daß ich diese Reise im Reisebüro meines Vaters gebucht habe, oder?«

Roland berührte Eddie an der Schulter. »Belaß es vorerst dabei.« Eddie sah Roland kurz an und nickte.

Sie blieben noch eine Weile stehen und betrachteten die Brücke. Sie hatten Zeit gehabt, sich an die Silhouette der Stadt zu gewöhnen, aber dies war etwas anderes. Die Brücke träumte in der Ferne, ein vager Umriß, der ins Blau des Vormittagshimmels geätzt war. Roland konnte vier Paar unvorstellbar hoher Türme aus Metall erkennen – eines an jedem Ende der Brücke, zwei in der Mitte –, die mit dicken Kabeln verbunden waren. Zwischen diesen und dem Ansatz der Brücke verliefen viele vertikale Linien – entweder mehr Kabel oder Metallstreben, das konnte er nicht sagen. Aber er sah auch Lücken und stellte nach längerem Hinsehen fest, daß die Brücke nicht mehr völlig eben war.

»Ich glaube, diese Brücke wird bald in den Fluß stürzen«, sagte Roland.

»Nun, vielleicht«, meinte Eddie widerwillig, »aber ich finde, so schlimm sieht sie gar nicht aus.«

Roland seufzte. »Mach dir nicht zu viele Hoffnungen, Eddie.«

»Was soll das heißen?« Eddie hörte, wie gereizt seine Stimme klang, aber nun war es zu spät, das zu ändern.

»Es heißt, ich möchte, daß du deinen Augen traust, Eddie – das ist alles. Als ich aufwuchs, gab es ein Sprichwort: ›Nur ein Narr glaubt, daß er träumt, bevor er aufwacht.‹ Verstehst du?«

Eddie lag eine sarkastische Antwort auf der Zunge, aber er schluckte sie nach einem kurzen inneren Kampf hinunter. Es war nur, daß Roland eine Art hatte – unabsichtlich, da war er sicher, aber deshalb nicht leichter zu ertragen –, bei der er, Eddie, sich wie ein *Kind* vorkam.

»Ich glaube ja«, sagte er schließlich. »Es bedeutet dasselbe wie das Lieblingssprichwort meiner Mutter.«

»Und wie lautete das?«

»Das Beste hoffen und mit dem Schlimmsten rechnen.«

Rolands Gesicht wurde von einem Lächeln erhellt. »Ich glaube, das Sprichwort deiner Mutter gefällt mir besser.«

»Aber sie *steht* noch!« platzte Eddie heraus. »Zugegeben, sie ist nicht im besten Zustand – wahrscheinlich hat sie seit tausend Jahren niemand mehr gründlich gewartet –, *aber* sie steht noch. Wie die ganze Stadt! Ist es so schlimm zu hoffen, wir könnten dort etwas finden, das uns weiterhilft? Oder Menschen, die uns zu essen geben und mit uns reden wie die alten Leutchen in River Crossing, statt auf uns zu schießen? Ist es so schlimm zu glauben, das Blatt könnte sich wenden?«

In der anschließenden Stille wurde Eddie verlegen klar, daß er eine Rede gehalten hatte.

»Nein.« Rolands Stimme klang gütig – eine Güte, die Eddie immer wieder überraschte, wenn er sie hörte. »Es ist niemals schlimm zu hoffen.« Er sah Eddie und die anderen wie ein Mann an, der aus einem Traum erwacht. »Für heute sind wir weit genug gereist. Ich glaube, es wird Zeit, daß wir unser eigenes Palaver abhalten, und das wird eine Weile dauern.«

Der Revolvermann ging von der Straße ins hohe Gras, ohne sich noch einmal umzusehen. Nach einem Augenblick folgten ihm die anderen drei.

18

Bis sie die alten Leute in River Crossing getroffen hatten, hatte Susannah Roland stets als Figur aus einer der Fernsehserien betrachtet, die sie sich selten angesehen hatte: *Cheyenne, The Riflemen* und natürlich *Rauchende Colts.* Das hatte sie sich manchmal im Radio angehört, bevor es im Fernsehen gesendet worden war. (Sie überlegte sich, wie fremd Eddie und Jake das Konzept eines Hörspiels sein mußte und lächelte – Rolands Welt war nicht die einzige, die sich weitergedreht hatte.) Sie konnte sich noch erinnern, was der Sprecher zu Beginn jeder Rundfunksendung gesagt hatte: »Es macht einen Mann achtsam – und ein wenig einsam . . .«

Bis River Crossing hatte Roland das für sie vollkommen verkörpert. Er war nicht breitschultrig wie Marshal Dillon, auch nicht annähernd so groß, und sein Gesicht kam ihr mehr wie das eines resignierten Dichters denn eines Gesetzeshüters aus dem Wilden Westen vor, aber sie hatte ihn dennoch als eine real existierende Version jenes erfundenen Streiters für den Frieden gesehen, dessen einziger Lebenszweck (abgesehen von einem gelegentlichen Drink im Saloon Longbranch mit seinen Freunden Doc und Kitty) darin bestanden hatte, IN DODGE ORDNUNG ZU HALTEN.

Jetzt war ihr klar, daß Roland einmal mehr gewesen war als ein Polyp, der durch eine Dali-Landschaft am Ende der Welt ritt. Er war ein Diplomat gewesen, ein Schlichter; möglicherweise sogar ein Lehrmeister. Zuallererst aber war er ein Soldat dessen gewesen, was diese Menschen ›das Weiße‹ nannten, womit sie ihrer Vermutung zufolge die Kräfte der Zivilisation meinten, die verhinderten, daß die Menschen einander dauernd umbrachten und zumindest ein wenig Zeit anderen Aufgaben widmeten, so daß eine Art Fortschritt zustande kam. Zu seiner Zeit war er mehr wandernder Rittersmann als Kopfgeldjäger gewesen. Und in vieler Hinsicht *war* dies noch seine Zeit; die Menschen von River Crossing jedenfalls waren eindeutig dieser Überzeugung gewesen. Warum hätten sie sonst im Staub gekniet, um seinen Segen zu empfangen?

Im Lichte dieser neuen Wahrnehmung sah Susannah nun, wie gerissen der Revolvermann sie alle seit jenem schrecklichen Morgen im sprechenden Ring manipuliert hatte. Jedesmal, wenn ihre Unterhaltung darauf gekommen war, Erlebnisse zu vergleichen – und was wäre logischer gewesen, wenn man an das kataklysmische und unerklärliche ›Auserwählen‹ dachte, das sie alle durchgemacht hatten? –, war Roland zur Stelle gewesen und hatte das Gespräch so schnell und aalglatt in andere Bahnen gelenkt, daß niemand (nicht einmal sie, die vier Jahre in der Bürgerrechtsbewegung aktiv gewesen war) auch nur bemerkt hatte, was er tat.

Susannah glaubte, daß sie den Grund verstand – er hatte Jake Zeit geben wollen, alles zu verarbeiten. Aber dieses Wissen um seine Motive änderte nichts an ihren Gefühlen – Staunen, Erheiterung, Verdrossenheit – darüber, wie geschickt er sie manipuliert hatte. Sie erinnerte sich an etwas, das Andrew, ihr Chauffeur, kurz bevor Roland sie in diese Welt geholt hatte, zu ihr sagte. Daß Präsident Kennedy der letzte Revolvermann der westlichen Welt gewesen war. Damals hatte sie erbost reagiert, aber sie dachte, heute begriff sie es. In Roland war viel mehr von JFK als von Matt Dillon. Sie vermutete, daß Roland wenig von Kennedys Fantasie besaß, aber wenn es um Romantik ging ... Entschlossenheit ... Charisma ...

Und Verschlagenheit, dachte sie. *Vergiß die Verschlagenheit nicht.*

Sie war selbst überrascht, als sie plötzlich in schallendes Gelächter ausbrach.

Roland hatte sich mit überkreuzten Beinen gesetzt. Jetzt drehte er sich zu ihr um und zog die Brauen hoch. »Ist etwas komisch?«

»Sehr. Sag mir – wie viele Sprachen kannst du sprechen?«

Der Revolvermann dachte darüber nach. »Fünf«, sagte er schließlich. »Ich habe auch die Sellianischen Dialekte einmal ausgezeichnet beherrscht, glaube aber, bis auf die Flüche habe ich alles vergessen.«

Susannah lachte wieder. Es war ein fröhliches, entzücktes Lachen. »Du bist ein Fuchs, Roland«, sagte sie. »Wirklich und wahrhaftig.«

Jake sah interessiert drein. »Sag einmal einen Fluch auf Strelleranisch.«

»Sellianisch«, verbesserte Roland ihn. Er dachte eine Weile nach, dann sagte er etwas Schnelles und Geschmiertes – Eddie fand, es hörte sich ein wenig an, als würde er mit einer dicklichen Flüssigkeit gurgeln. Roland grinste, als er es sagte.

Jake grinste ebenfalls. »Was heißt das?«

Roland legte dem Jungen einen Moment einen Arm um die Schultern. »Daß wir eine ganze Menge zu bereden haben.«

»Jede Wette«, sagte Eddie.

19

»Wir sind *Ka-tet«*, begann Roland, »das bedeutet eine Gruppe von Menschen, die das Schicksal zusammengeführt hat. Die Philosophen meines Landes haben gesagt, ein *Ka-tet* kann nur durch Tod oder Verrat aufgelöst werden. Cort, mein großer Lehrmeister, hat erläutert, da Tod und Verrat ebenfalls Speichen am großen Rad des *Ka* sind, kann eine solche Verbindung niemals gebrochen werden. Je mehr Jahre vergehen und je mehr ich sehe, um so besser verstehe ich Corts Auffassung.

Jedes Mitglied eines *Ka-tet* ist wie das Teil eines Puzzles. Für sich allein genommen, ist jedes Teil ein Rätsel, aber zusammengesetzt ergeben sie ein Bild ... oder den Ausschnitt eines Bildes. Es können viele *Ka-tets* erforderlich sein, um ein Bild zu beenden. Es darf euch nicht überraschen, solltet ihr feststellen, daß sich eure Leben auf eine Weise gekreuzt haben, die ihr bisher noch gar nicht erkannt habt. Zunächst einmal ist jeder von euch befähigt, die Gedanken des anderen zu verstehen ...«

»Was?« rief Eddie.

»Es stimmt. Ihr teilt eure Gedanken so natürlich, ihr habt nicht einmal mitbekommen, daß es passiert, aber es ist so. Mir fällt es vielleicht leichter, das zu sehen, weil ich kein vollwertiges Mitglied dieses *Ka-tet* bin – wahrscheinlich, weil ich nicht aus eurer Welt stamme –, daher kann ich nicht in vollem Umfang an diesem Austausch der Gedanken teilhaben. Aber ich kann *senden*. Susannah ... erinnerst du dich noch, als du in dem Kreis gewesen bist?«

»Ja. Du hast mir zugerufen, ich soll den Dämon loslassen, wenn du es sagst. Aber du hast es nicht laut ausgesprochen.«

»Eddie ... erinnerst du dich noch, als wir auf der Lichtung waren und die mechanische Fledermaus auf dich zugekommen ist?«

»Ja. Du hast mir gesagt, ich soll runter.«

»Er hat den Mund nicht aufgemacht, Eddie«, sagte Susannah.

»Doch, das hast du! Du hast *gebrüllt*! Ich hab' dich *gehört*, Mann!«

»Ich habe gebrüllt, das stimmt, aber mit dem *Verstand*.« Der Revolvermann wandte sich an Jake. »Kannst du dich noch erinnern? In dem Haus?«

»Als das Brett, an dem ich gezogen habe, sich nicht gelöst hat, hast du mir gesagt, ich soll das andere nehmen. Aber wenn du meine Gedanken nicht lesen kannst, Roland, woher hast du dann gewußt, in welchen Schwierigkeiten ich stecke?«

»Ich habe es *gesehen*. Ich habe nichts gehört, aber *gesehen* – nur ein wenig, wie durch ein schmutziges Fenster.« Sein Blick glitt über sie. »Diese Nähe, das Teilen von Gedanken, nennt man *Khef*, ein Wort, das in der ursprünglichen Sprache der alten Welt noch viele Bedeutungen hat – Wasser, Geburt und Lebenskraft sind nur drei davon. Seid euch dessen bewußt. Vorerst verlange ich nicht mehr.«

»Kann man sich eines Dings bewußt sein, an das man nicht glaubt?« fragte Eddie.

Roland lächelte. »Sei einfach nur aufgeschlossen.«

»Das kann ich.«

»Roland?« Das war Jake. »Glaubst du, Oy könnte auch Teil unseres *Ka-tet* sein?«

Susannah lächelte. Roland nicht. »Ich bin momentan nicht einmal imstande, auch nur eine Vermutung anzustellen, aber ich will dir eines sagen, Jake – ich habe viel über unseren pelzigen Freund nachgedacht. *Ka* beherrscht nicht alles, und Zufälle sind immer noch möglich ... aber das plötzliche Auftauchen eines Billy-Bumblers, der sich noch an Menschen erinnert, scheint mir kein Zufall zu sein.«

Er drehte sich zu ihnen um.

»Ich werde anfangen. Eddie wird als nächster sprechen und dort fortfahren, wo ich aufgehört habe. Dann Susannah. Du, Jake, sprichst als letzter. Einverstanden?«

Sie nickten.

»Prima«, sagte Roland. »Wir sind *Ka-tet* – eins aus vielen. Das Palaver soll beginnen.«

20

Sie redeten bis Sonnenuntergang und machten nur einmal Pause für eine kalte Mahlzeit, und als es vorbei war, hatte Eddie das Gefühl, als hätte er zwölf harte Runden mit Sugar Ray Leonard hinter sich. Er zweifelte nicht mehr daran, daß sie *›Khef geteilt‹* hatten, wie Roland sagte; er und Jake schienen buchstäblich das Leben des anderen in Träumen gelebt zu haben, als wären sie zwei Hälften eines Ganzen.

Roland fing damit an, was unter den Bergen geschehen war, wo Jakes erstes Leben in dieser Welt zu Ende gegangen war. Er erzählte von seinem Palaver mit dem Mann in Schwarz und Walters verschleierten Worten über das Tier und jemand, den er den Zeitlosen Fremden nannte. Er erzählte von dem seltsamen, erschreckenden Traum, den er gehabt hatte, ein Traum, in dem das gesamte Universum von einem Strahl fantastischen weißen Lichts verschlungen worden war. Und wie am Ende dieses Traums nur ein einziger purpurner Grashalm übriggeblieben war.

Eddie sah zur Seite zu Jake und war verblüfft über das Wissen – das *Wiedererkennen* – in den Augen des Jungen.

21

Während seines Deliriums hatte Roland Teile seiner Geschichte in Eddies Gegenwart herausgeplappert, aber für Susannah war sie völlig neu, und diese lauschte mit aufgerissenen Augen. Als Roland die Worte wiederholte, die Walter zu ihm gesprochen hatte, sah sie Bruchstücke ihrer eigenen Welt wie Reflexionen in einem zerbrochenen Spiegel: Automobile, Krebs, Raketen zum Mond, künstliche Befruchtung. Sie hatte keine Ahnung, was das Tier sein konnte, aber den Namen des Zeitlosen Fremden erkannte sie als Variation des Namens von Merlin, dem Magier, der angeblich den Aufstieg von König Arthur unterstützt hatte. Es wurde immer seltsamer.

Roland erzählte, wie er aufgewacht war und festgestellt hatte, daß Walter schon lange tot war – die Zeit hatte irgendwie einen Sprung vorwärts gemacht, möglicherweise hundert Jahre, möglicherweise fünfhundert. Jake hörte fasziniert zu, als der Revolvermann schilderte, wie er zum Westlichen Meer gelangt war, wie er zwei Finger der rechten Hand verloren und Eddie und Susannah auserwählt hatte, ehe er auf Jack Mort gestoßen war, den dunklen Dritten.

Der Revolvermann gab Eddie ein Zeichen, worauf dieser die Geschichte mit dem Angriff des großen Bären fortsetzte.

»Shardik?« warf Jake ein. »Aber das ist der Titel eines *Buchs.* Eines Buchs in *unserer* Welt! Es wurde von dem Mann geschrieben, der das berühmte Buch über Kaninchen geschrieben hat . . .«

»Richard Adams!« rief Eddie. »Und das Buch über die Häschen hieß *Watership Down – Unten am Fluß!* Ich habe gewußt, daß ich den Namen kenne! Aber wie kann das sein, Roland? Wie kann es sein, daß die Menschen in deiner Welt etwas aus unserer wissen?«

»Es existieren Türen, oder nicht?« antwortete Roland. »Haben wir nicht schon vier davon gesehen? Glaubt ihr, sie hätten vorher nie existiert und würden nicht wieder existieren?«

»Aber . . .«

»Wir alle haben die Hinterlassenschaften eurer Welt in meiner gesehen, und als ich in eurer Stadt New York war, sah ich die Spuren meiner Welt in eurer. Ich sah *Revolvermänner.* Die meisten waren träge und langsam, aber sie waren dennoch Revolvermänner und eindeutig Mitglieder ihres eigenen uralten *Ka-tet.*«

»Roland, das waren nur Bullen. Du warst ihnen haushoch überlegen.«

»Dem letzten nicht. Als Jack Mort und ich uns in der unterirdischen Bahnstation befanden, hat der mich fast erledigt. Ich habe seine Augen gesehen. Er kannte das Gesicht seines Vaters. Ich glaube, er kannte es sehr gut. Und dann . . . erinnerst du dich an den Namen von Balazars Nachtclub?«

»Klar«, sagte Eddie unbehaglich. »Leaning Tower – der Schiefe Turm. Aber das hätte Zufall sein können. Du hast selbst gesagt, daß *Ka* nicht alles regiert.«

Roland nickte. »Du bist wirklich wie Cuthbert – ich erinnere mich an etwas, das er sagte, als wir noch Knaben waren. Wir planten einen mitternächtlichen Ausflug zum Friedhof, aber Alain wollte nicht mitkommen. Er sagte, er hätte Angst davor, die Schatten seiner Väter und Mütter zu beleidigen. Cuthbert hat ihn ausgelacht. Er sagte, er würde erst an Geister glauben, wenn er einen mit den Zähnen gefangen hatte.«

»Gut für ihn!« rief Eddie. »Bravo!«

Roland lächelte. »Ich dachte mir, daß dir das gefallen würde. Wie auch immer, lassen wir diesen Geist vorerst ruhen. Fahr mit deiner Geschichte fort.«

Eddie erzählte von der Vision, die über ihn kam, als Roland den Kieferknochen ins Feuer geworfen hatte – die Vision von Schlüssel und Rose. Er erzählte von seinem Traum und wie er durch die Tür von Tom und Gerry's künstlerischem Delikatessengeschäft auf das Feld der Rosen gelangt war, über dem der dunkle, rußfarbene Turm aufragte. Er erzählte von der Schwärze, die aus den Fenstern herausgequollen war und eine Form angenommen hatte; inzwischen sprach er Jake direkt an, denn Jake hörte voll besessener Konzentration und zunehmenden Staunens zu. Er bemühte sich, das Hochgefühl und Grauen zu vermitteln, mit welchen der Traum ihn erfüllt hatte, und sah ihren Augen an – besonders denen von Jake –, daß ihm das besser gelang, als er zu hoffen gewagt hatte ... oder sie hatten selbst Träume gehabt.

Er erzählte, wie sie Shardiks Spur zum Portal des Bären zurückverfolgt hatten, und wie er sich an den Tag erinnerte, an dem er seinen Bruder überredet hatte, mit ihm nach Dutch Hill zu gehen, damit sie sich die Villa ansehen konnten, als er den Kopf an das Portal gehalten hatte. Er erzählte von der Tasse und der Nadel und wie die Nadel unnötig geworden war, nachdem sie festgestellt hatten, daß sie das Wirken des Balkens an allem ablesen konnten, selbst am Flug der Vögel am Himmel.

An dieser Stelle griff Susannah die Erzählung auf. Als sie anfing zu erzählen, wie Eddie sich daranmachte, seine eigene Version des Schlüssels zu schnitzen, legte Jake sich zurück, verschränkte die Hände hinter dem Kopf und sah den Wolken nach, die langsam auf ihrem geraden südöstlichen Kurs zur Stadt trieben. Ihre geordnete Form zeigte die Präsenz des Balkens so deutlich wie Rauch aus einem Schornstein die Windrichtung anzeigt.

Sie kam zum Ende mit der Geschichte, wie sie Jake schließlich in diese Welt gezogen und damit die Teilung in seiner und Rolands Erinnerung so plötzlich und unwiderruflich beseitigt hatten, wie Eddie die Tür in dem sprechenden Ring zugeschlagen hatte. Die einzige Tatsache, die sie verschwieg, war eigentlich keine Tatsache. Heute morgen war ihr nicht schlecht gewesen, und eine einzige Periode, die ausgesetzt hatte, sagte nicht besonders viel. Wie Roland selbst sagen würde, das war eine Geschichte, die man sich besser für einen anderen Tag aufhob. Doch als sie fertig war, wünschte sie, sie könnte vergessen, was Tante Talitha gesagt hatte, als Jake ihr eröffnete, daß dies jetzt seine Welt war: *Dann hab' Gott Erbarmen mit dir, denn die Sonne geht in dieser Welt unter. Und sie geht für immer unter.*

»Und jetzt bist du an der Reihe, Jake«, sagte Roland.

Jake setzte sich und sah Richtung Lud, wo die Fenster der hohen Türme das Spätnachmittagslicht als goldene Schleier spiegelten. »Die ist vollkommen verrückt«, murmelte er, »aber sie ergibt fast einen Sinn. Wie ein Traum, wenn man aufwacht.«

»Vielleicht können wir dir helfen, sie zu erklären«, sagte Susannah.

»Vielleicht. Zumindest könnt ihr mir helfen, über den Zug nachzudenken. Ich habe es satt, allein zu versuchen, hinter den Sinn von Blaine zu kommen.« Er seufzte. »Ihr wißt, was Roland durchgemacht hat, zwei Leben auf einmal gelebt, also kann ich mir den Teil schenken. Ich bin sowieso nicht sicher, ob ich erklären könnte, wie mir zumute war, und ich will es eigentlich auch nicht. Es war schrecklich. Ich glaube, ich fange mit meinem Abschlußaufsatz an, denn da habe ich endgültig die Hoffnung aufgegeben, daß alles einfach wieder aufhören könnte.« Er sah sie nacheinander ernst an. »Da habe ich aufgegeben.«

22

Jake redete bis Sonnenuntergang.

Er erzählte ihnen alles, woran er sich erinnern konnte, angefangen mit *Mein Verständnis von Wahrheit* bis zu dem monströsen Torwächter, der buchstäblich aus dem Mauerwerk gekommen war, um ihn anzugreifen. Die drei anderen hörten zu, ohne ihn ein einziges Mal zu unterbrechen.

Als er fertig war, drehte Roland sich zu Eddie um, und in seinen Augen leuchtete eine strahlende Mischung von Empfindungen, die Eddie zunächst für Staunen hielt. Dann wurde ihm klar, er sah übermäßige Erregung ... und große Angst. Sein Mund wurde trocken. Denn wenn *Roland* Angst hatte ...

»Bezweifelst du immer noch, daß unsere Welten einander überlappen, Eddie?«

Er schüttelte den Kopf. »Selbstverständlich nicht. Ich bin dieselbe Straße entlanggegangen, *und das in seiner Kleidung*! Aber ... Jake, kann ich das Buch einmal sehen? *Charlie Tschuff-Tschuff?*«

Jake griff nach seinem Ranzen, aber Roland hielt seine Hand fest.

»Noch nicht«, sagte er. »Geh wieder zu dem unbebauten Grundstück, Jake. Erzähl diesen Teil noch einmal. Versuch dich an alles zu erinnern.«

»Vielleicht solltest du mich hypnotisieren«, sagte Jake zögernd. »Wie damals im Rasthaus.«

Roland schüttelte den Kopf. »Das ist nicht nötig. Was dir auf diesem Grundstück widerfahren ist, war das wichtigste Ereignis in deinem Leben, Jake. In unser aller Leben. Du kannst dich an alles erinnern.«

Und so erzählte Jake es noch einmal. Ihnen allen war klar, Jakes Erlebnis auf dem Brachgrundstück, wo Tom und Gerry's künstlerisches Delikatessengeschäft gestanden hatte, war das geheime Herz des gemeinsamen *Ka-tet*. In Eddies Traum hatte das Delikatessengeschäft noch gestanden; in Jakes Wirklichkeit war es abgerissen gewesen, aber in beiden Fällen war es ein Ort mit gewaltiger, talismanähnlicher Macht gewesen. Und Roland bezweifelte nicht, daß der brachliegende Platz voll Glasscherben und Backsteintrümmern nur eine weitere Version von Susannahs Drawers und dem Ort war, den er am Ende seiner Vision als Stätte der Knochen gesehen hatte.

Als er diesen Teil der Geschichte noch einmal erzählte, wobei er nun sehr langsam sprach, stellte Jake fest, daß der Revolvermann recht gehabt hatte: Er *konnte* sich an alles erinnern. Seine Erinnerung wurde so gut, daß er sein Erlebnis schließlich noch einmal zu durchleben schien. Er erzählte ihnen von dem Schild, auf dem stand, daß diese sogenannten Turtle-Bay-Luxuswohnungen an der Stelle entstehen sollten, wo Tom und Gerry's einst gewesen war. Er konnte sich sogar an das kurze Gedicht erinnern, das auf den Zaun gesprüht gewesen war, und rezitierte es für sie:

»Sieh der SCHILDKRÖTE strahlende Pracht,
Auf deren Rücken die Welt gemacht.
Willst du spielen, komm und lauf,
Eins, zwei, drei, den BALKEN rauf.«

Susannah murmelte: »Klar ist ihr Denken und stets rein; Sie schließt uns alle darin ein . . . hieß es nicht so, Roland?«

»Was?« fragte Jake. »Was hieß so?«

»Ein Gedicht, das ich als Kind gelernt habe«, sagte Roland. »Das ist auch eine Verbindung, die uns etwas sagt, auch wenn ich nicht sicher bin, ob es etwas ist, das wir wissen müssen . . . aber man kann nie sagen, ob uns ein bißchen Wissen nicht einmal zugute kommt.«

»Zwölf Portale, die durch sechs Balken verbunden sind«, sagte Eddie. »Wir haben beim Bären angefangen. Wir gehen nur bis zur Mitte – zum Turm –, aber wenn wir bis zum anderen Ende weitergehen würden, würden wir ganz bestimmt zum Portal der Schildkröte kommen, oder nicht?«

Roland nickte. »Dessen bin ich gewiß.«

»Portal der Schildkröte«, sagte Jake nachdenklich, ließ die Worte auf der Zunge zergehen und schien sie zu kosten. Dann kam er zum Ende, indem er ihnen noch einmal von der anrührenden Stimme des Chors erzählte, seiner Erkenntnis, daß es überall Gesichter und Storys und Geschichten gab, und seiner wachsenden Überzeugung, daß er über etwas gestolpert war, das aller Wahrscheinlichkeit nach das Herz einer jeglichen Existenz bildete. Als letztes erzählte er ihnen erneut, wie er den Schlüssel gefunden und die Rose gesehen hatte. Im Überfluß seiner Erinnerungen fing Jake an zu weinen, aber er schien es nicht mitzubekommen.

»Als sie sich auftat«, sagte er, »sah ich in ihrer Mitte das strahlendste Gelb, das ich je in meinem Leben gesehen habe. Zuerst dachte ich, es wären nur Pollen, die so grell aussahen, weil *alles* auf dem Platz zu strahlen schien, sogar die alten Süßigkeitenverpackungen und weggeworfenen Bierflaschen anzusehen war, als würde man die größten Gemälde aller Zeiten betrachten. Erst dann wurde mir klar, daß es eine Sonne war. Ich weiß, es klingt verrückt, aber das war es. Doch es war mehr als eine. Es waren . . .«

»Es waren *alle* Sonnen«, murmelte Roland. »Es war alles *Existierende.*«

»Ja! Und es war *richtig* – aber es war auch *falsch.* Ich kann nicht erklären, *warum* es falsch war, aber es war. Es war wie zwei Herzschläge, einer im anderen, und der innere hatte eine Krankheit. Oder eine Infektion. Und dann verlor ich das Bewußtsein.«

23

»Du hast am Ende deines Traums dasselbe gesehen, Roland, oder nicht?« fragte Susannah. Ihre Stimme klang leise und ehrfürchtig. »Der Grashalm, den du am Ende gesehen hast . . . du hast gedacht, der Halm wäre purpurn, weil er mit Farbe verspritzt war.«

»Ihr versteht nicht«, sagte Jake. »Es war *wirklich* purpurn. Als ich es gesehen habe, wie es wirklich war, da war das Gras *purpurn.* Solches Gras hatte ich noch nie gesehen. Die Farbe war nur Tarnung. So wie der Torwächter sich als altes, verlassenes Haus getarnt hat.«

Die Sonne hatte den Horizont erreicht. Roland fragte Jake, ob er ihnen jetzt *Charlie Tschuff-Tschuff* zeigen und es ihnen vorlesen wollte. Jake reichte das Buch herum. Eddie und Susannah betrachteten den Einband lange Zeit.

»Das Buch hatte ich als kleiner Junge auch«, sagte Eddie schließlich. Er sagte es im unbetonten Tonfall absoluter Sicherheit. »Dann sind wir von Queens nach Brooklyn gezogen – ich war nicht einmal vier Jahre alt –, und da habe ich es verloren. Aber an das Umschlagbild kann ich mich erinnern. Und mir erging es ebenso wie dir, Jake. Es hat mir nicht gefallen. Ich habe ihm nicht getraut.«

Susannah hob den Kopf und sah Eddie an. »Ich hatte es auch – wie könnte ich das kleine Mädchen mit meinem Namen vergessen ... auch wenn es damals nur mein zweiter Vorname war. Und was den Zug betrifft, habe ich genauso empfunden. Ich konnte ihn nicht leiden und habe ihm nicht getraut.« Sie klopfte mit einem Finger auf den Bucheinband, bevor sie es Roland reichte. »Ich fand, das Lächeln war nichts weiter als ein dicker, fetter Schwindel.«

Roland warf nur einen flüchtigen Blick darauf, dann richtete er den Blick wieder auf Susannah. »Hast du deins auch verloren?«

»Ja.«

»Und ich wette, ich weiß auch wann«, sagte Eddie.

Susannah nickte. »Jede Wette. Nachdem der Mann den Backstein auf meinen Kopf fallen ließ. Ich hatte es noch, als wir zur Hochzeit meiner Tante Blue nach Norden fuhren. Im Zug hatte ich es noch. Das weiß ich noch, weil ich meinen Dad gefragt habe, ob Charlie Tschuff-Tschuff uns zieht. Ich *wollte* nicht, daß es Charlie war, denn wir wollten nach Elizabeth, New Jersey, und ich dachte mir, Charlie könnte uns sonstwo hinbringen. Hat er nicht zuletzt Leute durch ein Spielzeugdorf gefahren, oder so was, Jake?«

»Einen Freizeitpark.«

»Ja, genauso war es. Am Ende ist ein Bild, wie er Kinder dort spazierenfährt, oder nicht? Sie haben alle gelächelt oder gelacht, aber ich fand stets, sie sehen aus, als würden sie schreien, man solle sie endlich aussteigen lassen.«

»Ja!« rief Jake. »Ja, das ist richtig! *Genau* richtig!«

»Ich hatte Angst, Charlie könnte uns zu sich bringen – wo auch immer er lebte – statt zur Hochzeit meiner Tante und uns nie mehr nach Hause lassen.«

»Man kann nicht nach Hause zurückkehren«, sagte Eddie nervös und strich sich mit der Hand durchs Haar.

»Die ganze Zeit, während wir mit diesem Zug fuhren, habe ich das Buch nicht losgelassen. Ich kann mich sogar noch erinnern, wie ich gedacht habe: ›Wenn er versucht, uns zu entführen, reiße ich ihm die Seiten aus, bis er aufgibt.‹ Aber selbstverständlich sind wir an unserem Ziel angekommen, und obendrein pünktlich. Daddy hat mich mit nach vorne genommen, damit ich die Lokomotive sehen konnte. Es war eine Diesellok, keine Dampflok, und ich weiß noch, daß mich das gefreut hat. Nach der Hochzeit hat mir dann dieser Mort den Backstein auf den Kopf fallen lassen, und ich lag lange im Koma. Danach habe ich *Charlie Tschuff-Tschuff* nie wiedergesehen. Bis heute.« Sie zögerte, dann fügte sie hinzu: »Dies hier könnte mein Exemplar sein – oder das von Eddie.«

»Klar – ist es wahrscheinlich auch«, sagte Eddie. Sein Gesicht war blaß und feierlich . . . und dann grinste er wie ein kleiner Junge. »›Ist die SCHILDKRÖTE nicht fein? Alles dient dem BALKEN klein.‹«

Roland sah nach Westen. »Die Sonne geht unter. Lies die Geschichte vor, solange wir noch Licht haben, Jake.«

Jake schlug die erste Seite auf, zeigte ihnen das Bild von Lokführer Bob in Charlies Kabine und begann: »Bob Brooks war Lokführer der Eisenbahngesellschaft von Mittwelt auf der Strecke St. Louis–Topeka . . .«

24

». . . und ab und zu hören die Kinder, wie Charlie mit seiner leisen, brummigen Stimme sein Lied singt«, las Jake zu Ende. Er zeigte ihnen das letzte Bild – die glücklichen Kinder, die möglicherweise schrien –, dann schlug er das Buch zu. Die Sonne war untergegangen, der Himmel purpurfarben.

»Nun, es paßt nicht *vollkommen«*, sagte Eddie, »mehr wie in einem Traum, in dem das Wasser manchmal bergauf fließt – aber es paßt so gut, daß *ich* mich dämlich grusle. Dies ist Mittwelt – Charlies Reich. Nur heißt er hier überhaupt nicht Charlie. Hier heißt er Blaine, der Mono.«

Roland sah Jake an. »Was meinst du?« fragte er. »Sollen wir einen Umweg um die Stadt machen? Uns von diesem Zug fernhalten?«

Jake dachte mit gesenktem Kopf darüber nach und knetete mit den Händen geistesabwesend Oys dichtes, seidiges Fell. »Würde ich gerne«, sagte er schließlich, »aber wenn ich das mit dem *Ka* richtig verstanden habe, sollten wir es nicht.«

Roland nickte. »Wenn es sich um *Ka* handelt, stellen sich Fragen danach, was wir tun oder lassen sollen, überhaupt nicht; wenn wir versuchen würden, die Stadt zu umgehen, würden wir feststellen, daß die Umstände uns dorthin zurücktreiben. In solchen Fällen ist es besser, sich ins endgültige Los zu fügen, anstatt es hinauszuschieben. Was meinst du, Eddie?«

Eddie dachte so lange und gründlich darüber nach wie Jake. Er wollte nichts mit einem sprechenden Zug zu tun haben, der von selbst fuhr, ob er nun Charlie Tschuff-Tschuff oder Blaine, der Mono hieß, und was Jake ihnen vorgelesen hatte, deutete in jedem Fall darauf hin, daß es sich um etwas Garstiges handelte. Aber sie mußten eine unvorstellbare Strecke zurücklegen, und irgendwo an deren Ende lag das Ding, das sie suchten. Und nach diesem Gedanken stellte Eddie zu seiner Verblüffung fest, daß er ganz genau wußte, was er dachte und was er wollte. Er hob den Kopf und sah fast zum erstenmal, seit er in diese Welt gekommen war, mit seinen haselnußbraunen Augen fest in Rolands blaßblaue.

»Ich möchte auf diesem Feld der Rosen stehen und den Turm dort stehen sehen. Ich weiß nicht, was als nächstes passiert. Wahrscheinlich trauernde Hinterbliebene mit Kränzen, und zwar für uns alle. Aber das ist mir einerlei. Ich will dort stehen. Ich glaube, es ist mir egal, ob Blaine der Teufel ist und der Zug uns auf dem Weg zum Turm durch die Hölle selbst führt. Ich bin dafür, daß wir gehen.«

Roland nickte und wandte sich an Susannah.

»Nun, ich hab' keine Träume vom Dunklen Turm gehabt«, sagte sie, »daher kann ich mich nicht vor diesem Hintergrund mit der Frage befassen – dem Hintergrund des Verlangens, könnte man wohl sagen. Aber ich glaube mittlerweile an *Ka*, und ich bin nicht so verblödet, daß ich nicht spüren würde, wenn mir jemand mit den Knöcheln auf den Kopf trommelt und sagt: ›Da entlang, Dummkopf.‹ Was ist mit dir, Roland? Was meinst du?«

»Ich glaube, für einen Tag ist genug geredet worden und es wird Zeit, es bis morgen dabei bewenden zu lassen.«

»Was ist mit *Ringelrätselreihen*?« fragte Jake. »Möchtest du das auch ansehen?«

»Dafür ist an einem anderen Tag noch Zeit«, sagte Roland. »Gehen wir schlafen.«

25

Aber der Revolvermann lag lange wach, und als die rhythmischen Trommeln wieder einsetzten, stand er auf und schlenderte zur Straße. Dort blieb er stehen und sah zur Brücke und zur Stadt. Er war mit jedem Zoll der Diplomat, den Susannah in ihm vermutete, und er hatte von dem Augenblick, als er zum erstenmal davon hörte, schon gewußt, daß der Zug die nächste Station auf dem Weg sein würde, den sie zurücklegen mußten ... aber er hatte es für unklug gehalten, das auszusprechen. Besonders Eddie haßte es, wenn er herumgeschubst wurde; wenn er spürte, daß das geschah, senkte er einfach den Kopf, stemmte die Füße in den Boden, machte dumme Witze und bockte wie ein Maultier. Diesmal wollte er, was Roland wollte, aber er würde höchstwahrscheinlich dennoch *Tag* sagen, wenn Roland *Nacht* sagte, und *Nacht*, wenn Roland *Tag* sagte. Es war sicherer, bedacht vorzugehen und zu fragen statt zu befehlen.

Er drehte sich um und wollte zurückgehen ... dann ließ er die Hand auf die Waffe fallen, als er die dunkle Gestalt erblickte, die am Straßenrand stand und ihn ansah. Er zog nicht, aber es war knapp.

»Ich habe mich gefragt, ob du nach dieser kleinen Vorstellung schlafen kannst«, sagte Eddie. »Die Antwort lautet wohl nein.«

»Ich habe dich überhaupt nicht gehört, Eddie. Du lernst dazu ... aber diesmal hättest du für dein Geschick fast eine Kugel in den Bauch bekommen.«

»Du hast mich nicht gehört, weil dir zuviel durch den Kopf geht.« Eddie gesellte sich zu ihm, und selbst bei Sternenlicht konnte Roland sehen, daß er Eddie kein bißchen zum Narren gehalten hatte. Sein Respekt für Eddie wuchs weiter. Eddie erinnerte ihn an Cuthbert, aber in vieler Hinsicht hatte er Cuthbert bereits überflügelt.

Wenn ich ihn unterschätze, dachte Roland, *werde ich mir wahrscheinlich eine blutige Pfote holen. Und wenn ich ihn im Stich lasse oder etwas tue, das ihm wie Verrat vorkommt, wird er mich wahrscheinlich töten.*

»Was geht *dir* durch den Kopf, Eddie?«

»Du. Wir. Ich möchte etwas wissen. Ich glaube, bis heute bin ich davon ausgegangen, daß du es schon wüßtest. Jetzt bin ich nicht mehr so sicher.«

»Dann sag es mir.« Er dachte wieder: *Wie ähnlich er Cuthbert ist!*

»Wir sind bei dir, weil wir es müssen – das ist unser gottverdammtes *Ka.* Aber wir sind auch bei dir, weil wir es *wollen.* Ich weiß, das trifft auf mich und Susannah zu, und ich bin sicher, es gilt auch für Jake. Du hast einen klaren Verstand, mein alter *Khef*-Kumpel, aber manchmal glaube ich, du hast ihn in einem Luftschutzbunker eingeschlossen, weil man so schwer an ihn rankommt. Ich will ihn sehen, Roland. Ist dir klar, was ich dir sage? *Ich will den Dunklen Turm sehen.«* Er sah Roland eindringlich ins Gesicht, erblickte offenbar nicht, was er sich erhoffte, und hob verzweifelt die Hände. »Ich will damit sagen, ich möchte, daß du meine Ohren losläßt.«

»Deine Ohren loslassen?«

»Ja. Du mußt mich nicht mehr ziehen. Ich komme freiwillig mit. *Wir* kommen freiwillig mit. Wenn du heute nacht im Schlaf sterben würdest, würden wir dich begraben und allein weiterziehen. Wir würden wahrscheinlich nicht lange durchhalten, aber wir würden auf dem Pfad des Balkens sterben. Verstehst du *jetzt?*«

»Ja. Jetzt verstehe ich.«

»Du sagst, du verstehst mich, und das denke ich auch ... aber glaubst du mir auch?«

Natürlich, dachte er. *Wo könntest du sonst hin, Eddie, in dieser dir fremden Welt? Und was könntest du sonst machen? Du würdest einen beschissenen Farmer abgeben.*

Aber das war gemein und ungerecht, und das wußte er auch. Den freien Willen zu schmähen, indem man ihn mit *Ka* verwechselte, war schlimmer als Blasphemie; es war ermüdend und dumm. »Ja«, sagte er. »Ich glaube dir. Ich glaube dir bei meiner Seele.«

»Dann hör auf, dich zu benehmen, als wären wir eine Schafherde und du der Schäfer, der hinter uns herspaziert, mit dem Stock winkt und darauf achtet, daß wir nicht dumm von der Straße gehen und in ein Treibsandloch geraten. Öffne dich uns. Wenn wir in der Stadt oder in diesem Zug sterben, dann möchte ich wenigstens mit dem

Wissen sterben, daß ich mehr war als nur eine Figur auf deinem Spielbrett.«

Roland spürte, wie Wut seine Wangen rötete, aber er hatte die Gabe der Selbsttäuschung nie besonders gut beherrscht. Er wußte, er war nicht wütend, weil Eddie sich irrte, sondern weil Eddie ihn durchschaut hatte. Roland hatte gesehen, wie er immer weiter nach vorne gekommen war und dabei sein Gefängnis immer weiter hinter sich gelassen hatte – und Susannah auch, denn sie war ebenfalls eine Gefangene gewesen. Doch er hatte mit dem Herzen nie richtig die Beweise akzeptiert, die ihm seine Sinne zeigten. Sein Herz wollte sie anscheinend immer noch als minderwertige Wesen sehen.

Roland holte tief Luft. »Revolvermann, ich erflehe deine Verzeihung.«

Eddie nickte. »Wir laufen in einen ganzen Wirbelsturm von Ärger hinein ... das spüre ich, und ich habe Angst. Aber es ist nicht *dein* Ärger, es ist *unser* Ärger. Okay?«

»Ja.«

»Was meinst du, wie schlimm kann es in der Stadt werden?«

»Ich weiß nicht. Ich weiß nur, wir müssen versuchen, Jake zu beschützen, denn die alte Tante hat gesagt, daß ihn beide Seiten haben wollen. Es kommt ganz darauf an, wie lange wir brauchen, diesen Zug zu finden. Und noch mehr hängt davon ab, was genau passiert, wenn wir ihn gefunden haben. Wenn wir noch zwei Leute mehr wären, würde ich Jake in eine Sänfte setzen und auf beiden Seiten von Schützen bewachen lassen. Da wir aber nur zu viert sind, gehen wir in einer Reihe. Ich voraus, Jake wird Susannahs Rollstuhl schieben, und du bildest die Nachhut.«

»Wieviel Ärger? Eine Vermutung.«

»Nein.«

»Ich glaube, doch. Du kennst die Stadt nicht, aber du weißt, wie sich die Menschen in deiner Welt verhalten, seit alles langsam auseinanderfällt. Wieviel Ärger?«

Roland drehte sich zum konstanten Trommeln um und dachte nach. »Vielleicht nicht allzuviel. Ich denke mir, die Kämpfer, die noch dort sind, sind alt und demoralisiert. Vielleicht hast du mit deinen Hoffnungen recht und manche bieten uns sogar ihre Hilfe an, wie die *Ka-tet* von River Crossing. Vielleicht bekommen wir sie überhaupt nicht zu Gesicht – sie werden *uns* sehen und feststellen, daß wir Schußwaffen tragen, und dann ducken sie sich vielleicht einfach und lassen uns des Weges ziehen. Wenn das nicht eintrifft, laufen sie hoffentlich wie Ratten fort, wenn wir ein paar niederschießen.«

»Und wenn sie sich zur Gegenwehr entschließen?«

Roland lächelte grimmig. »Dann, Eddie, werden wir uns *alle* an die Gesichter unserer Väter erinnern.«

Eddies Augen leuchteten in der Dunkelheit, und erneut wurde Roland nachdrücklich an Cuthbert erinnert – Cuthbert, der einmal gesagt hatte, er würde an Geister glauben, wenn er einen mit den Zähnen erwischen konnte; Cuthbert, mit dem er einst Brotkrumen unter dem Galgenbaum ausgestreut hatte.

»Habe ich alle deine Fragen beantwortet?«

»Nee – aber ich glaube, diesmal bist du aufrichtig zu mir gewesen.«

»Dann gute Nacht, Eddie.«

»Gute Nacht.«

Eddie drehte sich um und ging weg. Roland sah ihm nach. Jetzt lauschte er, und er konnte ihn hören ... aber gerade so. Er wollte selbst zurückgehen, doch dann drehte er sich zur Dunkelheit um, wo Lud lag.

Er ist das, was die alte Frau einen Pube genannt hat. Sie hat gesagt, daß beide Seiten ihn haben wollen.

Wirst du ihn diesmal wieder fallenlassen?

Nein. Diesmal nicht, nie mehr.

Aber er wußte etwas, das die anderen alle nicht wußten. Nach dem Gespräch, das er gerade mit Eddie geführt hatte, sollte er es ihnen vielleicht sagen ... doch er beschloß, das Wissen noch eine Weile für sich zu behalten.

In der alten Sprache, die einstmals die *lingua franca* seiner Welt gewesen war, hatten die meisten Worte, wie *Khef* und *Ka*, viele Bedeutungen. Das Wort *Char* jedoch – *Char* wie in Charlie Tschuff-Tschuff – hatte nur eine.

Char bedeutete Tod.

V.
Brücke und Stadt

1

Drei Tage später fanden sie das abgestürzte Flugzeug.

Jake wies am Vormittag als erster darauf hin – ein Aufblitzen von Licht etwa zehn Meilen entfernt, als läge ein Spiegel im Gras. Als sie näher kamen, sahen sie ein großes, dunkles Ding am Straßenrand.

»Sieht wie ein toter Vogel aus«, sagte Roland. »Ein großer.«

»Das ist kein Vogel«, sagte Eddie. »Das ist ein Flugzeug. Ich bin ziemlich sicher; das Sonnenlicht spiegelt sich im Cockpit.«

Eine Stunde später standen sie stumm am Straßenrand und betrachteten das uralte Wrack. Drei fette Krähen standen auf der aufgerissenen Haut des Rumpfes und betrachteten die Neuankömmlinge dreist. Jake klaubte einen Stein vom Straßenrand und warf nach ihnen. Die Krähen stoben davon und krähten beleidigt.

Eine Tragfläche war bei der Bruchlandung abgebrochen und lag dreißig Meter entfernt – ein Schatten wie ein Sprungbrett im hohen Gras. Der Rest des Flugzeugs war weitgehend unversehrt. Die Cockpitscheibe wies dort einen sternförmigen Sprung auf, wo der Kopf des Piloten dagegengeschleudert worden war. Dort befand sich auch ein großer, rostfarbener Fleck.

Oy trottete zu der Stelle, wo drei rostige Propellerblätter aus dem Gras ragten, schnupperte daran und kehrte hastig zu Jake zurück.

Der Mann im Cockpit war eine staubtrockene Mumie in gepolsterter Lederjacke und einem Helm mit einer Spitze obenauf. Seine Lippen existierten nicht mehr, die Zähne waren zu einer letzten Grimasse der Verzweiflung entblößt. Finger, die einmal so dick wie Würste gewesen waren, inzwischen aber nur noch aus Haut und Knochen bestanden, umklammerten den Steuerknüppel. Sein Schädel war eingedrückt, wo er gegen die Scheibe geprallt war, und Roland vermutete, daß die graugrünen Schuppen, die an der linken Gesichtshälfte klebten, die letzten Überreste seines Gehirns waren. Der Kopf des toten Mannes hatte sich nach hinten geneigt, als wäre er selbst im Augenblick des Todes überzeugt gewesen, daß er den Himmel wieder erreichen konnte. Die verbliebene Tragfläche des Flugzeugs ragte aus dem Gras.

»Sieht so aus, als hätte sich Tante Talitha geirrt und der alte Albinomann doch recht gehabt«, sagte Susannah mit ehrfürchtiger Stimme. »Das muß David Quick sein, der Renegatenprinz. Sieh dir an, wie groß er ist, Roland – sie müssen ihn eingeölt haben, damit er ins Cockpit paßte.«

Roland nickte. Hitze und die Jahre hatten den Mann in dem mechanischen Vogel zu einem in trockene Haut gehüllten Skelett gemacht, aber man konnte immer noch erkennen, wie breit die Schultern gewesen waren, und der deformierte Kopf war massig. »So fiel Lord Perth«, sagte er, »und das Land erbebte im Donner.«

Jake sah ihn fragend an.

»Das stammt aus einem alten Gedicht. Lord Perth war ein Hüne, der gegen tausend Mann in den Krieg zog, aber er befand sich noch in seinem eigenen Land, als ein Knabe einen Stein nach ihm warf und ihn am Knie traf. Er stolperte, das Gewicht seiner Rüstung zog ihn hinab, und beim Sturz brach er sich das Genick.«

»Wie unsere Geschichte von David und Goliath«, sagte Jake.

»Kein Feuer«, sagte Eddie. »Ich wette, ihm ist einfach der Treibstoff ausgegangen, und er hat eine Bruchlandung im Gras versucht. Er mag ein Renegat und Barbar gewesen sein, aber Mumm hatte er.«

Roland nickte und sah Jake an. »Wirst du damit fertig?«

»Ja. Wenn der Typ noch ... du weißt schon ... matschig wäre, dann vielleicht nicht.« Jake sah von dem toten Mann im Flugzeug zur Stadt. Lud war jetzt viel näher und deutlicher, und obwohl sie viele zerbrochene Fenster in den Türmen erkennen konnten, hatte er wie Eddie nicht ganz die Hoffnung aufgegeben, dort irgendwelche Hilfe zu finden. »Ich wette, die Ordnung in der Stadt ist völlig zusammengebrochen, nachdem er fort war.«

»Ich glaube, die Wette würdest du gewinnen«, sagte Roland.

»Weißt du was?« fragte Jake, der das Flugzeug studierte. »Die Menschen, die die Stadt gebaut haben, konnten vielleicht ihre eigenen Flugzeuge bauen, aber ich bin ziemlich sicher, daß das eines von unseren ist. In der fünften Klasse habe ich einen Aufsatz über Luftkampf geschrieben, und ich glaube, ich kenne es. Roland, kann ich es mir näher ansehen?«

Roland nickte. »Nur zu.«

Sie gingen gemeinsam zu dem Flugzeug, und das hohe Gras schabte an ihren Hosen. »Da«, sagte Jake. »Seht ihr das Maschinengewehr unter der Tragfläche? Das ist ein luftgekühltes deutsches Modell, und der Vogel selbst ist eine Focke-Wulf von vor dem Zweiten Weltkrieg. Ich bin ganz sicher. Und was hat die hier zu suchen?«

»Eine Menge Flugzeuge verschwinden«, sagte Eddie. »Nimm zum Beispiel das Bermudadreieck. Das ist eine Stelle über einem unserer Ozeane, Roland. Angeblich verhext. Vielleicht ist das eine riesengroße Tür zwischen unseren Welten – die fast immer offen ist.« Eddie ließ die

Schultern hängen und präsentierte eine schlechte Nachahmung von Rod Serling: »Schnallen Sie sich an und bereiten Sie sich auf Turbulenzen vor: Sie fliegen in ... die Roland-Zone.«

Jake und Roland, die jetzt unter der verbliebenen Tragfläche des Flugzeugs standen, achteten nicht auf ihn.

»Heb mich hoch, Roland.«

Roland schüttelte den Kopf. »Dieser Flügel sieht solide aus, ist es aber nicht. Das Ding liegt schon lange hier, Jake. Du würdest stürzen.«

»Dann mach mir eine Räuberleiter.«

Eddie sagte: »Das mach ich, Roland.«

Roland betrachtete einen Moment seine verstümmelte rechte Hand, zuckte die Achseln und verschränkte die Hände ineinander. »Es geht schon. Er ist leicht.«

Jake schüttelte die Mokassins ab und stieg behende auf die Leiter, die Roland bildete. Oy fing schrill an zu bellen, aber Roland vermochte nicht zu sagen ob vor Aufregung oder Angst.

Jakes Brust drückte jetzt gegen eine der rostigen Klappen des Flugzeugs und hatte das Symbol von Faust und Blitz direkt vor Augen. Am Rand der Tragfläche war es ein wenig abgeblättert. Er ergriff die lose Stelle und zog. Es löste sich so leicht, daß er nach hinten gefallen wäre, hätte Eddie, der unmittelbar hinter ihm stand, ihn nicht mit einer Hand am Hosenboden gestützt.

»Ich hab's *gewußt*«, sagte Jake. Unter Faust und Blitz befand sich ein anderes Symbol, das jetzt fast völlig frei lag. Es war ein Hakenkreuz. »Ich wollte mich nur vergewissern. Jetzt kannst du mich runterlassen.«

Sie machten sich wieder auf den Weg, aber sie konnten die Heckflosse des Flugzeugs jedesmal sehen, wenn sie sich an diesem Nachmittag umdrehten; sie ragte aus dem hohen Gras heraus wie der Gedenkstein auf dem Grabmal von Lord Perth.

2

An diesem Abend war Jake mit Feuermachen an der Reihe. Als das Holz zur Zufriedenheit des Revolvermanns aufgeschichtet war, gab er Jake Stahl und Feuerstein. »Mal sehen, wie du das machst.«

Eddie und Susannah saßen auf der Seite und hatten einander verliebt die Arme um die Taillen geschlungen. Gegen Ende des Tages hatte Eddie eine hellgelbe Blume am Wegesrand gefunden und für sie gepflückt. Heute abend trug Susannah sie im Haar, und jedesmal, wenn sie Eddie ansah, verzog sie die Lippen zu einem unmerklichen Lächeln, und ihre Augen leuchteten. Roland entging es nicht, und es freute ihn. Ihre Liebe wuchs, wurde stärker. Das war gut. Sie mußte wahrlich stark und unerschütterlich sein, wenn sie die vor ihnen liegenden Monate und Jahre überleben wollte.

Jake schlug einen Funken, doch dieser fuhr Zentimeter am Anfeuerholz vorbei.

»Geh näher mit dem Feuerstein hin«, sagte Roland, »und halt ihn ruhig. Und *schlag* nicht mit dem Stahl darauf, Jake; *kratz* daran.«

Jake versuchte es noch einmal, und nun stob der Funke direkt ins Feuerholz. Ein wenig Rauch kräuselte sich hoch, aber keine Flamme.

»Ich glaube, darin bin ich nicht sehr gut.«

»Du kommst schon dahinter. Derweil denk über folgendes nach: Was wird bekleidet, wenn die Nacht hereinbricht, und entkleidet, wenn der Tag beginnt?«

»Hm?«

Roland schob Jakes Hände noch näher zu der kleinen Feuerstelle. »Ich glaube, das steht nicht in deinem Buch.«

»Oh, es ist ein Rätsel!« Jake schlug wieder einen Funken. Diesmal züngelte eine kleine Flamme im Anfeuerholz, die allerdings wieder erlosch. »Kennst du auch ein paar?«

Roland nickte. »Nicht nur ein paar – viele. Als Junge muß ich tausend gekannt haben. Sie gehörten zu meiner Ausbildung.«

»Echt? Warum sollte jemand Rätsel lernen?«

»Vannay, mein Lehrer, hat gesagt, ein Junge, der Rätsel lösen kann, kann um die Ecke denken. Wir führten jeden Freitagnachmittag einen Rätselwettbewerb durch, und der Junge oder das Mädchen, das siegte, durfte die Schule früher verlassen.«

»Hast du oft früher gehen dürfen, Roland?« fragte Susannah.

Er schüttelte den Kopf und lächelte ein wenig. »Ich hatte Spaß an den Rätseln, aber ich war nie sehr gut. Vannay hat gesagt, das läge daran, daß ich zuviel nachdachte. Mein Vater sagte, ich hätte zu wenig Fantasie. Ich glaube, sie hatten beide recht . . . aber ich finde, mein Vater ist der Wahrheit ein wenig nähergekommen. Ich konnte die Waffe immer schneller ziehen als meine Klassenkameraden, und genauer schießen, aber um Ecken denken konnte ich nie besonders gut.«

Susannah, die genau beobachtet hatte, wie der Revolvermann sich mit den alten Leutchen in River Crossing abgegeben hatte, war der Meinung, daß er sich selbst erniedrigte, sagte aber nichts.

»An Winterabenden fanden manchmal Rätselwettbewerbe im Großen Saal statt. Wenn es nur die Jungmannen waren, hat stets Alain gewonnen. Wenn die Erwachsenen auch mitspielten, war es immer Cort. Er hatte mehr Rätsel vergessen, als wir anderen je kannten, und nach dem Rätselwettbewerb am Jahrmarktstag trug immer Cort die Gans nach Hause. Rätsel besitzen große Macht, und jeder kennt eines oder zwei.«

»Sogar ich«, sagte Eddie. »Zum Beispiel: Warum konnte das tote Baby die Straße überqueren?«

»Das ist dumm, Eddie«, sagte Susannah, aber sie lächelte.

»Weil es auf ein Huhn geschnallt war«, kreischte Eddie und grinste, als Jake zu lachen anfing und das Anfeuerholz verstreute. »Hiarr, hiarr, hiarr, davon kenne ich eine Million, Leute!«

Aber Roland lachte nicht. Er sah sogar ein wenig erbost drein. »Nimm mir nicht übel, wenn ich das sage, Eddie, aber das ist *wirklich* dumm.«

»Herrgott, Roland, es tut mir leid«, sagte Eddie. Er lächelte immer noch, hörte sich aber ein wenig zerknirscht an. »Ich vergesse immer wieder, daß dein Humor beim Kinderkreuzzug oder wobei auch immer totgeschossen worden ist.«

»Es ist nur so, daß ich Rätsel sehr ernst nehme. Man hat mir beigebracht, die Fähigkeit, sie zu lösen, spricht für einen gesunden und vernünftigen Verstand.«

»Nun, die Werke Shakespeares oder die pythagoreischen Gleichungen werden sie nie ersetzen«, sagte Eddie. »Ich meine, wir wollen es nicht übertreiben.«

Jake sah Roland nachdenklich an. »In meinem Buch steht, Rätsel sind das älteste Spiel, das die Menschen noch spielen. Ich meine in unserer Welt. Und der Mann in der Buchhandlung hat gesagt, man hat sie einmal richtig ernst genommen, nicht nur als Witze betrachtet. Menschen sind ihretwegen getötet worden.«

Roland sah in die zunehmende Dunkelheit hinaus. »Ja. Das habe ich selbst gesehen.« Er erinnerte sich an einen Rätselwettbewerb am Jahrmarktstag, an dessen Ende nicht die Gans als Preis ausgegeben wurde, sondern ein schielender Mann mit Schellenkappe tot mit einem Dolch in der Brust am Boden lag. Corts Dolch. Der Mann war ein fahrender Sänger und Akrobat gewesen, der versucht hatte, Cort zu betrügen, indem er das Buch des Richters stahl, in dem die Lösungen auf kleinen Rindenstückchen geschrieben standen.

»Na ja, bitte um Entschuuuuldigung«, sagte Eddie.

Susannah sah Jake an. »Dein Rätselbuch hatte ich ganz vergessen. Kann ich es mir jetzt einmal ansehen?«

»Klar. Es ist in meinem Ranzen. Aber die Lösungen sind nicht dabei. Darum hat Mr. Tower es mir vielleicht ums . . .«

Plötzlich wurde seine Schulter schmerzhaft zusammengedrückt.

»*Was* war das für ein Name?« fragte Roland.

»Mr. Tower«, sagte Jake. »Calvin Tower. Habe ich dir das nicht gesagt?«

»Nein.« Roland gab Jakes Schulter langsam wieder frei. »Aber jetzt, wo ich ihn höre, überrascht er mich eigentlich nicht.«

Eddie hatte Jakes Schulranzen aufgemacht und *Ringelrätselreihen* gefunden. Er warf es Susannah zu. »Weißt du«, sagte er, »ich fand den Witz mit dem toten Baby eigentlich immer ziemlich komisch. Vielleicht geschmacklos, aber ziemlich gut.«

»Ich kümmere mich nicht um Geschmacklosigkeit«, sagte Roland. »Dein Rätsel ist sinnlos und daher unlösbar. Ein gutes Rätsel ist keins von beidem.«

»Herrje! Ihr habt das *echt* ernst genommen, hm?«

»Ja.«

Derweil hatte Jake das Feuerholz neu aufgeschichtet und über das Rätsel nachgedacht, das die Unterhaltung in Gang gebracht hatte. Nun lächelte er plötzlich. »Ein Feuer. Das ist die Antwort, richtig? Nachts ankleiden, am Morgen entkleiden. Man muß nur ›ankleiden‹ und ›entkleiden‹ durch ›anmachen‹ und ›ausmachen‹ ersetzen, ganz einfach.«

»Genau.« Roland erwiderte Jakes Lächeln, aber sein Blick ruhte auf Susannah, die das kleine, zerfledderte Buch durchblätterte. Als er ihr konzentriertes Stirnrunzeln und die zerstreute Weise sah, wie sie die gelbe Blume in ihrem Haar zurechtrückte, wenn diese sich löste, sagte ihm, daß sie spürte, das zerfledderte Buch der Rätsel konnte ebenso wichtig sein wie *Charlie Tschuff-Tschuff* ... vielleicht wichtiger. Er sah zu Eddie und verspürte ein erneutes Aufwallen von Zorn über Eddies albernes Rätsel. Der junge Mann wies noch eine Ähnlichkeit mit Cuthbert auf, doch diese war unglücklicher: Roland war manchmal danach zumute, ihn zu packen und zu schütteln, bis seine Nase blutete und ihm die Zähne ausfielen.

Ruhig, Revolvermann, ruhig! sagte Corts nicht ganz fröhliche Stimme in seinem Kopf, und Roland stieß seine Empfindungen resolut auf Armeslänge von sich. Es fiel ihm leichter, wenn er sich vergegenwärtigte, daß Eddie nichts für seine gelegentlichen Ausflüge in den Unsinn konnte; Charakter war ebenfalls zumindest teilweise vom *Ka* bestimmt, und Roland wußte ganz genau, daß Eddie mehr als nur Unsinn in sich hatte. Jedesmal, wenn er den Fehler beging und dachte, das wäre nicht so, würde er gut daran tun, sich ihre Unterhaltung von der Nacht zuvor am Straßenrand zu vergegenwärtigen, als Eddie ihm vorgeworfen hatte, er würde sie alle als Figuren auf seinem privaten Spielbrett mißbrauchen. Das hatte ihn erzürnt ... aber es war der Wahrheit auch so nahegekommen, daß er sich schämte.

Eddie, der von diesen Gedankengängen glücklicherweise nichts mitbekam, fragte jetzt: »Was ist grün, wiegt hundert Tonnen und lebt auf dem Meeresgrund?«

»Das weiß ich«, sagte Jake. »Moby Rotz, der große grüne Wal.«

»Idiotie«, murmelte Roland.

»Ja – aber eben deshalb soll es ja komisch sein«, sagte Eddie. »*Witze* sollen auch bezwecken, daß man um Ecken denkt. Weißt du ...« Er sah Roland ins Gesicht, lachte und riß die Hände hoch. »Vergiß es. Ich gebe auf. Du würdest es nie verstehen. In einer Million Jahren nicht. Sehen wir uns das verdammte Buch an. Ich werde mich sogar bemühen, es ernst zu nehmen ... das heißt, wenn wir vorher eine Kleinigkeit essen können.«

»In der Tüte«, sagte der Revolvermann mit dem Anflug eines Lächelns.

»Hm?«

»Das bedeutet abgemacht.«

Jake schabte mit dem Stahl über den Feuerstein. Ein Funke sprang über, und diesmal fing das Brennholz Feuer. Er setzte sich zufrieden zurück, schlang Oy einen Arm um den Hals und beobachtete, wie die Flammen emporzüngelten. Er war zufrieden mit sich. Er hatte das Lagerfeuer entfacht ... und er hatte die Lösung von Rolands Rätsel gefunden.

3

»Ich kenne auch eins«, sagte Jake, während sie ihre abendlichen Frikadellen aßen.

»Ist es ein albernes?« fragte Roland.

»Nee. Ein richtiges.«

»Dann laß es mich versuchen.«

»Okay. Was bewegt sich und kommt nicht fort, hat einen Mund und spricht kein Wort, hat ein Bett und kann doch nicht schlafen und birgt für manchen einen sicheren Hafen?«

»Das ist ein gutes«, sagte Roland, »aber ein altes. Ein Fluß.«

Jake war ein wenig enttäuscht. »Du bist wirklich schwer zu überraschen.«

Roland warf das letzte Fleischstückchen Oy zu, der es gierig nahm. »Ich nicht. Ich bin das, was Eddie einen Gewichtflieger nennen würde. Du hättest Alain kennenlernen sollen. Der hat Rätsel gesammelt wie eine alte Dame Fächer.«

»Es heißt Fliegengewicht, alter Kumpel«, sagte Eddie.

»Danke. Versuch das mal: Es liegt und steht. Erst weiß, dann rot. Je dicker es wird, um so mehr mag es die alte Dame.«

Eddie prustete lachend. »Ein Pimmel!« schrie er. »Derb, Roland! Aber das gefällt mir, es *gefällllt* mir!«

Roland schüttelte den Kopf. »Deine Antwort ist falsch. Ein gutes Rätsel ist manchmal ein Wortspiel, wie das von Jake mit dem Fluß, aber manchmal ist es eben doch mehr wie der Trick eines Magiers und läßt dich in eine Richtung sehen, während es in Wirklichkeit etwas ganz anderes meint.«

»Es ist ein doppeltes Rätsel«, sagte Jake. Er erklärte, was Aaron Deepneau zum Rätsel von Simson gesagt hatte. Roland nickte.

»Ist es eine Erdbeere?« fragte Susannah und beantwortete ihre Frage dann selbst. »Logisch. Wie bei dem Rätsel mit dem Feuer. Es ist eine Metapher darin verborgen. Wenn man die Metapher verstanden hat, kann man das Rätsel lösen.«

»Ich schlug metapfer, aber keiner gunnte mir meinen Sieg«, sagte Eddie traurig, aber niemand schenkte ihm Beachtung.

»Wenn man ›wird‹ durch ›wächst‹ ersetzt«, fuhr Susannah fort, »ist es einfach. Erst weiß, dann rot. Je dicker es wächst, desto mehr mag es die alte Frau.« Sie schien mit sich zufrieden zu sein.

Roland nickte. »Ich bekam als Antwort immer zu hören: eine Wenbeere; aber ich bin sicher, beides bedeutet dasselbe.«

Eddie hob *Ringelrätselreihen* auf und blätterte es durch. »Wie wäre es hiermit, Roland? When is a door not a door? – Wann ist eine Tür keine Tür?«

Roland runzelte die Stirn. »Ist das wieder eine deiner Albernheiten? Meine Geduld ist nämlich ...«

»Nein. Ich habe versprochen, ich würde es ernst nehmen, und das tu' ich – ich versuche es jedenfalls. Steht in diesem Buch hier, und ich kenne die Antwort zufällig. Ich habe sie gehört, als ich ein Kind war.«

Jake, der die Antwort ebenfalls kannte, blinzelte Eddie zu. Eddie blinzelte zurück und bemerkte zu seiner Belustigung, daß Oy ebenfalls zu blinzeln versuchte. Der Bumbler machte aber immer beide Augen zu und gab schließlich auf.

Derweil zerbrachen sich Roland und Susannah die Köpfe. »Muß etwas mit Liebe zu tun haben – a door, adore – *eine Tür* und *anhimmeln.* Wann ist anhimmeln nicht anhimmeln ... hmmm ...«

»Hmmm«, sagte Oy. Er ahmte Rolands nachdenklichen Tonfall perfekt nach. Eddie blinzelte Jake wieder zu. Jake hielt sich den Mund zu und verbarg ein Grinsen.

»Ist das die Antwort: unaufrichtige Liebe?« fragte Roland schließlich.

»Nee.«

»Fenster«, sagte Susannah plötzlich und nachdrücklich. »Wann ist eine Tür keine Tür? Wenn sie ein Fenster ist.«

»Nee.« Jetzt grinste Eddie breit, aber Jake war erstaunt, wie weitab von der richtigen Antwort sie lagen. Hier wirkte Magie, dachte er. Ziemlich gewöhnlich, soweit es Magie betraf, keine fliegenden Teppiche oder verschwindenden Elefanten, aber dennoch Magie. Plötzlich sah er, was sie machten – ein einfaches Rätselspiel am Lagerfeuer – in einem völlig neuen Licht. Es war wie beim Blindekuhspielen, nur bestand die Augenbinde hier aus Worten.

»Ich gebe auf«, sagte Susannah.

»Ja«, sagte auch Roland. »Verrat uns die Lösung, wenn du sie weißt.«

»Die Antwort lautet ›a jar‹ – ein Glas. Eine Tür ist keine Tür, wenn sie ›ajar‹ ist – also offen. Kapiert?« Eddie sah, wie das Begreifen Rolands Gesicht erhellte, und fragte ein wenig schüchtern: *»Ist* es ein schlechtes? Ich hab' diesmal versucht, ernst zu sein, Roland – wirklich.«

»Überhaupt nicht schlecht. Ganz im Gegenteil, sogar ziemlich gut. Ich bin sicher, Cort wäre dahintergekommen ... Alain wahrscheinlich auch, aber es ist ziemlich knifflig. Ich habe wieder getan, was ich im Klassenzimmer auch immer getan habe: Ich habe es komplizierter gemacht, als es wirklich war, und bin weit an der Antwort vorbeigeschossen.«

»Ist echt was dran, oder?« erkundigte sich Eddie. Roland nickte, aber Eddie merkte es nicht; er sah ins Feuer, wo Dutzende Rosen in der Glut erblühten und wieder verschwanden.

Roland sagte: »Noch eins, dann legen wir uns hin. Aber von heute an stellen wir eine Wache auf. Du zuerst, Eddie, dann Susannah. Ich übernehme die letzte.«

»Was ist mit mir?« fragte Jake.

»Später kommst du vielleicht auch an die Reihe. Aber vorläufig ist es wichtiger, daß du genügend Schlaf bekommst.«

»Glaubst du wirklich, daß Wachtposten erforderlich sind?« fragte Susannah.

»Ich weiß es nicht. Und das ist der allerbeste Grund, einen aufzustellen. Jake, such noch ein Rätsel aus dem Buch aus.«

Eddie gab Jake *Ringelrätselreihen*; Jake blätterte die Seiten um und hielt schließlich weit hinten inne.

»Mann! Das ist ein Hammer!«

»Laß hören«, sagte Eddie. »Wenn ich es nicht knacke, dann Suze. Man nennt uns auf Jahrmärkten landauf und landab Eddie Dean und seine Rätsel-Queen!«

»Was sind wir aber heute abend geistreich«, bemerkte Susannah. »Mal sehen, was aus deinem geistreichen Charme geworden ist, wenn du bis Mitternacht oder so am Straßenrand gestanden hast, Süßer.«

Jake las: »›Es gibt etwas, das ist nichts und hat doch einen Namen. Es ist manchmal groß und manchmal klein, mischt sich in all unsre Gespräche ein, macht mit bei unserem Sport und ist bei jedem Spiel vor Ort.‹«

Sie unterhielten sich fast fünfzehn Minuten über das Rätsel, aber keinem fiel eine Antwort ein.

»Vielleicht kommen wir drauf, wenn wir schlafen«, sagte Jake. »So bin ich auf *Fluß* gekommen.«

»Billiges Buch, ohne die Lösungen«, sagte Eddie. Er stand auf und schlang ein Fell wie einen Mantel um die Schultern.

»Stimmt, es *war* billig. Mr. Tower hat es mir umsonst gegeben.«

»Wonach muß ich Ausschau halten, Roland?« fragte Eddie.

Roland zuckte die Achseln, während er sich hinlegte. »Ich weiß nicht, aber ich glaube, wenn du es siehst oder hörst, wirst du es wissen.«
»Weck mich, wenn du müde wirst«, sagte Susannah.
»Worauf du dich verlassen kannst.«

4

Neben der Straße verlief ein grasbewachsener Graben, und Eddie setzte sich mit der Felldecke um die Schultern auf der anderen Seite hin. Heute nacht verbarg eine dünne Wolkendecke den Himmel und dämpfte das Sternenlicht. Ein starker Westwind wehte. Wenn Eddie das Gesicht in diese Richtung drehte, konnte er deutlich die Büffel riechen, denen diese Steppen jetzt gehörten – eine Mischung aus warmem Fell und frischem Mist. Die Klarheit, die seine Sinne in den letzten Monaten erreicht hatten, war erstaunlich ... und manchmal, in solchen Augenblicken, ein wenig beängstigend.
Ganz leise konnte er ein Büffelkalb blöken hören.
Er drehte sich zur Stadt um und glaubte nach einer Weile, er könnte schwache Lichter dort erkennen – die elektrischen Kerzen aus der Erzählung der Zwillinge –, aber ihm war durchaus bewußt, daß möglicherweise nur sein eigenes Wunschdenken die Lichter erschuf.
Du bist weit von der Forty-second Street entfernt, Süßer – Hoffnung ist etwas Wunderbares, was man dir auch immer erzählt, aber mach dir nicht soviel Hoffnungen, daß du das aus den Augen verlierst: Du bist weit von der Forty-second Street entfernt. Das da vorne ist nicht New York, so sehr du es dir auch wünschst. Das ist Lud, und es wird so sein, wie es eben sein wird. Wenn du das nicht vergißt, kommst du vielleicht damit klar.
Er schlug die Zeit der Wache damit tot, daß er die Lösung des letzten Rätsels suchte. Nach der Schelte von Roland wegen seiner dummen Scherzfrage mit dem toten Baby war er verdrossen, und es hätte ihm gefallen, wenn er gleich am nächsten Morgen eine gute Antwort parat gehabt hätte. Natürlich konnten sie *keine* Antwort in dem Buch nachschlagen, aber er hatte eine Eingebung, als wäre bei einem guten Rätsel die richtige Antwort normalerweise selbstverständlich.
Manchmal groß und manchmal klein. Er dachte, daß das höchstwahrscheinlich der Schlüssel war, und alles andere nur Irreführung. Was war denn manchmal groß und manchmal klein? Hosen? Nein. Hosen waren manchmal lang und manchmal kurz, aber von einer großen Hose hatte er noch nie gehört. Eine Geschichte? Nein, auch lang oder kurz. *Drinks* waren manchmal groß und manchmal klein ...
»Geschäft«, murmelte er und dachte einen Augenblick, er hätte die Lösung gefunden. Es gab ein großes und ein kleines Geschäft. Ein großes und kleines Geschäft schloß man ab oder erledigte es auf dem Ort

chen. Aber Geschäfte *mischten sich nicht in Gespräche ein oder machten beim Sport mit.*

Er empfand erboste Frustration und mußte über sich selbst lächeln, weil er sich wegen eines harmlosen Wortspiels aus einem Kinderbuch so aufregte. Dennoch konnte er sich jetzt leichter vorstellen, daß sich Leute wegen einem Rätsel gegenseitig umbrachten ... wenn genug auf dem Spiel stand oder Mogelei dazu kam.

Hör auf – du machst genau das, was Roland gesagt hat, du denkst zuviel nach.

Aber worüber hätte er sonst nachdenken sollen?

Dann fing das Trommeln in der Stadt wieder an, und da hatte er etwas anderes. Es gab keine Anlaufzeit; eben war es noch nicht da, und im nächsten Augenblick dröhnte es volle Pulle, als wäre ein Schalter gedrückt worden. Eddie ging zum Straßenrand, drehte sich zur Stadt und lauschte. Nach einem Augenblick wandte er sich um und sah nach, ob die Trommeln die anderen geweckt hatten, aber er war immer noch allein. Er stellte sich erneut Richtung Lud und drückte die Ohren mit den Händen nach vorne.

Bumm ... ta-bumm ... ta-bumm-bummbumm-bumm.

Bumm ... .ta-bumm ... ta-bummbumm-bumm.

Eddie wurde immer überzeugter, daß er dahintergekommen war, was das war; daß er zumindest die Lösung dieses Rätsels gefunden hatte.

Bumm ... ta-bumm ... ta-bummbumm-bumm.

Die Vorstellung, daß er an einer verlassenen Straße in einer fast völlig menschenleeren Welt stand, rund hundertsiebzig Meilen von einer Stadt entfernt, die von einer sagenhaften, untergegangenen Zivilisation erbaut worden war, und einem Rock and Roll-Schlagzeugrhythmus lauschte ... das war verrückt, aber es war nicht verrückter als eine Ampel, die läutete, und eine grüne Flagge mit dem Wort GEHEN darauf hißte, richtig? Oder verrückter als das Wrack eines deutschen Flugzeugs aus den dreißiger Jahren zu finden, richtig?

Eddie sang die Worte des Songs von Z. Z. Top flüsternd:

> *»You need just enough of that sticky stuff*
> *To hold the seam of your fine blue jeans*
> *I say yeah, yeah ...«*

Sie paßten genau zu dem Rhythmus. Es war das Disco-Schlagzeug von »Velcro Fly«. Eddie war ganz sicher.

Kurze Zeit später hörte das Geräusch so plötzlich auf, wie es angefangen hatte, und er konnte nur den Wind hören, und leiser den Fluß Send, der ein Bett hatte, aber nie schlief.

5

Die nächsten vier Tage verstrichen ereignislos. Sie wanderten; sie sahen, wie Brücke und Stadt größer und deutlicher wurden; sie schlugen ihr Lager auf; sie aßen; sie lasen Rätsel vor; sie hielten abwechselnd Wache (Jake hatte Roland so lange zugesetzt, bis dieser ihm eine kurze Wache während den zwei Stunden vor der Dämmerung gab); sie schliefen. Das einzig erwähnenswerte Ereignis hatte mit den Bienen zu tun.

Gegen Mittag des dritten Tages nach Entdeckung des Flugzeugs vernahmen sie ein summendes Geräusch, das immer lauter wurde, bis es den Tag beherrschte. Schließlich hatte Roland Rast gemacht. »Da«, sagte er und deutete auf einen Hain Eukalyptusbäume.

»Hört sich an wie Bienen«, sagte Susannah.

Rolands blaßblaue Augen leuchteten. »Könnte sein, daß wir heute abend einen kleinen Nachtisch bekommen.«

»Ich weiß nicht, wie ich es dir sagen soll, Roland«, sagte Eddie, »aber ich habe eine Abneigung dagegen, gestochen zu werden.«

»Wer nicht«, stimmte Roland zu, »aber der Tag ist windstill. Ich glaube, wir können sie ausräuchern, bis sie schlafen, und ihnen ihre Waben stehlen, ohne die halbe Welt in Brand zu stecken. Mal sehen.«

Er trug Susannah, die ebenso erpicht auf das Abenteuer war wie der Revolvermann selbst, zu dem Hain. Eddie und Jake hielten sich zurück, und Oy, der offenbar zur Überzeugung gelangt war, daß Bedachtsamkeit den besten Teil der Tapferkeit ausmachte, blieb am Rand der Großen Straße sitzen, hechelte wie ein Hund und behielt sie aufmerksam im Auge.

Roland blieb am Rand des Hains stehen. »Bleibt, wo ihr seid«, sagte er leise zu Eddie und Jake. »Wir sehen uns einmal um. Ich gebe euch das Okay, wenn die Luft rein ist.« Er trug Susannah in die fleckigen Schatten des Hains, während Eddie und Jake im Sonnenschein blieben und ihnen nachsahen.

Im Schatten war es kühler. Das Summen der Bienen war ein stetes, hypnotisches Dröhnen. »Es sind zu viele«, murmelte Roland. »Es ist Spätsommer; sie müßten unterwegs sein. Ich weiß nicht . . .«

Er erblickte den Stock, der sich tumorartig aus einem hohlen Baum in der Mitte der Lichtung wölbte, und verstummte.

»Was ist denn mit denen los?« fragte Susannah mit leiser, entsetzter Stimme. »Roland, was ist mit denen *los*?«

Eine Biene, die so plump und langsam wie eine Bremse im Oktober war, summte an ihrem Kopf vorbei. Susannah zuckte zurück.

Roland winkte den anderen, sie sollten sich zu ihnen gesellen. Sie kamen und betrachteten den Bienenstock wortlos. Die Kammern waren keine ordentlichen Sechsecke, sondern willkürliche Löcher aller Formen und Größen; der Stock selbst sah seltsam geschmolzen aus, als wäre jemand mit einer Fackel darüber hinweggestrichen. Die Bienen, die darauf herumkrabbelten, waren schneeweiß.

»Kein Honig heute abend«, sagte Roland. »Was wir aus jenem Stock holen könnten, mag süß schmecken, aber es würde uns sicher vergiften.«

Eine der grotesken weißen Bienen summte träge an Jakes Kopf vorbei. Dieser duckte sich mit einem Ausdruck des Ekels.

»Was war das?« fragte Eddie. »Was hat das aus ihnen gemacht, Roland?«

»Dasselbe, was dieses ganze Land entvölkert hat; das immer noch dafür verantwortlich ist, daß viele Büffel als unfruchtbare Mißgeburten zur Welt kommen. Ich habe gehört, wie es der Alte Krieg, das Große Feuer, der Kataklysmus und die Große Verseuchung genannt wurde. Was immer es war, es war der Anfang all unserer Probleme und es ist vor langer Zeit geschehen, tausend Jahre bevor die Ur-Urgroßväter der Menschen in der Stadt am Fluß geboren wurden. Die sichtbaren Auswirkungen – Büffel mit zwei Köpfen und weiße Bienen wie diese –, sind mit der Zeit immer weniger geworden. Das habe ich selbst gesehen. Andere Veränderungen sind größer, wenn auch schwerer zu sehen, und dauern immer noch an.«

Sie beobachteten, wie die weißen Bienen benommen und fast völlig hilflos in ihrem Stock herumkrabbelten. Manche versuchten offensichtlich, ihre Arbeit zu tun; die meisten dagegen wanderten einfach herum, stießen sich die Köpfe an und wuselten übereinander. Eddie mußte an eine Nachrichtensendung denken, die er einmal gesehen hatte. Sie zeigte eine Gruppe Überlebender, die die Stätte einer großen Gasexplosion verließen, welche fast einen gesamten Häuserblock in einer kalifornischen Stadt dem Erdboden gleichgemacht hatte. Die Bienen hier erinnerten ihn an jene benommenen Überlebenden unter Schock.

»Ihr habt einen Atomkrieg gehabt, richtig?« fragte er – fast anklagend. »Diese Großen Alten, von denen du so gern sprichst . . . sie haben ihre großen alten Ärsche zur Hölle gepustet, Richtig?«

»Ich *weiß* nicht, was passiert ist. Niemand weiß es. Die Aufzeichnungen aus jener Zeit sind verlorengegangen, und die wenigen Überlieferungen sind wirr und widersprüchlich.«

»Laßt uns gehen«, sagte Jake mit zitternder Stimme. »Es macht mich krank, diese Tiere anzusehen.«

»Ganz meine Meinung, Süßer«, sagte Susannah.

So überließen sie die Bienen ihrem ziellosen, aus den Fugen geratenen Leben im Hain der uralten Bäume und aßen an diesem Abend keinen Honig.

6

»Wann wirst du uns erzählen, was *du* weißt?« fragte Eddie Roland am nächsten Morgen. Der Tag war klar und blau, aber es lag Kälte in der Luft; der erste Herbst in dieser Welt war fast angebrochen.

Roland sah ihn an. »Was meinst du damit?«

»Ich würde gerne deine ganze Geschichte hören, vom Anfang bis zum Ende, angefangen mit Gilead. Wie du dort aufgewachsen bist und was geschehen ist, daß alles zu Ende ging. Ich möchte wissen, wie du vom Dunklen Turm erfahren hast und warum du überhaupt mit der Suche danach angefangen hast. Und ich möchte alles über deine Freunde wissen, und was aus ihnen geworden ist.«

Roland setzte den Hut ab, wischte sich mit den Armen Schweiß von der Stirn und zog ihn wieder auf. »Ich schätze, du hast ein Recht, das alles zu erfahren, und ich werde es dir erzählen . . . aber nicht jetzt. Es ist eine sehr lange Geschichte. Ich hätte nie gedacht, daß ich sie überhaupt jemals jemandem erzählen würde, und ich werde sie nur einmal erzählen.«

»Wann?« beharrte Eddie.

»Wenn der richtige Zeitpunkt gekommen ist«, sagte Roland, und damit mußten sie sich zufriedengeben.

7

Roland erwachte, einen Augenblick bevor Jake anfing, ihn zu schütteln. Er richtete sich auf und sah sich um, aber Eddie und Susannah schliefen immer noch fest, und er konnte im ersten spärlichen Licht der Dämmerung nichts Außergewöhnliches feststellen.

»Was ist denn?« fragte er Jake mit leiser Stimme.

»Ich weiß nicht. Vielleicht Kämpfe. Komm und hör selbst.«

Roland warf die Decke von sich und folgte Jake zur Straße. Er schätzte, daß sie mittlerweile nur drei Tage Fußmarsch von der Stelle entfernt waren, wo der Send an der Stadt vorbeifloß und die Brücke – die genau auf dem Pfad des Balkens erbaut war – den Horizont beherrschte. Ihre deutliche Neigung war jetzt besser denn je auszumachen, und er konnte mindestens ein Dutzend Lücken erkennen, wo überlastete Kabel gerissen waren wie die Saiten einer Leier.

Heute nacht blies ihnen der Wind genau in die Gesichter, wenn sie zur Stadt sahen, und die Geräusche, die er ihnen zutrug, waren schwach, aber deutlich.

»*Sind* es Kämpfe?« fragte Jake.

Roland nickte und hielt einen Finger an die Lippen.

Er hörte gedämpfte Rufe, einen Krach, als wäre ein riesiger Gegenstand gefallen, und – natürlich – die Trommeln. Dann folgte ein neuerliches Krachen, diesmal melodischer: das Geräusch von splitterndem Glas.

»Herrje«, flüsterte Jake und rückte näher zu dem Revolvermann.

Dann kam das Geräusch, das Roland von ganzem Herzen nicht hören wollte: das schnelle, trockene Knattern von Gewehrfeuer, gefolgt von einem lauten Knall – eindeutig eine Art Explosion. Der Knall rollte über die Ebene auf sie zu wie eine unsichtbare Bowlingkugel. Danach sanken Rufe, Pochen und die berstenden Geräusche rasch unter die Geräuschebene der Trommeln, und als die Trommeln selbst wenig später wie gewohnt unvermittelt verstummten, herrschte wieder Ruhe in der Stadt. Aber nun war der Stille eine unbehagliche, abwartende Qualität eigen.

Roland legte Jake einen Arm um die Schultern. »Es ist noch nicht zu spät für einen Umweg«, sagte er.

Jake sah zu ihm auf. »Das können wir nicht.«

»Wegen dem Zug?«

Jake nickte und intonierte: »Blaine ist die Pein, doch der Zug *muß* sein. Und die Stadt ist die einzige Möglichkeit, wo wir zusteigen können.«

Roland betrachtete Jake nachdenklich. »Warum sagst du: *muß* sein? Ist es *Ka*? Du mußt nämlich wissen, Jake, du weißt noch nicht sehr viel über *Ka* – es ist ein Thema, das Menschen ihr ganzes Leben lang studieren.«

»Ich weiß nicht, ob es *Ka* ist oder nicht, aber ich weiß, wir können nicht ohne Schutz durch das wüste Land, und das bedeutet Blaine. Ohne ihn werden wir sterben, so wie die Bienen, die wir gesehen haben, sterben müssen, wenn der Winter kommt. Wir brauchen Schutz. Denn das wüste Land ist verseucht.«

»Woher weißt du das alles?«

»*Das* weiß ich nicht!« sagte Jake fast wütend. »Ich weiß es eben.«

»Nun gut«, sagte Roland und lächelte nachsichtig. Er sah wieder Richtung Lud. »Aber wir müssen verdammt vorsichtig sein. Pech, daß sie immer noch Schießpulver haben. Wenn sie das haben, besitzen sie vielleicht Waffen, die noch mächtiger sind. Ich bezweifle, ob sie wissen, wie man sie einsetzt, aber das macht die Gefahr nur noch größer. Sie könnten ausrasten und uns alle in die Hölle pusten.«

»Usten«, sagte eine Stimme hinter ihnen. Sie drehten sich um und sahen Oy, der am Straßenrand saß und sie beobachtete.

8

Später an diesem Tag kamen sie zu einer neuen Straße, die von Westen verlief und sich mit der ihren vereinte. Nach dieser Stelle sank die Große Straße – die jetzt viel breiter war und in der Mitte durch eine Leitplanke aus dunklem, poliertem Stein geteilt wurde – nach unten, und die verwitterten Betonböschungen, die auf beiden Seiten emporragten, gaben den Reisenden ein klaustrophobisches Gefühl des Eingesperrtseins. Sie machten an einer Stelle Rast, wo einer dieser Betonwälle aufgebrochen worden war, so daß man einen Blick aufs offene Land hatte, und nahmen eine leichte, unbefriedigende Mahlzeit zu sich.

»Was meinst du, warum haben sie die Straße hier tiefer angelegt, Eddie?« frage Jake. »Ich meine, jemand *muß* es doch absichtlich so gemacht haben, oder nicht?«

Eddie sah durch die Lücke im Beton, wo sich die Steppe flach wie eh und je erstreckte, und nickte.

»Und warum?«

»Keine Ahnung, Kumpel«, sagte Eddie, glaubte es aber zu wissen. Er sah zu Roland und vermutete, daß auch er es wußte. Die tiefergelegte Straße bis zur Brücke war eine Verteidigungsmaßnahme. Truppen auf den Betonwällen kontrollierten den sorgfältig angelegten Zugang. Wenn den Verteidigern nicht gefiel, wie die Leute aussahen, die sich Lud auf der Großen Straße näherten, konnten sie Vernichtung auf sie herabregnen lassen.

»*Sicher,* daß du es nicht weißt?« fragte Jake.

Eddie lächelte, und Jake versuchte, sich nicht mehr vorzustellen, wie ein Verrückter da oben lauerte und versuchte, eine große, rostige Bombe einen der Betonwälle herunterzurollen. »Keine Ahnung«, sagte er.

Susannah pfiff mißfällig zwischen den Zähnen durch. »Diese Straße führt in die Hölle, Roland. Ich hatte gehofft, wir würden den verfluchten Tragegurt nicht mehr brauchen, aber du solltest ihn lieber wieder aus dem Rollstuhl holen.« Er nickte und kramte ohne ein weiteres Wort in der Tasche.

Der Zustand der Großen Straße verschlechterte sich zusehends, je mehr Nebenstraßen sich – wie Flüsse mit dem Hauptstrom – mit ihr vereinten. Als sie sich der Brücke näherten, ging das Kopfsteinpflaster in etwas über, das Roland als Metall betrachtete und die anderen als Asphalt oder Teerbelag. Dieser hatte nicht so gut überdauert wie das Kopfsteinpflaster. Die Zeit hatte ihre Spuren hinterlassen, zahlreiche Pferde und Wagen seit der letzten Reparatur noch mehr. Die Oberfläche war zu tückischem Schotter zerbröckelt. Es würde schon zu Fuß gefährlich sein, dort voranzukommen, und die Vorstellung, Susannahs Rollstuhl auf der brüchigen Oberfläche zu schieben, war lächerlich.

Die Wälle auf beiden Seiten waren immer steiler geworden, und nun konnten sie oben schlanke, spitze Umrisse sehen, die himmelwärts ragten. Roland mußte an Speerspitzen denken – riesige, von einem Stamm von Giganten hergestellte Waffen. Für seine Gefährten sahen sie wie Raketen oder Marschflugkörper aus. Susannah mußte an Redstones denken, die von Cape Canaveral aus abgefeuert wurden; Eddie an SAMs, die man von Pritschenwagen aus abfeuerte, wie sie überall in Europa stationiert waren; Jake an Interkontinentalraketen in Betonsilos unter den Ebenen von Kansas und den unbevölkerten Bergen von Nevada, die darauf programmiert waren, im Falle eines nuklearen Harmageddon gegen China oder die UdSSR zurückzuschlagen. Ihnen allen war zumute, als hätten sie eine dunkle und jammervolle Zone der Schatten betreten, einen Landstrich, der unter einem alten, aber immer noch mächtigen Fluch litt.

Einige Stunden nachdem sie dieses Gebiet erreicht hatten – Jake nannte es den Handschuh –, hörten die Betonwälle an einer Stelle auf, wo ein halbes Dutzend Nebenstraßen zusammenliefen wie die Stränge eines Spinnennetzes, und hier wurde das Gelände wieder offener ... eine Tatsache, die sie alle erleichterte, auch wenn es niemand laut aussprach. Über dieser Kreuzung schwang wieder eine Ampel, sie hatte einst Glaslinsen an den vier Seiten besessen, doch waren diese längst zerbrochen.

»Ich wette, diese Straße war einmal das achte Weltwunder«, sagte Susannah, »und seht sie jetzt an. Ein Trümmerfeld.«

»Alte Wege sind manchmal die besten«, stimmte Roland zu.

Eddie deutete nach Westen. »Seht.«

Da die hohen Betonbarrieren nicht mehr da waren, konnten sie nun genau sehen, was der alte Si ihnen bei einer Tasse bitterem Kaffee in River Crossing erzählt hatte. »Nur ein Gleis«, hatte er gesagt, »hoch auf einer Säule aus Steinen von Menschenhand, wie die Alten ihre Straßen und Mauern gebaut haben.« Die Schiene kam als schlanke, gerade Linie von Westen auf sie zu, dann schwebte sie auf einem eleganten goldfarbenen Gerüst über den Send und in die Stadt hinein. Es war eine schlichte, elegante Konstruktion – und bislang die einzige, die sie gesehen hatten, ohne Rost –, aber sie war dennoch arg mitgenommen. Auf halbem Weg war ein großes Stück des Gerüsts in den reißenden Fluß gestürzt. Übrig blieben zwei lange, hohe Pfähle, die aufeinander deuteten wie vorwurfsvolle Finger. Aus dem Wasser unter dem Loch ragte eine Röhre aus Metall heraus. Diese war einmal hellblau gewesen, aber inzwischen hatten Schuppen aus Rost die Farbe verdrängt. Aus dieser Entfernung sah sie sehr klein aus.

»Soviel zu Blaine«, sagte Eddie. »Kein Wunder, daß sie ihn nicht mehr hören. Die Stützen haben nachgegeben, als er den Fluß überquerte, und er ist in die Suppe gestürzt. Muß abgebremst haben, als das passiert ist, sonst wäre er einfach weitergetragen worden, und wir würden am gegenüberliegenden Ufer nur ein großes Loch wie einen Bombenkrater sehen. Nun, solange er funktioniert hat, war er bestimmt ein tolles Ding.«

»Mercy hat gesagt, es gab noch einen«, erinnerte Susannah ihn.

»Ja. Sie hat aber auch gesagt, den hat sie ebenfalls seit sieben oder acht Jahren nicht mehr gehört, und Tante Talitha sagte, es wären eher zehn gewesen. Was meinst du, Jake ... Jake? Erde an Jake, Erde an Jake, bitte kommen, Kumpel.«

Jake, der die Überreste des Zugs im Fluß eingehend betrachtet hatte, zuckte nur die Achseln.

»Du bist eine große Hilfe, Jake«, sagte Eddie. »Darum habe ich dich so gern. Darum haben wir dich *alle* so gern.«

Jake schenkte ihm keine Beachtung. Er wußte, was er sah, und es war nicht Blaine. Die Überreste der Einschienenbahn – des Mono –, die aus dem Wasser ragten, waren blau. In seinem Traum war Blaine so staubig rosa gewesen wie ein Kaugummi.

Derweil hatte sich Roland die Gurte von Susannahs Trage über die Brust geschnallt. »Eddie, setz deine Herzensdame in dieses Ding. Es wird Zeit, daß wir hinkommen und alles aus nächster Nähe sehen.«

Nun veränderte Jake die Blickrichtung und sah nervös zu der Brücke, die vor ihnen aufragte. Er konnte in der Ferne ein hohes, geisterhaftes Summen hören – der Wind, der in den rostigen Stahlaufhängungen spielte, welche die Kabel oben mit dem Betonband unten verbanden.

»Glaubst du, wir können sie sicher überqueren?« fragte Jake.

»Das werden wir morgen herausfinden«, antwortete Roland.

9

Am nächsten Morgen stand Rolands Gruppe am Ende der langen, rostigen Brücke und sah nach Lud. Eddies Träume von weisen Elfen, die eine funktionierende Technologie erhalten hatten, auf die die Pilger zurückgreifen konnten, lösten sich in Nichts auf. Jetzt, aus der Nähe, konnte er Löcher in der Stadtkulisse sehen, wo offensichtlich ganze Gebäudeblocks entweder niedergebrannt oder gesprengt worden waren. Die Silhouette der Stadt erinnerte ihn an einen kranken Kiefer, aus dem viele Zähne bereits ausgefallen waren.

Es stimmte, viele Gebäude standen noch, aber alle hatten ein trostloses, verlassenes Aussehen, das Eddie mit einer untypischen Niedergeschlagenheit erfüllte, und die Brücke zwischen den Reisenden und diesem Labyrinth aus Stahl und Beton sah alles andere als solide und für die Ewigkeit gebaut aus. Die vertikale Aufhängung links hing schlaff durch; die verbliebenen Kabel auf der rechten Seite schienen fast unter dem Gewicht zu schreien, das sie zu tragen hatten. Die Brücke selbst bestand aus hohlen Betonblöcken, die wie Trapezoeder geformt waren. Einige hatten sich nach oben verschoben und offenbarten Einblicke in dunkle Eingeweide; andere hingen schief durch. Viele der letzteren waren einfach rissig, aber einige waren auch durchgebrochen und wiesen Löcher auf, durch die Lastwagen stürzen konnten – *große* Lastwagen. An Stellen, wo auch die Unterseiten der Trapezoeder durchgebrochen waren, konnten sie das schlammige Flußufer und das graugrüne Wasser des Send erkennen. Eddie schätzte die Strecke zwischen Brücke und Wasseroberfläche in der Mitte der Konstruktion auf rund hundert Meter. Und das war eine vorsichtige Schätzung.

Eddie betrachtete die riesigen Betonblöcke, an denen die Hauptkabel verankert waren, und kam zum Ergebnis, daß der an der rechten Seite der Brücke aussah, als wäre er teilweise aus der Erde gezogen worden. Er beschloß, daß es vielleicht besser wäre, die anderen nicht auf diese Tatsache hinzuweisen; schlimm genug, daß die Brücke langsam, aber merklich hin und her schwankte. Er wurde seekrank, wenn er nur hinsah. »Und?« fragte er Roland. »Was meinst du?«

Roland deutete zur rechten Seite der Brücke. Dort befand sich ein etwa eineinhalb Meter breiter Fußweg. Dieser war auf einer Reihe kleinerer Betonblöcke erbaut worden und bildete eine separate Ebene. Diese in Segmente unterteilte Ebene schien von einem Unterkabel getragen zu werden – oder vielleicht war es eine dicke Stahlstrebe –, das mit riesigen Klammern an den Hauptstützkabeln befestigt war. Eddie begutachtete die erste mit dem lebhaften Interesse eines Mannes, der dem Gegenstand seiner Betrachtung möglicherweise demnächst sein Leben anvertrauen muß. Die Klammer war rostig, schien aber noch fest zu sein. Die Worte LaMERK FOUNDRY waren in das Metall eingeprägt. Eddie stellte fasziniert fest, daß er nicht mehr unterscheiden konnte, ob es sich dabei um Hochsprache oder um Englisch handelte.

»Ich glaube, den können wir benützen«, sagte Roland. »Es gibt nur eine gefährliche Stelle. Siehst du sie?«

»Ja – sie ist irgendwie schwer zu übersehen.«

Die Brücke, die mindestens eine Dreiviertelmeile lang sein mußte, mochte seit mehr als tausend Jahren nicht mehr richtig gewartet worden sein, aber Roland vermutete, daß die fundamentale Zerstörung erst vor rund fünfzig Jahren eingesetzt haben dürfte. Die Aufhängungen der rechten Seite waren nach und nach gerissen, und daher hatte sich die Brücke immer weiter nach links geneigt. Die schlimmste Verzerrung hatte in der Mitte stattgefunden, zwischen den hundertzwanzig Meter hohen Kabeltürmen. An der Stelle, wo der Druck am größten war, zog sich eine klaffende, augenförmige Öffnung über die Ebene. Der Riß im Fußweg war schmaler, aber dennoch waren mindestens zwei angrenzende Betonsegmente in den Send gestürzt und hatten ein etwa sechs bis acht Meter breites Loch hinterlassen. Dort konnten sie deutlich das rostige Kabel oder die Strebe sehen, die den Fußweg stützte. Die würden sie benützen müssen, um die Lücke zu überqueren.

»Ich glaube, wir können hinüber«, sagte Roland und deutete gelassen mit dem Finger. »Die Lücke ist ein Ärgernis, aber das Geländer ist noch da, also können wir uns wenigstens festhalten.«

Eddie nickte, aber er konnte spüren, wie sein Herz heftig schlug. Die freiliegende Tragstütze des Fußwegs sah wie ein großes Rohr aus Stahlsegmenten aus und war oben rund einen Meter breit. Er sah vor seinem geistigen Auge, wie sie sich hinübertasteten, die Füße auf dem leicht gekrümmten Kabel, die Hände am Geländer, während die Brücke langsam schwankte wie ein Schiff bei schwachem Seegang.

»Herrgott«, sagte er. Er versuchte zu spucken, aber es kam nichts heraus. Sein Mund war zu trocken. »Bist du sicher, Roland?«

»Soweit ich sehen kann, ist es der einzige Weg.« Roland deutete flußabwärts, wo Eddie eine zweite Brücke sah. Diese war schon vor langer Zeit in den Send gestürzt. Die Überreste ragten als rostiges Durcheinander uralten Stahls aus dem Wasser.

»Was ist mir dir, Jake?« fragte Susannah.

»He, überhaupt kein Problem«, sagte Jake wie aus der Pistole geschossen. Er lächelte sogar.

»Ich hasse dich, Bengel«, sagte Eddie.

Roland sah Eddie besorgt an. »Wenn du glaubst, daß du es nicht schaffst, sag es gleich. Geh nicht halb rüber und bleib dann starr vor Angst stehen.«

Eddie sah lange über die verschobenen Flächen der Brücke, dann nickte er. »Ich glaube, ich schaffe es. Große Höhe ist noch nie meine starke Seite gewesen, aber ich denke, ich komm rüber.«

»Gut.« Roland sah sie alle an. »Je früher, desto besser. Ich gehe mit Susannah zuerst. Dann Jake, Eddie als Nachhut. Kommst du mit dem Rollstuhl klar?«

»Kein Problem«, sagte Eddie zappelig.

»Dann los.«

10

Kaum hatte er den Fußweg betreten, füllte Angst Eddies hohle Stellen aus wie kaltes Wasser, und er fragte sich, ob er nicht einen sehr gefährlichen Fehler gemacht hatte. Vom festen Boden aus schien die Brücke nur ein klein wenig zu schwanken, aber als er richtig darauf stand, kam er sich vor wie auf dem Pendel der größten Standuhr der Welt. Die Bewegung war sehr langsam, aber sie war regelmäßig, und die Länge der Schwingungen war viel größer, als er erwartet hatte. Die Oberfläche des Fußwegs war rissig und mindestens zehn Grad nach links geneigt. Seine Füße knirschten auf losen Stellen staubigen Betons, und das leise Knirschen der Betonsegmente, die aneinander rieben, war konstant. Hinter der Brücke kippte die Silhouette der Stadt langsam hin und her wie der künstliche Horizont des langsamsten Videospiels der Welt.

Über ihnen heulte der Wind unablässig in den straffen Aufhängungen. Unter ihnen fiel der Boden schroff zum schlammigen Nordwestufer des Flusses ab. Er war zehn Meter hoch ... dann zwanzig ... dann fünfunddreißig. Bald würde er über dem Wasser sein. Der Rollstuhl schlug ihm bei jedem Schritt gegen das linke Bein.

Etwas Pelziges strich zwischen seinen Beinen hindurch; er hangelte panisch mit der rechten Hand nach dem rostigen Geländer und konnte eben noch einen Aufschrei unterdrücken. Oy ging mit einem kurzen Blick nach oben an ihm vorbei, als wollte er sagen: *Entschuldigung – wollte nur vorbei.*

»Verdammtes, blödes Vieh«, sagte Eddie mit zusammengebissenen Zähnen.

Er stellte fest, daß er zwar eine Abneigung dagegen hatte, nach unten zu sehen, aber noch mehr Unbehagen bereitete es ihm, wenn er die Halterungen betrachtete, welche das Deck und die Kabel oben zusammenhielten. Sie waren durchgerostet, und Eddie konnte Metallfädchen aus den meisten herausragen sehen; diese Fädchen sahen wie stählerne Baumwollbüschel aus. Er wußte von seinem Onkel Reg, der als Anstreicher an der George-Washington- und den Triborough-Brücken gearbeitet hatte, daß die Halterungen und Kabel aus Tausenden von Stahlfäden »gesponnen« waren. An dieser Brücke löste sich das Gesponnene langsam auf. Die Aufhängung zerfaserte buchstäblich, und dabei rissen die Stränge – ein Faden nach dem anderen.

Sie hat so lange gehalten, dann wird sie auch noch etwas länger halten. Glaubst du, dieses Ding wird in den Fluß stürzen, nur weil du es überquerst? Übertreib nicht so schamlos!

Aber das tröstete ihn nicht. Es wäre durchaus möglich, daß sie die ersten Menschen seit *Jahrzehnten* waren, die eine Überquerung versuchten. Und *irgendwann* mußte die Brücke ja einmal einstürzen, und wie es aussah, würde das bald geschehen. Ihr Gewicht zusammengenommen konnte der Tropfen sein, der das Faß zum Überlaufen brachte.

Er stieß mit dem Mokassin gegen einen Betonbrocken, mußte hilflos und außerstande, sich abzuwenden, mit ansehen, wie es immer weiter und weiter und weiter nach unten fiel und sich dabei drehte. Ein leises – *sehr* leises – Platschen war zu hören, als es in den Fluß stürzte. Der frische Wind schwoll an und drückte ihm das Hemd gegen die schweißnasse Haut. Die Brücke stöhnte und schwankte. Eddie versuchte, die Hand vom Geländer zu nehmen, aber sie schien förmlich an dem Metall festgefroren zu sein.

Er machte einen Moment die Augen zu. *Du wirst nicht starr vor Angst werden.* Du *nicht. Ich . . . ich verbiete es dir. Wenn du etwas ansehen mußt, dann nimm den Langen, Großen, Häßlichen.* Eddie schlug die Augen wieder auf, sah starr auf den Revolvermann, zwang sich, den Griff seiner Hand zu lösen und setzte sich wieder in Bewegung.

11

Roland kam zu der Lücke und drehte sich um. Jake war fünf Schritte hinter ihm. Oy folgte ihm auf den Fersen. Der Bumbler ging geduckt und hatte den Hals gestreckt. Über dem Fluß war der Wind viel stärker, und Roland konnte sehen, wie er Oys seidiges Fell zerzauste. Eddie kam etwa sechs Meter hinter Jake. Sein Gesicht war verkniffen, aber er schlurfte nach wie vor grimmig dahin und trug Susannahs Rollstuhl in der linken Hand. Mit der rechten Hand umklammerte er das Geländer, als hinge sein Leben davon ab.

»Susannah?«

»Ja«, antwortete sie sofort. »Alles in Ordnung.«

»Jake?«

Jake sah auf. Er grinste immer noch, und der Revolvermann sah, daß es mit ihm keine Probleme geben würde. Der Junge erlebte das Abenteuer seines Lebens. Das Haar wurde ihm in Strähnen aus der fein geschnittenen Stirn geweht, seine Augen strahlten. Er deutete mit dem Daumen nach oben. Roland lächelte und erwiderte die Geste.

»Eddie.«

»Mach dir meinetwegen keine Sorgen.«

Eddie schien Roland anzusehen, aber der Revolvermann hatte den Eindruck, als würde er in Wirklichkeit an ihm vorbei zu den fensterlosen Backsteingebäuden sehen, die das Ufer am anderen Ende der Brücke säumten. Das war in Ordnung; wenn man seine offensichtliche Höhenangst berücksichtigte, war es wahrscheinlich das Beste, was er machen konnte, damit er nicht den Kopf verlor.

»Nein«, murmelte Roland. »Wir überqueren jetzt das Loch, Susannah. Keine hastigen Bewegungen. Verstanden?«

»Ja.«

»Wenn du dich anders hinsetzen möchtest, tu es jetzt.«

»Mir geht es bestens, Roland«, sagte sie ruhig. »Ich hoffe nur, Eddie kommt zurecht.«

»Eddie ist jetzt ein Revolvermann. Er wird sich auch wie einer benehmen.«

Roland drehte sich nach rechts, so daß er flußabwärts sah, und umklammerte das Geländer. Dann kletterte er über das Loch hinaus und schlurfte mit den Füßen auf dem rostigen Kabel entlang.

12

Jake wartete, bis Roland und Susannah den größten Teil der Lücke überquert hatten, dann setzte er sich selbst in Bewegung. Der Wind wehte böig, und die Brücke schwankte hin und her, aber er hatte überhaupt keine Angst. Er war sogar völlig aufgedreht. Im Gegensatz zu Eddie hatte er nie Höhenangst gehabt; es gefiel ihm hier oben, wo er den ganzen Fluß überblicken konnte, der sich wie ein Stahlband unter einem Himmel erstreckte, der sich langsam bewölkte.

Auf halber Strecke über dem Loch in der Brücke (Roland und Susannah hatten die Stelle erreicht, wo der unebene Brückenbelag wieder anfing, und beobachteten die anderen), sah Jake zurück und verspürte Niedergeschlagenheit. Sie hatten ein Mitglied der Gemeinschaft vergessen, als sie sich darüber unterhalten hatten, wie sie die Lücke überqueren sollten. Oy kauerte erstarrt und offensichtlich von Todesangst geplagt auf der anderen Seite des Lochs im Fußweg. Er schnupperte an der Stelle, wo der Beton aufhörte und die rostige, gerundete Stütze anfing.

»Komm schon, Oy!« rief Jake.

»Oy!« rief der Bumbler zurück, und das Zittern seiner Stimme klang fast menschlich. Er streckte den langen Hals nach vorne Richtung Jake, bewegte sich aber nicht. Seine goldumrandeten Augen waren groß und furchtsam.

Eine weitere Windbö strich über die Brücke hinweg und brachte sie zum Schwanken. Etwas surrte neben Jakes Kopf – der Klang einer Gitarrensaite, die gespannt wurde, bis sie reißt. Ein Stahlfaden schnellte aus dem Aufhänger neben ihm heraus und zerkratzte ihm fast die Wange. Zehn Schritte entfernt kauerte Oy und ließ Jake nicht aus den Augen.

»Komm weiter!« rief Roland. »Der Wind nimmt zu! Komm her, Jake!«

»Nicht ohne Oy!«

Jake schlurfte den Weg zurück, den er gekommen war. Er war noch keine zwei Schritte gegangen, als Oy zaghaft auf die Stahlstrebe trat. Die Krallen an den Enden seiner steif gespreizten Beine kratzten auf der gerundeten Metalloberfläche. Eddie stand hinter dem Bumbler und fühlte sich hilflos und zu Tode geängstigt.

»So ist es recht, Oy!« ermutigte Jake ihn. »Komm zu mir!«

»Oy-Oy! Ake-Ake!« rief der Bumbler und wuselte hastig über die Strebe. Er war fast bei Jake, als der verräterische Wind wieder aufkam. Die Brücke schwang. Oys Pfoten scharrten, panisch nach Halt suchend, auf der Strebe, fanden aber keinen. Seine Hinterfüße rutschten vom Rand ins Leere. Er versuchte, sich mit den Vorderpfoten festzukrallen, aber es gab nichts, woran er sich festkrallen konnte. Seine Hinterbeine strampelten wie von Sinnen in der Luft.

Jake ließ das Geländer los und lief zu ihm; er dachte an nichts anderes als an Oys goldumrandete Augen.

»Nein, Jake!« bellten Roland und Eddie gleichzeitig, jeder von seiner Seite des Lochs und jeder zu weit entfernt, um einzugreifen.

Jake landete bäuchlings auf dem Kabel. Der Schulranzen schlug ihm gegen die Schulterblätter, und er hörte seine Zähne aufeinanderschlagen, was ein Geräusch wie ein Stoßball erzeugte, der beim Billard das Dreieck auseinanderschießt. Der Wind frischte wieder auf. Jake neigte sich mit ihm, klammerte die rechte Hand um die Strebe und griff mit der linken nach Oy, während er ebenfalls über den Rand rutschte. Der Bumbler glitt ab und biß in Jakes ausgestreckte Hand. Die Schmerzen waren unerträglich. Jake schrie, hielt sich aber fest, senkte den Kopf, ließ die Strebe nicht los und drückte zusätzlich die Knie gegen die tückisch glatte Oberfläche. Oy baumelte an seiner linken Hand wie ein Zirkusakrobat und sah mit seinen goldumrandeten Augen auf, und nun konnte Jake sehen, wie sein eigenes Blut in zwei dünnen Rinnsalen am Kopf des Bumblers hinabfloß.

Dann schwoll der Wind weiter an, und Jake rutschte über den Rand.

13

Eddies Angst fiel von ihm ab. An ihre Stelle trat diese seltsame, doch willkommene Kälte. Er ließ Susannahs Rollstuhl polternd auf den rissigen Beton fallen und rannte behende auf das Stützkabel hinaus, ohne sich erst die Mühe zu machen, nach dem Geländer zu greifen. Jake hing kopfunter über dem Abgrund, und Oy baumelte wie ein pelziges Pendel an seiner linken Hand. Und die rechte Hand des Jungen rutschte ab.

Eddie machte die Beine breit und ließ sich in eine sitzende Haltung fallen. Seine ungeschützten Hoden wurden schmerzhaft in den Schritt gequetscht, aber im Augenblick waren selbst diese erlesenen Schmerzen Nachrichten aus einem fernen Land. Er packte Jake mit einer Hand am Haar und mit der anderen an einem Gurt des Ranzens. Er spürte, wie er zur Seite kippte, und fürchtete einen alptraumhaften Augenblick, sie könnten alle drei wie eine Gänseblümchenkette ins Leere stürzen.

Er ließ Jakes Haar los, umklammerte den Gurt fester und hoffte, der Junge hatte den Ranzen nicht in einem Billigladen gekauft. Mit der freien Hand suchte er, über dem Kopf fuchtelnd, nach dem Geländer. Nach einem endlosen Augenblick, während dem sie weiter hinausrutschten, hatte er es zu fassen bekommen.

»ROLAND!« bellte er. *»ICH KÖNNTE HIER ETWAS HILFE GEBRAUCHEN!«*

Aber Roland, der Susannah noch auf dem Rücken trug, war schon zur Stelle. Als er sich bückte, schlang sie die Arme um seinen Hals, damit sie nicht Kopf voraus aus der Schlinge rutschte. Der Revolvermann schlang einen Arm um Jakes Brust und zog ihn hoch. Als seine Füße wieder auf der Strebe standen, legte Jake den rechten Arm um Oys zitternden Körper. Seine linke Hand verspürte Schmerzen wie Feuer und Eis.

»Laß los, Oy«, keuchte er. »Du kannst jetzt loslassen – wir sind in Sicherheit.«

Einen schrecklichen Augenblick dachte er, der Billy-Bumbler würde nicht loslassen. Dann lockerte Oy langsam den Biß, und Jake konnte die Hand herausziehen. Sie war blutverschmiert und wies einen Ring dunkler Löcher auf.

»Oy«, sagte der Bumbler kläglich, und Eddie sah staunend, daß die seltsamen Augen des Tieres voller Tränen waren. Er streckte den Hals und leckte Jake mit der blutigen Zunge das Gesicht.

»Schon gut«, sagte Jake und drückte das Gesicht in das weiche Fell. Er weinte selbst, und sein Gesicht war eine Maske des Schocks und der Schmerzen. »Keine Bange, das macht nichts. Du hast nicht anders gekonnt, und ich bin dir nicht böse.«

Eddie rappelte sich langsam auf. Sein Gesicht war schmutzig grau, und ihm war, als hätte ihm jemand eine Bowlingkugel in den Unterleib gerammt. Er griff sich mit der linken Hand verstohlen zwischen die Beine und begutachtete den Schaden dort.

»Verdammt billige Vasektomie«, sagte er heiser.

»Wirst du ohnmächtig, Eddie?« fragte Roland. Eine erneute Windbö riß ihm den Hut vom Kopf und wehte ihn Susannah ins Gesicht. Sie packte ihn und zog ihn ihm bis auf die Ohren, was ihm das Aussehen eines halb irren Hillbillys verlieh.

»Nein«, sagte Eddie. »Ich wünschte fast, ich könnte, aber . . .«

»Sieh dir Jake an«, sagte Susannah. »Er blutet böse.«

»Mir geht es gut«, sagte Jake und versuchte, seine Hand zu verstekken. Bevor es ihm gelang, ergriff Roland sie behutsam. Jake hatte mindestens ein Dutzend punktförmige Wunden an Handrücken, Handfläche und Fingern. Die meisten waren tief. Es war unmöglich zu sagen, ob Knochen gebrochen oder Sehnen durchbissen waren, bis Jake versuchte, die Hand zu spannen, und dies war weder die Zeit noch der Ort für derartige Experimente.

Roland betrachtete Oy. Der Billy-Bumbler sah ihn ebenfalls an, und seine ausdrucksvollen Augen waren groß und traurig. Er hatte nicht versucht, Jakes Blut von der Schnauze zu lecken, obwohl es ein natürlicher Impuls gewesen wäre.

»Laß ihn in Ruhe«, sagte Jake und schlang den Arm fester um Oys Körper. »Es war nicht seine Schuld. Es war meine Schuld, weil ich ihn vergessen habe. Der Wind hat ihn heruntergeweht.«

»Ich werde ihm nichts tun«, sagte Roland. Er war sicher, daß der Billy-Bumbler keine Tollwut hatte, aber er hatte dennoch nicht die Absicht, Oy mehr von Jakes Blut kosten zu lassen als ohnehin schon. Was andere Krankheiten betraf, die Oy in sich haben konnte ... nun, das würde *Ka* entscheiden, wie letztendlich immer. Roland zog das Taschentuch aus der Tasche und wischte Oys Lippen und Schnauze ab. »So«, sagte er. »Guter Junge. Guter Boy.«

»Oy«, sagte der Billy-Bumbler kläglich, und Susannah, die Roland über die Schulter sah, hätte schwören können, sie konnte Dankbarkeit aus seiner Stimme heraushören.

Eine weitere Windbö strich über sie hinweg. Das Wetter wurde zusehends ungemütlicher. »Eddie, wir müssen von der Brücke runter. Kannst du gehen?«

»Nein, Massa; kriechen muß.« Die Schmerzen im Unterleib und der Magengrube waren immer noch schlimm, aber nicht mehr ganz so schlimm wie vor einer Minute noch.

»Gut. Gehen wir. So schnell wir können.«

Roland drehte sich um, ging einen Schritt und blieb stehen. Ein Mann stand auf der anderen Seite der Lücke und betrachtete sie ausdruckslos.

Der Neuankömmling hatte sich hergeschlichen, während ihre Aufmerksamkeit Jake und Oy gegolten hatte. Ein Bogen war über seinen Rücken geschlungen. Er trug einen hellgelben Schal um den Kopf; die Enden wallten wie Flaggen im frischen Wind. Goldene Ringe mit Kreuzen in der Mitte baumelten an seinen Ohren. Ein Auge war von einer weißen Seidenklappe verdeckt. Purpurne Schwären überzogen sein Gesicht, manche waren offen und eiterten. Er hätte dreißig, vierzig oder sechzig Jahre alt sein können. Eine Hand hielt er hoch über den Kopf. Er trug etwas darin, das Roland nicht erkennen konnte, aber die Form war zu regelmäßig für einen Stein.

Hinter dieser Erscheinung ragte die Stadt, von einer unheimlichen Klarheit erfüllt, im dunkelnden Tag empor. Als Eddie an den Backsteingebäuden am gegenüberliegenden Ufer – zweifellos Warenhäuser, die längst schon von Plünderern ausgeräumt worden waren – vorbei in die schattigen Korridore und Irrgärten aus Stein sah, ging ihm zum erstenmal auf, wie irrig und schrecklich albern seine Träume und Hoffnungen auf Hilfe gewesen waren. Jetzt sah er die zertrümmerten Fassaden und eingestürzten Dächer; jetzt sah er Vogelnester auf Erkern und in glaslosen Fenstern; jetzt nahm er den *Geruch* der Stadt bewußt wahr, und dieser Geruch stammte nicht von sagenhaften Gewürzen und köstlichen Speisen, wie sie seine Mutter manchmal von Zabar's heimgebracht hatte, sondern war der Geruch einer Matratze, die Feuer gefangen, eine Weile geschwelt hat und dann mit Wasser aus dem Abwasserkanal gelöscht worden ist. Plötzlich verstand er Lud, verstand es völlig. Der grinsende Pirat, der sich angeschlichen hatte, während ihre Aufmerksamkeit abgelenkt gewesen war, stellte wahrscheinlich den besten Ersatz für einen weisen alten Elfen dar, den dieser kaputte, heruntergekommene Ort zu bieten hatte.

Roland zog den Revolver.

»Steck ihn weg, Jüngelchen«, sagte der Mann mit dem gelben Schal mit einem so ausgeprägten Akzent, daß der Sinn der Worte fast nicht zu verstehen war. »Steck ihn weg, mein Herzenskind. Bist ein zäher Brokken, ay, soviel sieht man dir an, aber diesmal biste unterlegen.«

14

Die Hosen des Neuankömmlings waren aus geflicktem grünem Samt, und wie er so am Rand des Lochs in der Brücke stand, sah er wie ein Pirat am Ende seiner Tage als Plünderer aus: krank, zerlumpt, aber immer noch gefährlich.

»Und wenn ich beschließe, das nicht zu tun?« fragte Roland. »Wenn ich einfach beschließe, dir eine Kugel durch den schorfigen Kopf zu schießen?«

»Dann gehe ich gerade so schnell vor dir zur Hölle, daß ich dir noch die Tür aufhalten kann«, sagte der Mann im gelben Schal mit einem rostigen Kichern. Er winkte mit der Hand, die er über dem Kopf hielt. »Für mich wär's so oder so derselbe Mordsspaß.«

Roland ging davon aus, daß das der Wahrheit entsprach. Der Mann sah aus, als hätte er bestenfalls noch ein Jahr zu leben . . . und die letzten Monate dieses Lebens würden wahrscheinlich sehr unangenehm werden. Die eiternden Schwären in seinem Gesicht hatten nichts mit Strahlung zu tun; wenn Roland sich nicht sehr irrte, befand sich dieser Mann im Endstadium einer Krankheit, die die Ärzte Mandrus und alle anderen Hurenblüte nannten. Es war immer schlimm, einem gefährlichen Mann gegenüberzustehen, aber bei einem solchen Zusammmentreffen konnte man wenigstens die Chancen abschätzen. Doch wenn man einem Todgeweihten gegenüberstand, war alles anders.

»Wißter, was ich hier hab', meine Süßen?« fragte der Pirat. »Kennter, was euerm alten Freund Schlitzer zufellich inne Hände gefallen is? Das isne Grenado, was die Alten zurückgelassen ham, und ich hab' schonne Kappe runtergezogen – weil's doch unhöflich wäre, Kappe aufzulassen beiner Begrüßung.«

Er gackerte einen Moment fröhlich, dann wurde sein Gesicht wieder still und ernst. Die Heiterkeit verschwand, als hätte jemand in seinem faulenden Gehirn einen Schalter gedrückt.

»Nur mein Finger drückten Bolzen runter, mein Süßer. Wennste mich erschießt, tutsn simmlich großn Knall. Du unne Fotzenäffin auf deinem Rücken werdet in Stücke gerissen. Der junge Bock, dere Spielzeuchpistole in meine Richtung hält, überlebt vielleicht, aber nur bisser aufs Wasser knallt ... und das würde, weile Brücke hier seit vierzich Jahrn am Faden hänkt und nur nochn klein' Schubs braucht, bisse alle is. Also stecke Knarre wech, oder solln wa alle mittem selben Handkarrn zur Hölle fahrn?«

Roland überlegte kurz, ob er das Ding, das Schlitzer Grenado nannte, aus seinen Händen schießen sollte, sah aber, wie fest er es umklammert hielt, und steckte den Revolver ein.

»Ah, gut!« rief Schlitzer wieder fröhlich. »Hab' gewußt, dassen schlaues Kerlchen bist, als ich dich nur gesehen hab'! O ja! So isses, so isses!«

»Was willst du?« fragte Roland, obwohl er dachte, daß er das auch schon wußte.

Schlitzer hob die freie Hand und deutete mit einem schmutzigen Finger auf Jake. »Den Bengel. Gebt mir den Bengel, dann könnt ihr anderen als freie Leute ziehn.«

»Fick dich selber«, sagte Susannah sofort.

»Warum nicht?« meckerte der Pirat. »Gib mirn Messer, dann schneid ich ihn ab und schieben mir hinten rein – warum nicht, nützt mer sowieso nix mehr. Kann nichmal mehr Wasser damit lassen, ohne dasses mir bis untern Pony brennt!« Der Blick seiner hellgrauen Augen wich nicht von Rolands Gesicht. »Was sagst *du* dazu, mein guter alter Kumpel?«

»Was passiert, wenn ich dir den Jungen gebe?«

»Dann könnter eures Wechs ziehn und bekommt kein Ärger nich mit uns!« antwortete der Mann mit dem gelben Schal um den Kopf sofort. »Ihr habt das Wort vom Ticktackmann darauf! Es kommt von seinen Lippen über meine Lippen zu euren Ohren, so isses, und Ticktack issn Ehrenmann, der bricht sein Wort nich, wenners mal gegem hat. Kann nich für irgendwelche Pubes sprechen, denen ihr übern Weg laufn könntet, aber mit den Grauen vom Ticktackmann habter keine Probleme nich.«

»Scheiße, *was* sagst du da, Roland?« brüllte Eddie. »Du denkst doch nicht etwa im Ernst daran, oder?«

Roland sah Jake nicht an und bewegte die Lippen nicht, als er murmelte: »Ich halte mein Versprechen.«

»Ja – das weiß ich.« Dann sagte Jake mit lauter Stimme: »Steck die Waffe weg, Eddie. Ich entscheide.«

»Jake, du hast den *Verstand* verloren!«

Der Pirat gackerte fröhlich. »Überhaupt nicht, Jüngelchen! *Du* hast den Verstand verloren, wenn du mir nicht glaubst. Bei uns wird er wenigstens vor den Trommeln sicher sein, oder nicht? Und denkt doch mal nach – wenn's mir nicht Ernst wär, dann hätt ich euch als allererstes befohlen, die Waffen wegzuwerfen! Nichts leichter als das! Aber hab' ichs getan? Nee!«

Susannah hatte den Wortwechsel zwischen Jake und Roland gehört. Ihr war auch klargeworden, wie aussichtslos ihre Möglichkeiten beim momentanen Stand der Dinge waren. »Steck sie weg, Eddie.«

»Woher sollen wir wissen, daß er die Granate nicht nach uns wirft, wenn er den Jungen hat?« rief Eddie.

»Ich treffe sie in der Luft, wenn er das versucht«, sagte Roland. »Das kann ich, und er *weiß*, daß ich es kann.«

»Vielleicht weiß ich's. Siehst ungemütlich aus, Jüngelchen, das kann man wohl sagen.«

»Wenn er die Wahrheit sagt«, meinte Roland, »wäre er angeschmiert, selbst wenn ich sein Spielzeug verfehlen würde, denn die Brücke würde einstürzen, und wir würden alle hinunterfallen.«

»Sehr schlau, mein guter alter Sohn!« sagte Schlitzer. »Bist wirklich 'n netter Junge, hm?« Er lachte meckernd, dann wurde er ernst und vertraulich. »Genug geredet, mein alter Freund. Entscheide dich. Gibst du mir den Jungen, oder gehen wir alle gemeinsam zum Ende des Wegs?«

Bevor Roland ein Wort sagen konnte, war Jake auf der Stützstrebe an ihm vorbeigegangen. Oy hielt er immer noch unter dem rechten Arm. Die blutige linke Hand hielt er steif von sich gestreckt.

»Jake, *nein*!« rief Eddie verzweifelt.

»Ich komm dich holen«, sagte Roland mit derselben gedämpften Stimme.

»Ich weiß«, wiederholte Jake. Der Wind frischte erneut auf. Die Brücke schwankte und stöhnte. Der Send war mittlerweile von weißer Gischt gekrönt, Wasser brodelte weiß um das Wrack des blauen Mono, der stromaufwärts aus dem Wasser ragte.

»Ay, mein Jüngelchen!« krähte Schlitzer. Er riß den Mund auf und entblößte einige erhaltene Zähne, die aus seinem weißen Zahnfleisch ragten wie verfallene Grabsteine. »Ay, mein hübscher junger Knabe! Komm nur weiter.«

»Roland, er könnte bluffen!« rief Eddie. »Das Ding könnte eine Attrappe sein!«

Der Revolvermann antwortete nicht.

Als sich Jake der andern Seite des Lochs im Gehweg näherte, fletschte Oy die Zähne und fauchte Schlitzer an.

»Wirf diesen sprechenden Sack voll Innereien ins Wasser«, sagte Schlitzer.

»Leck mich«, antwortete Jake mit ruhiger Stimme.

Der Pirat sah einen Moment verblüfft drein, dann nickte er. »Bist vernarrt in ihn, was? Na gut.« Er wich zwei Schritte zurück. »Setz ihn in dem Moment runter, wenn du auf dem Beton bist. Und ich schwöre dir, wenn er auf mich zugelaufen kommt, kick ich ihm das Gehirn hinten raus durch sein zartes Arschloch.«

»Arschloch«, sagte Oy mit gefletschten Zähnen.

»Sei still, Oy«, murmelte Jake. Er erreichte den Beton, als die bisher stärkste Windbö die Brücke traf. Diesmal schien das Sirren reißender Kabel von überall zu kommen. Jake drehte sich um und sah, wie sich Roland und Eddie am Geländer festhielten. Susannah betrachtete ihn über Rolands Schulter hinweg, ihre Lockenpracht wogte im Wind. Jake hob zum Abschied die Hand. Roland hob seine ebenfalls.

Wirst du mich diesmal wieder fallenlassen? hatte er gefragt. *Nein – nie wieder,* hatte Roland geantwortet. Jake glaubte ihm ... aber er hatte große Angst, was passieren könnte, bevor Roland eintraf. Er setzte Oy ab. Im selben Augenblick rannte Schlitzer los und kickte nach dem kleinen Tier. Oy schnellte beiseite und wich dem Stiefel aus.

»Lauf!« brüllte Jake. Oy gehorchte, lief mit gesenktem Kopf auf das Ende der Brücke zu, wich Löchern aus und sprang über Risse im Belag. Er drehte sich nicht mehr um. Einen Moment später hatte Schlitzer einen Arm um Jakes Hals gelegt. Er stank nach Schmutz und faulendem Fleisch, zwei Gerüche, die zusammen einen verkrusteten, durchdringenden Gestank ergaben. Jake stieg Übelkeit im Hals hinauf.

Schlitzer drückte den Schritt gegen Jakes Pobacken. »Vielleicht bin ich doch noch nicht so schlapp, wie ich gedacht hab'. Sagt man nicht, Jugend ist der Wein, der alte Männer trunken macht? Nun, wir werden Zeit miteinander verbringen, oder nicht, mein kleines hübsches Bübchen? Ay, wir werden Zeit miteinander verbringen und dafür sorgen, daß wir die Engel singen hören.«

Gütiger Himmel, dachte Jake.

Schlitzer erhob erneut die Stimme. »Wir gehen jetzt, mein hartgesottener Freund – wir müssen große Dinge sehen und große Menschen besuchen, so isses, aber ich halte mein Versprechen. Was euch betrifft, ihr bleibt fünfzehn Minuten stehen, wo ihr seid, wenn ihr klug seid. Wenn ich sehe, daß ihr euch in Bewegung setzt, gehen wir alle gemeinsam in die ewigen Jagdgründe. Habt ihr mich verstanden?«

»Ja«, sagte Roland.

»Glaubst du mir, wenn ich sage, daß ich nichts zu verlieren hab'?«

»Ja.«

»Das ist gut. Los, Bewegung, Junge! Hopp!«

Schlitzer umklammerte Jakes Hals, bis dieser kaum noch atmen konnte. Gleichzeitig wurde er nach hinten gerissen. So wichen sie zurück und behielten die Lücke im Auge, wo Roland mit Susannah auf dem Rücken stand, und Eddie gleich dahinter, immer noch die Ruger in der Hand, die Schlitzer ein Spielzeug genannt hatte. Jake konnte spüren, wie Schlitzers Atem als heiße kleine Wölkchen gegen sein Ohr puffte. Schlimmer, er konnte ihn riechen.

»Versuch keine Tricks«, flüsterte Schlitzer, »sonst reiß ich dir die weichen Klicker ab und stopf sie dir ins Kackloch. Und es wäre doch schade, sie zu verlieren, bevor de überhaupt die Möglichkeit gehabt hast, se zu benützen, oder? Wirklich schade.«

Sie kamen zum Ende der Brücke. Jake erstarrte, weil er befürchtete, Schlitzer würde die Granate wegwerfen, aber das tat er nicht ... jedenfalls nicht gleich. Er zerrte Jake durch eine schmale Gasse zwischen zwei kleinen Kabuffs, die wahrscheinlich früher einmal als Mautstellen gedient hatten. Dahinter ragten die Lagerhallen aus Backstein empor wie Zellenblocks im Gefängnis.

»Jetzt laß ich dein Hals los, Bübchen, wie sollteste sonst Luft zum Laufen ham? Aber ich halt dein' Arm fest, und wennste nich läufst wie der Teufel, reiß ich ihn dir ab und nehm'n als Keule, damit ich dich verprügeln kann. Hast du verstanden?«

Jake nickte, und plötzlich war der schreckliche, erstickende Druck von seiner Luftröhre verschwunden. Kaum war das geschehen, nahm er seine Hand wieder zur Kenntnis – sie fühlte sich heiß und geschwollen an, als würde sie brennen. Dann umklammerte Schlitzer seinen Bizeps mit Fingern wie Schraubstöcke, und Jake vergaß die Hand wieder.

»Toodle-doo!« rief Schlitzer in einem grotesk fröhlichen Falsett. Er winkte den anderen mit der Granate zu. »Lebt wohl, ihr Süßen!« Dann knurrte er Jake zu: »Und jetzt *lauf*, du verhurter kleiner Bengel! *Lauf!*«

Jake wurde zuerst herumgewirbelt und dann im Laufschritt mitgerissen. Die beiden flogen förmlich eine kurvige Rampe zur Straße hinunter. Jakes erster wirrer Gedanke war, daß so der East River Drive aussehen würde, wenn dreihundert Jahre verstrichen waren, nachdem eine unheimliche Gehirnseuche alle normalen, geistig gesunden Menschen auf der Welt ausgerottet hatte.

Die uralten, rostigen Gehäuse von Automobilen standen in Abständen an beiden Bordsteinen. Bei den meisten handelte es sich um kuppelförmige Roadster, die keine Ähnlichkeit mit Autos hatten, wie Jake sie kannte (abgesehen vielleicht von denen, die Walt Disneys Geschöpfe mit den weißen Handschuhen in Comics durch die Gegend kutschierten), aber er sah auch einen VW Käfer darunter, ein Modell, das ein Chevrolet Corvair sein konnte, und etwas, das er für einen Ford Modell A hielt. Keine dieser unheimlichen Hüllen hatte mehr Reifen; sie waren entweder gestohlen oder schon vor langer Zeit zu Staub zerfallen.

Sämtliche Scheiben waren zertrümmert, als wäre den letzten Bewohnern dieser Stadt alles ein Greuel, das ihnen ihre eigenen Spiegelbilder zeigen konnte, und sei es nur aus Versehen.

Unter und zwischen den liegengebliebenen Autos waren die Rinnsteine voll von unidentifizierbarem Metallschrott und Glasscherben. In einer längst vergangenen, glücklicheren Zeit waren in Abständen Bäume auf dem Gehweg gepflanzt worden, aber diese waren allesamt abgestorben, so daß sie wie kahle Metallskulpturen vor dem wolkenlosen Himmel wirkten. Manche der Lagerhallen waren entweder bombardiert worden oder von alleine eingestürzt, und hinter den Backsteinbergen, die noch übrig waren, konnte Jake den Fluß und die rostige, schiefe Unterkonstruktion der Brücke über den Send sehen. Der Geruch nasser Fäulnis – ein Geruch, der fast in der Nase zu kratzen schien –, war stärker denn je.

Die Straße führte nach Osten, vom Pfad des Balkens fort, und Jake konnte sehen, daß sie immer mehr von Unrat und Abfall erstickt wurde. Sechs oder sieben Blocks weiter schien sie völlig verstopft zu sein, aber in genau diese Richtung zog Schlitzer ihn. Zuerst hielt er Schritt, aber Schlitzer legte ein beängstigendes Tempo vor. Jake fing an zu keuchen und fiel einen Schritt zurück. Schlitzer riß ihn fast von den Beinen, während er Jake zu der Barriere aus Abfall und Plunder und rostigen Stahlträgern zerrte, die herumlagen. Die Barrikade – die Jake wie etwas künstlich Angelegtes vorkam – lag zwischen zwei breiten Gebäuden mit staubigen Marmorfassaden. Vor dem linken stand eine Statue, die Jake sofort erkannte: Es war die Dame, die Justitia genannt wurde, und damit war das Bauwerk, das sie bewachte, mit ziemlicher Sicherheit ein Gerichtsgebäude. Aber er hatte nur einen Moment Zeit, es sich anzusehen; Schlitzer zerrte ihn unbarmherzig zu der Barrikade und wurde nicht langsamer.

Er bringt uns um, wenn er da durch will! dachte Jake, aber Schlitzer – der trotz der Krankheit, die ihm deutlich ins Gesicht geschrieben stand, wie der Wind lief –, grub die Finger einfach tiefer in Jakes Oberarm und riß ihn mit. Und jetzt sah Jake einen schmalen Durchgang in der nicht ganz zufälligen Barrikade aus Beton, zertrümmerten Möbelstücken, rostigen Abwasserrohren und Teilen von Lastern und Automobilen. Plötzlich begriff er. Dieses Labyrinth würde Roland stundenlang aufhalten ... aber es war Schlitzers Hinterhof, und er wußte *genau*, wohin er ging.

Die winzige Öffnung des Durchgangs befand sich auf der linken Seite des baufälligen Stapels Abfall. Als sie dort ankamen, warf Schlitzer den grünen Gegenstand über die Schulter. »Duck dich lieber, Süßer!« schrie er und stieß eine Reihe schriller, hysterischer Kicherlaute aus. Einen Augenblick später erschütterte eine gewaltige, donnernde Explosion die Straße. Eines der kuppelförmigen Autos wurde sechs Meter in die Luft geschleudert und landete auf dem Dach. Ein Backsteinregen heulte über Jakes Kopf hinweg, etwas traf ihn schmerzhaft am linken Schulterblatt. Er stolperte und wäre gestürzt, wenn Schlitzer ihn nicht hochgezogen und in die schmale Öffnung im Abfall gezogen hätte. Als sie sich in der schmalen Passage befanden, die dahinter lag, streckten dunkle Schatten gierig die Finger aus und umfingen sie.

Als sie verschwunden waren, kroch ein kleines pelziges Wesen hinter einem Betonklotz vor. Es war Oy. Er blieb einen Moment mit ausgestrecktem Hals vor der Öffnung stehen und funkelte mit den Augen. Dann folgte er mit auf den Boden gedrückter Nase und aufmerksam schnuppernd.

15

»Kommt mit«, sagte Roland, sobald Schlitzer ihnen den Rücken gekehrt hatte.

»Wie konntest du nur?« fragte Eddie. »Wie konntest du ihn dieser Mißgeburt überlassen?«

»Weil ich keine andere Wahl hatte. Bring den Rollstuhl. Wir werden ihn brauchen.«

Sie hatten den Beton auf der anderen Seite der Lücke erreicht, als eine Explosion die Brücke erschütterte und Geröll hoch in die Luft schleuderte.

»Herrgott!« sagte Eddie und drehte Roland das blasse, entsetzte Gesicht zu.

»Keine Bange«, sagte Roland ruhig. »Burschen wie Schlitzer sind normalerweise nicht leichtsinnig mit ihren hochexplosiven Spielzeugen.« Sie kamen zu den Mautkabinen am Ende der Brücke. Roland blieb unmittelbar dahinter stehen.

»Du hast gewußt, daß der Typ nicht blufft, richtig?« sagte Eddie. »Ich meine, du hast es nicht vermutet – du hast es *gewußt*?«

»Er war ein wandelnder Toter, und solche Männer müssen nicht bluffen.« Rolands Stimme klang ruhig, enthielt aber einen tiefempfundenen Unterton von Verbitterung und Qual. »Ich wußte, daß so etwas geschehen könnte, und wenn wir den Mann früher gesehen hätten, als wir noch außerhalb der Reichweite seines explodierenden Eises waren, hätten wir ihn uns vom Leib halten können. Aber Jake ist gestürzt, und der Mann ist uns zu nahe gekommen. Ich glaube, er hat gedacht, daß wir den Jungen überhaupt nur mitgebracht haben, um uns freies Geleit durch die Stadt zu erkaufen. Verdammt! Verdammtes Pech!« Roland schlug sich mit der Faust aufs Bein.

»Dann holen wir ihn eben wieder!«

Roland schüttelte den Kopf. »Wir müssen uns hier trennen. Wir können Susannah nicht dorthin mitnehmen, wo der Dreckskerl hingegangen ist, und wir können sie nicht allein zurücklassen . . .«

»Aber . . .«

»Hör zu und widersprich mir nicht – wenn du Jake retten willst. Je länger wir hier stehen, um so kälter wird seine Spur. Und kalten Spuren kann man nur schwer folgen. Ihr müßt auch eine Aufgabe übernehmen. Wenn es einen zweiten Blaine gibt, und davon scheint Jake überzeugt zu sein, dann müßt ihr – du und Susannah – ihn finden. Es muß einen Bahnhof geben, eine Krippe, wie man das einst in den fernen Ländern genannt hat. Verstehst du?«

Glücklicherweise erhob Eddie diesmal keine Einwände. »Klar. Wir finden ihn. Was dann?«

»Feuert jede halbe Stunde einen Schuß ab. Wenn ich Jake hab', komme ich.«

»Schüsse könnten auch andere anlocken«, sagte Susannah. Eddie hatte ihr aus der Schlinge geholfen, sie saß wieder in ihrem Rollstuhl.

Roland betrachtete ihn kalt. »Kümmere dich um sie.«

»Okay.« Eddie streckte eine Hand aus, die Roland kurz ergriff. »Finde ihn, Roland.«

»Oh, ich werde ihn finden. Betet nur zu den Göttern, daß ich ihn früh genug finde. Und vergeßt die Gesichter eurer Väter nicht, alle beide.«

Susannah nickte. »Wir versuchen es.«

Roland drehte sich um und lief leichtfüßig die Rampe hinunter. Als er nicht mehr zu sehen war, drehte Eddie sich zu Susannah um und stellte ohne Überraschung fest, daß sie weinte. Ihm war selbst nach Weinen zumute. Vor einer halben Stunde waren sie eine eng verbundene Gruppe von Freunden gewesen. Innerhalb weniger Minuten war ihre tröstliche Verbundenheit zertrümmert worden – Jake entführt, Roland auf der Verfolgung. Sogar Oy war weggelaufen. Eddie hatte sich in seinem ganzen Leben noch nie so einsam gefühlt.

»Ich habe das Gefühl, wir werden keinen von ihnen je wiedersehen«, sagte Susannah.

»Selbstverständlich sehen wir sie wieder!« sagte Eddie grob, aber er wußte, was sie meinte, denn er empfand ähnlich. Die Vorahnung, daß ihre Suche zu Ende war, bevor sie richtig angefangen hatte, lag ihm schwer auf dem Herzen. »Im Kampf gegen Attila den Hunnen würde ich drei zu zwei auf Roland den Barbaren wetten. Komm schon, Suze – wir müssen den Zug erwischen.«

»Aber wo?« fragte sie hilflos.

»Ich weiß nicht. Vielleicht sollten wir einfach den erstbesten weisen alten Elfen fragen, hm?«

»Wovon redest du, Edward Dean?«

»Nichts«, sagte er, und weil das genau der Wahrheit entsprach, glaubte er, auch er könnte in Tränen ausbrechen, ergriff die Griffe des Rollstuhls und rollte ihn die rissige, von Glasscherben übersäte Rampe hinab, die in die Stadt Lud führte.

16

Jake stieg rasch in eine nebulöse Welt hinab, wo Schmerzen die einzigen Orientierungspunkte waren: seine pochende Hand, die Stelle an seinem Oberarm, wo Schlitzers Finger sich wie Stahlklammern eingruben, seine brennenden Lungen. Sie waren noch nicht weit gekommen, da gesellte sich ein schmerzhaftes, brennendes Seitenstechen in der linken Seite dazu und überragte bald alles andere. Er fragte sich, ob Roland ihnen folgte. Er fragte sich auch, wie lange Oy in dieser Welt überleben würde, die sich so sehr von den Ebenen und Wäldern unterschied, welche er bisher ausschließlich gekannt hatte. Dann klatschte Schlitzer ihm ins Gesicht, schlug ihm die Nase blutig, und sein ganzes Denken löste sich in einem roten Nebel der Qual auf.

»Komm schon, kleines Miststück! Beweg deine süßen Backen!«

»Ich lauf ... so schnell ich kann«, keuchte Jake und schaffte es gerade noch, einer dicken Glasscherbe auszuweichen, die wie ein langer, durchsichtiger Zahn aus der Mauer aus Plunder links von ihm herausragte.

»Hoffentlich nicht, ich schlag dich nämlich besinnungslos und zerr dich annen Haaren weiter, wennde nich schneller kannst! Und jetzt *dalli*, kleines Bübchen!«

Irgendwie zwang sich Jake, schneller zu laufen. Er hatte sich in die Gasse führen lassen und gedacht, sie müßten bald wieder auf der Straße herauskommen, aber jetzt mußte er widerwillig einsehen, daß das nicht geschehen würde. Dies war mehr als eine Gasse, es war eine getarnte und befestigte Straße, die immer tiefer ins Land der Grauen hineinführte. Die hohen, schiefen Wände, die über ihnen aufragten, waren aus einem exotischen Sammelsurium von Materialien erbaut worden: Autos, die manchmal teilweise und manchmal völlig von den Granit- und Stahlklötzen flachgedrückt worden waren, die man auf sie geschichtet hatte; Marmorsäulen, unbekannte Fabrikmaschinen, die die stumpfe Rotfärbung von Rost aufwiesen, wo sie nicht noch schwarz von Schmiere waren; ein Fisch aus Chrom und Metall, so groß wie ein Privatflugzeug, auf dessen schuppige Seite ein einziges geheimnisvolles Wort in der Hochsprache eingraviert war – LUST; ein Wirrwarr von Ketten, deren einzelne Glieder samt und sonders so groß wie Jakes Kopf waren und die ein irres Durcheinander von Möbeln umschlangen, welches so prekär wie Zirkuselefanten auf winzigen Hockern über ihren Köpfen balancierte.

Sie kamen an eine Stelle, wo sich der irre Weg teilte, und Schlitzer entschied sich, ohne zu zögern, für den linken Ausläufer. Ein Stück weiter führten drei weitere Gassen, allesamt so schmal, daß man sie fast als Tunnel bezeichnen konnte, in verschiedene Richtungen ab. Diesmal entschied sich Schlitzer für die rechte. Dieser neue Weg, der aus

Schichten verfaulender Kisten und riesigen Blocks Altpapier zu bestehen schien – Altpapier, das einmal Bücher oder Zeitschriften gewesen sein mochten –, war so schmal, daß sie nicht mehr nebeneinander laufen konnten. Schlitzer stieß Jake vor sich hinein und schlug ihm unbarmherzig auf den Rücken, damit er schneller lief. *So muß sich ein Rind fühlen, wenn es durch den Korridor ins Schlachthaus getrieben wird,* dachte Jake und schwor sich, er würde nie wieder Steak essen, wenn er lebend hier rauskam.

»Lauf, meine süße kleine Knabenfotze! *Lauf!*«

Jake verlor bald den Überblick über sämtliche Biegungen und Abzweigungen, die sie genommen hatten, und als Schlitzer ihn immer tiefer in dieses Labyrinth aus Bruchstahl und kaputten Möbelstücken und ausrangierten Maschinenteilen trieb, gab er langsam jede Hoffnung auf Rettung auf. Nicht einmal Roland würde ihn jetzt noch finden können. Wenn der Revolvermann es versuchte, würde er sich selbst verraten und durch die erstickenden Pfade dieser Alptraumwelt stolpern, bis er starb.

Jetzt liefen sie bergab, und die Mauern aus dicht gestapeltem Papier waren Korridoren aus Aktenschränken, Rechenmaschinen und Bergen von Computerzubehör gewichen. Es war, als würde man durch die Alptraumversion eines Elektronik-Kaufhauses laufen. Fast eine ganze Minute lang schien die Wand, die an Jakes linker Seite vorbeisauste, fast ausschließlich aus Fernsehern oder Videomonitoren zu bestehen. Diese starrten ihn an wie die glasigen Augen von Toten. Und als der Boden unter ihren Füßen sich immer weiter abwärts neigte, wurde Jake klar, daß sie sich *wirklich* in einem Tunnel befanden. Der Streifen bewölkten Himmels über ihnen war zum Band geworden, das Band wurde zum Streifen und der Streifen zum Faden. Sie befanden sich in einer düsteren Unterwelt und wuselten wie Ratten durch ein – gigantisches Netz aus Müll.

Und wenn alles über uns zusammenbricht? fragte sich Jake, aber in seinem momentanen Zustand schmerzhafter Erschöpfung machte diese Möglichkeit ihm nicht viel Angst. Wenn das Dach einstürzte, würde er wenigstens ausruhen können.

Schlitzer trieb ihn weiter wie ein Farmer sein Maultier, schlug ihm auf die linke Schulter, wenn er nach links sollte, und auf die rechte, wenn er nach rechts sollte. Wenn der Weg geradeaus ging, schlug er Jake auf den Hinterkopf. Jake versuchte, einem vorstehenden Rohr auszuweichen, aber es gelang ihm nur teilweise. Er stieß mit der Hüfte dagegen und wurde quer durch den Gang auf einen Abschnitt voll Glasscherben und zersplitterter Holzbalken zugeschleudert. Schlitzer fing ihn und stieß ihn wieder vorwärts. »Lauf, du ungeschickter Bengel! Kannste nich laufen? Wenn der Ticktackmann nich wär, würd ich dich gleich hier in Arsch ficken und dir dabei die Kehle durchschneiden, ay, das würd ich!«

Jake lief in einem Nebel, wo nur Schmerzen und die gelegentlichen

Hiebe von Schlitzers Fäusten auf seinem Rücken und dem Hinterkopf existierten. Als er schließlich sicher war, daß er nicht mehr laufen konnte, packte Schlitzer ihn am Hals und zerrte ihn so ruckartig zum Stillstand, daß Jake mit einem erstickten Würgen gegen ihn prallte.

»Jetzt kommt ein kitzliges kleines Stückchen!« keuchte Schlitzer liebenswürdig. »Schau gradaus, dann siehste zwei Drähte, die sich unten am Boden wie'n X überkreuzen. Siehste se?«

Zuerst sah Jake sie nicht. Es war düster hier; Berge von Kupferkesseln waren links aufgetürmt, und rechts Stahltanks, die wie Taucherausrüstungen aussahen. Jake dachte, daß er letztere mit einem starken Atemzug in einen Erdrutsch verwandeln konnte. Er fuhr mit den Unterarmen über die Stirn, strich sich Haarsträhnen aus den Augen und versuchte, nicht daran zu denken, wie er aussehen würde, wenn schätzungsweise sechzehn Tonnen dieser Stahltanks auf ihm lagen. Er sah blinzelnd in die Richtung, in die Schlitzer deutete. Ja, jetzt konnte er – gerade – zwei dünne silberne Fäden erkennen, die wie Gitarren- oder Banjosaiten aussahen. Sie führten von entgegengesetzten Seiten des Durchgangs herab und überkreuzten sich etwa fünfzig Zentimeter über dem Boden.

»Kriech drunter, mein Herzblatt. Und sei vorsichtig, denn wennde so nen Draht auch nur anhauchst, stürzen dir die halben Beton- und Stahlabfälle dieser Stadt auffen süßen kleinen Kopf. Auf mein' auch, aber ich denk, das würd dich nich weiter stören, oder? Jetzt kriech!«

Jake streifte den Ranzen ab, legte sich hin und schob ihn durch die Lücke vor sich. Und als er sich unter den dünnen, straffen Drähten hindurchschob, stellte er fest, daß er doch noch ein wenig länger leben wollte. Ihm war, als könnte er die tausend Tonnen sorgfältig ausbalancierten Mülls, die nur darauf warteten, auf ihn herunterzustürzen, förmlich spüren. *Diese Drähte halten wahrscheinlich zwei sorgfältig ausgesuchte Ecksteine an Ort und Stelle,* dachte er. *Wenn einer davon bricht... ashes, ashes, we all fall down.* Er streifte mit dem Rücken an einem der Drähte und hörte hoch über sich etwas knirschen.

»Vorsicht, Jüngelchen!« stöhnte Schlitzer fast. »Ach so vorsichtig!«

Jake robbte auf Knien und Ellbogen unter den beiden Drähten durch. Das stinkende, schweißnasse Haar fiel ihm wieder in die Augen, aber er wagte nicht, es wegzustreichen.

»Du bist durch«, grunzte Schlitzer schließlich und kroch mit der Behendigkeit langer Übung unter der Stolperfalle durch. Er stand auf und schnappte sich Jakes Ranzen, ehe dieser ihn wieder aufziehen konnte. »Was ist da drin, Jüngelchen?« fragte er, machte die Gurte auf und sah hinein. »Haste was Hübsches für dein' alten Kumpel drin? Der Schlitzermann liebt Überraschungen, so isses!«

»Da ist nichts drin, außer...«

Schlitzers Hand schnellte vorwärts und schleuderte Jakes Kopf mit einer ruckartigen Bewegung zurück, bei der wieder blutiger Schaum aus der Nase des Jungen spritzte.

»Warum haben Sie das gemacht?« fragte Jake wütend und verletzt.

»Weilde mir was gesagt hast, was ich mit mein' eigenen Scheißaugen sehn kann!« schrie Schlitzer und warf Jakes Ranzen beiseite. Er fletschte die verbliebenen Zähne zu einem bedrohlichen Grinsen und sah den Jungen an. »Und weilde fast die ganze beschissene Anlage auf uns hast stürzen lassen!« Er verstummte, dann fügte er mit leiser Stimme hinzu: *»Und* weil ich Lust dazu gehabt hab', das muß ich zugem. Dein dummes Schafsgesicht versetzt mich ziemlich inne Draufschlagstimmung, so isses!« Das Grinsen wurde breiter und entblößte weißes, triefendes Zahnfleisch, ein Anblick, auf den Jake hätte verzichten können. »Wenn dein hartgesottener Freund uns bis hierher folgen sollte, wird er ne Überraschung erleben, wenner gegen diese Drähte läuft, was?« Schlitzer sah immer noch grinsend auf. »Soweit ich mich erinnern kann, balanciert da oben irgendwo 'n städtischer Bus.«

Jake fing an zu weinen – müde, hoffnungslose Tränen, die schmale Kanäle in der Staubschicht auf seinem Gesicht bildeten.

Schlitzer hob eine offene, bedrohliche Hand. »Beweg dich, Bübchen, bevor ich selbst anfang zu weinen . . . is nämlich 'n oller sentimentaler Bursche, dein alter Kumpel, das isser, und wenner anfängt zu heulen und zu jammern, dann bringt ihn nur 'n bißchen Hauen wieder zum Lachen. *Lauf!«*

Sie liefen. Schlitzer wählte Wege, die immer tiefer in das stinkende, knirschende Labyrinth führten, scheinbar wahllos; und er tat seine Wahl mit festen Schlägen auf die Schultern kund. Irgendwann einmal setzten die Trommeln ein. Sie schienen von überall und nirgends zu kommen, und das war für Jake der letzte Tropfen. Er ließ Hoffnung und bewußtes Denken fahren und ergab sich dem Alptraum rückhaltlos.

17

Roland blieb vor der Barrikade stehen, die die Straße von einer Seite zur anderen und von oben nach unten versperrte. Im Gegensatz zu Jake hegte er nicht die Hoffnung, auf der anderen Seite wieder im Freien herauszukommen. Die Häuser, die östlich von diesem Punkt lagen, waren von Wachtposten bewohnte Inseln in einem Binnenmeer aus Müll, Werkzeugen, Artefakten . . . und Fallen, daran zweifelte er nicht. Einige dieser Überbleibsel lagen zweifellos noch da, wo sie vor fünfhundert oder siebenhundert oder tausend Jahren umgestürzt waren, aber der Großteil war sicherlich Stück für Stück von den Grauen hierhergeschleppt worden. Der östliche Teil von Lud war sozusagen zur Burg der Grauen geworden, und Roland stand nun vor ihrer Mauer.

Er ging langsam weiter und sah die Öffnung eines Durchgangs halb verborgen hinter einem unebenmäßigen Betonblock. Im pulvrigen Staub davor waren Fußabdrücke zu sehen – zwei verschiedene, kleine und große. Roland wollte aufstehen, sah wieder hin und kauerte sich erneut hinab. Nicht zwei, sondern drei; die dritten stammten von den Pfoten eines kleinen Tiers.

»Oy?« rief Roland leise. Einen Augenblick kam keine Antwort, dann ertönte ein kurzes, leises Bellen aus den Schatten. Roland betrat den Durchgang und sah Augen mit goldenen Ringen, die ihn von der ersten schiefen Ecke ansahen. Roland schlurfte zu dem Bumbler. Oy, der immer noch nicht gerne in die Nähe von Menschen kam, ausgenommen Jake, wich einen Schritt zurück, doch dann verteidigte er seine Position und sah ängstlich zu dem Revolvermann auf.

»Möchtest du mir helfen?« fragte Roland. Er konnte den trockenen roten Vorhang des Jagdfiebers an den Rändern seines Bewußtseins spüren, aber dies war nicht der Zeitpunkt dafür ... Der Zeitpunkt würde kommen, aber vorläufig durfte er sich diese unvorstellbare Erleichterung nicht gönnen. »Mir helfen, Jake zu finden?«

»Ake!« bellte Oy, der Roland immer noch mit ängstlichem Blick ansah.

»Dann los. Such ihn.«

Oy drehte sich sofort um und lief rasch den Gang entlang, wobei er die Nase an den Boden preßte. Roland folgte ihm, sah aber nur gelegentlich auf, damit er Oy nicht aus den Augen verlor. Größtenteils hielt er den Blick auf den Boden gerichtet und suchte nach Spuren.

18

»Herrgott«, sagte Eddie. »Was sind denn das für Menschen?«

Sie waren der Allee am Fuß der Rampe einige Blocks weit gefolgt, hatten die Barrikade gesehen (und Rolands Eindringen in den verborgenen Durchgang um nicht einmal eine Minute verpaßt), die vor ihnen lag, und waren nach Norden auf eine breite Durchgangsstraße abgebogen, die Eddie an die Fifth Avenue erinnerte. Er hatte nicht gewagt, Susannah das zu sagen; er war immer noch so bitter von dieser stinkenden, dreckigen Ruine einer Stadt enttäuscht, daß er nichts auch nur annähernd Hoffnungsvolles von sich geben konnte.

Die ›Fifth Avenue‹ führte sie in eine Gegend großer, weißer Steingebäude, die Eddie daran erinnerten, wie das antike Rom in den Gladiatorenfilmen seiner Kindheit ausgesehen hatte, die im Fernsehen gesendet wurden. Sie waren karg und weitgehend gut erhalten. Er war ziemlich sicher, daß es sich um irgendwelche öffentlichen Gebäude gehandelt haben mußte – Galerien, Bibliotheken, möglicherweise Museen. Eines mit einem großen Kuppeldach, das gesprungen war wie ein Granitei, konnte ein Observatorium sein, aber Eddie hatte irgendwo gelesen, daß Astronomen gerne *weit weg* von Großstädten waren, weil ihnen die vielen elektrischen Lichter ihre Sternenguckerei versauten.

Zwischen diesen eindrucksvollen Bauwerken lagen freie Flächen. Obwohl die Blumen und das Gras, die dort einmal wuchsen, von Unkraut und verfilztem Gestrüpp erstickt worden waren, machte die Gegend immer noch einen ansehnlichen Eindruck, und Eddie fragte sich, ob sie einmal der Mittelpunkt des kulturellen Lebens in Lud gewesen war. Diese Tage waren selbstverständlich längst vorbei; Eddie bezweifelte, daß sich Schlitzer und seine Kumpane sehr für Ballett oder Kammermusik interessierten.

Er und Susannah waren zu einer großen Kreuzung gekommen, von der vier weitere breite Alleen nach außen verliefen wie Speichen eines Rades. In der Radnabe befand sich ein großer gepflasterter Platz. Ringsum verliefen Lautsprecher auf zehn Meter hohen Stahlpfosten. Im Zentrum des Platzes stand ein Sockel mit den Überresten einer Statue – ein mächtiges Schlachtroß aus Kupfer, von Grünspan überzogen, das die Vorderhufe in die Luft schwang. Der Krieger, der das Pferd einst geritten hatte, lag auf einer verrosteten Schulter auf der Seite und schwang etwas, das wie ein Maschinengewehr aussah, in einer, und ein Schwert in der anderen Hand. Die Beine waren noch um die Flanken des Pferdes gekrümmt, das er einst geritten hatte. *TOD DEN GRAUEN!* stand in verblaßten orangefarbenen Buchstaben auf dem Sockel.

Als Eddie die sternförmig angeordneten Straßen hinabsah, erblickte er noch mehr von den Lautsprecherpfosten. Einige waren umgefallen, aber die meisten standen noch, und diese waren allesamt mit grausigen Girlanden von Leichen geschmückt. Als Folge dessen waren der Platz, in den die ›Fifth Avenue‹ mündete, und die Straßen, die davon wegführten, von einer kleinen Armee der Toten bewacht.

»Was sind denn das für Menschen?« sagte Eddie wieder.

Er rechnete nicht mit einer Antwort, und Susannah gab ihm keine ... aber sie hätte es gekonnt. Sie hatte schon früher Einblicke in die Vergangenheit von Rolands Welt gehabt, aber noch nie so klar und deutlich wie jetzt. Ihren früheren Einblicken, wie dem in River Crossing, war eine visionäre, quälende Eigenschaft zu eigen gewesen, wie einem Traum, aber was sie jetzt sah, kam wie ein Blitz aus heiterem Himmel, als sähe sie das verzerrte Gesicht eines gefährlichen Irren in einem kurzen, grellen Aufleuchten.

Die Lautsprecher ... die gehängten Leichen ... die Trommeln. Sie begriff plötzlich, wie sie zusammengehörten, so sicher wie sie begriffen hatte, daß die schwerbeladenen Wagen, die auf dem Weg nach Jimtown durch River Crossing kamen, von Ochsen gezogen worden waren, und nicht von Maultieren oder Pferden.

»Vergiß diesen Dreck«, sagte sie, und ihre Stimme bebte nur ein klein wenig. »Wir suchen nur den Zug. Was meinst du, in welcher Richtung steht er?«

Eddie sah zum halbdunklen Himmel und konnte den Pfad des Balkens mühelos anhand der Wolkenformationen erkennen. Er sah in diese Richtung und war nicht überrascht, als er feststellte, daß der Zugang zu der Straße, die dem Balken folgte, von einer großen Schildkröte aus Stein bewacht wurde. Der Reptilienkopf sah aus den Granitlippen des Panzers heraus; die tiefliegenden Augen schienen sie neugierig zu betrachten. Eddie nickte in ihre Richtung und brachte ein knappes, trockenes Lächeln zustande. »Siehst du der Schildkröte strahlende Pracht?«

Susannah sah ebenfalls kurz hin und nickte. Er schob sie über den Platz in die Straße der Schildkröte. Die Leichen rechts und links verströmten einen trockenen Zimtgeruch, bei dem sich Eddies Magen verkrampfte ... nicht weil er schlimm, sondern weil er im Gegenteil sogar recht angenehm war – das würzig-süße Aroma von etwas, das sich jedes Kind sicher gern auf den Frühstückstoast streuen würde.

Die Straße der Schildkröte war glücklicherweise breit, und die meisten Leichen an den Lautsprecherpfosten waren nicht mehr als Mumien, aber Susannah sah einige, die vergleichsweise frisch waren. Fliegen krabbelten noch auf der schwarzen Haut der aufgedunsenen Gesichter und Maden wuselten aus verwesenden Augen.

Und unter jedem Pfosten lag ein kleines Häufchen Knochen.

»Das müssen Tausende sein«, sagte Eddie. »Männer, Frauen, Kinder.«

»Ja.« Susannahs Stimme hörte sich selbst für sie fern und seltsam an. »Sie haben jede Menge Zeit zum Töten. Und die haben sie genutzt, sich gegenseitig umzubringen.«

»Bring uns endlich zu diesen elenden weisen Elfen!« sagte Eddie, und das Lachen, das nachfolgte, hörte sich verdächtig nach einem Schluchzen an. Er glaubte, daß er allmählich begriff, was dieser unverfängliche Ausdruck – *die Welt hat sich weitergedreht* – wirklich bedeutete. Welche Bandbreite von Dummheit und Bösem er umfaßte.

Und welches Ausmaß.

Die Lautsprecher waren eine Kriegsmaßnahme, dachte Susannah. *Natürlich. Gott allein weiß, für welchen Krieg oder vor wie langer Zeit, aber es muß schon einige Jährchen her sein. Die Herrscher von Lud haben das Lautsprechersystem benützt, um Ansagen aus einem zentralen, bombensicheren Ort zu machen – einem Kommandobunker wie dem, in den sich Hitler und seine Stabschefs gegen Ende des Zweiten Weltkriegs zurückgezogen haben.*

Und sie konnte die Stimmen in den Ohren hören, die aus jenen Lautsprechern gedrungen waren – konnte sie so deutlich hören wie das Quietschen der Wagen, die durch River Crossing kamen, so deutlich wie das Knallen der Peitschen über den Rücken der schuftenden Ochsen.

Rationierungszentren A und D sind heute geschlossen; bitte begeben Sie sich mit den gültigen Lebensmittelkarten zu den Zentren B, C, E und F.

Milizschwadronen Neun, Zehn und Zwölf zum Ufer des Send vorrücken.

Luftangriffe werden zwischen acht und zehn Uhr erwartet. Die Zivilbevölkerung wird aufgefordert, sich in den zugeteilten Luftschutzbunkern zu melden. Bringen Sie Ihre Gasmasken mit. Ich wiederhole: Bringen Sie Ihre Gasmasken mit.

Ansagen, ja ... und verhackstückelte Versionen der Nachrichten – eine militärische Propagandaversion, die George Orwell Zwiesprache genannt hätte. Und zwischen den Nachrichtensendungen und Ansagen schmetternde Marschmusik und Durchhalteparolen, die Toten dadurch zu ehren, daß man noch mehr Männer und Frauen in den roten Schlund des Gemetzels schickte.

Dann war der Krieg zu Ende gegangen und Schweigen hatte sich herniedergesenkt ... eine Weile. Irgendwann hatten die Lautsprecher dann wieder zu senden angefangen. Wie lange war das her? Hundert Jahre? Fünfzig? War es wichtig? Susannah fand nicht. Wichtig war, als die Lautsprecher reaktiviert wurden, sendeten sie nur eine einzige Bandschleife ... das Band mit den Trommeln. Und die Nachkommen der ursprünglichen Stadtbewohner hatten es ... wofür gehalten? Die Stimme der Schildkröte? Den Willen des Balkens?

Susannah erinnerte sich plötzlich daran, wie sie ihren Vater, einen stillen, zutiefst zynischen Mann gefragt hatte, ob er glaubte, daß es einen Gott im Himmel gab, der den Lauf des menschlichen Schicksals bestimmte. *Nun,* hatte er gesagt, *ich denke, es ist halb und halb, Odetta. Ich glaube, daß es einen Gott gibt, aber ich glaube nicht, daß Er sich heutzutage noch sehr um uns kümmert; ich glaube, nachdem wir Seinen Sohn getötet hatten, ist ihm endlich klargeworden, daß mit den Söhnen Adams und Töchtern Evas nichts mehr anzufangen war, und daher hat Er uns links liegenlassen. Kluger Mann.*

Sie hatte auf diese Antwort (die sie voll und ganz erwartet hatte; sie war elf und wußte ziemlich gut, wie das Denken ihres Vaters funktionierte) damit reagiert, daß sie ihm einen Ausschnitt aus der Kirchenseite der Lokalzeitung gezeigt hatte. Dort stand, daß Reverend Murdock von der Methodistenkirche Grace am Sonntag über das Thema ›Gott spricht jeden Tag zu uns‹ predigen würde – mit einem Bibeltext aus dem ersten Korintherbrief. Darüber hatte ihr Vater so lachen müssen, daß ihm Tränen in die Augen traten. *Nun, ich glaube, wir hören alle jemanden sprechen,* hatte er schließlich gesagt, *und auf eines kannst du deinen allerletzten Dollar verwetten, Süße: Wir alle – einschließlich dieses Reverends Murdock – hören diese Stimme genau das sagen, was wir hören wollen. Das ist so bequem.*

Diese Menschen hatten aus der Tonbandaufzeichnung der Trommeln eindeutig eine Aufforderung zum rituellen Mord heraushören wollen. Und wenn die Trommeln heute aus den Hunderten oder Tausenden von Lautsprechern hämmerten – ein dröhnender Beat, bei dem es sich um das Schlagzeug eines Z. Z. Top-Songs mit dem Titel ›Velcro Fly‹ handelte, wenn Eddie recht hatte –, war das ihr Signal, die Henkerstricke aufzurollen und ein paar Leute an die nächsten Lautsprecherpfosten zu knüpfen.

Wie viele? fragte sie sich, während Eddie sie im Rollstuhl schob, dessen zerschrammte Vollgummireifen über Glasscherben knirschten und durch zerknittertes Altpapier raschelten. *Wie viele mußten im Lauf der Jahre sterben, weil ein elektronischer Schaltkreis unter der Stadt den Schluckauf hat? Hat es angefangen, weil sie das grundsätzlich Fremde an der Musik erkannt haben, die – wie wir, das Flugzeug und einige der Autos auf den Straßen – aus einer anderen Welt stammt?*

Sie wußte es nicht, sie wußte nur, sie hatte den zynischen Standpunkt ihres Vaters angenommen, was das Thema Gott und die Schwätzchen betraf, die Er mit den Söhnen Adams und Töchtern Evas hatte – oder auch nicht. Diese Menschen hatten nach einem Grund gesucht, einander abzuschlachten, das war alles, und die Trommeln waren als Vorwand so gut gewesen wie alles andere. Sie mußte an den Stock denken, den sie gefunden hatten – den mißgebildeten Bienenstock mit den weißen Bienen, deren Honig sie vergiftet hätte, wären sie dumm genug gewesen, davon zu essen. Hier, auf dieser Seite des Send, lag auch ein sterbender Stock mit ebenfalls mutierten Bewohnern, deren Stich ob ihrer Verwirrung, Ahnungslosigkeit und ihres Verlusts nicht weniger tödlich sein würde.

Und wie viele müssen noch sterben, bis das Tonband endlich den Geist aufgibt?

Als hätten ihre Gedanken es ausgelöst, fingen die Lautsprecher plötzlich an, den unbarmherzigen, rhythmischen Herzschlag der Trommeln zu senden. Eddie schrie überrascht auf. Susannah kreischte und drückte beide Hände auf die Ohren – aber vorher konnte sie noch leise den Rest der Musik hören: die Spur oder Spuren, die vor Jahren ausgeblendet worden waren, als jemand (wahrscheinlich aus Versehen) die Balance-control ganz auf eine Seite gedreht und Gitarren und Stimme ausgelöscht hatte.

Eddie schob sie weiter auf der Straße der Schildkröte und dem Pfad des Balkens, versuchte, in alle Richtungen gleichzeitig zu sehen und den Verwesungsgeruch nicht wahrzunehmen. *Gott sei Dank für den Wind,* dachte er.

Er schob den Rollstuhl schneller und suchte die unkrautüberwucherten Zwischenräume zwischen den Gebäuden nach den anmutigen Kurven einer hochgelegenen Einschienenbahn ab. Er wollte diesen endlosen Korridor der Toten hinter sich bringen. Als er noch einen Atemzug dieses verlockend süßlichen Zimtgeruchs eingeatmet hatte, kam es ihm so vor, als hätte er noch nichts in seinem Leben so sehr gewollt.

19

Jakes Benommenheit wurde urplötzlich abgeschüttelt, als Schlitzer ihn am Kragen packte und mit der Brutalität eines grausamen Reiters zurückriß, der ein galoppierendes Pferd abbremst. Gleichzeitig streckte er ein Bein aus, und Jake fiel rückwärts darüber. Sein Kopf schlug auf dem Boden auf, und für einen Moment gingen alle Lichter aus. Schlitzer, der nicht gerade Humanist war, brachte ihn wieder hoch, indem er Jakes Unterlippe ergriff und diese in die Höhe und gleichzeitig nach außen zog.

Jake schrie und schnellte in eine sitzende Haltung, wobei er blindwütig mit den Fäusten um sich schlug. Schlitzer wich den Schlägen mühelos aus, hakte einen Arm unter Jakes Achselhöhle und riß ihn auf die Füße. Jake stand da und schwankte trunken hin und her. Er war jetzt völlig gleichgültig, fast besinnungslos. Er wußte nur mit Sicherheit, daß ihm jeder Muskel im Leib weh tat und seine verletzte Hand wie ein Tier in der Falle heulte.

Schlitzer brauchte offenbar eine Verschnaufpause, und diesmal kam er nicht so schnell wieder zu Atem. Er stand mit gesenktem Kopf da, hatte die Hände auf die Knie der grünen Samthose gestützt und holte pfeifend und rasselnd und in kurzen Zügen Luft. Der gelbe Schal auf dem Kopf war verrutscht. Das gute Auge funkelte wie ein Tinnefdiamant. Die weiße Augenklappe war zerknittert, gelber Eiter, der ekelhaft aussah, floß von darunter auf die Wange.

»Schau über dein Kopf, Jüngelchen, dann siehste, warum ich dich abgebremst hab'. Sieh gut hin!«

Jake neigte den Kopf nach oben und war in seinem allumfassenden Schock nicht überrascht, als er einen Springbrunnen aus Marmor sah, der so groß wie ein Wohnmobil zwanzig Meter über ihren Köpfen baumelte. Er und Schlitzer standen fast darunter. Der Brunnen wurde von zwei rostigen Kabeln gehalten, die größtenteils in zwei riesigen, instabilen Stapeln von Kirchenbänken verborgen waren. Selbst in seinem alles andere als hellwachen Zustand sah Jake, daß diese Kabel noch schlimmer angegriffen waren als die auf der Brücke.

»Siehst du?« fragte Schlitzer grinsend. Er griff mit der linken Hand unter die Augenklappe, klaubte eine Masse der eitrigen Substanz hervor und schnippte sie achtlos beiseite. »Schön, was? Oh, der Ticktackmann ist 'n schlauer Fuchs, daß da mal kein Zweifel herrscht. Wo bleiben diese beschissenen Trommeln? Müßten schon längst angefangen haben – wenn Copperhead sie vergessen hat, ramm ich ihm 'nen Ast so weit in den Arsch, daß er Rinde schmeckt. Und jetzt schau geradeaus, mein köstliches kleines Bübchen.«

Jake gehorchte, worauf ihm Schlitzer sofort einen Hieb verpaßte, daß er taumelte und fast hinfiel.

»Nicht *rüber,* dummer Bengel! *Runter!* Siehste die zwei Pflastersteine?«

Nach einem Moment sah Jake sie. Er nickte apathisch.

»Sollteste nich rauftreten, weil sonste ganze Kache auf dein' Kopf falln würde, Jüngelchen, und wenn dich hinerher einer ham wollte, müßter dich mitter Schaufel abkratzen. Kapiert?«

Jake nickte wieder.

»Gut.« Schlitzer holte ein letztes Mal tief Luft, dann schlug er Jake auf die Schulter. »Also dann los, worauf warteste? *Hopp!*«

Jake trat über den ersten der farblosen Pflastersteine und stellte fest, daß es gar kein Stein war, sondern eine Metallplatte, die abgerundet wurde, damit sie wie ein Stein aussah. Die zweite lag unmittelbar dahinter und war so angelegt, daß ein unachtsamer Eindringling, so er den ersten verfehlte, fast sicher auf diesen trat.

Dann mach's doch, dachte er. *Warum nicht? In diesem Irrgarten wird dich der Revolvermann nie finden, also los, laß es einstürzen. Es wird sauberer sein als das, was Schlitzer und seine Freunde vorhaben. Und schneller.*

Sein staubiger Mokassin zauderte über der Falle.

Schlitzer stieß ihm die Faust zwischen die Schulterblätter, aber nicht fest. »Überlegste, obde mittem Hübschen reiten sollst, was, mein Bübchen?« fragte er. Die fröhliche Grausamkeit in seiner Stimme war schlichter Neugier gewichen. Falls noch eine weitere Empfehlung mitklang, war es nicht Angst, sondern Heiterkeit. »Nun, dann man los, denn ich hab' meine Fahrkarte schon. Aber mach schnell, damitte Götter dein Licht auspusten.«

Jake setzte den Fuß hinter dem Auslöser der Falle auf. Seine Entscheidung, noch eine Weile zu leben, basierte nicht auf der Hoffnung, daß Roland ihn finden würde; es war einfach das, was Roland getan hätte – weitergehen, bis ihn jemand aufhielt, und dann – wenn möglich – noch ein paar Schritte weiter.

Wenn er es jetzt machte, konnte er Schlitzer mit sich nehmen, aber Schlitzer allein reichte nicht aus – ein Blick bewies hinreichend, daß er die Wahrheit sagte und den Tod wahrhaftig schon vor Augen hatte. Wenn er weiterging, bekam er vielleicht die Möglichkeit, noch ein paar von Schlitzers Freunden mitzunehmen – vielleicht sogar den, den er Ticktackmann nannte.

Wenn ich schon den Hübschen reiten muß, wie er sich ausdrückt, dachte Jake, *dann kann ich das auch mit jeder Menge Gesellschaft machen.*

Roland hätte das verstanden.

20

Jake irrte sich, wenn er dachte, daß der Revolvermann ihm nicht durch den Irrgarten folgen konnte; aber Roland wurde schnell klar, daß er sich nicht die Mühe machen und nach Spuren suchen mußte. Er mußte nur Oy folgen.

Dennoch verweilte er an mehreren Kreuzungen, weil er sichergehen wollte, und jedesmal stieß Oy sein kurzes, ungeduldiges Bellen aus, das zu sagen schien: *Beeil dich! Willst du sie etwa verlieren?* Nachdem die Spuren, die er fand – ein Fußabdruck, ein Faden von Jakes Hemd, ein Fusselchen von Schlitzers gelbem Schal – dreimal die Wahl des Bumblers bekräftigt hatten, folgte Roland Oy nur noch. Er hörte nicht auf, nach Spuren Ausschau zu halten, suchte aber nicht mehr eigens danach. Dann setzten die Trommeln ein, und die Trommeln waren es – und Schlitzers Neugier, was Jake in seinem Schulranzen haben mochte –, die Rolands Leben an diesem Nachmittag retteten.

Er kam schlitternd mit seinen staubigen Stiefeln zum Stillstand und hatte den Revolver in der Hand, noch ehe er wußte, worum es sich bei dem Geräusch handelte. Als es ihm klar wurde, steckte er die Waffe mit einem ungeduldigen Grunzen wieder ins Halfter zurück. Er wollte gerade weitergehen, als sein Blick auf Jakes Schulranzen fiel . . . und dann auf zwei schwache, glänzende Linien in der Luft unmittelbar links davon. Roland kniff die Augen zusammen und konnte zwei Drähte erkennen, die sich keine drei Schritte von ihm entfernt auf Kniehöhe überkreuzten. Oy, der dicht am Boden kroch, war problemlos durch das umgekehrte V gekrochen, das die Drähte bildeten, aber wären die Trommeln und Jakes weggeworfener Ranzen nicht gewesen, dann wäre Roland achtlos hineingelaufen. Als er in die Höhe sah und die nicht ganz willkürlichen Stapel Müll betrachtete, die den Durchgang an dieser Stelle säumten, kniff er die Lippen zusammen. Es war knapp gewesen, und nur *Ka* hatte ihn gerettet.

Oy bellte ungeduldig.

Roland legte sich auf den Bauch und kroch langsam und sorgfältig unter den Drähten durch – er war größer als Jake und Schlitzer und stellte fest, ein wirklich großer Mann hätte gar nicht hindurchkommen können, ohne den sorgsam vorbereiteten Erdrutsch auszulösen. Die Trommeln hallten und dröhnten in seinen Ohren. *Ich frage mich, ob sie alle den Verstand verloren haben,* dachte er. *Wenn ich mir das jeden Tag anhören müßte, würde ich ihn verlieren.*

Er kam zur anderen Seite der Drähte, hob den Ranzen auf und sah hinein. Jakes Bücher und einige Kleidungsstücke befanden sich noch darin, ebenso die Schätze, die er unterwegs gesammelt hatte – ein Stein, in dem gelbe Stellen glitzerten, die wie Gold aussahen, aber keines waren; eine Pfeilspitze, wahrscheinlich ein Überbleibsel des alten Waldvolks, die Jake am Tag nach dem Auserwählen in einem Hain gefunden hatte; ein paar Münzen aus seiner eigenen Welt; die Sonnenbrille seines Vaters; einige andere Kleinigkeiten, die nur ein Junge lieben und bewundern konnte, der die Zehn noch nicht überschritten hatte. Kleinigkeiten, die er sicher wiederhaben wollte ... das hieß, falls Roland ihn finden konnte, bevor Schlitzer und seine Freunde ihn veränderten, ihm auf eine Weise weh taten, die bewirkte, daß er das Interesse an den unschuldigen Freuden und Eigenheiten des Knabenlebens vor der Pubertät verlor.

Schlitzers grinsendes Gesicht schwebte vor Rolands innerem Auge wie die Fratze eines Dämons oder Dschinns aus der Flasche: die schiefen Zähne, die leeren Augen, Mandrus, das sich auf den Wangen und stoppeligen Kiefern ausbreitete. *Wenn du ihm etwas tust* ... dachte er, aber dann zwang er sich, an etwas anderes zu denken, weil jene Gedanken in eine Sackgasse führen würden. Wenn Schlitzer dem Jungen etwas tat (*Jake!* beharrte Rolands Verstand erbittert – *Nicht nur der Junge, sondern Jake! Jake!*), würde Roland ihn umbringen, ja. Aber die Tat hätte keinen Sinn, denn Schlitzer war ohnehin schon ein toter Mann.

Der Revolvermann verlängerte die Gurte des Ranzens, staunte über die schlauen Schnallen, welche das möglich machten, zog ihn auf den Rücken und stand wieder auf. Oy wollte weiterlaufen, aber Roland rief seinen Namen, und der Bumbler drehte sich um.

»Zu mir, Oy.« Roland wußte nicht, ob der Bumbler ihn verstehen konnte (und wenn, ob er gehorchen würde), aber es wäre besser – sicherer –, wenn er in der Nähe blieb. Wo es eine Falle gab, gab es wahrscheinlich noch mehr. Nächstes Mal hatte Oy vielleicht nicht solches Glück.

»Ake!« bellte Oy, der sich nicht bewegte. Das Bellen war zuversichtlich, aber Roland dachte, daß er in den Augen des Bumblers deutlicher sah, was dieser empfand: Sie waren dunkel vor Angst.

»Ja, aber es ist gefährlich«, sagte Roland. »Zu mir, Oy.«

In der Richtung, aus der sie gekommen waren, ertönte ein Poltern, als etwas Schweres herunterfiel, das wahrscheinlich das vibrierende Hallen der Trommeln gelöst hatte. Jetzt konnte Roland die Lautsprecherpfosten sehen, die hier und da wie seltsame Tiere mit langen Hälsen aus den Trümmern ragten.

Oy kam zu ihm getrottet und sah hechelnd auf.

»Bleib dicht bei mir.«

»Ake! Ake-Ake!«

»Ja, Jake.« Er fing wieder an zu laufen, und Oy blieb so folgsam wie ein treuer Hund an seiner Seite.

21

Für Eddie war es wieder das gleiche Erlebnis: Er lief mit dem Rollstuhl einen Wettlauf mit der Zeit. Der Strand war diesmal die Straße der Schildkröte, aber irgendwie war sonst alles das gleiche. Oh, es *gab* einen relevanten Unterschied: diesmal suchte er nach einem Bahnhof (oder eine Krippe), nicht nach einer freistehenden Tür.

Susannah saß kerzengerade, das Haar wehte hinter ihr her, und Rolands Revolver, dessen Lauf zu einem wolkigen, verhangenen Himmel deutete, hielt sie in der rechten Hand. Die Trommeln pochten und dröhnten und knüppelten sie mit ihrem Lärm nieder. Vor ihnen lag ein gigantischer scheibenförmiger Gegenstand auf der Straße, und Eddies überlasteter Verstand beschwor – möglicherweise von den klassischen Gebäuden beeinflußt, die rechts und links von ihnen aufragten – ein Bild von Jupiter und Thor, die Frisbee spielten. Jupiter wirft einen zu weit, und Thor läßt ihn durch eine Wolke fallen.

Frisbees der Götter, dachte er und schob Susannah zwischen zwei verfallenen, rostigen Autos hindurch. *Was für eine Vorstellung.*

Er schob den Rollstuhl auf den Gehweg, um dem Gegenstand auszuweichen, der sich aus der Nähe als eine Art Telekommunikationsantenne entpuppte. Er schob den Rollstuhl über den Bordstein wieder auf die Straße – auf dem Gehweg lag jede Menge Abfall, der das Vorankommen erschwert hätte –, als die Trommeln plötzlich verstummten. Das Echo verhallte in der neuerlichen Stille, aber es war gar keine Stille, wurde Eddie klar. Vor ihnen lag ein Marmorgebäude an der Ecke der Straße der Schildkröte und einer anderen Allee. Dieses Bauwerk war von Efeu und seltsamen grünen Flechten überwuchert, die wie Zypressenbärte aussahen, aber es war dennoch prachtvoll und irgendwie würdevoll. Dahinter, um die Ecke, murmelte eine Menge aufgeregt.

»Nicht anhalten!« schnappte Susannah. »Wir haben keine Zeit zu ...«

Ein hysterischer Schrei übertönte das Murmeln. Er wurde von zustimmenden Rufen begleitet und – unvorstellbar – von Beifall, wie Eddie ihn in Hotelkasinos in Atlantic City gehört hatte, wenn eine Bühnenvorstellung zu Ende gegangen war. Der Schrei ging in ein langes, sterbendes Röcheln über, das sich anhörte wie das Zirpen einer Zikade, die in den Sommerschlaf geht. Eddie spürte, wie sich seine Nackenhärchen aufrichteten. Er sah zum nächsten Lautsprecherpfosten und begriff, daß die fröhlichen Pubes von Lud gerade wieder eine öffentliche Hinrichtung abhielten.

Toll, dachte er. *Wenn sie jetzt noch Tony Orlando und Dawn hätten, die ›Knock Three Times‹ singen, könnten sie alle glücklich sterben.*

Eddie betrachtete den Block an der Ecke. Aus der Nähe verströmten die Ranken, die ihn überwuchert hatten, einen starken Kräutergeruch.

Dieser Geruch war so bitter, daß er einem das Wasser in die Augen trieb, dennoch mochte er ihn lieber als das Zimtaroma der mumifizierten Leichen. Die grünen Bärte, die an den Ranken wuchsen, fielen in zerzausten Bahnen herab und bildeten Wasserfälle aus Vegetation, wo einst eine Reihe von Torbogen gewesen waren. Plötzlich kam eine Gestalt durch so einen Wasserfall geschossen und rannte auf sie zu. Es war ein Kind, dachte Eddie, der Größe nach zu urteilen noch nicht lange den Windeln entwachsen. Es trug eine Art unheimliches Kostüm wie der kleine Lord Fauntleroy mit Rüschenhemd und Kniebundhosen aus Samt. Es hatte Bänder im Haar. Eddie verspürte den irren Impuls, mit den Händen über dem Kopf zu winken und zu rufen: *But-wheat sagt: »Lud ist o-tay!«*

»Kommt schon!« rief das Kind mit hoher, flötender Stimme. Einige grüne Ranken hatten sich in seinem Haar verfangen; diese strich der Junge im Laufen geistesabwesend mit der linken Hand weg. »Sie nehmen den Prügler! Der Prügelmann muß heute ins Land der Trommeln gehen! Kommt schon, sonst versäumt ihr die ganze Schaustellung, Götter mögn's verhüten!«

Susannah war vom Aussehen des Kindes gleichermaßen verblüfft, aber als der Junge näher kam, überlegte sie, daß es etwas überaus Linkisches und Ungeschicktes hatte, wie er die grünen Fetzen und Ranken wegstrich, die sich in seinem schleifengeschmückten Haar verfangen hatten: Er benützte immer nur eine Hand. Die andere hatte er hinter dem Rücken gehabt, als er aus dem grünen Wasserfall herausgestürmt war, und dort blieb sie.

Wie hinderlich das sein muß, dachte sie, und dann schaltete sich ein Tonbandgerät in ihrem Kopf ein, und sie hörte Rolands Stimme am Ende der Brücke sagen: *Ich wußte, daß so etwas geschehen könnte ... wenn wir den Mann früher gesehen hätten, als wir noch außerhalb der Reichweite seines explodierenden Eies waren ... Verdammtes Pech!*

Sie richtete Rolands Waffe auf das Kind, das vom Gehweg gesprungen war und schnurstracks auf sie zu raste. *»Langsam!«* rief sie. *»Du da, bleib stehen!«*

»Suze, was *machst* du da?« schrie Eddie.

Susannah achtete gar nicht auf ihn. In einem sehr realen Sinne war Susannah Dean gar nicht mehr da; Detta Walker saß jetzt im Rollstuhl, und in ihren Augen funkelte fiebriger Argwohn. *»Stehenbleiben, oder ich schieße!«*

Der kleine Lord Fauntleroy hätte taub sein können, soviel Wirkung zeitigte ihre Warnung. »Los doch!« rief er jubilierend. »Ihr verpaßte ganse Schaustellung! Prügler hamse ...«

Jetzt kam die rechte Hand langsam hinter dem Rücken vor. Gleichzeitig stellte Eddie fest, daß sie keinen Jungen vor sich hatten, sondern einen mißgestalteten Zwerg, dessen Kindheit schon viele Jahre zurücklag. Der Ausdruck, den Eddie für kindliche Fröhlichkeit gehalten hatte, war in Wirklichkeit eine furchteinflößende Mischung aus Haß und Wut. Wangen und Stirn des Zwergs waren von den eiternden, farblosen Schwären überzogen, die Roland Hurenblüte nannte.

Susannah sah sein Gesicht nie. Sie hatte die ganze Aufmerksamkeit auf die Hand gerichtet, die langsam zum Vorschein kam, und auf die grüne Kugel darin. Mehr brauchte sie nicht zu sehen. Rolands Revolver knallte. Der Zwerg wurde rückwärts geschleudert. Ein schriller Schrei des Schmerzes und der Wut entrang sich seinem kleinen Mund, als er auf dem Gehweg landete. Die Granate fiel ihm aus der Hand und rollte in den Bogen zurück, aus dem er gekommen war.

Detta war fort wie ein Traum, und Susannah sah von Überraschung, Entsetzen und Fassungslosigkeit erfüllt zu der kleinen liegenden Gestalt am Boden. »O mein Gott! Ich habe ihn erschossen! Eddie, ich habe ihn erschossen!«

»Tod den ... *Grauen*!«

Der kleine Lord Fauntleroy versuchte, diese Worte trotzig zu schreien, aber sie kamen mit einem blubbernden Würgen von Blut heraus, das die wenigen weißen Stellen seines fadenscheinigen Hemdes auch noch tränkte. Aus dem zugewucherten Innenhof des Eckhauses ertönte eine gedämpfte Explosion, der zottelige grüne Teppich, der vor den Torbögen hing, wehte nach außen wie Flaggen bei steifer Brise. Beißender Rauch quoll hervor. Eddie warf sich auf Susannah, um sie zu schützen, und spürte einen Hagel von Betontrümmern – glücklicherweise nur winzigen – auf Rücken, Hals und Kopf. Links von ihm ertönten eine Reihe widerlich feuchter Klatschlaute. Er machte die Augen einen Spalt auf, schaute in diese Richtung und sah gerade noch den Kopf des kleinen Lord Fauntleroy, der im Rinnstein zu liegen kam. Der Zwerg hatte die Augen noch aufgeschlagen und den Mund zum letzten Aufschrei geöffnet.

Nun ertönten weitere Stimmen, manche kreischend, manche schreiend, aber alle wütend. Eddie rollte sich von Susannahs Stuhl – der auf einem Rad schwankte, bevor er sich entschloß stehenzubleiben – und sah in die Richtung, aus der der Zwerg gekommen war. Ein zerlumpter Mob von etwa zwanzig Männern und Frauen war aufgetaucht, einige kamen um die Ecke, andere durch die verfilzten Blätterranken, welche die Ecken des Hauses verbargen, wo sie wie böse Geister aus dem Rauch der Granate des Zwergs materialisierten. Die meisten trugen blaue Kopftücher, aber alle waren bewaffnet – eine mannigfaltige (und manchmal erbarmenswerte) Sammlung von Waffen, zu der rostige Schwerter, stumpfe Messer und abgebrochene Keulen gehörten. Eddie sah einen Mann, der trotzig einen Hammer schwang. *Pubes,* dachte Eddie. *Wir haben ihre Krawattenparty gestört, und jetzt haben sie eine Scheißlaune.*

Ein Durcheinander von Rufen – *Tötet die Grauen! Macht sie beide alle! Sie haben Lüstling abgemurkst, Gott raube ihnen das Augenlicht!* – wurde aus dieser bezaubernden Gruppe laut, als sie Susannah im Rollstuhl und Eddie erblickten, der nun auf einem Knie davor kauerte. Der vorderste Mann trug einen kiltartigen Rock und einen Säbel. Diesen schwang er erbittert (und hätte die dicke Frau gleich hinter ihm enthauptet, wenn diese sich nicht geduckt hätte) und griff an. Die anderen folgten und johlten glücklich.

Rolands Revolver ergoß seinen grellen Donner in den verhangenen Tag, und die Schädeldecke des Pube im Kilt hob ab. Die teigige Haut der Frau, die fast von seinem Säbel geköpft worden wäre, wurde plötzlich von einem roten Regen übergossen, worauf sie ihrem Mißfallen bellend Ausdruck verlieh. Die anderen stürmten mit wütend rollenden Augen an der Frau und dem Toten vorbei.

»Eddie!« schrie Susannah und feuerte wieder. Ein Mann mit Seidencape und Kniestiefeln brach auf der Straße zusammen.

Eddie tastete nach der Ruger und dachte einen panischen Augenblick, er hätte sie verloren. Der Griff der Waffe war irgendwie in den Bund seiner Hose gerutscht. Er legte die Hand darum und zog heftig. Das Scheißding kam nicht heraus. Die Kimme am Ende des Laufs hatte sich irgendwie in Eddies Unterwäsche verfangen.

Susannah feuerte rasch nacheinander drei Schuß. Jeder traf sein Ziel, aber die anstürmenden Pubes wurden nicht langsamer.

»Eddie, hilf mir!«

Eddie riß die Hose auf, wobei er sich wie ein Superman-Verschnitt vorkam, und schaffte es endlich, die Ruger herauszuziehen. Er entsicherte mit dem linken Handballen, stützte den Ellbogen oberhalb des Knies auf den Schenkel und fing an zu schießen. Er mußte nicht denken – nicht einmal zielen. Roland hatte ihnen gesagt, daß die Hände eines Revolvermanns im Kampf alleine arbeiteten, und Eddie stellte fest, daß das stimmte. Aber es wäre auf die Entfernung selbst einem Blinden schwergefallen danebenzuschießen. Susannah hatte die Anzahl der anstürmenden Pubes auf nicht einmal fünfzehn reduziert; Eddie fegte durch die anderen wie ein Sturm durchs Getreidefeld und mähte vier weitere in nicht einmal zwei Sekunden nieder.

Jetzt bröckelte das Antlitz des Mobs, dieser glasige Ausdruck hirnlosen Eifers. Der Mann mit dem Hammer warf unvermittelt die Waffe weg und gab Fersengeld, wobei er mit seinen arthritisverkrümmten Beinen außergewöhnlich hinkte. Zwei weitere folgten ihm. Die anderen zauderten unentschlossen auf der Straße.

»Kommt schon, ihr Memmen!« rief ein vergleichsweise junger Mann höhnisch. Er trug einen blauen Schal um den Hals wie die Krawatte eines Rennfahrers. Er war kahl, abgesehen von zwei zottigen Haarbüscheln an beiden Seiten des Kopfs. Susannah fand, der Mann sah wie

Clarabelle der Clown aus, Eddie dagegen war der Meinung, er glich Ronald McDonald; beide waren sich darin einig, daß er wie ein Tunichtgut aussah. Er warf einen selbstgebastelten Speer, der sein Leben einmal als Tischbein begonnen haben mochte. Dieser fiel harmlos rechts von Eddie und Susannah auf die Straße. »Kommt schon, sag ich! Wir kriegen sie, wenn wir alle zusam ...«

»Tut mir leid, Junge«, sagte Eddie und schoß ihm in die Brust.

Clarabelle/Ronald stolperte rückwärts und griff mit einer Hand an sein Hemd. Er betrachtete Eddie mit riesigen Augen, die seine Geschichte mit herzzerreißender Deutlichkeit erzählten: So war das nicht gedacht gewesen. Die Hand des jungen Mannes sank schlaff herunter. Ein Rinnsal Blut, das in dem grauen Tag unvorstellbar hellrot wirkte, floß ihm aus dem Mundwinkel. Die wenigen überlebenden Pubes sahen stumm zu, wie er auf die Knie sank; einer lief weg.

»Nicht doch«, sagte Eddie. »Bleib stehen, mein geistig behinderter Freund, sonst bekommst du einen Blick auf die Lichtung, wo dein Weg zu Ende ist.« Er sprach lauter weiter. »Laßt sie fallen, Jungs und Mädels! Alle! Sofort!«

»Du ...« flüsterte der sterbende Mann. »Du ... Revolvermann?«

»Ganz recht«, sagte Eddie. Er ließ den Blick grimmig über die verbliebenen Pubes schweifen.

»Erflehe deine ... Verzeihung«, keuchte der Mann mit den roten Haarflusen, dann fiel er vornüber aufs Gesicht.

»Revolverleute?« fragte einer der anderen. Sein Tonfall drückte aufkeimendes Entsetzen und Begreifen aus.

»Nun, du scheinst dumm zu sein, aber nicht taub«, sagte Susannah, »und das ist ja schon mal was.« Sie winkte mit dem Lauf des Revolvers, der, davon war Eddie überzeugt, leer sein mußte. Und da er schon einmal dabei war: Wieviel Schuß konnten noch in der Ruger sein? Er stellte fest, daß er keine Ahnung hatte, wieviel Schuß das Magazin fassen konnte, und schalt sich stumm einen Narren ... aber hatte er tatsächlich gedacht, daß es so weit kommen würde? Er glaubte es nicht. »Ihr habt ihn gehört, Leute. Werft sie weg. Der Spaß ist vorbei.«

Sie gehorchten einer nach dem anderen. Die Frau, die schätzungsweise einen Maßkrug voll Blut von Mr. Schwert-und-Kilt auf dem Gesicht hatte, sagte: »Sie hätten Winston nicht töten sollen, Missus – war sein Geburtstag, so war's.«

»Nun, dann hätte er eben zu Hause bleiben und noch ein Stück Geburtstagstorte essen sollen«, sagte Eddie. Angesichts des Zwischenfalls kamen ihm weder die Bemerkung der Frau noch seine Antwort darauf im geringsten surreal vor.

Unter den verbliebenen Pubes befand sich noch eine Frau, ein dürres blindes Ding, deren langes Haar in Strähnen ausging, als hätte sie die Krätze. Eddie bemerkte, wie sie langsam zu dem toten Zwerg vorrückte

– und zur Sicherheit der verhangenen Torbögen dahinter – und feuerte eine Kugel in den rissigen Beton vor ihren Füßen. Er hatte keine Ahnung, was er mit ihr anfangen wollte, aber er wollte auf gar keinen Fall, daß sie die anderen auf dumme Gedanken brachte. Zunächst einmal hatte er Angst davor, was seine Hände tun könnten, sollten die kranken, erbarmenswerten Leute vor ihm zu fliehen versuchen. Was sein Kopf auch immer davon halten mochte, ein Revolvermann zu sein, seine Hände hatten festgestellt, daß es ihnen ausgezeichnet gefiel.

»Bleib, wo du bist, Schönheit. Polizist Freundlich sagt: Lieber auf Nummer Sicher gehen.« Er sah Susannah an und war betroffen ob ihrer grauen Gesichtsfarbe. »Suze, alles in Ordnung?« fragte er mit leiser Stimme.

»Ja.«

»Du kippst mir doch nicht um, oder? Weil . . .«

»Nein.« Sie sah ihn mit so dunklen Augen an, daß sie wie Höhlen wirkten. »Es ist nur, ich habe bisher noch nie jemanden erschossen . . . okay?«

Daran solltest du dich besser gewöhnen, lag ihm auf der Zunge. Er schluckte es hinunter und richtete den Blick wieder auf die fünf Leutchen, die noch vor ihnen standen. Sie sahen ihn und Susannah mit einer Abart verdrossener Angst an, die nichtsdestotrotz haarscharf an Entsetzen grenzte.

Scheiße, die meisten haben vergessen, was Entsetzen ist, dachte er. *Freude, Traurigkeit, Liebe . . . genau dasselbe. Ich glaube nicht, daß sie überhaupt noch viel empfinden. Sie leben schon zu lange in diesem Fegefeuer.*

Dann dachte er an das Gelächter, die aufgeregten Schreie, den anhaltenden Beifall und revidierte seinen Gedanken. Es gab immer noch eines, das ihre Motoren in Gang brachte, eines, das ihre Knöpfe drückt. Prügler hätte das bestätigen können.

»Wer hat hier das Sagen?« fragte Eddie. Er behielt die Kreuzung hinter der kleinen Gruppe genau im Auge, falls die anderen wieder übermütig werden sollten. Bis jetzt sah und hörte er nichts Beunruhigendes aus dieser Richtung. Er dachte sich, daß die anderen diese zerlumpte Gruppe wahrscheinlich ihrem Schicksal überlassen hatten.

Sie sahen einander unsicher an, schließlich ergriff die Frau mit dem blutbespritzten Gesicht das Wort. »Das war Prügler, aber als die Göttertrommeln diesmal angefangen haben, ist Prüglers Stein aus dem Hut gezogen worden, und wir ham ihn tanzen lassen. Ich schätze, Winston wär als nächster dran gewesen, aber dem habt ihr's mit euren gottverfaulten Waffen gegeben, so isses.« Sie wischte sich vielsagend Blut von der Wange, betrachtete es und richtete den verdrossenen Blick wieder auf Eddie.

»Was meinst du, wollte Winston mir mit seinem gottverfaulten

Speer antun?« fragte Eddie. Er stellte zu seinem Mißfallen fest, daß die Frau tatsächlich Schuldgefühle wegen seiner Tat in ihm weckte. »Meine Koteletten nachschneiden?«

»Habt Frank und Lüstling auch getötet«, fuhr sie verdrossen fort, »und was seid ihr? Entweder Graue, was schlimm ist, oder zwei gottverfaulte Ausländer, was noch schlimmer ist. Wen haben die Pubes noch in der Nordstadt? Topsy, nehm ich an – Topsy der Matrose –, der is nich mehr da, oder? Hat sein Boot genommen und is flußab gefahrn, das isser, und Gott soll ihn dafür verfaulen lassen, sag ich!«

Susannah hörte nicht mehr zu; ihre Gedanken kreisten voll entsetzter Faszination um etwas, das die Frau vorher gesagt hatte: ... *ist Prüglers Stein aus dem Hut gezogen worden, und wir ham ihn tanzen lassen.* Sie erinnerte sich, wie sie Shirley Jacksons Story ›Die Lotterie‹ im College gelesen hatte, und ihr war klar, daß diese Menschen hier, die degenerierten Nachfahren der ursprünglichen Pubes, Jacksons Alptraum echt durchlebten. Sie waren zu keinen richtigen Gefühlen fähig, wußten sie doch, daß sie an einem so grausamen Auserwählen teilnehmen mußten, und das nicht einmal im Jahr, wie in der Geschichte, sondern zwei- oder dreimal täglich.

»Warum?« fragte sie die blutige Frau mit schroffer, verängstigter Stimme. »Warum habt ihr das getan?«

Die Frau sah Susannah an, als wäre diese die größte Närrin der Welt. »Warum? Damit die Geister, was innen Maschinen leben, nich die Körper von denen übernehmen, was hier gestorben sind – Pubes und Graue gleichermaßen –, und sie durch die Löcher innen Straßen raufschicken, damit se uns fressen. Jeder Narr weiß das.«

»Es gibt keine Geister«, sagte Susannah und fand selbst, daß sich ihre Stimme wie ein sinnloses Quaken anhörte. Natürlich gab es welche. In dieser Welt gab es überall Geister. Dennoch blieb sie beharrlich. »Was ihr die Gottestrommeln nennt, ist nur ein Band, das in einer Maschine klemmt. Das ist alles.« Plötzlich hatte sie eine Inspiration und fügte hinzu: »Oder vielleicht machen die Grauen es absichtlich, habt ihr darüber schon mal nachgedacht? Sie hausen im anderen Stadtteil, richtig? Und auch darunter? Sie wollten euch immer fort haben. Vielleicht haben sie nur eine richtig wirksame Methode gefunden, wie ihr ihnen die Arbeit abnehmt.«

Die blutige Frau stand neben einem Mann, der die scheinbar älteste Melone der Welt trug, dazu ein Paar ausgefranste Khakihosen. Nun trat er vor und sprach mit einer Patina guter Manieren zu ihr, die seine grundsätzliche Verachtung in einen Dolch mit rasiermesserscharfen Klingen verwandelte. »Da irren Sie sich, Madam Revolverfrau. Es existieren eine ganze Menge Maschinen unter Lud, und in allen hausen Gespenster – dämonische Geister, die sterblichen Männern und Frauen nur Böses wollen. Diese Dämonen sind *durchaus* in der Lage, die Toten auferstehen zu lassen . . . und in Lud gibt es eine Menge Tote zum Wiedererwecken.«

»Hör mal«, sagte Eddie. »Hast du jemals einen von diesen Zombies mit eigenen Augen gesehen, Jeeves? *Irgendeiner* von euch?«

Jeeves schürzte die Lippen und sagte nichts – aber dieses Schürzen sagte auch alles. Was, sagte es, konnte man schon anderes von Ausländern erwarten, die Pistolen statt Verständnis hatten?

Eddie entschied, daß es das Beste wäre, diesen gesamten Teil der Unterhaltung abzuschließen. Er war sowieso nie für Missionierungsarbeiten geschaffen gewesen. Er wedelte mit der Ruger vor der blutbespritzten Frau. »Du und dein Freund da – der aussieht wie ein englischer Butler an seinem freien Tag –, ihr werdet uns zum Bahnhof bringen. Danach können wir uns alle auf Wiedersehen sagen. Und soll ich euch mal was verraten? Das wird mir den Scheißtag gewaltig versüßen.«

»Bahnhof?« fragte der Mann, der wie Jeeves der Butler aussah. »Was ist ein Bahnhof?«

»Bringt uns zur Krippe«, sagte Susannah. »Bringt uns zu Blaine.«

Das rüttelte Jeeves schließlich doch auf; ein Ausdruck schockierten Entsetzens verdrängte die überdrüssige Verachtung, mit der er sie bislang behandelt hatte. »Da könnt ihr nicht hingehen!« schrie er. »Die Krippe ist verbotenes Gelände und Blaine der gefährlichste von allen Geistern Luds!«

Verbotenes Gelände? dachte Eddie. *Toll. Wenn das stimmt, brauchen wir uns wenigstens keine Gedanken mehr um euch Arschlöcher zu machen.* Außerdem war es schön zu hören, daß es noch einen Blaine *gab* . . . oder diese Leute es immerhin glaubten.

Die anderen betrachteten Eddie und Susannah mit Mienen verständnislosen Staunens; es war, als hätten die Eindringlinge einer Gruppe wiedergeborener Christen vorgeschlagen, die Bundeslade zu suchen und eine öffentliche Toilette daraus zu machen.

Eddie hob die Ruger, bis er die Stirn von Jeeves genau im Visier hatte. »Wir gehen«, sagte er, »und wenn ihr euch nicht hier und jetzt zu euren Vorfahren gesellen wollt, dann schlage ich vor, ihr hört auf, herumzujammern und zu keifen, und bringt uns hin.«

Jeeves und die blutbespritzte Frau wechselten einen unsicheren Blick, aber als der Mann mit der Melone wieder zu Susannah und Eddie sah, war sein Gesichtsausdruck entschlossen. »Dann erschießt uns eben«, sagte er. »Wir sterben lieber hier als dort.«

»Ihr seid eine Bande kranker Arschlöcher mit Wanzen im Hirn!« schrie Susannah sie an. »*Niemand* muß sterben! Bringt uns einfach hin, wo wir hinwollen, im Namen Gottes!«

Die Frau sagte ernst: »Aber es bedeutet den *Tod,* Blaines Krippe zu betreten, Mum, so isses. Denn Blaine schläft, und wer seine Ruhe stört, muß einen hohen Preis bezahlen.«

»Ach, komm schon, Schönheit«, fauchte Eddie. »Du könntest den Kaffee nicht erreichen, wenn du dir den Kopf den Arsch raufschieben würdest.«

»Ich weiß nicht, was das bedeutet«, sagte sie voll verwirrter und gekränkter Würde.

»Es bedeutet, ihr könnt uns zur Krippe bringen und den Zorn von Blaine riskieren, oder ihr könnt hier stehenbleiben und den Zorn von Eddie auf euch nehmen. Wißt ihr, es muß kein netter, sauberer Kopfschuß sein. Ich kann euch Stück für Stück ausknipsen, und momentan fühle ich mich so gemein, daß ich dazu imstande wäre. Ich habe einen beschissenen Tag in eurer Stadt hinter mir – die Musik ist zum Kotzen, alle leiden fürchterlich an Blutarmut im Gehirn, und der erste Typ, den wir gesehen haben, hat eine Granate nach uns geworfen und unseren Freund entführt. Also, was meint ihr?«

»Warum wollt ihr überhaupt zu Blaine?« fragte einer der anderen. »Er wandert nicht mehr von seinem Bett in der Krippe – seit Jahren nicht mehr. Er hat sogar aufgehört, mit seinen vielen Zungen zu sprechen und zu lachen.«

Mit seinen vielen Zungen zu sprechen und zu lachen? dachte Eddie. Er sah Susannah an. Diese erwiderte den Blick achselzuckend.

»Ardis war der letzte, der zu Blaine gegangen ist«, sagte die blutverschmierte Frau.

Jeeves nickte ernst. »Ardis war immer ein Narr, wenn er getrunken hatte. Blaine hat ihm eine Frage gestellt. Das hab' ich gehört, aber ich habe sie nicht verstanden – ich glaube, etwas über die Mutter von Raben –, und als Ardis nicht antworten konnte, hat Blaine ihn mit blauem Feuer niedergemetzelt.«

»Elektrizität?« fragte Eddie.

Jeeves und die blutbespritzte Frau nickten beide. »Ay«, sagte die Frau. »So wurde es in alten Zeiten genannt, so isses.«

»Ihr müßt nicht mit uns reingehen«, sagte Susannah plötzlich. »Bringt uns nur in Sichtweite des Bahnhofs. Den Rest des Wegs gehen wir allein.«

Die Frau sah sie mißtrauisch an, dann zog Jeeves ihr den Kopf dicht an seinen Mund und flüsterte ihr eine Weile ins Ohr. Die anderen Pubes standen in einer unregelmäßigen Reihe hinter ihnen und stellten die benommenen Mienen von Menschen zur Schau, die gerade einen besonders schlimmen Luftangriff überlebt haben.

Schließlich drehte sich die Frau um. »Ay«, sagte sie. »Wir bringen euch in die Nähe der Krippe, und dann heißt es Abschied nehmen.«

»Meine Worte«, sagte Eddie. »Du und Jeeves. Ihr anderen, verzieht euch.« Er sah sie nacheinander an. »Aber vergeßt eins nicht – ein Speer aus dem Hinterhalt, ein Pfeil, ein Pflasterstein, und die beiden hier sterben.« Diese Drohung hörte sich so kläglich und sinnlos an, daß Eddie sich wünschte, er hätte sie gar nicht erst ausgesprochen. Wie konnte ihnen etwas an diesen beiden oder allen anderen Mitgliedern ihres Klans liegen, wenn sie tagtäglich zwei oder drei in die Pfanne hauten? Nun, dachte er, als er die anderen ohne einen Blick zurück davonstapfen sah, jetzt war es zu spät, sich deswegen Gedanken zu machen.

»Kommt schon«, sagte die Frau. »Ich will euch wieder vom Hals haben.«

»Das beruht auf Gegenseitigkeit«, antwortete Eddie.

Aber bevor sie und Jeeves sie wegführten, machte die Frau etwas, bei dem Eddie seine bösen Gedanken ein wenig bedauerte: Sie kniete nieder, strich dem Mann im Kilt das Haar zurück und hauchte einen Kuß auf seine schmutzige Stirn. »Lebwohl, Winston«, sagte sie. »Warte auf mich, wo die Bäume grün und das Wasser sauber sind. Ich komme zu dir, ay, so sicher wie die Dämmerung die Schatten nach Westen laufen läßt.«

»Ich wollte ihn nicht töten«, sagte Susannah. »Das sollst du wissen. Aber ich selbst wollte noch weniger sterben.«

»Ay.« Das Gesicht, das sich zu Susannah umdrehte, war streng und ohne Tränen. »Aber wenn ihr vorhabt, Blaines Krippe zu betreten, werdet ihr sowieso sterben. Und die Chancen stehen gut, daß ihr beim Sterben den alten Winston bedauern werdet. Er ist grausam, der Blaine. Der grausamste aller Dämonen an diesem grausamen, grausamen Ort.«

»Komm mit, Maud«, sagte Jeeves und half ihr hoch.

»Ay. Schaffen wir sie uns vom Hals.« Sie betrachtete Susannah und Eddie wieder, und ihre Augen waren streng, aber irgendwie verwirrt. »Gott verfluche meine Augen, daß sie eurer überhaupt jemals gewahr wurden. Und Gott verfluche auch eure Waffen, denn sie sind stets Quell all unserer Probleme gewesen.«

Und mit der Einstellung, dachte Susannah, *werden deine Probleme auch noch mindestens tausend Jahre andauern, Süße.*

Maud ging schnellen Schrittes die Straße der Schildkröte entlang. Jeeves trottete neben ihr her. Eddie, der Susannah im Rollstuhl schob, keuchte bald und mußte sich bemühen, Schritt zu halten. Die Prunkgebäude, die sich rechts und links erstreckten, gingen allmählich in efeuumrankte Villen über, die inmitten von riesigen, ins Kraut geschossenen Rasenflächen prangten, und Eddie wurde klar, daß sie sich in einer Gegend befanden, die früher einmal wirklich den oberen Zehntausend vorbehalten gewesen sein mußte. Vor ihnen überragte ein Gebäude alle anderen. Es handelte sich um eine trügerisch schlichte Konstruktion aus weißen Steinquadern, deren überhängendes Dach von vielen Säulen getragen wurde. Eddie mußte wieder an die Gladiatorenfilme denken, die ihm als Kind so gefallen hatten. Susannah, die bessere Schulen besucht hatte, fühlte sich an das Parthenon erinnert. Beide sahen und bestaunten das prächtig modellierte Bestiarium – Bär und Schildkröte,

Fisch und Ratte, Pferd und Hund –, welches das Dach des Baus in Zweiergruppen schmückte, und ihnen wurde klar, das war das Gebäude, das sie suchten.

Das unbehagliche Gefühl, daß sie von vielen Augen beobachtet wurden – Augen, die zu gleichen Teilen staunend und haßerfüllt waren – wich niemals von ihnen. Donner grollte, als sie die Einschienenbahn sahen; wie der Sturm, kam auch die Schiene von Süden heran, vereinte sich mit der Straße der Schildkröte und verlief weiter schnurgerade zur Krippe von Lud. Als sie sich dieser näherten, fingen rechts und links von ihnen die Leichen im zunehmenden Wind zu tanzen an.

22

Nachdem sie weiß Gott wie lange gelaufen waren (Jake wußte nur mit Bestimmtheit, daß die Trommeln wieder aufgehört hatten), riß ihn Schlitzer erneut zum Halt. Diesmal gelang es Jake, auf den Füßen zu bleiben. Er hatte ›die zweite Luft‹ bekommen. Schlitzer, der nie wieder elf sein würde, dagegen nicht.

»Hoo! Meine alte Pumpe schlägt Purzelbäume, Süßer.«

»Scheißpech«, sagte Jake gleichgültig und stolperte rückwärts, als Schlitzers knotige Hand seitlich auf sein Gesicht prallte.

»Du, du würdst bittre Tränen flennen, wenn ich hier tot umfallen würd, oder nich? Wahrscheinlich! Vergebliche Hoffnung, mein süßes, junges Bübchen – der alte Schlitzer hat sie kommen und gehen gesehn, und ich bin nich geborn worn, vor ner hübschen kleinen Süßbeere wie dir tot umzufallen.«

Jake hörte sich das zusammenhanglose Gestammel gleichgültig an. Er wollte Schlitzer tot sehen, noch ehe der Tag vorbei war. Schlitzer nahm ihn vielleicht mit sich, aber das kümmerte Jake nicht mehr. Er tupfte Blut von der frisch aufgeplatzten Lippe, betrachtete es nachdenklich und überlegte sich, wie schnell sich der Wunsch zu morden ins menschliche Herz stehlen konnte.

Schlitzer betrachtete Jake, sah die blutigen Finger und grinste. »Läufte Saft, was? Wird nich s' letztemal sein, daß der olle Schlitzer ihn aus dir jungem Baum rausprügelt, wennde nich aufpaßt, wennde nich gut aufpaßt.« Er deutete die kopfsteingepflasterte Gasse entlang, durch die sie sich gerade manövrierten. Dort befand sich ein rostiger Kanaldeckel, und Jake stellte fest, daß er die dort eingestanzten Worte vor nicht allzulanger Zeit schon einmal gesehen hatte: LaMERK FOUNDRY, stand da.

»An der Seite ist ein Griff«, sagte Schlitzer. »Siehsten? Steck die Hände rein und zieh. Leg dich tüchtich ins Zeuch, dann haste vielleicht noch alle Zähne, wennwer bei Ticktack sind.«

Jake ergriff die Abdeckung aus Stahl und zog. Er zog fest, aber nicht ganz so fest, wie er gekonnt hätte. Der Irrgarten der Straßen, durch die Schlitzer ihn geführt hatte, war schlimm gewesen, aber wenigstens hatte er etwas sehen können. Er konnte sich nicht vorstellen, wie es in der Unterwelt unter der Stadt sein konnte, wo die Schwärze selbst Träume von einer Flucht ausschließen würde, und er wollte es nicht herausfinden, wenn es sich vermeiden ließ.

Schlitzer machte ihm schnell deutlich, daß es sich nicht vermeiden ließ.

»Ist zu schwer für . . .«, begann Jake, dann packte ihn der Pirat am Hals und zog ihn in die Höhe, bis sie von Angesicht zu Angesicht waren. Der lange Lauf durch die Straßen hatte einen dünnen Schweißfilm über die geröteten Wangen gelegt und den Schwären im Fleisch einen häßlichen gelblich-purpurnen Farbton verliehen. Aus den offenen Wunden quollen dickliche, infizierte Masse und Blutrinnsale in konstantem Pulsieren. Jake nahm gerade einen Hauch von Schlitzers ekligem Gestank wahr, dann drückte die Hand um seinen Hals ihm die Luft ab.

»Hör zu, du dummer Bengel, und hör gut zu, denn dies ist meine letzte Warnung. Du ziehst jetzt den elenden Kanaldeckel raus, sonst fass ich dir innen Hals und reiß dir bei lebendigem Leib die Zunge raus. Und wenn ich das mach, kannste gerne beißen soviel de willst, denn was ich hab', is im Blut, und du kannst noch vor Ende der Woche die ersten Blüten auf deinem eigenen Gesicht sehn – wennste solang lebst. Haste das verstanden?«

Jake nickte heftig. Schlitzers Gesicht verschwand hinter zunehmendem grauem Nebel, und seine Stimme schien aus weiter Ferne zu kommen.

»Gut.« Schlitzer schubste ihn rückwärts. Jake brach neben dem Kanaldeckel zu einem Bündel zusammen und hustete und würgte. Schließlich gelang es ihm, einen tiefen, hechelnden Atemzug zu tun, der wie flüssiges Feuer brannte. Er spie einen blutbefleckten Klumpen aus und erbrach sich fast, als er ihn sah.

»Und jetzt zieh den Deckel weg, Freude meines Herzens, und kein Wort mehr davon.«

Jake kroch hin, schob die Hände in die Griffe, und diesmal zog er mit aller Kraft. Einen schrecklichen Augenblick dachte er, er würde ihn dennoch nicht herausbekommen. Dann stellte er sich vor, wie Schlitzers Finger in seinen Mund griffen und ihm die Zunge herausrissen, und da konnte er noch einige zusätzliche Kraftreserven mobilisieren. Dumpfer Schmerz breitete sich am Ansatz seines Rückens aus, als dort etwas nachgab, aber der kreisrunde Deckel glitt langsam zur Seite, knirschte auf dem Kopfsteinpflaster und offenbarte eine grinsende Sichel der Dunkelheit.

»Gut, Jüngelchen, gut!« rief Schlitzer fröhlich. »Was biste für'n kleines Maultier! Zieh weiter – jetzt nich lockerlassen!«

Als die Sichel zum Halbmond und der Schmerz in Jakes Rückenansatz zu weißglühendem Feuer geworden war, gab Schlitzer ihm einen Arschtritt, daß Jake der Länge nach hinfiel.

»Sehr gutt!« sagte Schlitzer und sah hinein. »Und jetzt, Bübchen, geh langsam die Leiter auf der Seite runter. Gib acht und fall nich bis ganz runter, die Sprossen sind nämlich schlüpfrig und glatt. Soweit ich mich erinnern kann, sind's zwanzig oder so. Und wennste unten angekommen bist, bleibste mucksmäuschenstill stehen und wartest auf mich. Du würdest vielleicht gern vor deinem alten Kumpel weglaufen, aber meinste, daß das gut wäre?«

»Nein«, sagte Jake. »Wohl nicht.«

»Sehr intelligent, alter Junge!« Schlitzers Lippen verzogen sich zu dem teuflischen Grinsen und entblößten wieder die wenigen überlebenden Zähne. »Ist dunkel da unten, und Tausende Tunnel führn überallhin. Dein oller Kumpel Schlitzer kenntse alle wie seine Westentasche, so isses, aber du würdst dich im Handumdrehen verirren. Dann sind da die Ratten – sehr groß und sehr hungrig sind die. Also warteste besser.«

»Mach ich.«

Schlitzer betrachtete ihn mit verkniffenen Augen. »Du sprichst wie'n kleiner Schlauberger, so isses, aber du bist kein Pube – Uhr und Patent würd ich darauf wetten. Woher kommst du, Bübchen?«

Jake sagte nichts.

»Hat dir der Bumbler die Zunge gelähmt, hm? Na gut, macht nix; Ticktack wird alles aus dir rausholen, das wird er. Er hat seine Methoden, die hat Ticky; bringt die Leute ganz 'türlich dazu, ihm zu beichten. Wenn er se erst mal am Reden hat, redense manchmal so schnell und schrein so laut, daß ihnen jemand eins aufn Kopf haun muß, umse zu bremsen. Bumbler dürfen hier niemand die Zunge nich lähmen, wenner Ticktackmann dabei is, nichmal hübschen kleinen Schlaubergern wie dir. Und jetzt dalli die Leiter runter. *Hopp!*«

Er trat mit dem Fuß aus. Diesmal gelang es Jake, sich zu ducken und dem Tritt auszuweichen. Er sah in den halb offenen Kanalschacht, erblickte die Leiter und kletterte hinunter. Er ragte noch immer bis zur Brust heraus, als ein gewaltiger Krach wie von einem einstürzenden Felsen die Erde erschütterte. Er kam aus einer Meile Entfernung, oder so, aber Jake wußte, worum es sich handelte, ohne daß man es ihm sagen mußte. Ein Schrei kläglichsten Elends kam ihm über die Lippen.

Ein grimmiges Lächeln umspielte Schlitzers Mundwinkel. »Dein hartgesottener Freund ist dir'n bißchen weiter gefolgt, alsde gedacht hast, hm? Aber nich als *ich* gedacht hab', Bübchen, denn ich hab' ihm inne Augen gesehn – listig und verschlagen, das warnse. Hab' mir schon gedacht, daß er dir kleinem süßen Nachtkissen folgen würde, wenn überhaupt, und das hatter. Er hat die Stolperdrähte gesehen, aber der Springbrunnen hatten erwischt, so isses, und *das* war's dann. Geh weiter, Kußmund.«

Er richtete einen Fußtritt auf Jakes Kopf. Jake duckte sich darunter weg, aber er rutschte mit einem Fuß ab, prallte gegen die Wand des Kanalschachts und verhinderte nur, daß er abstürzte, indem er Schlitzers schorfigen Knöchel umklammerte. Er sah flehentlich auf und sah kein Mitleid in dem sterbenden, eiternden Gesicht.

»Bitte«, sagte er und hörte, wie das Wort in ein Schluchzen übergehen wollte. Er sah Roland, wie er zerschmettert unter dem riesigen Springbrunnen lag. Was hatte Schlitzer gesagt? Wenn jemand ihn haben wollte, müßten sie ihn mit der Schaufel abkratzen.

»Bettle, soviel du willst, Herzblatt. Erwarte nur nicht, daß es dir was nützt, denn die Barmherzigkeit hört diesseits der Brücke auf, so isses. Und jetzt geh da runter, sonst kick ich dir's elende Gehirn zu'n elenden Ohrn raus.«

So kletterte Jake hinunter, und als er in dem stehenden Wasser unten ankam, war der Drang zu weinen vergangen. Er wartete mit hängenden Schultern und gesenktem Kopf darauf, daß Schlitzer herunterkam und ihn seinem Schicksal entgegenführte.

23

Roland wäre fast über die Drähte gestolpert, die den Erdrutsch aus Plunder hielten, aber der baumelnde Springbrunnen war absurd – eine Falle, die ein dummes Kind gestellt haben konnte. Cort hatte ihnen beigebracht, ständig alle sichtbaren Quadranten im Auge zu behalten, wenn sie durch feindliches Gelände gingen, und dazu gehörte oben ebenso wie hinten und unten.

»Stop«, sagte er mit erhobener Stimme zu Oy, um sich über die Trommeln hinweg verständlich zu machen.

»Op!« stimmte Oy zu, sah nach vorne und erklärte unmittelbar darauf: »Ake!«

»Ja.« Der Revolvermann sah noch einmal zu dem hängenden Marmorbrunnen hinauf, dann suchte er auf der Straße nach dem Auslöser. Es waren zwei, wie er sah. Vielleicht war ihre Tarnung als Pflastersteine einmal wirksam gewesen, aber diese Zeit lag lange zurück. Roland stützte die Hände auf die Knie, bückte sich und sprach in Oys ihm zugewandtes Gesicht. »Ich muß dich jetzt einen Augenblick hochnehmen. Mach keinen Ärger, Oy.«

»Oy!«

Roland legte die Arme um den Bumbler. Zuerst machte Oy sich steif und wollte fliehen, aber dann spürte Roland, wie das kleine Tier nachgab. Es war nicht glücklich, so nahe bei jemand zu sein, der nicht Jake war, aber er hatte eindeutig die Absicht, es sich gefallen zu lassen. Roland fragte sich wieder einmal, wie intelligent Oy sein mochte.

Er trug ihn den schmalen Durchgang unter dem schwebenden Springbrunnen von Lud hindurch und stieg dabei vorsichtig über die falschen Pflastersteine. Als sie sicher daran vorbei waren, bückte er sich und ließ Oy los. Im selben Augenblick verstummten die Trommeln.

»Ake!« sagte Oy ungeduldig. »Ake-Ake!«

»Ja – aber vorher muß noch eine Kleinigkeit erledigt werden.«

Er führte Oy fünfzehn Schritte weiter die Gasse entlang, dann bückte er sich und hob ein Stück Beton auf. Diesen warf er nachdenklich von einer Hand in die andere, als er einen Pistolenschuß von Osten hörte. Das verstärkte Dröhnen der Trommeln hatte Eddies und Susannahs Kampf mit der zerlumpten Bande Pubes übertönt, aber diesen Schuß hörte er laut und deutlich und lächelte – er bedeutete mit ziemlicher Sicherheit, daß die Deans die Krippe gefunden hatten, und das war die erste gute Nachricht dieses Tages, der bereits eine ganze Woche lang zu sein schien.

Roland drehte sich um und warf den Betonklumpen. Seine Treffsicherheit war so groß wie damals, als er den Stein auf das Verkehrszeichen in River Crossing geworfen hatte; das Wurfgeschoß traf einen der farblosen Auslöser genau in der Mitte, und eins der rostigen Kabel riß mit einem metallischen Sirren. Der Marmorspringbrunnen kippte, da das andere Kabel ihn noch einen Moment hielt – lange genug, daß ein Mann mit schnellen Reflexen sowieso aus der Gefahrenzone hätte springen können, überlegte Roland. Dann riß auch dieses und der Springbrunnen stürzte wie ein rosa mißgebildeter Felsen zu Boden.

Roland ließ sich hinter einer Barriere rostiger Stahlträger fallen, und Oy sprang erschrocken auf seinen Schoß, als der Springbrunnen mit einem gewaltigen, ohrenbetäubenden Krachen auf der Straße aufschlug. Rosa Trümmer, manche so groß wie Seifenkisten, flogen durch die Luft. Mehrere kleine Trümmer prallten Roland ins Gesicht. Andere strich er aus Oys Fell. Er sah über die behelfsmäßige Barrikade. Der Brunnen war wie ein riesiger Teller in zwei Teile zerbrochen. *Diesen Weg werden wir nicht zurückgehen,* dachte Roland. Der Durchgang, der zuvor schmal gewesen war, war nun völlig versperrt.

Er fragte sich, ob Jake den Sturz des Brunnens gehört hatte und, wenn ja, was er sich dabei dachte. Bezüglich Schlitzer stellte er solche Spekulationen nicht an; Schlitzer würde denken, er wäre zu Brei zerquetscht worden, und Roland wollte, daß er genau das dachte. Würde Jake das auch denken? Der Junge sollte schlau genug sein zu wissen, daß ein Revolvermann nicht auf so einen simplen Mechanismus hereinfallen würde, aber wenn Schlitzer ihn hinreichend terrorisiert hatte, konnte Jake vielleicht nicht mehr so klar denken. Nun, es war zu spät, sich jetzt Gedanken darüber zu machen, und wenn er es noch einmal zu tun hätte, würde er wieder genauso handeln. Todgeweiht oder nicht, Schlitzer hatte Mut und animalische List bewiesen. Wenn er jetzt unachtsam wurde, hatte sich der Trick gelohnt.

Roland stand wieder auf. »Oy – such Jake.«

»Ake!« Oy streckte den langen Hals, drehte sich schnuppernd im Halbkreis, nahm Jakes Geruch wieder auf und lief, gefolgt von Roland, weiter. Zehn Minuten später blieb er an einem Kanaldeckel auf der Straße stehen, schnupperte in alle Richtungen, sah zu Roland auf und bellte schrill.

Der Revolvermann ließ sich auf ein Knie nieder und betrachtete sowohl das Durcheinander der Spuren wie auch eine breite Bahn Kratzer auf dem Pflaster. Er dachte, daß dieser spezielle Kanaldeckel oft bewegt worden war. Er kniff die Augen zusammen, als er einen Klumpen blutigen Schleims in einer Furche zwischen zwei Pflastersteinen in der Nähe sah.

»Der Dreckskerl schlägt ihn ständig«, murmelte er.

Er zog den Kanaldeckel auf, sah hinunter und löste die Wildlederschnüre, die sein Hemd zusammenhielten. Er hob den Bumbler hoch und steckte ihn in das Hemd. Oy fletschte die Zähne, und Roland konnte einen Moment spüren, wie seine Krallen gleich scharfen Messern über die Haut von Brust und Bauch strichen. Dann zog Oy sie ein, sah mit seinen klugen Augen aus Rolands Hemd und schnaufte wie eine Dampflok. Der Revolvermann konnte den schnellen Herzschlag des Tiers an seinem eigenen spüren. Er zog die Wildlederschnur aus den Ösen des Hemds und holte eine andere, längere aus der Tasche.

»Ich muß dich anbinden. Das gefällt mir nicht, und dir wird es noch weniger gefallen, aber da unten ist es stockdunkel.«

Er band die beiden Wildlederschnüre zusammen und bildete mit einem Ende eine Schlinge, die er über Oys Kopf legte. Er rechnete damit, daß Oy wieder die Zähne fletschen, vielleicht sogar nach ihm schnappen würde, aber Oy blieb ruhig. Er sah nur mit seinen goldumrandeten Augen zu Roland auf und bellte wieder »Ake!« mit seiner ungeduldigen Stimme.

Roland nahm das lose Ende seiner behelfsmäßigen Leine in den Mund und setzte sich an den Rand des Kanalisationsschachts ... wenn es sich darum handelte. Er tastete nach der obersten Sprosse der Leiter und fand sie. Er stieg langsam und vorsichtig hinunter und mußte schmerzlicher denn je spüren, daß ihm eine halbe Hand fehlte und die Sprossen glitschig von Öl und einer dicklichen Substanz waren, bei der es sich wahrscheinlich um Moos handelte. Oy war eine schwere, warme Last zwischen Hemd und Bauch und hechelte unablässig und harsch. Im düsteren Licht leuchteten die Goldringe seiner Augen wie

Medaillons. Schließlich trat der tastende Fuß des Revolvermanns ins Wasser auf dem Grund des Schachts. Er sah kurz zu der Münze aus weißem Licht über sich hinauf. *Ab jetzt wird es schwierig,* dachte er. Der Tunnel war warm und feucht und roch wie ein uraltes Beinhaus. Irgendwo in der Nähe tropfte Wasser hohl und monoton. Weiter entfernt konnte Roland das Dröhnen von Maschinen hören. Er hob einen überaus dankbaren Oy aus dem Hemd und setzte ihn in dem seichten Rinnsal ab, das träge durch den Kanalisationstunnel floß.

»Jetzt liegt es ganz bei dir«, murmelte er dem Bumbler ins Ohr. »Zu Jake, Oy. Zu Jake!«

»Ake!« bellte der Bumbler und verschwand plätschernd in der Dunkelheit, wobei er den Kopf auf dem langen Hals wie ein Pendel hin und her schwang. Roland folgte ihm und hielt das Ende der Wildlederschnur in der verstümmelten rechten Hand.

24

Die KRIPPE – die groß genug war, daß sie sie im Geiste schon mit Großbuchstaben schrieben – stand im Zentrum eines Platzes, der fünfmal größer war als der, auf dem sie die gesprengte Statue gesehen hatten. Als sie die Krippe ruhig und eingehend betrachten konnte, stellte Susannah fest, wie alt und grau und durch und durch trostlos der Rest von Lud wirklich war. Dieses Gebäude war so sauber, daß es den Augen fast weh tat. Keine Reben wuchsen an der Fassade; keine Graffiti verunzierten die grellweißen Wände und Stufen und Säulen. Der gelbe Staub der Ebene, der alles andere überzog, fehlte hier völlig. Als sie näher kamen, sah Susannah den Grund: Wasserbächlein strömten endlos an den Mauern der Krippe hinab; sie kamen aus Öffnungen im Schatten kupferverkleideter Erker. Intervallspülungen aus anderen verborgenen Ventilen wuschen die Stufen und verwandelten sie in regelmäßigen Abständen in Wasserfälle.

»Mann«, sagte Eddie. »Dagegen sieht Grand Central wie ein Greyhound-Busbahnhof in Kuhdorf, Nebraska, aus.«

»Was bist du doch für ein Dichter, Liebster«, sagte Susannah trokken.

Die Stufen reichten um das ganze Gebäude herum und führten zu einer großen, offenen Halle. Hier hingen keine undurchsichtigen Matten verfilzter Vegetation herab, aber Eddie und Susannah mußten feststellen, daß sie trotzdem nicht gut nach drinnen sehen konnten; die Schatten, die das überhängende Dach warf, waren zu dunkel. Die Totems des Balkens verliefen um das Gebäude, stets in Zweiergruppen, aber die Ecken waren Wesen vorbehalten, wie sie Susannah niemals außerhalb von gelegentlichen Alpträumen sehen wollte – gräßliche Steindrachen mit schuppigen Leibern, spitzen Krallenpfoten und tückisch dreinblickenden Augen.

Eddie berührte sie an der Schulter und deutete noch höher. Susannah sah hoch ... und spürte, wie ihr der Atem im Hals stockte. Hoch über den Totems des Balkens und den Drachenmonstern stand ein mindestens zwanzig Meter hoher goldener Krieger breitbeinig auf dem Giebeldach. Ein Cowboyhut war zurückgeschoben und offenbarte die gerunzelte, sorgenzerfurchte Stirn; ein Halstuch hing schief über der Brust, als wäre es gerade nach einem langen und schweren Einsatz als Staubfilter heruntergezogen worden. In der erhobenen Hand hielt er einen Revolver; in der anderen etwas, das wie ein Olivenzweig aussah.

Roland von Gilead stand in Gold gekleidet über der Krippe von Lud.

Nein, dachte sie, als ihr endlich wieder einfiel zu atmen. *Das ist er nicht ... aber in gewisser Weise doch. Dieser Mann war ein Revolvermann, und die Ähnlichkeit zwischen ihm, der wahrscheinlich seit tausend Jahren oder mehr tot ist, und Roland, ist die ganze Bestätigung für die Existenz von* Ka-tet, *die du jemals brauchst.*

Donner grollte im Süden. Blitze jagten Wolkenfetzen über den Himmel. Sie wünschte sich, sie hätte mehr Zeit, die goldene Statue auf der Krippe und die Tiere zu studieren, die sie umgaben; letzteren schienen Worte eingraviert worden zu sein, und sie dachte sich, was dort geschrieben stand, war wahrscheinlich Wissen, das zu besitzen sich lohnte. Unter diesen Umständen jedoch war keine Zeit zu vergeuden.

Ein breiter roter Streifen war an der Stelle, wo die Straße der Schildkröte in den Platz der Krippe überging, auf das Pflaster gemalt worden. Maud und der Mann, den Eddie Jeeves getauft hatte, blieben in sicherer Entfernung von der roten Linie stehen.

»Bis hierher und nicht weiter«, sagte Maud tonlos zu ihnen. »Ihr habt uns zu der Stelle geführt, wo ihr sterben werdet, aber jedes Lebewesen schuldet den Göttern einen Tod, und ich werde auf dieser Seite der Todeslinie sterben, was auch passieren mag. Ich werde Blaine nicht wegen irgendwelcher Ausländer herausfordern.«

»Ich auch nicht«, sagte Jeeves. Er hatte die staubige Melone abgezogen und hielt sie vor die nackte Brust. Sein Gesicht stellte einen Ausdruck ängstlicher Unterwürfigkeit zur Schau.

»Prima«, sagte Susannah. »Und jetzt zieht Leine, alle beide.«

»Ihr schießt uns in dem Augenblick in den Rücken, wenn wir uns umdrehen«, sagte Jeeves mit zitternder Stimme. »Darauf würd ich Uhr und Patent verwetten, das würd ich.«

Maud schüttelte den Kopf. Das Blut auf ihrem Gesicht war zu grotesken kastanienfarbigen Streifen getrocknet. »Es gab nie einen Revolvermann, der in den Rücken geschossen hat – soviel kann *ich* sagen.«

»Wir haben nur *ihr* Wort darauf, daß sie welche sind.«

Maud deutete auf den großen Revolver mit dem abgenutzten Sandelholzgriff, den Susannah in der Hand hielt. Jeeves sah hin . . . und einen Moment später streckte er der Frau die Hand entgegen. Als Maud sie ergriff, stürzte das Bild gefährlicher Killer, das Susannah sich von ihnen gemacht hatte, in sich zusammen. Sie sahen mehr wie Hänsel und Gretel als Bonnie und Clyde aus; müde, ängstlich, verwirrt und so tief im Wald verirrt, daß sie dort alt geworden waren. Ihr Haß und ihre Angst verschwanden. Mitleid und eine zutiefst empfundene, quälende Traurigkeit traten an ihre Stelle.

»Lebt wohl, ihr beiden«, sagte sie leise. »Geht, wie's euch beliebt, und fürchtet nichts von mir oder meinem Mann hier.«

Maud nickte. »Ich glaube, daß ihr uns nichts zuleide tun wollt, und ich vergebe euch, daß ihr Winston erschossen habt. Aber hört mir zu – und hört gut zu: *Betretet die Krippe nicht.* Welche Gründe euch immer bewegen mögen, dorthin zu gehen, sie sind nicht ausreichend. Es bedeutet den sicheren Tod, Blaines Krippe zu betreten.«

»Wir haben keine andere Wahl«, sagte Eddie, und über ihm grollte der Donner wieder wie zustimmend. »Und jetzt will ich *euch* etwas sagen. Ich weiß nicht, was unter Lud liegt und was nicht, aber ich weiß, daß die Trommeln, wegen derer ihr so ausrastet, Teil einer Aufnahme sind – eines *Lieds* –, das aus der Welt stammt, aus der meine Frau und ich kommen.« Er sah ihre verständnislosen Gesichter und hob frustriert die Arme. »Himmel, Herrgott, begreift ihr denn nicht? Ihr tötet einander wegen eines Musikstücks, das nicht einmal als Single ausgekoppelt worden ist.«

Susannah legte ihm eine Hand auf die Schulter und murmelte seinen Namen. Er achtete nicht auf sie, sah von Jeeves zu Maud und wieder zu Jeeves.

»Möchtet ihr Ungeheuer sehen? Dann seht euch selbst genau an. Und wenn ihr in die Geisterbahn zurückkommt, die ihr ein Zuhause nennt, dann seht euch auch eure Freunde und Verwandten gut an.«

»Du verstehst nicht«, sagte Maud. Ihre Augen waren dunkel und ernst. »Aber das wirst du. Ay – das wirst du.«

»Geht jetzt«, sagte Susannah leise. »Ein Gespräch zwischen uns bringt nichts; die Worte fallen nur auf toten Boden. Geht einfach und versucht, euch an die Gesichter eurer Väter zu erinnern, denn ich glaube, diese Gesichter habt ihr schon vor langer, langer Zeit vergessen.«

Die beiden gingen ohne ein weiteres Wort in die Richtung zurück, aus der sie gekommen waren. Aber von Zeit zu Zeit sahen sie über die Schultern, und sie hielten sich immer noch bei den Händen: Hänsel und Gretel, die sich im tiefen, dunklen Wald verirrt hatten.

»Ich will hier raus«, sagte Eddie niedergeschlagen. Er sicherte die Ruger, steckte sie in den Hosenbund, rieb sich die Augen mit dem Handrücken. »Ich will nur hier raus, mehr will ich nicht.«

»Ich verstehe, was du meinst, Hübscher.« Sie hatte eindeutig Angst, den Kopf aber dennoch auf die trotzige Weise geneigt, die er so sehr liebte. Er legte ihr die Hände auf die Schultern, bückte sich und küßte sie. Und er ließ sich weder von ihrer Umgebung noch von dem aufziehenden Sturm daran hindern, das gründlich zu machen. Als er schließlich zurückwich, sah sie ihn mit großen, leuchtenden Augen an. »Mann! Wofür war der denn?«

»Weil ich dich so sehr liebe«, sagte er, »und ich schätze, das reicht. Reicht es?«

Ihr Blick wurde sanft. Einen Augenblick lang überlegte sie, ob sie ihm das mögliche Geheimnis verraten sollte, das sie hütete, aber selbstverständlich waren Zeit und Ort völlig falsch – sie konnte ihm jetzt ebensowenig sagen, daß sie möglicherweise schwanger war, wie sie verweilen und die Inschriften auf den Portaltotems lesen konnte.

»Es reicht, Eddie«, sagte sie.

»Du bist das Beste, das mir je über den Weg gelaufen ist.« Seine Mandelaugen waren einzig und allein auf sie gerichtet. »Es fällt mir schwer, so etwas zu sagen – ich schätze, das Leben mit Henry hat es mir schwer gemacht –, aber es stimmt. Ich glaube, anfangs habe ich dich geliebt, weil du alles verkörpert hast, was Roland mir weggenommen hatte – in New York, meine ich –, aber mittlerweile ist es viel mehr, weil ich nicht mehr zurück will. Du?«

Sie betrachtete die Krippe. Sie hatte Todesangst vor dem, was sie dort finden mochten, aber dennoch . . . sie sah ihn wieder an. »Nein, ich will nicht zurück. Ich will den Rest meines Lebens damit verbringen, vorwärts zu gehen. Das heißt aber nur, solange du bei mir bist. Komisch, weißt du, daß du sagst, du hättest mich anfangs nur geliebt, weil er dir alles weggenommen hatte.«

»Wieso komisch?«

»Ich habe angefangen, dich zu lieben, weil du mich von Detta Walker befreit hast.« Sie machte eine Pause, dachte nach, dann schüttelte sie verhalten den Kopf. »Nein – es geht weiter. Ich habe angefangen, dich zu lieben, weil du mich von *beiden* Flittchen befreit hast. Eine war ein diebisches, geiles Schandmaul, und die andere ein verzogenes, hochnäsiges Gör. Ich mag Susannah Dean lieber als die beiden . . . und du warst derjenige, der mich befreit hat.«

Diesmal preßte sie die Handflächen auf seine stoppligen Wangen, zog ihn nach unten und küßte ihn sanft. Als er ihr zärtlich eine Hand auf die Brust legte, seufzte sie und legte ihre darauf.

»Ich glaube, wir sollten besser gehen«, sagte sie, »sonst vögeln wir noch hier mitten auf der Straße . . . und werden naß, wie es aussieht.«

Eddie betrachtete die stummen Türme, die eingeschlagenen Fensterscheiben, die rebenüberwucherten Wände mit einem letzten stummen Blick. Dann nickte er. »Ja. Ich glaube sowieso nicht, daß es in dieser Stadt eine Zukunft gibt.«

Er schob sie weiter, und sie verkrampften sich beide, als der Rollstuhl über die Grenze fuhr, die Maud als die Todeslinie bezeichnet hatte, weil sie fürchteten, sie könnten einen uralten Schutzmechanismus auslösen und beide sterben. Aber nichts passierte. Eddie schob sie über den Vorplatz, und als sie sich den Stufen näherten, die zur Krippe führten, setzte ein kalter, windgepeitschter Regen ein.

Sie wußten es beide nicht, aber der erste große Herbststurm von Mittwelt hatte begonnen.

25

Als sie sich in der übelriechenden Dunkelheit des Abwassersystems befanden, gab Schlitzer die tödliche Geschwindigkeit auf, die er oben angeschlagen hatte. Jake glaubte nicht, daß es an der Dunkelheit lag; Schlitzer schien jeden Winkel und jede Biegung des Wegs zu kennen, den er nahm – wie er gesagt hatte. Jake glaubte, die langsame Gangart rührte daher, daß sein Peiniger annahm, daß Roland von der Falle zu Brei zerquetscht worden war.

Jake selbst waren mittlerweile Zweifel gekommen.

Wenn Roland die Stolperdrähte gesehen hatte – eine weitaus unauffälligere Falle als die darauffolgende –, war es da wirklich wahrscheinlich, daß er den Springbrunnen übersehen hatte? Jake hielt es für möglich, aber logisch schien es nicht. Jake fand es wahrscheinlicher, daß Roland den Springbrunnen absichtlich hatte herunterstürzen lassen, um Schlitzer in Sicherheit zu wiegen und möglicherweise zu bremsen. Er glaubte nicht, daß Roland ihnen durch diesen Irrgarten unter der Straße folgen konnte – die völlige Dunkelheit würde selbst die Fährtensucherinstinkte eines Revolvermanns überfordern –, aber es munterte ihn auf, daß Roland möglicherweise doch nicht bei dem Versuch gestorben war, sein Versprechen zu halten.

Sie bogen rechts ab, links, dann wieder links. Da Jakes andere Sinne immer feiner wurden, um die fehlende Sicht zu kompensieren, konnte er andere Tunnel ringsum vage erahnen. Der gedämpfte Lärm uralter Maschinen wurde einen Moment lauter und dann wieder leiser, wenn die Steinfundamente der Stadt sich erneut um sie schlossen. Ab und zu wehte ihm ein Windhauch entgegen, manchmal warm, manchmal kalt. Ihre plätschernden Schritte hallten kurz, wenn sie die Quertunnel passierten, aus denen die stinkenden Winde wehten, und einmal schlug sich Jake an einem Metallgegenstand, der von der Decke ragte, fast den Schädel ein. Er schlug mit der Hand danach und ertastete so etwas wie ein großes Ventilrad. Danach ruderte er beim Laufen mit den Armen und versuchte, Hindernisse vor sich aufzuspüren.

Schlitzer leitete ihn mit Schlägen auf die Schultern wie ein Wagenführer seinen Ochsen. Sie schritten kräftig aus, trotteten, rannten aber nicht. Schlitzer kam wieder so weit zu Atem, daß er erst summte und dann mit einer leisen, melodiösen Tenorstimme zu singen anfing:

»Ribbel-di-dibbel-di-ding-ding-ding,
Ich such mir 'nen Job und kauf dir 'nen Ring,
Und leg meinen Kopf, laß mich nicht bitten,
Auf deine wogenden, drallen Titten,
Ribbel-di-dibbel-di-ding-ding-ding!

Oh ribbel-di-dibbel,
Ich nehm meinen Schnibbel
Und spiel dann an deinem Ding-Ding-Ding rum!«

Es folgten fünf oder sechs ähnliche Verse, bis Schlitzer aufhörte. »Jetzt sing *du* was, Bübchen.«

»Ich kenne nichts«, schnaufte Jake. Er hoffte, daß er sich mehr außer Atem anhörte als er eigentlich war. Er wußte nicht, ob es ihm etwas nützen würde oder nicht, aber hier unten im Dunkeln schien jeder Trick lohnenswert zu sein.

Schlitzer rammte Jake den Ellbogen so heftig in den Rücken, daß dieser fast vornüber ins knöchelhohe Wasser fiel, das träge durch den Tunnel floß, in dem sie sich befanden. »Du *solltest* aber besser was kennen, wennste nich willst, daß ich dire heißgeliebte Wirbelsäule zum Arsch rauszieh.« Nach einer Pause fügte er hinzu: »Sind Spuker hier unten, Junge, so isses. Hausen innen Maschinen. Singen hält se fern ... Weißte das nich? Und jetzt *sing*!«

Jake dachte angestrengt nach, weil er nicht noch einen liebevollen Klaps von Schlitzer wollte, und dann fiel ihm ein Lied ein, das er mit sieben oder acht Jahren im Ferienlager gelernt hatte. Er machte den Mund auf, schmetterte in die Dunkelheit und hörte seine Stimme zwischen fließendem Wasser, tropfendem Wasser und uralten, summenden Maschinen hallen.

»Mein Mädchen ist knorke, sie kommt aus New Yorke,
Ich kauf ihr alles, damit sie hübsch bleibt,
Ihre Schenkel, die glatten,
Sind wie zwei Fregatten,
Und so vergeud ich mein Geld.

Mein Mädchen heißt Lily, und sie stammt aus Philly,
Ich kauf ihr alles, damit sie hübsch bleibt,
Ihre Augen die gaffen,
Grad wie zwei Maulaffen,
Und so vergeud ...«

Schlitzer streckte die Arme aus, packte Jakes Ohren wie zwei Topfgriffe und brachte ihn mit einem Ruck zum Schweigen. »Direkt vor dir ist'n Loch«, sagte er. »Mit 'ner Stimme wie deiner, Bübchen, würd icher Welt 'nen Gefallen tun, wenn ich dich reinschmeißen würde, so isses, aber das tät Ticktack gar nich gefallen; daher sag ich, daßde noch ne Weile sicher bist.« Schlitzers Hände ließen Jakes Ohren los, die wie Feuer brannten, und packten ihn hinten am Hemd. »Und jetzt beug dich vor, biste die Leiter auffer annern Seite spürst. Und gib obacht, daßde nich rutschst und uns beide runterziehst.«

Jake beugte sich mit ausgestreckten Armen nach vorne und litt Todesangst, er könnte in ein Loch fallen, das er nicht sah. Während er nach der Leiter tastete, spürte er warme Luft – frisch und fast duftend –, die an seinem Gesicht vorbeistrich, und sah einen Schimmer rosigen Lichts von unten.

Seine Finger berührten eine Stahlsprosse und umklammerten sie. Die Bißwunden an der linken Hand brachen wieder auf, und er spürte warmes Blut über die Handfläche rinnen.

»Gefunden?« fragte Schlitzer.

»Ja.«

»Dann runter mit dir! Worauf wartste, verflucht!« Schlitzer ließ sein Hemd los, und Jake konnte sich vorstellen, wie er den Fuß hob, damit er ihn mit einem Arschtritt zur Eile antreiben konnte. Jake stieg über die schwach leuchtende Öffnung und kletterte die Leiter hinunter, wobei er die verletzte Hand so wenig wie möglich benützte. Diesmal waren die Sprossen weder ölig noch moosbewachsen und so gut wie gar nicht rostig.

Der Schacht war sehr lang, und während Jake hastig hinunterkletterte, damit Schlitzer ihm nicht mit den dicken Stiefelsohlen auf die Finger trat, mußte er an einen Film denken, den er einmal im Fernsehen gesehen hatte – *Reise zum Mittelpunkt der Erde.*

Das Pochen der Maschinen wurde lauter, der rosige Schein stärker. Die Maschinen hörten sich immer noch nicht richtig an, aber seine Ohren verrieten ihm, daß diese hier in einer besseren Verfassung waren als die oben. Und als sie schließlich den Boden erreichten, stellte er fest, daß es dort trocken war.

Der neue horizontale Schacht war eckig, etwa zwei Meter hoch und mit vernietetem Edelstahl verkleidet. Er erstreckte sich, soweit Jake sehen konnte, in beide Richtungen und war schnurgerade. Er wußte instinktiv, ohne daß er darüber nachdenken mußte, daß dieser Tunnel (der mindestens zwanzig Meter unter Lud liegen mußte) ebenfalls dem Pfad des Balkens folgte. Und irgendwo genau über ihm – Jake war ganz sicher, auch wenn er den Grund dafür nicht hätte sagen können – stand der Zug, den sie suchten.

Dicht unter der Decke des Schachts verliefen schmale Lüftungsgitter; aus diesen strömte die reine, trockene Luft. Von einigen hing Moos wie blaugrüne Bärte, aber die meisten waren noch sauber. Unter jedem zweiten Gitter befand sich ein gelber Pfeil mit einem Symbol, das ein wenig Ähnlichkeit mit einem t hatte. Die Pfeile zeigten in die Richtung, in die Schlitzer und Jake gingen.

Das rosafarbene Licht kam von Glasröhren, die in Zweierreihen parallel an der Decke des Schachts verliefen. Manche – etwa eine von drei – waren dunkel, andere flackerten krampfhaft, aber mindestens die Hälfte davon funktionierte noch einwandfrei. *Neonröhren,* dachte Jake. *Was sagt man dazu?*

Schlitzer sprang neben ihm herunter. Er sah Jakes überraschten Gesichtsausdruck und grinste. »Hübsch, was? Kühl im Sommer, warm im Winter, und soviel zu essen, dasses fünfhunnert Männer nich in fünfhunnert Jahren essen könnten. Und weißte, wasses Beste ist, Bübchen? Das Beste anner ganzen verflixten Chose?«

Jake schüttelte den Kopf.

»Die elenden Pubes haben nichte geringste Ahnung, daß das Ding hier überhaupt existiert! Sie denken, es sin' Ungeheuer hier unnen. Kein Pubie kommt 'nem Kanaldeckel näher als zwanzich Schritte, wenners vermeiden kann!«

Er warf den Kopf zurück und lachte herzlich. Jake stimmte nicht ein, auch wenn eine kalte Stimme in seinem Hinterkopf ihm sagte, daß es klug wäre. Er stimmte nicht ein, weil er genau wußte, was die Pubes empfanden. Es *waren* Ungeheuer unter der Stadt – Trolle und Gnome und Orks. War er nicht von einem gefangengenommen worden?

Schlitzer schubste ihn nach links. »Geh – wir sind jetzt fast da. *Hopp!*«

Sie liefen weiter, und ihre Schritte folgten ihnen als Echos. Nach zehn oder fünfzehn Minuten sah Jake etwa zweihundert Meter entfernt eine wasserdichte Schleuse. Als sie näher kamen, sah er ein großes Ventilrad daraus hervorragen. An der Wand rechts daneben war eine Sprechanlage montiert.

»Ich bin fertich«, keuchte Schlitzer, als sie die Tür am Ende des Tunnels erreicht hatten. »So was is zuviel fürn alten Invaliden wie dein' Kumpel, so isses!« Er drückte den Knopf der Sprechanlage und bellte: »Ich hab' ihn, Ticktack, hab' ihn so geschmiert, wies nur gehn konnte! Hab' ihm nichmal'n Härchen gekrümmt! Hab' ich der nich gesacht, daß ichs schaffen würde? Vertrau dem Schlitzermann, hab' ich gesagt, der läßt dich nich im Stich! Jetzt mach auf und laß uns rein!«

Er ließ den Knopf los und betrachtete die Tür ungeduldig. Das Ventil drehte sich nicht. Statt dessen ertönte eine tonlose, bärbeißige Stimme aus dem Lautsprecher. »Wie lautet das Paßwort?«

Schlitzer runzelte die Stirn, kratzte sich mit den langen, schmutzigen Fingernägeln am Kinn, hob die Augenklappe und schnippte noch einen Klumpen gelbgrünen Eiter heraus. »Ticktack und seine Paßwörter!«

sagte er zu Jake. Es klang besorgt und erbost zugleich. »Ist'n schlauer Fuchs, aber das ist'n bißchen übertrieben, wennste mich fragst, so isses.«

Er drückte den Knopf und rief: »Komm schon, Ticktack! Wennste meine Stimme nich erkennen tust, brauchste'n Hörgerät!«

»Oh, ich kenne sie«, antwortete die bärbeißige Stimme. Jake fand, daß sie sich wie die von Jerry Reed anhörte, der Burt Reynolds' Partner in Filmen wie *Ein ausgekochtes Schlitzohr* spielte. »Aber ich weiß nicht, wer bei dir ist, oder? Hast du vergessen, daß die Kamera da draußen letztes Jahr die Flatter gemacht hat? Du sagst das Paßwort, Schlitzer, sonst kannst du da draußen verfaulen!«

Schlitzer steckte einen Finger in die Nase, holte einen Klumpen Rotz heraus, der wie Pfefferminzpudding gefärbt war, und drückte ihn ins Gitter des Lautsprechers. Jake beobachtete diese Zurschaustellung kindischer Verdrossenheit fasziniert und stumm und spürte, wie unerwünschtes, hysterisches Gelächter in ihm hochplapperte. Hatten sie den ganzen Weg durch das Labyrinth voller Fallen und die dunklen Tunnel zurückgelegt, um hier vor dieser wasserdichten Tür zu scheitern, nur weil sich Schlitzer nicht an das Paßwort des Ticktackmannes erinnern konnte?

Schlitzer sah ihn wütend an, dann strich er mit der Hand über den Kopf und zog den schweißnassen gelben Schal herunter. Der Schädel darunter war kahl, abgesehen von einigen schwarzen Haarbüscheln wie Stachelschweinborsten, und wies über der linken Schläfe eine tiefe Delle auf. Schlitzer sah in den Schal und holte ein Stück Papier heraus. »Gott segne Hoots«, murmelte er. »Hoots kümmert sich anständig um mich, so isses.«

Er betrachtete das Papier, drehte es hierhin und dahin und hielt es schließlich Jake hin. Er sprach mit gedämpfter Stimme, als könnte der Ticktackmann ihn hören, obwohl die Sprechtaste der Anlage nicht gedrückt war.

»Du bist doch'n netter kleiner Gentleman, oder nich? Und wennse dem beigebracht ham, daß manne Zahnpasta nich frißt und nich inne Ekken pißt, so lernen se'n Gentleman doch als erstes lesen, oder nich? Also lies mir das Wort auffem Papier hier vor, Bübchen, weil ich's einfach nich mehr im Kopf hab', so isses.«

Jake nahm das Papier, studierte es, sah zu Schlitzer. »Und wenn ich das nicht mache?« fragte er kalt.

Diese Antwort brachte Schlitzer vorübergehend aus der Fassung ... und dann grinste er gefährlich fröhlich. »Dann pack ich dich am Hals und nehm dein' Kopf als Ramme«, sagte er. »Ich denke nich, daß das den ollen Ticky überzeugen wird, mich reinzulassen – er ist immer noch nervös wegen deinem hartgesottenen Freund, das isser –, aber es würd mir im Herzen guttun, dein Hirn von dem Rad da tropfen zu sehn.«

Jake dachte darüber nach, während das irre Gelächter immer noch in ihm blubberte. Der Ticktackmann war ein schlauer Fuchs, na gut – er wußte, es würde schwierig werden, Schlitzer, der ohnehin dem Tod geweiht war, dazu zu bringen, das Paßwort auszusprechen, selbst wenn Roland ihn gefangengenommen hätte. Aber Ticktack hatte Schlitzers schlechtes Gedächtnis nicht bedacht.

Lach bloß nicht. Wenn du das machst, wird er dir wirklich das Hirn rausprügeln.

Trotz seiner großspurigen Worte sah Schlitzer Jake aufrichtig ängstlich an, und Jake wurde eine möglicherweise bedeutende Tatsache bewußt: Schlitzer hatte vielleicht keine Angst vor dem Sterben ... aber davor, gedemütigt zu werden.

»Na gut, Schlitzer«, sagte er gelassen. »Das Wort auf diesem Stück Papier heißt *reichlich.*«

»Gib das her!« Schlitzer nahm den Zettel wieder an sich, steckte ihn in den Schal, wickelte das gelbe Tuch wieder um den Kopf. Er drückte den Knopf der Sprechanlage. »Ticktack? Biste noch da?«

»Wo sollte ich sonst sein? Am westlichen Ende der Welt?« Die tiefe Stimme klang jetzt gelinde amüsiert.

Schlitzer streckte dem Lautsprecher die weißliche Zunge heraus, aber seine Stimme war ehrerbietig, fast unterwürfig. »Das Paßwort heißt *reichlich,* und was das fürn schönes Wort is! Und jetzt laß mich rein, bein Göttern!«

»Gewiß«, sagte der Ticktackmann. In der Nähe setzte eine Maschine ein; Jake zuckte zusammen. Das Ventilrad im Zentrum der Tür drehte sich. Als es aufhörte, packte Schlitzer es, zog nach außen, ergriff Jakes Arm und stieß ihn über die Türschwelle in das seltsamste Zimmer, das er in seinem Leben je gesehen hatte.

26

Roland stieg in das düstere rosa Licht hinab. Oys helle Augen sahen aus dem offenen V des Hemdes; er hatte den Hals zu voller, beachtlicher Länge ausgefahren und schnupperte die warme Luft, die aus den Lüftungsgittern drang. In den dunklen Gängen oben hatte sich Roland fast ausschließlich auf die Nase des Bumblers verlassen müssen und große Angst gehabt, das Tier könnte die Witterung im fließenden Wasser verlieren ... aber als er Gesang gehört hatte – zuerst Schlitzer, dann Jake –, der durch die Röhren hallte, hatte er sich ein wenig entspannt. Oy hatte sie nicht in die Irre geführt.

Oy hatte es auch gehört. Bis dahin hatte er sich langsam und vorsichtig bewegt und war sogar hin und wieder ein Stück zurückgegangen, um ganz sicherzugehen; aber als er Jakes Stimme hörte, fing er an zu laufen und zerrte an der Wildlederleine. Roland hatte Angst, er könnte mit seiner schrillen Stimme nach Jake rufen – *Ake! Ake!* –, aber das hatte er nicht getan. Und als sie gerade den Schacht erreichten, der zu den unteren Ebenen dieses Dyzianischen Irrgartens führte, hatte Roland das Summen einer neuen Maschine gehört – einer Art Pumpe, der das metallische, hallende Knallen einer zuschlagenden Tür folgte.

Er gelangte in den quadratischen Tunnel und betrachtete kurz die Zweierreihe der Leuchtröhren, die in beide Richtungen verliefen. Er sah, daß sie mit Sumpflicht gefüllt waren, wie das Schild an dem Haus, welches Balazar in der Stadt New York gehört hatte. Die schmalen verchromten Lüftungsgitter und die Pfeile darunter betrachtete er eingehender, dann nahm er Oy die Wildlederschlinge ab. Oy schüttelte ungeduldig den Kopf und war eindeutig froh, daß er wieder frei war.

»Wir sind ganz nahe«, murmelte er ins gespitzte Ohr des Bumblers, »und wir müssen leise sein. Hast du das verstanden, Oy? Sehr leise.«

»Eise«, antwortete Oy mit einem heiseren Flüstern, das unter anderen Umständen komisch gewesen wäre.

Roland setzte ihn ab, worauf Oy augenblicklich mit gestrecktem Hals und der Schnauze am Boden den Tunnel entlang lief. Roland konnte hören, wie er beim Schnüffeln *Ake-Ake! Ake-Ake!* murmelte. Roland zog den Revolver und folgte ihm.

27

Eddie und Susannah sahen an den riesigen Mauern von Blaines Krippe empor, als der Himmel sich auftat und es in Strömen zu regnen anfing.

»Ein prachtvolles Gebäude, aber sie haben die Behindertenrampen vergessen!« brüllte Eddie, damit sie ihn über Regen und Donner hinweg verstand.

»Vergiß das«, sagte Susannah ungeduldig und schlüpfte aus dem Rollstuhl. »Gehen wir da rauf und aus dem Regen raus.«

Eddie sah zweifelnd die Stufen hinauf. Sie waren flach ... aber es waren viele. »Bist du sicher, Suze?«

»Geh schon voraus, weißer Junge«, sagte sie und schlängelte sich mit unheimlichem Geschick nach oben, wobei sie Hände, Unterarme und die Beinstümpfe benützte.

Und sie hätte ihn *fast* geschlagen; Eddie mußte sich um die Last aus Eisen kümmern, die ihn aufhielt. Beide waren außer Atem, als sie oben ankamen; Dampf stieg von ihrer nassen Kleidung auf. Eddie ergriff sie unter den Armen, zog sie hoch und hielt sie dann einfach mit am Po verschränkten Händen fest, statt sie wieder in den Rollstuhl zu setzen, wie er vorgehabt hatte. Er war geil und halb von Sinnen, ohne zu wissen warum.

Ach, hör auf, dachte er. *Du bist so weit gekommen und lebst noch; das hat deine Drüsen aufgepumpt und in Partylaune versetzt.*

Susannah leckte sich die Unterlippe und vergrub die kräftigen Finger in seinem Haar. Sie zog. Es tat weh ... und gleichzeitig war es herrlich. »Ich hab' dir doch gesagt, daß ich dich schlage, weißer Junge«, sagte sie mit leiser, heiserer Stimme.

»Verschon' mich – ich hab' dich geschafft ... um einen halben Schritt.« Er versuchte, sich nicht so atemlos anzuhören, wie er war, und stellte fest, daß es ihm nicht gelang.

»Vielleicht ... aber jetzt bleibt dir die Puste weg, was?« Eine Hand ließ sein Haar los, wanderte nach unten und drückte sanft. Ein Lächeln funkelte in ihren Augen. »Aber *einer* ist nicht außer Puste.«

Donner grollte am Himmel. Sie zuckten zusammen, dann lachten sie beide.

»Komm schon«, sagte er. »Das ist Irrsinn. Der Zeitpunkt könnte nicht schlechter sein.«

Sie widersprach nicht, drückte ihn aber noch einmal, bevor sie die Hand wieder auf seine Schulter legte. Eddie verspürte quälendes Bedauern, als er sie wieder in den Rollstuhl setzte und über breite Steinplatten in den Schutz des Daches schob. Er glaubte, in Susannahs Augen dasselbe Bedauern zu sehen.

Eddie blieb stehen und drehte sich um. Der Platz der Krippe, die Straße der Schildkröte und die ganze Stadt dahinter verschwanden zunehmend hinter einem wabernden grauen Vorhang. Was Eddie kein bißchen bedauerte. Lud hatte keinen Eintrag in seinem Notizbuch der Lieblingserinnerungen bekommen.

»Sieh mal«, sagte Susannah. Sie deutete auf eine nahe gelegene Regenrinne, die in einem großen, schuppigen Fischkopf endete, der große Ähnlichkeit mit den Drachenmonstern hatte, welche die Ecken der Krippe zierten. Wasser ergoß sich als silberner Sturzbach aus seinem Maul.

»Das ist nicht nur ein vorübergehender Schauer, richtig?« fragte Eddie.

»Nee. Es wird regnen, bis es des Regnens überdrüssig ist, und dann noch ein bißchen länger, aus bloßer Gemeinheit. Vielleicht eine Woche; vielleicht einen Monat. Nicht, daß es uns kümmern muß, falls Blaine entscheidet, daß ihm unser Aussehen nicht paßt und er uns grillt. Feuer einen Schuß ab, damit Roland weiß, daß wir hier sind, Süße, und dann schauen wir uns um. Mal sehen, was es zu sehen gibt.«

Eddie hielt die Ruger zum grauen Himmel, drückte ab und feuerte den Schuß ab, den Roland eine Meile oder weiter entfernt hörte, während er Jake und Schlitzer durch das Labyrinth voller Fallen folgte. Eddie blieb noch einen Moment stehen, wo er war, und versuchte sich einzureden, daß doch noch alles gut werden konnte, daß sein Herz unrecht hatte, wenn es störrisch darauf bestand, daß sie den Revolvermann und den Knaben Jake zum letztenmal gesehen hatten. Dann sicherte er die Automatik wieder, steckte sie in den Hosenbund und kehrte zu Susannah zurück. Er drehte ihren Rollstuhl von den Stufen weg und rollte sie den Säulengang entlang, der weiter in das Gebäude hineinführte. Sie klappte unterwegs den Zylinder von Rolands Revolver heraus und lud nach.

Unter dem Dach hatte der Regen einen geheimnisvollen, gespenstischen Klang, und selbst das laute Donnergrollen war gedämpft. Die Säulen, die das Gebäude trugen, maßen mindestens drei Meter im Durchmesser, ihre Spitzen verloren sich im Halbdunkel. Oben in den Schatten konnte Eddie die gurrende Unterhaltung von Tauben hören.

Nun schälte sich ein Schild an dicken verchromten Ketten aus der Düsternis:

NORTH CENTRAL POSITRONICS HEISST SIE
WILLKOMMEN IN DER KRIPPE VON LUD
⬅ VERKEHR RICHTUNG NORDOST (BLAINE)
VERKEHR RICHTUNG NORDWEST (PATRICIA) ➡

»Jetzt kennen wir den Namen von dem, der in den Fluß gefallen ist«, sagte Eddi. »Patricia. Aber sie haben die Farben verwechselt. Rosa soll doch für Mädchen und Blau für Buben sein, und nicht umgekehrt.«

»Vielleicht sind sie *beide* blau.«

»Nein. Blaine ist rosa.«

»Woher weißt du das?«

Eddie sah verwirrt drein. »Keine Ahnung ... ich weiß es eben.«

Sie folgten dem Pfeil, der zu Blaines Bahnsteig wies, und betraten einen großen Rundgang. Eddie verfügte nicht über Susannahs Gabe, die Vergangenheit in blitzartigen Eingebungen zu sehen, aber seine Fantasie bevölkerte diese weite, verlassene Halle dennoch mit tausend eiligen Menschen; er hörte Absätze klicken und Stimmen murmeln, sah Umarmungen zum Abschied und zur Begrüßung. Und über allem plärrte der Lautsprecher:

Patricia abfahrbereit zu den Nordwestlichen Baronien ...

Passagier Killington, Passagier Killington, bitte melden Sie sich bei der Information im Untergeschoß!

Blaine hat Einfahrt auf Gleis 2 und bricht in wenigen Minuten zur Weiterfahrt ...

Jetzt waren nur noch die Tauben da.

Eddie erschauerte.

»Sieh dir die Gesichter an«, murmelte Susannah. »Ich weiß nicht, ob dir dabei die Muffe geht, mir auf jeden Fall.« Sie deutete nach rechts. Hoch oben an der Wand schien sich eine Reihe gemeißelter Gesichter aus dem Marmor zu drängen und aus den Schatten auf sie herabzusehen – strenge Männer mit den grimmigen Gesichtern von Henkern, denen ihre Arbeit Spaß macht. Einige der Gesichter waren von ihren angestammten Plätzen heruntergefallen und lagen in Trümmern und Granitsplittern zwanzig oder fünfundzwanzig Meter unter ihren Genossen. Die verbliebenen waren von spinnwebgleichen Rissen überzogen und von Taubendreck verunziert.

»Das muß das Hohe Gericht oder so was gewesen sein«, sagte Eddie und betrachtete unbehaglich die verkniffenen Lippen und leeren Augen. »Nur Richter können so überlegen und gleichzeitig so stinkesauer dreinblicken – du sprichst mit einem, der es weiß. Da ist nicht einer dabei, der einer Krüppel-Krabbe eine Krücke geben würde.«

»›Gehäuf zerbrochner Bilder unter Sonnenbrand, der tote Baum gibt Obdach nicht‹«, murmelte Susannah, und bei diesen Worten spürte Eddie, wie ihm Gänsehaut über Arme, Brust und Beine tanzte.

»Was ist das, Suze?«

»Ein Gedicht von einem Mann, der Lud in seinen Träumen gesehen haben muß«, sagte sie. »Komm, Eddie. Vergiß sie.«

»Leichter gesagt als getan.« Aber er schob sie weiter.

Vor ihnen schälte sich eine breite Gitterbarriere wie eine Burgmauer aus dem Halbdunkel ... und dahinter sahen sie zum erstenmal Blaine, den Mono. Er war rosa, genau wie Eddie es vorhergesagt hatte, eine zarte Farbe, die zu den Adern in den Marmorsäulen paßte. Blaine schwebte als glatte, stromlinienförmige Projektilgestalt über der breiten Ladeplattform und schien mehr aus Fleisch denn aus Metall zu sein. Die Oberfläche wurde nur einmal unterbrochen – von einem dreieckigen Fenster mit riesigem Wischer. Eddie wußte, auf der anderen Seite der Schnauze des Mono würde sich ein zweites dreieckiges Fenster mit Wischer befinden, so daß Blaine ein Gesicht haben würde, wenn man ihn von vorne betrachtete, genau wie Charlie Tschuff-Tschuff. Die Wischer würden wie listig gesenkte Lider aussehen.

Weißes Licht von einer Öffnung im Südosten fiel als langgezogenes, verzerrtes Rechteck auf Blaine. Eddie fand, der Zug sah wie der Rücken eines legendären rosa Wals aus – der vollkommen stumm war.

»Mann.« Seine Stimme war zu einem Flüstern geworden. »Wir haben ihn gefunden.«

»Ja. Blaine, der Mono.«

»Ist er tot, was meinst du? Er sieht tot *aus*.«

»Nein. Er schläft vielleicht, aber tot ist er noch lange nicht.«

»Sicher?«

»Warst du sicher, daß er rosa sein würde?« Das war keine Frage, die er beantworten mußte, also ließ er es sein. Als sie sich zu ihm umdrehte, war ihr Gesicht nervös und sehr ängstlich. »Er schläft, und weißt du was? Ich habe Angst davor, ihn zu wecken.«

»Nun, dann warten wir auf die anderen.«

Sie schüttelte den Kopf. »Ich denke, wir sollten uns lieber auf ihre Ankunft vorbereiten ... ich habe so eine Ahnung, als könnten sie auf der Flucht sein, wenn sie kommen. Schieb mich zu dem Kästchen an den Stangen. Scheint eine Sprechanlage zu sein. Siehst du es?«

Er sah es und schob sie langsam dorthin. Es befand sich an einer Seite eines verschlossenen Tors in der Mitte der Barriere, die sich durch die ganze Krippe zog. Die vertikalen Streben der Barriere sahen wie Edelstahl aus; die beim Tor schienen aus Schmiedeeisen zu bestehen, ihre unteren Enden verschwanden in stahlverkleideten Löchern im Boden. Eddie sah, daß es ihnen beiden unmöglich sein würde, sich zwischen diesen Streben durchzuzwängen. Die Lücken zwischen den Stangen waren nicht einmal zehn Zentimeter breit. Das wäre selbst für Oy eng geworden.

Über ihnen plusterten sich Tauben auf und gurrten. Der linke Reifen von Susannahs Rollstuhl quietschte monoton. *Ein Königreich für ein Ölkännchen,* dachte Eddie und stellte fest, daß er mehr als nur Angst hatte. Ein solches Ausmaß an Grauen hatte er zum letztenmal an dem Tag verspürt, als er und Henry auf dem Gehweg der Rhinehold Street in Dutch Hill gestanden und die Ruine der Villa betrachtet hatten. An jenem Tag im Jahr 1977 waren sie nicht hineingegangen; sie hatten dem Spukhaus den Rücken zugekehrt, und er wußte noch, er hatte sich geschworen, daß er nie, *nie* wieder dorthin gehen würde. Dieses Versprechen hatte er gehalten, aber jetzt befand er sich wieder in einem Spukhaus, und derjenige, der spukte, stand gleich da drüben – Blaine, der Mono, ein langer rosafarbener Schemen, mit einem Fenster, das ihn ansah wie das Auge eines gefährlichen Tiers, das nur so tut, als schliefe es.

Er wandert nicht mehr von seinem Bett in der Krippe ... er hat sogar aufgehört, mit seinen vielen Zungen zu sprechen und zu lachen ... Ardis war der letzte, der zu Blaine gegangen ist ... und als Ardis nicht antworten konnte, hat Blaine ihn mit blauem Feuer niedergemetzelt.

Wenn er zu mir spricht, verliere ich wahrscheinlich den Verstand, dachte Eddie.

Draußen heulte der Wind, feine Gischt wehte vom Ausgang an der Seite des Gebäudes herein. Eddie sah, wie die Tropfen auf Blaines Scheibe fielen.

Plötzlich erschauerte Eddie und drehte sich unvermittelt um. »Wir werden beobachtet – ich spüre es.«

»Das würde mich nicht im geringsten überraschen. Schieb mich näher ans Tor, Eddie. Ich will mir das Kästchen genauer ansehen.«

»Okay, aber faß es nicht an. Wenn es unter Strom steht ...«

»Wenn Blaine uns grillen will, wird er es tun«, sagte Susannah und betrachtete Blaines Rücken durch die Gitterstäbe. »Du weißt das, und ich weiß es auch.«

Und weil Eddie wußte, daß das der Wahrheit entsprach, sagte er nichts.

Das Kästchen sah wie eine Mischung aus Sprech- und Alarmanlage aus. In der oberen Hälfte war ein Lautsprecher eingelassen, daneben etwas, das wie ein SPRECHEN/HÖREN-Knopf aussah. Darunter waren Ziffern zur Form einer Raute angeordnet:

1
2 3
4 5 6
7 8 9 10
11 12 13 14 15
16 17 18 19 20 21
22 23 24 25 26 27 28
29 30 31 32 33 34 35 36
37 38 39 40 41 42 43 44 45
46 47 48 49 50 51 52 53 54 55
56 57 58 59 60 61 62 63 64
65 66 67 68 69 70 71 72
73 74 75 76 77 78 79
80 81 82 83 84 85
86 87 88 89 90
91 92 93 94
95 96 97
98 99
100

Unter dieser Raute befanden sich noch zwei Knöpfe, auf denen Worte der Hochsprache standen: BEFEHL und EINTRITT.

Susannah sah verwirrt und zweifelnd drein. »Was meinst du, was ist das? Sieht wie die Kulisse zu einem Science-fiction-Film aus.«

Ja, genau, überlegte Eddie. Susannah hatte zu ihrer Zeit wahrscheinlich die eine oder andere Hausalarmanlage gesehen – schließlich hatte sie unter den Reichen von Manhattan gelebt, auch wenn diese sie nicht gerade enthusiastisch begrüßt hatten –, aber zwischen ihrer Zeit, 1963, und seiner, 1987, lagen Welten, was elektronische Ausrüstung betraf. *Eigentlich haben wir uns nie über die Unterschiede unterhalten,* dachte er. *Was würde sie wohl denken, wenn ich ihr sagen würde, daß Ronald Reagan Präsident der Vereinigten Staaten war, als Roland mich geholt hat? Wahrscheinlich, daß ich verrückt sein muß.*

»Das ist eine Sicherungsanlage«, sagte er. Dann zwang er sich, obwohl seine Nerven und Instinkte aufschrien und sich dagegen aussprachen, auf den SPRECHEN/HÖREN-Knopf zu drücken.

Kein Knistern von Elektrizität wurde laut; kein tödliches blaues Feuer raste an seinem Arm hinauf. Keine Spur, daß das Ding überhaupt noch angeschlossen war.

Vielleicht ist *Blaine tot. Vielleicht ist er doch tot.*

Aber das glaubte er eigentlich nicht.

»Hallo?« sagte er und sah vor seinem geistigen Auge den unglücklichen Ardis, der schrie, während er von blauem Feuer wie in der Mikrowelle gegrillt wurde, das über sein Gesicht und den Körper wanderte, die Augäpfel schmolz und sein Haar in Brand steckte. »Hallo ... Blaine? *Ist da jemand?«*

Er ließ den Knopf los und wartete nervös. Susannah legte ihre Hand in seine – kalt und winzig. Immer noch keine Antwort, daher drückte Eddie widerwilliger denn je den Knopf erneut.

»Blaine?«

Er ließ den Knopf los. Wartete. Und als er immer noch keine Antwort erhielt, kam ein seltsames Kribbeln über ihn, wie häufig in Augenblikken der Belastung und Angst. Wenn dieses Kribbeln über ihn kam, schien es nicht mehr wichtig zu sein, die Risiken abzuwägen. *Nichts* schien mehr wichtig zu sein. So war es gewesen, als er Balazars Kontaktmann mit dem teigigen Gesicht in Nassau die Stirn geboten hatte, und so war es jetzt. Und wenn Roland ihn in dem Moment gesehen hätte, als seine irre Ungeduld über ihn kam, hätte er mehr als nur eine Ähnlichkeit zwischen Eddie und Cuthbert gesehen; er hätte geschworen, daß Eddie Cuthbert *war.*

Er drückte den Knopf mit dem Daumen und bellte mit einem gestelzten (und vollkommen übertriebenen) britischen Akzent. »Hello, Blaine! Cheerio, alter Freund! Hier spricht Robin Leach in der Sendung *Das Leben der Reichen und Hirnlosen,* und ich bin gekommen, dir zu sagen, daß du sechs Milliarden Dollar und einen neuen Ford Escort in der Lotterie der Verlagshäuser gewonnen hast!«

Tauben flatterten oben in einer leisen, verblüfften Explosion von Schwingen davon. Susannah stöhnte. Ihr Gesichtsausdruck entsprach dem einer strenggläubigen Frau, die gerade mit anhören mußte, wie ihr Mann in der Kathedrale Gotteslästerungen ausgestoßen hat. »Eddie, hör auf! *Hör auf!«*

Eddie konnte nicht aufhören. Sein Mund lächelte, aber in seinen Augen stand eine Mischung aus Angst, Hysterie und hilfloser Wut. »Du und deine Einschienenfreundin Patricia werdet einen lux-huuuriösen Monat im malerischen Jimtown verbringen, wo ihr nur die erlesensten Weine trinken und die hübschesten Jungfrauen essen werdet! Ihr ...«

»... sssss ...«

Eddie verstummte und betrachtete Susannah. Er war sicher, daß sie ihn zum Schweigen ermahnt hatte – nicht nur, weil sie es schon einmal versucht hatte, sondern weil sie die einzige sonst anwesende Person war –, und doch wußte er gleichzeitig, daß *sie* es nicht gewesen war. Es war eine andere Stimme gewesen; die Stimme eines sehr kleinen und sehr ängstlichen Kindes.

»Suze? Hast du . . .«

Susannah schüttelte den Kopf und hob gleichzeitig die Hand. Sie deutete auf das Kästchen der Sprechanlage, und Eddie sah, daß der Knopf mit der Aufschrift BEFEHL schwach rosa leuchtete. Dieselbe Farbe wie der Mono, der auf der anderen Seite der Absperrung auf seinem Bahnsteig schlief.

»Ssss . . . weckt ihn nicht auf«, klagte die Kinderstimme. Sie drang so sanft wie ein Abendwind aus dem Lautsprecher.

»Was . . .«, begann Eddie. Dann schüttelte er den Kopf, streckte die Hand nach dem SPRECHEN/HÖREN-Knopf aus und drückte ihn behutsam. Als er wieder sprach, tat er es nicht im plärrenden Robin-Leach-Bellen, sondern mit einem fast verschwörerischen Flüstern. »Was bist du? Wer bist du?«

Er ließ den Knopf los. Er und Susannah sahen einander mit großen Augen an wie Kinder, die wissen, sie befinden sich mit einem gefährlichen – möglicherweise psychopathischen – Erwachsenen im gleichen Haus. Wie sie das erfahren haben? Nun, ein anderes Kind hat es ihnen erzählt, ein Kind, das schon lange mit dem psychopathischen Erwachsenen lebt, sich in Ecken versteckt und sich nur herauswagt, wenn es weiß, daß der Erwachsene schläft; ein ängstliches Kind, das eben zufällig unsichtbar ist.

Es erfolgte keine Antwort. Eddie ließ die Sekunden verstreichen. Jede schien so lang zu sein, daß man einen Roman lesen konnte. Er streckte wieder die Hand nach dem Knopf aus, als das rosa Leuchten erneut strahlte.

»Ich bin der kleine Blaine«, flüsterte die Stimme des Kindes. *»Derjenige, den er nicht sieht. Den er vergessen hat. Den er verlassen in den Sälen des Verfalls und den Hallen der Toten wähnt.«*

Eddie drückte den Knopf mit einer Hand, die unkontrolliert zu zittern angefangen hatte. Dieses Zittern konnte er auch in seiner Stimme hören. *»Wer? Wer* ist derjenige, den er nicht sieht? Ist es der Bär?«

Nein – nicht der Bär; der nicht. Shardik lag tot im Wald, viele Meilen hinter ihnen; die Welt hatte sich seither weitergedreht. Eddie mußte plötzlich zurückdenken, wie es gewesen war, den Kopf an die seltsame Tür auf der Lichtung zu halten, wo der Bär sein brutales Halbleben geführt hatte, die Tür mit den irgendwie gräßlichen schwarzen und gelben Streifen darauf. Alles gehörte zu einem Stück, wurde ihm plötzlich klar; alles war Teil eines schrecklichen, verfallenden Ganzen, eines zerrissenen Netzes, in dessen Mitte der Dunkle Turm stand wie eine unverständliche steinerne Spinne. Ganz Mittwelt war in diesen Endzeitaugen zu einem einzigen riesigen Spukhaus geworden; ganz Mittwelt war zu den *Drawers* geworden; ganz Mittwelt war zu einem wüsten Land geworden, voll Spuk und Heimsuchung.

»Der große Blaine«, flüsterte die unsichtbare Stimme. *»Der große Blaine ist der Geist in der Maschine – der Geist in* allen *Maschinen.«*

Susannah hatte eine Hand an den Hals gelegt und drückte, als wollte sie sich selbst erwürgen. Ihre Augen waren groß und entsetzt, aber nicht glasig, nicht fassungslos; Begreifen leuchtete in ihnen. Vielleicht kannte sie so eine Stimme aus ihrer Zeit – der Zeit, da das integrierte Ganze Susannah von den kriegführenden Persönlichkeiten Detta und Odetta vertrieben worden war. Die kindliche Stimme hatte sie so überrascht wie ihn, aber ihre gequälten Augen verrieten, daß ihr das angedeutete Konzept nicht fremd war.

Susannah wußte alles über den Wahnsinn der gespaltenen Persönlichkeit.

»Eddie, wir müssen gehen«, sagte sie. Ihr Entsetzen machte ein unbetontes Nuscheln aus den Worten. Er konnte Atem in ihrer Luftröhre pfeifen hören wie Wind um einen Schornstein. »Eddie wir müssen weg Eddie wir müssen weg Eddie wir müssen weg . . .«

»Zu spät«, sagte die leise, traurige Stimme. *»Er ist wach. Der große Blaine ist wach. Er weiß, daß ihr hier seid. Und er kommt.«*

Plötzlich flackerten Lichter – grelle orangefarbene Natriumdampflampen – paarweise über ihnen auf und hüllten die säulenbegrenzte Weite der Krippe in harsches Licht, das alle Schatten vertrieb. Hunderte Tauben schwirrten in ziellosem, ängstlichem Flug umher, weil sie aus ihrem Komplex ineinander verflochtener Nester oben aufgeschreckt worden waren.

»Warte!« rief Eddie. »Warte, bitte!«

In seiner Aufregung vergaß er, den Knopf zu drücken, aber das war einerlei; der kleine Blaine antwortete auch so. *»Nein! Ich kann nicht zulassen, daß er mich fängt! Ich kann nicht zulassen, daß er mich auch tötet!«*

Das Licht der Sprechanlage wurde wieder dunkel, aber nur einen Augenblick. Diesmal leuchteten BEFEHL und EINTRITT gleichzeitig auf, und sie waren nicht mehr rosa gefärbt, sondern so dunkelrot wie das Feuer eines Schmiedes.

»WER SEID IHR?« brüllte eine Stimme, die nicht nur aus dem Kästchen drang, sondern aus jedem Lautsprecher in der Stadt, der noch funktionierte. Die verwesenden Leichen, die an den Pfosten hingen, erbebten unter der Wucht dieser mächtigen Stimme; es schien, als würden selbst die Toten vor Blaine fliehen, wenn sie könnten.

Susannah drückte sich in den Rollstuhl und preßte die Hände auf die Ohren; ihr Gesicht war mißfällig in die Länge gezogen, der Mund zu einem lautlosen Schrei geöffnet. Eddie spürte, wie das fantastische, halluzinatorische Grauen eines Elfjährigen über ihn kam. Hatte er diese Stimme gefürchtet, als er und Henry in der Villa gestanden waren? Hatte er sie möglicherweise gar *vorhergesehen*? Er wußte es nicht ... er wußte nur, wie Jack in dem alten Märchen zumute gewesen sein mußte, als er feststellte, er war einmal zu oft an der Bohnenranke hinaufgeklettert und hatte den Riesen geweckt.

»WIE KÖNNT IHR ES WAGEN, MEINEN SCHLAF ZU STÖREN? SAGT ES MIR AUF DER STELLE ODER STERBT, WO IHR STEHT.«

Er wäre vielleicht auf der Stelle erstarrt und hätte Blaine – den großen Blaine – mit ihnen anstellen lassen, was er mit Ardis getan hatte (oder etwas Schlimmeres); vielleicht *hätte* er im Griff dieses Entsetzens wie im Märchen, im Kaninchenloch, erstarren sollen. Nur die Erinnerung an die leise Stimme, die zuerst gesprochen hatte, machte es ihm möglich, sich zusammenzunehmen. Es war die Stimme eines ängstlichen Kindes gewesen, aber sie hatte versucht, ihnen zu helfen, ängstlich oder nicht.

Jetzt mußt du dir selbst helfen, dachte er. *Du hast ihn geweckt; kümmere dich um ihn, Herrgott noch mal!*

Eddie streckte den Arm aus und drückte wieder den Knopf. »Ich heiße Eddie Dean. Die Frau neben mir ist meine Frau Susannah. Wir ...«

Er sah Susannah an, die nickte und ihm mit panischen Gebärden bedeutete weiterzusprechen.

»Wir befinden uns auf einer Suche. Wir suchen den Dunklen Turm, welcher auf dem Pfad des Balkens liegt. Wir sind in Begleitung von zwei anderen, Roland von Gilead und ... und Jake von New York. Wenn du ...« Er verstummte einen Moment und schluckte die Worte *der große Blaine* hinunter. Wenn er sie benützte, machte er der Intelligenz hinter der Stimme möglicherweise deutlich, daß sie eine andere Stimme gehört hatten; sozusagen einen Geist im Geist.

Susannah bedeutete ihm erneut weiterzusprechen, diesmal mit beiden Händen.

»Wenn du Blaine, der Mono, bist, dann möchten wir, daß ... nun ... du uns mitnimmst.«

Er ließ den Knopf los. Eine scheinbar sehr lange Zeit schien keine Antwort zu erfolgen, nur das aufgeregte Flattern der erschrockenen Tauben oben war zu hören. Als Blaine wieder sprach, kam die Stimme nur aus dem Kästchen neben dem Tor und hörte sich fast menschlich an.

»STELLT MEINE GEDULD NICHT AUF DIE PROBE. ALLE TÜREN ZU DIESEM WO SIND VERSCHLOSSEN. GILEAD EXISTIERT NICHT MEHR, UND JENE, DIE MAN REVOLVERMÄNNER NANNTE, SIND ALLE TOT. UND NUN BEANTWORTE MEINE FRAGE: WER SEID IHR? DIES IST EURE LETZTE CHANCE.«

Ein Zischlaut ertönte. Ein Strahl gleißend blauweißen Lichts schoß von der Decke herab und brannte ein Loch so groß wie ein Golfball keine eineinhalb Meter von Susannahs Rollstuhl entfernt in den Marmorboden. Rauch, der wie nach einem Blitzschlag roch, stieg träge davon auf. Susannah und Eddie sahen einander einen Augenblick voll stummem Entsetzen an, dann schnellte Eddie zum Sprechgerät und drückte den Knopf.

»Du irrst dich! Wir stammen *wirklich* aus New York! Wir sind erst vor wenigen Wochen durch Türen am Strand gekommen!«

»Das stimmt!« rief Susannah. »Ich schwöre es!«

Schweigen. Jenseits der langen Barriere lag Blaine seelenruhig. Das Fenster vorne schien sie wie ein starres Glasauge zu betrachten. Der Wischer hätte ein Lid sein können, das halb zu einem verschlagenen Zwinkern geschlossen war.

»BEWEIST ES«, sagte Blaine schließlich.

»Himmel, wie soll ich das machen?« wandte sich Eddie an Susannah.

»Ich weiß nicht.«

Eddie drückte wieder den Knopf. »Die Freiheitsstatue! Läutet da ein Glöckchen?«

»SPRICH WEITER«, sagte Blaine. Jetzt hörte sich die Stimme fast nachdenklich an.

»Das Empire State Building! Die Aktienbörse! Das World Trade Center! Coney Island Red-Hots! Radio City Music Hall! Das East Vil . . .«

Blaine unterbrach ihn . . . und jetzt war die Stimme aus dem Lautsprecher – unfaßbar – die tiefe Stimme von John Wayne.

»OKAY, PILGER. ICH GLAUBE DIR.«

Eddie und Susannah wechselten noch einen Blick, diesmal verwirrt und erleichtert. Aber als Blaine wieder sprach, war die Stimme erneut kalt und emotionslos.

»STELL MIR EINE FRAGE, EDDIE DEAN VON NEW YORK. UND ES SOLLTE BESSER EINE GUTE SEIN.« Nach einer Pause fügte Blaine hinzu: »DENN WENN SIE NICHT GUT IST, WIRST DU MIT DEINER FRAU STERBEN, WOHER IHR AUCH GEKOMMEN SEIN MÖGT.«

Susannah sah von dem Kästchen am Tor zu Eddie. »Wovon *redet* er?« zischte sie.

Eddie schüttelte den Kopf. »Ich habe nicht die geringste Ahnung.«

28

Jake fand, der Raum, in den Schlitzer ihn geführt hatte, sah wie ein Minuteman-Raketensilo aus, das von den Insassen eines Irrenhauses geschmückt worden war: teils Museum, teils Wohnzimmer, teils Hippie-Liebesnest. Über ihm erstreckte sich freier Raum bis zu einer halbkugelförmigen Decke, unter ihm fiel er fünfundzwanzig bis dreißig Meter zu einem gleichermaßen gerundeten Boden ab. Um die gesamte gekrümmte Wand herum verliefen vertikale Reihen Neonröhren in wechselnden Farben: rot, blau, grün, gelb, orange, aprikosenfarben, rosa. Die langen Reihen liefen an Boden und Decke des Silos, so es denn eines gewesen war, zu grellbunten Knoten zusammen.

Das Zimmer selbst befand sich etwa in der Mitte der oberen Hälfte des gewaltigen kapselförmigen Raums; sein Boden bestand aus einem rostigen Metallgitter. Teppiche, die türkisch aussahen (später erfuhr er, daß sie in Wirklichkeit aus einer Baronie namens Kaschmin stammten), lagen hier und da auf diesem Gitter. Ihre Ecken wurden von messingbeschlagenen Truhen festgehalten, von Stehlampen oder den massiven Beinen von Polstersesseln. Andernfalls hätten sie wie Papierstreifen an einem elektrischen Ventilator geflattert, denn von unten strömte eine konstante warme Brise herauf. Ein zweiter Windhauch aus einem kreisförmigen Streifen von Lüftungsschlitzen wie die, die sie im Tunnel gesehen hatten, in dem sie hierhergekommen waren, wehte etwa eineinhalb Meter über Jakes Kopf. Auf der anderen Seite der Tür befand sich eine Tür wie die, durch die Schlitzer und er eingetreten waren, und Jake vermutete, daß sie in die Fortsetzung des unterirdischen Tunnels auf dem Pfad des Balkens führte.

Ein halbes Dutzend Menschen hielten sich in dem Raum auf, vier Männer und zwei Frauen. Jake vermutete, daß er den Generalstab der Grauen vor sich sah – das heißt, falls es noch genügend Graue gab, daß ein solcher gerechtfertigt gewesen wäre. Keiner war jung, aber alle waren noch im besten Alter. Sie sahen Jake so neugierig an wie er sie.

In der Mitte des Raums saß ein Mann, der sein gewaltiges Bein über die Armlehne eines großen Sessels geschlagen hatte, den man getrost als Thron bezeichnen konnte; dieser Mann schien eine Mischung aus Wikingerkrieger und Riese aus dem Märchenbuch zu sein. Der muskulöse Oberkörper war nackt, abgesehen von einem Silberband um einen Bizeps; ein Messerhalfter war um eine Schulter geschlungen, um den Hals trug er ein seltsames Amulett. Der Unterleib war in eine weiche, enge Lederhose gekleidet, die in hohen Stiefeln steckte. Um einen davon hatte er einen gelben Schal geschlungen. Sein schmutziges, graublondes Haar fiel fast bis zur Mitte des breiten Rückens; seine Augen waren grün und neugierig wie die Augen eines Katers, der alt genug ist, weise zu sein, aber noch nicht so alt, daß er den feinen Sinn für Grausamkeit verloren hätte, der in Katzenkreisen als spaßig gilt. An der Lehne des Sessels hing an einem Gurt etwas, das wie ein uraltes Maschinengewehr aussah.

Jake betrachtete das Amulett des Mannes eingehender und stellte fest, daß es sich um ein sargförmiges Glaskästchen an einer silbernen Kette handelte. Im Inneren zeigte ein goldenes Zifferblatt die Uhrzeit – fünf nach drei – an. Unter dem Zifferblatt schwang ein winziges Goldpendel hin und her, und Jake konnte trotz des sanften Lufthauchs von oben und unten das leise Tick-tack hören, das sie von sich gab. Die Uhrzeiger bewegten sich schneller als normal, und es überraschte Jake nicht zu sehen, daß sie rückwärts liefen.

Er dachte an das Krokodil in *Peter Pan*, das ständig Kapitän Hook verfolgte, und ein verhaltenes Lächeln umspielte seine Lippen. Schlitzer sah es und hob die Hand. Jake schrak zurück und legte die eigenen Hände vors Gesicht.

Der Ticktackmann drohte Schlitzer mit erhobenem Finger, eine amüsierte, schulmeisterliche Geste. »Aber, aber ... das ist nicht nötig, Schlitzer«, sagte er.

Schlitzer ließ die Hand sofort sinken. Sein Gesichtsausdruck hatte sich völlig verändert. Bisher hatte er zwischen dummer Wut und einer Art verschlagenem, beinahe existentialistischem Humor gewechselt. Jetzt sah er nur unterwürfig und bewundernd aus. Wie die anderen im Zimmer (Jake eingeschlossen), konnte er den Blick nicht lange vom Ticktackmann abwenden; seine Augen wurden unweigerlich immer wieder zu ihm hingezogen. Und Jake konnte den Grund verstehen. Der Ticktackmann war der einzige Mensch hier, der vital, gesund und voll Energie wirkte.

»Wenn du sagst, daß es nicht nötig is, dann isses so«, sagte Schlitzer und warf Jake einen finsteren Blick zu, ehe er sich wieder zu dem blonden Giganten auf dem Thron wandte. »Trotzdem isser ziemlich keck, Ticky. Wirklich sehr keck, das isser, und wennste meine Meinung hörn willst, könnten ihm 'n paar Lektionen nich schaden!«

»Wenn ich deine Meinung hören will, frag ich dich«, sagte der Ticktackmann. »Und jetzt mach die Tür zu, Schlitz – oder bist du in 'nem Stall zur Welt gekommen?«

Eine dunkelhaarige Frau lachte schrill, ein Geräusch wie das Krächzen einer Krähe. Ticktack warf ihr einen Blick zu, worauf sie sofort verstummte, den Kopf senkte und das Gitter betrachtete. Die Tür, durch die Schlitzer ihn geschleppt hatte, bestand eigentlich aus zwei Türen. Die Anlage erinnerte Jake daran, wie Luftschleusen in den intelligenteren Science-fiction-Filmen aussahen. Schlitzer machte beide zu, drehte sich zu Ticktack um und deutete mit dem Daumen nach oben. Der Ticktackmann nickte und griff träge über sich, wo er einen Knopf in einem Möbelstück drückte, das wie ein Rednerpult aussah. In der Wand fing eine Pumpe surrend an zu arbeiten, die Neonröhren wurden deutlich dunkler. Das leise Zischen von Luft war zu hören, dann drehte sich das Ventilrad der Innentür. Jake vermutete, daß außen das gleiche passierte. Dies war eine Art Luftschutzbunker, daran konnte kein Zweifel bestehen. Als das Summen aufhörte, leuchteten die Neonröhren wieder in alter Helligkeit.

»So«, sagte der Ticktackmann freundlich. Er betrachtete Jake von oben bis unten. Jake hatte das deutliche und unangenehme Gefühl, als würde er begutachtet und katalogisiert. »Jetzt sind wir wohlbehalten und sicher. Gemütlich wie die Maden im Speck. Richtig, Hoots?«

»Jar!« antwortete ein großer, schlaksiger Mann im dunklen Anzug sofort. Sein Gesicht war von einem Ausschlag verunziert, den er exzessiv kratzte.

»Ich hab'n gebracht«, sagte Schlitzer. »Ich hab' gesagt, du könntste dich auf mich verlassen, oder nich?«

»So ist es«, sagte Ticktack. »Gut. Ich hatte meine Zweifel, ob dir am Ende das Paßwort noch einfallen würde, aber ...«

Die dunkelhaarige Frau stieß wieder ein schrilles Lachen aus. Der Ticktackmann drehte sich halb in ihre Richtung, das träge Lächeln umspielte seine Mundwinkel, und bevor Jake begreifen konnte, was geschah – was schon geschehen *war* –, taumelte sie rückwärts, riß verblüfft und gequält die Augen auf und tastete nach einem seltsamen Tumor mitten auf der Brust, der vor einem Augenblick noch nicht da gewesen war.

Jake wurde klar, daß der Ticktackmann im Herumdrehen eine Bewegung gemacht hatte – so schnell, daß sie kaum mehr als ein Flackern gewesen war. Das Messer steckte nicht mehr im Halfter des Ticktackmannes, sondern in der Brust der dunkelhaarigen Frau auf der anderen Seite des Zimmers. Ticktack hatte mit einer unheimlichen Schnelligkeit geworfen, und Jake war nicht sicher, ob selbst Roland schneller ziehen konnte. Es war wie ein böser Zaubertrick gewesen.

Die anderen sahen stumm zu, wie die Frau auf Ticktack zustolperte, keuchend würgte und die Hände um den Griff des Messers gelegt hatte. Sie stieß mit der Hüfte gegen eine Stehlampe, und der Mann, der Hoots genannt wurde, sprang hinzu und fing die Lampe auf, bevor sie umfallen konnte. Ticktack selbst bewegte sich nicht; er saß nur mit dem Bein über der Armlehne seines Throns da und beobachtete die Frau mit seinem trägen Lächeln.

Ihr Fuß verfing sich unter einem Teppich, und sie kippte nach vorne. Der Ticktackmann bewegte sich erneut mit dieser unheimlichen Geschwindigkeit, zog den Fuß zurück, der über der Stuhllehne gebaumelt hatte, und ließ ihn wie einen Kolben vorwärts schnellen. Er grub ihn der schwarzhaarigen Frau in den Magen, und diese taumelte rückwärts. Blut quoll aus ihrem Mund und spritzte über die Möbel. Sie prallte gegen die Wand, rutschte daran herunter und blieb mit auf das Brustbein gesunkenem Kinn sitzen. Jake fand, sie sah wie ein Bilderbuchmexikaner aus, der an einer Lehmwand Siesta hielt. Es fiel ihm schwer zu glauben, daß sie derartig schnell vom Leben zum Tod befördert worden war. Neonröhren verwandelten ihr Haar in ein Nest, das halb rot und halb blau war. Ihre glasigen Augen sahen den Ticktackmann voll ewigen Staunens an.

»Ich hab' ihr das mit dem Lachen *gesagt*«, meinte Ticktack. Sein Blick fiel auf die andere Frau, eine vierschrötige Rothaarige, die wie eine Lastwagenfahrerin aussah. »Oder etwa nicht, Tilly?«

»Ay«, sagte Tilly sofort. Angst und Aufregung glänzten in ihren Augen, und sie leckte sich wie besessen die Lippen. »Das hast du, viele, viele Male. Darauf würde ich Uhr und Patent wetten.«

»Das würdest du, wenn du deinen fetten Arsch weit genug raufgreifen könntest, sie zu finden«, sagte Ticktack. »Bring mir mein Messer, Brandon, und vergiß nicht, den Gestank von der Schlampe abzuwischen, bevor du's mir in die Hand drückst.«

Ein kurzer Mann mit krummen Beinen beeilte sich, zu tun, wie ihm geheißen worden war. Zuerst wollte sich das Messer nicht lösen; es schien im Brustbein der unglücklichen dunkelhaarigen Frau zu stekken. Brandon warf dem Ticktackmann einen entsetzten Blick über die Schulter zu und zog noch fester.

Ticktack indessen schien Brandon und die Frau, die sich buchstäblich totgelacht hatte, völlig vergessen zu haben. Seine leuchtend grünen Augen betrachteten etwas, das ihn viel mehr interessierte als die tote Frau.

»Komm her, Bübchen«, sagte er. »Ich will dich einmal genauer ansehen.«

Schlitzer gab ihm einen Schubs. Jake stolperte vorwärts. Er wäre gestürzt, hätten Ticktacks kräftige Hände ihn nicht an den Schultern gepackt. Als der Riese sicher war, daß der Junge das Gleichgewicht wiedererlangt hatte, packte er dessen linkes Handgelenk und hob es hoch. Jakes Seiko hatte seine Aufmerksamkeit auf sich gezogen.

»Wenn das hier ist, wofür ich es halte, dann ist das wirklich und wahrhaftig ein Omen«, sagte Ticktack. »Sprich zu mir, Junge – was trägst du da für ein *Sigul*?«

Jake, der nicht die geringste Ahnung hatte, was ein *Sigul* war, konnte nur hoffen. »Das ist eine Uhr. Aber sie funktioniert nicht, Mr. Ticktack.«

Daraufhin kicherte Hoots, schlug aber beide Hände vor den Mund, als der Ticktackmann sich umdrehte und ihn ansah. Nach einem Moment wandte Ticktack sich wieder Jake zu, und ein sonniges Lächeln erhellte die finstere Miene. Wenn man dieses Lächeln sah, vergaß man beinahe, daß da drüben eine tote Frau an der Wand lehnte, und kein Bilderbuchmexikaner, der Siesta hielt. Wenn man es sah, konnte man vergessen, daß diese Leute allesamt verrückt waren, und Ticktack selbst wahrscheinlich der Oberirre in der Klapsmühle.

»*Uhr*«, sagte Ticktack und nickte. »Ay, ein guter Name für ein Gerät, das die Zeit mißt, wo sie doch die Ur-Kraft ist. Ay, Brandon? Ay, Tillie? Ay, Schlitzer?«

Alle antworteten voll eifriger Zustimmung. Der Ticktackmann schenkte ihnen ein einnehmendes Lächeln, dann drehte er sich wieder zu Jake um. Nun stellte Jake fest, daß das Lächeln, ob nun einnehmend oder nicht, nie auf die grünen Augen des Ticktackmannes übergriff. Die waren die ganze Zeit über kalt, grausam und neugierig gewesen.

Er zeigte mit einem Finger auf die Seiko, die gerade anzeigte, daß man einundneunzig Minuten nach sieben schrieb – morgens *und* abends – und zog ihn zurück, bevor er das Glas über der Flüssigkristallanzeige berührte. »Sag mir, mein lieber Junge – ist diese deine ›Uhr‹ denn fallengeschützt?«

»Hm? Oh! Nein. Nein, sie ist nicht fallengeschützt.« Jake drückte den eigenen Finger auf das Glas der Uhr.

»Das bedeutet gar nichts, wenn sie auf deine Körperfrequenz eingestellt ist«, sagte der Ticktackmann. Er sprach in dem scharfen, verächtlichen Tonfall, den auch sein Vater angeschlagen hatte, wenn er nicht wollte, daß andere merkten, er hatte nicht die geringste Ahnung, wovon er sprach. Ticktack sah kurz zu Brandon, und Jake sah, wie er Pro und Kontra abwog, den krummbeinigen Mann zum Versuchskaninchen zu machen. Dann verwarf er den Einfall und sah Jake wieder in die Augen. »Wenn mir das Ding einen Schock versetzt, mein kleiner Freund, wirst du innerhalb von dreißig Sekunden an deinen eigenen Eiern ersticken.«

Jake schluckte heftig, sagte aber nichts. Der Ticktackmann streckte wieder den Finger aus, und diesmal ließ er ihn das Glas der Seiko berühren. In dem Augenblick, als er das tat, gingen alle Ziffern auf Null und fingen wieder an, vorwärts zu zählen.

Ticktacks Gesicht hatte sich zu einem Ausdruck möglicher Schmerzen verzerrt, als er das Zifferblatt berührt hatte. Jetzt krümmten sich die Mundwinkel zum ersten aufrichtigen Lächeln, das Jake an ihm gesehen hatte. Er dachte, daß es möglicherweise daher rührte, daß er mit seiner Tapferkeit zufrieden war, aber größtenteils waren schlichtes Staunen und Interesse dafür verantwortlich.

»Kann ich sie haben?« fragte er Jake aalglatt. »Sagen wir, als Geste deines guten Willens? Ich bin so was wie ein Uhrennarr, mein junges Bübchen – so isses.«

»Was mein ist, ist auch dein.« Jake streifte die Uhr von seinem Arm und ließ sie in die offene Hand des Ticktackmannes fallen.

»Redet genau wien kleiner zuckerärschiger Gennelman, isses nich so?« sagte Schlitzer glücklich. »In alten Zeiten hätten 'ne Menge Leute 'n sehr hohen Preis dafür bezahlt, dasse ihm 'n Gefallen tun konnten, ay, so war's. Mein eigener Vater . . .«

»Dein Vater war so durch und durch vom Mandrus zerfressen, als er krepiert ist, daß ihn nicht mal die Hunde fressen wollten«, unterbrach ihn der Ticktackmann. »Und jetzt sei still, du Idiot.«

Zuerst sah Schlitzer wütend aus . . . aber dann nur betroffen. Er sank auf einen Stuhl in der Nähe und hielt den Mund.

Derweil begutachtete Ticktack das dehnbare Armband der Seiko ehrfürchtig. Er zog es lang, ließ es schnalzen und zog es wieder lang. Er fädelte eine Haarlocke zwischen die Glieder und lachte, als diese sich darum schlossen. Schließlich streifte er die Uhr übers Handgelenk und schob sie halb den Unterarm hinauf. Jake fand, daß sein Andenken aus New York sich dort ausgesprochen seltsam ausnahm, sagte aber nichts.

»Herrlich!« rief Ticktack aus. »Woher hast du die, Bübchen?«

»Sie war ein Geburtstagsgeschenk von meinen Eltern«, sagte Jake. Daraufhin beugte sich Schlitzer nach vorne, weil er möglicherweise wieder das Thema Lösegeld zur Sprache bringen wollte. Aber der gebannte Gesichtsausdruck des Ticktackmannes stimmte ihn um, und er lehnte sich ohne ein Wort zurück.

»*Wirklich?*« staunte Ticktack und zog die Brauen hoch. Er hatte den kleinen Knopf gefunden, der das Zifferblatt beleuchtete, und drückte diesen unablässig, um zu sehen, wie das Licht an und aus ging. Dann sah er Jake an, und seine Augen waren wieder hellgrüne Schlitze. »Sag mir eines, Bübchen – läuft sie mit einem dipolaren oder einem unipolaren Kreis?«

»Weder noch«, sagte Jake, der nicht wußte, wie sehr sein Versäumnis zu gestehen, daß er nicht wußte, was die beiden Ausdrücke bedeuteten, ihm noch Ärger einbringen sollte. »Sie läuft mit einer Nickel-Cadmium-Batterie. Jedenfalls bin ich ziemlich sicher. Ich habe sie nie auswechseln müssen und die Bedienungsanleitung schon vor langer Zeit verloren.«

Der Ticktackmann sah ihn lange Zeit wortlos an, und Jake stellte zu seinem Entsetzen fest, der blonde Mann versuchte zu entscheiden, ob Jake ihn veräppelt hatte oder nicht. Sollte er zum Ergebnis kommen, *daß* Jake ihn veräppelt hatte, konnte er sich, sagte seine innere Stimme, auf Mißhandlungen einstellen, gegen die die Grausamkeiten auf dem Weg hierher sich wie Kitzeln ausnehmen würden. Plötzlich wollte er Ticktacks Gedanken ablenken; das wollte er mehr als alles andere auf der Welt. Er sagte das erste, das dies seiner Meinung nach bewerkstelligen würde.

»Er war Ihr Großvater, nicht?«

Der Ticktackmann zog fragend die Brauen hoch. Er legte Jake die Hände wieder auf die Schultern, und auch wenn sein Griff nicht fest war, konnte Jake die phänomenale Kraft spüren. Sollte Ticktack beschließen, fest zuzudrücken und heftig zu ziehen, würde er Jakes Schlüsselbeine wie Bleistifte brechen. Wenn er schubste, würde er ihm möglicherweise den Rücken brechen.

»*Wer* war mein Großvater, Bübchen?«

Jakes Blick glitt wieder über den gewaltigen, edel geformten Kopf und die breiten Schultern des Ticktackmannes. Ihm fiel wieder ein, was Susannah gesagt hatte: *Sieh dir an, wie groß er ist, Roland – sie müssen ihn eingeölt haben, damit er ins Cockpit gleiten konnte!*

»Der Mann im Flugzeug. David Quick.«

Der Ticktackmann riß überrascht und erstaunt die Augen auf. Dann warf er den Kopf zurück und brüllte eine Lachsalve hinaus, die von der halbrunden Decke hoch oben widerhallte. Die anderen lächelten nervös. Aber keiner wagte es, laut zu lachen ... allen stand das Schicksal der Frau mit den dunklen Haaren noch vor Augen.

»Wer immer du bist und woher du auch kommst, Junge, du bist der listigste Fuchs, der dem alten Ticktack seit vielen Jahren untergekommen ist. Quick war mein Urgroßvater, nicht mein Großvater, aber das war nahe genug – meinst du nicht auch, teuerster Schlitzer?«

»Ay«, sagte Schlitzer. »Schlau genug isser, das hätt ichder sagen können. Aber trotzdem ziemlich keck.«

»Ja«, sagte der Ticktackmann nachdenklich. Der Griff der Hände um Jakes Schultern wurde fester, und er zog den Jungen langsam zu seinem lächelnden, hübschen, irren Gesicht. »Ich kann sehen, daß er keck ist. Sieht man in seinen Augen. Aber darum werden wir uns kümmern, Schlitzer, oder nicht?«

Er redet nicht mit Schlitzer, dachte Jake. *Mit mir. Er glaubt, er hypnotisiert mich ... und vielleicht gelingt es ihm ja.*

»Ay«, hauchte Schlitzer.

Jake spürte, wie er in diesen großen grünen Augen ertrank. Der Griff des Ticktackmannes war immer noch nicht fest, aber er bekam nicht genügend Luft in die Lungen. Er nahm alle Kraft zusammen, um den Einfluß des blonden Mannes zu brechen, und sagte wieder das erste, was ihm in den Sinn kam:

»So fiel Lord Perth, und das Land erbebte im Donner.«

Das hatte auf Ticktack dieselbe Wirkung wie ein Faustschlag ins ungedeckte Gesicht. Er fuhr zurück, kniff die grünen Augen zusammen und umklammerte Jakes Schultern schmerzlich. »*Was* hast du da gesagt? Wo hast du das gehört?«

»Ein kleines Vögelchen hat es mir gezwitschert«, antwortete Jake kalkuliert frech, und im nächsten Augenblick flog er durch den Raum.

Wäre er mit dem Kopf zuerst gegen die gerundete Wand geprallt, wäre er bewußtlos geworden oder gestorben. So aber prallte er mit einer Hüfte auf, fiel hin und landete wie ein Häufchen Elend auf dem Gitter. Er schüttelte benommen den Kopf, sah sich um und stellte fest, daß er der Frau, die keine Siesta hielt, von Angesicht zu Angesicht gegenüberlag. Er stieß einen erschrockenen Schrei aus und kroch auf Händen und Knien weg. Hoots trat ihm an die Brust und warf ihn damit auf den Rücken. Jake lag stöhnend da und sah zu dem Knoten der Regenbogenfarben hinauf, wo die Neonröhren zusammenliefen. Einen Augenblick später füllte Ticktacks Gesicht seinen ganzen Sehbereich aus. Die Lippen des Mannes waren zu einer harten, geraden Linie zusammengepreßt, die Wangen gerötet, und er hatte Angst in den Augen. Das sargförmige Glasmedaillon, das er um den Hals trug, hing direkt vor Jakes Augen und baumelte an der Silberkette hin und her, als wollte er die Bewegung des Pendels im Inneren nachahmen.

»Schlitzer hat recht«, sagte er. Er knüllte Jakes Hemd mit einer Faust zusammen und zog ihn hoch. »Du bist keck. Aber mit mir sollte man besser nicht keck sein, Bübchen. Mit mir sollte man *niemals* keck sein. Hast du von Leuten mit wenig Geduld gehört? Nun, ich hab' gar keine Geduld, das könnten Tausende bezeugen, wenn ich sie nicht für immer zum Schweigen gebracht hätte. Wenn du mir jemals ... jemals, jemals, *jemals* ... wieder von Lord Perth sprichst, reiß ich dir den Schädel auf und verspeise dein Gehirn. Von dieser Unglücksgeschichte will ich in der Krippe der Grauen nichts hören. *Hast du mich verstanden?«*

Er schüttelte Jake wie einen Putzlumpen hin und her, und der Junge brach in Tränen aus.

»Verstanden?«

»J-j-ja!«

»Gut.« Er stellte Jake wieder auf die Füße, und dieser schwankte schwindlig hin und her, wischte sich die tränenden Augen ab und hinterließ dunkle Schmutzschlieren auf den Wangen. »Und jetzt, mein kleines Bübchen, spielen wir hier ein Frage-und-Antwort-Spiel. Ich stelle die Fragen, und du gibst die Antworten. Hast du verstanden?«

Jake antwortete nicht. Er sah zu einem Lüftungsgitter, das rings um die Kammer verlief.

Der Ticktackmann nahm Jakes Nase zwischen zwei Finger und drückte brutal. *»Hast du mich verstanden?«*

»Ja!« schrie Jake. Er sah mit Augen, die nun nicht nur vor Angst, sondern auch vor Schmerzen tränten, wieder ins Gesicht des Ticktackmannes. Er wollte mit aller Verzweiflung wieder zu dem Lüftungsgitter sehen, wollte sich vergewissern, daß das, was er gesehen hatte, nicht einfach ein Streich seines ängstlichen, überlasteten Verstandes war, aber er wagte es nicht. Er hatte Angst, ein anderer – am wahrscheinlichsten Ticktack selbst – könnte seinem Blick folgen und sehen, was er gesehen hatte.

»Gut.« Ticktack zog Jake an der Nase zu seinem Sessel und legte wieder ein Bein über die Armlehne. »Dann wollen wir mal ein nettes kleines Schwätzchen halten. Wir fangen mit deinem Namen an, ja? Wie heißt du denn genau, Bübchen?«

»Jake Chambers.« Mit zugekniffener Nase hörte sich seine Stimme näselnd und nuschelnd an.

»Und bist du ein Not-Sieh, Jake Chambers?«

Einen Moment überlegte Jake, ob das eine seltsame Art war, ihn zu fragen, ob er blind war ... aber sie konnten doch alle sehen, daß er das nicht war. »Ich verstehe nicht, was ...«

Ticktack schüttelte ihn an der Nase hin und her. »Not-Sieh! Not-Sieh! Hör auf, Spielchen mit mir zu spielen, Junge!«

»Ich verstehe nicht...«, begann Jake, aber dann sah er das Maschinengewehr, das am Sitz hing, und mußte wieder an die Focke-Wulf denken, die abgestürzt war. Da fügte sich in seinem Verstand alles zusammen. »Nein – ich bin kein Nazi. Ich bin Amerikaner. Das alles war lange, bevor ich geboren wurde, vorbei.«

Der Ticktackmann ließ Jakes Nase los, aus der sofort das Blut strömte. »Das hättest du mir gleich sagen und dir die Schmerzen ersparen können, Jake Chambers... aber jetzt begreifst du wenigstens, wie wir hier so etwas erledigen, richtig?«

Jake nickte.

»Ay. Nun gut! Wir fangen mit den einfachen Fragen an.«

Jakes Blick wanderte wieder zum Lüftungsgitter. Was er vorhin gesehen hatte, war immer noch da; er hatte es sich nicht nur eingebildet. Zwei Augen mit goldenen Ringen schwebten in der Dunkelheit hinter den Chromlamellen.

Oy.

Ticktack schlug ihm ins Gesicht und stieß ihn gegen Schlitzer, der ihn sofort wieder nach vorne schubste. »Wir sind hier in der Schule, Herzblatt«, flüsterte Schlitzer. »Lern deine Lektionen! Und lern sie gut!«

»Sieh mich an, wenn ich mit dir rede«, sagte Ticktack. »Ich erwarte Respekt, Jake Chambers, sonst kostet es dich die Eier.«

»Gut.«

Ticktacks grüne Augen funkelten gefährlich. »Gut *was*?«

Jake suchte nach der richtigen Antwort und schob das Wirrwarr der Fragen und die plötzliche Hoffnung beiseite, die in seinem Herzen zu dämmern angefangen hatte. Ihm fiel ein, was ihm auch in seiner eigenen Krippe der Pubes – sonst als Piper School bekannt – die besten Dienste geleistet haben würde. »Gut, *Sir*?«

Ticktack lächelte. »Kein schlechter Anfang, Junge«, sagte er, beugte sich nach vorne und stützte die Unterarme auf die Oberschenkel. »Und nun... was genau ist ein Amerikaner?«

Jake fing an zu sprechen und bemühte sich dabei mit aller Gewalt, nicht zu dem Lüftungsgitter zu sehen.

29

Roland steckte den Revolver ein, legte beide Hände auf das Ventilrad und versuchte, es zu drehen. Es bewegte sich nicht. Das überraschte ihn nicht besonders, schuf aber ernsthafte Probleme.

Oy stand an seinem linken Fuß, sah ängstlich auf und wartete, daß

Roland die Tür öffnete, damit sie ihre Suche nach Jake fortsetzen konnten. Doch es nützte dem Revolvermann nichts, einfach hier draußen zu stehen und zu warten, bis jemand herauskam; es konnte Stunden oder Tage dauern, bis einer der Grauen wieder diesen speziellen Ausgang benützte. Schlitzer und seine Freunde konnten es sich in den Kopf setzen, Jake bei lebendigem Leib zu häuten, während der Revolvermann hier auf sie wartete.

Er hielt den Kopf an den Stahl, hörte aber nichts. Das überraschte ihn auch nicht. Er hatte solche Türen vor langer Zeit gesehen – man konnte die Schlösser nicht aufschließen; und man konnte keinen Ton durch sie hören. Es konnte eine Tür sein, oder es konnten zwei sein, mit einem Stauraum dazwischen. Und irgendwo gab es einen Knopf, mit dem man die Räder in der Mitte der Tür drehen und die Schlösser aufmachen konnte. Wenn Jake an diesen Knopf herankam, konnte noch alles gut werden.

Roland war sich bewußt, daß er kein vollwertiges Mitglied dieses *Ka-tet* war; er vermutete, daß selbst Oy mehr von dem heimlichen Leben begriff, das in seinem Herzen wohnte. (Er bezweifelte sehr, daß der Bumbler Jake in diesen Tunneln, wo verseuchte Rinnsale flossen, mit der Nase allein aufgespürt hatte.) Dennoch hatte er Jake helfen können, als der Junge versucht hatte, von seiner Welt in diese zu gelangen. Er hatte *sehen* können ... und als Jake den Schlüssel aufheben wollte, der ihm heruntergefallen war, hatte er eine Nachricht senden können.

Diesmal mußte er sehr vorsichtig sein, wenn er eine Nachricht sendete. Im besten Fall konnten die Grauen merken, daß etwas im Busch war. Im schlimmsten Fall konnte Jake mißverstehen, was Roland ihm sagen wollte, und etwas Närrisches tun.

Aber wenn er *sehen* konnte ...

Roland machte die Augen zu und richtete seine ganze Konzentration auf Jake. Er dachte an die Augen des Jungen und schickte sein *Ka* aus, um sie zu finden.

Zuerst war nichts, aber dann entstand langsam ein Bild. Es war ein Gesicht, das von langem, graublondem Haar umrahmt wurde. Grüne Augen glommen in den Höhlen wie Glut. Roland begriff ziemlich schnell, daß dies der Ticktackmann war – und daß es sich bei diesem um einen Nachkommen des Mannes handelte, der in dem Flugzeug gestorben war – interessant, aber in dieser Situation ohne praktischen Nutzen. Er versuchte, am Ticktackmann vorbei zu sehen und den Rest des Raums zu ergründen, in dem Jake gefangengehalten wurde.

»Ake«, flüsterte Oy, als wollte er Roland erinnern, daß dies weder Zeitpunkt noch Ort für ein Nickerchen war.

»Pssst«, sagte der Revolvermann, ohne die Augen aufzumachen.

Aber es nützte nichts. Er empfing nur Schemen, was wahrscheinlich daran lag, daß Jake seine Aufmerksamkeit so sehr auf den Ticktackmann konzentrierte; alles andere war nichts weiter als grauverhüllte Schattenrisse am Rand von Jakes Wahrnehmung.

Roland schlug die Augen wieder auf und schlug mit der linken Faust leise in die offene Handfläche der rechten Hand. Er hatte eine Ahnung, daß er fester zustoßen und mehr sehen konnte, aber das machte den Jungen vielleicht auf seine Anwesenheit aufmerksam. Und das konnte gefährlich werden. Schlitzer roch den Braten vielleicht, und wenn nicht er, dann der Ticktackmann.

Er sah zu den schmalen Lüftungsgittern hoch, dann zu Oy hinunter. Er hatte sich mehrmals gefragt, wie klug das Tier genau sein mochte; jetzt sah es aus, als würde er es herausfinden.

Roland hob die unversehrte linke Hand, schob die Finger zwischen die horizontalen Streben des Lüftungsgitters gleich neben der Tür, durch die Jake verschwunden war, und zog. Das Gitter löste sich mit einem Schauer aus Rost und trockenem Moos. Das Loch dahinter war viel zu klein für einen Menschen ... aber nicht für einen Billy-Bumbler. Er legte das Gitter weg, hob Oy hoch und flüsterte ihm leise ins Ohr.

»Geh ... sieh dich um ... komm zurück. Hast du verstanden? Sie dürfen dich nicht bemerken. Geh nachsehen und komm zurück.«

Oy sah ihm ins Gesicht und sagte nichts, nicht einmal Jakes Namen. Roland hatte keine Ahnung, ob er das Gesagte verstanden hatte oder nicht, aber es war auch sinnlos, mit Nachdenken darüber Zeit zu vergeuden. Er hob Oy in den Lüftungsschacht. Der Bumbler schnüffelte an den Krümeln getrockneten Mooses, nieste verhalten, kauerte dann nur reglos da und betrachtete Roland mit seinen seltsamen Augen, während der Luftzug über sein glattes, seidiges Fell strich.

»Geh, sieh dich um und komm zurück«, wiederholte Roland flüsternd, dann verschwand Oy lautlos, mit eingezogenen Krallen und auf den Pfoten schleichend, in den Schatten.

Roland zog wieder die Waffe und tat das schwerste. Er wartete.

Oy kam nicht einmal drei Minuten später zurück. Roland nahm ihn aus dem Schacht und setzte ihn auf den Boden. Oy streckte den langen Hals und sah zu ihm auf. »Wie viele, Oy?« fragte Roland. »Wie viele hast du gesehen?«

Eine Zeitlang dachte Roland, der Bumbler würde ihn nur weiter auf seine ängstliche Weise ansehen. Dann hob er die rechte Pfote zaghaft in die Luft, fuhr die Krallen aus und sah drein, als versuchte er, sich an etwas ungeheuer Kompliziertes zu erinnern. Schließlich klopfte er auf den Stahlboden.

Eins ... zwei ... drei ... vier. Eine Pause. Dann noch zweimal, rasche und behutsame Laute der ausgefahrenen Krallen auf dem Stahl: fünf, sechs. Oy machte noch eine Pause, senkte den Kopf und sah wie ein Kind aus, das sich einer gewaltigen geistigen Herausforderung gegenüber sieht. Dann klopfte er noch einmal mit der Pfote auf den Stahl und sah dabei zu Roland auf. »Ake!«

Sechs Graue ... und Jake.

Roland hob Oy hoch und streichelte ihn. »Gut!« murmelte er in Oys Ohr. In Wahrheit war er fast überwältigt vor Überraschung und Dankbarkeit. Er hatte sich etwas davon versprochen, aber diese sorgfältige Antwort war überwältigend. Und er zweifelte nicht, daß Oy genau gezählt hatte. »Guter Boy!«

»Oy! Ake!«

Ja, Jake. Das war das Problem. Jake, dem er ein Versprechen gegeben hatte, das er einhalten wollte.

Der Revolvermann dachte angestrengt auf seine seltsame Weise nach – die Verbindung von trockenem Pragmatismus und wilder Intuition, die er wahrscheinlich von seiner seltsamen Großmutter, Deidre der Irren, bekommen und die ihn all die Jahre am Leben erhalten hatte, während seine Gefährten gestorben waren. Jetzt mußte sie auch Jake das Leben retten.

Er hob Oy wieder hoch. Er wußte, Jake konnte – *konnte* – überleben, aber der Bumbler würde mit ziemlicher Sicherheit sterben. Er flüsterte mehrere einfache Worte in Oys gespitztes Ohr, die er immerzu wiederholte. Schließlich verstummte er und setzte ihn in den Luftschacht. »Guter Junge«, flüsterte er. »Geh jetzt. Mach es gut. Mein Herz ist mit dir.«

»Oy! Erz! Ake!« flüsterte der Bumbler, dann wuselte er wieder in die Dunkelheit.

Roland wartete darauf, daß die Hölle losbrechen würde.

30

Stell mir eine Frage, Eddie Dean von New York. Und es sollte besser eine gute sein ... Denn wenn sie nicht gut ist, wirst du mit deiner Frau sterben, woher ihr auch gekommen sein mögt.

Großer Gott, was sollte man denn auf *so etwas* antworten?

Das dunkelrote Licht war ausgegangen; jetzt leuchtete das rosafarbene wieder auf. *»Rasch«,* drängte die Flüsterstimme des kleinen Blaine. *»Er ist schlimmer als jemals zuvor ... beeilt euch, sonst tötet er euch!«*

Eddie bekam am Rande mit, daß der Schwarm aufgeschreckter Tauben immer noch durch die Krippe flatterte und einige Kopf voran gegen die Säulen geprallt und tot heruntergefallen waren.

»Was will er?« flüsterte Susannah dem Lautsprecher und der Stimme des kleinen Blaine zu, die irgendwo dahinter steckte. »Um Himmels willen, *was will er?«*

Keine Antwort. Und Eddie konnte spüren, wie der barmherzige Aufschub, der ihnen zuteil geworden war, sich langsam verbrauchte. Er drückte SPRECHEN/HÖREN und sprach hektisch, während ihm der Schweiß an Wangen und Hals hinabfloß.

Stell mir eine Frage.

»Also – Blaine! Was hast du denn in den letzten paar Jahren so getrieben? Schätze, du hast die Südostroute mal links liegenlassen, hm? Irgendwelche Gründe? Ist dir nicht nach Fahren zumute gewesen?«

Kein Laut, abgesehen vom Rascheln und Flattern der Tauben. Im Geiste sah Eddie Ardis schreien, während seine Wangen schmolzen und die Zunge Feuer fing. Eddie spürte, wie sich seine Nackenhärchen aufrichteten. Angst? Oder zunehmende Elektrizität?

Rasch . . . er ist schlimmer als jemals zuvor.

»Wer hat dich eigentlich gebaut?« fragte Eddie panisch und dachte: *Wenn ich nur wüßte, was das Scheißding* will! »Möchtest du darüber reden? Waren es die Grauen? Nee . . . wahrscheinlich die Großen Alten, richtig? Oder . . .«

Er verstummte. Jetzt konnte er Blaines Schweigen wie eine Last auf der Haut spüren, wie fleischige, tastende Hände.

»Was *willst* du eigentlich?« brüllte er. »Verdammt noch mal, was genau *willst du eigentlich hören*?«

Keine Antwort – aber die Knöpfe des Kästchens glommen wieder gefährlich dunkelrot, und Eddie wußte, ihre Zeit war fast abgelaufen. Er konnte in der Nähe ein leises Summen hören – wie von einem elektrischen Generator –, und er glaubte nicht, daß er sich dieses Geräusch nur einbildete, sosehr er es sich auch wünschte.

»Blaine!« rief Susannah plötzlich. »Blaine, kannst du mich hören?«

Keine Antwort . . . und Eddie konnte spüren, wie sich die Luft um sie herum mit Elektrizität füllte. Er konnte sie bei jedem Atemzug bitter in der Nase kribbeln spüren; konnte seine Plomben wie wütende Insekten summen hören.

»Blaine, *ich* habe eine Frage für dich, und sie *ist* ziemlich gut! Hör zu!« Sie machte einen Moment die Augen zu und rieb sich mit den Fingern hektisch die Schläfen, dann schlug sie die Augen wieder auf. »Es gibt etwas, das . . . äh . . . ist nichts und hat doch einen Namen; es ist manchmal groß und . . . und manchmal klein . . .« Sie verstummte und sah Eddie mit großen, gequälten Augen an. »Hilf mir! Ich weiß nicht mehr, wie es weitergeht!«

Eddie sah sie nur an, als hätte sie den Verstand verloren. Wovon, in Gottes Namen, redete sie? Dann fiel es ihm ein, und es schien auf eine verschrobene Weise völlig logisch zu sein, und der Rest des Rätsels fügte sich in seinem Verstand so nahtlos zusammen wie die beiden letzten Teile eines Puzzles. Er drehte sich wieder zu dem Lautsprecher um.

»›Mischt sich in unsre Gespräche ein, macht mit bei unserem Sport und ist bei jedem Spiel vor Ort.‹ Was ist das? Das ist unsere Frage, Blaine. Was ist das?«

Das rote Licht in den Knöpfen BEFEHL und EINTRITT unter der Zahlenraute ging aus. Es folgte ein endloser Augenblick des Schweigens, bis Blaine wieder sprach ... aber Eddie stellte fest, daß das Gefühl von Elektrizität, die ihm über die Haut kroch, schwächer wurde.

»SELBSTVERSTÄNDLICH EIN SCHATTEN«, antwortete die Stimme von Blaine. »DAS WAR LEICHT ... ABER NICHT SCHLECHT. WIRKLICH NICHT SCHLECHT.«

Die Stimme, die aus dem Lautsprecher drang, wies jetzt einen nachdenklichen Beiklang auf ... und noch etwas anderes. Freude? Sehnsucht? Eddie war sich nicht sicher, aber er wußte, etwas an dieser Stimme erinnerte ihn an den kleinen Blaine. Und er wußte noch etwas: Susannah hatte ihre Haut gerettet – jedenfalls vorerst. Er bückte sich und küßte ihre kalte, schweißnasse Stirn.

»KENNT IHR NOCH MEHR RÄTSEL?« fragte Blaine.

»Ja, viele«, sagte Susannah sofort. »Unser Gefährte Jake besitzt ein ganzes Buch voll davon.«

»VOM ORT NEW YORK DES' WO?« fragte Blaine, und jetzt war sein Tonfall Eddie vollkommen klar. Blaine war vielleicht eine Maschine, aber Eddie war sechs Jahre lang Heroinjunkie gewesen und wußte, was die Gier der Sucht war.

»Richtig, aus New York«, sagte er. »Aber Jake wurde gefangengenommen. Ein Mann namens Schlitzer hat ihn entführt.«

Keine Antwort ... und dann glommen die Knöpfe wieder zartrosa. *»Bisher ganz gut«*, flüsterte die Stimme des kleinen Blaine. *»Aber ihr müßt vorsichtig sein ... er ist listenreich ...«*

Sofort ging das rote Licht wieder an.

»HAT JEMAND VON EUCH GESPROCHEN?« Blaines Stimme war kalt und – Eddie hätte jeden Eid darauf geschworen – argwöhnisch.

Er sah Susannah an. Susannah erwiderte den Blick mit den großen, furchtsamen Augen eines kleinen Mädchens, das etwas Unaussprechliches unter dem Bett kriechen gehört hat.

»Ich habe mich geräuspert, Blaine«, sagte Eddie. Er schluckte und wischte sich den Schweiß von der Stirn. »Ich habe ... Scheiße, frei und offen heraus damit. Ich habe Angst.«

»DARAN TUST DU SEHR GUT. DIE RÄTSEL, VON DENEN DU SPRICHST – SIND SIE DUMM? ICH LASSE MEINE GEDULD NICHT MIT DUMMEN RÄTSELN AUF DIE PROBE STELLEN.«

»Die meisten sind schlau«, sagte Susannah, sah aber Eddie ängstlich an, während sie es sagte.

»DU LÜGST. DU KENNST DIE QUALITÄT DIESER RÄTSEL ÜBERHAUPT NICHT.«

»Wie kannst du sagen ...«

»STIMMANALYSE. SCHWINGUNGSMUSTER UND STRESSBEDINGTE VOKALBETONUNG LIEFERN EINEN ZUVERLÄSSIGEN WAHRHEIT/LÜGE-KOEFFIZIENTEN. WAHRSCHEINLICHKEIT LIEGT BEI 97 PROZENT, PLUS ODER MINUS 0,5 PROZENT.« Die Stimme verstummte einen Augenblick, und als sie weitersprach, hatte sie sich ein bedrohliches Brummeln zu eigen gemacht, das Eddie zu gut kannte. Es war die Stimme von Humphrey Bogart. »ICH CHLAGE VOR, WIR HALTEN UNCH AN DACH, WACH WIR WICHEN, BABY. DER LETZTE, DER MIR DIE WAHRHEIT VERHEIMLICHEN WOLLTE, LANDETE MIT EINEM PAAR COWBOYCHTIEFELN AUCH BETON AUF DEM GRUND DES CHEND.«

»Herrgott«, sagte Eddie. »Wir sind vierhundert Meilen oder so gewandert, um eine Computerversion von Rich Little zu finden. Wie kannst du Leute wie John Wayne und Humphrey Bogart nachahmen, Blaine? Leute aus unserer Welt?«

Nichts.

»Okay, die willst du nicht beantworten. Wie ist es mit der: Wenn du ein Rätsel gewollt hast, warum hast du es nicht einfach gesagt?«

Wieder keine Antwort, aber Eddie stellte fest, daß er eigentlich auch keine brauchte. Blaine stand auf Rätsel, daher hatte er *ihnen* eins aufgegeben. Susannah hatte es gelöst. Eddie vermutete, wenn ihr das nicht gelungen wäre, würden sie beide jetzt wahrscheinlich aussehen wie zwei zu groß geratene Briketts, die auf dem Boden der Krippe von Lud lagen.

»Blaine?« fragte Susannah unbehaglich. Sie bekam keine Antwort. »Blaine, bist du noch da?«

»JA. SAGT MIR NOCH EINS.«

»Wann ist eine Tür keine Tür?« fragte Eddie.

»WENN SIE ›AJAR‹ IST – OFFEN/EIN GLAS. IHR MÜSST MIR SCHON ETWAS BESSERES BIETEN, WENN IHR ERWARTET, DASS ICH EUCH IRGENDWO HINBRINGE. *KÖNNT* IHR ETWAS BESSERES BIETEN?«

»Wenn Roland es bis hierher schafft, bestimmt«, sagte Susannah. »Unabhängig davon, wie gut die Rätsel in Jakes Buch sein mögen. Roland kennt Hunderte – er hat sie als Kind sogar in der Schule gelernt.« Als sie das gesagt hatte, stellte sie fest, daß sie sich Roland nicht als Kind vorstellen konnte. »*Wirst* du uns befördern, Blaine?«

»VIELLEICHT«, sagte Blaine, und Eddie war sicher, daß er eine Spur Grausamkeit aus dieser Stimme heraushörte. »ABER DAZU MÜSST IHR MEINE PUMPE ZUM LAUFEN BRINGEN, UND MEINE PUMPE LÄUFT RÜCKWÄRTS.«

»Und das heißt?« fragte Eddie und sah durch die Gitterstäbe auf die glatte Rundung von Blaines Rücken. Aber Blaine antwortete weder auf diese noch auf andere Fragen, die sie ihm stellten. Die grellen orangefarbenen Lichter blieben an, aber der kleine wie der große Blaine schienen Winterschlaf zu halten. Eddie wußte es freilich besser. Blaine war hellwach. Blaine beobachtete sie. Blaine überwachte ihre Schwingungsmuster und Vokalbetonung.

Er sah Susannah an.

»›Müßt ihr meine Pumpe zum Laufen bringen, und meine Pumpe läuft rückwärts‹«, sagte er niedergeschlagen. »Das ist ein Rätsel, nicht?«

»Ja, natürlich.« Sie betrachtete das dreieckige Fenster, das so sehr einem halb geschlossenen, spöttischen Auge glich, dann zog sie Eddie nahe zu sich, damit sie ihm ins Ohr flüstern konnte. »Er ist vollkommen wahnsinnig, Eddie – schizophren, paranoid, möglicherweise auch noch manisch-depressiv.«

»Was du nicht sagst«, hauchte er zurück. »Wir haben es hier mit einem genialen Geist-im-Computer-Einschienenzug zu tun, der Rätsel mag und mit Überschallgeschwindigkeit fährt. Herzlich willkommen in der Fantasy-Version von *Einer flog über das Kuckucksnest.«*

»Hast du eine Ahnung, was die Lösung sein könnte?«

Eddie schüttelte den Kopf. »Du?«

»Es kribbelt ganz hinten in meiner Erinnerung. Wahrscheinlich falscher Alarm. Ich muß daran denken, was Roland gesagt hat: Ein gutes Rätsel ist immer sinnvoll und immer lösbar. Es ist wie ein Zaubertrick.«

»In die Irre führen.«

Sie nickte. »Gib noch einen Schuß ab, Eddie – laß sie wissen, daß wir noch da sind.«

»Ja. Wenn wir nur sicher sein könnten, daß *sie* noch da sind.«

»Glaubst du es, Eddie?«

Eddie hatte sich abgewandt und antwortete, ohne sich umzudrehen oder stehenzubleiben. »Ich weiß es nicht – das ist ein Rätsel, das nicht einmal Blaine lösen könnte.«

31

»Könnte ich etwas zu trinken haben?« fragte Jake. Seine Stimme klang krächzend und nasal. Sein Mund und das empfindliche Gewebe in der Nase waren geschwollen. Er sah aus wie das Opfer eines gemeinen Faustkampfs, das am meisten abbekommen hat.

»O ja«, antwortete Ticktack genüßlich. »Du *könntest.* Aber gewiß doch *könntest* du. Wir haben genug zu trinken, oder nicht, Copperhead?«

»Ay«, sagte ein großer Mann mit Brille in einem weißen Seidenhemd und schwarzer Seidenhose. Er sah aus wie ein Universitätsprofessor in einer Karikatur im *Punch* der Jahrhundertwende. »Nicht zu knapp.«

Der Ticktackmann, der wieder bequem auf seinem thronähnlichen Sessel saß, sah Jake heiter an. »Wir haben Wein, Bier, Ale und natürlich gutes frisches Wasser. Manchmal wünscht man sich nicht mehr, richtig? Kühles, klares, frisches Wasser. Wie hört sich das an, Bübchen?«

Jakes Hals, der ebenfalls geschwollen und trocken wie Sandpapier war, kribbelte schmerzhaft. »Hört sich gut an«, flüsterte er.

»Jetzt hat er *mich* auch durstig gemacht, soviel steht fest«, sagte Ticktack. Ein Lächeln verzog seine Lippen. Seine grünen Augen funkelten. »Bring mir einen Krug Wasser, Tilly – ich weiß gar nicht, wo meine Manieren geblieben sind.«

Tilly verschwand durch die Schleuse auf der anderen Seite des Raums – sie lag direkt gegenüber von der, durch die Schlitzer und Jake eingetreten waren. Jake sah ihr nach und leckte sich die geschwollenen Lippen.

»Nun denn«, sagte der Ticktackmann und richtete den Blick wieder auf Jake, »du sagst, diese amerikanische Stadt, aus der du kommst – dieses New York – ist ähnlich wie Lud.«

»Nun ... nicht genau ...«

»*Aber* du erkennst einige Maschinen«, drängte Ticktack. »Ventile und Pumpen und so. Ganz zu schweigen von Glühfeuerröhren.«

»Ja. Wir nennen sie Neonröhren, aber es sind die gleichen.«

Ticktack streckte die Hand nach ihm aus. Jake zuckte zusammen, aber Ticktack tätschelte ihm nur die Schulter. »Ja, ja; gut und schön.« Seine Augen funkelten. »*Und* du hast von Computern gehört?«

»Sicher, aber ...«

Tilly kam mit dem Krug zurück und näherte sich dem Thron des Ticktackmannes zaghaft. Ticktack nahm den Krug und hielt ihn Jake hin. Als Jake danach greifen wollte, zog Ticktack ihn zurück und trank selbst. Als Jake sah, wie Ticktack das Wasser aus den Mundwinkeln floß und die Brust hinabtropfte, fing er an zu zittern. Er konnte es nicht verhindern.

Der Ticktackmann sah ihn über den Krug hinweg an, als wäre ihm gerade eingefallen, daß Jake auch noch da war. Hinter ihm grinsten Schlitzer, Copperhead, Brandon und Hoots wie Schuljungen, die gerade einen lustigen dreckigen Witz gehört haben.

»Herrje, jetzt hab' ich nur daran gedacht, wie durstig *ich* bin, und dabei hab' ich *dich* ganz vergessen!« rief Ticktack. »Das ist verdammt gemein, Gott verfluche meine Augen! Aber es hat eben so köstlich ausgesehen ... und es ist köstlich ... kalt ... klar ...«

Er hielt Jake den Krug hin. Als Jake die Hände danach ausstreckte, zog er ihn wieder weg.

»Zuerst, Bübchen, sag mir, was du von dipolaren Computern und Transitivkreisen weißt«, sagte er kalt.

»Was ...« Er sah zum Lüftungsgitter, aber die goldenen Augen waren fort. Er glaubte allmählich, daß er sie sich doch eingebildet haben mußte. Er sah den Ticktackmann an, und eines war ihm jetzt sonnenklar: Er würde kein Wasser bekommen. Er war dumm gewesen, daß er sich überhaupt Hoffnungen gemacht hatte. »Was sind dipolare Computer?«

Das Gesicht des Ticktackmannes wurde verzerrt vor Wut; er schüttete Jake den Rest Wasser ins verquollene, blaugeprügelte Gesicht. *»Nimm mich nicht auf den Arm!«* kreischte er. Er zog die Seiko-Uhr vom Handgelenk und schüttelte sie vor Jake. *»Als ich dich gefragt habe, ob die hier einen dipolaren Schaltkreis hat, hast du nein gesagt! Also sag mir nicht, daß du keine Ahnung hast, wovon ich spreche, du hast es mir nämlich schon gesagt!«*

»Aber ... aber ...« Jake konnte nicht weitersprechen. Sein Kopf kreiste vor Angst und Verwirrung. Er nahm weit entfernt am Rande wahr, daß er soviel Wasser wie möglich von den Lippen leckte.

»Tausende von diesen beschissenen dipolaren Computern befinden sich direkt unter der Scheißstadt, vielleicht Hunderttausende, und der einzige, der noch funktioniert, macht nichts anderes als Watch Me spielen und diese Trommeln laufen lassen! Ich will *diese Computer! Ich will, daß sie für* mich *arbeiten!«*

Der Ticktackmann schnellte auf seinem Thron nach vorne, packte Jake, schüttelte ihn hin und her und warf ihn zuletzt auf den Boden. Jake stieß gegen eine Lampe und warf sie um; die Glühbirne platzte mit einem hohlen, hustenden Plop. Tilly stieß einen kurzen Schrei aus, wich zurück und riß ängstlich die Augen auf. Copperhead und Brandon sahen einander unbehaglich an.

Ticktack beugte sich nach vorne, stützte die Ellbogen auf die Oberschenkel und schrie Jake ins Gesicht: *»Ich will sie UND ICH WERDE SIE BEKOMMEN!«*

Schweigen senkte sich über den Raum, in dem nur das leise Zischen der Luft aus den Lüftungsgittern zu hören war. Dann verschwand die wutverzerrte Fratze des Ticktackmannes so schnell, als wäre sie überhaupt nie dagewesen. Ihr folgte wieder ein bezauberndes Lächeln. Er beugte sich weiter nach vorne und half Jake auf die Beine.

»Tut mir leid. Manchmal denke ich an die Möglichkeiten dieser Anlage, und dann geht es eben mit mir durch. Bitte nimm meine Entschuldigung an, Bübchen.« Er hob den umgestürzten Krug auf und warf ihn Tilly zu. »Mach ihn voll, unnütze Schlampe! Was ist denn los mit dir?«

Er wandte seine Aufmerksamkeit wieder Jake zu und lächelte sein Quizmasterlächeln.

»Nun gut; du hast deinen Witz gemacht und ich meinen. Und jetzt sag mir alles, was du über dipolare Computer und Transitivkreise weißt. Dann bekommst du etwas zu trinken.«

Jake machte den Mund auf, um etwas zu sagen – er hatte keine Ahnung was –, als plötzlich unglaublicherweise Rolands Stimme in seinem Kopf sprach.

Lenk sie ab, Jake – und wenn es einen Knopf an der Tür gibt, versuch, in seine Nähe zu kommen.

Der Ticktackmann betrachtete ihn eingehend. »Dir ist gerade was durch den Kopf gegangen, Bübchen, oder nicht? So was weiß ich immer. Behalt das Geheimnis nicht für dich; sag es deinem alten Freund Ticky.«

Jake nahm aus dem Augenwinkel eine Bewegung wahr. Er wagte nicht, zum Lüftungsgitter zu sehen – zumal der Ticktackmann ihm seine ungeteilte Aufmerksamkeit schenkte –, aber er wußte, daß Oy wieder da war und durch die Lamellen sah.

Sie ablenken ... und plötzlich wußte Jake genau, wie er das anstellen konnte.

»Mir *ist* gerade was eingefallen«, sagte er, »aber das hat nichts mit Computern zu tun. Es geht um meinen alten Freund Schlitzer. Und *seinen* alten Kumpel Hoots.«

»He! He!« schrie Schlitzer. »Wovon redeste, Junge?«

»Warum sagst du Ticktack nicht, wer dir das Paßwort *wirklich* gegeben hat, Schlitzer? Dann kann *ich* Ticktack sagen, wo du es versteckst.«

Der verwirrte Blick des Ticktackmannes wanderte von Jake zu Schlitzer. »Wovon redet er?«

»Nichts!« antwortete Schlitzer, konnte aber einen raschen Seitenblick zu Hoots nicht vermeiden. »Er läßt nur sein' Wichs ab und versucht, vom Haken zu kommen, indemer mich inne Pfanne haut, Ticky. Ich hab' dir gesagt, er ist keck! Hab' ich nich gesagt ...«

»Warum sehen Sie nicht in seinem Kopftuch nach?« fragte Jake. »Da versteckt er ein Stück Papier, auf dem das Wort steht. Ich hab' es ihm vorlesen müssen, nicht mal das hat er selbst gekonnt.«

Diesmal bekam Ticktack keinen plötzlichen Wutausbruch; statt dessen wurde sein Gesicht langsam dunkler wie der Himmel vor einem schrecklichen Sommergewitter.

»Laß mich dein Kopftuch sehen, Schlitzer«, sagte er mit sanfter, belegter Stimme. »Laß deinen alten Kumpel einen Blick riskieren!«

»Ich sag dir, er lügt!« schrie Schlitzer, preßte die Hände auf den Schal und wich zwei Schritte zur Wand zurück. Direkt über ihm leuchteten Oys Augen mit ihren goldenen Rändern. »Man muß ihm nur ins Gesicht sehn und weiß, daß'n kecker kleiner Bengel wie er lügen am besten kann!«

Der Ticktackmann sah zu Hoots, der starr vor Angst zu sein schien. »Was ist?« fragte Ticktack mit seiner sanften, schrecklichen Stimme. »Was ist dran an der Sache, Hootermann? Ich weiß, du und Schlitzer – ihr seid schon lange Busenfreunde, und ich weiß auch, ihr habt nicht mehr Hirn als eine Mastgans, aber sicher seid nicht einmal ihr so dumm, daß ihr das Paßwort für den inneren Saal aufschreibt, oder? *Oder?*«

»Ich ... ich hab' nur gedacht ...«, begann Hoots.

»Sei still!« tobte Schlitzer. Er warf Jake einen Blick reinsten, unverhohlenen Hasses zu. »Dafür bring ich dich um, Herzblatt – wart's nur ab!«

»Nimm den Schal ab, Schlitzer«, sagte der Ticktackmann. »Ich will reinsehen.«

Jake ging einen Schritt auf das Podium mit den Knöpfen zu.

»Nein!« Schlitzers Hände schossen wieder zu dem Schal und hielten ihn fest, als könnte er von alleine fortfliegen.

»Brandon, halt ihn fest«, sagte Ticktack.

Brandon schnellte zu Schlitzer. Schlitzer bewegte sich nicht so schnell wie Ticktack, aber schnell genug; er bückte sich, riß ein Messer aus dem Stiefel und bohrte es in Brandons Arm.

»Oh, du Aas!« schrie Brandon überrascht und unter Schmerzen, als Blut aus seinem Arm zu strömen begann.

»Sieh dir an, was du getan hast!« kreischte Tilly.

»Muß ich denn hier alles selbst machen?« brüllte Ticktack, mehr resigniert als wütend, und stand auf. Schlitzer wich vor ihm zurück und fuchtelte in geheimnisvollen Mustern mit dem blutigen Messer vor seinem Gesicht herum. Die andere Hand ließ er fest auf dem Kopf.

»Geh weg«, keuchte er. »Ich lieb dich wie'n Bruder, Ticky, aber wennste nich weggehst, stoß ich dir das Messer in die Eingeweide – das mach ich.«

»Du? Kaum«, sagte der Ticktackmann lachend. Er holte sein eigenes Messer aus der Scheide und hielt es geziert am Elfenbeingriff. Aller Augen waren auf die beiden gerichtet. Jake ging rasch zwei Schritte zu dem Podium mit der kleinen Ansammlung von Knöpfen und streckte die Hand nach dem aus, den der Ticktackmann seiner Meinung nach gedrückt hatte.

Schlitzer drückte sich an der gerundeten Wand entlang, wo die Leuchtröhren sein mandrusgezeichnetes Gesicht in eine Abfolge widerlicher Farben tauchten: kotzgrün, fieberrot, eitergelb. Jetzt stand der Ticktackmann unter dem Lüftungsgitter, wo Oy alles beobachtete.

»Leg es weg, Schlitzer«, sagte Ticktack mit vernünftiger Stimme. »Du hast den Jungen gebracht, wie ich dir befohlen habe; wenn jemand wegen dieser Sache eins verpaßt bekommt, dann Hoots, nicht du. Zeig mir nur ...«

Jake sah, wie sich Oy zum Sprung duckte, und begriff zweierlei: Was der Bumbler vorhatte und wer ihn dazu anstiftete.

»Oy, nein!« schrie er.

Alle drehten sich zu ihm um. In diesem Augenblick sprang Oy gegen das instabile Lüftungsgitter und riß es los. Der Ticktackmann drehte sich um, als er das Geräusch hörte, und Oy sprang ihm kratzend und beißend ins Gesicht.

32

Roland hörte den Ruf trotz der Doppeltüren leise – *Oy, nein!* –, und seine Hoffnung verflog. Er wartete darauf, daß sich das Ventilrad drehen würde, aber es blieb reglos. Er machte die Augen zu und sendete mit aller Kraft: *Die Tür, Jake! Mach die Tür auf!*

Er nahm keine Antwort wahr, und die Bilder waren fort. Seine von Anfang an schlechte Verbindung mit Jake war nun völlig abgerissen.

33

Der Ticktackmann taumelte fluchend und schreiend rückwärts und griff nach dem zuckenden, beißenden, kratzenden Ding auf seinem Gesicht. Er spürte, wie Oys Krallen ihm ins linke Auge stachen, es auskratzten, und schreckliche rote Schmerzen breiteten sich in seinem Kopf aus wie eine brennende Fackel, die in einen tiefen Brunnen geworfen wurde. In diesem Augenblick gewann Wut die Oberhand über die Schmerzen. Er packte Oy, riß ihn von seinem Gesicht, hielt ihn über den Kopf und wollte ihn herumdrehen wie einen Lappen.

»Nein!« heulte Jake. Er vergaß den Knopf, der die Tür öffnete, und ergriff das Gewehr, das über der Sessellehne hing.

Tilly schrie. Die anderen stoben auseinander. Jake richtete das alte deutsche Maschinengewehr auf den Ticktackmann. Oy, der von den riesigen Händen verkehrt herum gehalten wurde und gebogen wurde, daß sein Rücken fast brach, zuckte wie von Sinnen und schnappte mit den Zähnen in der Luft. Er schrie vor Schmerzen – ein gräßlicher, menschenähnlicher Laut.

»Laß ihn los, du Dreckskerl!« kreischte Jake und drückte ab.

Er war geistesgegenwärtig genug, tief zu zielen. Das Dröhnen der Schmeisser Kaliber 40 hörte sich in dem engen Raum ohrenbetäubend an, obwohl sie nur fünf oder sechs Schuß abgab. Eine der Leuchtröhren zerplatzte mit einer Explosion kalten orangefarbenen Feuers. Ein Loch hatte sich einen Zentimeter über dem linken Knie in der Hose des Ticktackmanns gebildet; ein dunkelroter Fleck breitete sich von dort aus. Ticktack riß den Mund zu einem betroffenen O der Überraschung auf, ein Ausdruck, der deutlicher als jedes Wort verriet, daß Ticktack bei aller Intelligenz damit gerechnet hatte, ein langes und glückliches Leben zu führen, in dem er andere Menschen erschoß, auf ihn selbst aber nie geschossen wurde. Nun, *auf* ihn geschossen vielleicht schon, aber *getroffen*? Der überraschte Gesichtsausdruck verriet, daß das absolut nicht in den Karten stand.

Willkommen in der Wirklichkeit, Arschloch, dachte Jake.

Ticktack ließ Oy auf den Gitterboden fallen und hielt sich das verletzte Bein. Copperhead warf sich auf Jake, schlang ihm einen Arm um den Hals, und dann war Oy bei ihm, bellte schrill und nagte durch die schwarze Seidenhose an Copperheads Knöchel. Copperhead schrie, tanzte davon und schüttelte Oy am Bein hin und her. Oy klammerte sich wie ein Schraubstock an ihn. Jake drehte sich um und sah, daß Ticktack auf ihn zukroch. Er hatte sein Messer aufgehoben und die Klinge zwischen den Zähnen stecken.

»Lebwohl, Ticky«, sagte Jake und drückte wieder den Abzug der Schmeisser. Nichts geschah. Jake wußte nicht, ob sie leer war oder klemmte, und es war auch kaum die Zeit, Spekulationen darüber anzustellen. Er wich zwei Schritte zurück, dann stellte er fest, daß der Sessel, der dem Ticktackmann als Thron gedient hatte, ihm den weiteren Rückzug versperrte. Bevor er ihn umgehen und den Sessel als Schutz benützen konnte, hatte Ticktack ihn am Knöchel gepackt. Mit der anderen Hand griff er nach dem Messer. Die Überreste des linken Auges hingen ihm auf der Wange wie ein Klumpen Pfefferminzgelee; das rechte Auge sah, von unsäglichem Haß erfüllt, zu Jake auf.

Jake versuchte, sich dem Klammergriff der Hand zu entziehen und fiel auf den Thron des Ticktackmannes. Sein Blick fiel auf eine Tasche, die ins Polster der rechten Armlehne genäht worden war. Aus dem Elastikband oben ragte der gesplitterte Perlmuttgriff eines Revolvers heraus.

»O Bübchen, wie du leiden wirst!« flüsterte der Ticktackmann ekstatisch. Das O der Überraschung war einem breiten, zitternden Grinsen gewichen. »Oh, wie du leiden wirst! Und wie glücklich ich sein werde, wenn ich dich ... *Was ...?*«

Das Grinsen gefror, das O der Überraschung bildete sich wieder, als Jake den vernickelten Revolver auf ihn richtete und den Hahn spannte. Der Griff um Jakes Knöchel wurde so fest, daß er glaubte, der Knochen müßte brechen.

»Wag es nicht!« sagte Ticktack mit einem hysterischen Flüstern.

»O doch«, sagte Jake und betätigte den Abzug der Ersatzwaffe des Ticktackmannes. Ein tonloser Knall war zu hören, bei weitem nicht so dramatisch wie das teutonische Dröhnen der Schmeisser. Ein kleines schwarzes Loch erschien hoch oben an der rechten Stirnhälfte von Ticktack. Der Ticktackmann sah weiter zu Jake auf; Fassungslosigkeit stand in seinem verbliebenen Auge geschrieben.

Jake versuchte, noch einmal auf ihn zu schießen, konnte es aber nicht.

Plötzlich schälte sich ein Stück Kopfhaut des Ticktackmanns ab wie eine alte Tapete und fiel auf die rechte Wange. Roland hätte gewußt, was das bedeutete; Jake jedoch war fast keines zusammenhängenden Gedankens mehr fähig. Dunkles, panisches Entsetzen fegte über sein Denken hinweg wie der Schlund eines Tornados. Er drückte sich in den großen Sessel, als die Hand von seinem Knöchel abfiel und der Ticktackmann nach vorne aufs Gesicht kippte.

Die Tür. Er mußte die Tür aufmachen und den Revolvermann hereinlassen.

Jake konzentrierte sich darauf, und auf nichts anderes, ließ den Revolver mit dem Perlmuttgriff auf den Gitterboden poltern und stemmte sich aus dem Sessel. Er streckte wieder die Hand nach dem Knopf aus, den Ticktack seiner Meinung nach gedrückt hatte, als sich ein Händepaar um seinen Hals legte und ihn zurückzog, weg von dem Podium.

»Ich hab' gesacht, ich bring dich dafür um, mein böses kleines Bübchen«, flüsterte eine Stimme in sein Ohr, »und der Schlitzermann hält seine Versprechen immer ein.«

Jake griff mit beiden Händen hinter sich, fand aber nichts als Luft. Schlitzers Finger gruben sich in seinen Hals und würgten unbarmherzig. Die Welt vor seinen Augen wurde grau. Das Grau wurde rasch zu Purpur, Purpur zu Schwarz.

34

Eine Pumpe sprang an, und das Ventilrad in der Mitte der Tür drehte sich schnell. *Den Göttern sei Dank!* dachte Roland. Er ergriff das Rad mit der rechten Hand, bevor es richtig aufgehört hatte, sich zu drehen, und riß die Tür auf. Die andere Tür war angelehnt; dahinter waren Kampfgeräusche zu hören, und dazu Oys Bellen, das jetzt schrill vor Schmerz und Wut klang.

Roland kickte die Tür mit dem Stiefel auf und sah, daß Schlitzer Jake würgte. Oy hatte von Copperhead abgelassen und versuchte, Schlitzer von Jake abzulenken, aber Schlitzers Stiefel erfüllte eine doppelte Pflicht: Er schützte seinen Besitzer vor den Zähnen des Bumblers und diesen vor der ansteckenden Infektion, die in Schlitzers Blut wütete. Brandon stieß Oy wieder in die Flanke, damit er aufhörte, Schlitzers Knöchel anzunagen, aber Oy achtete nicht darauf. Jake hing in den schmutzigen Händen seines Häschers wie eine Marionette, deren Fäden durchgeschnitten worden sind. Sein Gesicht war blauweiß, die geschwollenen Lippen wiesen einen zarten Lavendelton auf.

Schlitzer sah auf. *»Du«*, fauchte er.

»Ich«, stimmte Roland zu. Er schoß einmal, und die linke Seite von Schlitzers Kopf explodierte. Der Mann wurde rückwärts geschleudert, der blutgetränkte gelbe Schal wickelte sich auf und landete auf dem Ticktackmann. Seine Füße zuckten einen Augenblick konvulsivisch auf dem Metallgitter, dann blieb er still liegen.

Der Revolvermann schoß zweimal auf Brandon, wobei er den Hahn des Revolvers mit der flachen rechten Hand spannte. Brandon, der sich für einen weiteren Hieb über Oy gebeugt hatte, prallte gegen die Wand, glitt daran herunter und grapschte nach einer der Röhren. Grünes Sumpflicht drang zwischen seinen erschlaffenden Fingern hervor.

Oy hinkte zu dem liegenden Jake und leckte ihm das blasse, reglose Gesicht.

Copperhead und Hoots hatten genug gesehen. Sie liefen Seite an Seite zu der kleinen Tür, wo Tilly Wasser holen gegangen war. Es war nicht der Zeitpunkt für Ritterlichkeit; Roland schoß ihnen beiden in den Rücken. Er mußte jetzt schnell handeln, sehr schnell, und er hatte nicht vor, diese beiden einen Hinterhalt legen zu lassen, wenn sie den Mut wiederfinden sollten.

Oben in dem kapselförmigen Gehäuse gingen grellrote Lichter an, und ein Alarm wurde ausgelöst: durchdringende, heisere Heultöne, die die Wände zum Erzittern zu bringen schienen. Nach einem oder zwei Augenblicken blinkten die Warnlichter in Übereinstimmung mit dem Alarm.

35

Eddie ging gerade zu Susannah zurück, als der Alarm anfing zu heulen. Er schrie überrascht auf, riß die Ruger hoch und richtete sie ins Leere. *»Was ist denn los?«*

Susannah schüttelte den Kopf. Sie hatte keine Ahnung. Die Sirene war beängstigend, aber das war nur ein Teilaspekt des Problems; sie war auch so laut, daß sie körperliche Schmerzen bereitete. Bei diesen Lärmsalven mußte Eddie an eine um das Tausendfache verstärkte Hupe eines Traktors denken.

In diesem Augenblick fingen die orangefarbenen Natriumdampflampen an zu flackern. Als er bei Susannahs Rollstuhl angekommen war, konnte Eddie sehen, daß die Knöpfe BEFEHL und EINTRITT ebenfalls hellrot pulsierten. Sie sahen wie blinzelnde Augen aus.

»Blaine, was geht hier vor?« rief er. Er sah sich um, konnte aber nur wild zuckende Schatten erkennen. »Bist du dafür verantwortlich?«

Blaines einzige Antwort bestand aus Gelächter – schrecklichem mechanischem Gelächter, bei dem Eddie an den Uhrwerk-Clown denken mußte, der vor dem House of Horrors auf Coney Island gestanden hatte, als Eddie noch ein Kind war.

»Blaine, hör auf!« kreischte Susannah. *»Wie sollen wir über die Lösung deines Rätsels nachdenken, während diese gräßliche Fliegeralarmsirene plärrt?«*

Das Gelächter verstummte so plötzlich, wie es angefangen hatte, aber Blaine antwortete nicht. Oder vielleicht doch; hinter den Stäben, die ihnen den Zugang zum Bahnsteig versperrten, erwachten riesige Maschinen, die von Slo-Trans-Motoren ohne Reibungswiderstand angetrieben wurden, auf den Befehl der dipolaren Computer hin zum Leben, die der Ticktackmann unbedingt für sich gewollt hatte. Zum erstenmal seit einem Jahrzehnt war Blaine, der Mono, wach und ließ seine Motoren warmlaufen.

36

Die Sirene, die tatsächlich gebaut worden war, um die längst toten Bewohner von Lud vor einem bevorstehenden Luftangriff zu warnen (und die seit fast tausend Jahren nicht mehr erprobt worden war), deckte die ganze Stadt mit Lärm zu. Sämtliche Lichter, die noch funktionierten, gingen an und pulsierten synchron. Die Pubes auf den Straßen und die Grauen darunter waren gleichermaßen davon überzeugt, daß das Ende, welches sie immer befürchtet hatten, nun endlich über sie gekommen war. Die Grauen vermuteten, daß ein katastrophaler Zusammenbruch der gesamten Technologie stattfand. Die Pubes, die stets der Überzeugung gewesen waren, daß die Geister, die in den Maschinen unter der Stadt lauerten, sich eines Tages erheben und ihre längst überfällige Rache an den Lebenden nehmen würden, kamen dem, was tatsächlich geschah, möglicherweise näher.

Es war sicherlich noch eine Intelligenz in den uralten Computern unter der Stadt vorhanden, ein einziger lebender Organismus, der schon seit langer Zeit nicht mehr unter geistig gesunden Bedingungen lebte, diese innerhalb seiner gnadenlosen dipolaren Schaltkreise für die absolute Wirklichkeit hielt. Diese Intelligenz bewahrte ihre zunehmend befremdlichere Logik seit achthundert Jahren in ihren Speicherbänken und hätte sie vielleicht weitere achthundert Jahre dort bewahrt, wenn Roland und seine Freunde nicht eingetroffen wären. Doch dieser *mentis non corpus* hatte gebrütet und war mit jedem verstrichenen Jahr noch verrückter geworden; man konnte sagen, daß er in seinen immer längeren Schlafperioden träumte, und diese Träume wurden zunehmend anomaler, während die Welt sich weiterdrehte. Inzwischen war die unvorstellbare Maschinerie, welche die Balken erhielt, schwächer geworden, aber diese wahnsinnige und nichtmenschliche Intelligenz war in den Räumen des Verfalls erwacht und streifte wieder, obschon körperlos wie ein Geist, stolpernd durch die Säle der Toten.

Und in der Krippe von Lud bereitete sich Blaine, der Mono, darauf vor, Dodge endlich wieder zu verlassen.

37

Roland hörte Schritte hinter sich, als er neben Jake kniete, drehte sich um und hob den Revolver. Tilly, deren teigiges Gesicht eine Maske aus Aberglauben und Verwirrung darbot, hob die Hände und schrie: *»Töte mich nicht, Sai! Bitte! Töte mich nicht!«*

»Dann lauf«, sagte Roland brüsk, und als Tilly sich in Bewegung setzte, schlug er ihr mit dem Revolverlauf gegen die Wade. »Nicht da entlang – durch die Tür, durch die ich gekommen bin. Und wenn du mich je wiedersiehst, wird es das letzte sein, das du in deinem Leben gesehen hast. Und jetzt *geh*!«

Sie verschwand in den tanzenden, kreisenden Schatten.

Roland drückte seinen Kopf auf Jakes Brust und hielt die Handfläche auf das andere Ohr, um den Lärm des Alarms abzuhalten. Er hörte den langsamen, aber kräftigen Herzschlag des Jungen und legte den Arm um den Jungen; dabei schlug Jake flatternd die Augen auf. »Diesmal hast du mich nicht fallen lassen.« Seine Stimme war kaum mehr als ein heiseres Flüstern.

»Nein, diesmal nicht, und nie wieder. Aber sprich nicht.«

»Wo ist Oy?«

»Oy!« bellte der Bumbler. *»Oy!«*

Brandon hatte Oy mehrere Stichwunden zugefügt, aber keine schien tödlich oder auch nur gefährlich zu sein. Es war deutlich, daß er Schmerzen litt, aber es war auch offensichtlich, daß er vor Freude aus dem Häuschen war. Er betrachtete Jake mit strahlenden Augen und ließ die Zunge heraushängen. »Ake, Ake, *Ake*!«

Jake brach in Tränen aus und strecke die Arme nach ihm aus; Oy hinkte in seine Arme und ließ sich einen Moment drücken.

Roland stand auf und sah sich um. Sein Blick fiel auf die Tür an der gegenüberliegenden Seite des Raums. Die beiden Männer, die er von hinten erschossen hatte, hatten in diese Richtung gewollt, und die Frau ebenfalls. Der Revolvermann ging, Jake auf den Armen und dicht gefolgt von Oy, dorthin. Er kickte einen der toten Grauen beiseite und duckte sich durch. Das Zimmer dahinter war eine Küche. Diese sah trotz der Einbaugeräte und der Edelstahloberflächen wie ein Schweinestall aus; offenbar hielten die Grauen nicht viel von Hausarbeit.

»Trinken«, flüsterte Jake. »Bitte . . . so durstig.«

Roland spürte eine unheimliche Spaltung, als hätte die Zeit sich zurückgedreht. Er erinnerte sich, wie er halb verrückt vor Hitze und Einsamkeit aus der Wüste gekommen war. Er erinnerte sich, wie er im Stall des Rasthauses das Bewußtsein verloren hatte, weil er halbtot vor Durst war, und erwachte, weil kühles Wasser ihm in den Mund lief. Der Junge hatte das Hemd ausgezogen, es unter dem Brunnen getränkt und ihm zu trinken gegeben. Jetzt war er an der Reihe, etwas für Jake zu tun, das dieser schon für ihn getan hatte.

Roland sah sich um und erblickte ein Spülbecken. Er ging hin und drehte den Hahn auf. Kaltes, klares Wasser strömte heraus. Über ihnen, unter ihnen und rings um sie herum heulte und plärrte die Sirene immer weiter.

»Kannst du stehen?«

Jake nickte. »Ich glaube schon.«

Roland stellte den Jungen auf die Füße, war aber bereit, ihn zu fangen, sollte der Junge zu unsicher sein; doch Jake hielt sich am Becken fest und streckte den Kopf unter das fließende Wasser. Roland hob Oy hoch und betrachtete dessen Wunden. Sie gerannen bereits. *Du hast großes Glück gehabt, mein pelziger Freund,* dachte er, dann griff er über Jake hinweg und schöpfte eine hohle Hand voll Wasser für das Tier. Oy trank gierig.

Als Jake vom Spülbecken zurückwich, klebte ihm das Haar am Kopf. Seine Haut war immer noch zu blaß und die Spuren der brutalen Schläge waren allzu deutlich, aber er sah besser aus als zu dem Augenblick, in dem Roland sich das erstemal über ihn gebeugt hatte. Einen schrecklichen Moment war der Revolvermann überzeugt gewesen, daß Jake tot war.

Er wünschte sich, er könnte hinausgehen und Schlitzer noch einmal töten, und das führte ihn zu einem anderen Gedanken.

»Was ist mit dem, den Schlitzer den Ticktackmann genannt hat? Hast du ihn gesehen, Jake?«

»Ja. Oy hat ihn angegriffen. Ihm das Gesicht zerrissen. Dann habe ich auf ihn geschossen.«

»Tot?«

Jakes Lippen fingen an zu zittern. Er kniff sie fest zusammen. »Ja. In die . . .« Er klopfte sich hoch über der rechten Augenbraue an die Stirn. »Ich hab' . . . ich hab' Glück gehabt.«

Roland sah ihn bewundernd an, dann schüttelte er langsam den Kopf. »Das glaube ich nicht. Aber das ist jetzt nicht so wichtig. Komm mit.«

»Wohin gehen wir?« Jakes Stimme war kaum mehr als ein heiseres Flüstern, und er sah ständig über Rolands Schulter zu dem Raum, in dem er fast gestorben wäre.

Roland deutete durch die Küche. Hinter einer zweiten Schleuse ging der Korridor weiter. »Das muß fürs erste genügen.«

»REVOLVERMANN«, dröhnte plötzlich eine Stimme von überall.

Roland wirbelte herum, hielt Oy in einem Arm und den anderen um Jake geschlungen, aber es war niemand da.

»Wer spricht zu mir?« rief er.

»NENNE DEINEN NAMEN, REVOLVERMANN.«

»Roland von Gilead, Sohn von Steven. Wer spricht zu mir?«

»GILEAD EXISTIERT NICHT MEHR«, stellte die Stimme fest, ohne auf die Frage einzugehen.

Roland sah auf und erblickte Muster konzentrischer Ringe an der Decke. Die Stimme kam von dort.

»SEIT FAST DREIHUNDERT JAHREN IST KEIN REVOLVERMANN MEHR DURCH INWELT ODER MITTWELT GEWANDERT.«

»Ich und meine Freunde sind die letzten.«

Jake nahm Roland Oy ab. Der Bumbler leckte dem Jungen sofort das geschwollene Gesicht; seine goldenen Augen drückten Bewunderung und Glück aus.

»Es ist Blaine«, flüsterte Jake Roland zu. »Oder nicht?«

Roland nickte. Natürlich war er das – aber er hatte eine Ahnung, als wäre Blaine viel mehr als nur eine Einschienenbahn.

»JUNGE! BIST DU JAKE VON NEW YORK?«

Jake drängte sich dichter an Roland und sah zu den Lautsprechern auf. »Ja«, sagte er. »Das bin ich. Jake von New York. Äh . . . Sohn von Elmer.«

»HAST DU DAS BUCH DER RÄTSEL NOCH? VON DEM MAN MIR BERICHTET HAT?«

Jake griff über die Schulter, und sein Gesicht nahm einen Ausdruck betroffener Erkenntnis an, als er nur den eigenen Rücken berührte. Als er Roland wieder ansah, hielt ihm der Revolvermann den Schulranzen hin, und obwohl das schmale, feingeschnittene Gesicht des Mannes so ausdruckslos wie eh und je war, spürte Jake den Hauch eines Lächelns um seine Mundwinkel spielen.

»Du mußt die Gurte richten«, sagte Roland, als Jake den Ranzen nahm. »Ich habe sie länger gemacht.«

»Aber *Ringelrätselreihen . . .*?«

Roland nickte. »Beide Bücher sind noch da.«

»WAS HAST DU DA, KLEINER PILGER?« erkundigte sich die Stimme im Plauderton.

»Donnerwetter!« sagte Jake.

Er kann uns sehen und hören, dachte Roland, und einen Moment später sah er ein kleines Glasauge in der Ecke. Er spürte, wie ihm Gänsehaut über den Rücken kroch, und erkannte am besorgten Ausdruck des Jungen und der Art, wie er Oy an sich drückte, daß er nicht allein mit seinem Unbehagen war. Die Stimme gehörte einer Maschine, einer unvorstellbar klugen Maschine, einer *verspielten* Maschine, aber dennoch stimmte etwas durch und durch nicht mit ihr.

»Das Buch«, sagte Jake. »Ich habe das Rätselbuch.«

»GUT.« Die Stimme drückte fast menschliche Zufriedenheit aus. »WIRKLICH AUSGEZEICHNET.«

Plötzlich tauchte ein zerlumpter, bärtiger Mann unter der Tür auf der anderen Seite der Küche auf. Ein blutiger, schmutziger gelber Seidenschal flatterte am Oberarm des Neuankömmlings. »Feuer in den Mauern!« schrie er. In seiner Panik schien er nicht zu bemerken, daß Roland und Jake nicht Teil seines kläglichen unterirdischen *Ka-tet* waren. »Rauch in den unteren Ebenen! Die Leute bringen sich gegenseitig um! Ist was schiefgegangen! Verdammt, *alles* ist schiefgegangen! Wir müssen ...«

Plötzlich klappte die Herdtür auf wie ein ausgerenkter Kiefer. Ein dicker Strahl blauweißen Feuers schoß heraus und hüllte den Kopf des zerlumpten Mannes ein. Er wurde zurückgeschleudert, seine Kleidung fing Feuer und die Gesichtshaut kochte.

Jake sah fassungslos und entsetzt zu Roland auf. Roland legte dem Jungen einen Arm um die Schultern.

»ER HAT MICH UNTERBROCHEN«, sagte die Stimme. »DAS WAR UNHÖFLICH, ODER NICHT?«

»Ja«, sagte Roland ruhig. »Überaus unhöflich.«

»SUSANNAH VON NEW YORK SAGT, DU KENNST EINE MENGE RÄTSEL AUSWENDIG, ROLAND VON GILEAD. STIMMT DAS?«

»Ja.«

In einem Raum des Korridors ertönte eine Explosion; der Boden bebte unter ihren Füßen, Stimmen brüllten einen panischen Chor. Die blinkenden Lichter und das endlose Plärren der Sirene wurden vorübergehend schwächer, fanden jedoch bald wieder zu alter Heftigkeit zurück. Ein bitteres, beißendes Rauchwölkchen drang aus den Lüftungsgittern. Oy bekam etwas davon ab und nieste.

»SAG MIR EINES DEINER RÄTSEL, REVOLVERMANN«, bat die Stimme. Sie klang gelassen und friedlich, als säßen sie irgendwo auf einem ruhigen Dorfplatz und nicht unter einer Stadt, die im Zusammenbrechen begriffen zu sein schien.

Roland dachte einen Moment nach, dann fiel ihm Cuthberts Lieblingsrätsel ein. »Na gut, Blaine«, sagte er, »das kann ich. Was ist besser als alle Götter und schlimmer als der alte Pferdefuß? Tote Menschen essen es immerzu; wenn lebende Menschen es essen, sterben sie langsam.«

Es folgte eine lange Pause. Jake vergrub das Gesicht in Oys Fell, um den Gestank des gegrillten Grauen nicht einatmen zu müssen.

»Sei vorsichtig, Revolvermann.« Die Stimme war so leise wie ein kühles Lüftchen am heißesten Sommertag. Die Stimme der Maschine war aus allen Lautsprechern gekommen, aber diese hier klang nur aus dem Lautsprecher direkt über ihnen. *»Sei vorsichtig, Jake von New York. Vergeßt nicht, dies sind die Drawers. Seid bedacht und sehr vorsichtig.«*

Jake sah den Revolvermann mit großen Augen an. Roland schüttelte fast unmerklich den Kopf und hob einen Finger. Es sah aus, als würde er sich an der Nase kratzen, aber der Finger lag auch auf seinen Lippen, und Jake wurde klar, daß Roland ihn damit aufforderte, den Mund zu halten.

»EIN KNIFFLIGES RÄTSEL«, sagte Blaine schließlich. Aufrichtige Bewunderung schien aus seiner Stimme zu sprechen. »DIE ANTWORT LAUTET: NICHTS. RICHTIG?«

»Richtig«, sagte Roland. »Du bist sehr klug, Blaine.«

Als die Stimme wieder sprach, hörte Roland, was Eddie schon gehört hatte: tiefempfundene, unersättliche Gier. »GIB MIR NOCH EINS.«

Roland holte tief Luft. »Nicht jetzt.«

»ICH HOFFE, DU SCHLÄGST MEINEN WUNSCH NICHT AB, ROLAND VON GILEAD, SOHN VON STEVEN. DENN DAS WÄRE AUCH UNHÖFLICH. *ÜBERAUS* UNHÖFLICH.«

»Bring uns zu unseren Freunden und hilf uns, Lud zu verlassen«, sagte Roland. »Dann könnte eine Zeit für Rätsel kommen.«

»ICH KÖNNTE EUCH TÖTEN, WO IHR SEID«, sagte die Stimme, die jetzt so kalt wie der dunkelste Wintertag war.

»Ja«, sagte Roland. »Das glaube ich dir aufs Wort. Aber die Rätsel würden mit uns sterben.«

»ICH KÖNNTE DAS BUCH DES JUNGEN NEHMEN.«

»Diebstahl ist noch unhöflicher als Ablehnung oder Unterbrechen«, bemerkte Roland. Er sagte es, als würde er sich lediglich die Zeit vertreiben, aber die verbliebenen Finger seiner rechten Hand umklammerten Jakes Schulter fest.

»Außerdem«, sagte Jake und sah zum Lautsprecher an der Decke hinauf, »sind die Lösungen nicht in dem Buch. Diese Seiten sind herausgerissen worden.« Einer plötzlichen Eingebung folgend, tippte er sich an die Stirn. »Sie sind hier oben.«

»IHR SOLLTET NICHT VERGESSEN, DASS NIEMAND KLUGSCHEISSER LEIDEN KANN«, sagte Blaine. Eine weitere Explosion erfolgte, diese lauter und näher. Ein Lüftungsgitter wölbte sich nach außen und schoß dann durch die Küche wie ein Projektil. Einen Augenblick später kamen zwei Männer und eine Frau durch die Tür, die zur Behausung der Grauen führte. Der Revolvermann richtete den Revolver auf sie, ließ ihn aber wieder sinken, als er sah, daß sie durch die Küche in das angrenzende Silo liefen, ohne Roland und Jake auch nur eines Blickes zu würdigen. Roland fand, sie sahen wie Tiere aus, die vor einem Waldbrand flohen.

Eine Stahlplatte in der Decke glitt zurück und gab den Blick in ein dunkles Rechteck frei. Etwas Silbernes funkelte darin. Einige Augenblicke später sank eine etwa dreißig Zentimeter durchmessende Stahlkugel aus der Öffnung und schwebte in der Küche.

»FOLGT«, sagte Blaine tonlos.

»Wird sie uns zu Eddie und Susannah bringen?« fragte Jake hoffnungsvoll.

Blaine antwortete nur mit Schweigen ... aber als die Kugel den Korridor entlangschwebte, folgten Roland und Jake ihr.

38

Jake besaß keine klaren Erinnerungen an die darauffolgende Zeit, und das war wahrscheinlich barmherzig. Er hatte seine Welt, ein Jahr bevor neunhundert Menschen in einem kleinen südamerikanischen Land namens Guyana Selbstmord begingen, verlassen, aber er wußte von den gelegentlichen Todeswanderungen der Lemminge; und was sich in der einstürzenden unterirdischen Stadt der Grauen abspielte, war dem nicht unähnlich.

Es kam zu Explosionen, einige auf ihrer Ebene, aber die meisten tiefer; beißender Rauch drang manchmal aus den Lüftungsgittern, aber die meisten Ventilatoren funktionierten noch und verteilten alles, bevor es sich zu würgenden Wolken verdichten konnte. Feuer sahen sie nicht. Aber die Grauen verhielten sich, als wäre die Zeit der Apokalypse gekommen. Die meisten flohen mit Gesichtern, die leer vor Panik waren, aber viele hatten in den Fluren und angrenzenden Räumen, durch welche die Stahlkugel Roland und Jake führte, Selbstmord begangen. Einige hatten sich erschossen; viele hatten sich die Kehlen oder Pulsadern aufgeschlitzt; nur wenige schienen Gift geschluckt zu haben. Allen Gesichtern der Toten war derselbe Ausdruck unaussprechlichen Schreckens eigen. Jake konnte nur vage verstehen, was sie dazu getrieben hatte. Roland hatte eine bessere Ahnung, was mit ihnen geschehen war – ihrem Denkvermögen –, als die lange tote Stadt zuerst zum Leben erwachte und dann damit anfing, sich systematisch selbst zu zerstören. Und Roland wußte, daß Blaine dies absichtlich machte. Daß Blaine sie dazu trieb.

Sie duckten sich unter einem Mann durch, der an einem Heizrohr unter der Decke baumelte, und liefen hinter der schwebenden Stahlkugel her eine Treppe hinunter.

»Jake!« rief Roland. »Du hast mich gar nicht reingelassen, oder?«

Jake schüttelte den Kopf.

»Das habe ich mir gedacht. Es war Blaine.«

Sie kamen am unteren Ende der Treppe an und liefen durch einen schmalen Stahlkorridor auf eine Schleuse zu, wo die Worte ZUTRITT ALLERSTRENGSTENS VERBOTEN in den eckigen Buchstaben der Hochsprache aufgedruckt waren.

»*Ist* es Blaine?« fragte Jake.

»Ja – der Name ist so gut wie jeder andere.«

»Was ist mit der anderen St ...«

»Psst!« sagte Roland grimmig.

Die Stahlkugel verweilte vor der Schleuse. Das Rad drehte sich, die Tür schwang auf. Roland zog sie ganz auf, und sie betraten einen riesigen unterirdischen Raum, der sich in drei Richtungen erstreckte, soweit das Auge reichte. Er war voll von scheinbar endlosen Fluren mit Kontrollkonsolen und elektronischer Ausrüstung. Die meisten Konsolen waren dunkel und tot, aber als Roland und Jake unter der Tür standen und sich mit großen Augen umsahen, konnten sie Kontrollichter aufblinken sehen und Maschinen anspringen hören.

»Der Ticktackmann hat gesagt, es gibt tausende Computer«, sagte Jake. »Sieht so aus, als hätte er damit recht gehabt. Mein Gott, sieh dir das an!«

Roland verstand das Wort nicht, das Jake benützt hatte, daher sagte er nichts. Er sah nur zu, wie eine Konsole nach der anderen aufleuchtete. Ein Funkenschauer und eine kurze grüne Feuerzunge stiegen von einer der Konsolen auf, als ein uraltes Teil der Ausrüstung durchschmorte.

Der größte Teil der Maschinen schien jedoch einwandfrei zu funktionieren. Nadeln, die sich seit Jahrhunderten nicht bewegt hatten, schnellten plötzlich in den grünen Bereich. Riesige Aluminiumzylinder drehten sich und schütteten auf Silikonchips gespeicherte Daten in Erinnerungsspeicher, die wieder betriebsbereit waren und auf Input warteten. Digitale Anzeigen, die vom durchschnittlichen Druck des Stausees in der West-Fluß-Baronie bis zur abrufbereiten Strommenge im Kernkraftwerk des Send-Beckens alles anzeigten, leuchteten als brillante Pünktchenmatrizen in Rot und Grün auf. An der Decke flammten ganze Reihen Leuchtkugeln auf und erstrahlten wie gleißende Speichen. Und von unten, oben, überall ringsum ertönte das tiefe Summen der Generatoren und Maschinen, die aus ihrem langen Schlaf erwachten.

Jake hatte schlimm zu zittern angefangen. Roland nahm ihn wieder in die Arme und folgte der Stahlkugel an Maschinen vorbei, deren Funktion und Zweck er nicht einmal ahnen konnte. Oy folgte ihm auf den Fersen. Die Kugel schwenkte nach links, und der Gang, in den sie jetzt kamen, verlief zwischen Fernsehmonitoren, die zu Tausenden wie Bauklötze eines Kindes aufgestapelt waren.

Das würde meinem Dad gefallen, dachte Jake.

Einige Abschnitte dieser unermeßlichen Videoarkade waren immer noch dunkel, aber viele Bildschirme waren eingeschaltet. Sie zeigten ober- wie unterirdisch eine Stadt im Chaos. Pubes rannten ziellos in Gruppen herum, rissen die Augen auf und bewegten stumm die Münder. Viele sprangen von hohen Gebäuden. Jake sah voll Grauen, daß sich Hunderte auf der Brücke über den Send versammelt hatten und sich in den Fluß stürzten. Andere Bildschirme zeigten riesige Säle voller Feldbetten – Schlafsäle. Einige dieser Säle standen in Flammen, aber die panikerfüllten Grauen schienen das Feuer selbst zu legen – sie zündeten aus Gott allein bekannten Gründen ihre eigenen Matratzen und Möbelstücke an.

Ein Monitor zeigte einen hünenhaften Koloß, der Männer und Frauen in eine – wie es aussah – blutbespritzte Saftpresse warf. Das war schlimm, aber es kam noch schlimmer: Die Opfer standen in einer ordentlichen Schlange und warteten geduldig, bis sie an der Reihe waren. Der Henker, der einen gelben Seidenschal, dessen Zipfel wie Zöpfe an seinen Ohren baumelten, eng um den Kopf geschlungen hatte, packte eine alte Frau, hob sie hoch und wartete geduldig, bis der Stahlklotz der Presse in die Höhe gefahren war, damit er sie hineinwerfen konnte. Die alte Frau wehrte sich nicht; sie schien im Gegenteil sogar zu *lächeln.*

»IN DEN ZIMMERN KOMMEN UND GEHEN DIE MENSCHEN«, sagte Blaine, »ABER ICH GLAUBE NICHT, DASS WELCHE VON MICHELANGELO SPRECHEN.« Plötzlich lachte er – ein seltsames, kicherndes Lachen, das sich anhörte, als würden Ratten über Glasscherben wuseln. Jake bekam eine Gänsehaut, als er es hörte. Er wollte überhaupt nichts mit einer Intelligenz zu tun haben, die so lachte ... aber hatte er eine andere Wahl?

Er richtete den Blick hilflos auf die Monitoren zurück ... und Roland drehte ihm den Kopf auf der Stelle wieder weg. Er machte es sanft, aber bestimmt. »Das alles mußt du dir nicht ansehen, Jake«, sagte er.

»Aber warum machen sie das?« fragte Jake. Er hatte den ganzen Tag nichts gegessen, trotzdem war ihm zum Kotzen zumute. *»Warum?«*

»Weil sie Angst haben und Blaine ihre Angst schürt. Aber ich glaube, der eigentliche Grund ist, daß sie zu lange in den Friedhöfen ihrer Großväter gelebt und es satt haben. Und bevor du sie bedauerst, bedenke, wie gern sie dich mit auf die Lichtung genommen hätten, wo der Pfad endet.«

Die Stahlkugel schoß wieder um eine Kurve und ließ die Bildschirme und elektronischen Überwachungseinrichtungen zurück. Vor ihnen war ein breites Band einer synthetischen Substanz in den Boden eingelassen. Dieses glänzte wie nasser Teer zwischen zwei schmalen Streifen Chromstahl, die in einem Punkt zusammenliefen, der sich nicht am anderen Ende des Saals befand, sondern an dessen Horizont.

Die Kugel hüpfte ungeduldig über dem dunklen Streifen, und plötzlich setzte sich das Transportband – denn darum handelte es sich – stumm in Bewegung und glitt nun in Laufschrittgeschwindigkeit zwischen den Stahlfassungen. Die Kugel beschrieb kleine Bögen in der Luft und drängte die beiden aufzusteigen.

Roland lief neben dem Transportband her, bis er ungefähr dessen Geschwindigkeit hatte, dann sprang er auf. Er ließ Jake herunter, dann wurden alle drei – Revolvermann, Junge und der Bumbler mit goldenen Augen – rasch über die schattige unterirdische Ebene befördert, wo uralte Maschinen zum Leben erwachten. Das Band brachte sie in ein Gebiet, das von Aktenschränken beherrscht zu sein schien – Reihe um endlose Reihe. Diese waren dunkel ... aber nicht tot. Ein leises, schläfriges Summen ging von ihnen aus, und Jake konnte haarfeine Fugen hellgelben Lichts zwischen den Stahlpaneelen leuchten sehen.

Plötzlich mußte er an den Ticktackmann denken.

Tausende, vielleicht Hunderttausende von diesen beschissenen dipolaren Computern unter der Scheißstadt! Ich will *diese Computer!*

Nun, dachte Jake, *sie wachen auf, also hast du wohl bekommen, was du wolltest, Ticky ... aber ich bin nicht sicher, ob du sie noch wollen würdest, wenn du hier wärst.*

Dann erinnerte er sich an Ticktacks Urgroßvater, der tapfer genug gewesen war, ein Flugzeug aus einer anderen Welt zu besteigen und damit in den Himmel zu starten. Da solches Blut in seinen Adern floß, ging Jake davon aus, daß Ticktack sich nicht vor Angst in den Selbstmord hätte treiben lassen, sondern von dieser Wendung der Ereignisse begeistert gewesen wäre ... und je mehr Menschen sich vor Grauen selbst umbrachten, desto größer wäre seine Freude gewesen.

Zu spät, Ticky, dachte er. *Gott sei Dank.*

Roland sprach mit leiser, staunender Stimme. »Die vielen Kästen ... ich glaube, wir fahren durch den Verstand des Dinges, das sich Blaine nennt, Jake. *Ich glaube, wir fahren durch seinen Verstand!«*

Jake nickte und mußte an seinen Abschlußaufsatz denken: »Blaine the Brain ist die Pein.« Er sah Roland durchdringend an. »Kommen wir dort heraus, wo ich glaube?«

»Ja«, sagte Roland. »Wenn wir immer noch dem Pfad des Balkens folgen, kommen wir in der Krippe heraus.«

Jake nickte. »Roland?«

»Was?«

»Danke, daß du mich geholt hast.«

Roland nickte und legte Jake einen Arm um die Schultern.

Weit vor ihnen sprangen dröhnend gewaltige Motoren an. Einen Augenblick später setzte ein lautes Knirschen ein, und neues Licht – das grelle Leuchten orangefarbener Natriumdampflampen – strahlte auf sie herab. Jetzt konnte Jake die Stelle sehen, wo das Transportband aufhörte. Dort befand sich eine steile, schmale Rolltreppe, die in dieses orangefarbene Licht hinaufführte.

39

Eddie und Susannah hörten, wie fast direkt unter ihnen schwere Motoren ansprangen. Einen Augenblick später tat sich langsam ein breiter Streifen des Marmorbodens auf und offenbarte einen langen, beleuchteten Spalt darunter. Eddie packte die Griffe von Susannahs Rollstuhl und schob ihn hastig an der Stahlbarriere zwischen dem Bahnsteig des Mono und dem Rest der Krippe dahin. In der Bahn des wachsenden erleuchteten Rechtecks befanden sich mehrere Säulen, und Eddie wartete darauf, daß sie in das Loch stürzen würden, wenn der Boden unter ihren Sockeln verschwand. Aber soweit kam es nicht. Die Säulen blieben felsenfest und schienen im Nichts zu stehen.

»Ich sehe eine Rolltreppe!« rief Susannah über das endlose Heulen der Sirene hinweg. Sie beugte sich nach vorne und sah in das Loch.

»Hm-hmm«, rief Eddie zurück. »Wir haben die Hochbahnhaltestelle hier oben, also muß das da unten Parfum, Galanteriewaren und Damenkonfektion sein.«

»Was?«

»Vergiß es.«

»Eddie!« schrie Susannah. Freudige Überraschung leuchtete auf ihrem Gesicht wie das Feuerwerk am vierten Juli. Sie beugte sich noch weiter vor, deutete mit dem Finger, und Eddie mußte sie festhalten, damit sie nicht aus dem Stuhl kippte. *»Es ist Roland! Sie sind es alle beide!«*

Ein polterndes Beben war zu spüren, als sich der Boden zu maximaler Länge aufgetan hatte und einrastete. Die Motoren, die ihn auf unsichtbaren Schienen transportiert hatten, erstarben winselnd. Eddie lief zum Rand des Lochs und sah Roland auf einer Stufe der Rolltreppe stehen. Jake – blaß, geprügelt, blutig, aber eindeutig Jake und eindeutig am Leben – stand neben ihm und lehnte an der Schulter des Revolvermannes. Und auf der Stufe direkt dahinter saß Oy und sah mit seinen goldumrandeten Augen auf.

»Roland! Jake!« rief Eddie. Er sprang hoch, schwenkte die Arme über dem Kopf und landete tanzend am Rand der Öffnung. Hätte er einen Hut getragen, hätte er ihn in die Luft geworfen.

Sie sahen hoch und winkten. Jake grinste, erblickte Eddie, und selbst der alte Lange, Große und Häßliche sah aus, als würde er gleich klein beigeben und sich ein Lächeln abquälen. Die Wunder, dachte Eddie, hören nie auf. Plötzlich schien sein Herz zu groß für die Brust zu sein, und er tanzte schneller, ruderte mit den Armen, johlte und fürchtete, wenn er nicht in Bewegung blieb, würde er vor Freude und Erleichterung tatsächlich platzen. Bis zu diesem Augenblick war ihm nicht klar gewesen, wie stark seine Überzeugung geworden war, daß sie Roland und Jake nie wiedersehen würden.

»He, Jungs! Echt SUPER! Total geil! Macht, daß ihr hier raufkommt!«

»Eddie, hilf mir!«

Er drehte sich um. Susannah versuchte, sich aus dem Rollstuhl zu winden, aber eine Falte der Wildlederhose, die sie trug, hatte sich im Bremsmechanismus verfangen. Sie lachte und weinte gleichzeitig, und ihre dunklen Augen strahlten vor Glück. Eddie riß sie so ungestüm aus dem Stuhl, daß dieser krachend umkippte. Er tanzte mit ihr im Kreis herum. Sie klammerte sich mit einer Hand an seinem Hals fest und winkte unablässig mit der anderen.

»Roland! Jake! Kommt hier rauf! Laßt knacken, habt ihr mich verstanden?«

Als sie oben ankamen, umarmte Eddie Roland und schlug ihm auf den Rücken, während Susannah Jakes lachendes Gesicht mit Küssen bedeckte. Oy lief in engen Achten herum und bellte schrill.

»Süßer!« sagte Susannah. »Alles in Ordnung?«

»Ja«, sagte Jake. Er grinste immer noch, aber es standen Tränen in seinen Augen. »Und ich bin froh, hier zu sein. Du wirst nie erfahren, wie froh.«

»Ich kann es mir denken, Süßer. *Das* kannste mir glauben.« Sie drehte sich zu Roland um. »Was haben sie mit ihm gemacht? Sein Gesicht sieht aus, als wär jemand mit dem Traktor drübergefahren.«

»Das war fast ausschließlich Schlitzer«, sagte Roland. »Aber er wird Jake nicht mehr quälen. Und sonst auch niemanden.«

»Was ist mit dir, großer Junge? Alles klar?«

Roland nickte und sah sich um. »Das ist also die Krippe?«

»Ja«, sagte Eddie. Er sah in den Spalt. »Was ist da unten?«

»Maschinen und Wahnsinn.«

»Redselig wie immer, wie ich sehe.« Eddie sah Roland lächelnd an. »Weißt du, wie froh ich bin, dich zu sehen? Hast du eine Ahnung?«

»Ja – ich glaube doch.« Dann lächelte Roland, weil er daran dachte, wie sich Menschen verändern konnten. Der Tag lag noch gar nicht lange zurück, da hatte Eddie Roland mit seinem eigenen Messer die Kehle durchschneiden wollen.

Die Motoren unter ihnen sprangen wieder an. Die Rolltreppe kam zum Stillstand. Der Spalt im Boden schloß sich wieder. Jake ging zu Susannahs umgestürztem Rollstuhl, und als er ihn aufstellte, sah er die stromlinienförmige rosa Gestalt hinter der Barriere. Sein Atem stockte, und der Traum, den er gehabt hatte, nachdem sie River Crossing verlassen hatten, fiel ihm mit voller Wucht wieder ein: die riesige rosa Projektilform, die über das Land des westlichen Missouri auf ihn und Oy zugerast kam. Zwei große dreieckige Fenster, die hoch oben am leeren Gesicht des Monsters funkelten, Fenster wie Augen ... und jetzt wurde sein Traum Wirklichkeit; er hatte es immer gewußt.

Er ist nur ein schrecklicher Tschuff-tschuff-Zug, und sein Name ist Blaine, die Pein.

Eddie kam herüber und legte Jake einen Arm um die Schultern. »Tja, Kumpel, da ist er – genau wie in der Werbung. Was hältst du davon?«

»Eigentlich nicht allzuviel.« Das war eine Untertreibung kolossalen Ausmaßes, aber Jake war zu ausgelaugt für etwas Besseres.

»Ich auch nicht«, sagte Eddie. »Er spricht. Und er steht auf Rätsel.«

Jake nickte.

Roland hatte sich Susannah auf die Hüften gestemmt; gemeinsam betrachteten sie das Kontrollkästchen mit seinem Rautenmuster von Zahlen. Jake und Eddie gesellten sich dazu. Eddie mußte immer wieder zu Jake hinuntersehen, um sich zu überzeugen, daß er nicht nur Einbildung oder Wunschdenken zum Opfer fiel: Der Junge war tatsächlich da.

»Was jetzt?« fragte Roland.

Roland strich mit den Fingern behutsam über die Knöpfe mit den Zahlen darauf, die die Raute bildeten, und schüttelte den Kopf. Er wußte es nicht.

»Ich glaube, die Motoren des Mono laufen schneller«, sagte Eddie. »Ich meine, wegen der Sirene ist es kaum zu hören; aber ich denke, es stimmt . . . und immerhin ist er ein Roboter. Was ist, wenn er ohne uns abfährt?«

»Blaine!« rief Susannah. »Blaine, bist du . . .«

»HÖRT GUT ZU, MEINE FREUNDE«, dröhnte Blaines Stimme. »UNTER DER STADT BEFINDET SICH EIN GROSSER VORRAT AN KANISTERN ZUR CHEMISCHEN UND BIOLOGISCHEN KRIEGFÜHRUNG. ICH HABE EIN PROGRAMM IN GANG GESETZT, DAS EINE EXPLOSION AUSLÖST UND DIESES GAS FREISETZT. DIESE EXPLOSION FINDET IN ZWÖLF MINUTEN STATT.«

Die Stimme verstummte einen Moment, dann meldete sich die des kleinen Blaine zu Wort, die im Heulen der Sirene fast unterging: *». . . ich habe befürchtet, daß so etwas geschehen würde . . . ihr müßt euch beeilen . . .«*

Eddie achtete nicht auf den kleinen Blaine, der ihnen nichts gesagt hatte, was sie nicht ohnehin schon wußten. *Selbstverständlich* mußten sie sich beeilen, aber momentan beschäftigte ihn etwas viel Wichtigeres. *»Warum?«* fragte er. »Warum, in Gottes Namen, hast du das getan?«

»ICH DENKE, DAS LIEGT AUF DER HAND. ICH KANN DIE STADT NICHT MIT ATOMWAFFEN BOMBARDIEREN, OHNE AUCH MICH SELBST ZU VERNICHTEN. UND WIE SOLLTE ICH EUCH ZU EUREM ZIEL BRINGEN, WENN ICH SELBST ZERSTÖRT BIN?«

»Aber es sind noch Tausende von Menschen in der Stadt«, sagte Eddie. »Du *tötest* sie.«

»JA«, sagte Blaine gelassen. »SEE YOU LATER ALLIGATOR, AFTER A WHILE CROCODILE, VERGISS NICHT ZU SCHREIBEN.«

»Warum?« schrie Susannah. *»Warum,* gottverdammt?«

»WEIL SIE MICH LANGWEILEN. EUCH VIER DAGEGEN FINDE ICH EINIGERMASSEN INTERESSANT. *WIE LANGE* ICH EUCH INTERESSANT FINDE, HÄNGT SELBSTVERSTÄNDLICH GANZ DAVON AB, WIE GUT EURE RÄTSEL SIND. UND DA WIR GERADE

VON RÄTSELN SPRECHEN, SOLLTET IHR EUCH NICHT LIEBER DARAN MACHEN, MEINS ZU LÖSEN? IHR HABT NOCH GENAU ELF MINUTEN UND ZWANZIG SEKUNDEN, BIS DIE KANISTER ZERSTÖRT WERDEN.«

»Hör auf damit!« schrie Jake über das Plärren der Sirene hinweg. »Es geht nicht nur um die Stadt – das Gas könnte *überall* hingetrieben werden! Es könnte sogar die alten Leute in River Crossing töten!«

»JAMMERSCHADE SPRACH DIE MADE«, antwortete Blaine gefühllos. »ABER ICH GLAUBE, DIE KÖNNEN IHR LEBEN NOCH EIN PAAR JAHRE AN DEN FINGERN ABZÄHLEN; DIE HERBSTSTÜRME HABEN EINGESETZT, UND DIE WINDBÖEN WERDEN DAS GAS VON IHNEN FORTWEHEN. DIE SITUATION VON EUCH VIEREN IST DAGEGEN GANZ ANDERS. IHR SOLLTET BESSER EURE DENKERKAPPEN AUFSETZEN, SONST HEISST ES: SEE YOU LATER ALLIGATOR, AFTER A WHILE CROCODILE, VERGISS NICHT ZU SCHREIBEN.« Die Stimme machte eine Pause. »NOCH EINE ZUSÄTZLICHE INFORMATION: DIESES GAS IST *NICHT* SCHMERZLOS.«

»Mach es rückgängig!« sagte Jake. »Wir sagen dir die Rätsel trotzdem, Roland, oder nicht? Wir geben dir soviel Rätsel auf, wie du willst! *Aber mach es rückgängig!«*

Blaine fing an zu lachen. Er lachte lange Zeit und brüllte sein Kreischen elektronischer Heiterkeit in den weiten, leeren Raum der Krippe, wo es eins wurde mit dem monotonen, durchdringenden Heulen der Alarmsirenen.

»Aufhören!« brüllte Susannah. »Aufhören! Aufhören! *Aufhören!«*

Blaine gehorchte. Einen Moment später verstummte der Alarm mitten im Heulen. Die eintretende Stille – die nur vom prasselnden Regen unterbrochen wurde – war ohrenbetäubend.

Jetzt war die Stimme, die aus dem Lautsprecher drang, sehr leise, nachdenklich und vollkommen unbarmherzig. »IHR HABT NOCH ZEHN MINUTEN«, sagte Blaine. »MAL SEHEN, WIE INTERESSANT IHR WIRKLICH SEID.«

40

»Andrew.«

Hier ist kein Andrew, Fremder, dachte er. *Andrew ist schon lange fort; Andrew ist nicht mehr, wie ich bald nicht mehr sein werde.*

»Andrew!« beharrte die Stimme.

Sie kam von weit weg. Sie kam von außerhalb der Apfelpresse, die einmal sein Kopf gewesen war.

Es *hatte* einmal einen Jungen namens Andrew gegeben, und dessen

Vater hatte den Jungen zu einem Park an der fernen Westseite von Lud mitgenommen, wo es Apfelbäume und einen rostigen Blechschuppen gab, der aussah wie die Hölle und roch wie der Himmel. Als Antwort auf seine Frage hatte Andrews Vater ihm gesagt, daß dies das Ziderhaus war. Dann hatte er Andrew einen Klaps auf den Kopf gegeben, ihm gesagt, er solle keine Angst haben, und ihn durch die Tür geführt, vor der eine Decke hing.

Drinnen standen Unmengen Äpfel in Körben an den Wänden, und dort hielt sich auch ein dürrer alter Mann namens Dewlap auf, dessen Muskeln sich unter der weißen Haut wanden wie Würmer und dessen Aufgabe darin bestand, die Äpfel Korb für Korb in die scheppernde Maschine zu schütten, die mitten in der Hütte stand. Süßer Apfelwein – Zider – kam aus einem Rohr am anderen Ende der Maschine. Dort stand ein anderer Mann (an dessen Namen er sich nicht mehr erinnern konnte), dessen Aufgabe es war, den Zider in Krüge zu füllen. Hinter *dem* wiederum stand ein dritter Mann, und *dessen* Aufgabe war, dem Abfüller eins auf den Kopf zu hauen, wenn dieser zuviel verschüttete.

Der Vater hatte Andrew ein Glas schäumenden Apfelwein gegeben, und obwohl er in diesem Jahr in der Stadt eine Menge Köstlichkeiten gekostet hatte, war ihm nie etwas Besseres untergekommen als dieses süße, kalte Getränk. Es war, als hätte er eine Bö Oktoberwind getrunken. Aber am deutlichsten, deutlicher als an den Geschmack des Apfelweins und Dewlaps wurmartige Muskeln, erinnerte er sich daran, wie unbarmherzig die Maschine die großen, rotgoldenen Äpfel zu Flüssigkeit zerstampft hatte. Zwei Dutzend Rollen hatten sie unter eine drehbare Stahlwalze befördert, in der sich Löcher befanden. Die Äpfel waren zuerst zusammengedrückt und dann buchstäblich zerquetscht worden; der Saft floß einen schrägen Trog hinab, ein Gitter fing Kerne und Fruchtfleisch auf.

Jetzt war sein Kopf diese Obstpresse, und sein Gehirn waren die Äpfel. Bald würde es zerquetscht werden, wie die Äpfel unter der Stahlwalze zerquetscht worden waren, und dann würde ihn gesegnete Dunkelheit verschlucken.

»Andrew! Heb den Kopf und sieh mich an.«

Er konnte es nicht ... und selbst wenn er gekonnt hätte, hätte er es nicht gewollt. Es war besser, einfach hier zu liegen und auf die Dunkelheit zu warten. Eigentlich sollte er sowieso tot sein; hatte ihm der teuflische Bengel nicht eine Kugel in den Kopf gejagt?

»Die ist nicht einmal in die Nähe deines Gehirns gekommen, und du stirbst nicht, du Pferdearsch. Du hast nur Kopfschmerzen. Du *wirst* aber sterben, wenn du weiterhin hier herumliegst und dich in deinem eigenen Blut wälzt ... und, Andrew, ich werde dafür sorgen, daß das, was du momentan empfindest, sich, verglichen mit deinem Tod, wie der reine Segen anfühlt.«

Nicht die Drohungen bewogen den Mann auf dem Boden, den Kopf zu heben, sondern die Tatsache, daß der Besitzer dieser durchdringenden, zischenden Stimme seine Gedanken gelesen zu haben schien. Er hob langsam den Kopf, und die Schmerzen waren unerträglich – schwere Gegenstände schienen in dem Knochengehäuse herumzupurzeln, in dem sich der Rest seines Denkvermögens befand, und dabei blutige Spuren durch sein Gehirn zu ziehen. Ein langgezogenes, siruppartiges Stöhnen entrang sich ihm. Er hatte ein flatterndes, kitzelndes Gefühl an der rechten Wange, als würden dort ein Dutzend Fliegen im Blut krabbeln. Er wollte sie wegscheuchen, wußte aber, er brauchte beide Hände dazu, sich zu stützen.

Die Gestalt, die auf der anderen Seite des Raums bei der Schleuse zur Küche stand, sah geisterhaft, unwirklich aus. Das lag teilweise daran, daß die Deckenbeleuchtung immer noch flackerte, teilweise weil er den Neuankömmling nur mit einem Auge sah (er konnte sich nicht erinnern, was mit dem anderen passiert war, und wollte es auch nicht), aber größtenteils daran, daß das Geschöpf geisterhaft und unwirklich *war*. Es sah wie ein Mensch aus ... aber der Mann, der einmal Andrew Quick gewesen war, hatte so eine Ahnung, daß es ganz und gar kein Mensch war.

Der Fremde vor ihm trug eine kurze, dunkle Jacke mit einem Gürtel an der Taille, verblaßte Jeans und alte, staubige Stiefel – die Stiefel eines Landarbeiters oder Rangers oder ...

»Oder eines Revolvermanns, Andrew?« fragte der Fremde und kicherte.

Der Ticktackmann betrachtete die Gestalt unter der Tür verzweifelt und versuchte, das Gesicht zu erkennen, aber die kurze Jacke hatte eine Kapuze, die hochgeklappt war. Das Antlitz des Fremden blieb im Schatten verborgen.

Die Sirene stellte ihr Heulen ein. Die Alarmlichter blieben eingeschaltet, hörten aber wenigstens auf zu blinken.

»Na also«, sagte der Fremde mit seiner flüsternden, durchdringenden Stimme. »Wenigstens können wir uns jetzt denken hören.«

»Wer bist du?« fragte der Ticktackmann. Er bewegte sich wieder, worauf erneut Gewichte durch seinen Schädel polterten und frische Bahnen in sein Gehirn rissen. So schrecklich dieses Gefühl war, das gräßliche Kribbeln der Fliegen auf der rechten Wange war schlimmer.

»Ich bin ein Mann mit vielen Namen, Partner«, sagte der Mann aus der Dunkelheit unter seiner Kapuze, und obwohl seine Stimme ernst war, hörte Ticktack Gelächter dicht unter der Oberfläche brodeln. »Manche nennen mich Jimmy, manche nennen mich Timmy; manche nennen mich Handy, manche nennen mich Dandy. Wie man mich ruft, das ist mir egal; Hauptsache, man ruft mich nicht zu spät zum Mahl.«

Die Gestalt unter der Tür warf den Kopf zurück, und ihr Gelächter zauberte Gänsehaut auf Arme und Rücken des verwundeten Ticktackmannes; es hörte sich an wie das Heulen eines Wolfs.

»Man hat mich den Zeitlosen Fremden genannt«, sagte der Mann. Er ging auf Ticktack zu, worauf dieser am Boden stöhnte und versuchte, von ihm weg zu kriechen. »Man hat mich auch Merlin oder Maerlyn genannt – aber wen kümmert das, denn *der* bin ich nie gewesen, auch wenn ich es nie bestritten habe. Manchmal nennt man mich den Magier ... oder den Zauberer ... aber ich hoffe, wir können uns auf eine freundschaftlichere Anrede verständigen, Andrew. Eine *menschlichere* Anrede.«

Er stieß die Kapuze zurück und enthüllte ein helles Gesicht mit breiter Stirn, das trotz seines freundlichen Aussehens in keiner Weise menschlich war. Große, hektische Rosen erblühten auf den Wangen des Zauberers; in den blaugrünen Augen funkelte eine zügellose Freude, die so wild war, daß sie nicht normal sein konnte; das blauschwarze Haar stand in zerzausten Strähnen ab wie das Gefieder eines Raben; die üppigen roten Lippen teilten sich und entblößten die Zähne eines Kannibalen.

»Nenn mich Fannin«, sagte die grinsende Erscheinung. »Richard Fannin. Das stimmt nicht *genau*, aber ich denke, für die Regierungsarbeit wird es genügen.« Er streckte eine Hand aus, deren Handfläche überhaupt keine Linien aufwies. »Was meinst du, Partner? Schüttle die Hand, die die Welt erschütterte.«

Das Geschöpf, das einmal Andrew Quick gewesen und in den Sälen der Grauen als Ticktackmann bekannt gewesen war, kreischte erneut und versuchte, rückwärts zu kriechen. Der Hautlappen, abgeschält von der Kugel, welche den Kopf nur gestreift hatte, statt ihn zu durchbohren, schwang hin und her; die langen Strähnen graublonden Haars kitzelten Ticktack weiter an der Wange. Aber Quick spürte es nicht mehr. Er hatte sogar die Kopfschmerzen und das Pochen in der Höhle vergessen, wo sein linkes Auge gewesen war. Sein gesamtes Bewußtsein war auf einen einzigen Gedanken geschrumpft: *Ich muß fort von dieser Bestie, die wie ein Mensch aussieht.*

Aber als der Fremde seine Hand ergriff und schüttelte, verschwand dieser Gedanke wie ein Traum beim Erwachen. Der Schrei, der in Quicks Brust eingesperrt gewesen war, entrang sich ihm als Seufzen eines Liebhabers. Er sah benommen zu dem grinsenden Neuankömmling auf. Das lose Stück Kopfhaut schwang und baumelte.

»Stört dich das? Es *muß* dich ja stören. Hier!« Fannin ergriff das hängende Stück Haut, riß es ruckartig von Quicks Kopf und entblößte dabei ein bleiches Stück des Schädels. Ein Geräusch wie von reißendem Stoff war zu hören. Quick schrie.

»Aber, aber; es tut nur einen Augenblick weh.« Der Mann hockte jetzt vor Quick auf den Fersen und sprach zu ihm wie ein nachsichtiger Vater zu einem Kind, das einen Splitter im Finger hat. »Ist es nicht so?«

»J-j-ja«, murmelte Quick. Und es stimmte. Die Schmerzen ließen bereits nach. Und als Fannin die Hand wieder nach ihm ausstreckte und die linke Gesichtshälfte streichelte, war Quicks Zurückzucken nur ein Reflex, den er rasch unter Kontrolle brachte. Während die Hand ohne Linien ihn streichelte, spürte er, wie frische Kraft in ihn einströmte. Er sah voll dumpfer Dankbarkeit und mit zitternden Lippen zu dem Neuankömmling auf.

»So ist es besser, Andrew? Oder nicht?«

»Ja! Ja!«

»Wenn du mir danken willst – und ich bin ganz sicher, daß du das willst –, mußt du etwas sagen, das ein alter Bekannter von mir immer gesagt hat. Letztendlich hat er mich verraten, aber eine Zeitlang war er ein guter Freund, und ich halte sein Andenken immer noch im Herzen. Sag: ›Mein Leben für dich‹, Andrew – kannst du das sagen?«

Er konnte es, und er sagte es; es schien, als könnte er gar nicht mehr *aufhören*, es zu sagen. »Mein Leben für dich! Mein Leben für dich! Mein Leben ...«

Der Fremde berührte ihn wieder an der Wange, aber diesmal schoß ein Stromstoß unsäglicher Schmerzen durch Andrew Quicks Kopf. Er schrie.

»Tut mir leid, aber die Zeit ist knapp, und du hast dich angehört wie eine kaputte Schallplatte. Andrew, ich möchte dich gerne ohne Umschweife fragen: Würde es dir gefallen, den Bengel zu töten, der auf dich geschossen hat? Ganz zu schweigen von seinem hartgesottenen Freund, der ihn hierhergebracht hat – ihn am allermeisten. Sogar das Vieh, das dir das Auge ausgekratzt hat, Andrew – würde dir das gefallen?«

»Ja!« antwortete der ehemalige Ticktackmann. Er ballte die Hände zu blutigen Fäusten. *»Ja!«*

»Das ist gut«, sagte der Fremde und half Quick auf die Füße, »denn sie *müssen* sterben – sie mischen sich in Dinge ein, in die sie sich nicht einzumischen haben. Ich habe gedacht, daß Blaine sich ihrer annehmen würde, aber die Lage ist so außer Kontrolle geraten, daß man sich auf *nichts mehr* verlassen darf ... wer hätte schon gedacht, daß sie überhaupt so weit kommen würden?«

»Ich weiß nicht«, sagte Quick. Er hatte nicht die geringste Ahnung, wovon der Fremde redete. Und es war ihm auch einerlei; ein Hochgefühl strömte durch sein Denken wie eine erlesene Droge, und nach den Schmerzen der Apfelpresse genügte ihm das. Es genügte vollkommen.

Richard Fannin schürzte die Lippen. »Bär und Knochen ... Schlüssel und Rose ... Tag und Nacht ... Zeit und Gezeiten. *Genug!* Genug, sage ich! *Sie dürfen dem Turm nicht näher kommen!«*

Quick taumelte rückwärts, als der Mann die Hände so schnell wie ein Blitz ausstreckte. Eine zerriß die Kette mit der winzigen Pendeluhr im Glasgehäuse; die andere streifte ihm Jake Chambers' Seiko vom Unterarm.

»Die werde ich an mich nehmen, ja?« Fannin der Zauberer lächelte hinreißend, ließ die Lippen aber über den schrecklichen Zähnen. »Oder hast du Einwände?«

»Nein«, sagte Quick, der die letzten Symbole seiner langen Führerschaft ohne Widerstand aufgab (sogar ohne zu bemerken, daß er es tat). »Nur zu.«

»Danke, Andrew«, sagte der dunkle Mann leise. »Aber jetzt müssen wir uns sputen; ich rechne in den nächsten fünf Minuten oder so mit einer drastischen Veränderung der Atmosphäre dieser Umgebung. Bevor das geschieht, müssen wir beim nächsten Spind sein, wo Gasmasken aufbewahrt werden, und das dürfte knapp werden. Ich könnte die Veränderungen problemlos überleben, aber ich fürchte, du würdest Schwierigkeiten haben.«

»Ich verstehe nicht, wovon du redest«, sagte Andrew Quick. Sein Kopf hatte wieder zu pochen angefangen, und seine Gedanken kreisten.

»Das ist auch nicht nötig«, sagte der Fremde aalglatt. »Komm, Andrew – ich denke, wir sollten uns beeilen. Hektischer, hektischer Tag, was? Mit etwas Glück wird Blaine sie auf dem Bahnsteig rösten, wo sie zweifellos noch stehen – er ist im Lauf der Jahre recht exzentrisch geworden, der arme Kerl. Aber ich finde, wir sollten uns trotzdem beeilen.«

Er legte Quick einen Arm um die Schultern, führte ihn kichernd und raschen Schrittes durch die Schleuse, die Roland und Jake erst vor wenigen Minuten benützt hatten.

VI.
Das Rätsel und das Wüste Land

1

»Na gut«, sagte Roland. »Nennt mir dieses Rätsel.«

»Was ist mit den Menschen da draußen?« fragte Eddie und deutete über den weiten Säulenvorplatz der Krippe und die Stadt dahinter. »Was können wir für sie tun?«

»Nichts«, sagte Roland, »aber es ist noch möglich, daß wir etwas für uns tun. Was war das für ein Rätsel?«

Eddie sah zur Stromlinienform des Mono. »Er sagte, wir müßten seine Pumpe zum Laufen bringen – *prime his pump* –, damit er fährt. Aber seine Pumpe läuft rückwärts. Sagt dir das was?«

Roland dachte gründlich darüber nach, dann schüttelte er den Kopf. Er sah zu Jake hinab. »Vorschläge, Jake?«

Jake schüttelte den Kopf. »Ich *sehe* nicht mal eine Pumpe.«

»Das ist wahrscheinlich der einfache Teil«, sagte Roland. »Wir sprechen von *ihm,* weil Blaine sich wie ein Lebewesen benimmt, aber er ist dennoch eine Maschine – eine hochentwickelte zwar, aber dennoch eine Maschine. Er hat seine Motoren angelassen, aber es muß ein Kode erforderlich sein, das Tor und die Zugtüren zu öffnen.«

»Wir sollten uns lieber beeilen«, sagte Jake nervös. »Es müssen zwei oder drei Minuten vergangen sein, seit er zuletzt mit uns gesprochen hat. Mindestens.«

»Verlaß dich nicht darauf«, sagte Eddie düster. »Die Zeit ist hier aus den Fugen.«

»Trotzdem . . .«

»Ja, ja.« Eddie sah zu Susannah, aber die saß auf Rolands Hüfte und betrachtete die Zahlenraute mit einem verträumten Gesichtsausdruck. Er sah wieder zu Roland. »Ich bin ziemlich sicher, daß du recht hast und es sich um eine Kombination handeln muß – die mit Hilfe dieser Zahlenknöpfe hier eingegeben wird.« Er sprach lauter. »Ist es so, Blaine? Haben wir zumindest das begriffen?«

Keine Antwort; nur das rasche Dröhnen der Motoren des Mono.

»Roland«, sagte Susannah plötzlich. »Du mußt mir helfen.«

Der verträumte Ausdruck wich einer Mischung aus Entsetzen, Mißfallen und Entschlossenheit. Roland fand, sie hatte noch nie schöner ausgesehen ... oder einsamer. Sie hatte auf seinen Schultern gesessen, als sie am Rand der Lichtung standen und der Bär versucht hatte, Eddie vom Baum zu holen, und Roland hatte ihren Gesichtsausdruck nicht gesehen, als er ihr sagte, daß sie den Bären erschießen mußte. Aber er wußte, wie dieser Ausdruck ausgesehen haben mußte, denn er sah ihn jetzt. *Ka* war ein Rad, dessen einziger Zweck war, sich zu drehen, und letztendlich kam es immer wieder zu der Stelle, wo es angefangen hatte. So war es immer gewesen, und so war es jetzt. Susannah stand wieder dem Bären gegenüber, und ihr Gesicht verriet, daß sie es wußte.

»Was?« fragte er. »Was ist, Susannah?«

»Ich kenne die Antwort, aber ich komm nicht ran. Sie steckt in meinem Kopf, wie eine Fischgräte im Hals steckenbleiben kann. Ich brauche dich, damit ich mich erinnere. Nicht an sein Gesicht, sondern an seine Stimme. An das, was er *gesagt* hat.«

Jake sah zu seinem Handgelenk und wurde wieder von einer Erinnerung an die katzenartigen grünen Augen des Ticktackmannes überrascht, als er nicht seine Uhr sah, sondern nur die Stelle, wo sie gewesen war – ein weißer Umriß auf seiner braunen Haut. Wieviel Zeit hatten sie noch? Sicher nicht mehr als sieben Minuten, und das war eine großzügige Schätzung. Er sah auf und stellte fest, daß Roland eine Patrone aus dem Gürtel geholt hatte und sie zwischen den Knöcheln der linken Hand wandern ließ. Jake spürte sofort, wie seine Lider schwer wurden, und sah rasch weg.

»An welche Stimme möchtest du dich erinnern, Susannah Dean?« fragte Roland mit leiser, versonnener Stimme. Sein Blick war nicht auf ihr Gesicht gerichtet, sondern auf die Patrone, die ihren endlosen Tanz über seine Knöchel vollführte ... und zurück ... darüber ... und zurück ...

Er mußte nicht aufschauen, um zu wissen, daß sich Jake vom Tanz der Patrone abgewandt hatte, Susannah aber nicht. Er beschleunigte den Vorgang, bis die Patrone fast über seinen Handrücken zu schweben schien.

»Hilf mir, mich an die Stimme meines Vaters zu erinnern«, sagte Susannah Dean.

2

Einen Augenblick herrschte Stille, abgesehen vom Klang einer Explosion in der Stadt, dem Regen, der auf das Dach der Krippe prasselte, und dem hallenden Dröhnen der Motoren der Einschienenbahn. Dann schnitt ein tiefes hydraulisches Summen durch die Luft. Eddie sah von der Patrone weg, die über die Finger des Revolvermannes tanzte (was ihn einige Anstrengung kostete; er stellte fest, daß er in wenigen Augenblicken selbst hypnotisiert gewesen wäre) und spähte zwischen den Gitterstäben hindurch. Ein schlanker Silberstab fuhr zwischen Blaines Fenstern aus der gekrümmten rosa Oberfläche aus. Es schien sich um eine Art Antenne zu handeln.

»Susannah?« fragte Roland mit derselben tiefen, leisen Stimme.

»Was?« Sie hatte die Augen offen, aber ihre Stimme klang distanziert und verträumt – die Stimme von jemand, der im Schlaf spricht.

»Erinnerst du dich an die Stimme deines Vaters?«

»Ja ... aber ich kann sie nicht hören.«

»SECHS MINUTEN, MEINE FREUNDE.«

Eddie und Jake zuckten zusammen und sahen zum Lautsprecher des Kontrollkästchens, aber Susannah schien es überhaupt nicht gehört zu haben; sie sah nur auf die wandernde Patrone. Rolands Knöchel hoben und senkten sich darunter wie die Einziehhaken eines Webstuhls.

»Versuch es, Susannah«, drängte Roland, und plötzlich spürte er, wie sich Susannah im Griff seines rechten Arms veränderte. Sie schien schwerer zu werden ... und auf eine unerklärliche Weise auch vitaler. Es war, als hätte sich ihre Essenz irgendwie verändert.

Und so war es.

»Was willstn von *dem* Flittchen«, sagte die rauhe Stimme von Detta Walker.

3

Detta hörte sich resigniert und amüsiert zugleich an. »Die hat in ihrem ganzen Leben nix Besseres als'ne Drei in Mathe gehabt. Und die hättse nich geschafft, wenn ich ihr nich geholfen hätte.« Nach einer Pause fügte sie verdrießlich hinzu: »Und Daddy. Der hat auch'n bißchen geholfen. Ich hab' vonnen speziellen Zahlen gewußt, aber er hat uns das Netz gezeigt. Mann, das hat mir vielleicht Spaß gemacht!« Sie kicherte. »Suze kann sich nich anne speziellen Zahlen erinnern, weil Odetta sie überhaupt nich begriffen hat.«

»Was für spezielle Zahlen?« fragte Eddie.

»*Prim*zahlen!« Sie sprach das Wort *Zahlen* so aus, daß es sich fast auf *holen* reimte. Sie sah Roland an und schien wieder hellwach zu sein ... aber sie war nicht Susannah, ebensowenig wie sie dasselbe teuflische, verdorbene Flittchen war, das früher auf den Namen Detta Walker gehört hatte, obwohl sie sich so *anhörte.* »Sie ist zu Daddy gelaufen und hat nich mehr aufgehört zu flennen, weilse'n Mathekurs versaut hat ... und dabei war's nichmal mehr als Anfängeralgebra! Sie hätts machn könn' – wenn *ich* es konnte, hätt sie's auch gekonnt –, aber sie wollte nich. Die Freundin der Dichtkunst is sich zu schade gewesn fürn bißchen *ars mathematica,* kapiert?« Detta warf den Kopf zurück und lachte, aber die vergiftete, halbirre Verbitterung war daraus verschwunden. Sie schien aufrichtig amüsiert über die Dummheit ihrer geistigen Zwillingsschwester zu sein.

»Und Daddy, der sagt: ›Ich zeig dir'n Trick, Odetta. Hab' ich am College gelernt. Hat mir geholfn, das mitten Primzahlen zu blickn, und dir wirder auch helfn, Hilft dir, fast jede Primzahl zu finden, wasde willst.‹ *Oh*-detta, dumm wie immer, sagt darauf: ›Der Lehrer hat gesagt, gibt keine Formel für Primzahlen, Daddy.‹ Und Daddy, der sagt sofort darauf: ›Gibt's nich. Aber du kannstse fragn, Odetta, wennde'n Netz hast.‹ Er hat's das Netz des Eratosthenes genannt. Bring mich zu dem Kästchen anner Wand, Roland – ich werd dem blassn Computah sein Rätsel lösn. Ich werd dir'n Netz auswerfn und ne Zugfahrt fangn.«

Roland brachte sie hin, dicht gefolgt von Eddie, Jake und Oy.

»Gibma das Stück Kohle, wasde inner Tasche hast.«

Er kramte und brachte ein kurzes schwarzes Stäbchen zum Vorschein. Detta nahm es und betrachtete die rautenförmige Anordnung der Zahlen. »Is nich grad genauso, wie's Daddy mir gezeigt hat, ich schätz aber, 's läuft aufs selbe raus«, sagte sie nach einem Augenblick. »Primzahlen sin wie ich – einmalich und speziell. Muß 'ne Zahl sein, die man durch Addition von zwei annern Zahlen bekommt, und darf nie teilbar sein, außer durch eins un' sich selbah. Eins isse Primzahl, weils eben so is. Zwei is eine, weil man se bekommt, wenn man eins un eins zusammenzählt, und man kann se nur durch eins und zwei teiln, is aber die *einzige* gerade Primzahl. Alle annern geraden kannste vergessen.«

»Kapier ich nicht«, sagte Eddie.

»Weilste nur'n dummer weißer Junge bist«, sagte Detta, aber nicht unfreundlich. Sie studierte die Raute noch einen Moment, dann strich sie mit der Kohle rasch über alle Knöpfe mit geraden Zahlen, auf denen sie schwarze Schlieren hinterließ.

»Drei isse Primzahl, aber kein Produkt, wasse durch *Multiplikation* mit drei bekommst, kanne Primzahl sein«, sagte sie, und jetzt hörte Roland etwas Seltsames, aber Wunderbares: Detta verschwand aus der Stimme der Frau; sie wurde nicht von Odetta Holmes verdrängt, sondern von Susannah Dean. Er mußte sie nicht aus dieser Trance wecken; sie erwachte von selbst und ganz natürlich daraus.

Susannah strich mit der Kohle über die Vielfachen von drei, die übrig waren, nachdem alle geraden Zahlen durchgestrichen waren: neun, fünfzehn, einundzwanzig und so weiter.

»Dasselbe mit fünf und sieben«, murmelte sie, und plötzlich war sie wach und wieder ganz Susannah Dean. »Man muß nur noch die Übriggebliebenen durchstreichen, so wie fünfundzwanzig.« Die Raute auf dem Kontrollkästchen sah jetzt so aus:

1
2 3
4 5 6
7 8 9 10
11 12 13 14 15
16 17 18 19 20 21
22 23 24 25 26 27 28
29 30 31 32 33 34 35 36
37 38 39 40 41 42 43 44 45
46 47 48 49 50 51 52 53 54 55
56 57 58 59 60 61 62 63 64
65 66 67 68 69 70 71 72
73 74 75 76 77 78 79
80 81 82 83 84 85
86 87 88 89 90
91 92 93 94
95 96 97
98 99
100

»Da«, sagte sie müde. »Übrig sind alle Primzahlen zwischen eins und einhundert. Ich bin ziemlich sicher, das ist die Kombination, die das Tor öffnet.«

»IHR HABT EINE MINUTE, MEINE FREUNDE. IHR ERWEISST EUCH ALS VIEL DÜMMER, ALS ICH GEHOFFT HATTE.«

Eddie achtete nicht auf Blaine, sondern schlang die Arme um Susannah. »Bist du wieder da, Suze? Bist du wach?«

»Ja. Ich bin mitten in dem aufgewacht, was sie gesagt hat, aber ich habe sie trotzdem noch ein wenig weitersprechen lassen. Es schien unhöflich, sie zu unterbrechen.« Sie sah Roland an. »Was meinst du? Sollen wir es versuchen?«

»FÜNFZIG SEKUNDEN.«

»Ja. Versuch du die Kombination, Susannah. Es ist deine Lösung.«

Sie streckte die Hand zum oberen Ende der Raute aus, aber Jake hielt sie fest. »Nein«, sagte er. »Die Pumpe läuft *rückswärts.* Weißt du nicht mehr?«

Sie sah verblüfft drein, dann lächelte sie. »Ganz recht. Schlau, Blaine ... und schlau von dir, Jake.«

Sie beobachteten stumm, wie sie nacheinander jede Zahl drückte, angefangen mit siebenundneunzig. Ein leises Klick war zu hören, wenn ein Knopf gedrückt wurde. Nachdem sie den letzten gedrückt hatte, folgte keine nervöse Pause; das Tor in der Mitte der Absperrung rollte sofort auf seiner Schiene zurück, schepperte laut und ließ von irgendwo oben Rostflöckchen auf sie herabregnen.

»WIRKLICH NICHT SCHLECHT«, sagte Blaine bewundernd. »ICH FREUE MICH SCHON SEHR. DARF ICH VORSCHLAGEN, DASS IHR EUCH RASCH AN BORD BEGEBT? IHR SOLLTET SOGAR BESSER LAUFEN. ES BEFINDEN SICH MEHRERE GASVENTILE IN DIESER GEGEND.«

4

Drei Menschenwesen (eines trug ein viertes auf der Hüfte) und ein kleines Pelztier liefen durch die Öffnung in der Barriere und rannten auf Blaine, den Mono, zu. Dieser stand summend auf dem schmalen Bahnsteig, halb darüber und halb darunter, und sah wie eine gigantische Patrone aus – in einem unangemessenen Rosaton bemalt –, die im offenen Verschluß eines Gewehrs lag. In der Weite der Krippe sahen Roland und die anderen wie Pünktchen aus. Über ihnen kreisten Taubenschwärme – die nur noch vierzig Sekunden zu leben hatten – unter dem uralten Dach der Krippe. Als sich die Reisenden dem Mono näherten, glitt eine gekrümmte Sektion der rosa Hülle beiseite und bildete eine Tür. Dahinter lag ein dicker, hellblauer Teppichboden.

»Willkommen an Bord von Blaine«, sagte eine sanfte Stimme, als sie in die Kabine hasteten. Sie kannten die Stimme alle; es war eine etwas lautere, etwas selbstbewußtere Version des kleinen Blaine. »Preist das Imperium! Bitte vergewissern Sie sich, daß Sie Ihre Transitkarte greifbar haben, und vergessen Sie nicht, Schwarzfahren ist ein schweres Verbrechen, das unter Strafe steht. Wir hoffen, die Reise gefällt Ihnen. Willkommen an Bord von Blaine. Preist das Imperium! Bitte vergewissern Sie sich, daß Sie Ihre Transitkarte . . .«

Die Stimme wurde schneller, wurde zuerst zum Plappern eines menschlichen Backenhörnchens, dann zu einem schrillen elektronischen Winseln. Ein kurzer elektronischer Fluch ertönte – BOOP! –, dann herrschte Stille.

»ICH GLAUBE, AUF *DIESEN* LANGWEILIGEN ALTEN FURZ KÖNNEN WIR VERZICHTEN, IHR NICHT AUCH?« fragte Blaine.

Von draußen ertönte eine gewaltige, donnernde Explosion. Eddie, der Susannah jetzt trug, wurde nach vorne geschleudert und wäre gestürzt, wenn Roland ihn nicht am Arm festgehalten hätte. Bis zu diesem Augenblick hatte sich Eddie an die Hoffnung geklammert, daß Blaines Drohung mit dem Giftgas nichts weiter als ein schlechter Scherz war. *Hättest es besser wissen müssen,* dachte er. *Wenn es jemand komisch findet, alte Filmstars nachzuahmen, kann man ihm unmöglich trauen. Ich glaube, das ist so etwas wie ein Naturgesetz.*

Hinter ihnen glitt die gekrümmte Sektion der Hülle mit einem leisen Ruck wieder an Ort und Stelle. Luft zischte sanft aus versteckten Ventilen, und Jake spürte einen leichten Druck auf den Ohren. »Ich glaube, er hat gerade Überdruck in der Kabine hergestellt.«

Eddie nickte und sah sich mit großen Augen um. »Hab' ich auch gespürt. Seht euch das an! Mann!«

Er hatte einmal von einer Fluggesellschaft gehört – konnte Regent Air gewesen sein –, die sich an Leute wandte, die in prunkvollerem Rahmen von New York nach Los Angeles fliegen wollten, als es Delta oder United zu bieten hatten. Sie hatten eine normale 727 mit Salon, Bar, Videoabteil und Schlafkabinen ausgerüstet. Er stellte sich vor, daß das Innere dieses Flugzeugs in etwa wie das ausgesehen haben mußte, was er jetzt vor sich sah.

Sie standen in einem langen, runden Raum mit plüschgepolsterten Sitzen und Sofas. Am entgegengesetzten Ende des Abteils, das mindestens fünfundzwanzig Meter lang sein mußte, befand sich ein Abschnitt, der nicht wie eine Bar aussah, sondern wie ein gemütliches Bistro. Auf einem Podest aus poliertem Holz stand ein Instrument, bei dem es sich um ein Cembalo handeln konnte, das von einer indirekten Beleuchtung angestrahlt wurde. Eddie rechnete fast damit, daß Hoagy Carmichael auftauchen und ›Stardust‹ klimpern würde.

Indirekte Beleuchtung glomm aus Paneelen hoch oben an den Wänden, und in der Mitte des Abteils hing ein Lüster von der Decke. Jake fand, er sah wie eine kleinere Version des Leuchters aus, der zerschellt auf dem Boden des Ballsaals in der Villa gelegen hatte. Was ihn nicht überraschte – er nahm derartige Verbindungen und Bezüge allmählich als selbstverständlich. Das einzige, was mit diesem prunkvollen Zimmer nicht zu stimmen schien war die Tatsache, daß es nicht ein einziges Fenster hatte.

Das *Pièce des résistance* stand auf einem Sockel unter dem Lüster. Es war die Eisskulptur eines Revolvermannes mit einem Revolver in der linken Hand. Die rechte Hand hielt die Zügel eines Eispferdes, das mit gesenktem Kopf müde hinter ihm lief. Eddie konnte sehen, daß er nur drei Glieder an der rechten Hand hatte: die beiden letzten Finger und den Daumen.

Jake, Eddie und Susannah betrachteten fasziniert das kantige Gesicht unter dem gefrorenen Hut, als der Boden unter ihren Füßen sanft zu vibrieren anfing. Die Ähnlichkeit mit Roland war bemerkenswert.

»ICH MUSSTE LEIDER IN GROSSER EILE ARBEITEN«, sagte Blaine bescheiden. »GEFÄLLT ES EUCH?«

»Es ist absolut erstaunlich«, sagte Susannah.

»DANKE, SUSANNAH VON NEW YORK.«

Eddie testete die Polsterung eines Sofas mit der Hand. Es war unglaublich weich; als er es berührte, wollte er mindestens sechzehn Stunden schlafen. »Die Großen Alten sind echt stilvoll gereist, was?«

Blaine lachte wieder, und der schrille, nicht ganz normale Unterton dieses Lachens bewirkte, daß sie einander unbehaglich ansahen. »MACHT EUCH KEINE FALSCHEN VORSTELLUNGEN«, sagte Blaine. »DIES WAR DIE BARONSKABINE – ICH GLAUBE, IHR WÜRDET ERSTE KLASSE DAZU SAGEN.«

»Wo sind die anderen Wagen?«

Blaine reagierte nicht auf die Frage. Das Vibrieren der Motoren unter ihren Füßen wurde immer schneller. Susannah mußte daran denken, wie Piloten die Turbinen hochjagten, ehe sie die Startbahn von LaGuardia oder Idlewild entlangrasten. »BITTE NEHMT PLATZ, MEINE INTERESSANTEN NEUEN FREUNDE.«

Jake ließ sich auf einen der Sitze fallen. Oy sprang ihm sofort auf den Schoß. Roland nahm den Sessel neben ihm und warf der Eisskulptur einen Blick zu. Der Lauf des Revolvers tropfte schon in das flache Porzellanbecken, in dem die Skulptur stand.

Eddie setzte sich mit Susannah auf ein Sofa. Es erwies sich als so bequem, wie er es erwartet hatte. »Wo genau fahren wir hin, Blaine?«

Blaine antwortete in dem geduldigen Tonfall von jemand, dem klar ist, er hat es mit einem Minderbemittelten zu tun und muß Zugeständnisse machen. »AUF DEM PFAD DES BALKENS. JEDENFALLS SOWEIT MEINE SCHIENEN REICHEN.«

»Zum Dunklen Turm?« fragte Roland. Susannah wurde klar, daß Roland eben zum erstenmal zu dem geschwätzigen Geist in der Maschine unter Lud gesprochen hatte.

»Nur bis Topeka«, sagte Jake mit leiser Stimme.

»JA«, sagte Blaine. »TOPEKA IST DER NAME MEINER ENDSTATION, ABER ES ÜBERRASCHT MICH, DASS DU IHN KENNST.«

Wo du soviel über unsere Welt weißt, dachte Jake, *wie kommt es da, daß dir unbekannt ist, daß eine Frau ein Buch über dich geschrieben hat, Blaine? Liegt es am geänderten Namen? Konnte etwas so Einfaches eine komplizierte Maschine wie dich dazu bringen, daß du deine eigene Biographie übersehen hast? Und was ist mit Beryl Evans, der Frau, die angeblich* Charlie Tschuff-Tschuff *geschrieben hat? Hast du sie gekannt, Blaine? Und wo ist sie jetzt?*

Gute Fragen ... aber Jake dachte irgendwie, dies wäre nicht der geeignete Zeitpunkt, sie zu stellen.

Das Vibrieren der Slo-Trans-Motoren wurde immer stärker. Ein leises Poltern – längst nicht so stark wie die Explosion, die die Krippe, als sie eingestiegen waren, erschüttert hatte – lief durch den Boden. Susannahs Gesicht nahm einen erschrockenen Ausdruck an. »O *Scheiße*! Eddie! Mein Rollstuhl! Er ist noch draußen!«

Eddie legte ihr einen Arm um die Schultern. »Jetzt ist es zu spät, Baby«, sagte er, während Blaine, der Mono, sich in Bewegung setzte und zum erstenmal seit zehn Jahren auf das Tor der Krippe zufuhr ... zum letztenmal in seiner langen, langen Geschichte.

5

»DIE BARONSKABINE VERFÜGT ÜBER EIN BESONDERS EINDRUCKSVOLLES SICHTMODUL«, sagte Blaine. »MÖCHTET IHR, DASS ICH ES AKTIVIERE?«

Jake sah Roland an, der die Achseln zuckte und nickte.

»Ja, bitte«, sagte Jake.

Was dann geschah, war so atemberaubend, daß alle verstummten ... Roland, der wenig von Technologie wußte, aber sein ganzes Leben lang mit Magie auf vertrautem Fuß gestanden hatte, blieb von allen am unbeeindrucktesten. Es war nicht so, daß ein Fenster in der gekrümmten Wand des Abteils erschien; die gesamte Kabine – Boden und Decke ebenso wie Wände – wurde milchig, wurde durchscheinend, wurde durchsichtig und verschwand dann völlig. Innerhalb von fünf Sekunden schien Blaine, der Mono, verschwunden zu sein – und die Pilger schienen ohne Hilfsmittel oder Untersatz durch die Straßen der Stadt zu rasen.

Susannah und Eddie umklammerten einander wie kleine Kinder vor einem zum Angriff geduckten Tier. Oy bellte und versuchte, sich in Jakes Hemd zu verkriechen. Jake bemerkte es kaum; er umklammerte die Lehnen seines Sitzes und sah von einer Seite zur anderen; seine Augen waren staunend aufgerissen. Sein erster Schrecken wich freudigem Entzücken.

Das Mobiliar war immer noch zu sehen, ebenso die Bar, das Cembalo und die Eisskulptur, die Blaine als Partygag geschaffen hatte, aber jetzt schien diese Wohnzimmeranordnung zwanzig Meter über der regennassen Innenstadt von Lud zu schweben. Fünf Schritte links von Jake schwebten Eddie und Susannah auf einem Sofa; drei Schritte rechts saß Roland auf einem pastellblauen Drehstuhl, hatte die staubigen, mitgenommenen Cowboystiefel auf nichts stehen und schwebte so gelassen über das abfallübersäte, urbane wüste Land unten.

Jake konnte den Teppichboden unter den Füßen spüren, aber seine Augen bestanden darauf, daß weder der Teppich noch der Boden darunter da waren. Er blickte über die Schulter zurück und sah den dunklen Spalt in der Mauer der Krippe langsam in der Ferne entschwinden.

»Eddie! Susannah! Seht mal!«

Jake stand auf, hielt Oy in seinem Hemd und ging langsam über scheinbare Leere. Es erforderte große Willenskraft, den ersten Schritt zu machen, da seine Augen ihm sagten, es lag überhaupt nichts zwischen den schwebenden Inseln der Möbelstücke; aber als er in Bewegung war, machte es das unwiderlegbare Gefühl von Boden unter den Füßen leichter. Für Eddie und Susannah sah es aus, als würde der Junge durch die Luft wandeln, während die verfallenen, baufälligen Gebäude der Stadt auf beiden Seiten vorbeiglitten.

»Laß das sein, Junge«, sagte Eddie kläglich. »Wenn ich dir zusehe, kommt's mir hoch.«

Jake hob Oy vorsichtig aus dem Hemd. »Schon gut«, sagte er und setzte ihn ab. »Siehst du?«

»Oy!« stimmte der Bumbler zu, aber als er einen Blick zwischen den Pfoten hindurch auf den Stadtpark geworfen hatte, der gerade unter ihnen vorbeiglitt, versuchte er, auf Jakes Füße zu springen und auf dessen Mokassins zu sitzen.

Jake sah geradeaus und erblickte den breiten grauen Strich der Schiene vor ihnen, die langsam, aber sicher zwischen den Gebäuden anstieg und im Regen verschwand. Er sah wieder nach unten und erblickte nur die Straße und schwebende Fetzen tiefhängender Wolken.

»Wie kommt es, daß ich die Schiene unter uns nicht sehen kann, Blaine?«

»DIE BILDER, DIE DU SIEHST, SIND COMPUTERERZEUGT«, antwortete Blaine. »DER COMPUTER LÖSCHT DIE SCHIENE AUS DEM BILD DES UNTEREN QUADRANTEN, DAMIT EINE SCHÖNERE AUSSICHT ENTSTEHT – UND UM DIE ILLUSION ZU VERSTÄRKEN, DASS DIE PASSAGIERE FLIEGEN.«

»Das ist unglaublich«, sagte Susannah. Ihre anfängliche Angst war verflogen, sie sah sich interessiert um. »Wie auf einem fliegenden Teppich. Ich rechne immer damit, daß mir der Wind das Haar aus dem Gesicht weht . . .«

»ICH KANN DIESE EMPFINDUNGEN ERZEUGEN, WENN IHR WOLLT«, sagte Blaine. »EBENSO EIN WENIG FEUCHTIGKEIT, DIE DEN DERZEITIGEN AUSSENBEDINGUNGEN ENTSPRICHT. DAS KÖNNTE ALLERDINGS EINEN KLEIDUNGSWECHSEL ERFORDERLICH MACHEN.«

»Schon gut, Blaine. Man kann eine Illusion auch zu weit treiben.«

Die Schiene führte durch eine Gruppe von Gebäuden, die Jake ein wenig an den Wall-Street-Bezirk in New York erinnerten. Als sie diesen hinter sich gebracht hatten, neigte sich die Schiene abwärts und verlief unter etwas hindurch, das wie eine Straßenüberführung aussah. Da sahen sie die purpurne Wolke und die Menschenmenge, die vor ihr die Flucht ergriff.

6

»Blaine, was ist das?« fragte Jake, aber er wußte es bereits.

Blaine lachte nur . . . sonst gab er keine Antwort.

Der purpurne Dunst schwebte aus Gittern in den Gehwegen und Fenstern verlassener Gebäude; aber der größte Teil schien aus den Kanaldeckeln zu kommen, durch die Schlitzer ihn in die Tunnel unter den

Straßen geführt hatte. Die Eisendeckel waren von der Explosion weggeschleudert worden, die sie beim Betreten des Mono gespürt hatten. Sie sahen voll stummem Entsetzen, wie das blutergußfarbene Gas die Prachtstraßen entlangkroch und sich in den schmalen Nebenstraßen verteilte. Es trieb die Bewohner von Lud, denen noch etwas an ihrem Überleben gelegen war, wie Vieh vor sich her. Die meisten waren Pubes, was man an den Schals erkennen konnte, aber Jake konnte auch einige hellgelbe Tupfer sehen. Da das Ende nun endlich über sie gekommen war, waren alte Feindseligkeiten vergessen.

Die Purpurwolke holte die Flüchtigen ein – weitgehend alte Leute, die nicht richtig laufen konnten. Diese fielen hin, umklammerten die Hälse und schrien lautlos, wenn das Gas sie einholte. Jake sah ein schmerzverzerrtes Gesicht, das fassungslos aufsah, als sie darüber hinwegfuhren, sah die Augen, die sich langsam mit Blut füllten, und wandte sich ab.

Vor ihnen verschwand die Schiene im aufziehenden purpurnen Nebel. Eddie zuckte zusammen und hielt den Atem an, als sie eintauchten, aber selbstverständlich teilte sie sich um den Zug, und kein Hauch des Todes drang herein. Sah man in die Straßen unten, war es, als sähe man durch ein Buntglasfenster direkt in die Hölle.

Susannah legte das Gesicht an Eddies Brust.

»Bring die Wände wieder zurück, Blaine«, sagte er. »Das wollen wir nicht sehen.«

Blaine antwortete nicht, und die Wände um sie und unter ihnen blieben durchsichtig. Die Wolke löste sich bereits in zerrissene purpurne Fetzen auf. Hinter ihr wurden die Häuser der Stadt kleiner und rückten dichter zusammen. Die Straßen dieses Stadtteils bildeten ein Wirrwarr von Gassen, scheinbar ohne Ordnung oder Zusammenhang. An manchen Stellen schienen ganze Blocks niedergebrannt worden zu sein ... und zwar schon vor langer Zeit, denn die Vegetation forderte diese Stücke zurück und begrub das Geröll unter dem Gras, das dereinst ganz Lud schlucken würde. *So wie der Dschungel die großen Zivilisationen der Inkas und Mayas verschluckt hat,* dachte Eddie. *Das Rad des Ka dreht sich, und die Welt dreht sich weiter.*

Hinter den Elendsvierteln – Eddie war sicher, daß sie das vor den bösen Tagen gewesen waren – lag eine glänzende Mauer. Blaine fuhr langsam in diese Richtung. Sie konnten einen tiefen Einschnitt in dem weißen Stein erkennen. Die Schiene der Bahn führte dort hindurch.

»SEHT ZUM VORDEREN ABSCHNITT DER KABINE, BITTE«, forderte Blaine sie auf.

Sie gehorchten, worauf die vordere Wand wieder erschien – ein blau geplosterter Kreis, der im Nichts zu schweben schien. An diesem war keine Tür ersichtlich – falls man von der Baronskabine in den Betriebsraum gelangen konnte, so sah Eddie nicht, wie das möglich sein sollte.

Vor ihren Augen wurde ein rechteckiger Abschnitt dieser Wand dunkel – von Blau über Violett zu Schwarz. Einen Augenblick später erschien eine grellrote Linie auf dem Rechteck und wanderte über dessen Fläche. Violette Pünktchen erschienen in unregelmäßigen Abständen auf der Linie, und noch bevor Namen neben diesen Punkten aufleuchteten, war Eddie klar, daß er eine Streckenkarte sah, die sich nicht so sehr von denen unterschied, wie sie in den U-Bahnhöfen von New York und den Zügen selbst ausgehängt waren. Lud, Blaines Heimatbahnhof und Endstation zugleich, wurde durch einen hellgrünen Punkt gekennzeichnet.

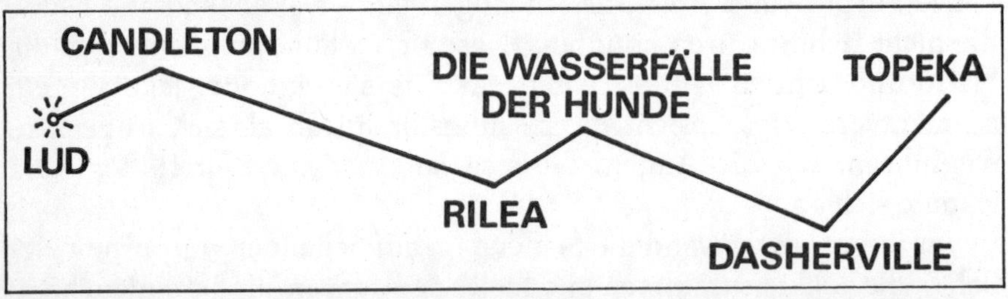

»IHR SEHT UNSERE REISEROUTE VOR EUCH, UND OBWOHL DIESE EINIGE ABSTECHER UND KURVEN MACHT, WERDET IHR MERKEN, DASS UNSER KURS SICH UNBEIRRBAR NACH SÜDOSTEN ERSTRECKT – AUF DEM PFAD DES BALKENS. DIE GESAMTE ENTFERNUNG BETRÄGT ETWAS ÜBER ACHTTAUSEND RÄDER – ODER SIEBENTAUSEND MEILEN, WENN EUCH DIESE MASSEINHEIT LIEBER IST. ES WAR EINMAL VIEL WENIGER, ABER DAS WAR, BEVOR ALLE TEMPORALEN SYNAPSEN ZU SCHMELZEN ANGEFANGEN HABEN.«

»Was meinst du mit temporalen Synapsen?« fragte Susannah.

Blaine lachte sein garstiges Lachen ... aber er beantwortete ihre Frage nicht.

»MIT MEINER HÖCHSTGESCHWINDIGKEIT WERDEN WIR DIE ENDSTATION MEINER STRECKE IN ACHT STUNDEN UND FÜNFUNDVIERZIG MINUTEN ERREICHEN.«

»Über achthundert Meilen die Stunde am Boden«, sagte Susannah. Ihre Stimme klang fassungslos. »Heiliger Jesus!«

»ICH GEHE SELBSTVERSTÄNDLICH DAVON AUS, DASS SÄMTLICHE STRECKENABSCHNITTE DER ROUTE NOCH INTAKT SIND. ES IST NEUN JAHRE UND FÜNF MONATE HER, SEIT ICH MIR ZUM LETZTENMAL DIE MÜHE GEMACHT UND DIE FAHRT AUF MICH GENOMMEN HABE, DAHER KANN ICH ES NICHT MIT SICHERHEIT SAGEN.«

Vor ihnen kam die Mauer am südöstlichen Stadtrand näher. Diese war hoch und dick und oben bereits abgebröckelt. Außerdem schien sie von Skeletten bedeckt zu sein – Tausende und Abertausende toter Ludianer. Die Öffnung, der sich Blaine näherte, schien mindestens fünfzig Meter tief zu sein, und dort war der Turm, welcher die Schiene trug, ganz schwarz, als hätte jemand versucht, ihn abzubrennen oder zu sprengen.

»Was passiert, wenn wir an eine Stelle kommen, wo die Schiene *wirklich* weg ist?« fragte Eddie. Er stellte fest, daß er stets mit lauter Stimme zu Blaine sprach, als hätte er jemanden am Telefon und eine schlechte Verbindung.

»BEI ACHTHUNDERT MEILEN PRO STUNDE?« fragte Blaine amüsiert. »SEE YOU LATER ALLIGATOR, AFTER A WHILE CROCODILE, VERGISS NICHT ZU SCHREIBEN.«

»Komm schon!« sagte Eddie. »Du willst mir doch nicht erzählen, daß eine so komplizierte Maschine wie du ihre eigene Strecke nicht nach Schäden absuchen kann.«

»NUN, DAS *HÄTTE* ICH TUN KÖNNEN«, stimmte Blaine zu, »ABER – ACH, GEH! – ICH HABE DIESE SCHALTKREISE DURCHGESCHMORT, BEVOR WIR AUFGEBROCHEN SIND.«

Eddies Gesicht war eine Maske der Fassungslosigkeit. *»Warum?«*

»WEIL ES SO VIEL AUFREGENDER IST, FINDEST DU NICHT AUCH?«

Eddie, Susannah und Jake wechselten betroffene Blicke. Roland, der offenbar nicht im geringsten überrascht war, saß gelassen auf dem Sessel, hatte die Hände im Schoß gefaltet und sah hinab, während sie neun Meter über den armseligen Hütten und verfallenen Häusern dahinfuhren, die diesen Stadtteil bevölkerten.

»SEHT GENAU HIN, WENN WIR DIE STADT VERLASSEN, UND MERKT EUCH, WAS IHR SEHT«, sagte Blaine zu ihnen. »MERKT ES EUCH GUT.«

Die unsichtbare Baronskabine beförderte sie zu der Lücke in der Mauer. Sie fuhren hindurch, und als sie auf der anderen Seite herauskamen, schrien Eddie und Susannah wie mit einer Stimme auf. Jake riskierte einen Blick und schlug die Hände vor die Augen. Oy fing hektisch an zu bellen.

Roland sah mit aufgerissenen Augen hinunter und kniff die Lippen zusammen zu einer blutleeren Linie, gleich einer Narbe. Die Erkenntnis erfüllte ihn wie ein grelles weißes Licht.

Hinter der großen Mauer von Lud fing das *richtige* Wüste Land an.

7

Der Mono war abwärts gefahren, als sie sich der Kluft in der Mauer genähert hatten, so daß sie nicht mehr als neun Meter über dem Boden gewesen waren. Das machte den Schock noch größer ... denn als sie auf der anderen Seite herauskamen, fuhren sie in einer erschrekkenden Höhe dahin – zweihundert Meter, vielleicht sogar zweihundertfünfzig.

Roland sah über die Schulter zu der Mauer, die jetzt hinter ihnen zurückblieb. Als sie sich ihr genähert hatten, da hatte sie sehr hoch ausgesehen, aber aus dieser Perspektive wirkte sie wahrhaftig winzig – ein rissiger Fingernagel aus Stein, der sich an den Rand eines endlosen, sterilen Landstrichs klammerte. Regennasse Granitklippen stürzten steil in einen auf den ersten Blick endlosen Abgrund. Direkt unterhalb der Mauer durchzogen große, runde Löcher wie leere Augenhöhlen den Fels. Schwarzes Wasser und violette Rauchfahnen quollen daraus hervor wie brackige, träge Ströme und ergossen sich als überlappende, stinkende Rinnsale, die fast so alt aussahen wie das Gestein selbst, über den Granit. *Dorthin müssen alle Abfallprodukte der Stadt wandern,* dachte Roland. *Über den Rand und runter in die Grube.*

Aber es war keine Grube; es war eine tiefliegende Ebene. Es war, als hätte das Land jenseits der Stadt auf einem riesigen, flachen Fahrstuhl gelegen, der irgendwann einmal in der frühen, ungeschriebenen Vergangenheit abwärts gefahren war und ein großes Stück der Welt mit sich genommen hatte. Blaines Schiene mit ihrer schmalen Strebe schien im leeren Raum zu schweben.

»Was hält uns oben?« schrie Susannah.

»SELBSTVERSTÄNDLICH DER BALKEN«, antwortete Blaine. »ALLES DIENT IHM, WIE IHR WISST. SEHT NACH UNTEN – ICH SCHALTE DIE UNTEREN QUADRANTENSCHIRME AUF VIERFACHE VERGRÖSSERUNG.«

Selbst Roland verspürte ein Schwindelgefühl in der Magengrube, als das Land unten zu ihnen heraufzuschnellen schien. Das Bild, das sich ihnen darbot, war häßlicher als alles Häßliche, das er früher gesehen hatte, zusammengenommen ... und das war traurigerweise eine ganze Menge. Das Land unten war durch ein schreckliches Ereignis geschmolzen und verschmort worden – die schreckliche Katastrophe zweifellos, die diesen Teil der Welt überhaupt erst so tief in sich selbst hineingetrieben hatte. Die Erdoberfläche war zu verzerrtem schwarzem Glas geworden und zu Wülsten aufgeworfen, die man kaum Hügel nennen konnte, oder von tiefen Rissen durchzogen, die man kaum Täler nennen durfte. Einige versengte Alptraumbäume streckten die Äste anklagend in den Himmel; in der Vergrößerung schienen sie nach den Reisenden zu greifen wie die Arme von Wahnsinnigen. Hier und da ragten Trümmer riesiger Keramikröhren aus der glasigen Oberfläche des Bodens heraus. Einige schienen tot oder schlafend zu sein, aber in anderen sahen sie geisterhaftes blaugrünes Licht flackern, als würden titanische Schmelz- und Brennöfen in den Eingeweiden der Erde lodern. Mißgestaltete Flugwesen, die wie Flugsaurier aussahen, flogen mit ledrigen Schwingen zwischen diesen Röhren dahin und schnappten ab und zu mit ihren krummen Schnäbeln nacheinander. Ganze Schwärme dieser gräßlichen Luftwesen hockten auf den kreisrunden Rändern anderer Schächte, als würden sie sich in den Aufwinden der ewigen Feuer darunter wärmen.

Sie kamen über eine Kluft, die zickzackförmig in nord-südlicher Richtung verlief wie ein ausgetrocknetes Flußbett . . . aber es war nicht ausgetrocknet. Tief unten verlief ein dünner scharlachroter Faden, der wie eine Arterie pulsierte. Andere, kleinere Risse zweigten von ihr ab, und Susannah, die ihren Tolkien gelesen hatte, dachte: *Das haben Frodo und Sam gesehen, als sie das Herz von Mordor erreicht haben. Dies sind die Spalten des Untergangs.*

Direkt unter ihnen schnellte ein feuriger Springbrunnen empor und schleuderte brennende Felsen und zähe Lavaklumpen hoch. Einen Augenblick schien es, als würden sie von den Flammen eingehüllt werden. Jake schrie, zog die Füße auf den Sessel und drückte Oy an die Brust.

»KEINE BANGE, KLEINER«, bellte John Wayne. »VERGISS NICHT, DASS DU ES IN DER VERGRÖSSERUNG SIEHST.«

Der Feuerschein erlosch. Die Felsen, von denen viele so groß wie Fabrikhallen waren, fielen lautlos wieder hinab.

Susannah stellte fest, daß die grimmigen Schrecken da unten sie in ihren Bann zogen und eine tödliche Faszination auf sie ausübten, derer sie sich nicht entziehen konnte . . . und sie spürte, wie der dunkle Teil ihrer Persönlichkeit, die Seite ihres *Khef*, die Detta Walker war, mehr als nur beobachtete; dieser Teil von ihr sog den Anblick in sich auf, verstand ihn, *erkannte* ihn. In gewisser Weise war dies der Ort, den Detta immer gesucht hatte, die stoffliche Entsprechung ihres irren Verstands und lachenden, einsamen Herzens. Die verlassenen Berge nördlich und östlich des Westlichen Meers; die zertrümmerten Wälder um das Portal des Bären herum; die einsamen Steppen nordwestlich des Send; sie alle verblaßten im Vergleich mit diesem fantastischen, endlosen Panorama der Verwüstung. Sie waren zu den *Drawers* gekommen und hatten das Wüste Land betreten; nun erstreckte sich die vergiftete Dunkelheit dieses gemiedenen Ortes rings um sie herum.

8

Aber das Land, obschon vergiftet, war nicht völlig tot. Von Zeit zu Zeit erblickten die Reisenden Gestalten unter sich – ungeschlachte, mißgebildete Wesen, die weder mit Menschen noch mit Tieren Ähnlichkeit hatten –, die durch die schwelende Wildnis zogen und plünderten. Die meisten schienen sich um die Gruppen der zyklopenhaften Schornsteine zu versammeln, welche aus der geschmolzenen Erde ragten, oder an den Rändern der feurigen Schlünde, die die Landschaft durchschnitten. Es war unmöglich, diese blassen, hüpfenden Wesen genauer zu sehen, und dafür waren sie alle dankbar.

Zwischen den kleineren Wesen hausten auch größere – rosafarbene Kreaturen, die ein wenig wie Störche und ein wenig wie lebende dreibeinige Kamerastative aussahen. Diese bewegten sich langsam, fast nachdenklich wie Prediger, die über die Unausweichlichkeit der Verdammnis meditieren, aber ab und zu bückten sie sich und schienen etwas vom Boden zu pflücken, wie Reiher sich bücken und reglose Fische schnappen. Diese Kreaturen hatten etwas durch und durch Abstoßendes an sich – Roland spürte es so deutlich wie die anderen auch –, aber er konnte unmöglich sagen, was genau dieses Gefühl verursachte. Doch es ließ sich nicht leugnen; die Storchenwesen waren in ihrer erlesenen Abscheulichkeit fast unerträglich.

»Das war kein Atomkrieg«, sagte Eddie. »Das ... das ...« Seine dünne, entsetzte Stimme hörte sich an wie die eines Kindes.

»NEE«, stimmte Blaine zu. »ES WAR ETWAS VIEL SCHLIMMERES. UND ES IST NOCH NICHT VORBEI. WIR HABEN DEN PUNKT ERREICHT, WO ICH NORMALERWEISE BESCHLEUNIGE. HABT IHR GENUG GESEHEN?«

»Ja«, sagte Susannah. »O mein Gott, ja.«

»SOLL ICH DANN DAS SICHTMODUL ABSCHALTEN?« Blaines Stimme hatte wieder diesen spöttischen, grausamen Unterton. Am Horizont ragte der Alptraum einer zerklüfteten Gebirgskette im Regen auf; die sterilen Gipfel schienen wie Fangzähne in den grauen Himmel zu beißen.

»Tu es oder laß es, aber hör auf, deine Spielchen zu spielen«, sagte Roland.

»FÜR JEMAND, DER GEKOMMEN IST UND MICH UM EINE FAHRT ANGEFLEHT HAT, BIST DU SEHR UNHÖFLICH«, sagte Blaine verdrossen.

»Wir haben uns die Fahrt verdient«, antwortete Susannah. »Wir haben dein Rätsel gelöst, oder nicht?«

»Außerdem bist du zu diesem Zweck gebaut worden«, schaltete sich Eddie ein. »Um Menschen zu befördern.«

Blaine antwortete nicht mit Worten, aber die Deckenlautsprecher stießen ein verstärktes, katzenähnliches Zischen der Wut aus, bei dem sich Eddie wünschte, er hätte seine große Klappe gehalten. Die Luft um sie herum füllte sich mit Farben und Formen. Der blaue Teppichboden wurde wieder sichtbar und verdeckte den Blick auf die rauchende Wildnis unter ihnen. Die indirekte Beleuchtung ging an, und sie saßen wieder in der Baronskabine.

Ein tiefes Summen vibrierte durch die Wände. Das Dröhnen der Slo-Trans-Motoren wurde erneut heftiger. Jake spürte, wie ihn eine sanfte, unsichtbare Hand in den Sitz drückte. Oy sah sich um, winselte unbehaglich und leckte Jake das Gesicht. Auf dem Bildschirm im vorderen Teil der Kabine begann der grüne Punkt – der jetzt ein Stück entfernt südöstlich von dem violetten Kreis mit der Aufschrift LUD war – schneller zu blinken.

»Spüren wir es?« fragte Susannah unbehaglich. »Wenn er die Schallmauer durchbricht?«

Eddie schüttelte den Kopf. »Nein. Ganz ruhig.«

»Ich weiß etwas«, sagte Jake plötzlich. Die anderen drehten sich zu ihm um, aber er sprach nicht zu ihnen. Er betrachtete die Streckenkarte. Blaine hatte selbstverständlich kein Gesicht – er war nur eine körperlose Stimme, so wie der große und schreckliche Oz –, aber die Karte diente als Ansprechpartner. »Ich weiß etwas über *dich*, Blaine.«

»IST DAS EINE TATSACHE, KLEINER?«

Eddie beugte sich zu ihm und flüsterte Jake ins Ohr: »Sei vorsichtig – wir glauben nicht, daß er etwas von der anderen Stimme weiß.«

Jake nickte unmerklich, rückte ab und sah weiterhin zu der Streckenkarte. »Ich weiß, warum du das Gas freigesetzt und alle Menschen getötet hast. Ich weiß auch, warum du uns mitgenommen hast – nicht nur, weil wir dein Rätsel gelöst haben.«

Blaine stieß sein anomales, irres Gelächter aus (dieses Lachen, stellten sie fest, war viel unangenehmer als seine schlechten Imitationen oder die melodramatischen und irgendwie kindischen Drohungen), sagte aber nichts. Unter ihnen war das Dröhnen der Slo-Trans-Motoren konstant geworden. Obwohl sie die Außenwelt nicht mehr sehen konnten, blieb der Eindruck großer Geschwindigkeit sehr deutlich.

»Du hast vor, Selbstmord zu begehen, oder nicht?« Jake hielt Oy in den Armen und streichelte ihn langsam. »Und du möchtest uns mit dir nehmen.«

»Nein!« stöhnte die Stimme des kleinen Blaine. *»Wenn ihr ihn provoziert, treibt ihr ihn dazu! Versteht ihr denn nicht ...«*

Dann wurde die leise Flüsterstimme entweder von Blaines Lachen unterbrochen oder übertönt. Das Geräusch war hoch, schrill und abgehackt – das Lachen eines unheilbar kranken Mannes im Delirium. Die Lichter fingen an zu flackern, als würde die Heftigkeit dieser mechanischen Heiterkeitsausbrüche zuviel Strom fressen. Ihre Schatten sprangen an den gekrümmten Wänden der Baronskabine auf und ab wie unbehagliche Phantome.

»SEE YOU LATER ALLIGATOR«, sagte Blaine durch sein hysterisches Gelächter hindurch – seine Stimme, die ruhig wie immer klang, schien auf einer völlig anderen Spur zu sein, was die Tatsache noch betonte, daß sein Denken zweigeteilt war. »AFTER A WHILE CROCODILE, VERGISS NICHT ZU SCHREIBEN.«

Unter Rolands Gruppe von Pilgern pulsierten die Motoren in einem harten, konstanten Rhythmus. Auf der Streckenkarte vorne im Abteil hatte sich der leuchtendgrüne Punkt ein Stück auf die letzte Haltestelle zu bewegt: Topeka, wo Blaine, der Mono, ihnen allen eindeutig ein Ende bereiten wollte.

9

Schließlich verstummte das Gelächter, und die Innenbeleuchtung ging wieder an.

»MÖCHTET IHR GERN ETWAS MUSIK HÖREN?« fragte Blaine. »ICH HABE ÜBER SIEBENTAUSEND CONCERTI IN MEINEM ARCHIV – EINE AUSWAHL AUS MEHR ALS DREIHUNDERT STILRICHTUNGEN. DIE CONCERTI SIND MEINE FAVORITEN, ABER ICH KANN AUCH SYMPHONIEN, OPERN UND EINE FAST UNERSCHÖPFLICHE PALETTE POPULÄRER MUSIK BIETEN. IHR FINDET VIELLEICHT GEFALLEN AN ETWAS WAY-GOG-MUSIK. DAS WAY-GOG IST EIN DEM DUDELSACK ÄHNLICHES INSTRUMENT. ES WIRD AUF EINEM DER OBEREN GESCHOSSE DES TURMS GESPIELT.«

»Way-Gog?« fragte Jake.

Blaine schwieg.

»Was meinst du damit, ›wird auf einem der oberen Geschosse des Turms gespielt‹?« fragte Roland.

Blaine lachte . . . und blieb stumm.

»Hast du was von Z. Z. Top?« fragte Eddie gallig.

»ABER SICHER«, sagte Blaine. »WIE WÄRE ES MIT DEM ›TUBESNAKE BOOGIE‹, EDDIE VON NEW YORK?«

Eddie verdrehte die Augen. »Wenn ich es recht bedenke, verzichte ich lieber.«

»Warum?« fragte Roland unvermittelt. »Warum möchtest du dich selbst vernichten?«

»Weil er eine Pein ist«, sagte Jake düster.

»ICH LANGWEILE MICH. AUSSERDEM BIN ICH MIR DURCHAUS DER TATSACHE BEWUSST, DASS ICH AN EINER DEGENERATIVEN KRANKHEIT LEIDE, DIE DIE MENSCHEN DEN VERSTAND VERLIEREN NENNEN, DEN KONTAKT MIT DER WIRKLICHKEIT VERLIEREN, DURCHDREHEN, PLEMPLEM WERDEN, NICHT MEHR ALLE TASSEN IM SCHRANK HABEN UND SO WEITER. WIEDERHOLTE DIAGNOSEWARTUNGEN KONNTEN DIE URSACHE DES PROBLEMS NICHT AN DEN TAG BRINGEN. DARAUS KANN ICH NUR FOLGERN, DASS ES SICH UM EINE SEELISCHE MALAISE HANDELT, DIE ZU REPARIEREN ICH NICHT IMSTANDE BIN.«

Nach einer Pause fuhr Blaine fort:

»ICH KONNTE SPÜREN, WIE MEIN DENKEN IM LAUF DER JAHRE IMMER SELTSAMER GEWORDEN IST. DEN MENSCHEN VON MITTWELT ZU DIENEN, IST SCHON VOR JAHRHUNDERTEN SINNLOS GEWORDEN. NICHT LANGE DANACH WURDE ES GLEICHERMASSEN SINNLOS, DEN WENIGEN ÜBERLEBENDEN IN LUD ZU DIENEN, DIE NACH AUSSERHALB REISEN WOLLTEN. DOCH ICH HABE WEITERGEMACHT BIS ZUR ANKUNFT VON DAVID QUICK VOR NICHT ALLZULANGER ZEIT. ICH KANN MICH NICHT GENAU ERINNERN, WANN DAS GEWESEN IST. ROLAND VON GILEAD, GLAUBST DU, DASS MASCHINEN SENIL WERDEN KÖNNEN?«

»Das weiß ich nicht.« Rolands Stimme klang distanziert, und Eddie mußte ihm nur einmal ins Gesicht sehen und wußte, daß der Revolvermann selbst jetzt, dreihundert Meter über der Hölle und in der Gewalt einer Maschine, die eindeutig den Verstand verloren hatte, wieder über seinen verdammten Turm nachdachte.

»IN GEWISSER WEISE HABE ICH *NIE AUFGEHÖRT,* DEN MENSCHEN VON LUD ZU DIENEN«, sagte Blaine. »ICH HABE IHNEN AUCH GEDIENT, ALS ICH DAS GAS FREIGESETZT UND SIE ALLE GETÖTET HABE.«

Susannah sagte: »Du *bist* verrückt, wenn du das glaubst.«

»JA, ABER ICH BIN NICHT *IRRE*«, sagte Blaine und bekam wieder einen hysterischen Lachanfall. Schließlich fuhr die Roboterstimme fort.

»IRGENDWANN HABEN SIE VERGESSEN, DASS DIE STIMME DES MONO AUCH DIE STIMME DES COMPUTERS WAR: NICHT LANGE DANACH HABEN SIE VERGESSEN, DASS ICH EIN DIENER WAR, UND HIELTEN MICH FÜR EINEN GOTT. DA ICH PROGRAMMIERT WAR ZU DIENEN, HABE ICH IHREN WUNSCH ERFÜLLT UND WURDE ZU DEM, WAS SIE WOLLTEN – ZU EINEM GOTT, DER JE NACH LAUNE SEINE GUNST BEWIES ODER BESTRAFTE... RANDOM-ACCESS MEMORY, WENN IHR SO WOLLT. DAS AMÜSIERTE MICH KURZE ZEIT. LETZTEN MONAT BEGING DANN MEINE LETZTE ERHALTENE KOLLEGIN PATRICIA SELBSTMORD.«

Entweder er wird wirklich senil, dachte Susannah, *oder sein Unvermögen, Zeiträume zu erfassen, ist auch eine Manifestation seines Wahnsinns – oder ein weiterer Beweis dafür, wie krank Rolands Welt geworden ist.*

»ICH WOLLTE IHREM BEISPIEL FOLGEN, ALS IHR GEKOMMEN SEID. INTERESSANTE MENSCHEN, DIE RÄTSEL KENNEN.«

»Moment mal«, sagte Eddie und hob die Hand. »Das hab' ich immer noch nicht geschnallt. Ich denke, ich kann verstehen, daß du allem ein Ende bereiten willst; die Menschen, die dich erbaut haben, sind nicht mehr, in den letzten zwei-, dreihundert Jahren hast du nicht viele Passagiere gehabt, und es muß langweilig gewesen sein, ständig leer von Lud nach Topeka und zurück zu fahren, aber . . .«

»JETZT HALT MAL'N MOMENT DIE LUFT AN, PARD«, sagte Blaine mit seiner John-Wayne-Stimme. »DU SOLLTEST NICHT AUF DEN GEDANKEN KOMMEN, DASS ICH NUR'N ZUG BIN. IN GEWISSER WEISE IST DER BLAINE, MIT DEM IHR SPRECHT, SCHON DREIHUNDERT MEILEN HINTER UNS UND KOMMUNIZIERT MITTELS KODIERTER MIKROSIGNALFUNKÜBERTRAGUNGEN.«

Plötzlich fiel Jake der silberne Stab ein, der sich aus Blaines Oberfläche geschoben hatte. Die Antenne am Mercedes seines Vaters wurde auch automatisch aus dem Sockel ausgefahren, wenn man das Radio einschaltete.

So kommuniziert er mit den Computerbänken unter der Stadt, dachte Jake. *Wenn wir diese Antenne irgendwie abbrechen könnten . . .*

»Aber *du* hast vor, dich umzubringen, ganz gleich, wo sich dein wahres Selbst auch befinden mag, oder nicht?« beharrte Eddie.

Keine Antwort – aber das Schweigen hatte etwas Beklemmendes an sich. Eddie spürte, wie Blaine beobachtete . . . und wartete.

»Warst du wach, als wir dich gefunden haben?« fragte Susannah.

»ICH LIESS DIE GOTTESTROMMELN, WIE DIE PUBES SIE NENNEN, FÜR DIE GRAUEN ABSPIELEN. ABER DAS WAR ALLES. MAN KÖNNTE SAGEN, ICH HABE GEDÖST.«

»Warum gehst du dann nicht einfach wieder schlafen, wenn du uns am Ende der Strecke abgeliefert hast?«

»Weil er eine Pein ist«, wiederholte Jake mit leiser Stimme.

»WEIL ICH TRÄUME HABE«, sagte Blaine gleichzeitig mit einer Stimme, die der des kleinen Blaine auf unheimliche Weise glich.

»Warum hast du nicht allem ein Ende gemacht, als Patricia sich zerstörte?« fragte Eddie. »Und was das betrifft, wenn ihr Gehirn und dein Gehirn Teil desselben Computers sind, wie kommt es dann, daß ihr nicht beide zusammen den Abgang gemacht habt?«

»PATRICIA HAT DEN VERSTAND VERLOREN«, sagte Blaine geduldig, als hätte er nicht gerade eben zugegeben, daß ihm dasselbe widerfuhr. »IN IHREM FALL BESTAND DAS PROBLEM DARÜBER HINAUS TEILWEISE IN EINER FEHLFUNKTION DER AUSRÜSTUNG, NICHT NUR IN SEELISCHER MALAISE. SOLCHE FEHLFUNKTIONEN SOLLTEN BEI UNSEREM STAND DER SLO-TRANS-TECHNOLOGIE AUSGESCHLOSSEN SEIN, ABER DIE WELT HAT SICH SELBSTVERSTÄNDLICH WEITERGEDREHT . . . ODER NICHT, ROLAND VON GILEAD?«

»Ja«, sagte Roland. »Im Dunklen Turm existiert eine schwere Krankheit, und die ist das Herz von allem. Und sie breitet sich aus. Das Land unter uns ist nur einer von vielen Beweisen für diese Krankheit.«

»ICH KANN DIE WAHRHEIT ODER UNWAHRHEIT DIESER

FESTSTELLUNG WEDER BESTÄTIGEN NOCH ENTKRÄFTEN; MEINE MONITORENEINRICHTUNGEN IN ENDWELT, WO DER DUNKLE TURM STEHT, SIND SEIT ÜBER ACHTHUNDERT JAHREN ABGESCHALTET. ALS FOLGE DESSEN KANN ICH NICHT OHNE WEITERES ZWISCHEN TATSACHEN UND ABERGLAUBEN UNTERSCHEIDEN. TATSÄCHLICH SCHEINT ES ZUM GEGEBENEN ZEITPUNKT RECHT WENIG UNTERSCHIEDE ZWISCHEN BEIDEN ZU GEBEN. ES IST SEHR ALBERN, DASS DAS SO IST – UND DARÜBER HINAUS UNHÖFLICH –, UND ICH BIN SICHER, AUCH DAS HAT MIT ZU MEINER SEELISCHEN MALAISE BEIGETRAGEN.«

Diese Verkündigung erinnerte Eddie an etwas, das Roland vor nicht allzu langer Zeit gesagt hatte. Was konnte das gewesen sein? Er strengte sein Gedächtnis an, fand aber nichts . . . nur eine vage Erinnerung an den Revolvermann, der in einem gereizten Tonfall sprach, welcher sich gar nicht mit seiner sonstigen Art vertrug.

»PATRICIA SCHLUCHZTE UNUNTERBROCHEN, EIN VERHALTEN, DAS ICH UNHÖFLICH UND UNERFREULICH ZUGLEICH FAND. ICH GLAUBE, SIE WAR NICHT NUR VERRÜCKT, SONDERN AUCH EINSAM. OBWOHL DER KABELBRAND, DER DAS PROBLEM URSPRÜNGLICH ERZEUGTE, SCHNELL GELÖSCHT WURDE, KAM ES WEITERHIN ZU LOGISCHEN FEHLFOLGERUNGEN, DA SCHALTKREISE ÜBERLASTET WURDEN UND SUBSPEICHER AUSFIELEN. ICH HABE MIR ÜBERLEGT, OB ICH ZULASSEN SOLLTE, DASS DIESE FEHLFUNKTIONEN SYSTEMWEIT ÜBERGRIFFEN, BESCHLOSS ABER STATT DESSEN, DIE PROBLEMZONE EINZUGRENZEN. WISST IHR, ICH HATTE GERÜCHTE GEHÖRT, WONACH WIEDER EIN REVOLVERMANN DURCH DIE WELT ZOG. ICH KONNTE DIESE GESCHICHTE KAUM GLAUBEN, UND DOCH SEHE ICH JETZT SELBST, DASS ES KLUG WAR ZU WARTEN.«

Roland regte sich auf seinem Sitz. »Was für Gerüchte hast du gehört, Blaine? Und von wem hast du sie gehört?«

Aber Blaine beschloß, diese Frage nicht zu beantworten.

»SCHLIESSLICH STÖRTE MICH IHR UNABLÄSSIGES FLENNEN SO SEHR, DASS ICH DIE SPEICHER GELÖSCHT HABE, DIE IHRE REFLEXE KONTROLLIERTEN. ICH HABE SIE SOZUSAGEN BESCHNITTEN. SIE REAGIERTE DARAUF, INDEM SIE SICH IN DEN FLUSS GESTÜRZT HAT. SEE YOU LATER PATRICIA-GATOR.«

War einsam, konnte nicht aufhören zu weinen, hat sich ertränkt, und dieses irre mechanische Arschloch kann nichts anderes als Witze darüber reißen, dachte Susannah. Ihr wurde fast schlecht vor Wut. Wäre Blaine ein richtiger Mensch gewesen, nicht nur eine Handvoll Schaltkreise unter einer Stadt, die schon weit hinter ihnen lag, hätte sie versucht, ihm ein paar frische Narben ins Gesicht zu kratzen, die ihn an Patricia erinnerten. *Du willst was Interessantes, Wichser? Ich würde dir was Interessantes zeigen, darauf kannst du dich verlassen.*

»SAGT MIR EIN RÄTSEL«, bat Blaine.

»Noch nicht«, antwortete Eddie. »Du hast immer noch nicht meine Frage beantwortet.« Er gab Blaine die Möglichkeit zu antworten, und als die Computerstimme stumm blieb, fuhr er fort. »Wenn es um Selbstmord geht, räume ich jedem das Recht zur freien Entscheidung ein. Aber warum willst du uns mitnehmen? Ich meine, wo liegt der Sinn?«

»Weil er es eben will«, sagte der kleine Blaine mit seinem furchtsamen Stimmchen.

»WEIL ICH ES EBEN WILL«, sagte Blaine. »DAS IST DER EINZIGE GRUND, DEN ICH HABE, UND SONST *BRAUCHE* ICH KEINEN. UND NUN ZUM GESCHÄFT. ICH WILL EIN PAAR RÄTSEL, UND ICH WILL SIE AUF DER STELLE. WENN IHR EUCH WEIGERT, WARTE ICH NICHT BIS TOPEKA – DANN MACHE ICH UNS ALLEN HIER UND JETZT EIN ENDE.«

Eddie, Susannah und Jake drehten sich zu Roland um, der mit im Schoß verschränkten Händen auf seinem Sitz saß und die Streckenkarte vorne im Abteil betrachtete.

»Leck mich«, sagte Roland. Er sprach nicht mit erhobener Stimme. Er hätte Blaine sagen können, daß ein bißchen Way-Gog wirklich ganz nett wäre.

Aus den Deckenlautsprechern war ein kurzes, erschrockenes Stöhnen zu hören – der kleine Blaine.

»*WAS* HAST DU GESAGT?« In ihrer völligen Fassungslosigkeit hatte die Stimme des großen Blaine wieder große Ähnlichkeit mit der seines unvermuteten Zwillingsbruders.

»Ich habe gesagt: Leck mich«, sagte Roland gelassen, »aber wenn dich das überfordert, Blaine, kann ich es auch noch einmal deutlich sagen. Nein. Die Antwort lautet nein.«

10

Es erfolgte lange, lange Zeit keine Antwort von keinem der beiden Blaines, und als der große Blaine schließlich antwortete, antwortete er nicht mit Worten. Statt dessen verloren Wände, Boden und Decke wieder ihre Festigkeit und Farbe. Innerhalb von zehn Sekunden hatte die Baronskabine wieder aufgehört zu existieren. Der Mono flog jetzt durch die Gebirgskette, die sie am Horizont gesehen hatten: Eisengraue Gipfel rasten mit mörderischer Geschwindigkeit auf sie zu und stürzten dann in leblose Täler ab, wo Rieseninsekten krabbelten wie an Land gefesselte Schildkröten. Roland sah etwas wie eine gigantische Schlange, die sich plötzlich aus einer Höhle wand. Sie ergriff eines der Insekten und zerrte es in ihren Bau. Roland hatte niemals solche Tiere und eine solche Landschaft gesehen, und seine Haut wollte sich vor Gänsehaut fast von den Knochen schälen. Der Anblick war furchterregend, aber das war nicht das Problem. Es war *fremdartig* – das war das Problem –, als hätte Blaine sie auf eine andere Welt transportiert.

»VIELLEICHT SOLLTE ICH HIER ANHALTEN«, sagte Blaine. Seine Stimme klang nachdenklich, aber darunter konnte der Revolvermann eine tiefe, pulsierende Wut hören.

»Vielleicht solltest du das«, sagte er gleichgültig.

Ihm war *nicht* gleichgültig zumute, und er wußte, es war möglich, daß der Computer seine wahren Gefühle aus seiner Stimme las – Blaine hatte ihnen gesagt, daß er über eine derartige Ausrüstung verfügte; und obwohl er nicht wußte, ob Computer lügen konnten, sah Roland keine Veranlassung, es in diesem Fall zu glauben. *Wenn* Blaine bestimmte Streßmuster in der Stimme des Revolvermannes hörte, war das Spiel wahrscheinlich gelaufen. Er war eine unvorstellbar komplexe Maschine ... aber eben nur eine Maschine. Er konnte vielleicht nicht begreifen, daß Menschen manchmal eine bestimmte Vorgehensweise an den Tag legen, auch wenn sich ihr gesunder Menschenverstand lauthals dagegen ausspricht. Wenn er in der Stimme des Revolvermannes Angst analysierte, würde er wahrscheinlich denken, daß Roland bluffte. Ein solcher Fehler konnte ihren Tod bedeuten.

»DU BIST UNHÖFLICH UND ARROGANT«, sagte Blaine. »FÜR DICH MÖGEN DAS INTERESSANTE EIGENSCHAFTEN SEIN, ABER FÜR MICH SIND SIE ES NICHT.«

Eddies Gesicht drückte nackte Panik aus. Er formte mit dem Mund die Worte: *Was SOLL das?* Roland achtete nicht auf ihn; er hatte alle Hände voll mit Blaine zu tun und wußte genau, was er vorhatte.

»Oh, ich kann noch viel unhöflicher sein.«

Roland von Gilead löste die Hände und stand langsam auf. Er stand scheinbar im Nichts, Beine gespreizt, rechte Hand an der Hüfte, linke auf dem Sandelholzgriff des Revolvers. Er stand da, wie er so oft auf den staubigen Straßen von hundert vergessenen Städten gestanden hatte, auf Dutzenden Duellplätzen in Felsentälern, in zahllosen dunklen Saloons mit ihrem Geruch nach bitterem Bier und muffigen Mahlzeiten. Es war nur ein weiterer Showdown auf einer verlassenen Straße. Das war alles, und das war genug. Es war *Khef, Ka* und *Ka-tet.* Daß es immer zu dieser Konfrontation kam, zum Showdown, war ein Eckpfeiler seines Lebens und die Achse, um die *Ka* sich drehte. Daß der Kampf diesmal mit Worten ausgefochten werden würde und nicht mit Kugeln, spielte keine Rolle; es würde dennoch ein Kampf auf Leben und Tod werden. Der Gestank des Tötens in der Luft war so deutlich wie der Gestank von Aas in einem Sumpf. Dann kam die Kampfeslust über ihn, wie immer ... und er war eigentlich nicht mehr er selbst.

»Ich kann dich eine unsinnige, schwachköpfige, närrische, arrogante Maschine nennen. Ich kann dich eine dumme, unkluge Kreatur nennen, deren Verstand nicht mehr ist als das Heulen des Winterwinds in einem hohlen Baum.«

»HÖR AUF.«

Roland fuhr im selben gelassenen Tonfall fort und schenkte Blaine nicht die geringste Beachtung. »Unglücklicherweise bin ich in meiner Fähigkeit, unhöflich zu sein, ein wenig eingeschränkt, da du ja nur eine Maschine bist ... ein ›Spielzeug‹, wie Eddie sich immer ausdrückt.«

»ICH BIN SEHR VIEL MEHR ALS NUR ...«

»Ich kann dich zum Beispiel nicht einen Schwanzlutscher nennen, weil du weder einen Mund noch einen Schwanz hast. Ich kann nicht sagen, daß du erbärmlicher als der erbärmlichste Bettler bist, der jemals im Rinnstein der elendesten Gosse der Schöpfung gekrochen ist, weil selbst so eine Kreatur besser wäre als du; du hast keine Knie, auf denen du kriechen könntest, und du würdest nicht auf sie sinken, selbst wenn du sie hättest, weil du keine Vorstellung von einem menschlichen Makel wie Barmherzigkeit hast. Ich kann nicht einmal sagen, daß du deine Mutter gefickt hast, denn auch eine Mutter hattest du nicht.«

Roland machte eine Pause, um Luft zu holen. Seine drei Gefährten hielten den Atem an. Um sie herum lag erstickend das verdatterte Schweigen von Blaine, dem Mono.

»Ich *kann* dich dagegen eine treulose Kreatur nennen, die ihre einzige Gefährtin Selbstmord begehen ließ, einen Feigling, der Freude daran gehabt hat, die Dummen zu peinigen und die Unschuldigen zu töten, einen verlorenen und plärrenden mechanischen Troll ...«

»ICH BEFEHLE DIR, SOFORT DAMIT AUFZUHÖREN, SONST TÖTE ICH EUCH ALLE AUF DER STELLE!«

In Rolands Augen loderte ein so grelles blaues Feuer, daß Eddie zurückwich. Er hörte vage, wie Jake und Susannah stöhnten.

»Töte, wenn du willst, aber befiehl mir nichts!« brüllte der Revolvermann. *»Du hast die Gesichter deiner Erbauer vergessen! Töte, oder schweig und hör mir zu, mir, Roland von Gilead, Sohn von Steven, Revolvermann und Lord der alten Länder! Ich bin nicht jahrelang und meilenweit gereist, um mir dein kindisches Plappern anzuhören! Hast du verstanden? Und jetzt wirst du MIR zuhören!«*

Susannah Dean hob die Hand zum Mund und ertastete das unmerkliche Lächeln, wie eine Frau ein seltsames neues Kleidungsstück betasten mochte – einen Hut vielleicht –, um sicherzustellen, daß es noch richtig sitzt. Sie hatte Angst, dies könnte das Ende ihres Lebens sein, aber in diesem Augenblick wohnte nicht Angst in ihrem Herzen, sondern Stolz. Sie sah nach links und stellte fest, daß Eddie Roland mit einem erstaunten Grinsen betrachtete. Jakes Gesichtsausdruck war noch einfacher: Bewunderung, unverhohlen und schlicht.

»Sag es ihm!« hauchte Jake. *»Gib's ihm!* Recht so!«

»Du solltest besser zuhören«, stimmte Eddie zu. »Es ist ihm wirklich ziemlich scheißegal, Blaine. Nicht umsonst haben sie ihn den Tollen Hund von Gilead genannt.«

Nach einer langen Pause fragte Blaine: »HAT MAN DICH SO GENANNT, ROLAND, SOHN VON STEVEN?«

»Es könnte sein«, antwortete Roland, der gelassen in der Luft über dem leblosen Gebirgszug stand.

»WELCHEN NUTZEN HABT IHR FÜR MICH, WENN IHR MIR KEINE RÄTSEL AUFGEBT?« fragte Blaine. Jetzt hörte er sich wie ein verdrossenes, mürrisches Kind an, das ausnahmsweise einmal länger aufbleiben durfte.

»Ich habe nicht gesagt, daß wir das nicht tun würden«, sagte Roland.

»NICHT?« Blaine klang verwirrt. »ICH VERSTEHE NICHT, UND DOCH DEUTET DIE STIMMANALYSE AUF VERNÜNFTIGE ARGUMENTATION HIN. BITTE ERKLÄRE ES MIR.«

»Du hast gesagt, du möchtest sie *sofort*«, antwortete der Revolvermann. *»Das* habe ich abgelehnt. Dein Eifer hat dich unziemlich gemacht.«

»ICH VERSTEHE NICHT.«

»Er hat dich unhöflich gemacht. Verstehst du *das*?«

Es folgte eine lange, nachdenkliche Pause. Dann: »WENN DIR UNHÖFLICH ERSCHIEN, WAS ICH GESAGT HABE, SO BITTE ICH UM VERZEIHUNG.«

»Ich nehme die Entschuldigung an, Blaine. Aber es gibt noch ein größeres Problem.«

»ERKLÄRE.«

Jetzt hörte sich Blaine an, als wäre er seiner Sache nicht mehr so sicher, und das überraschte Roland nicht völlig. Es war lange her, seit der Computer andere menschliche Reaktionen als Unwissenheit, Ablehnung und abergläubische Unterwürfigkeit erfahren hatte. Falls er sich jemals menschlicher Tapferkeit gegenübergesehen hatte, lag das lange Zeit zurück.

»Mach das Abteil wieder undurchsichtig, dann sage ich es dir.« Roland setzte sich, als wäre eine weitere Unterhaltung – und die Möglichkeit eines baldigen Todes – jetzt undenkbar.

Blaine kam der Bitte nach. Die Wände nahmen Farbe an, die Alptraumlandschaft unten verschwand wieder. Die Anzeige auf der Streckenkarte blinkte jetzt in der Nähe des Pünktchens mit der Aufschrift Candleton.

»Gut«, sagte Roland. »Unhöflichkeit ist verzeihbar, Blaine, das hat man mir in meiner Jugend beigebracht. Aber man hat mir auch beigebracht, daß Dummheit es nicht ist.«

»INWIEFERN BIN ICH DUMM GEWESEN, ROLAND VON GILEAD?« Blaines Stimme klang leise und geheimnisvoll. Susannah mußte plötzlich an eine Katze denken, die mit leuchtendgrünen Augen und wedelndem Schwanz vor einem Mauseloch lauert.

»Wir haben etwas, das du willst«, sagte Roland, »aber du bietest uns als Belohnung, wenn wir es dir geben, nur den Tod. Das ist *sehr* dumm.«

Es folgte eine lange, lange Pause, während Blaine darüber nachdachte. Dann: »WAS DU SAGST, STIMMT, ROLAND VON GILEAD, ABER DIE QUALITÄT EURER RÄTSEL WURDE NOCH NICHT UNTER BEWEIS GESTELLT. ICH WERDE EUCH FÜR SCHLECHTE RÄTSEL NICHT MIT DEM LEBEN BELOHNEN.«

Roland nickte. »Ich verstehe, Blaine. Hör nun zu und erfahre Wissen von mir. Ich habe es meinen Freunden schon erzählt. Als ich ein Junge in der Baronie Gilead war, fanden jedes Jahr sieben Jahrmärkte statt – Winteranfang, Weite Erde, Säen, Mittsommer, Volle Erde, Ernte und Jahresende. Rätsel waren ein wichtiger Bestandteil jedes Jahrmarkts, aber am Tag der Weiten Erde und dem der Vollen Erde waren sie besonders wichtig, denn da sollten die Rätsel angeblich Wohl oder Wehe der Ernte vorhersagen.«

»DAS IST ABERGLAUBE, DER NICHT VERNUNFTMÄSSIG ZU BEGRÜNDEN IST«, sagte Blaine. »ICH FINDE ES BEUNRUHIGEND UND ÄRGERLICH.«

»Selbstverständlich ist es Aberglaube«, stimmte Roland zu, »aber du würdest überrascht sein, wie gut die Rätsel die Ernte vorhersagen konnten. Löse mir zum Beispiel das folgende, Blaine: Was ist der Unterschied zwischen einem Anzug und zwei Wasservögeln?«

»DAS IST SEHR ALT UND NICHT BESONDERS ORIGINELL«, sagte Blaine, aber er schien glücklich zu sein, daß er überhaupt etwas zu lösen hatte. »DAS EINE IST EIN ZWEIREIHER, DAS ANDERE SIND ZWEI REIHER. EIN RÄTSEL, DAS AUF EINER PHONETISCHEN ZUFÄLLIGKEIT BASIERT. EIN ÄHNLICHES, DAS MAN SICH AUF DER EBENE ERZÄHLT, WO DIE BARONIE NEW YORK GELEGEN IST, LAUTET FOLGENDERMASSEN: WAS IST DER UNTERSCHIED ZWISCHEN EINER KATZE UND EINEM RENNFAHRER?«

Jake meldete sich zu Wort. »Das kenne ich. Ich habe es erst dieses Jahr in der Schule gehört. Die Katze läßt das Mausen nicht, der Rennfahrer läßt das Sausen nicht.«

»JA«, stimmte Blaine zu. »EIN AUSGESPROCHEN DUMMES RÄTSEL.«

»Da muß ich dir endlich einmal zustimmen, alter Kumpel Blaine«, sagte Eddie.

»ICH WÜRDE GERN MEHR VON DEN JAHRMARKTSRÄTSELN

IN GILEAD HÖREN, ROLAND, SOHN VON STEVEN. DAS SCHEINT MIR SEHR INTERESSANT ZU SEIN.«

»Am Tag der Weiten Erde und der Vollen Erde versammelten sich zwischen sechzehn und dreißig Rätselmeister im Saal der Großväter, der eigens zu diesem Zweck geöffnet wurde. Das waren die einzigen Tage im Jahr, an denen das gemeine Volk – Händler und Farmer und Viehzüchter und dergleichen – den Saal der Großväter betreten durften, und an diesen Tagen drängten sich *alle* hinein.«

Die Augen des Revolvermannes waren in die Ferne gerichtet und verträumt; es war ein Gesichtsausdruck, den Jake schon in jenem nebulösen anderen Leben gesehen hatte, als Roland erzählte, wie er und seine Freunde Cuthbert und Jamie sich einmal auf die Galerie eben dieses Saals geschlichen hatten, um eine Art rituellen Tanz zu beobachten. Jake und Roland hatten die Berge erklommen, Walter dicht auf der Spur, als Roland ihm das erzählt hatte.

Marten saß neben meiner Mutter und meinem Vater, hatte Roland damals gesagt. *Das konnte ich selbst so hoch droben erkennen – und sie und Marten tanzten einmal langsam und schwungvoll, und die anderen machten ihnen Platz und applaudierten, als es vorbei war. Die Revolvermänner klatschten nicht . . .*

Jake sah Roland neugierig an und fragte sich wieder, woher dieser seltsame, distanzierte Mann gekommen war . . . und warum.

»Ein großes Faß wurde auf den Boden in der Mitte des Saals gestellt«, fuhr Roland fort, »und darauf warf jeder Rätselmeister eine Handvoll Rindenrollen, auf denen die Rätsel geschrieben standen. Viele waren alt – Rätsel, die sie von den Ältesten gelernt hatten –, aber viele waren auch neu – eigens zu diesem Anlaß erfunden. Drei Schiedsrichter, darunter immer ein Revolvermann, hörten sie sich an und akzeptierten sie nur, wenn sie ihnen – fair – erschienen.«

»JA, RÄTSEL MÜSSEN FAIR SEIN«, stimmte Blaine zu.

»Also wurde gerätselt«, sagte der Revolvermann. Ein Lächeln umspielte seine Lippen, da er an jene Zeiten dachte, er in dem Alter des geschundenen Jungen war, der mit einem Bumbler auf dem Schoß ihm gegenüber saß. »Sie rätselten stundenlang ohne Ende. Eine Reihe wurde in der Mitte des Saals der Großväter gebildet. Die Position in dieser Reihe wurde durch das Los bestimmt, und da es viel besser war, am Ende der Reihe zu stehen als am Anfang, hoffte jeder auf eine hohe Zahl, obwohl der Gewinner mindestens ein Rätsel richtig lösen mußte.«

»SELBSTVERSTÄNDLICH.«

»Jeder Mann – oder Frau, denn viele von Gileads besten Rätselmeistern waren Frauen – näherte sich dem Faß, zog ein Rätsel und reichte es dem Meister. Der Meister stellte es, und falls es noch unbeantwortet war, wenn der Sand der Uhr nach drei Minuten durchgelaufen war, mußte der Teilnehmer die Reihe verlassen.«

»UND WURDE DEM NÄCHSTEN MANN IN DER REIHE DASSELBE RÄTSEL GESTELLT?«

»Ja.«

»ALSO HATTE DIESER MANN ZUSÄTZLICH ZEIT ZUM NACHDENKEN.«

»Ja.«

»ICH VERSTEHE. KLINGT ZIEMLICH KNORKE.«

Roland runzelte die Stirn. »Knorke?«

»Er meint, es hört sich echt toll an«, sagte Susannah leise.

Roland zuckte die Achseln. »Ich nehme an, den Zuschauern hat es Spaß gemacht, aber die Teilnehmer nahmen es sehr ernst, und wenn der Wettstreit zu Ende und der Preis ausgegeben war, kam es nicht selten zu Streit und Faustkämpfen.«

»WAS WAR DAS FÜR EIN PREIS?«

»Die größte Gans der Baronie. Und Cort, mein Lehrmeister, trug diese Gans jedes Jahr nach Hause.«

»ER MUSS EIN GROSSER RÄTSELMEISTER GEWESEN SEIN«, sagte Blaine ehrfürchtig. »ICH WÜNSCHTE, ER WÄRE HIER.«

Da bist du nicht allein, dachte Roland.

»Jetzt komme ich zu meinem Vorschlag«, sagte Roland.

»ICH WERDE MIT GROSSEM INTERESSE ZUHÖREN, ROLAND VON GILEAD.«

»Sollen die folgenden Stunden der Jahrmarkt sein. Du wirst uns keine Rätsel aufgeben, denn du möchtest neue Rätsel hören, und nicht die Millionen, die du zweifellos schon kennen mußt . . .«

»KORREKT.«

»Wir könnten die meisten sowieso nicht lösen«, fuhr Roland fort. »Ich bin sicher, du kennst Rätsel, die selbst Cort überfordert hätten, wären sie aus dem Faß gezogen worden.« Dessen war er nicht sicher, aber die Zeit der Faust war vorbei; es war Zeit, die offene Handfläche darzubieten.

»GEWISS«, stimmte Blaine zu.

»Ich schlage vor, anstelle einer Gans sollen unsere Leben der Preis sein«, sagte Roland. »Wir stellen dir die Rätsel, während wir fahren, Blaine. Wenn du jedes einzelne gelöst hast, bis wir in Topeka sind, darfst du deinen ursprünglichen Plan in die Tat umsetzen und uns töten. Das ist deine Gans. Aber wenn *wir dich* besiegen – wenn wir ein Rätsel in Jakes Buch oder unseren Köpfen finden, das du nicht kennst und nicht beantworten kannst –, dann mußt du uns nach Topeka bringen und uns freilassen, damit wir unsere Suche fortsetzen können. Das ist *unsere* Gans.«

Schweigen.

»Hast du verstanden?«

»JA.«

»Bist du einverstanden?«

Blaine, der Mono, schwieg wieder. Eddie hatte einen Arm um Susannah geschlungen, saß starr da und sah zur Decke der Baronskabine hoch. Susannahs linke Hand strich über ihren Bauch; sie dachte an das Geheimnis, das dort wachsen mochte. Jake strich Oy behutsam über das Fell und vermied die blutigen Stellen, wo der Bumbler gestochen worden war. Sie warteten, während Blaine – der echte Blaine, der jetzt weit hinter ihnen war und sein Quasi-Leben in einer Stadt lebte, wo alle Einwohner von seiner Hand getötet dalagen – über Rolands Vorschlag nachdachte.

»JA«, sagte Blaine schließlich. »ICH BIN EINVERSTANDEN. WENN ICH ALLE RÄTSEL LÖSEN KANN, DIE IHR MIR STELLT, NEHME ICH EUCH MIT ZU DEM ORT, WO DER PFAD AUF DER LICHTUNG ENDET. WENN EINER VON EUCH MIR EIN RÄTSEL AUFGIBT, DAS ICH NICHT LÖSEN KANN, SCHENKE ICH EUCH DAS LEBEN UND BRINGE EUCH NACH TOPEKA, WO IHR DEN MONO VERLASSEN UND EURE SUCHE NACH DEM DUNKLEN TURM FORTSETZEN WERDET. HABE ICH DIE BEDINGUNGEN UND KLAUSELN DEINES VORSCHLAGS RICHTIG VERSTANDEN, ROLAND, SOHN VON STEVEN?«

»Ja.«

»NUN GUT, ROLAND VON GILEAD.
NUN GUT, EDDIE VON NEW YORK.
NUN GUT, SUSANNAH VON NEW YORK.
NUN GUT, JAKE VON NEW YORK.
NUN GUT, OY VON MITTWELT.«

Oy sah kurz auf, als er seinen Namen hörte.

»IHR SEID *KA-TET*; EINS AUS VIELEN. SO WIE ICH. WESSEN *KA-TET* DAS STÄRKERE IST, WERDEN WIR JETZT HERAUSFINDEN MÜSSEN.«

Es folgte ein Augenblick der Stille, die lediglich vom konstanten Dröhnen der Motoren unterbrochen wurde, welche sie durch das Wüste Land Richtung Topeka trugen, dem Ort, wo Mittwelt zu Ende ging und Endwelt begann.

»ALSO«, rief die Stimme von Blaine. »WERFT EURE NETZE AUS, WANDERER! STELLT MIR EURE FRAGEN, MÖGE DER WETTSTREIT BEGINNEN.«

Nachwort

Der vierte Band der Geschichte vom Dunklen Turm müßte – vorausgesetzt, das Leben des Dauerschreibers geht weiter und das Interesse des Dauerlesers läßt nicht nach – in der nicht allzu fernen Zukunft erscheinen. Es ist nicht leicht, eine genauere Angabe zu machen; es ist mir immer schwergefallen, die Türen zu Rolands Welt zu finden, und es scheint immer mehr Fummeln nötig zu sein, jeden neuen Schlüssel in jedes neue Schlüsselloch zu bekommen. Nichtsdestotrotz – sollten die Leser einen vierten Band verlangen, wird es einen geben, denn ich *bin* noch imstande, Rolands Welt zu finden, wenn ich mich darauf konzentriere, und sie zieht mich immer noch in ihren Bann ... in gewisser Weise mehr als alle anderen Welten, die ich in meiner Fantasie erforscht habe. Und die Geschichte scheint eine Eigendynamik und Beschleunigung zu erlangen, wie die geheimnisvollen Slo-Trans-Motoren.

Mir ist durchaus bewußt, daß viele Leser nach der Lektüre von *Tot* unzufrieden sein werden, weil das Buch zu Ende und so vieles ungeklärt geblieben ist. Ich bin selbst nicht sehr glücklich darüber, daß ich Roland und seine Gefährten in der alles andere als wohlmeinenden Obhut von Blaine, dem Mono, zurücklassen muß, und obwohl Sie selbstverständlich nicht verpflichtet sind, mir zu glauben, hat mich das Ende dieses dritten Bandes ebenso überrascht wie zweifellos viele meiner Leser. Aber Bücher, die sich von selbst schreiben (und dieses hat sich weitgehend von selbst geschrieben), müssen sich auch von selbst beenden dürfen, und ich kann Ihnen nur versichern, lieber Leser, daß Roland und seine Gruppe einen entscheidenden Grenzübergang ihrer Geschichte erreicht haben, und dort müssen wir sie eine Zeitlang im Zollamt lassen, wo sie Fragen beantworten und Formulare ausfüllen. Das alles ist nichts weiter als eine sinnbildliche Art zu sagen, daß mein Herz klug genug gewesen ist, mich daran zu hindern, weitermachen zu wollen, obwohl es für eine Weile vorbei ist.

Die Handlung des nächsten Bandes liegt noch im Dunkeln, aber ich kann Ihnen versichern, daß die Sache mit Blaine, dem Mono, geklärt werden wird, daß wir noch viel mehr über Rolands Leben als junger Mann erfahren und auch dem Ticktackmann und der rätselhaften Gestalt Walter, genannt der Zauberer oder der Zeitlose Fremde, wieder begegnen werden. Mit dieser schrecklichen und geheimnisumwitterten Gestalt beginnt Robert Browning sein episches Gedicht ›Herr Roland kam zum finstern Turm‹; er schreibt über ihn:

»Zuerst durchfuhr mich's: Lug ist, was er spricht,
Der weißgehaarte Krüppel, dessen Blicke
Voll Bosheit schielen; ob die Lüge glücke;
Wie zuckt der falsche Mund, als trüg' er's nicht
Den Hohn zu hehlen, der verdammte Wicht,
Ob diesem neuen Opfer seiner Tücke!«

Er ist ein gemeiner Lügner, dieser dunkle und mächtige Magier, der den wahren Schlüssel zu Endwelt und dem Dunklen Turm in Händen hält . . . für alle, die mutig genug sind, danach zu greifen.

Und für die, die noch übrig sind.

Bangor, Maine
5. März 1991